夏志清夏濟安書信集

卷三

(1955–1959)

王洞 主編

季進 編注

目 次

卷三中的人與事

王洞

　　1955年濟安先生由美國國務院資助來美在印第安納大學進修半年，6月學期結束後，即至伊利諾州艾爾克特（Elkhart）縣拜訪心儀已久的同學露絲小姐，然後到紐黑文（New Haven）市探望闊別近八年的弟弟，兄弟相聚約二月有餘。濟安完成了英文短篇小說《耶穌會教士的故事》（*The Jesuit's Tale*）。8月束裝返臺，直到1959年3月再度來美擔任西雅圖華盛頓大學英文系訪問教授。第三卷涵蓋了兄弟間四年多的通信，始自信件編號281，濟安1955年6月10日於艾爾克特發出的信，至編號390，濟安1959年7月15日於西雅圖發出的信，共110封。

　　濟安於1955年6月16日從艾爾克特乘灰狗公車（Greyhound Lines），兩天後到達紐黑文，與弟弟相聚。志清所住公寓狹小，只好安排哥哥住在耶魯大學研究院宿舍。請同學哈利・納德爾登（Harry Nettleton）照顧哥哥。志清住在宿舍時，常與哈利同桌吃飯，哈利有時背些劣詩，供大家取笑。哈利記性好，愛文學，對其專業化學卻興趣缺缺，1955年還沒有畢業。哈利金髮，碧眼，身材修長，大學本部，即在耶魯就讀，是名副其實「耶魯人」（Yale Man）。哈利文學修養極高，出口成章，所以濟安在1955年8月26日（編號288）信裡，提到他讀紐約時報克勞瑟（Crowther）的文章，好像在聽Nettleton說話。哈利得到博士後，在孟山都（Monsanto）擔任研究工作，因學非所長，每遇公司裁人，即不能

倖免，1975年又失業，感恩節後一星期，舉槍自戕。志清1976年
初寫過一篇文章，〈歲除的哀傷——紀念亡友哈利〉（收入2006年
江蘇文藝出版社出版的《歲除的哀傷》）。志清常說，如果哈利讀
英國文學，一定會出人頭地，不知他為什麼要讀化學？也許美國也
跟中國一樣重理輕文吧！

　　濟安初見卡洛，覺得卡洛溫柔嫻靜，很為志清娶到這樣的妻子
高興。卡洛訂婚後即與濟安通信，見了濟安，感到非常親切，一
直視濟安為最知心的朋友。志清的獨子樹仁（英文名Geoffrey）出
生才六個星期；卡洛產後，體力尚未恢復，又得照料嬰兒，無法
駕車帶濟安出遊，兄弟二人就在圖書館用功。當時志清的辦公室
就在圖書館裡，他正在寫《中國現代小說史》，濟安即續寫其印大
未完成的作業——《耶穌會教士的故事》，前者1961年出版，備受
好評，使志清獲得了哥大的教職，後者1955年被美國《宗派雜誌》
（*Partisan Review*）秋季號刊登在首頁，一償濟安英文創作成名的宿
願，可惜後來濟安專心教書，編雜誌，做研究，再沒有餘力從事英
文創作。

　　1955年6月，志清的同學大半已畢業，除哈利外，另有一位政
治系的同學陳文星，浙江人，正在寫論文，雖然不住宿舍，但講
上海話，是志清最好的朋友，志清自然也請他照顧濟安。陳文星
獲得博士後，在紐黑文阿爾貝圖斯—馬格納學院（Albertus-Magnus
College）教書，追求濟安的高足張婉莘小姐，當時婉莘在紐約復
旦大學攻讀哲學博士。婚後，雙雙到紐約聖約翰大學教書，與志清
來往頻繁。1954年志清與卡洛結婚時，「義務照相師」是陳文星，
文星尚無女友。1969年志清與我結婚時，「義務照相師」也是陳文
星，他和婉莘已有一個兩歲的男孩。他們的女兒米雪兒，比小女自
珍大一歲，常來我家。志清戒菸，屢屢失敗，1983年在文星家做
客抽菸，被米雪兒曉以吸菸之害，把菸終於戒了。婉莘注重健康，

推薦阿黛爾・戴維斯（Adelle Davis）的《讓我們吃得對以保健康》（*Let's Eat Right to Keep Fit*），從此志清不吸菸，飲食清淡，服維他命，勤於運動，保養身體。文星長志清四歲，2006年去世後，婉莘搬去波士頓，就很少見面了。

　　濟安於1955年8月25日告別紐黑文，在紐約逗留四日訪友購物，飛洛杉磯，乘汎美航空公司飛機，經東京，於9月1日抵臺，仍住臺大教職員宿舍。濟安在臺大外文系教授高級課程，很受學生愛戴，上級器重，又創辦了《文學雜誌》，儼然文壇領袖，為避免遭人物議，決定不追求女子。除了志清不時提醒哥哥多與女子接觸外，這110封信裡很少談論追求女友之事，大半互通家庭瑣事，讀書心得，評論電影及臺灣文壇。五〇年代，臺灣政局漸趨安定，生活日易改善，直到1959年濟安再度來美，濟安度過了四年安定的日子；相反的，志清換了三個工作，也搬了三次家。1955年秋搬到安娜堡（Ann Arbor）市，在密西根大學教授中國文化，次年搬到德州奧斯汀（Austin）市休斯頓—特羅森學院（Huston-Tillotson College）教英美文學。1957年搬回美東，在紐約州立大學波茨坦（Potsdam）分校教英美文學。1956年6月獨子樹仁夭折，無論在事業上，生活上，志清都受到很大的創傷。

　　志清在紐黑文火車站送別濟安，三個星期後，也離開了居住七年半的城市去到安娜堡，開始教學生涯，在密西根大學教授中國文化。上《中國現代思想史》時，發現兩位中國學生坐在後排，課後才知男生是濟安的朋友馬逢華，女生是羅久芳——羅家倫（字志希）先生的女公子。志清頗感汗顏，原來他正講《五四運動》。志希先生是「五四健將」，志清初次涉獵中國文史，所知有限，竟在志希先生女公子前班門弄斧。不久逢華帶久芳、張桂生來看志清，志清以為久芳是逢華的女友，其實逢華是受託照顧久芳的。久芳甫自澳洲雪梨大學（Sidney University）畢業，隻身來美攻讀歷史，

父母不放心，輾轉請馬逢華、張桂生照顧久芳。馬、張二人均受託照顧久芳，恰巧都是河南人。逢華1955年2月才到密大，只比久芳早來半年，對安娜堡及密大不熟。桂生已是講師，又有汽車，帶久芳找住所、上街購物都方便得多。久芳從未在臺灣上過學，沒有來自臺灣的同學，先認識逢華，由逢華引其表哥的同學張桂生，可能被「照顧得緊」，就常與比她大十歲以上的兩位學長在一起。

卡洛不會做中國菜，想吃中國飯時，只好由志清親自下廚。有時會請逢華、久芳，他倆總帶桂生一起來。桂生會唱京戲，飯後來一段清唱助興，其樂融融。志清在耶魯時，總覺得「北派同學虛偽」合不來。來密大後，倒覺得這三位朋友誠懇，很談得來，馬、張、羅加上耶魯的陳文星是志清一生最要好的朋友。1955年濟安來華大時，志清僅識耶魯同學張琨，逢華1961年才應聘為華大經濟系助理教授，1966年桂生也去華大教地理，楊牧任教華大已是1970年左右的事，他們1981年聯合推薦志清來華大演講。志清見到許多好友，受到熱情招待，非常高興。

我第一次見逢華大約是1974年，他趁在紐約開會之便來看我們，抱了一個很大的洋娃娃送自珍，給人一種慷慨真誠的印象。因他正值失婚期間，我邀了幾位朋友，包括未婚小姐來家便飯，希望幫他找位合適的伴侶，他不是那種風流倜儻，令人一見傾心的人，自然沒有結果。1976年夏，我回臺探親，恰巧逢華在臺北開會，那時他已和丁健女士結婚，請我在峨眉餐廳吃午飯，談了很多話，真像老友重逢，不像只見過一次面的朋友。飯後我權充老臺北帶他去給太太買了兩個皮包，一個白色，一個灰色斜條，都是長方形的，跟我自己買的一模一樣。

逢華雖然專攻經濟，實是一位「文學青年」，在北大讀書時即嘗請益於沈從文教授，又參加九葉詩社，與袁可嘉是好友。逢華與哈利‧納德爾登不同，對自己的專業很感興趣，在經濟學界亦有

所建樹，著有《中國大陸對外貿易》，經常在英文學術刊物上發表論文。濟安1960年在柏克萊加大研究時，逢華也在加大，都是單身，需找工作，學開汽車，真是難兄難弟。濟安又常去西雅圖，他1960年後的信常提到逢華，也涉及逢華的隱私，對逢華的前妻有不利的描述。逢華用功認真，對朋友忠心，可是也有固執的一面，順便講個小故事，與2009年志清得病有些關聯。

　　話說2009年1月29日，我出去買電視，志清一人在家，接到一位女士的電話，約時間來訪，志清聽着聲音很熟悉，不好意思問對方是誰，即答應對方來訪。如我在家接電話，就會婉拒，因為我早已答應畫家司徒強下午六點半來看志清，自2008年起，志清體力不如以前，通常一天只能會客一次，約兩三小時。原來打電話的女士是袁可嘉的大女兒咪咪，打過電話很快就來了。她送來北京紀念袁可嘉追思會的磁碟。她說：「爸爸想念馬伯伯，不知為什麼馬伯伯不回信？」志清非常熱心，拿起電話就找逢華，沒人接。志清每隔幾分鐘再打一次；志清不斷地打電話，咪咪就講她父親婚前的風流韻事。志清也請久芳在西雅圖打電話找逢華，直到傍晚六時，還沒有消息。志清留咪咪吃飯。司徒先生八點多鐘才來，還帶來幾位年輕朋友，一同到附近的「哥大小館」吃飯，外面冰雪滿地，志清又餓又冷，第二天就發燒，得了肺炎。咪咪總覺得是她把夏伯伯累病了，很感歉疚，怕我責怪，以後就不再來我家了。

　　逢華第二天，打電話來，說是一個下午都在醫院裡。逢華晚年有眼疾，小疾微恙不斷，丁健也體弱多病，夫婦倆常光顧醫院。逢華說袁可嘉太好名，託他在臺灣出書，他無法幫忙，故未覆信。可嘉1949年寫過一些反共文章，新中國建立後，即調離北大到社會科學院服務。改革開放後，女兒咪咪來美學習電腦，畢業後即在紐約一家公司擔任電腦設計師，接父母來美。袁夫人難忘文革時所受驚恐，即留美長住，可嘉卻認為根在中國，北京有朋友，有工作，

一直住在北京，偶爾來美省親。直到年老才來紐約與家人團聚，寂寞多病，常思念老友，至終不知為何接不到逢華的回信。

逢華集結歷年所寫文章，出版了《忽值山河改》（風雲時代出版社，臺北，2006），書寫其逃亡，輾轉來美求學謀職的經過。書中提到許多良師益友，對桂生久芳相戀、成婚、家庭都有詳細的描寫，對自己的婚姻卻諱莫如深。據久芳說是逢華1963年在美國開經濟學年會，被一位同行看中，託桂生為其姨妹做媒，桂生義不容辭，即介紹雙方通信認識，不久即訂婚。翌年逢華趁赴港開會之便，至臺北完婚。婚後，接太太來美。太太過不慣美國清苦的生活，逢華發現太太沒有文采，原來所寫情書是姐姐代筆的，夫妻時常爭吵，終至仳離。1975年與丁健結婚，丁健原在斯坦福胡佛圖書館工作，夫妻鶼鰈情深。晚年丁健因癌症早逝，逢華搬進療養院，無子女，幸有桂生夫婦等好友常去探望，逢華於2013年10月去天堂與愛妻相聚。

桂生1922年出生，今年也九十四歲了，非常愛國，1938年曾從軍抗日，中彈受傷。退役時還是中學生，高中畢業後保送中央大學，攻讀經濟學，來美改學地理。2015年雙十節，久芳傳來西雅圖桂生與另一老兵獲獎的電子照片，桂生胸佩紅錦帶，精神矍鑠。桂生畢竟上了年紀，不便遠行，去秋久芳隻身來紐約會見老友，也包括我。久芳雖年過八十，仍體態矯健，秀麗如昔。1970年我婚後回臺省親，正值志希先生仙逝未久，久芳帶着兩個女兒，留臺陪伴母親，志清帶我去看望羅伯母和久芳。久芳給我的印象是漂亮大方，溫文可親。久芳在紐約有位很親近的表妹，她和桂生常來紐約看望表妹，每次也會來看我們，他們來紐約的次數，隨年齡增長，漸次減少。2010年春，桂生和久芳一同來看志清，還帶來他們與好友汪珏、程明琤三家合購的禮券，慶賀志清大病康復。

志清從在耶魯讀書起，就有散步的好習慣，早晚各一次。我們

家住紐約西區113街，他每次沿着百老匯大道走到96街折返，因年老體力衰退，後來走到106街、110街。這三條街是與百老匯交叉較寬的街道，是以為界。志清自2009年大病後，出入靠輪椅，我推着輪椅，不能走遠，又不願很快折返，每日在外午餐。常去的是位於百老匯在112街與113街的兩家西餐館：法國餐館叫「世界」（Le Monde），座西；義大利餐館叫「坎坡」（Campo），座東。久芳帶來的就是這兩家餐館的禮券，供志清和我吃了大半年。

禮券用完了，志清頻頻進醫院，我們發現奶油吃太多，便轉移陣地，去座落在阿姆斯特丹（Amsterdam）大道與西114街的一家叫「斯特洛克」（Strokos）的快餐店。三明治實在不好吃，我們每天合吃一碗湯、一片批薩及沙拉，可是批薩上的乳酪太多，有損健康。2013年9月中接受紐約中文電視臺（Sinovision）英文訪談，10月底又接受了紐約世界日報的訪問，從此一病不起，住進醫院，再也沒有回過家。我常想如果志清不吃這許多館子，不接受訪問，應該多活幾年，是我太大意，沒有把他照料好。可是他愛美食，好熱鬧，常有親友來看他，不時見報，上電視，他是快快樂樂地，安安靜靜地走的，凡事難兩全，我也就不再自責了。

每次與久芳見面，都是吃頓飯，看個博物館，共度短暫的一刻，從不談及過往。這次久芳來看我，也只一個下午，我們除了在世界餐廳吃了一頓簡便午餐，就在家聊天。我趁機問了她許多事，特別是1955年她在安娜堡與志清的交往，我們光顧着說話，竟忘了合影留念。她告訴我常去志清家吃飯，志清的兒子多麼活潑可愛！得病去世的經過，志清卡洛非常悲痛。暑假逢華去外地打工，桂生和她留校，常去安慰志清和卡洛。1956年8月1日他倆幫志清把行李塞進車廂，捆上車頂，目送卡洛挺着大肚子，開着一輛小車，車後連接一個小拖車，顛巍巍地離開了安娜堡，好是不忍。幸虧卡洛駕駛技術高，他們平安抵達奧斯汀，9月18日女兒建一（英

文名Joyce）出生，沖淡了喪子之痛。

　　1949年大陸易手時，志希先生任職駐印度大使，久芳和母親、妹妹去了澳洲，雪梨大學畢業後，即來密大，攻讀歷史。她送給我一本近作《薪傳》（百花文藝出版社，2004），集結其歷年寫的文章、書寫雙親及編書序跋。母親張維楨女士也是了不起的新女性，滬江大學畢業，密西根大學政治系碩士，出國前因參加五四運動與志希先生相識，相愛，禁不起志希先生的催促，放棄了博士學位，返國成婚。

　　志清常嘆久芳放棄了學位，與桂生結婚，隨夫搬去威斯康辛州（Wisconsin）居住，原來是效法母親，犧牲了自己，成就了丈夫。志希先生大去後，久芳接母親至西雅圖奉養，協助母親將所藏珍貴字畫全數捐給中華民國故宮博物院，真是慷慨無私之壯舉。退休後整理父親的文物，出版了《羅家倫與張維楨——我的父親母親》、《五四飛鴻——羅家倫珍藏師友書簡集》、《辛亥革命人物畫傳》，並為中華民國黨史會及國史館出版的《羅家倫先生文存》提供未發表的資料。僅只《文存》一書即十五冊，比起我整理志清的書信，工程不可同日而語。

　　志清1963年12月7日（編號617，見第五卷）給濟安信中寫道：「我在Ann Arbor時，張、馬同時追羅久芳，後來久芳嫁了張桂生後，他們一直感到guilty，要和逢華做媒。」想來這是志清的臆測，為朋友做媒，基本上出於關心，不一定因「guilty」。如前所述，桂生是受託將同學之姨妹介紹給逢華的，至於「張、馬」有沒有「同時追羅久芳」？我不便向久芳求證。我讀《忽值山河改》第三章，〈密西根的歲月〉的結論是：「當年逢華只是剛來半年的研究生，功課繁重，人生地不熟，雖然喜歡久芳，自認無資格追求，而桂生，既有學位，又有工作，是女生可付託終身的「單身貴族」，知道桂生追求久芳，即有「讓賢」之傾向。久芳選擇了桂

生，他為好友祝福，不僅參加了婚禮，還忙裡忙外，做婚禮的義務照相師。後來都在華大教書，朝夕相見，是難得的終身摯友。

　　濟安感情豐富，落筆快，讀書，交友，都告訴弟弟，可惜提到的外國朋友，通常有姓無名或有名無姓，苦了作注人季進教授。幸賴王德威教授轉請其同事代查，感謝康達維（Knechtges）、韓倚松（Hamm）及安道（Jones）教授，提供了當年華大、柏克萊加大東亞系學者的資料，久芳也給了我地理系教授的簡歷。華大沒有保存1965年前的教職員檔案，英文系極大，教師至少有二百名以上，我請教了當年在英文系就讀的一位朋友，不得要領。濟安的朋友，如Davis、Redford、Weiss等都是極普通的姓氏，沒有全名，無法查到，因此不注，敬請讀者鑒諒。

編注說明

季進

　　從1947年底至1965年初，夏志清先生與長兄夏濟安先生之間魚雁往返，說家常、談感情、論文學、品電影、議時政，推心置腹，無話不談，內容相當豐富。精心保存下來的六百多封書信，成為透視那一代知識分子學思歷程的極為珍貴的文獻。夏先生晚年的一大願望就是整理發表他與長兄的通信，可惜生前只整理發表過兩封書信。夏先生逝世後，夏師母王洞女士承擔起了夏氏兄弟書信整理出版的重任。六百多封書信的整理，絕對是一項巨大的工程。雖然夏師母精神矍鑠，但畢竟年事已高，不宜從事如此繁重的工作，因此王德威教授命我協助夏師母共襄盛舉。我當然深感榮幸，義不容辭。

　　經過與夏師母、王德威反覆討論，不斷調整，我們確定了書信編輯整理的基本體例：

　　一是書信的排序基本按照時間先後排列，但考慮到書信內容的連貫性，為方便閱讀，有時會把回信提前。少量未署日期的書信，則根據郵戳和書信內容加以判斷。

　　二是這些書信原本只是家書，並未想到發表，難免有別字或欠通的地方，凡是這些地方都用方括號注出正確的字。但個別字出現得特別頻繁，就直接改正了，比如「化費」、「化時間」等，就直接改為「花費」、「花時間」等，不再另行說明。凡是遺漏的字，則用圓括號補齊，比如：圖（書）館。信中提及的書名和電影名，

中文的統一加上書名號，英文的統一改為斜體。

　　三是書信中有一些書寫習慣，如果完全照錄，可能不符合現在的文字規範，如「的」、「地」、「得」等語助詞常常混用，類似的情況就直接改正。書信中喜歡用大量的分號或括弧，如果影響文句的表達或不符合現有規範，則根據文意，略作調整，刪去括弧或修改標點符號。但是也有一些書寫習慣盡量保留了，比如夏志清常用「隻」代替「個」、還喜歡用「祇」，不用「只」，這些都保留了原貌。

　　四是在書信的空白處補充的內容，如果不能準確插入正文相應位置，就加上［又及］置於書信的末尾，但是信末原有的附加內容，則保留原樣，不加［又及］的字樣。

　　五是書信中數量眾多的人名、電影名、篇名書名等都盡可能利用各種資料、百科全書、人名辭典、網路工具等加以簡要的注釋。有些眾所周知的名人，如莎士比亞、胡適等未再出注。為避免重複，凡是第一、二卷中已出注的，第三卷中不再作注。

　　六是書信中夾雜了大量的英文單詞，考慮到書信集的讀者主要還是研究者和有一定文化水準的讀者，所以基本保持原貌。從第二卷開始，除極個別英文名詞加以注釋外，不再以圓括號注出中文意思，以增強閱讀的流暢性。

　　書信整理的流程是，由夏師母掃描原件，考訂書信日期，排出目錄順序，由學生進行初步的錄入，然後我對照原稿一字一句地進行複核修改，解決各種疑難問題，整理出初稿。夏師母再對初稿進行全面的審閱，並解決我也無法解決的問題。在此基礎上，再進行相關的注釋工作，完成後再提交夏師母審閱補充，從而最終完成整理工作。書信整理的工作量十分巨大，超乎想像。夏濟安先生的字比較好認，但夏志清先生的中英文字體都比較特別，又寫得很小，有的字跡已經模糊或者字跡夾在摺疊處，往往很難辨識。有時為了

辨識某個字、某個人名、某個英文單詞，或者為了注出某個人名、某個篇名，往往需要耗時耗力，查閱大量的資料，披沙揀金，才能有豁然開朗的發現。遺憾的是，注釋內容面廣量大，十分龐雜，還是有少數地方未能準確出注，只能留待他日。由於時間倉促，水平有限，現有的整理與注釋，錯誤一定在所難免，誠懇期待能得到方家的指正，以便更好地完成後面二卷的整理。

　　參與第三卷初稿錄入的研究生有姚婧、王宇林、許釓宸、王愛萍、胡閩蘇、曹敬雅、周立棟、彭詩雨、張雨，特別是姚婧和王宇林付出了很大的心血，在此一併致謝。

2016 年 4 月

281. 夏濟安致夏志清（1955年6月10日）

志清弟：

附上明信片一張，預計到了Elkhart要發的，結果第一天發展就很好，免得使你和Carol提心吊膽，索性附在信裡一起寄給你吧。

下午兩點三十五分到Elkhart，在火車站看見一個女人，服飾和頭髮都和Ruth相仿，我心一跳，追上前去，原來不是；而且她的車是Kansas照會，並非印第安那GG245，她似乎來接一個教士（圓硬領shirt）和另一男人。後來Ruth告訴我，女的可能是她的堂嫂嫂（她的打扮是像Ruth），而且車子是Kansas照會，男的是她的cousin Roy Roth。預計今天要來開Mennonite教會全國大會的。

在火車站叫了一輛Taxi，車夫說旅館只有北城有，南城沒有，我叫他先到南城去看看，一下子就到了Ruth門口。她竟然有一幢很漂亮的小洋房（平房），門前玫瑰盛開，車子（GG245）停在花園裡，我去打門，沒有人應，Taxi司機說，Garage裡有人，我就轉到Garage那邊，看見Ruth。她臉似乎一紅說道：I did not expect to see you so soon.我只叫Hello，沒有叫她名字，她也沒有叫我名字。我說我先要找旅館，她說：「我車子在這裡，我開你去好了。」我說不必（其實Taxi司機下車預備把行李給我搬下來了），還是坐原車去好了。她說下午有空，晚上無空，我就把她的電話抄下來。她說這裡頂好的旅館是Elkhart Hotel，我說我預備住YMCA，那是芝加哥YMCA介紹的，她說也好，我說房間開好再打電話聯絡。

到YMCA房租可以按星期計，但是要從星期一算起，櫃上問我要不要本星期Fri. Sat. Sunday也算進去，結果我付了十天房租（約十二元），住到二十日才走。

到了房間裡（不比New Haven YMCA差，比芝城的YMCA房

間還大些），我只換了一條法蘭絨褲（這幾天陰雨不定，天氣很涼），把已有一兩個月未洗的Macy褲子換掉，上身仍是Tweed，連襯衫領帶都沒有換，就去打電話。你說我慌不慌？剛才的電話號碼竟然會抄錯的（抄錯一個字）！結果打到Mennonite教會去問訊，才把號碼問到。

　　她說這幾天正逢Mennonite全國教士大會，她很忙，晚上還要開會，但是她願意到uptown和我來見面。我不知道uptown什麼地方最好，又怕耽誤她時間，就說仍舊由我去找她。又叫了一輛taxi，再度到她家。

　　她最近完成了一篇著作Roth氏家譜考（她家的歷史和她的教的發展有大關係），原來她家從上代（瑞士）就是Mennonite教，從瑞士到Alsace Lorraine一帶，來美國已有一百二十年。全文計打字紙幾十頁，她已複印好了幾百份，她在車房裡正在把油印文章中的一部份按次序疊好（我帶了一本回來，她英文很好）。我說我不會洗汽車，不會修汽車，疊紙頭總會的（我本不知道她在garage忙些什麼）。我就幫她疊，criss-cross，我疊的直放，她疊的橫放，garage裡擱了一塊板，我們兩人就在板周圍走來走去，達一小時之久（從四點到五點），我很快樂。她不謝我，也不倒一杯冷水給我喝，我又不敢抽煙。我一點也不緊張，還不斷wise-crack。她說這工作好像treadmill，我說中國人叫slave labor聞名世界（我就表現了一點Dickens和treadmill的小學問），我說反正這幾天我天天走路，描寫給她聽在芝加哥走路的情形。我說肌肉已經練好，不怕走路。她說道：「You've got prepared.」她又問我臺灣有family嗎？我把家裡的人背給她聽一遍。但沒有告訴她Carol是美國人。——這種surprise留在以後，不是更好嗎？我是會做文章的。

　　她在疊文章時，忽然說了這麼一句話：「Summer, it's nice to have you here.」今天她就稱呼了我這麼一次，這句話大約表示她是

真心歡迎我的。

她Goshen College有臺灣來的學生一人（她也不認識他），問我要不要託人介紹認識一下。我說我prefer to travel incognito——你想我到Elkhart來，全世界只有你同Carol知道（樹仁too young to know），假如碰見一個Taiwan熟人，一則怕把我的追求故事往外傳揚（我在Rogers Center所以不追，就是怕人議論——美國人不議論，中國人是一定會議論的——即使他們的動機是善意的）；再則我在此，時間要由我全部控制，我不願意把時間浪費在和臺灣來的學生敷衍上。我對Ruth說，我怕embarrassment，她似乎也了解。

到五點鐘，她開會時間快到，她說要去「砌麗」一下，可以more presentable，我問「砌麗」要多少時間，她說半個鐘頭。我說「你去好了，我繼續替你疊紙。」我一人又疊了半個鐘頭。

她「砌麗」好了，預備把我送回uptown。（預備好的讚美之辭，一句也說不出來。）我本來說要繼續疊下去（她也肯讓我留下），但是一想：她的房間若由我看守，我可負不了這個責任，還是坐她的車進城吧。她的會在Goshen開。車上她怕沒有空陪我玩（「會」要到星期二才開完），預備叫她姐姐、姐夫陪我，我說我要住十天呢（她聽見一笑），不必忙。我自願星期日去做他們的禮拜，星期六的節目，明天再通電話決定。

她說Main street有家中國館子，她很喜歡的，我說我不妨去試試。她把我送下車，車子回頭往Goshen，我一下就在中國館子（叫做Mark's cafe）吃了一頓晚飯，花了一元五角，所謂Chow Mien也者，惡劣不堪，遠不若在Drug-store吃三明治。他們有「點菜」，下星期至少要date Ruth來吃一次，點菜大約可以好吃一點。

晚飯後一人看了一場電影，*SAC*。故事等等，在意料之中。June Allyson的臉似乎臃腫，遠不若Ruth清秀。Technicolor攝影很美，勝過Fox的Lux color和MGM的Eastman color。電影預告

Violent Saturday，我可能有機會請Ruth去看。

我現在心情很輕鬆愉快。Ruth待我很好，不搭架子，不骨頭輕，完全拿我當自己人一般看待，因此我這個最會nervous的人，也覺得相處得很自然，很舒服。

她的小洋房真很漂亮，可是我不敢多讚美，免得有「貪圖財產」的嫌疑。這兩天有個牧師的女兒（也是來開會的）在陪她住，此人我沒有見到。她以單身小姐，獨住一宅洋房，真是好像預備做老處女了。

我的態度從現在看來，也可以說是一貫consistent的：愛她，但絕不麻煩她。今天沒有說「愛她」（何必說呢？來了就是愛），但是我說不願意take up她任何時間，她忙她的好了，她反而很過意不去。我給她充分自由——在Rogers Center如此，現在還是如此。

好久沒有接到你的信了，希望來信。信寄Tsi-an Hsia, Room 420, YMCA, 227 W. Franklin, Elkhart, Ind.

別人給我的信（如有）也請附下。我要在此住十天，這件事是瞞不了人的。目前只請對人說，濟安離Bloomington後去各處旅行，行蹤不定，沒有問就不必提。但是我為人很secretive，尤其現在，情場失敗次數太多，不願意讓人知道又有新的發展，只怕將來不成，又多一個笑柄留在人間（人家未必笑，但是我也不都望人家的pity）。我不trust任何朋友，也不願意讓父母知道，免得他們空歡喜一場。給父親的信，兩三日後當寫好寄上。再在這裡住幾天，得意忘形了，我還是會自己講出去的。

十天之內，要發生些什麼？我會受洗禮嗎？我不知道，也不去想它。我只是糊裏糊塗的隨事情自己演變。她父親也來了，在Goshen，她一家人都來了。很湊巧的是今年Mennonite大會在Elkhart，假如在別處開（去年在Oregon，一年換一個地方），我就要撲一個空了。這點我也對Ruth說了。

照片已給她，那兩張我得意的，她也很滿意。我指她走的那天拍的兩張照片說道：「Sad day」，她說：「The day I was leaving?」她又說兩位泰國小姐中之一位，真的落了幾滴眼淚的。但是她們沒有信來。

我雖暫不能到New Haven來，但是聽聽我的pilgrimage的報導，恐怕也很exciting吧。希望Carol也發表一些意見。信很亂，但是我很快樂。專頌

　　近安

Loving regards to Carol & Geoffrey

　　　　　　　　　　　　　　　　　　濟安　頓首

　　　　　　　　　　　　　　　　六月十日晚11：30

［附未寄出的郵簡］

志清弟：

　　現在距火車啟行（12：40）時間約五分鐘（車上可抽煙），約兩小時後可抵Elkhart。此行發展如何，當隨時報導。

　　今天上午還去National History Museum和Aquarium兩處參觀了一下，Museum頗為壯觀，所藏中國東西很有趣，見面再談。有中國寶塔數十座之模型，包括蘇州北寺塔。Jeannette處未去電話，只好寫信道歉了。

　　今天精神很好，又去過了一下體重，得132磅。照我的體高（這幾天天氣很好），能維持130lb就算正常，請不要耽心為要。餘續談，專頌

　　近安

Best regards to Carol & Geoffrey

　　　　　　　　　　　　　　　　　　　　濟安

　　　　　　　　　　　　　　　　　六月十日

282. 夏濟安致夏志清（1955年6月11日）

志清弟：

　　這兩天休息談愛情精神大好，在 Bloomington 和 Chicago 的疲乏，已一掃而空。昨日一信想已收到。今天的心情沒有昨天輕鬆。但是 Ruth 實在是個很好的女子，今天的談話，顯得她做老處女的傾向已非常之強，但她仍是十分 sweet sensible，誠懇、坦白。和她相比，中國女子實在太多 silly。她所講的話，有些地方還相當 pathetic。這種與我私生活有關的事情，大約不會入我小說，將來假如你要寫我傳記，倒是很好的材料。

　　上午我小小惡作劇一下。上午沒和她通電話，在街上閒逛，問到有一路公共汽車，向她家方向去的。公共汽車的關係重大，否則天天叫 Taxi，我可負擔不了。公共汽車下來，走了五六個 blocks 到她家，她家靜極了，窗簾都還沒有捲起來。我沒有打門，逕自進入 garage，把昨天未疊完的論文稿疊完。疊完之後又悄悄地溜走。

　　下午稍微休息一下之後，給她通電話，問她是什麼時候起來的，她說是七點多鐘（她是講明幾十分鐘的，但我已忘），我說你到車房去看過沒有，我已替你都疊好了。我說我又要來了。她說很好。

　　再坐公共汽車前去，到時她坐在 garage 等候，見我來了，站了起來，耳朵上夾了一支鉛筆。我說你倒真 business like，耳朵上還夾了鉛筆，她就把它拿下來。不久又夾了上去。

　　今天疊的幾張中，有作者肖像，我現在寄上一張，請你和 Carol 看看。這張相片一望而知是照相館所照的 glamor type，不大天真自然。但是她似乎仍很清秀，你們意見如何？嘴部稍差，是不是？關於這張相片，我開她幾次玩笑，不妨記下，足見我對她實在並不緊張：

1、她把印刷模糊的剔出，當廢紙填箱子角落；我說別的幾張你拿去填，我無所謂，可是有你相片的那一張，我可不答應你隨便糟蹋，那簡直是amount to sacrilege（手邊沒有字典，英文可能拼錯）——她向我妙目一瞪，似乎很高興。

2、疊到後來，我說今天工作特別愉快，都是面對佳人照片之故。

3、最後我要來幾張回去，她說：「你要拿回去distribute嗎？反正書出版了，有你一本的。」我說我站了這麼久，這就是我的reward。她說我一定好好pay你，我說這就是reward enough。

今天我從三點半到五點鐘陪她工作，時間過得仍很愉快，同昨天一樣。只是我已漸漸走入正題，所以話有時變得pathetic。兩人一起工作實在比date愉快得多。我不習慣date，四周閒人一多（如咖啡館），我會變得很nervous。人家根本不在注意我，我會以為雙雙眼睛都在朝我看，但是現在兩人在garage裡，四周環境寂靜，兩人無所拘忌，談所欲談，實在比date還要快樂。

Pathetic的話，我摘要記錄如下：

一、我先讚美她的書的內容豐富，英文漂亮，她說寫完這本東西，頭髮都白了幾根（several grey hairs）。我從來不注意她有grey hairs，這個問題只好擱下了。

二、講起 *Violent Saturday*，我說快到Elkhart來上演了。她說她從來不看電影的（說的時候，態度是apologetically sweet，並無半點self-righteous的神氣），她說兩個泰國女生常tease她，要她去看電影，說道：「這場電影沒有men，也沒有women，不妨一看」，但她還是婉謝。她說她還是在做high school學生時看過電影，後來就不看了。她書裡quote過Peter Marshall①的話，我說：「*A Man*

---

① Peter Marshall（彼得・馬歇爾，1902-1949），傳教士，下文提到的自傳性質小

*Called Peter*②看過沒有？」「No」，「*Vanishing Prairie*③看過沒有？」「No」。她說在她教會裡，看電影是帶有stigma（這是她的字）的，可能「cost me my job」。她說音樂會concert recital等她是去的，她很欣賞Berlin樂隊，看opera也是壯了膽才去的。我說你為什麼不relax一點呢？她苦笑說：「I've got to the bottom of it.」她說有些電影的確與年輕人有害，我問：「What harm can they do to you?」她答不出來。

3、她昨天送了我一份晚報（*Elkhart Truth*──我當時的wise-crack：「世界上只有兩份報叫*Truth*，一份出在莫斯科，一份出在貴邑。」），裡面有篇社論講起最近統計，Goshen College畢業生大多是family men，生兒育女之多，在美國各大學中占前十名。我今天先問：「Goshen畢業生是否大多Mennonite？」她說只占少數。我問：「昨天那份報上的社論你看了沒有？」她說不知道。她所以把報送我，就是因為沒有工夫看，從信箱裡拿出來，就送了給我。她問是不是討論她們的「大會」的？我說：「不是，是根據什麼統計in certain respect，Goshen是美國各大專學校前十名之一。」她說：「知道了，是這個──有這麼一回事情。」她不敢往下談。我又接問一句：「貴教會對於marriage態度如何？」我問的時候，眼睛看定了她，但她答覆時，始終不敢抬頭：「我們教會是鼓勵"encourage"同教會人結婚，不同教會的人，頂好先把問題解決了再結婚。」我說：「一個非教友要是同Mennonite結婚，either貴教會添一new member，or lose an old member，對不對？」她說：「對

說《情聖》（*A Man Called Peter*）初版於1951年，1955年被搬上銀幕。

② *A Man Called Peter*（《情聖》，1955），亨利．科斯特導演，理查德．托德（Richard Todd）、珍．皮特斯主演，福斯發行。

③ *Vanishing Prairie*（《原野奇觀》，1954），音樂劇，保羅．史密斯（Paul J. Smith）作樂，詹姆斯．阿爾格導演，迪士尼出品。

的。理由是假如父母信仰不一致，做孩子的要suffer的。為孩子起
見，頂好父母信仰一致。」

我也講了些我的宗教信仰，如何成為Buddhist，如何崇拜
Cardinal Newman④與T. S. Eliot，以及我父親母親的信仰等。

我們的話還講了不少，關於她的前途計劃等等，有如下述：

1、她可能星期五去Illinois看她父親，她說Illinois才真是她
家。她假如星期五走，我也要星期五走了，所以要寫回信，頂好星
期二發出，遲了我恐收不到。我很想6/19日趕到New Haven來慶祝
你的Father's Day，這一下也趕得上了。行程如何，可能在Elkhart
或Springfield Mass跟你通長途電話告訴你。

2、她1955秋不回「印大」去，1956春才去，再讀一個學期，
可得MA。

3、她現在的職務是Bethany中學的英文教員兼圖書館主任
（？，librarian），職務擺脫不開。她的「家譜考」尚未寫完，寫完
後還要幫該中學造預算，定買書計劃。還要幫該中學做registrar。
又是Mennonite Board of Mission & Charities的treasurer兼
receptionist，支票出入很多，還要招待各處代表，所以事情很忙。
你不是說起勸她去傳教嗎？我因此又問她對於做missionary的興趣
為何？她說她本來是想「consecrate myself」去傳教的，但是現在
既然去攻圖書館，圖書館本身也是一樁有意義的工作，恐怕無力兼
顧傳教了。我只能同意她的主張。

總之她的談話很是溫婉動人，沒有半點老處女的sourness，真

---

④ Cardinal Newman（John Henry Newman約翰‧亨利‧紐曼，1801-1890），英國
天主教著名領袖與作家，出生於英國國教，1845年改宗加入羅馬天主教，後被
封為樞機主教，代表作有《論基督教教義的發展》（*An Essay on the Development
of Christian Doctrine*）、《信仰的邏輯》（*The Grammar of Assent*）、《大學的理
念》（*The Idea of a University*）等。

是難能可貴。這樣一個小姐，假如真要做老處女，真是上帝太不仁慈了。我假如是個 Full blooded，extrovert pagan 還可拚命大力救她一下，但是我雖然態度很大方，但終究我是 lukewarm，diffident，多顧忌而不敢拚命的人，只能看她沉淪下去了。現在還有好幾天可以見面（她說星期一、星期二較忙，也許不容易見到她），我當有更積極的求愛表達，絕不使你和 Carol 失望。

五點鐘她又去「砌麗」，五點半駕車送我進城，她去開會。車裡飛進了兩隻小蟲，她捉住了把它們擲出去。我說：「A Buddhist 絕不做這種事，他絕不 harm 任何動物，因此佛教主張 non-violence 比較 Mennonite 更為徹底。」她說：「我並沒有弄死它們，只是送它們出去而已。」我說：「我可並不想 convert 你呀！」她說：「我倒想 convert 你呢。」（這是她第一次表示。）我說：「可能性的確非常之大，否則我也不會到這裡來了。」

明天約定她早晨駕車到 YMCA 來接我去 Goshen 去做「大禮拜」，參加她們的盛會。禮拜做完，她恐怕還有別的會要開，她預備介紹別人（到中國來傳過教的人）來陪我玩，明天如何，明晚再詳細報告。

總之，Ruth 和我關係真是已是好朋友，兩人可以無話不談，想不到在 Bloomington 這幾個月，知己朋友竟會是 Ruth。我告訴她我離 Bloomington 前有幾天我的 mood 非常之壞。

信他們的教，我不抽煙（看了這期 *Time*，見了煙更怕），不喝酒都願意，不打 Bridge 也願意（這點尚未同她討論），不穿漂亮衣服也無所謂，就是不看電影受不了。今天晚上又一個人去看了一場電影：*Run for Cover* ⑤。

---

⑤ *Run for Cover*（《荒城蕩寇戰》，1955），西部片，尼古拉斯・雷（Nicholas Ray）導演，詹姆士・賈克奈、維維卡・林德佛斯（Viveca Lindfors）、約翰・德瑞克

　　Ruth對我雖好，但只是溫柔坦白大方，並未有「in love」的表示，所以請你們不要太樂觀。事情不會有急遽的發展，一個人已經預備做老處女，另一個人做老處男的傾向也非常之強，兩人都有智慧和同情心和wit，可是都是resignation很厲害的人，講戀愛只是在garage談呀的談，就像Henry James小說裡的人物一樣，心頭不勝悵惘，只是一場無結果。

　　看Ruth的表示，她還是個「吃教」的人。那幢漂亮洋房恐怕也是教會給她住的。假如生活另有保障，她未始不可能改變作風，她實在是個很活潑而興趣多方面的人，可是這保障哪裡來呢？再談

　　專頌

　　　近安

　　Affectionate regards to Carol & Geoffrey.

濟安

六月十一日晚十二時

（John Derek）主演，派拉蒙發行。

283. 夏濟安致夏志清（1955年6月12日）

志清弟：

　　抵Elkhart後曾發兩信，想均收到。今日為抵Elkhart之第三日，心情較惡劣，所以惡劣之故，因為Ruth太忙，我又在miss她。而且此事前途茫茫，你曾經說過「我Elkhart之行可能是我生命史上一大關鍵，希望我好自為之」，現在看來，我的生命史恐怕還要走老路子，一時很難有所改變。

　　上午很愉快。新西裝Saks 5ᵗʰ Avenue在Bloomington從未穿過，今天穿起來了，黑皮鞋，藏青襪子，深青領帶（淡青小花），白襯衫，配以玄灰色的西裝，打扮很大方而「虔誠」（！）。Ruth駕車來接我到Goshen去，一路很愉快。她指路旁的Trailers說Elkhart有Trailer廠十幾家，在美國可算Trailer製造中心，我就把 *The Long, Long Trailer* 裡的笑話講給她聽，我說：「你電影看不得，聽聽電影的內容總沒有關係吧。」我講的東西她很enjoy，我說：「你瞧，You have missed so many jokes.」

　　上午做禮拜，聽了三天sermon，這些在我意料之中，倒不覺其討厭。只是那些sermon的style並無特色，文章上顯不出好處。假如文章好一點，我或者還可滿意一點。禮拜完後，我請她吃中飯，cafeteria規定飯票75¢一客。

　　吃飯前排隊，她把我介紹給很多人，飯後我們又在campus稍為走了一下（照了兩張相，天氣陰而且涼）。她把我介紹給她的父親，她父親就是seed corn salesman，樣子很像華德・白里南①，西裝

---

① 華德・白里南（Walter Andrew Brennan, 1894-1974），美國著名的西部片明星，代表演片有《俠骨柔情》（*My Darling Clementine*）、《赤膽屠龍》（*Rio Bravo*）

不大挺，黑領帶，酒糟鼻，背微駝，戴華德‧白里南式的眼鏡，說起話來嘴似乎一努一努的，臉上神情帶點可憐相，也有點心不在焉的樣子。父女之間似乎很少attachment，父親心不在焉，女兒也不大理他，只講了兩三分鐘話。Ruth的母親死了兩年，老頭子晚年喪偶，神經恐怕受了些刺激。

下午一點半我又去開會，聽阿根廷、阿比西尼亞、日本傳教士關於傳教的報告，開始覺得沉悶。早晨起來一直到下午四點多鐘，沒有抽過一支煙。上午的禮拜，下午的開會Ruth都是坐在我邊上，我們合用一本讚美詩，合看聖經，陪我的時間總算不少了，但是我還是嫌不夠。

我在Elkhart發出的第一封信中不是說「我要給Ruth最大的自由」嗎？今天我還是維持這個原則，故作大方，我對Ruth說：「你假如還有事情，可以不必管我，只要替我找輛便車送我回Elkhart好了。」她還有很多會要開，晚上是什麼panel discussion（幹部會議？），她真的替我找到一輛便車，把我送回Elkhart來了。一路之上以及回到Elkhart後我一肚子不痛快，甚至想明天就到New Haven來了。你看看，我的脾氣多麼壞！我在Bloomington說過：即使Ruth snub我，我也不會生氣，今天她並沒有snub我，對待我之親熱，遠勝於對待她的父親或任何教友；送我回Elkhart，是我自己出的主意，她不過照辦而已，可是我已經氣得不得了（表面上當然我是不動聲色的），a man in love的脾氣恐怕自己都不能預知不能控制的。

我們行前約定：明天我不去找她（她替我出主意：「你可以讀讀書，反正我已經借了東西給你讀了」，她上午、下午、晚上都要在Goshen），後天下午我去找她，她再駕車送我去Goshen，後天有

等，曾三次獲得奧斯卡男配角獎。

兩篇演講，題目是：

Building the Church of Christ in ＜ Rural America
＜ Urban America

她說我恐怕會發生興趣，我說「是的」。其實我今天上午聽了
三大 sermon，下午三篇演講，已經對她的教會討厭得不得了，但是
我表面上如此虔誠專心，她雖然聰明，如何能看得出我的虛偽呢？

明天假如我負氣一走，恐怕要大大的 wound 她的 feelings，你
說對不對？明天我決計留在 Elkhart，續寫我的小說（我可憐的
neglected 小說！），後天再去開會，同時要把老實話告訴她：假如
她不能送我回 Elkahart，我是要感覺痛苦的。她們的會星期二開
完，星期三我預備約時間同她長談一次，星期四離開 Elkhart，星期
五可到 New Haven 和你來聚首了。

今天上午下午的「疲勞開會」，使我對 Mennonite 教的興趣大
減。星期二再去一次，興趣恐怕更要減退。我恐怕絕對不會信她的
教的，嗚呼 Ruth！ Woe is me！她所介紹我認識的男女教友，人似
乎都很善良（而且也不虛偽），但是沒有一個人有天才的樣子，都
是些「庸人」，比起天主教的人才濟濟，實在相差甚遠，和他們那
些教友相處，我是不會覺得 at home 的。

Mennonite 教的範圍很狹窄小，今天 sermon 裡他們已經強調要
evangelizing，多多擴充。就現狀而論，他們的教實在很像中國的
「宗法社會」，只是幾宗幾姓的人在撐場面。Ruth 的堂兄 Roy Roth
是 Kansas 的牧師，她的姐姐在 Goshen College 做 nurse。Ruth 的母
親姓 Yoder，今天我就知道有三個 Yoder；一個是 Sanford C. Yoder，
Goshen 區的 Bishop；一個是 Walter Yoder，也是在教會裡擔任要
職，一個是 Samuel Yoder，Goshen 英文教授，下學期得 Fullbright
獎金要去希臘。其他別姓的人我都認識好幾個。這樣一個小圈子，
我假如擠進去做 Ruth 家的女婿，你想我會快樂嗎？假如我是個

「庸人」，自己別無辦法，靠了教會，一輩子也許可以衣食無憂，而且可能娶到一個賢淑美麗的太太，但是這一輩子，我的行動和言論要受多少限制？我這樣一個酷愛自由「天才橫溢」的人，能受得了嗎？

　　但是我對Ruth的愛，一定要好好表白一番。倒並不是希望她return我的愛——要叫她來return我的愛，她要付出多大的代價！我的愛Ruth是出於至誠，她應該有權利知道；知道之後如你所說的，可以增加她的「自信、活力和驕傲」。美國女子不像中國女子那麼忸怩作態，假如知道我如此愛她，她也許會覺到我有很大的gratitude，至少會同我維持很好的友誼關係。我希望你移居Ann Arbor後，離Elkhart較近，不妨於假期有暇，由Carol駕車，攜帶樹仁，到Elkhart來拜訪Ruth一次，她一個人住一幢洋房，其苦寂可想。她今天替我介紹時，把你和Ann Arbor也一齊搬了出來。我假如找不到別的女朋友（我不相信會再對中國女子發生好感），有一天我有了辦法，也許設法去救她脫離這苦悶的生活。不一定使她脫教，只要離開這個小地方小圈子，她便可陽奉陰違，過一個比較自由的生活了。目前我只好「撤退」了，我相信你和Carol一定會原諒我的。我豈是great lover，能夠使一個善良的女子背棄她的宗教、親友，community，安定的生活，peace of mind和她的在瑞士和法國被persecute的祖宗跟了我跑的呢？

　　可憐的Ruth，她還以為今天帶我去做禮拜，是十分成功的（今天我在她面前表現得十分溫順，在她教友前我很是謙恭）。一則她可以表示她傳教的成功，能夠引動一個中國人來參加她的教會活動（她們的教現在正注重擴充，evangelizing，標語是Build the church of Christ）；再則如你所說的，也許proud of有這樣一個男朋友。頂使她快樂的，恐怕還是我的偽裝的虔誠。我中午的時候，mood很好，為了please Ruth起見，的確想要買兩本他們的書本或小冊子回

去，可是今天是Sabbath，不做生意，書只陳列，不出售。我臨走的時候，她還說：「星期二你來就可以買到書了。」照我現在的mood，我真不想買了，但既然話出在先，星期二只好去買兩種。（我給她照的照片，她帶在身邊hand-bag裡。）

我對於她的教的種種不滿的意見，恐怕也不能對她全部表露。她如此善良，我豈忍傷她之心？假如我把她現在的生活攻擊得體無完膚，同時不能積極的提出一種更好的生活代替之，豈非徒然增加她的痛苦而於事無補？我既然不能給她多少安慰，再去剝奪她從宗教上所獲得的安慰——假如我真這麼做了，那才是世界上worst scoundrel的作風。

我雖然上面說了這許多話反對Mennonite教會的，但現在想想，加入她的教的可能性仍舊存在，那就是：來一個romantic gesture，為了使Ruth快樂我就犧牲自己（反正日後可以脫離的），糊裏糊塗加入了再說。當然此事可能性是微乎其微的，但是我研究自己的個性，這種事情我還是capable of的。

這幾天信上都是講我自己的事情，很少講到你的事情，很是抱歉。我離開Bloomington之前，去鄧嗣禹和Work處辭行，他們對於你的事情都很關心，雖然事情並不具體，也不妨記下：

鄧嗣禹說「印大」的comparative literature系裡有Oriental Literature一課程，已經虛懸五六年，無人擔任。一系開一個課程，要經過trustees通過，很麻煩，既經通過，長此虛懸，終非善策。擔任該course之人，應該要懂日文，再要知道一點印度波斯文學（Second-hand就夠）。你假如有興趣，不知道有沒有工夫開始研讀日文？照你當年讀拉丁的精神用以對付日文，半年之後必能看日文之書，印度波斯等second-hand智識很容易應付。假如你來apply「印大」這個講座而能成為事實，我將要覺得非常高興。我為了Ruth之故，假如重來美國，也將去「印大」，不去別處。

　　Work說：去年X'mas在紐約開Modern Language Association，你寫了張便條給他，他當即回覆你說很希望跟你談談。但是你沒有去，恐怕會裡轉信的人辦事不力，你回New Haven又早了一點，沒有看見他的信。他說今年X'mas Modern Language Association在芝加哥開會，他一定要同你談談。照我看來，你進印大英文系的可能性仍然存在，否則Work何必如此再三解釋？你同他談一次話，給他的impression當比瞎寫application letter好多了。

　　我的行蹤到Springfield Mass後再和你通電話，又要麻煩Carol到車站來接我了。樹仁希望坐了車子一起來。星期二晚上也許再寫一封信。再談　專頌

　　近安

Most affectionate regards to Carol & Geoffery

濟安 頓首

六月十二日

284. 夏志清致夏濟安（1955年6月14日）

濟安哥：

　　離Bloomington前寄出兩信，芝加哥一信及今天收到，於Elkhart發出的信，都已看到。來去Elkhart前，你mood不斷變動，是可predict到的；到Elkhart後，一個下午，你表現得如此之好，Ruth待你毫無虛偽做作，一片蘊藏着的真心歡迎，我讀後非常代你快活。幾小時內你們已建設了很natural的關係了，這幾天內這關係可以搞得更好，我想這樣的adventure，你生命［中］還是第一次，目前不論後果，準是個極delightful的經驗。Ruth初見到你時的臉紅，及疊文章時那句話，表示她沒有一般美國女子故意裝討人歡喜的作風（美國父母從小訓練女兒如何招待應付男友，恐怕她們嫁不出去。結果小姐們待人非常nice，男人反多被pampered了，還是小姐們自己吃虧。情形正和中國男青年專講獻殷勤，抬高小姐們身價相反），並且表示她已看出你對她一番意思。她在Elkhart這幾天要開會，這對你的courtship很有幫忙（信到時convention恐已開完，我想你是一定去開好幾次會的），男女在一起，最怕沒事做。中國留美青年往往擺闊，請小姐喫飯看戲，結果關係一點也搭不上，你代Ruth疊文章，在情感的增加上就比看一場電影好得多。Mennonite教會全國大會，是Ruth興趣所在，在這樣許多親戚朋友之間，她有你在身邊，她的morale一定大增。她的cousins，嫂嫂之類，你也應當多交際交際，留下一個好印象，對你的追求不無好處。你這次在Elkhart，不僅見到Ruth，並且見到她家裡人，是非常lucky的事。（六月十三日）

　　寫到此地，已夜一點鐘，樹仁作聲，同他換尿布餵奶。他再入睡時，已兩點多了。今晨收到你兩封信，看到Mennonite教會規矩

如此之嚴，會員皆極庸庸，你一時無法挽救Ruth，頗有retreat之意，此事如生活習慣方面要強烈改動，也無法勉強，如非你有本領在一兩天內使她感到不受宗教束縛生活的好處。Ruth的背景使我想到*Ninotchka*內的嘉寶，茂文‧陶格拉斯處境較你優越，幾杯香檳，幾番甜言蜜語，就把她對蘇維埃的信仰動搖了。假如你手邊有錢，最好帶她到芝加哥去，show她a good time，night club，好菜館，跳舞等等，使她在酒色的陶醉下，感到對以往生活rigor的不滿，無形對美國市民布爾喬亞生活興起嚮往。她內心有衝突後，加上你instantly求愛，她可能會屈服的。可是引她到這個mood上，非有特別suave工夫不可，你目前還不能使她理智的控制鬆懈下來。星期五她離開Elkhart，你約她同去芝加哥，玩一兩天如何？假如她肯答應，在芝加哥的節目你可以控制，可是她煙酒不碰，此事很難辦。

　　Ruth相貌很美，看不出有做老處女的苦相。她比一般好萊塢女星漂亮得多，五六年前她一定很像你在內地北京時所崇拜的Joan Leslie（附上Joan Leslie近照一張，可看得出相似處，目前Ruth比Joan Leslie美），可是Ruth面部表情elegant處，的確像Grace Kelly。你能追到她是極福氣的事，她的sensibility wit，聰明已極夠標準，你用不着改造她，只要把她對生活reorientate一下。她對音樂有興趣，可見她對藝術文學，並非抱一筆抹殺清教徒的態度的。她從小在Mennonite環境下長大，自己的sensibilities不能自由發展，不能過到一般美國女子的生活，她對她父親（and her church）可能有antagonism（她同她父親感情極淡，即是明證），你如能把這個antagonism在她的conscious mind變得明朗化起來，你的追求就成功了。她每個下午「砌麗」半小時，可能有了美化，不能得到男子的讚賞，已發生了narcissistic自憐的傾向，你這兩天有機會得特別稱讚她的美。

　　Mennonite教會，我想，已走上了末［沒］落之路，將來可能變成 extinct。它的 dynamism 可能在二百年前是極強的。一個新興的 evangelical church 的興起，要有生活上的不滿足或爭取 compensation 的欲望作根據。目前美國最紅的新教會，無疑是 Jehovah's Witnesses①，它的會員卻是下等和比較貧賤等級的人。每年夏季在 Yankee Stadium 大受洗禮的盛況，在 *Life*、*Time* 上你想都看到過。Mennonite 會員都是瑞士種，在美國已 fully 被 accepted 了，已鑽入中產階級了，所以它的傳教力量不會再擴大。十八世紀末葉，十九世紀初 Wesley②兄弟向美國宣傳 Mennonite，聲勢大盛，因為當時的 Anglican Church 完全是代表資產階級的流放。目前在美國的 Methodist Church，財力很雄厚，almost as respectable as the Episcopal Church，早年的精神也就失掉了。

　　謝謝你代我在 Indiana U. 問詢關於 job 的事，假如我在東方系鑽下去，日文是要學的。MLA 開會，黑板六七塊，寫滿了名字，我看了兩次我的名字不在，就 discouraged 了。Work 已有信給 Pottle，很客氣地回絕了他的 request，這是一兩月前的事。兩張卡片已收到，謝謝，我這裡你的信很多，現在先寄上兩封米奇的，你可能要先知道香港護照的事。要講的話很多，可是發信要緊，不多寫了，在 Ruth 前務必要做求愛表示，她一定會感動的，你同她在芝加哥玩一兩天最好。你到 Springfield 後，當等候你的電話。匆匆祝好。

弟 志清 上
六月十四日

---

① Jehovah's Witnesses，興起於19世紀70年代之美國，由查爾斯‧羅素（Charles Taze Russell）創辦，會眾逾800萬。

② Wesley 兄弟指約翰‧衛斯理（John Wesley, 1703-1791）和查爾斯‧衛斯理（Charles Wesley, 1701-1788）。約翰‧衛斯理，神學家，著有《聖經注釋》（*Notes on the New Testament*），參與創建了循道宗（Methodism）。

285. 夏濟安致夏志清（1955年6月14日）

志清弟：

　　兩天沒有寫信給你，這兩天心情變化很多，現在可以說心平氣和，也有點惆悵，但並無bitterness。Ruth待我「真是再好也沒有」，這句話是抄你描寫Carol的；Carol待你是as wife to husband，Ruth待我是as a friend（而且是素昧平生，並不是很熟的friend），她能夠待我如此，我應該心滿意足了。

　　昨天（一天說了不滿十句話）陰雨而冷（只有五十幾度），我一天沒有打電話給Ruth，也沒有繼續寫小說，只是遵照她的囑咐，閉門讀書。把她的尚未完成的「家譜研究」仔細讀了一遍，結果對於Roth的家世當然知道得非常之多，遠勝於我所知道關於我們夏家或其他任何一家的。發現Ruth的英文不大好（粗看看覺得很好），有幾句句子寫得很「蹩腳」，還不如我交給Edel的那些papers。（關於style問題，我們已講好，明天再討論。）

　　另外一本書是她借給我的：*Goshen College, 1894-1954—A Mennonite venture into Christian Higher Education*，by他們的一個退休老教授John Umble[1]，我初以為這是一本很沉悶的書（即使《哈佛大學沿革》、《耶魯大學發展史》之類的書，一定也很沉悶的，可能只是些事實記錄，加上了一些complacent自我鼓頌，一點nostalgia懷舊，一點「教育為百年大計」「上帝領導着我們」之類的commonplace），可是這本書竟然非常有趣，竟然很有drama成分

---

[1] John Umble（John S. Umble約翰・阮波，1881-1966），著有*Goshen College, 1894-1954: A Venture in Christian Higher Education*（Goshen, Ind., Goshen College, 1955）。

在內，若改編為電影故事，由Robt. Donat②之類主演可列入十大巨
片。Drama哪裡來的呢？一方面是Goshen的教育家，他們苦心孤詣
的要適應潮流，提高教會的文化水準，一方面是教會方面，他們固
步自封，除了聖經外不相信任何書本，反對文化，反對和教外的人
混雜（「separation」是他們一大tenet）。那些開明的教育家，處處
受到教會的掣肘，開頭幾十年（我現在看到1924年），校長換了很
多人，沒有一個人能做得長，而且他們內心都很苦悶（Robt. Donat
可以發揮精湛的演技了）。該書作者態度很坦白，關於批評教會的
話，我可以抄幾句在下面：

　　Most of the Amish & Mennonite immigrants from Switzerland &
Germany to the US were of the peasant class; they were farmers & small
tradesmen, suspicious of the arts & of the refinements of city life. Many
of them came to America poor; they settled on the frontier, won their
living with their bare hands, carved a farm out of the woods, attained
economic independence, & built their churches without the aid of books.
They were thrifty, moral, god-fearing, & loyal to their church. But even
as late as 1884 the Indiana Mennonite conference passed a resolution
condemning certain cultural practices especially with regard to the use
of tobacco in the meetinghouse. Industry, thrift, attending church
services regularly, & observing church regulations … were among the
major virtues.　When young people of Mennonite & Amish Mennonite
families attended school or dressed in the more conventional form they
were considered "dressy", this marked them as "worldly". Many of them

---

② Robt. Donat（Robert Donat羅伯特・多納特，1905-1958），英國電影及舞臺演
　　員，代表影片有《國防大秘密》（*The 39 Steps*, 1935）、《萬世師表》（*Goodbye,
　　Mr. Chips*, 1939），曾獲奧斯卡最佳男演員獎。

became discouraged & united with other denominations. Thus the school came under suspicion & the instructors of the Elkhart institute（Goshen 之前身）were accused of misleading the young people, leading them away from the church（p. 7）.

From the beginning（in 1525）of that branch of the Anabaptist movement from which the later Mennonite church emerged, the leaders had emphasized scriptural concepts like nonresistance & nonconformity to the world order. Later their adherence to there concepts took the form of resistance to change. After the lapse of centuries, this devotion to the old established order to preserve certain Biblical principles became an outstanding Mennonite &Amish characteristic. A striking example of this resistance to change survives in present-day Amish congregations.（P. 105）

其實我參加了3M教大會，加上看了這些材料，可以替*New Yorker*來一篇"A Report At Large"，只怕寫來太吃力，時間又不夠。

我看到這種地方，對於M教大起反感，同時相形之下對於天主教大起好感。天主教傳統上是「learned class」的教，新教不過是「不學無術」之人對於天主教的一種反動。若說天主教的教會專制，M教的教會可能更專制，而且專制得更不近情理。女人戴帽子（許戴Bonnet），任何人保了壽險，都有被開除教籍的可能：In that year（1923）The Indiana Michigan Conference by a large majority adopted a regulation that "sisters who wear hats or members who carry life insurance…forfeit their membership…"（p. 108）

被開除教籍的人，再去另立一會。所以韋氏大字典裡，Mennonite一條下，列有不少教會的名稱。M教如此淺陋，除了做禮拜讀聖經之外，不知何謂人生，何謂文化，教的規模如此之小，還要門戶對立；我的眼光見解已經算是很開闊的了，豈能自己鎖進

這個小圈子裡，作繭自縛？那時我對於 M 教的反感很深，因此 Ruth的可愛也大打折扣。

今天陽光很好，上午我送去金魚四尾。這幾天天天逛百貨公司，對於金魚和鳥（parakeet長尾小鸚鵡）我決定要買一種送給 Ruth。動機並不很好，一方面當然是想討 Ruth好，一方面也表示 pity，「你這個老處女，讓我來送些小動物來陪陪你吧！」結果買了魚，沒有買鳥。因為鳥較貴（parakeet $1.77一頭，好種——能訓練說話者——要四元多一頭，鳥籠也要四五元一隻），再則我想起來了：星期天有一篇sermon講「魚」是教會的象徵（好像是某一verse開頭幾個字拼在一起，在希臘文的意義便是「魚」），和Ruth身份很合；第三點：金魚是中國特產，由我送也很好。

魚也相當貴：兩尾黑色龍種@35¢，兩尾金色假龍種（眼睛不鼓）@50¢，缸59¢，goldfish kit（包括魚食、養育法等）59¢，水草一束10¢，魚網15¢。我相當肉痛（你知道我星期一下午的不愉快心情尚未完全消失），不過自己安慰道：「反正這是前世欠的債，還清了也好。」（我的思想很容易走入佛教一路，你是恐怕沒有這種傾向。）

上午也沒有打電話，逕自坐公共汽車送去。門口有一張條子：「今日上午有要務，非去Goshen不可，但一點半必趕返，接你同去，你如來得較早，可在back porch小憩。」我現在想想，Ruth待我真是再好也沒有，這樣一個約會，她也絕不失信（想想吃中國女孩子不守信用之苦，真不知多少次了！），寧可長途跋涉，來回的跑。但是那時我並不感激，只覺得她neglect我，而且條子開頭，把我的名字拼成 Mr. Shia，心裡更氣。她連我的名字都不會拼，再會對我發生什麼興趣嗎？（她在「家譜研究」中說：她祖輩對於姓名的拼法很隨便的。想起這一點，我也該心平氣和了。）我把魚缸的水灌滿，魚缸放在back porch的茶几上，寫了一張卡片（沒有別的

紙，但身邊有空白明信片）：

To Ruth

"The fish is a symbol of the church"

J. D. Graber（此即星期天講道之牧師，她已把他介紹給我）

With the best compliments of the Pilgrim from Formosa（call him "summer"）

回到城裡，吃了午飯，換了「行頭」再去，從那時起到下午四點止，我的態度很壞。但是好在四點以後，我大徹大悟，態度好轉，變得很是可愛。也許受了聖靈感動之故。假如態度不改，那是我真還對不起Ruth，成了罪人，以後追悔莫及了。她向我道謝金魚，我說「The bowl will some day break the fish will die...」。

你以前曾經批評過我，我很有點Othello式「自以為是」的驕傲，年來閱世漸多，已經力改前非，但有時仍露馬腳。Ruth為了我，耽誤很多公務，抽出時間陪我，但是她見了我還道歉：「很對不起，不能多陪你。」你猜我怎麼答覆的？「反正我講在前面，絕不多耽擱你的時間；你瞧，我連電話都不打，就怕耽擱你的時間。」這種話說得真是豈有此理！

我到時一點十分，Ruth正在廚房吃午飯。其實Goshen有cafeteria可以吃飯，她明明是為了我才趕回來，自己弄飯吃的。可是我那時並不感激。她說星期三要忙寫文章，而且「大會」結束，家裡要住幾個客人，非得招待不可。可是她說：「我們星期三同進supper如何？」我說：「此事由我請客。我考慮此事已久，只是不敢啟齒，你提起了正好。」但是她要另外約一位小姐——即去過中國傳教的，我心裡又有點不痛快。星期四要洗衣服、packing等，星期五非走不可，我說：「你剛剛見過你父親，還有什麼要緊事情找他的？」她說：「還有一個約會：高中同學的reunion，早答應人家，非去不可。」

　　我那時覺得事情很是拂逆，心裡不高興。到了Goshen，聽了兩個鐘頭講演，沒有聽進去幾句話。把事情前前後後想個明白，到後來氣憤漸消，心頭充滿了sweetness & light。

　　我對她的氣憤，其實是我對你的失信。我說過：「她即使snub我，我也不生氣。」我貿然來到Elkhart，Ruth待我如此好法，是出乎我意料之外的。但她既然待我好，我就拿她的「好」take for granted，求更進一步的「好」，因此就失望，容易生氣。我仔細一想，我到Elkhart來expect些什麼東西？現在得到沒有？我所expect者是Ruth的good will，我明明已經得到plenty，為什麼現在又要自己作怪，把已經得到的再喪失，徒然留一個不愉快的印象給Ruth呢？

　　想到這裡，大徹大悟，態度立刻變得很可愛。她晚上在Goshen還有幹部聚餐，抽空送我回Elkhart，同時領我去參觀她做事的Bethany中學。在車子上我說I am very grateful for your kindness。我本來已經不預備把我的小說給她看了，但是現在仍舊提起此事，希望明天交給她，她如沒有工夫看，可以帶到Illinois Morton去看，看完後寄回紐海文。我說：「你看了我的小說，便可知道我是很serious的一個人：一則小說的theme是serious的，再則我的英文用功如此之苦，也是非十分serious的人莫辦。」我又說：「你對於我的為人恐怕不大了解。」她說：「真的，我們只是在最後幾個禮拜才認識，對於你的personality的確不大了解。」我說我很lonely，否則不會一個人躲到Elkhart來住了一個星期的。我說我又很shy，早想同她講話，可是總提不起勇氣。她也想起了Easter假期之後，我坐上去和她同桌「悶聲不響」的情形。她也講起到Bloomington讀書的情形，她說這是她第一次「on her own」，遠離她的親戚朋友；人家也覺得她的行動怪僻，但是她考慮好久，決定照自己認為「對」的去做，絕不從俗，不顧人家的批評（她的adjustment也很吃

力）。我說雖然天主教對我有很大的fascination，但so long as you a member of Mennonite church，我的心總是嚮往Mennonite的。的確我對她的教已經毫無反感了，但是她倒並不希望我成為Mennonite，最要緊還是成為Christian。我來的第一天她就說：「他們的mission只是替基督傳教，不替Mennonite傳教。」她說今天的演講，就是反對「小圈子主義」，主張部份denomination，建立Church of Christ；我說這是很好的傾向，我讀了她的書和Umble的書，也深覺得早年的Mennonite的門戶之見如此之深是不對的。

車子上那段談話，相當溫柔，我相信我們的友誼又進了一步。我說我要送她茶葉，可是只剩了一小罐了（在去Goshen路上，和才聽演講時我是不預備送她茶葉的了）。她喜歡喝茶，我早已知道，我說我到了臺灣之後，我可擔保她不在run short of tea了。她笑道：「你可不要overdo yourself，浪費金錢送東西給我。」我說「我是個sensible man，同時又是個pessimist，一個sensible pessimist絕不會overdo himself的。」她說：「那就好了。」

她送我到YMCA，我上樓拿茶葉給她，她很是喜歡。但是她的車子發動了兩三下，都不動，我說：「有我可效勞之處乎？」她說：「這種事情，沒有辦法，只有patience。」我就趁她搬動機關的時候，替她照一張相。她說：「又要照了？」我說：「這張相片的題目就叫patience。」我快門按下，她的車子也開動了，她笑道：「希望這張相片能夠得到prize。」說罷車子又往Goshen開去。

明天的節目是她下午四點半來找我，我們找個地方談談，假如沒有地方，就只好在車子裡談了。到吃夜飯的時候，再去找某小姐一起吃夜飯。

我到回來路上，才知道她的洋房不是她的。她和一位Esther Graber同住，Esther（星期天Ruth亦已介紹給我）是Graber老牧師的妹子，真正是位老處女了，這幾天「大會」事忙，Esther身居

「秘書」要職，住在Goshen照料，明天就要搬回來，而且還帶了客人同來，所以我去不大方便。我至此誤會全釋。我已經答應她星期四離開Elkhart，不再替她添麻煩。我說的時候態度很誠懇，並無半點bitterness。

明天我不預備再多說「愛情」的話、你說過：在美國，一個男人要存心追求，才送禮物給女人。我已送了她金魚、茶葉，明天還預備送她不值錢的臺灣別針。這樣殷勤，加上我的自始至終的態度，就夠speak for themselves了。我現在的原則：儘量留下一個好的印象，預備他日重見的餘地。（我說：「我弟弟去Ann Arbor後，距離Elkhart較近，假期可能來看你。」她很高興。）

今天上午送罷金魚歸來，到火車站和公共汽車站問明班期和票價。火車票太貴，要三十二元，加以晚上六點開，早晨到Springfield Mass；一大半時間在黑夜裡，也看不到什麼風景（本來想看看大湖區和Catskills的風景），決定坐Greyhound，星期四中午開車，要換兩次車，先停在Toledo或Cleveland，轉紐約（仍舊走Pennsylvania，Turnpike老路），再轉紐海文。星期五可以見面。（greyhound票價約二十元）。So the next stop after Elkhart is either Toledo, Ohio or Cleveland, Ohio. The same old humdrum journey.

餘面談，專頌　近安

Affectionate regards to Carol & Geoffrey

濟安　上
六月十四日

286. 夏濟安致夏志清（1955年6月15日）

志清弟：

今天很高興的收到你的信。Carol和樹仁均在念中，見面相近，很是高興。見面期近，這封信本來是可以不寫了，但趁我印象還新鮮的時候，再寫一封，否則兩天之後，所講的話同現在所想說的可能又不同了。

你把我這次Elkhart之行，總括成為delightful adventure，很為確當。明天就要走了，我現在心境總算輕鬆愉快，此行可算delightful。所以如此者，Ruth待人的確很溫柔大方，而我也能不枉此行使命——建立一個友誼關係，要求定得低，就容易滿足。假如我拚命追求，或她態度冷淡，兩者有其一，我此行可能就失敗的了。

今天下午四點半她到YMCA來找我，我在lobby等她（剛剛讀完你的信，心裡很輕鬆）。她今天下午一色大紅打扮（她在Bloomington從未穿過如此鮮豔之衣服），衣服料子可能是cotton，但袖子較短，總算斷在肘的上面（她通常的服裝是袖子斷在腕口的），胸口一隻泰國銀圓別針（可能是泰國小姐送她的），上面雕的是泰國dancer，very pagan（異教徒的）。今天她總算不是以虔誠的姿態出現了。

我們在她車子裡討論過她的文章。（在汽車裡「做世界」，我尚無此經驗。）我指出她十餘處rhetoric和style上的毛病。她當然took it graciously，但我想她心裡總不大快活。因為她為了這本書已經煩了四年，現在出版期近，已經寫好的部份怕去動它了，我這麼一講，害得她又要增添工作，我心也為之不安。但是我現在的目的不僅是想please her，我仍想建立我的superiority，而且as an

Oriental，我的英文功力也該讓她認識一下。因此我就殘酷的指出她英文上的毛病。但是我說我是admire她的作品的，反正我的小說也交給了她，她看便知道我的東西裡錯誤更多，多到該打手心的程度。她很着急，她說：「這種錯誤，請你千萬不要對人講，否則更沒有人來買了。」我說：「我對誰去講呢？我只會替你說好話的。」她現在只有八十名定戶，我說我算第81名好了。書出版後她會寄給你，全書定價（共兩百頁）將在五元到十元之間，屆時請你代付書款為荷。（我們在紐海文的五彩照片及樹仁的照片，我都給她看了。）

在車子裡我送了她三個臺灣別針。文章看完，她就駕車到某醫院去接那位在中國傳過教的（在四川待過四年）「柯佩文」（Christine Weaver）小姐，那位小姐已很老，但人極沉默寡言而retiring。我總以為她要坐到前座，三個人擠在一起的了，但她乖乖的坐在後座。

吃晚飯的地方，我頗費斟酌，因為cafeteria太不隆重，人太擠，也不便久坐，downtown那些餐館都是賣酒的，紳士淑女薈萃之區，她也恐怕不願意在那種地方拋頭露面（注意：Mennonite很注意輿論，很檢點小節的）；那家中國餐館，東西實在太惡劣。我反正一向貪懶，遇事不作主張，索性由Ruth決定。她早已胸有成竹，車子開到一個地方叫做Jefferson's Dining Room，那是一座家庭式的洋房，環境幽靜，吃客很少（除了我們好像沒有別人，）似乎也不賣酒，只有兩個老太婆服侍我們，那個地方真是很理想。Ruth點了Roast Beef，柯小姐點了shrimp，我點了T Bone Steak。我今天胃口大好，一塊厚實無比的steak之外，還有冰淇淋和pie（pecan pie), grape-fruit juice等等，好久沒有吃這麼多東西了，一共吃了連小帳七元錢。付帳時候，柯小姐還說要她來付呢，真是學了中國脾氣了。我因為心情愉快，這點錢也不在乎了。她有句口頭

禪，叫做「oh dear!」以前從來沒有聽見她說過，今天她用了近十次之多。

我的態度很好。入座之前，先對Ruth說：Etiquette（餐桌禮儀）如有不周之處，要請多指教。她說：「Etiquette很簡單，就是common sense。」我說：「Common sense-that's what I'm most in need of.」她一笑。

她開始tease我。我問她要Morton, Illinois的地址，（Morton人口才三千餘，她的圈子愈來愈小了，但她七月五日將返Elkhart）。她說不給了。我對柯小姐說：「She is afraid of I'll be chasing her all over the earth.」忠厚的柯小姐就同我討論我回國的行程，我列舉一串地名，她聽說有「東京」，就說要把東京他們教會的地址抄給我。我對Ruth說道：「你瞧，人家給人抄地址多麼generous！」柯小姐寫地址時，我對Ruth whisper說道：「她寫後，就該你寫了。」她只是笑，不置可否。等到柯小姐寫完，我一聲不響，就把那張紙連筆在Ruth面前一放，自顧自同柯小姐說話，Ruth對我看了一下，就把Morton地址寫下。她寫好後，我說：「這一下你上了當了，下星期我將在Morton出現。」她那時不好意思，只好說：「很歡迎你來visit。」我說：「我只怕在美國不能多停留了。」（她跟我提起過紐約有一齣歌劇 Plain & Fancy①是描寫Amish教友小姑娘進大城市鬧笑話的情形，我說我如有機會當去看後報告給她聽。）

她今天很活潑幾乎「骨頭輕」。恐怕柯小姐是她的好朋友，至少她是不必怕懼她的。我不是說過（以前一封信中）她的手勢很多嗎？今天她就做了很多手勢。駕車去餐館路上，恰逢五六點鐘汽車

① *Plain and Fancy*，音樂劇，改編自約瑟夫·斯坦（Joseph Stein）和威爾·格里克曼（Will Glickman）合著同名小說，莫頓·達科斯塔（Morton DaCosta）導演，1955年在百老匯上映。

jam，員警手忙腳亂的指揮，Ruth居然車子停下，也學起員警的手
勢來了。進餐時，我們討論中國毛筆寫字之困難，她扮了鬼臉，手
在空中揮舞，算是在學毛筆寫字。老太婆waitress搬餐具，一不小
心，掉在地上，「傾靈光浪」。我對Ruth說：「That reminds me of
Rogers Center.」她大樂，向柯小姐解釋道：「Rogers Center每頓吃
飯，總有東西掉在地上的，於是大家就笑，就鼓掌。」說時，她真
鼓起掌來了。餐後兜風，她看見某家人家門前一個小孩戴了印第安
人的大羽毛帽子，她又大樂，指道：「看呀，看呀！他恐怕還要學
印第安人的叫呢！」說時，她自己的手在嘴角上拍幾下，學印第安
人的叫，當然沒有叫出聲來。她哪裡再像老處女呢？簡直是sweet
17了。

　　我在Bloomington所拍最後一卷照片和芝加哥所拍一卷照片，
都在Elkhart沖出，今天帶給她看。她看得很有興趣，老太婆把小
菜搬上來，她說：「我頂好一面吃，一面看，可是要做good girl，
只好吃東西時不看東西了。」

　　吃完晚飯約七點半，她駕車送我們回去。想不到三四分鐘就到
了YMCA，我說：「我這樣就下去嗎？不行，不行。我今天要做
naughty boy，絕不下車，寧可開得遠一點，再步行回來。」結果她
就駕車兜風，在Greenleaf Boulevard、Beardsley Ave（那兩地方我
從未走過），四周看了一下。那兩條馬路，都是富人所居，有新式
立體式洋房，也有mansions，樹木很多，環境非常之好。她對於每
幢洋房似乎都有很大的興趣，尤其對玫瑰花。還有一幢for sale
的，她更停留了一兩分鐘。兜了恐怕不到一個鐘頭，回到N. Main
Street，說道：「你說要步行回去，現在可要drop你了。」我就乖乖
的下車，我說明天早晨還要去say good bye，她說這樣就算了吧。

　　我雖然半途被「放生」。心裡一點也不氣。因為今天我和她都
在開玩笑的mood，我只有欣賞她的sense of humor。（再則，N.

Main Street離開YMCA的確不遠，步行也很pleasant的。）

我明天早晨是否去辭行，現尚未定。可能不去（時間很充裕，Greyhound中午才開），因為留點缺陷似乎可以給她一個更深的印象。明天早晨如去看她，我既不能再拿出這種瀟灑的態度，臨時恐怕「做工」又惡劣，又不會emotional，左右不是，不如不去，讓她空等一下也好。或者打個電話給她，或者連電話也不打，就此不告而別。讓她猜不透我的心思。

你的戰略，我並未全部採用。主要的realization：在此短期內，絕不可能win her heart，索性使關係儘量的愉快，至少今天的evening，她是非常快樂，值得使她追念的了。今天有chaperone陪伴，她的inner check反見放鬆。她今天幾乎是inordinately gay，其變化之大幾乎相當於Garbo laughs②（用你的譬喻），但她在Rogers Center也常笑的。

這一次停留，替她照的照片不多（先幾天太冷太陰，後幾天太匆忙），但她已嫌多了，她說：「橫照豎照做啥？不是已夠了嗎？」我說我拿她的照片真要去賣錢的，賣來了錢可以明年defray印第安那大學的expenses，照片就是替the loveliest girl of the world照的。她聽見大笑。我正式讚美她的美，就是今天這麼一次。

愛情也未正式表示，就得「哭出胡拉」；我想不表示也等於已經表示過了。她吃了我的晚飯，都沒有道謝。但是那天Goshen的中飯，她是道謝的。吃時未謝，我上車時她才謝。我當然不在乎她謝不謝，她不謝，似乎更顯得兩人的關係已超過「客氣」以上。

去接柯小姐前，我在車子中說：我很希望能替她續寫「Yoder

---

② Garbo laughs，典出劉別謙導演的《蘇俄豔史》（*Ninotchka*, 1939），女主角葛麗泰・嘉寶（Greta Garbo, 1905-1990）之首部喜劇，她在劇中之笑雖有些許扭捏，但是以其真誠而被廣為人知。

氏家譜」，但她已經寫怕了。Yoder氏家譜考是她母親的遺命（她對母親的attachment似乎勝過對父親的），Yoder氏人比Ruth氏更多，她很怕再弄。我既然表示想代她完成她母親的遺志，這不是已夠表示的了？我又說：我又希望能夠到法國Montbélliard等處走走，在她祖宗舊地親自考察一下。其實叫我來寫早期Mennonite的歷史，一定非常精彩，四年時間必可完成一部巨著。可是我要做的事情太多，未必有餘暇及此吧。（我不告而別，她讀我的小說可以更用心。）

我又問她：Roth氏和Rothschild氏有什麼關係？她也不知道。我說：怎麼Rothschild成了猶太人呢？她說：「即使我是猶太種，也不在乎，我是主張對各種族一視同仁的。」我說：「That is very heartwarming to me.」她在Bloomington體重增加了十磅，但她向不吃牛奶。

Delightful adventure就此告一段落。以後如想起什麼有趣的事，當面再談。

我心目中有一個美女的印象，這是我的dream，Joan Leslie符合這個條件，Ruth無疑也符合的。謝謝你對她姿容美麗的誇獎。這兩天來往較熟，反而不大覺得她的美了。不過她的美在Bloomington已深入我心，她為人之好，無疑也遠在中國一般女子之上。

香港入境證應該趕緊辦，應該在Chicago辦最為妥當，現在只有到紐約去辦了。又鄧教授和Work的話，他們都是自動講的，我的tact相當好，並不曾替你瞎熱心瞎出主意。別的面談，到紐約時當有電話給你，在紐約不多停。專頌近安

濟安　頓首
六月十五日

287. 夏濟安致夏志清（1955年8月25日）

志清弟：

今晨承蒙幫忙包紮行李，減少我不少麻煩，甚為感激。火車走得很快，想不到在125街停幾分鐘，我靈機一動，匆匆把行李搬下火車，這一聰明的舉動至少省了我幾塊錢taxi。從125街車站到International House taxi只有85¢。

到International House正十二點。房間改為322號，老許已走。Janet Beh尚在，但打電話未打通。一人在cafeteria吃午飯：ham & eggs Sandwich加fruit salad；以前吃過的fruit salad都是罐頭水果，太甜，今天純是鮮果：西瓜、cantaloupe、梨、香蕉等很好吃。

下午走了一個下午，先去航空公司，把時間改了；8/27晨10：30從Long Island的Idlewild（懶野機場）起飛，non stop下午四點多鐘到Los Angeles。29晨11點再飛，31晨8時到東京。到了東京後，我要求（PAA）於十時（休息兩個鐘頭）換CAT（Chennault's line）機續飛，下午六點多鐘到臺北。東京後的行程未定，我的要求：除非航空公司負擔膳宿，我在東京不擬停留。

有一樁事情使我的心稍為寬鬆一下：即行李限制為66磅，我的機票他們還要多退我26元，可抵「excessive baggage」六磅，一共可帶七十二磅行李，相差不多，還是似乎簡單得多了。

出境前一定要備妥手續：即「Income Fax」clearance證書。今天忘了帶護照，明天上午還要去revenue office去申請sailing permit。

買了一本Aldrich①的「論小說」，送給宋奇，由你我兩人出面署

① Aldrich，可能指Thomas Bailey Aldrich（托馬斯‧貝雷‧阿爾德里奇，1836-1907），美國詩人、小說家，代表作有《頑童故事》（*The Story of a Bad Boy*）。

名，託Scribner's代包代寄。

下午回Int. House，在Time Square站坐錯一部subway，在7th Ave. 125街下車，結果走了一大段路才摸回來。（回哥倫比亞的subway叫做7th Ave. Broadway Express，不是7th Ave. Express）。所走過的地方想不到就是Harlem（有Harlem opera house ——演電影；那區域的電影院大多演三片3 big attractions）。在Woolworth買了些牛皮紙和麻繩，那裡的Woolworth都是黑人，Soda fountain櫃檯內（職員）外（顧客）都是黑人。

回I. H.後，打電話給Janet，打通了。她請我吃晚飯，另外請了兩個中國小姐作陪，在上海飯店（Shanghai café），叫了四個菜：青菜炒肉片、炒腰花、雞塊（紅燒）、蝦子炒筍（Florida所產據說）。

另外兩位中國小姐：一位叫Frances，是Michigan從大一讀到大四畢業的，主系似乎是forestry，上海人，在上海中西和香港St. Mary's讀的中學。人長得小眉小眼，頗「小有樣」，嘴很會說。

Janet白真能幹，居然在Michigan拿到英文MA了（論文題目：Robert Frost）。她明天搬出，和Frances林合租一個Apt；119元一月。在紐約預備半工半讀，「工」和「讀」的地點都未定。

她們兩位飯後去downtown shopping（因為Apt需要佈置）。我陪另一位Lily走回來，居然還在Hudson河邊散步談天。那位Lily是三位中長得最不美的一個，但是廣東人，生在紐約，後回中國多年，重來美國已有四年，家在Huston Texas。她在University Huston讀Commercial Art，得BA，想到紐約來深造，計劃尚未定。

我沒有請小姐們，居然有小姐請我，可以叫老許之流羨煞了。紐約中國小姐如此之少，她們三位小姐還是「女軋女淘，男軋男淘」，中國留學男生無怪要苦悶了。

Janet和Frances明天要寫兩個地址給我，介紹一兩位Ann Arbor

的中國能幹學生，你要搬家也許用得着他們。

今天晚上還預備略事整理行李，看看有什麼東西可以寄走的，有些不重要的信件紙張，預備撕掉一部份。七十二磅的限制很寬，我明天預備重新稱一下。預備不超過65磅——留點margin。

Janet講起另一位「高足」，就是在Sarah Lawrence的Betty Lee（就是我說像Lauren Bacall的），那位小姐居然能在NBC兼職，真是神通廣大。

忙了一天，走了一下午路，現在腦筋糊裏糊塗，感情很平靜。同三位小姐吃飯時，覺得自己老了——因為她們都很尊敬我，而我就索性擺起老師架子。同那位Lily黃一起散步回來，覺得自己對女孩子們還有點辦法。至少還可以像Wm Holden[2]那樣做一個「陰陽怪氣」的「大情人」。

明天晚上再有信給你。這一暑假承你和Carol熱烈招待，十分感激。樹仁實在是個十分可愛的小孩子，再看見他時一定長得很大了。明天再談　專頌

近安

Carol前均此。

濟安

8/25

---

[2] Wm Holden（William Holden威廉・荷頓，1918-1981），美國演員，曾獲奧斯卡最佳男演員獎，代表影片有《戰地軍魂》（*Stalag 17*, 1953）

288. 夏濟安致夏志清（1955年8月26日）

志清弟：

　　昨發一信，想已收到。今天糊裏糊塗過掉，7:30有cinerama一場，要去看時間還來得及，但是我只怕跑來跑去，「失頭忘腦」，耽誤正事，還是在宿舍裡縫補你那只旅行袋吧（針線已買到）。

　　箱子沒有買，好箱子太貴，壞箱子走一次也就壞掉，糟蹋錢。下午我把行李好好整理一下，結果皮箱35lb；帆布袋和紅綠小箱三件一起30lb；也許還有些零碎東西，但超出也不會很多了。紙盒子可以不必帶，少一件行李。

　　擲掉不少「紙頭紙腦」，襯衫裡面那塊硬紙都抽掉了，寄掉2lb 20g東西。寄到臺灣晚上再整理一遍，也許還可以擲掉些東西。本來想再寄些衣服給你（pajamas和法蘭絨褲），但是自己好帶就不再麻煩了。你就拿大衣和西裝一身打包寄臺北吧（寄臺大英文系。那身pajamas他們代保管，未遺失）。

　　下午1:30范寧生來長途電話，還是從St. Louis來的，而我行期已改，心裡因此很難過，覺得對不起朋友。他的長途電話我未接到（上午出去了，尚未回來），晚上我預備打一個給他。

　　航空公司可以讓我再把時間更改，即在St. Louis stop-over也可。但是我還是預備直飛，只好對不起朋友了。直飛的原因有二：1.如在St. Louis耽擱則Los Angeles來不及觀光。如又在St. Louis耽擱，又要觀光Los Angeles，只怕錢不夠用。2.飛Los Angeles的飛機10:30起飛，時間較充裕，飛St. Louis的飛機8:30起飛，我只怕早晨「碌碌亂」，弄得神經太緊張。明天早晨八點郵局開門，我如要寄東西，還可以寄掉一些。

　　今天上午去航空公司再double check一下，「Revenue Office」

的Sailing Permit也已拿到。又去shopping。34號街上看了幾家箱子店，都沒有買。在Macy's買了些便宜的swank cuff links和領帶別針（定價$1.50、$2.50、$3.50的都只賣80¢），可以帶到臺灣去送人。Swank的皮夾子（wallet leather）定價五元，減價二元一隻，我也買了兩隻。Parker的液體鉛筆也買了一支，預備送英千里。紐約不敢多住，再住下去shopping的錢花起來也很可觀。今天晚上要去買一聽79號煙葉，這是自己享受的——臺灣所買不到者。其他禮物到了臺灣斟酌情形再買——臺灣也有美國貨。Rahv處信已寫。胡適之那裡也許打個電話去。今天晚上還要寫封信給英國領事館，告訴他們香港不去了。

Janet Beh已搬走，地址也未留。打了兩個電話給Lily未打通。她的地址也許留在Lily處。

寄上簡報一則。我今天一讀Crowther[1]的影評的第一句就覺到好像Harry Nettleton[2]在說話。愈讀下去愈像，所以剪下來，請你一起欣賞。

這次在紐約，什麼都沒有玩。旅行真苦，請把下列成語譯成英文告訴Carol：「在家千日好，出門一時（？）難。」我只有幾十磅行李，已經大傷我腦筋，弄得心緒紊亂。玩都不敢玩。想想你們要搬向Michigan，這麼多東西，gee whiz我的天哪！

明天早晨飛，下午到Los Angeles，到後當再有信。Carol和Geoffrey都在念中，我不能來做babysitter，以致Carol和你不能一

---

[1] Crowther（Bosley Crowther伯斯利‧克勞瑟，1905-1981），美國專欄作家，《紐約時報》電影批評的撰稿人。

[2] Harry Nettleton：耶魯大學化學博士，文學造詣很高，出口成章，1975年自戕身亡。夏志清曾撰文〈歲除的哀傷——悼念亡友哈利〉（臺北《中華日報》，1978年1月27日）。

起去看 *Many-Splendored thing* ③，這是我最感遺憾的。再談，專頌
近安

濟安 頓首

八.二十六

---

③ *Many-Splendored thing*（全名 *Love Is a Many-Splendored Thing*，《生死戀》，
　1955），浪漫劇情電影，據韓素音（Han Suyinó）同名小說改編，亨利・金導
　演，珍妮佛・瓊斯、威廉・荷頓主演，福斯發行。

289. 夏濟安致夏志清（1955年8月27日）（Postcard）

Dear Jonathan Carol & Geoffrey

Leaving now ！

Bye-Bye ！

10:30AM

August 27, 1955

290. 夏濟安致夏志清（1955年8月29日）

志清弟：

現在時間是一點20分，午飯吃完，有點「混淘淘」（tipsy），但是並不drowsy。所以寫這一封信。

早晨沒有吃早飯。今天是我的四十歲生日，三十歲生日（在昆明過的）36小時沒有吃東西，今天絕食一頓也無所謂。昨天晚上吃的廣東菜，相當豐盛，可以維持到今天中午十二點。今天早晨Int. House的Cafeteria不開門（因修理休息一天），出去吃又怕時間來不及，整理行李匆匆趕往38號街（1st Ave）的Airline Terminal。

早晨七點多鐘就起來，仍舊相當狼狽。行李整理好，又怕叫不到Taxi。Int. House的Information Desk介紹給我Yellow Taxi和Checkers Taxi兩家，Yellow電話簿上無其名，Checkers的公司名字不叫Checkers，電話叫不到車子，在Riverside Drive等taxi，神經很緊張，只怕等不到，誤了時間。Information Desk勸我到百老匯去等，但我這許多行李如何搬到百老匯去，是不可能的。僥倖在Riverside Drive等了不久，有一部taxi走過，叫住了開到Air line terminal。如要趕輪船飛機，還是住YMCA方便。Int. House作為度假遊玩的地方很好，但是交通不便。紐約恐怕很少人電話雇taxi的。沒有上海「祥生」「雲飛」（40000，30189）那樣方便。

行李仍有七十磅，規定66磅，超過4磅，我在航空公司有26元存款，飛到Los Ang扣掉三元多錢餘錢已夠飛臺北，請不要掛念。我丟掉不少東西：一字紙簍的紙張，你送我的鞋楦、頭髮油、鞋油、鞋刷等等。紙盒子沒有帶，離New Heaven時已少了一件行李。

TWA的Super G Constellation（這一期*TIME*上有介紹）相當富

麗，頭等艙享受豐富，但不飛長距離也不能享受。今天午飯上前先
來cocktail，Martini和Manhattan任選一種，我選了Manhattan，空
心肚子吃酒，吃下去就渾淘淘，午飯時再有香檳，一人一瓶！（比
PAA還要闊，PAA是一人一杯）他那一瓶只抵你的半瓶，可是倒是
法國Reims地方G. H. Mumm公司出品，我把那一瓶喝完。頭頸略
混，但神經很清爽，並沒有醉。今天空心肚子喝酒之外，還空心肚
子抽煙——這都是生平第一次—— Life Begins at Forty，Begins with
Tobacco & Manhattan。

　　飛機上有雜誌很多，這一期*Newsweek*①的封面人物是Ruark②，
很有趣，Ruark的*Something of Value*③銷了八萬本，版稅六萬元，
Book of the Month Club④版稅五萬元，reprint rights又可拿到五萬
元，米高梅買他版權，預備出三十萬到四十萬元，他本人改編劇本
又可拿到十餘萬元——使我不勝羨慕。

　　兩位空中小姐，一位是Ohio人，一位是Michigan人，她們都
互稱自己的State好。在飛機上（總要一萬尺以上吧？）用Parker筆

---

① *Newsweek*（《新聞周刊》），周刊，創建於1933年，有多種語言版本。《新聞周
　　刊》以Ruark為封面的這一期於1955年8月29日出刊。
② Ruark（Robert Ruark羅伯特‧盧阿克，1915-1965），美國作家，代表作有《獵
　　人號角》（*Horn of the Hunter*）、《毛毛喋血記》（*Something of Value*）等。
③《毛毛喋血記》（1957），改編自盧阿克的同名小說，理查德‧布魯克斯
　　（Richard Brooks）導演，洛克‧哈德森、達娜‧溫特（Dana Wynter）主演，米
　　高梅發行。
④ Book of the Month Club：1926年由哈里‧謝爾曼（Harry Scherman）、馬克斯‧
　　薩克漢（Max Sackheim）和羅伯特‧哈斯（Robert Haas）在美國成立的讀書俱
　　樂部。俱樂部採用郵購（mail-order）的形式，每個月向其訂閱者提供一定數量
　　的由專門委員會選定的書籍。讀書俱樂部發展迅速，其選擇標準也極具聲譽，
　　一度被視為大眾閱讀的風向標。後來Book of the Month Club成為Bookspan公司
　　的一部份，Bookspan又幾經轉手，2012年被Pride Tree Holdings公司收購。

寫信一點不漏墨水，Parker公司真可自豪。（照物理原理，天空空氣稀薄，外面壓力小，容易漏墨水。）

下午睡了半個鐘頭午覺，三點多鐘又來snack—choice between Scotch & Bourbon我點了Scotch（with soda），今天大喝其酒，總算quite a celebration了。

地下的風景沒有多少興趣。紐約天氣hazy，但中西部都很晴朗（印第安那大約在我午睡中飛過了）。飛機飛在雲的上面，so-called stratosphere，天總是青的，不怕atmospheric disturbance。

今天穿法蘭絨褲，上身軋別丁，cord已送入箱子，這樣行李也可減輕些。

有一個joke，我沒有充分發揮，希望寫信給Mary & Derricks時補充一句。我答覆Paul蔡的「相對論」，我說「只有兩樣東西是絕對的：time+the speed of light」。我是套用Yale motto: Lux & Veritas⑤。

時間快到五點鐘了。太陽還在「頭頂心上」，我忘了太平洋那邊太陽落山要比東岸來得晚。時間應該重新撥過，但我也懶得去問幾點鐘。總之，Rockies還沒有過。

飛機上人不多，也不像有什麼大明星之流的人。

到五點多鐘，飛過New Mexico，天氣較惡劣，穿過兩三處thunderstorm（窗外閃電），但每處只有幾分鐘。空中小姐送來點心時，恰逢一處烏雲，飛機的顛簸雖遠不如船，但已經使胃很不舒服，pastry我一點也咽不進，只喝了一杯咖啡，吃了一隻桃子（發現有一位空中小姐的臉很像桃子，非但紅紅的像桃子，臉上白色茸毛也像桃子上的毛。美國小姐臉上汗毛長得長的都像桃子）。進California附近天氣好轉，人也舒服。快到Los Angeles時，先看見

⑤ Lux & Veritas：拉丁文，耶魯大學的校訓「光明與真理」。

許多油井鐵塔，和白色餅形油庫，又飛過許多住宅房子（不見一座skyscraper），着落時約八點（Los Angeles的時間是五點），天氣仍很亮。把行李寄在check box裡，身上大為輕鬆。但是check box仍有點麻煩。我先放在TWA附近的Box裡，後來想起我後天是坐PAA機走，後天早晨又怕碌碌亂，先拿行李搬在PAA Office附近的好。因此打開鐵箱門，再搬到PAA Office，從TWA到PAA之間路也有不少。

坐Limousine進城（也有去Hollywood的Limousine，但我怕住在Hollywood太貴，再則住在downtown和航空公司聯絡比較方便；星期一早晨還可能去日本領事館辦一點手續。決定還是往L. A. downtown）。公路兩旁很多棕樹——久違了。L. A.氣溫同紐約差不多，約七十度左右。但海風比較有勁，紐約這幾天沒有風。

L. A.給我的印象很好，希望你同Carol & Geoffrey能來此度假。

Skyscraper不多，街道很靜，有點像small town，但是範圍很大，公路（叫做Blvd.）很多，設備很好（lanes很多），有汽車的人在這裡附近兜風，一定非常有趣。

L. A.生活也便宜。我住的是小旅館，$1.75一天，但是房間寬大（比紐約Int. House房間兩間還大），床是雙人床，沒有private bath，但是有private臉盆，最使我覺得安慰者是房間裡有私人電話分機——這一隻電話分機無形使得旅客的身份提高了。我查看L. A.遊覽指南，那些「上得了臺楊」的高級旅館單人房間也不過$2.50起碼。吃東西也便宜，我今天晚上在距旅館數步之遙的中國館子吃晚飯，點了一個Pork Noodles。奉送tea or coffee，只有50¢；我還再點了一份cake（算是中西合璧的慶祝生日），15¢，但其分量抵New Heaven House Johnson's的雙倍。Southern California是度假的好地方——吃住便宜，公路暢通，設備好，氣候溫和，山明水秀，celebrities多。我住的地方算是頂熱鬧的地方，就在Statler

大旅館的斜對過，即航空公司downtown terminal。Miami, Florida恐較俗氣，這裡有赫胥黎，又有Grace Kelly，他們就是文化。

　　上床時間是紐約時間十二點多，L. A.時間九點多。

　　星期天的計劃是打電話給Gray Lines，坐他們的遊覽車遊好萊塢，拍五彩相（來美後還沒有照過五彩相）。如遊覽專車也兼玩別處，順便也可一起參觀。下午或晚上也許去看cinerama ——心還不死。（實在不願使臺灣的朋友們失望，做有些事情不一定為了自己的興趣。）

　　回憶過去，瞻望前途，只有一項計劃，寫一本 humorous sketches，類似 *Mr. Roberts* ⑥，*Anything Can Happen* ⑦，及Otis Skinner ⑧和Cornelia ⑨合寫的很多書（派拉蒙都搬上銀幕），甚至於像 *My Sister Eileen* ⑩那樣。從我在印第安那大學宿舍開不開窗子開始（回憶錄裡的Kathie Neff，將是個金髮美人），旁及美國日常生活各種gadgets。穿插很多人物—— one of them，出口成章的Harry

---

⑥ *Mr. Roberts*（*Mister Roberts*《羅拔先生》，1955），喜劇電影，據托馬斯‧黑根（Thomas Heggen）1948年同名小說和黑根與約書亞‧羅根（Joshua Logan）1948年合著之戲劇改編，約翰‧福特導演，亨利‧方達、詹姆士‧賈克奈、威廉‧鮑惠主演，華納影業發行。

⑦ *Anything Can Happen*（《地久天長》，1952），喜劇，據海倫（Helen）與喬治（George Papashvily）1945年合著同名暢銷小說改編，喬治‧薛頓（George Seaton）導演，何塞‧費勒（José Ferrer）、金‧漢特（Kim Hunter）主演，派拉蒙影業發行。

⑧ Otis Skinner（奧茲‧斯金納，1858-1942），美國演員，代表影片有《溫莎的風流娘兒們》（1928）。

⑨ Cornelia（Cornelia Otis Skinner科妮莉亞，1899-1979），美國作家、演員，是奧茲‧斯金納的女兒，代表作有《家族交往》（*Family Circle*）等。

⑩ *My Sister Eileen*（《紅杏初開》，1955），理查‧奎因（Richard Quine）導演，珍妮特‧李、傑克‧李蒙（Jack Lemmon）、貝蒂‧葛蘭特（Betty Garrett）主演，哥倫比亞影業發行。

Nettleton。老許把車子開到slope上去，也是很好的一節episode。總之humorous touches和humor如豐富，也許有變成best seller的希望。不寫best seller很難來美國，即使來了也苦，寫一本best seller，賺一兩萬元錢，在美國可以安心住兩三年，然後再努力寫sympathetic novels ——莎翁也是comedy和tragedy合寫的。遊好萊塢後當再有信。

Most affectionate regards to Carol & Geoffrey

濟安

8/29

291. 夏志清致夏濟安（1955年8月30日）

濟安哥：

紐約寄出兩信一卡，落山磯下飛機後寄出一信都已收到。在紐約有三美奉陪吃飯，在飛機上名酒不斷，生日過得很好，甚慰。

半小時內（2:10）我即將去紐約，乘夜車去 Ann Arbor，normal trip 約五十元左右。搬場期近，想想這樣許多傢俱書籍雜物，如何搬動，心中不免生畏。美國有 movers，包裝一 truck，代為搬家，可是價極貴，我們東西又不多，不上算。最好辦法只有大小包裏由 Railway Express 和郵局寄送。現在先去找了房子再說。

送你上車後，我即返 grad school，由 Harry 幫忙，把你留下的東西，送到門口，再乘 taxi 返家，費時不多。星期五晚上 Carol 看了 *Many-Splendored Thing*，星期六晚上，我也看了，Jennifer Jones 演技認真，她聽到 Holden 死的消息時，我不免落淚。她以前在一張英國五彩片 *The Wild Heart*①，飾一個愛小動物的 gypsy 女郎，我也為之淚下，不知你見過否？

Liggett's 五彩照片取還，惡劣無比，底片上加了一條 scratch，以後添印，也不會有好成績，一併附還。Sidney Phillips②來信，對編譯小說事，頗感興趣，「It sounds like a very interesting idea, and I would very much like to see the mss when it is ready…Look forward to hearing from you soon about your own project.」此事以後再討論。

---

① *The Wild Heart*（《野性之心》，1952；原名 *Gone to Earth*，1950年在英國首映），麥可‧鮑爾、艾默利（Emeric Pressburger）導演，珍妮佛‧瓊斯、大衛‧法拉主演，英獅電影（UK）、塞爾茲尼克國際影片公司（US）發行。

② Sidney Phillips：「標準叢書」（*Criterion Books*）的編輯。

Rahv把"Birth of a Son"退回，我等*New World Writing*③有回音後，再作定奪，如何？今天父親來信附上信及照片兩幀。

好萊塢之遊想好，不知有沒有參觀DeMille攝製*10 Commandents*④，星期六Studio恐怕不開門。Carol同祝一路平安。

弟 志清 上
八月三十日

---

③ *New World Writing*（《新世界寫作》），文學選刊雜誌，由「新美國文庫」（New American Library）刊行。

④ 即*The Ten Commandments*（《十誡》，1956），由著名導演地密爾執導的史詩電影，卻爾登·希斯頓（Charlton Heston）、尤·伯連納（Yul Brynner）等主演，派拉蒙電影公司出品，曾獲最佳影片等多項奧斯卡提名。

292. 夏濟安致夏志清（1955年8月28日）

志清弟：

今天又是瞎走了一天。上午一個人坐公共汽車（83路），過Beverly Hills，到Santa Monica Beach。Beverly Hills並無山，Beverly Hilton只是在公路邊上（Wilshire Blvd），並不在山上。Santa Monica Beach不大乾淨，早晨很多人在釣魚，游泳的人很少。那地方簡直有點Coney Island的神氣，不大高級。有一Mme. Adriana掛牌算命：Egyptian Tarot Carol Reading，時間下午2:30開始，假如上午開始，我倒要去請教一下外國算命。外國算命似乎California還流行，我上次在舊金山，公路上有好幾家Palmist，還裝有Neon燈，在印第安那和別處就沒有見到過。Santa Monica沒有雜耍，但「海鮮」（seafood）店很多。Santa Monica回來，換車去Hollywood，公共汽車是91路，先過Sunset Blvd後過Hollywood Blvd，Sunset Blvd的西頭是高級住宅區，東頭也有很多小店，並不全是高級住宅區。Hollywood Blvd是一條路，沒有什麼特別，電影院有很多家，有頭輪的，也有二輪的；也有銀行和別種店鋪，同New Haven的Church Street也差不多，不過Hollywood Blvd特別長罷了。電影公司都不在那條路上。

公共汽車回到downtown，下午想再去Hollywood Blvd拍照，因為上午公共汽車把那條Blvd走完了，沒有機會拍照。午飯之後，我正在步行拍報館附近的照，忽然有一個青年自動offer要代我拍照留戀，我就叫他代我拍一張，我們就攀談起來了。我聽見那人的英文有點「彎舌頭」，問他是哪裡人，他說是加拿大Montreal人，我就用法文說一句：「Parlez-vous Français？」兩人邊走邊談，他大講法文，我也用半英文半法文的同他談。

　　那個加拿大青年（在火車站做事）名叫Andre Turner，倒是個熱心好人（還沒有married），可是有了他陪我，反而耽誤我時間，沒有一個人瞎摸的好。他先介紹我到Clifton Cafeteria，我們去喝了一杯咖啡。那家cafeteria是個怪地方，全部佈置像大舞臺《西遊記》的佈景，五彩燈光，怪石嶙峋，花果山水簾洞一般。

　　我們往西邊走，我發現時間不夠了，就同那人告別，坐上公共汽車一個人再去Hollywood Blvd，我的那卷五彩照片一定要拍完，離開美國之前可以寄回Kodak公司，頂理想的地方還是Hollywood Blvd。結果在Hollywood也沒有多少好題材，並沒有拍完（成績難言，經驗不夠）。明天早晨還要拍。

　　Cinerama沒有看。Cinerama在好萊塢的Warner大戲院演，我本來想看下午五點鐘的一場。但是時間給那人一耽擱，我來不及回旅館穿coat，只穿shirt一件（中午較熱），怕戲院裡冷氣太冷，散戲時總要下午七點，那時太陽下山，氣候轉冷，身體怕受不住。如再回館穿coat，Hollywood離Los Ang.相當遠，長途跋涉也犯不着，結果決定不看了。

　　回到旅館，再拿遊覽指南看一遍，原來Gray Line Tours可以領遊客參觀環球公司攝影場的，我沒有早同他們聯絡，這個機會錯過了。但是參觀環球公司，你大約不會很起勁的。今天星期天，也未必有戲拍。

　　紐約有汽車很不方便，Los Ang.有汽車則大方便。因為Los Ang.的downtown區域（同美國別的城市差不多）不大，近郊好玩的地方多。

　　Los Ang.的高級beach，叫作Long Beach，這次也來不及參觀了。但是看了New Haven的Beach和Santa Monica Beach之後，我覺得香港的beaches可以列入世界第一流。香港還有一點好處：天的顏色很青。Los Ang.的smog我沒有經驗到，但今天早晨有fog，

後來霧散天晴，但是天色似乎沒有香港的青。

　　Grauman's Chinese Theatre的佈置是賣野人頭的假中國玩意，很醜陋。裡面的男女職員都穿中國服裝（似是而非）：男是右衽，如短的長衫（藍色），女是對胸短襖（紅色）。門前水泥地上的簽名不斷地有很多人參觀，我上午沒有停，下午再去看一下。留名的明星不多，最老的是Swanson①、Constance②和Norma Talmadge③、Mary Pickford④都是20's的人。有Jean Harlow。有兩個老牌明星都是近年才去簽名的：Bette Davis（'50十一月）和Cary Grant（'51）。Adolph Zukor是'53去留的痕跡，那是慶祝他服務五十周年（？）。也有被人遺忘了的明星如唐阿曼契，也有根本不成其為明星的William Lundigan⑤。最可愛的手印是Jean Simmons的，她的手很小，很dainty，那是獻映 *The Robe* 時留下的。Grace Kelly等很多你我很崇拜的明星都沒有留，但是有Marilyn Monroe。

　　好萊塢是個鎮（？），但是我只是在鎮上的大街上逛來逛去，當然看不到什麼東西。但是在好萊塢和Los Ang.所見到的美女倒是不少，按人口比例而講，Los Ang.可以說是美女薈萃之區。假如今

---

① Swanson（Gloria Swanson葛洛莉亞‧斯旺森，1899-1983），美國女演員、歌手、導演，代表影片有《紅樓金粉》（*Sunset Boulevard*, 1950）。

② Constance（Constance Talmadge康斯坦絲‧塔爾梅奇，1898-1973），美國無聲電影演員，參演了超過80部電影。

③ Norma Talmadge（諾瑪‧塔爾梅奇，1894-1957），美國女演員、電影製片人，康斯坦絲‧塔爾梅奇之姊，代表影片有《溫柔的微笑》（*Smilin' Through*, 1922）。

④ Mary Pickford（瑪麗‧畢克馥，1892-1979），美國默片女演員，聯美影業創辦人之一，「默片藝術與科學學院獎」（Academy of Motion Picture Arts and Sciences）的36位創辦人之一。

⑤ William Lundigan（威廉‧盧迪根，1914-1975），美國演員，參演了超過125部電影，代表影片有《海上霸王》（The *Sea Hawk*, 1940）。

天下午到Long Beach去走一遭，一定可以大開眼界。

愛爾蘭型的美女也有不少。如Clifton Cafeteria櫃檯裡管端菜的有一個小姑娘，長得就像Virginia Mayo（但是冷若冰霜，不善表情）。最奇怪的是西班牙型的女人大多很美，遠勝她們的拉丁姊妹── New Haven的義大利小姐。程靖宇的snobbery也有點道理！New England的義大利人大多窮苦出身，派頭先惡劣。加利福尼亞的西班牙小姐大多還是貴族的後裔呢。這裡有很漂亮的黑髮（黑的發烏）小姐。

西班牙人的文化遺產頗為珍貴。那些街道的名稱不必說，最明顯的是Los Ang.的建築。這裡西班牙建築是dominant feature，西班牙建築的特點：屋頂是赭紅色的，如紅土，牆壁是淡黃色的，如黃土，紅土黃土配合棕櫚樹，很調和而鮮明。西班牙建築同近代立體式建築也很像：線條都很簡單，很少觸目的討厭的裝飾。西班牙房屋的屋頂坡度很緩，平平蓋上一層瓦，很modest；New England的House of the Seven Gables實在難看，那許多三角形湊在一起算是什麼一回事呢？牆壁顏色可能是淡黃或白色，也很單純，看不見紅磚，和那些colonial colonnades。窗子的design分兩種，一種是細長方形⊓，一種是圓頂長方形∩。圓頂長方形是最能代表西班牙建築的，不限窗的形式是如此，門也可以，拱門（有洞無門）也可以，這裡的建築師很聰明，設計房子大多用西班牙式，連Methodist、Episcopal Christian Science那些各宗各派的教堂都造的像Alhambra（大食故宮），圓頂長方形的motif層出不窮。

講起宗教，我今天早晨又一次奇遇，真是同美國的教會有緣。早晨在公共汽車上研究地圖，忽然有一個人問我：「我能幫助你嗎？」問話的不是美女，而是醜陋的青年男子。其人手裡拿了四本

書，一本是《聖經》，一本是 *Bhagavad Gita*⑥，一本是 *The Mysteries of St. John's Gospel*⑦，一本是印度什麼宗教書。他的教派叫作 Self-Realization Fellows，他說他同時是 Hindu（他是美國人），又是 Christian。我問他你認識 Christopher Isherwood⑧嗎？他說 Mr. Isherwood 就住在附近的什麼旅館，上星期還跟他們演講呢。他說 Jesus Christ 也 taught yoga 的。他們教會的牧師稱為 Swami，不東不西，真是奇怪。我問他們，信徒有多少人，他說已經數不清了，他們的教已經 well-established。我那時一心想去 Santa Monica Beach，不能同他多談，也不能跟他去做禮拜。假如時間充裕，我真想去研究一下「印度為體，基督為用」的怪教。

　　從 Santa Monica 回來，公共汽車上看見一個人，我至今懷疑是不是赫胥黎。此人過了 Beach 才上的車，不到 Beverly Hills 就下車，在車上也有十幾分鐘，我很有機會同他說話，但還是沒有冒昧去請教尊姓大名。因為即使真是赫胥黎，我又有什麼話同他去談呢？讓我來把此人描寫一下，你可以決定一下是不是赫胥黎。此人的頭非常之圓，後腦凸出，頭髮灰白，但仍很多，往後直梳，中間分開。戴了一副墨綠色人陽眼鏡──這是最使我奇怪的，因為早晨有霧，霧散了太陽也不老辣，為什麼要戴太陽眼鏡呢？只有一個解釋：此人是戴慣太陽眼鏡的。臉色是黃褐色的，臉上肌肉很緊張，繃緊的猶如雷門麥塞。嘴平下巴尖。行動瀟灑，白襯衫，純白絲領

---

⑥ *Bhagavad Gita*（《薄伽梵歌》），古印度梵文宗教詩，共有 700 節詩句，原為著名史詩《摩訶婆羅多》的一部份，大約作於西元前一千年到西元後四世紀之間。作者不詳。

⑦ The mysteries of St. John's Gospel，不詳。

⑧ Christopher Isherwood（克里斯多夫·伊舍伍，1904-1986），英國小說家，代表作有《柏林故事》（*The Berlin Stories*）和《獨身男人》（*A Single Man*），他的作品被多次搬上銀幕，並獲大獎。

帶，藏青西裝，上身很寬，是一種 sports jacket，下襬左右各有扣子兩枚，前胸敞開。還有一點值得注意的，手裡拿了一疊深黃色 file 紙夾子。此人的相貌一定是 intellect 很發達之人，服裝不俗，很可能是赫胥黎。

明天就要離開美國，此刻的心情倒很平和，雖然很多事情未能盡如人意，但來美國一次總比沒有來好多了。

你快要忙着搬家，一定是大傷腦筋的。鐵路公司可以代搬行李，但是搬運費一定很可觀。旅行是樂事，行李是累贅。我行前似乎Carol還預備開車直達 Ann Arbor，可是這麼長的路程，一路還要餵 baby，不知道是否太勞神？我看還是坐大車的好。

Carol前請多多問候，我要到了臺灣才會寫信給她。總之謝謝她的接待和行前的禮物。樹仁如此快樂和 contented，真心是少見的。再談專頌

近安

濟安　頓首
八月二十

今天卸軟片時不小心，我們在 Yale Bowl 照的相，恐怕漏光了。

1、Marlboro 煙印第安那賣 $23，New Haven$25，紐約 $26，波士頓 $27，芝加哥 $28，Los Angeles 賣 $22。

2、給父母親大人的信飛機上再寫了，到 Hawaii 再寄給你。

3、Los Angeles 的風景明信片，平信寄上。

［又及］在東京機場只預備停兩小時，換機飛臺北。到東京時，美金要登記，如要兌換照官價結成日幣，錢不值錢，所以日本的生活比美國還要貴。

293. 夏濟安致夏志清（1955年8月29日）

志清弟：

在Los Angeles發出兩信，想均收到為念。機行很穩，胃口很好。

此刻正在飛渡太平洋，底下一片碧海，茫茫無際，抵檀香山約下午六時（LA時間下午九時，紐約時間半夜十二時）。

鄰座是一位退伍上校，主持對俄國的廣播宣傳（Director, Radio Liberation Network），此去臺北將和臺灣的廣播電臺合作對西伯利亞廣播（他在日本將停留）。他曾橫渡大西洋十六次，太平洋十三次。名字是蘇格蘭名字，叫作麥克xx（Col. S. Y. MacGiffert），紅臉白髮，鳳眼很敏銳，笑容滿面，有點像海明威，他帶了兩本新書，一本是赫胥黎的 *The Genius & the Goddess*，一本是Wouk[1]的 *Marjorie Morningstar*。

空中小姐名叫Dorothy Olsen，上校說她是瑞典種。但她不是Mid-West人，她是紐約人。飛機上有　個少婦帶了嬰孩，空中小姐也去服侍，預備牛奶瓶等。

上校對空中小姐說：The flying hostess is the nearest thing in the US to a geisha girl. 空中小姐聽見了也不以為忤。我趕快去改他：我說 the flying hostess is the nearest thing to an angel.

上午在去機場的公交汽車上，把幾張剩餘的五彩照片照完，已寄Kodak公司。我照五彩，本來經驗缺乏，這次又是為了拍完而

---

[1] Wouk（Herman Wouk赫爾曼‧沃克，1915-），曾獲普利茲獎，代表作有《戰爭風雲》（*The Winds of War*）、《戰爭與回憶》（*War and Remembrance*）、《馬喬里晨星》（*Marjorie Morningstar*）。

拍，對於光線題材都未加研究，成績一定一塌糊塗。Kodak公司沖
好了會寄到New Haven來的。

　　身邊還剩35元，即使在日本耽擱一兩天，也不致窘迫了。但
是我還是希望直飛臺北。Carol和Geoffrey均在念中。東京如不停
也許要到臺北再寫信了，再談

　　專頌　近安

濟安 頓首
八月二十九日

294. 夏濟安致夏志清（1955年9月2日）

志清弟：

　　一路平安，已抵臺北，現住旅館，尚未開始拜會朋友。

　　八月二十九日晚過了生平頂長的一晚，天亮已是八月三十一日了。八月二十九晚九時抵檀香山，但當地時間只算六點，過了兩個鐘頭重又起飛，那是算八點。到威克島是上午五點，但當地時間算深夜兩點——剛剛是下半夜。到東京是八月卅一日上午十一點（威克島時間）——當地時間是九點。東京在機場停留了一個鐘頭，換CAT機飛臺北。晚八時到。

　　飛機上的中國人我看上去似乎大多討厭——西裝outlandish（用你的字眼）不必說，但臉型都長得有些反派。歐美人常有偏見，以為中國人cunning，想不到離開中國半年，我也會有這個印象。

　　臺北機場秩序混亂，印象也至劣。中國人到了中國都爭先恐後，臺北的檢查也特別麻煩。護照、入境證、身份證（上面都有照片的）之外，還要填張什麼表（人人如此），還要貼兩張照片。我身邊未備照片，日後補繳。表格這麼多，管file的人就得多，國家就多養一批公務員。

　　行李沒有給我多麻煩。我這點東西在N. Y.稱70lb，在L. A.，PAA人員馬馬虎虎算我66lb（免費限度），到了東京沒有重新過磅，平安到達臺北。

　　唱片暫被扣留——這也是法令如此，過兩天就可去領回。他們要聽聽「內容」是什麼東西，如「意識純正」，就可以去取回。（凡是唱片進口，都是如此。）

　　臺北昨日小雨，今晨（九月一日）大雨，本擬去臺大，現在要

等雨停了再說。昨日東京和Okinawa都有小雨。此外一路天氣都很好。東京和臺北都比美國兩岸都熱。

檀香山機場，花香撲鼻（很多人都圍着Leis），風光旖旎，機場上不見一個兵，一個員警，和臺北情形大不相同。我們那架PAA機到達不久，United Air Lines的Douglas D. C. F.載了一批牧師，一到之後，就有很多人上去替他們圍花圈。黑coat白硬領外面，厚厚的繞着很多粉紅色的花。他們都是聖公會牧師。Episcopal Conference一年一度在檀香山舉行。

臺北給我最好的印象是物價便宜（半年內很少變動）。Taxi（Chev. Station Wagon——相當新）從機場到旅館不到一元錢（US）。晚飯在四川館子吃的，吃了不到20¢。旅館一晚上也不到一元錢，旅館當然髒（廁所很臭），名叫「華僑之家」，但一切welfare都由「下女」照顧，下女笑靨迎人，體貼入微（tip要等遷出時一起給），和美國旅館的impersonal不同。一到之後，就送上一壺熱茶，喝得很過癮。

我住的地方是西門町，即downtown電影院區。主要的電影：《獨孤里橋之役》①（翻譯越來越壞了）和《情聖》（*A Man called Peter*）。在街上走走，未遇熟人。

我以前在上海家裡，老是想離開，先是想到「內地」去。從北平逃返上海後，又天天嚷着要去香港。現在重返臺灣，心裡只是想去美國久住。Really where do I belong？

你的Ann Arbor地址定後請即賜告。我的地址暫定臺大外文系轉。你如搬家忙碌，少寫信也可。等到大家地址定了再說。

---

① 《獨孤里橋之役》（*The Bridges at Toko-Ri*, 1954），據詹姆斯·米切納（James Michener）小說改編，麥克·洛遜（Mark Robson）導演，威廉·荷頓登、米基·魯尼、弗德立·馬治主演，派拉蒙影業發行。

　　我現在倒很替你的搬家操心——因為日期一天一天迫近，沒法拖了。搬家方式定了沒有？Carol盼多保重，搬家是需要很大的energy的。有幾家大車公司備有babysitter（我的根據：八月份*Holiday*雜誌），你可以打聽一下。如能坐火車走，恐怕是頂省力的辦法。吃力的只是packing和unpacking，路上可以少吃力。如走公路，路上還要吃力。

　　胡世楨和New Haven的許多朋友都請代候。陳文星兄如已返校，搬家時當可替你分勞，他如尚未開課，請他一路護送如何？他幫你照顧行李，你和Carol就可服侍樹仁了。彼此老朋友，他也許會贊成這個辦法。你以介紹女朋友作為交換條件。

Most affectionate regards to Carol & Geoffrey.

專頌　近安

濟安

九.一

　　（九月二日晨續寫）

　　在臺北已過掉一天，過得可以說很快樂。老朋友們的友誼使我很覺得人情的溫暖。我因此想，在臺北再住兩年（假如一切維持正常狀態的話）也不為多。

　　臺北不斷地下雨，據說下了五天。

　　臺大要到九月二十六日才上課。我的宿舍還沒有定，可能還是住到溫州街58巷去。這兩天住在旅館裡也很方便。搬進宿舍去，要搬動家具，也很吃力。

　　這兩天還是很忙——拜客，談天，吃飯。還沒有工夫寫作，也沒有工夫細細地回憶美國的生活。你在美國虧得結了婚，有太太陪你，可以抱抱孩子，否則生活一定寂寞得可怕。我在臺北是不可能寂寞的。

　　還沒有去找算命先生。樹仁生下時，我當把八字抄到臺灣去，託朋友拿去算命，那位朋友糊裏糊塗一直沒有寫回信。但是樹仁的命好極了——不是professional的路子，如你所想像的。而是「將軍兼部長」的命。這點我也不大相信。大約臺灣是「軍政」界為最respected的class，算命先生有此preconceived的先人之見，把好命都往軍政方面去想。樹仁在中國可能在軍政方面打天下，在美國我不相信他會進軍校，立戰功，登臺拜將，入閣為相。詳細情形候我同算命先生研究後再說。總之，樹仁有很好的八字。

295. 夏志清致夏濟安（1955年9月12日）

濟安哥：

　　到臺北的信已收到。今天是在New Haven的最後一晚，明晨即要由Carol駕駛汽車開往Ann Arbor，不預備趕早，預備星期六抵Ann Arbor。星期五晚上留宿舍在Pittsburg朋友Blumberg（同我通過信的）的家裡。上次去Ann Arbor前寄出一信想已看到，一夜火車，晨八時半抵Ann Arbor，下午看報找房子，第一家看到覺得還滿意，就take了，免得東找西尋麻煩，是二樓furnished flat，較Humphy Street的apt.好多，租費是125一月，Ann Arbor的房租都在100元以上，所以也不算太貴，Yamagiwa沒有找到，當晚乘夜車趕還New Haven，「917 Greenwood Street, Ann Arbor, Mich.」

　　一兩星期來為了搬家，不出所料，忙碌異常，把一套沙發，及Floor Lamps等大件頭都廉價出賣（Reporter分類廣告效力甚好），買了兩件大號trunks，再把放在graduate school basement的trunk搬出，書和雜物，由郵寄的，大小包裹凡二十五件，Railway Express搬送七件，粗事情Carol可幫忙的有限，一切捆紮包裹箱子皆親自動手。你一定會不知如何對付。

　　Kodak chrome的slides已收到，都拍得很好，不日寄上。*New World Writing*已把文稿退回，"The Birth of a Son"我預備"The Jesuit's Tale"刊出後再投雜誌，你以為如何？怎［這］樣editors可另眼相看，rejection的機會較少？返臺後情形想好，宿舍已弄定當否？范寧生還沒有信來，要不要我寫封信去通知我的新地址？到Ann Arbor後再寫信了。Carol、樹仁都很好，fit for the journey。

　　祝　近安

弟　志清　上

九月十三日

296. 夏濟安致夏志清（1955年9月11日）

志清弟：

　　來信收到已有多日，知道你已去 Michigan，開始為搬家作準備，這幾天想必非常忙碌。我來臺後，心緒一直不寧，什麼事情都沒有做。旅館已遷出，現住溫州街58巷宿舍，換了一間房間，但我預備再搬一次家，改住榻榻米的日式宿舍；恐怕要兩三星期以後那邊才有房間空出，才可以搬定當。在搬定之前，工作效率一定很低。現在我身邊的行李還只是飛機上帶來的那一些，樣樣東西不趁手，東西攤了一地。沒有壁櫥，東西沒有地方放，我的家具還寄存在朋友處，索性等房間分配定了再搬動大件的。臺灣天氣很壞，起初天天下雨，現在又熱得可怕，much worse than New Haven's worst days。開始生香港腳，已塗用藥水，想不致潰爛。唯一可告慰者，大約體重已增加。看見我的人，人人都說我說我「長胖了，紅光滿面」。氣色大約不壞，腰圍也在增粗中──栓褲帶時覺得出來的。這裡的生活只好算是 vegetating，人容易發胖沒有什麼希奇，近日幾無「精神生活」可言。下學期的功課（九月廿六上課）：小說之外，是「英國文學史」。我可以教「批評」，但我覺得教「文學史」可以強迫我對英國文學史徹底溫習一遍，也許比「批評」更得益，「批評」還是讓英千里去教吧。宋奇對我不去香港大為失望，這是可以想像得到的。他已替我代向香港 USIS 接洽妥當，翻譯 H. James 的 *Screw*，這個加上了 *Essays*，已經夠我忙半年的了。Criterion 的小說選大致可以成事，聞之甚為欣慰，這個還是請你全權主持，我從旁協助可也。樹仁的 Horoscope，上次語焉不詳（因為沒有看見那張 Analysis），現在那位朋友已經把「命書」找出來，下次當全文抄錄寄上，總之：一生平安，名利雙收，23歲後即飛黃騰達（大約

是的 Ph.D. 了），壽至七十餘歲，應該讀自然科學。沒有提做「部長」的事，大約還是如你的理想走 professional 的路子。我們在運動場上所拍的照，都漏光了，非常遺憾，但下半卷──即 Los Angeles 所照的──成績都很好，下次當擇優寄上。我在 L. A. 時，氣溫只有七八十度──你記得我不穿 coat 還不敢進冷氣戲院，但是走了沒有兩天，L. A. 氣溫猛升至 110 度，真是怪事。在紐約所照的「Splendored Things」廣大銀幕，也在漏光之列，也很遺憾，但也許有一張還可以一看。父親的信和照片都已看到，我從檀香山發出的一封信，有便請代寄。我到了臺北，經濟上即少感恐慌，等到兩本翻譯的稿費拿到，當可以代你接濟家用幾個月。宋奇說他有熟悉的 Literary Agent，如 "The Birth of a Son" 不為 New World Writing 所錄取，請他代找 Literary Agent，如何？New Haven 和美國東北一帶，氣候如何，甚念？如也同臺北一樣的熱，搬家真是苦事。你是否決定坐火車搬家？如自己開車，Carol 太苦了，我不贊成。這次搬家，費用多少？如地址未定，暫緩寫信也可。Carol 和樹仁在念中，Carol 真是你的賢內助，沒有她，你在美國一個人生活，非但太寂寞，而且幾年是孤立無助的。我已經算過一次命，明年非但可能結婚，而且以後三年內可以大發其財，可以發到五十萬美金以上──你信不信？我不大信，且拭目以待可也。別的再談。

　　專頌　旅安

濟安　頓首

九月十一日

　　[又及]看了兩場電影：*Toko-Ri*①和S. Mangano②的*Anna*③，後者攝影很美。

---

① 即 *The Bridge at Toko-Ri*，見註41。

② Silvana Mangano（肖瓦娜‧曼加諾，1930-1989），義大利影星，1948年當選「羅馬小姐」，1949年與名製片人迪諾‧德‧勞倫提斯結婚，育有子女四人，1988年婚。

③ *Anna*（《慾海慈航》，*1951*），迪諾‧德‧勞倫提斯製片，亞伯特‧拉圖爾達（Alberto Lattuada）導演，肖瓦娜‧曼加諾飾安娜，由一夜總會歌女變成虔誠的修女。

297. 夏濟安致夏志清（1955年9月21日）

志清弟：

　　接離New Haven前夕一信，知packing已告一段落，全家首途履新，想必一路平安為念。新居較前寬大，想必很快就可安定下來，開始新工作。我的住所還沒有安定，現在的房間同以前所住的一間一樣大，但我覺得太小。總務處答應另外分配一間較大的房屋，我懶得搬動，因此寄存朋友處的箱子、書籍、家具，都還沒有搬來，預備房間定當了，索性一起搬動。現在我的房間很亂，西裝都放在箱子裡（沒有地方掛），做事的效率不大，但比起初一兩個星期已經好多了。天氣很熱，據說今年臺北夏天不熱，而近日秋老虎特別可怕（你記得我在New Haven熱天還常常穿coat，在臺灣coat根本穿不上），我想躲開臺北的酷熱，結果仍舊沒有躲掉，亦定數也。功課，開小說兩班，英國文學史一班，尚未上課（定26日上課），英國文學史略需時間準備，但應付不難。在臺北混日子很容易，但是人像Lotus caters似的，志氣變得很小。練習英文寫作幾乎為不可能之事，中國神話等等也不知何時開始動手。敷衍臺大的功課，替USIS翻譯書，賺些穩有把握的稿費，再跟朋友們瞎談天——這樣做人，假如天下太平的話，也該很快活了。但是你知道我的野心還遠不止此。明年「印大」的獎學金都不想申請，因為一則怕visa有問題（美國政府可能require我在臺灣服務兩年）；再則怕在美國太窮了，做人沒有意思。最要緊的還是如你所說，能有一本書在美國出版，打好「底子」後再來。但人在臺灣，雜務很多，我做事勇往直前的精神很差，可是興趣很廣，又重面情，耳朵又軟，虛榮心又大，人家有雜事找上門來，很少推辭得掉，所以在臺灣的時間，浪費掉很多。我在今年出國以前，不知道你的生活情

形，現在才發覺你的生活真不寬裕。Michigan給你4000一年，想必還要扣去所得稅，每月不過三百餘元，你還要負擔家用一百，這樣你每月實際收入比之我在Bloomington時$240一月好不了多少，而我在Bloomington有那樣便宜的膳宿（你的房租$125真太可怕了），也並不覺得手頭如何寬裕，你的「量入為出」緊縮的情形也可想而知。美國是好地方，可是手頭窘迫就使人不痛快，真虧你維持下去的。范寧生已說定把錢匯寄給你，如尚未收到，我當去信催詢，他的信用很好，請你稍為等候可也。"The Birth of A Son"暫存你處亦可，這篇文章恐怕還需修改。最近看了一部臺灣新出的popular historical novel「古瑟哀弦」①，裡面亦有一段「踏雪尋梅」，它的描寫就比我的高明：起先天氣很好，大家玩得很起勁，後來「天容徒變，雲隱山暉，北風一陣緊似一陣，看樣子又要下雪了」，於是大家再上轎子。我的描寫：一出轎子，主角二人就怕冷縮了回去，似乎「詩意」不夠。

接宋奇信，云張愛玲日內將來美國，他說張女士亦深感美國賣文之難，她除賣掉一個長篇之外，短篇也沒有出路。我現在的心情同光華大學畢業前後差不多，那時我（一）很肯用功；（二）野心很大；（三）對現實環境（如嫌住房大小等）不滿；（四）對女人不加理會。不料十五年後，做人還是那樣子，真是愈活愈回去了。去年前年有時還有點安居樂業，想settle down之感，現在的想法當然大不相同了。算命先生所promise的東西，其實我並不期待；我的氣質還是屬於肯「要好、向上」的那一種，不會變成Micawber②那樣等待something to turn up的。如算命先生說我今年（所剩已沒

① 《古瑟哀弦》，武俠小說，郎紅浣之名著。
② 米考伯爾（Micawber）：是狄更斯小說《大衛・考伯菲爾》的人物，充滿幻想，希望有朝一日，時來運轉。

有幾個月了）或明年結婚，若果能如此，那真是 miracle 了。現在
對於交女朋友就沒有興趣；即使我銀行裡能有一萬元美金存款（此
事如能實現，也幾乎是 miracle），我也必設法到美國來讀書遊歷，
不會轉結婚的念頭的。我在光華讀書時，女孩子能使我動心者不是
沒有，但我很能抵拒 temptation，對任何女子不加考慮。現在年近
中年，對於女色的 desire 只會減退，不會增加，而對於現狀的不滿
意，較光華那時，卻並無遜色，所以你想我結婚的 prospects 是不是
很 slim 了？這種話可以對你說，卻不願意告訴父母，使二老擔憂。
但是我找過這許多算命先生，都沒有一位預言家說我這一生沒有老
婆，他們都還 promise 我有兒子（one or two），所以婚恐怕還是要
結的，只是不知道是哪一年了。Miracle 並非不可能，如今年之能
來美國同你聚首，我認為就幾乎是 miracle；我既不喜鑽營，而曾患
TB，有 curse 在身，出國對我固然是很大的誘惑，但我認為與我恐
怕是無緣的了。今年居然鬼使神差的能來美國住上半年，已經是
far better than I dared to expect。別的 miracle 可能還有，但是我不會
count on miracle 的。

　　Kodak chrome 居然成績不差，聞之甚慰。Los Angeles 的風景你
同 Carol 也可以借此多欣賞一下。我於八月十八日寄到 US Color
Mart（Box 2222, Hartford, Conn...）添加的五彩相片迄今尚無回
信，有便請去信查詢，否則我覺得很對不起張和鈞。（寄 Color
Mart 的 postal money order 是 1-94, 207, 707 號，款項為 $3.40，匯票
開發日期為八月十七日。）

　　臺灣情形大致同我出國前差不多，政治安定，物價也幾乎沒有
上漲，而且當局為要和共匪搶留學生，對留學生特別優待。留學生
可以優先分發到高尚職業，如外交部不添人但留學生如自願進外交
部，卻可以很容易成功，這點請告訴陳文星兄，他如要回來，政府
還可津貼旅費。

專頌　近安

濟安
九、二十一

[又及]英文系Marvin Felheim③已見到否？他沒有破壞丁先生的名譽──我現在問清楚了──他只是閒談中偶然談起而已，非正式的，而且並無惡意。

---

③ Marvin Felheim（馬文‧弗雷明，1914-1979），學者，1948年起即在密西根大學任教，曾任大衛美國文化研究傑出教授（Joe Lee David Distinguished Professor of American Culture），代表作有《喜劇：戲劇、理論與批評》（*Comedy: Plays, Theory, and Criticism*）等。

298. 夏志清致夏濟安（1955年10月6日）

濟安哥：

九月十一日、二十一日兩信都已收到，知道臺灣情形還穩定，你任教文學史，外加兩筆翻譯，生活可以很好，甚慰，新宿舍已找定否？甚念。

抵Ann Arbor已兩個多星期，一直抽不出空來寫信，想你已望眼欲穿。你很擔憂Carol一路開車，路上會出毛病，結果一路很安全，樹仁在車上，睡覺的時候多，也很乖，現在住在較像樣的apt，space較大，furniture較好，精神上的確比在Humphrey St.時好得多。

動身前，我把書和一切禮物都由parcel post寄出，包紮二十五個cartons，雙手粗糙異常，至今方漸復原。除碗盤稍有破裂外（都是不值錢的），都於一星期內安抵Ann Arbor。另買了兩隻特大trunks，外加中國帶來那只舊鐵箱，衣服和較貴重的東西都放得下，寫字臺的檯面，用三條blankets裹好，外加一個大carton，一路上也沒有受損傷。Railway Express運費七八十元，郵費三四十元，賣去家具九十五元，兩隻trunks六十元，所以搬場的用費，不算太大。一切雜物都沒有遺失，卻把一張check（八月底Yale寄給我的pay check $333）丟了，真是不巧。這張check Yale大概可以補寄的，可是付了一月半的房租後，手邊餘款不多，連父親的二百元也不能匯出，明天拿到U of Mich九月份的薪金後，再可匯寄。家中停寄了一月，因為有你上半年的補助，經濟方面還不至於窘迫。昨日接家信，謂父親雙腿乏力，沒有全部復原，玉瑛暑期休息，再回學校後，身體不如春天時結實，都使我很掛念。

定九月十四日上午出發，可是預備裝車的雜物還是很多（大件

頭如 baby carriage、bathinette 等），結果弄了大半天下午五時才出發，車子裝得滿滿的，車後的 view 全都 block，駛車相當危險，虧得 Carol 技術很好，駛過 New Haven——New York 的 pkway，沒有出毛病，在 N. J. Turnpike 第一站的 Howard Johnson 吃了晚飯後，宿在 Pennsylvania 公路附近的 motel。翌晨再出發，一路 Penn. Turnpike Traffic 很清，晚上六時許抵達 Pittsburg，宿友人 Blumberg 家。星期五再出發，Ohio Turnpike，只開放了一小部份，一路在老式公路上行駛，那天天氣很熱，樹仁在車上已頗感 uncomfortable，睡得不太好。抵 Ann Arbor 一小時前，吃了晚飯，九時半安抵 Ann Arbor。以後四五天，東西漸漸到全，又要 unpack，忙了一大陣。

住在樓下的房東 Mrs. Hathaway 人很和氣，她是寡婦，同兒子 John 住在一起，他在 Mich 讀法學院，去年去過香港，對中國稍有認識，Greenwood St. 是 one way 的小路，很幽靜的住宅區。星期六日，街道上小孩很多，所以環境比 Humphrey St. 好得多。Apt 圖樣上次已寄上，那第二寢室現在是我的書房，東西由我亂堆，不再要 Carol 整理，晚上關了房門，着實可以做一些事，不比在 Humphrey St. 時人碰人腳碰腳那樣的 crowded，所以房租確實增加了五十元，我覺得是 well worth it。

二十六號開學上課，暑期時我什麼都沒有準備，為了開參考書目，又大忙了一陣。我開的課有 Reading in Chinese Thought，現在正在讀四書，學生四人，Modern Chinese Ways of Thought，學生六人，上星期 lecture 了一些清末背景，昨天 lecture 了康梁變法，這門功課好在參考書很少，全由我 lecture，學生對中國情形不熟，聽我吹牛，頗感興趣。中國哲學那課，要我一星期來三次 lecture，一定吃不消，我注重讀原文，上課時由學生發問，keep it informal，所以我對付得也很好。另外一課「高級中文」，學生程度不齊，有的要讀文言，有的讀白話，上課時間較多，可是不用準備，所以上一

課書，精神上沒有什麼消耗。第一星期為預備lecture，比較緊張，現在同學之間已建立好感，已頗駕輕就熟。目前苦的是我自己參考書看得不多，有的書以前看過的，沒記notes，從新再得看，我已order了幾本較重要的書，不必去圖書館同學生搶書看，一月之內，當可一切有條不紊了。

去年一年morale很壞，因家居太久之故。現在天天上office，精神反而很好，你說的很對，我需要「緊張」。做stimulus，效率反而好，一鬆懈下來，疑神疑鬼，對自己身體，智力發生懷疑，就有melancholia的傾向。目前我覺得intellectual很fit。樹仁日間由Carol一人照顧，使她忙了不少，可是現在生活較正常，同普遍美國小夫婦，丈夫去office，太太照顧小孩的一樣。

你給Carol的信寫的很幽默輕鬆，可是這種書面上的elegance，外國小姐吃，中國小姐不一定太欣賞。相面先生說，你明年可結婚，我很高興，可是還得靠自己努力，發洋財的prediction，我不大信，五十萬美金談何容易？相面人總免不了flattery，可以bolster ego，但不必全信。樹仁的命很好，大概他一生用不到像我們那樣的吃苦，二十三歲，拿Ph.D.是可能的。昨天樹仁去看醫生，種了牛痘，他身重十八磅半，牙齒已漸出現，身體極好，新房子space多，他脾氣也更好。只是他精力充沛，日間睡眠的時間很少，Carol不能有充分休息。

一星期前，PR寄來了"Jesuit's Tale"的galley proof，大約該小說fall number即可發表，來信說叫我立刻寄還。很匆忙的樣子，我仔細校對了兩遍，發現五六個錯字，editors把你的文字修改的地方很少，拼法方面，kidnapping變成kidnaping，這是TIME的style，PR也採用了。New World Writing已把你的兩篇小說退回，我待"Jesuit's Tale"發表後，再把"Birth of a Son"寄Hudson Review，Atlantic，Harper's Bazaar如何？Wm Wilson不久前有信來，把你的

part II 退回，他知道你小說發表後，非常高興，見附信。張和鈞的
五彩照片已收到，印的都很不錯。我不知道張和鈞香港的地址，你
給我地址後我可以直接航寄給他。Meanwhile，你可以給他封信，
說照片已洗出了。

張愛玲來美，想住紐約，見面不大容易，Ann Arbor 中國學生
很多，我都不認識。見到的中國人有一位是管中國書籍的，1945年
時曾在 Yale 讀過歷史，同李田意認識。Owen [James I.] Crump①現
在香港，我即用他的寫字臺，他牆上有一幅對聯，字很功正秀氣，
帶褚遂良體，上款（？）寫着「潤樸（Crump）同學雅正」，題字
的想不到是王岷源。

你在 California 所攝的 slides，自己要不要保存，我可以寄你，
西裝大衣早已寄出，不知已收到否？范寧生那裡還沒有信來。要寫
的話很多，只要下次寫了。來 Ann Arbor 還沒有看過一次電影，忙
碌可想。匆匆即頌　近安

弟 志清 上

十月六日

［寫在信封背面］

今年的 salary 是 9,800 元，所以沒有你想像的那樣窘迫。照片看
到，神氣很好。

---

① James Crump（柯潤樸，1921-2002），美國漢學家、翻譯家，1950年獲耶魯大學
博士學位，後長期執教於密西根大學安娜堡分校。柯潤樸以研究白話文學與元
雜劇見長，代表作有《〈新編五代史平話〉語言中的一些問題》（*Some Problems
in the Language of the Shin-bian Wuu-day Shyy Pyng-huah*）、《計策：〈戰國策〉研
究》（*Intrigues: Studies of the Chan-kuo ts'e*）、《忽必烈汗時期的中國劇場》
（*Chinese Theater in the Days of Kublai Khan*）、《上都樂府：元散曲研究》（*Songs
from Xanadu: Studies in Mongol-Dynasty Song-Poetry*）等，譯有《戰國策》、《搜
神記》、《戰國策讀本》以及不少元雜劇。

299. 夏濟安致夏志清（1955年10月17日）

志清弟：

　　*PR*如出版，請航空寄下一本，又要你破費郵票了。

　　接讀來信，知道「密大」已經開課，生活已上正軌，Carol與樹仁都很平安，甚慰。我生活亦已漸恢復常態，仍住溫州街58巷，不過換了一間房間，一切大致如舊。在臺灣糊裏糊塗過日子很容易，人亦很快樂（很胖），近來生活並不豪華，但是經濟還不用愁，花錢不大用腦筋，想花就花，應付人事也容易，需要struggle或操心思的地方很少，若就此知足，未嘗不可安居樂業。但是偶然想起英文尚未練好，真正的事業尚未建立，未免有點膽戰心驚。Wilson的信多少引起了我的一點nostalgia（我已經不大想起美國的生活，好像沒有去過美國一樣），他對我的「success」的高興和pride，更使我覺得慚愧。未來的struggle還有很多很多，而我在臺灣生活的瞎忙，都不容許我有練英文的機會。他希望我明年能回印第安那，我預備後年再來──明年經濟基礎尚未建立，visa可能也有麻煩；後年visa可無問題，經濟情形也希望好轉；至於如何好轉，現在還不知道。Wilson的回信尚未寫。

　　衣服已全部收到，一點也沒有損壞（書也已全部收到），只是海關領東西很麻煩（未繳稅）。X'mas將屆，希望Carol和你不要送什麼禮物來，因為取東西很費時間，再則完納關稅無形中反而增加我的負擔。如一定要送，請送書，頂好是高級的paper-bound的書，對我最為實惠。我在香港定製了兩隻黑色女用handbag（真皮），預備送一隻給Carol（另一隻等有什麼女朋友再送），一只是近乎方形，一只是偏長型，Carol喜歡哪一種式子？請回信通知，當於下月寄出，可在X'mas前送到。東西是現成的，對我並不破

費。

聽你的推薦，看了 *The Caddy*①，很滿意，Jerry Lewis的確有可愛的性格，與當年和Marie Wilson②合演不同。有一天晚上，美國新聞處請客，有一個少校（major）夫人，我瞎獻殷勤，妙語連珠，逗得那位太太大笑不止。我說：「我在臺灣大學有Jerry Lewis之稱。」她問：「Then who is your Dean Martin?」我說：「We have a Dean, but his name is not Martin.」

在臺北認識了一個美國朋友，空軍下士 D. A. Hanson，哈佛BA，曾在Yale跟別的空軍一起讀國語。他生活很優裕，我已經在他那裡喝了好幾次Martini（他們買洋酒很便宜）。他是音樂系學生，兵役期滿還預備到Yale去進修。業餘研究哲學，頂崇拜羅素、Whitehead③和James Conant④，反對宗教，和我思想不大投機。但是這樣一個朋友，我可以去練練比較高深的英文會話。其人是Massachusetts人，恐怕是英國血統。

讀了一遍《西遊記》，不大滿意。八十一難有很多是重複的，作者的想像力還不夠豐富。四個pilgrims的piety都大成問題，尤其是唐僧，他遇事緊張常常哭，真顯不出修道士的堅定的毅力。豬八

---

① *The Caddy*（《糊塗跟班》，1953），喜劇電影，諾曼‧陶諾格導演，丁馬丁、傑瑞‧里維斯、唐娜‧里德、芭芭拉‧貝茨（Barbara Bates）主演，派拉蒙影業發行。

② Marie Wilson（瑪麗‧威爾森，1916-1972），美國廣播、電影、電視女演員，代表電視劇作有《糊塗老友》（*My Friend Irma*, 1947-1954）

③ Whitehead（Alfred Whitehead阿爾弗雷德‧懷特海，1861-1947），英國哲學家、數學家，代表作與伯特蘭‧羅素合著之《數學原理》（*Principia Mathematica*）、《過程與實在》（*Process and Reality*）。

④ James Conant（詹姆斯‧B‧科南特，1893-1978），美國化學家，曾任哈佛大學第23任校長，除了化學方面的專著以外，代表作有《思想的類型》（*Two Modes of Thought*）。

戒的cowardice和self-indulgence，很像Falstaff。文章是散文和詩歌混合的，敘事文用散文，描寫之處——人物、風景、戰爭——都用詩歌。中文白話恐怕不適宜於描寫。《西遊記》裡費解之處頗多，如要課堂上講授，恐怕很吃力。替它詳詳細細做篇注解，需要很多關於道教佛教方面的智［知］識。

　　張和鈞在臺北照片請航空寄給我收可也。一次寄恐怕信太厚，請先把prints寄下，底片以後再寄亦可。我在Los Angeles所照的slides，可俟以後託便人帶回，Indiana的袁祖年寒假回來，可以交給他，但是現在不必忙。范寧生好久無信來，他以前說可能要結婚，也許頭寸短少，扣住我的錢不還了。但是他有promise在先，我下次去信時，當再催問一番。你遺失的支票想已補發，為念。家中去信時望多代我請安。父親不應再多勞動。玉瑛妹也是以多休息少吃力為宜。Carol和樹仁都在念中。再談　專頌

　　近安

濟安　頓首
十月十七日

Felheim聽說在生黃疸病，你如有暇，代我去探問一下如何？

300. 夏濟安致夏志清（1955年11月6日）

志清弟：

又是好幾天沒有接到你的信。最近接范寧生的未婚妻關小姐來信，說范寧生已經病故。他的病很怪，是「血裡白血球、紅血球、血小板缺乏」，醫生替他把脾臟割掉後，還是束手無救。范寧生是個好人，讀數學，並非大天才，各種理想欲望亦很單純，想不到還要招造物之忌，在他訂婚之後，Ph.D. 在望之際，叫他撒手「歸去」。我覺得做人真沒有意思。What is the meaning of all this?

我近來不大為前途打算（范寧生死訊未接到前已有這個想法），臺灣的生活，只算是「回債」——回前世的債。現在既無計劃，又無野心，又無欲望，就這麼混下去再說。這樣的生活，你可想像，並不痛苦。精神很飽滿，一點也不頹唐。假如多拿「自己可能做的事」同「正在做的事」來對比着想，人會苦悶得多。不論如何不如意總比「死」好多了。

我現在回憶一生頂快樂的日子是在印第安那四個月——經濟不愁，工作有意思，享受各種新奇的刺激；人也非常活潑；其次快樂的是在北平的兩三年——經濟不愁，人也活潑。頂不快樂的恐怕是在重慶的幾個月——失業，天氣壞，身體也不大好。八一三以前的南京的生活也不好。上海的生活大多使我不滿意——主要的complaint是不自由。從北平逃出後在上海過的幾個月倒還不差，那時父親事業很順利，我自己一人一個房間，漸漸可以享受上海的物質生活，但是好景不常，很快就逃難了。臺灣的生活本來還滿意，但是美國回來後，對臺灣大為不滿。在紐海文兩個月只能算平平——雖然和你天天在一起，但經濟不寬裕，生活太單調，工作成績也差。以後要過些什麼日子？我已經說過了，現在不大去想它。

　　你猜我現在在看一本什麼書？替人家校對Spock①育兒法的中譯本。非常有趣，Spock遠比Wordsworth能使我對兒童發生興趣。照書上說，嬰兒到五個月大，就要對生人採取敵對態度（一四〇節），那時正逢樹仁搬到Ann Arbor，不知他的反應如何？那書上似乎反對用甘油栓來催大便，不知你和Carol的看法如何？

　　我有個朋友「劉定一」想來密歇根報名讀書，請你到註冊組去要一份報名表格，航空寄：

Mr. David D. Y. Liu

No.18 Lane 145

1st Section Hsin-sen Road South

Taipei, Taiwan, Free China

　　他想寒假就來讀，所以請你有便快些辦，信請註冊組或graduate school寄，不必麻煩你了。

　　*American Essays*只譯了「一眼眼」，其他工作均無法推行，*The Turn of the Screw*已經去信宋奇那裡辭掉，恐怕來不及做了，免得耽誤人家的事。

　　父親和玉瑛妹的身體最近怎麼樣了？很掛念。母親想好。Carol於領孩子之餘，是不是還開汽車送你上學？我從她那裡學到一個字：Den，你現在有你自己的Den了。

　　別的俟接到你的信後再回復。專此敬頌

　　秋安

濟安

十一月六日

---

① Spock（Benjamin Spock班雅明・斯波克，1903-1998），美國兒科醫生，代表作有《嬰幼兒養育》（*Baby and Child Care*）。

301. 夏志清致夏濟安（1955年11月8日）

濟安哥：

　　十月十七日信收到已久，一直沒工夫給你回信，來Ann Arbor
後六七個星期，還沒有看過一次電影，好像把這個癮解［戒］掉
了，可見我實在很忙碌（Ann Arbor大戲院只有兩家，選片惡劣，
有一次想看*Ulysses*，Carol看後認為很惡劣，就沒有去看；此外三
家小電影院，僅在星期五六日營業三天）。大部份忙的時間都在讀
先秦諸子原文，英文譯文放在Reserve Shelf上每人只有一二種，學
生借看還不夠分配，自己只好讀原文。其實這門課極容易對付，課
堂上討論的都是general ideas，為了盡責起見，自己多讀讀古書。
諸哲中較rich的，自己有system擺得出的當推荀莊二人，實為儒道
兩家的大師。其他的哲學家都太簡單。

　　*PR*已出版，僅寄我兩冊，一冊已於上星期航空寄上給你。你
的姓名，在封面上同Malraux①並列，"The Jesuits Tale" 又是開卷第
一篇，是很光榮的事。全文校對方面沒有什麼毛病，只是deserts一
字拼成了desserts，是我和editors沒用心的錯誤。我在書坊order了
四冊，一冊預備寄胡適，三冊平郵寄你，你再要多幾份，可另
order。我在「近代中國思想史」課上，特別recommend你的小說，
叫學生們有空時參考閱讀一下，他們都非常被impressed。稿費$145
也已收到，Yale的check也已補發，所以我經濟情形尚穩定，范寧
生的款，本不是我的，待他結婚後，隨便什麼時候寄給我都可以。

---

① Malraux（André Malraux安德列‧馬爾羅，1901-1976），法國小說家、理論家，
　曾任法國總統府國務部長、文化部長等職，代表作有《人類的命運》（*Man's
　Fate*）等。

X'mas屆到，又要你花錢送禮物，很感不安。兩隻黑皮handbag既已定做，Carol喜歡扁長形的式樣，隨時寄出即可，不必趕上耶誕節。Carol也很忙，一直沒有給你信，對你的屢次送禮，非常感謝，星期內當有信給你。我預備寄你幾本paper bound的書，或一厚本A. C. Baugh②主編的*A Literary History of England*該書1700頁，bibliographic很豐富，敘述極詳，對教「英國文學史」一課很有幫助，假如你沒有這書，似乎比較paper bound書可較實惠。

我時間經濟不充裕，極力避免瞎交際，所以一月來沒有交什麼朋友。Felheim還沒有去看他，日內當去看他，代你問好。有一位馬逢華，在臺灣時同你相識，並和我們1946年同船北上（他還有一張全船合影的小照），同金隄、袁可嘉很熟，他在Michigan讀經濟系，同一位生長在內地、大學在澳洲讀的小姐，羅久芳，關係搞得很好，我請他們和另一位中國人吃了一次飯。羅小姐人很聰明，中西禮貌皆好，馬逢華能追到她，也很福氣。

我課程時間排得不好，星期一三五，上午八時，直至下午四時都有課，所以一三五晚上弄得人很疲乏，只好休息，做不開什麼事情。"The Birth of a Son"，還沒有替你送雜誌，預備先送*Hudson Review*。張和鈞和你的slides都沒有寄出，預備今明天航郵寄上。所費想不會多，你的slide也免得託人帶回，多麻煩了。

你搬回58巷，一切書籍家具想沒有損壞。你生活又恢復到教書翻譯的routine，許多寫英文方面的計劃，不免暫時難實行。你讀《西遊記》，想是為寫Chinese mythology作［做］準備。該計劃的推進要讀很多書，我想不如先寫了一兩篇英文小說多在美國出了名再

---

② A. C. Baugh（Albert C. Baugh阿爾伯特‧鮑夫，1891-1981），美國賓夕法尼亞大學教授，代表作有《英語史》（*A History of the English Language*）。在選集《英國文學史》（*A Literary History Of England*）中，鮑夫擔任〈中古英語時期〉（"The Middle English Period, 1100-1500"）之寫作。

說。你題材有的是，只要寫下來，二三月一篇，一年下來也很可觀了。我忙於功課，自己的計劃也沒工夫整理，想想很慚愧。在美國教書很容易，第一年多花些整備工夫，第二年就用不到多花腦筋了。

樹仁長得很好，似較平常小孩聰明，好久沒有拍照，預備在感謝［恩］節時拍幾張照，分寄給你和父母。父親服用維他命B、C後，雙腿氣力已漸恢復。玉瑛妹每日定服牛奶半磅，體力也較初開學時進步，望勿念。

看了一次足球，Michigan和Iowa賽，非常精彩，最後半場Michigan來了幾個長距離passes，頗有驚人表演。上星期Michigan慘敗於Illinois，全國性錦標因此落望。相反的，Yale今年成績極佳，打敗Army，頗難能可貴。

上星期六由Carol開車去了Detroit一次，吃了頓中國飯，買了些做中國菜的作料。男用皮拖鞋，香港製的，僅二元一雙，買了兩雙。Detroit中國店中國東西應有盡有（如茶葉等），所以你以後可不必郵寄。郵寄一雙拖鞋，郵費就要一二元，很不上算。程靖宇好久沒信來了，近況想好。

*The Caddy*恐怕是Jerry Lewis最好的一張片子，他的新片*You're Never Too Young*，笑料不多，很為失望。他和Dean Martin精神上沒有聯繫，搭檔非常勉強，因之題材愈來愈窘乏。Jerry Lewis要得到due recognition，非折擋後不可。

Ann Arbor地在湖區，下雨的時間很多，比較不方便，昨晚已經下了雪，早晨屋面上都雪白，在New Haven，Thanksgiving前下雪是很rare的。近況想好，再寫了，即祝

近好

弟 志清 上

十一月八日

　　［又及］學了跳舞後，常在派對上派用場否？甚念，女友方面
有什麼新發展？

302. 夏濟安致夏志清（1955年11月15日）

志清弟：

信、雜誌、照片都已收到（這次郵票破費得你太多了）。*PR*收到後，我一點也不興奮，先讓侯健①看了，自己再看一通，覺得寫得不錯，不過我覺得那位神父還是想像中人物，有點像*Jane Eyre*裡的Rochester或*Wuthering Heights*裡的Heathcliff，只是憑我的才氣，加上很狹小的經驗，硬造出這樣一個「有力」的性格而已。現在該雜誌已借給英千里，並由他轉借給他所認識的天主教神父們，他們的反應尚未聽到。承蒙你又去order了三本，謝謝，我一時也想不出什麼人要送的，也許臺大外文系圖書該送一本。校對方面，有一處despite his ego，我原文似作despite his age，恐是編者所改，我看不出ego這個字有什麼好。另一處as if誤作is if，還有一處講綁匪的罪行時，我原文似作Not only his crime, legally speaking...，現作Not that his crime...，我覺得Not only講得通一點。這些當然都是小問題，我絕不計較的。小便一句給劃掉了；你在上海同我討論杜思妥也夫斯基時，你說杜翁裡的人物一天忙二十四小時，怎麼不見大小便的？我現在把「小便」寫進去了，better judgment還是認為小便不妥。

來了臺灣這麼久，可說一事無成，英文除了替英千里代寫一篇「大一英文讀本」序，代錢校長寫一篇「臺大概況」序（都是應酬文章）以外，沒有正式寫過一個字，真是慚愧之至。但是我做人的

---

① 侯健（1926-1990），山東人，臺大外文系畢業，石溪紐約州立大學比較文學博士，歷任臺大外文系助教、講師、教授、系主任，兼文學院院長。考試院考試委員。曾主編《學生英語文摘》、《文學雜誌》、《中外文學》等。代表作有《從文學革命到革命文學》、《中國小說比較研究》、《文學與人生》等。

意義早已全部寄託在寫英文方面，如"The Birth of A Son"再遭
*Hudson Review*退還，請寄紐約的literary agent，由他們代找主顧如
何？免得多費周折了。雖然精力不夠，但是此志總是不懈的。寫
「神話」這計劃暫時已放棄了。

　　昨天我把*PR*交給英千里時，他說他體弱多病，希望明年我代
他做一年系主任；校長方面，希望他早日復原，假如他非請假不
可，似乎也希望我去代理。這種建議多少在我意料之中，但是我早
已決計不就。假如我已結婚，我的太太（不論是誰）十九會逼我去
接受這種虛名的差使，好得我現在沒有什麼人能influence我的
decision。系主任（即使代理）在臺灣是一個官，擔任後社會地位
立刻大為提高，但我在臺灣不希罕什麼社會地位，副教授在我已心
滿意足，我所貪求者是「國際地位」。臺灣的虛名愈大，閒雜事愈
多，我這一輩子可能斷送在這上面。我甚至於考慮辭掉臺大的職位
（此事實現可能性很小，但是為抵制代理系主任起見，我可能提出
辭呈，作為對策），專做freelance的作家與翻譯家。我的野心還是
很大，而且對於「出處」「進退」很有研究，只是太不「實際」，
太不貪圖目前的名利了。明年假如有好運，我希望不是如上述的
「黃袍加身」。我的名利心當很強，但是和母親的或是錢學熙的不
同。此事我未對任何別人提起過，只怕有人憫恩或議論。

　　承蒙你又提起女友的問題，又是慚愧得很，毫無作為。舊日的
女友差不多已斷絕乾淨（只有一位Celia還是偶然魚雁來往，但是
她正在等候護照中），新的路子並未開闢。我想假如我在上海，同
父母在一起，他們對我獨身生活的耽憂，一定使我很難受。現在好
在眼前關心我的人很少，我也可以自得其樂的不去想這些問題。我
現在的希望：①job方面，只求清閒與能糊口──臺大的收入不夠
糊口，而且現在也不大清閒；②終究的成就，求能寫作成名。婚也
許仍舊要結的，但是現在連fall in love的勇氣都喪失了，不要說是

追求了。假如是 Marriage for convenience，我現在希望未來的太太有很好的英文程度和文學趣味，這種人在臺灣恐怕是找不到的。我既然不着急，請你也不要着急，明年我的生活多少會有點轉變（這種「無稽」的信仰有時也會產生力量）。

我現在的經濟情況還算寬裕，今天買了一本「昭明文選」（文學史很歡迎），日內預備送給你。裡面的詩大多五言，據說（宋奇就是這麼主張）五言詩在中國詩中格調最高，但是我頂欣賞的是七律，希望你好好研究後，能徹底的批評一下。程靖宇忙碌如舊，我最近又替他寫過一篇很惡劣的情書。

家裡都很好，聞之甚慰。Carol 和樹仁都問好，下次再詳談，專頌

近安

濟安 頓首
十一月十五日

[又及] 馬逢華在臺灣時同我也有來往。

303. 夏志清致夏濟安（1955年12月10日）

濟安哥：

　　十一月六日十五日兩信早已收到，這次回信一直沒寫，想使你等得望眼欲穿了。幾個週末來，都想靜靜坐下寫信給你（及其他朋友），可是一到星期六，Carol要買菜，上laundromat，照應樹仁的責任我就得擔下一大半，有幾次小請客，又得做幾隻菜，時間浪費不少，到了星期天，星期一的功課又要稍作準備，所以week after week時間就很快地過去了。先交代一下應辦的事情："Birth of a Son"三星期前才寄*Hudson Review*，尚無回應。*PR*三冊已於三星期前平信寄出，另一冊已送Michigan東方系主任Yamagiwa[1]，所以胡適那裡，還沒有送，預備X'mas前寄上，帶拜年的意思。劉定一所要的application想已收到，這事我辦得稍遲，實很對不起他，可是我想他春季來此求學，還趕得上。Felheim上星期才出院，打電話給我，同吃了一次午飯，談得很好，已請他十二月二十五日到我這裡吃年夜飯，Felheim暑期在日本過的，同Faulkner、Oberlin的真立夫，及另一學者開講美國文學。此三人intellectual水準不齊，合在一夥，想必很滑稽的。Jelliffe精力充沛，老婦死後，另娶菲律賓少女一名，已有兩個小孩。據Felheim說，Faulkner嗜酒如命，每晚偕日本朋友出遊。回美國時，帶了一位日本美女，她領到了scholarship，現在Oxford, Miss.讀書。《英國文學史》一冊已order到，已於前三天平郵寄上，新年前或可趕上。

---

[1] Yamagiwa，即Joseph K. Yamagiwa（約瑟夫・K・山際，1906-1968），密西根大學教授，1953年至1964年長期擔任遠東語言文學系主任，編著有《昭和時期日本語言研究》（*Japanese Languages Studies in the Showa Period*）、《昭和時期的日本文學》（*Japanese Literature of the Showa Period*）等。

　　范寧生故世，我同他雖不相識，得訊後，也頗有感慨。你離美時，想去St. Louis一趟，他沒有給你回音，想已發覺了自己的病症。你好友已去世的，他不是第一人，一定更會引起人已中年之感。關小姐遭此打擊，在美國，adjust比較困難，X'mas時你可以給她封信，安慰安慰她。

　　你要送我一本《文選》，大為歡迎。你在暑期中mention過中國哲學不夠rich，我教了兩個月書來頗有同感。現在我在教漢代的思想，講起來能引起學生興趣的材料實在太少。陰陽五行之學，到宋明理學，似乎仍占重要的地位。這星期我assign了十幾首漢朝的古詩（〈古詩十九首〉、〈孔雀東南飛〉等），自己讀讀，覺得頗親[清]新可喜，〈孔雀東南飛〉一詩遠勝Wordsworth的同類詩。昨天更在課堂上講了點屈原，課堂上有了位在課餘自修Mallarmé②、Valéry的文學青年，對屈原頗感興趣。Michigan中文書不多，可是有兩套《四部叢刊》和《四部備要》，所以重要的古書差不多都全了。不好意思同學生搶讀譯本，兩月來粗粗涉略的古書卻已不少，沒有標點的注解，讀來很容易，對線裝書已無畏懼之心，五經子書（除春秋三傳外）總算生平第一次survey過一遍，在讀書方面也算稍有成績。屈原詩中花草名目太多，我只粗略看了一下，不能夠給他一個grade。覺得他是中國第一個self-conscious的poet，對詩人的purity，及其和社會的格格不相入之處，已頗anticipate西歐近代詩。許多君臣的allegory，轉過來說，也可說是詩人對其「詩」或「靈感」的追求。所embody的mythology，似乎還是零散的。

　　錢校長和英千里要你做代理主任，不知此事如何解決，甚念。在他們當然是好意，在你，增加了許多雜事應酬，當然是一個

---

② Mallarmé（Stéphane Mallarmé 馬拉美，1842-1898），法國詩人、批評家，象徵主義運動之代表人物，代表作有《牧神的午後》（*L'après-midi d'un faune*）。

burden。但是社會地位大增，在教育界當一名重要的出面人，在再度出國的打算上，也不免有些小幫助。在不把關係弄僵的原則下，你盡可辭卻，如英、錢苦苦哀求，你委屈當一年主任也無不可。不過，受了這個差使，反而影響工作時間，減少你的收入，實在是不上算。最近你寫應酬文章忙，翻譯方面反而進行遲緩，你在收入方面必大受影響，甚念。

　　我開學以來，不斷忙碌，什麼問題不想，倒還算快樂（教書後，多有機會同學生接觸，無形中減少了找朋友交際的需要）。其實問題還是有的，只是目前還不想去想它。寒假期中預備把功課丟開，把我那本mss.修改完畢，了一樁心事。我給Yamagiwa看了幾個chapters，他覺得由Michigan Press印行，不成問題。不過下星期起要在發聖誕卡時附寫許多短信，假期中不免要交際兩三次，究竟有多少時間可派用場，很難說。David Rowe仍在臺灣，他的（Army）通信處是Box No.10 Formosa, APO 63, San Francisco, Cal，不知office在那［哪］裡，你打聽清楚後，有空可去看他一次。

　　電影的癮差不多戒了，只看了一張 *Desperate Hours* ③，沒有 *Time* 所說的那樣好，下星期Gcnc Kelly的 *It's always Fair Weather* ④ 上演，預備去一看。MGM將拍musical *High Society* ⑤，由Crosby，Sinatra、Grace Kelly主演，Cole Porter的music。

　　你生活想好，心目中沒有對象，缺少一種illusion，可能生活寂

---

③ *Desperate Hours*（《亡命天使》，1955），威廉‧惠勒導演，亨佛萊‧鮑嘉、弗雷德里克‧馬奇主演，派拉蒙影業發行。

④ *It's Always Fair Weather*（《美景良晨》，1955），金‧凱利導演，金‧凱利、丹‧戴利（Dan Dailey）主演，米高梅發行。

⑤ *High Society*（《上流社會》，1956），音樂喜劇，據菲利普‧百瑞（Philip Barry）1939年戲劇《費城故事》（*The Philadelphia Story*）改編，查爾斯‧沃特斯導演，平‧克勞斯貝、葛莉絲‧凱利、法蘭克‧辛納屈主演，米高梅發行。

寞些。女學生們想仍不斷來討教。Celia還沒有來美，恐怕又要耽
擱一年了。附上Carol的信，她早已寫了，遲到今日我才（把）它
合併寄出。家中情形還好，母親仍終日為匯款遲到發愁，玉瑛妹服
用牛奶，身體較前進步。此信到時，將近聖誕了，祝你

新年快樂

弟 志清 上

十二月十日

[又及] 樹仁甚乖，新拍了一卷kodacolor，洗出後寄上。賀年
卡如未寄出，請免寄，可省掉不少郵費。

304. 夏濟安致夏志清（1955年12月11日）

志清弟：

好久沒有接到來信，很是掛念。想必學校功課很是忙碌，劉定一君的報名單已收到，特託我謝謝。

我的近況沒有什麼可說的。"The Jesuit's Tale"的反應：Houghton Mifflin①來了一封信，讚美了一番，希望能讀到我的book-length稿子，這封信到現在還沒有回復。宋奇看後也很佩服，他覺得我的style寫長篇似乎更容易施展，我很同意他的說法。他以為寫長篇是一個risk，費數年之功，未必一定有人欣賞。這的確是一個risk（或gamble），我迄今還沒有勇氣來着手嘗試，但是我覺得人生很多事情都沒有什麼意思，只有寫作成名才是我所豔羨的。

除了寫作成名之外，錢也很貪。但是小錢還不在乎，臺大的收入只能夠維持一個很苦的生活，不得不靠寫作貼補，寫作又不得不求immediate gains，無力從事ambitious的計劃，「教書」「翻譯」加上「玩樂」，就把時間花得差不多了。

教書臺大九小時，另兼東吳三小時（也是英國文學史，東吳就是蘇州那個東吳，現在臺北復校，但學生程度極差，教之索然無味，我為情面難卻，硬拉去充教的）。

翻譯這幾個月內還沒翻滿五萬字，心上是個burden。翻譯不繳卷，別的事情都不能着手。寒假裡大約可以多寫一點。

玩樂很簡單，比以前多了一樣「麻雀」。我打麻雀不會入迷（很少東西使我入迷的），從來沒有打到半夜以後，最近一星期內沒

---

① Houghton Mifflin，霍頓・米夫林出版公司，創辦於1832年，是世界著名的文學和教育出版公司，也是美國四大教育出版商之一。

有打過。我覺得「麻雀」比Bridge好玩，這個東西用腦筋不如bridge之甚，自己對自己負責，不必考慮partner；技藝惡劣的憑運氣也可以贏錢。小小的輸贏，也增加遊戲的刺激。關於麻雀有兩點感想：一、不希望娶一個喜歡打麻雀的太太；我承認對麻雀很有興趣，但是我的興趣很廣，外加我的undying aspiration，打麻雀也不過偶一為之而已。但是假如太太喜歡打麻雀（打麻雀的引誘力實在很強），自己有個像樣的家，有舒服的設備和可口的飲食供應，湊上兩三個朋友，很容易就來上八圈，這樣會把「壯志」消磨盡的。「壯志」對我還是everything，壯志是否能實現，是另外一件事，但是我還得nourish它，而且防止它的損害。同時你也可以想像我很怕settle into middle-class complacency。二、我很希望能陪父親打打麻雀，我生平從未很起勁的陪過父親玩過，他的宴會和花酒等，我參加時臉上即使不帶sneer，也是很冷淡的。至於麻雀，我是連看都不看的。我現在的麻雀技術比父親的當然還差得很遠，可是已經可以陪他玩玩了。但是這點「孝心」不知何日始能實現。

電影最近沒有看什麼好萊塢片子，因為這裡所放映的我在美國大多已經看過。看了幾張外國片子，都很滿意：一、《地獄門》，色彩極美，京町子（Kyō）的演技卓絕，東方文弱「嫻靜」女子的誘惑，描摹得透徹極矣。故事的力量還嫌不夠。二、*Footsteps in the Fog*[2] —— Jean Simmons很美，我認為better than in「*Young Bess*」[3]。三、*The Man Between*[4]，又是一個美麗的英國少女明星

---

[2] *Footsteps in the Fog*（《霧夜情殺案》，1955），英國犯罪電影，亞瑟·盧賓（Arthur Lubin）導演，史都華·格蘭傑、珍·西蒙斯主演，哥倫比亞影業發行。

[3] *Young Bess*（《深宮怨》，1953），彩色傳記電影，喬治·西德尼導演，珍·西蒙斯、史都華·格蘭傑、黛博拉·蔻兒主演，米高梅發行。劇情來自於伊麗莎白一世早期生活。

[4] *The Man Between*（《諜網亡魂》，1955），英國驚悚劇，卡羅爾·里德導演，詹

Clair Bloom⑤，眼睛明亮之至，惜鼻子略呈鉤形。Carol Reed本片手法比 *The Third Man* 稍差，但仍很精彩。四、*La Rage Au Corps*⑥——法國熱情巨片，法國少女Françoise Arnoul⑦青春年華，很美，演技奔放，對於熱情的描寫，遠勝好萊塢的prudish和sentimental的作品。故事稍嫌mechanical，不夠深刻，但是即使這樣子，好萊塢也拍不出來了。五、*La Reine Margot*⑧——宮闈傳奇片（根據Dumas小說），故事等等都不比好萊塢同類巨片差，女主角Jeanne Moreau⑨也值得一看。——我看電影還停留在欣賞女主角階段，但子曰：我未見好德如好色者也。

在美國不大喝牛奶，現在倒定〔訂〕起牛奶來了，每天喝半磅。我通常晚上精神很好，早晨較差，現在早起喝牛奶後，精神似見改善。

近況如此，再講未來的計劃與夢想。最近沒有計劃重遊美國，我希望下次不來美國則已，要來一定手頭要寬裕些，自己買輛汽

姆斯‧梅森、卡萊爾‧布魯姆（Claire Bloom）主演，英獅影業發行。

⑤ 卡萊爾‧布魯姆（1931-），英國電影、舞臺劇演員，演藝生涯逾六十載，代表作有《慾望街車》等。

⑥ *La Rage Au Corps*（1954，該片在美國發行時譯為 *Tempest in the Flesh*；在英國發行時譯為 *Fire in the Blood*），法國電影，拉爾夫‧哈比（Ralph Habib），弗朗索瓦絲‧阿努爾人（Françoise Arnoul）、雷蒙‧佩里格林（Raymond Pellegrin）主演，Corona Films發行。

⑦ 弗朗索瓦絲‧阿努爾夫（1931-），法國女演員，活躍於上世紀五〇年代。

⑧ *La Reine Margot*（《女王瑪爾戈》，1954），法國電影，讓‧德維爾（Jean Dréville）導演，讓那‧莫羅（Jeanne Moreau）、路易‧德‧菲萊斯（Louis de Funès）主演，Lux發行。

⑨ 讓那‧莫羅（1928-），法國女演員、歌手、編劇、導演，曾獲凱撒獎最佳女主角獎，代表影片有《從電梯到死刑臺》（*Elevator to the Gallows*, 1958, USA）、《祖與占》（*Jules et Jim*, 1962）等。

車，能夠afford中級旅館與Motel（很modest的夢想吧？），否則來了太苦。明年假如有機會去香港，我倒很想把工作調到香港去。明年大約我的財運不差，上萬的美金不會有的，大約可以比過去略好些，運氣好，膽子也可大些。我對於臺灣很感厭倦；再則我假如在香港而經濟情形不差，照應上海的家，也可以方便些。這些都不算具體的計劃，因為我沒有託人在香港找事情，同時臺大的「熟門熟路」以及人事關係之簡單，也很適合我的疏懶的脾氣，使得我捨不得離開。不過我自大學畢業以來，一直以為教書是理想的職業，現在這個信念剛開始有點動搖，也許這是個轉變的先兆。

明年下半年（據說是在歲尾），我恐怕要生一場小病，就像一九五一年犯瘧疾那樣的病，不會很嚴重，所以請你不必着急。從相貌上和八字上看來，似乎都逃不過。結婚的問題，現在我自己真不關心，但據我的命運顧問說：明年沒有可能，然而後年「必婚」。再等一二年還不好算晚吧？我現在既不追求，又不date（一date就有「物議」，而我很怕「物議」。再追求一次不成，我在臺灣丟不下這個臉。我比你vain，這種考慮你是不會有的。我相當hard-hearted，失戀的痛苦對我影響很輕，只能使我更hardened，可是很怕人家有意無意的譏諷。模仿Jane Austen的話說來，是 to expose myself once more to the derision of the world for disappointed hopes），總算「定心」得很。虧得我左右沒有多少關心我的人，心思不大受到擾亂。大約我的朋友都有點怕我，我既然不喜歡討論自己的婚姻問題，別人也不敢開口了。我現在的情形，很像舊時科舉屢試不就，因此灰心仕途的士子，那種人追求某一個目的（做官）不成，卻未必就此悲觀，我雖婚姻不成，但假如事業順利，收入增加，我認為還是值得慶賀的。

看了幾部舊小說：《儒林外史》——作者的comic sense與narrative power都不夠，看不出什麼好來。《二十年目睹之怪現狀》

——都是片段的故事，文字有幾段很精彩，敘事有勁，文章明快。
《孽海花》——很有趣，以賽金花為主角，並不sentimental，卻相
當satirical（人物很多，而小說甚短，似乎沒有寫完，有「續孽海
花」尚未看到），小說裡面還描寫當年柏林與聖彼德堡的情形，作
者總算想像力夠豐富的了。賽金花其人其事，可以成為英文historical
romance的主角，但是好好的寫，需要許多考據工作，似乎非我輩
所能為。清末小說，文章大多比民國以後的好，可惜我看得太少。
胡適之（還有張愛玲）極力推薦一部用蘇白對白的小說《海上花列
傳》，我沒有看過，想必的確不錯。

　　范寧生的病先聽說是Leukemia，現在又聽說是haemophilia，
微血管流血不止，昏迷而死。他於我離美之前，很堅持要看見我一
次，這似乎是不祥之兆。但我哪裡知道他幾個星期之後就要撒手長
逝的呢？我沒有再去St. Louis一次，對於死者生者，都是一個遺
憾。他欠我的錢，我本來預備不要的了，不料上星期，他在美國的
本家（我起初不知有其人），看見范寧生的遺書（給我的，但未發
出），知道有這回事，就寄了五十元匯票來。我收到了又是一陣感
觸。這筆錢放在我身邊，膽子也可以壯一些。

　　你現在家裡離開教室遠不遠？要不要Carol駕車來接送？Carol
真太辛苦了。樹仁想必日益活潑。近日讀吳經熊⑩的 *Beyond East &
West*，原來吳是密大的Alumnus（'20的研究生），他說：My stay in
Ann arbor was among the happiest periods of my life… There was a
certain homelikeness & coziness about Ann arbor, & a warm sympathy

---

⑩ 吳經熊（1899-1986），字德生，浙江寧波人，著名法學家，曾任東吳大學法學
　院院長、國民政府立法委員、上海特區法院院長、中華民國駐羅馬教廷公使等
　職。1935年參與創辦著名的英文刊物《天下月刊》。代表作有《超於東西方》
　（*Beyond East and West*）。《法律哲學研究》、《正義之源泉》（*Fountain of
　Justice*）、《自然法與基督文明》（*The Natural Law and Christian Civilization*）等。

about US people. There were also quite a number of Chinese students there, & a nice Chinese restaurant on the campus. 現在的情形想必同三十餘年前無甚分別。吳的英文與思想，都是很輕巧的，像林語堂，而不像我。這本書是講他皈依天主教的經過，沒有什麼深刻的道理。馬逢華來信已收到，見面時請代致意，以後再回他信，並祝他戀愛成功。專頌 近安。

濟安 頓首

十二月十一日

[又及] 家中近況想都好，甚念。Carol和樹仁都問好。Carol是很關心我的人，現在沒有什麼好消息，恐怕使她很掃興。謝謝她歷來的關心，我一定不負她期望就是了。

305. 夏濟安致夏志清（1955年12月26日）

志清弟：

前年年底，我發了個電報賀你們訂婚，去年年底，我發了個電報，報導國務院決定贈予獎學金的消息。今年年底，恐怕不會再有什麼喜事；希望你那本著作能早日完成，早日出版。但是只要大家平平安安，就值得慶賀的了。你們的新居，不知如何佈置以慶祝耶誕節？臺灣現在一年比一年「美化」，稍為［微］像樣一點的人家（如我們在上海那樣），大多樹［數］有掛燈結彩的聖誕樹，牆上和櫃上也成了聖誕卡的展覽會，交換禮物和跳舞的風氣都很盛——那些人家大多並非基督徒。

且說我怎麼過聖誕的吧。廿五日到北投去玩舞廳，但未跳（無舞伴，有舞女）。廿四晚上又馬［麻］將，打到半夜三點始罷。地點是朋友吳鴻藻①家裡，吳君是臺北美國新聞處總編輯（華人之領袖，另有洋人編輯），其夫人也在美新處圖書館任職，你可以想像他家的生活相當優裕。去年（一九五四）聖誕我也是在他家過的，也是打馬［麻］將，同桌的也是一位Alice孫小姐，可是我今年一點都不記得了。今年他們提醒我，我方才想起來，可是去年是輸是贏，我還是想不起來。

聖誕夜約少數人在家打小牌，足見吳君夫婦是不喜熱鬧的。最近我知道，吳君夫婦有意撮合那位Alice孫小姐和我的好事，此事大家都還沒有講穿，所以我也並不緊張。

那位孫小姐相當美，年紀也輕，生活習慣似乎也不奢侈，現在

---

① 吳鴻藻（1918-1983），本名吳魯芹，字鴻藻，上海市人，散文家，曾任教於臺灣大學、臺灣師範大學，任臺灣美國新聞處顧問。

美新處做編譯，收入當然比臺大多，假如講「擇偶條件」，應該算列入「上等」的。但我一直對她沒有什麼興趣，否則怎麼去年聖誕夜一起打牌，我會忘記得乾乾淨淨的呢？再則，她的中文名字我到現在還不知道，以前did not care to know，現在則不好意思ask。

那天晚上我還是談笑風生，使得吳君夫婦和孫小姐，都笑個不停。昨天我不斷地輸，我的笑話都是挖苦自己，表示我輸得多麼肉痛，多麼的想贏，有Bob Hope式的「故意做出小氣」，絕沒有半點suitor的「故作大方」。你知道我假如不存心追求，我還可以顯得相當可愛，昨晚我相信，as usual，我使大家很愉快。輸的錢也不多，一百七十塊臺幣，不到五元美金，這已經是反常的大輸，平常只有一兩塊美金的輸贏，我常常還是輸贏參半。

孫小姐的確是很好的女子，但她這種臉型（臉比較扁），不知怎麼不能引起我的興趣。講人品，除了打打馬［麻］將以外，可說沒有什麼缺點。性情是善良的，脾氣是和順的，而且聽說她對我的才學等等，似乎相當佩服。她這樣的人，不會沒有人追求，但據說她都看不起那些人。本來在臺灣想找像我這樣的才學，外加wit，外加人品方正的，是很不容易的。何況我假如不緊張，也頗有一點charm。（這些話不算吹牛吧？）她去年和今年都是謝絕了別處跳舞約會，躲到吳家去打牌的。

但是我對孫小姐，還沒有serious design。我以前說過假如要娶Jeanette那樣的美女，家裡非得有某種程度的排場，才同她配稱得上。這並不是說女子奢侈虛榮，只是說女子比男子更想有個「家」——像樣的家；女子心目中有她的decent living的理想，這一點她是希望丈夫替她辦到的。如Jeanette為銀行經理之女，親友都是中上階級，都有類似董漢槎家的派頭，假如她婚後生活達不到那個水準，在她就是委屈了自己。孫小姐的美比不上Jeanette，但她的家庭環境和她的親友我相信也是中上階級，這點排場我就不能

afford，假如我在臺大教書的話。至少做到吳君夫婦家中那點，就大非易事。假如我已 fall in love，也許考慮改行；好在現在並沒 fall in love，對方和中間人所表示的，只是 hint，我落得假作癡呆。現在主動權操之在我，我不 date，也可以維持一個友誼關係（吳君和我交情很好）。假如一 date，事情也許就嚴重了。至少就有人 talk 了，我很怕人家討論我的戀愛問題。現在聽說有男士某君，正拚命的在追那位孫小姐，而且還找吳君夫婦幫忙，而吳君夫婦認為此公並無希望。他們現在所以不積極替我拉攏（and that is a relief to me），就是怕對不住某男士，他們預備等某男士死了心再說。所以你回信時也不必對我加以鼓勵。

那位孫小姐雖然在美國新聞處做事，（我相信）她的中英文程度和我相差得都很遠，在學問上是幫不了我什麼忙的。她只是一個大學畢業程度相當優秀、需要一個溫暖的家的善良的女子而已。

我現在對於「教書—譯書」的生活很感厭倦。教書太窮，現在臺灣的貨幣似乎比我出國前貶值了一些，以後恐怕還要貶值下去，比起大陸淪陷前那種恐怖的日子，現在算是穩定得多了，但是我看臺灣的財政難有根本解決辦法，而公教人員的待遇只有日趨惡化。

我現在的生活靠以前在臺北的存款，過得還好。吃得很講究，買東西也不大考慮，例如有人有付 secondhand 麻雀牌，要兜售，我就把它買下來了。買來了放在侯健家中，難得去用它。美鈔還沒有兌換過，只有初來臺北那幾天，住在旅館裡，兌了五元；以後託美國人買 pipe tobacco，又用了兩元。此外用的都是臺幣，我現在還有七八十元的美鈔，放在身邊，膽子也大些，有什麼急用，還可以拿出來派用場。

翻譯那本 Anthology，可以有二萬二千元臺幣的酬報，我因為工作遲緩，至今一文未曾拿過。陰曆年前大約可以拿到三五千塊錢，如此陰曆年可以過得很像樣了：房子可以整修一下，買禮物送

人，打牌的賭本等都有了着落。但是臺幣在貶值，我的繳卷日期愈晚，拿來的錢愈不值錢。所以還得要趕緊地弄。美國新聞處規定，分四期付款，年前我可以弄好四分之一，寒假裡希望再弄好四分之二，剩四分之一下學期弄。

教書最大的樂趣，是「頑石點頭」──尤其是女學生們的妙目會心，表示欣賞我的learning、wit和insight。我教完書後總覺得很快樂，有時睡眠不足，只怕教書後要疲倦，事實上，教完書後精神總是非常之好。假如做別的事情，哪裡有這樣快樂的報酬呢？

頂苦的事情，是create；那真是嘔心瀝血的工作，我真怕去碰它。做一個artist，是一種sacrifice，一種dedication。

翻譯是很機械的工作，我不大用腦筋，拿起筆來就寫，此事甚枯燥，我也怕動它。

翻譯成了騙錢的工作，也變成沒有意思的了。翻短的東西，報酬少，就更沒有意思；翻長篇巨作，則花時間太多，心上老有個burden，一有空閒，就得去弄它，別的serious的創作，就沒有工夫着手了。最近美國新聞處計劃譯Van Wyck Brooks[2]的《文學史》，煌煌數巨冊，我假如一答應，就得再忙三年，這三年內別的什麼事都不想幹了。我如不答應，別的人能接得下來的，臺北可以說沒有。但是我不想做唐玄奘，與其自己來譯經，不如多教人學梵文吧。

Office work我毫無經驗，我進過幾次商業機關，但每次都是做大少爺，並無固定辦公時間，也無固定工作。以後會不會做office

---

② Van Wyck Brooks（凡‧布魯克斯，1886-1963），美國文學批評家、傳記學家、歷史學家，代表作有《創造者與發現者：美國作家史》（*Makers and Finders: A History of the Writer in America, 1800-1915*）、《新英格蘭的盛世》（*The Flowering of New England, 1815-1865*）等。

work呢？現在很難說。但是我對於「教書—譯書」的工作是有點厭倦了。

Rowe寄了一張賀年片給我，這倒是出乎意外的。明年年初也許到他office去拜訪他一次。

現在家用由你一人負擔，但是我最近恐怕還沒有力量，雖然生活很優裕（教苦書，其實單身漢也可以過得不苦，只是沒有負擔家庭的力量），但是餘款並不多，只有等到明年了。我於日內將送你一部「諸子集成」，目錄奉上，這幾個錢在我不算什麼，請你不要計較。請再order兩本*PR*，平寄可也（預備送Rowe一本）。再談專頌

年安

濟安
十二‧二十

［又及］國務院有follow up program，預備送我兩種雜誌各一年，以示不忘美國之意，我預備定［訂］的是*Atlantic*和*Sewanee Review*。

306. 夏志清致夏濟安（1956年1月1日）

濟安哥：

　　十二月十一日來信已收到，接着又收到不少禮物，真是感激不止。Handbag和小鞋子，Carol信上已謝過，小鞋子航空寄上，所費郵資就比鞋價貴得多，其實大可不必。那本《文選》，根據重刻宋版精印，我非常喜歡，把目錄內容粗翻一下，發現昭明太子所include的東西比我想像的多：除詩賦外，賈誼《過秦論》、諸葛亮《出師表》等古文也不少。若能把《十三經注疏》、《諸子集成》、《文選》、四史讀完，中國學問可以算有些根底了。陶潛、阮籍等詩預備讀一下，有英文譯本assign學生讀，可以在課堂上討論二三鐘點。那張賀年片，的確精美無比，在美國印刷的都比不上（香港印的賀年片，精雅可稱世界第一），你用了苦心選了這一張，我很appreciate。可是同去年一樣，我賀年片也沒給你；結婚以前，我還買幾張¢25 ¢35的賀年片送送女朋友，婚後閒情逸致大為減少，寄賀年片全為盡責，不求對方response。這次聖誕寄的，是上次聖誕過後半價買的（上星期又買了些半價賀年片，下次聖誕發送）。Taste既不夠高雅，你和在美國前所認識的熟朋友只好一概不送。*A Literary History of England*已收到否？你既在東吳兼一堂文學史，這本書可以算很有用的。

　　今天元旦，兩個多星期的假期也很快地過了。家裡有了孩子，事情做不開，實在沒accomplish什麼。聖誕前看了錢穆的《國史大綱》，和另一本中共出版的中國通史；從魏晉時代讀起，覺得歷代帝王貴族的荒淫殺人，實在令人可驚。儒佛道三教對君權的check極有限，人民生計缺少保障。東晉時代，大族南遷，造成了一個aristocracy，王、謝、庾幾家，出將入相，吟詩弄文，生活享受又

好，在中國歷史上可說是最privileged的class；南北朝以後這種aristocracy就沒有了。中國近代人的虛偽、膽怯、謙恭等習慣似乎是在宋朝養成的，以前中國人似沒有這副道學面孔。

　　前幾天讀了些佛教的參考書，西洋人研究佛教都從Pali、Sanskrit①着手，對中國的terminology不注意，要自己瞎譯，頗以為苦。西洋人着重小乘、大乘宗派複雜，面目很難弄清楚，有一本Joseph Edkins②寫的 *Chinese Buddhism*（Perface寫在1879年），作者的中文根底很好。那批早期的missionaries（如Legge③等），熱心傳教，對中國學問也肯花工夫研究，雖然觀點narrow，但氣魄較大。目前的中國通，偷巧的居多，沒有真實學問。

　　上次代做系主任的事，不知如何解決，甚念。你想去香港，憑你在臺灣的身價，job當不成問題，靠了寫作翻譯，生活也可以寬裕些。在臺大也有好處，恐怕你暫時捨不得離開。你既相信命運，這半年中看生活上有什麼變化吧。

　　看了兩張電影：MGM's *It's Always Fair Weather*，是張很輕鬆的歌舞片；*The Girl in the Red Velvet Swing*④，該片根據當年名案，可以拍的很好，可是在大王攝製之下，庸劣無比，連小報式的sensationalism也不敢indulge。1955年Hollywood好片子絕無僅有，無怪 *Marty* 被紐約影評人選為冠軍了。回想起來，那張你喜歡的

① 指巴利文、梵文。
② Joseph Edkins（艾約瑟，1823-1905），字迪瑾，英國傳教士、著名漢學家，著有《中國的佛教》、《中西通書》等。
③ Legge（James Legge理雅各，1815-1897），英國著名漢學家，曾任香港英華書院校長，倫敦佈道會傳教士，編譯有《中國經典》（含《論語》、《大學》、《中庸》、《孟子》、《尚書》、《詩經》、《春秋左氏傳》）等。
④ *The Girl in the Red Velvet Swing*（《紅顏禍水》，1956），理查‧弗萊徹導演，雷‧米蘭德、瓊‧柯林斯（Joan Collins）主演，福斯發行。

*Violent Saturday*也該挨得上十大巨片之一。

　　窮人過年，沒有什麼樂趣。我目前儲蓄毫無，生活費用由Carol操心支配，極端節省，也只能勉強維持。未婚前我對衣服還稍有興趣，來 Ann Arbor以後，men's stores windows 從不停腳看看，平日除香煙外可說一個零用錢也不花。能夠afford浪費一下，精神上也是一種舒服（這是你常體驗的），一個錢也不能花，精神上拘束很大。樹仁最近情形，Carol信上都詳告了，照片十二月初所攝，似較暑期時更胖（添印後，下次當再寄上兩張）。我上學步行，從家到辦公室約七分鐘，每天四次，身材很fit，體重140磅，較在夏季時減輕。你年假過得想好，即頌

　　新禧

　　　　　　　　　　　　　　　　　　　弟 志清 上
　　　　　　　　　　　　　　　　　　　五六年元旦

　　［又及］有Ed. Sally & Tom Maney給你一張賀年卡問好，並謝謝你給他們的照片，卡太重，不轉寄了。Address: 3075 Dix, Lincoln Park, Michigan.

307. 夏濟安致夏志清（1956年2月1日）

志清弟：

又是好久沒有給你寫信了。我在此近況甚佳，一切平平，毫無發展。體重恐已增加不少，但未曾稱過。經濟情形：現存有臺幣三千元（稿費），美金數十元，本想買一只Z-Speed高級留聲機，但怕身邊沒有錢不方便，不敢動用。前提某小姐的事，好在大家沒有講穿，也許不了了之，也可省了我的麻煩。回國後唯一進步的，為麻雀，現在相信技巧相當高明，以前我的麻雀技術，約等於和詠南打Bridge時的橋牌技術，現在的麻雀技術約等於在香港時的橋牌技術。麻雀是一種冷酷而勾心鬥角的遊戲，技巧惡劣者，只憑亂撞或一意孤行「和」牌，現在我同這種人打麻雀（有些人打了好多年麻雀，毫無進步，停留在幼稚階段，雖然他們也會贏錢），已經覺得沒有意義，好像同那些亂叫亂打的Bridge Players一起打Bridge一樣的乏味。現在生活安定，又有麻雀刺激我的學習興趣，同employ my faculties，所以人也相當快樂。打麻雀我相信也不會入迷，就同我的打Bridge一樣，等到學到相當程度，也許就會興趣減低。我們的麻雀輸贏很小，所謂技巧進步者，就是沒法不使敵人「和」大牌，大家一勾心鬥角，大牌更和不出來了，輸贏不由得不小。最近幾次，我每次只有美金幾角錢的輸贏。我目前的麻雀技術，比之一個月前，已經進步很多，自己覺得很欣慰。反正我絕對成不了麻雀界的Culbertson，能夠學到我Bridge那點程度，就到了高原時期，很難再往上爬了。

你婚前曾對Bridge有一度興趣。後來發覺「賭」是「色」最大的antidote，改弦易轍，很快就同Carol結婚了。我現在的結婚的prospects既不十分光明（下了決心不再追求，追求太苦，這種傻事

我相信我已經outgrown了），打麻雀倒是維持我的mental balance的
一法。我現在心上幾乎沒有什麼worries，工作plus麻雀，使我很快
樂。可是結婚以後，假如太太喜歡打牌，那麼恐怕要廢事失業，弄
得家不像家了。

Baugh的文學史收到已經好多天，謝謝。這是本內容很充實的
好書，可是文學史要教得好，需要對各時代和各家有特別的研究，
單靠文學史還是不夠的。宋奇忽發奇想，替我在Oxford Univ. Press
order了一套Chapman①編的Dr. Johnson書信集，惶惶［皇皇］三巨
冊，定價約20美金，而且已經把它們寄來了，弄得我啼笑皆非，
有20美金我可以買多少書，Modern Library Giant就可以買十多
本，我可以實惠得多。現在根本不作久居打算，哪裡再敢作藏書和
談名貴版本之想？

Paperback的書，買了一本 *The Armed Vision* 和Ransom詩文集，
Ransom的詩我讀了幾首，倒很喜歡，有一度甚至想東施效顰，試
寫英文詩，這個念頭暫時又擱下來了。Graves的兩本神話也買下來
了，又讀了幾節，有趣是十分有趣，只是內容太豐富，人名地名太
多，記不勝記，容易把頭攪昏。此外，intellectual life就沒有什麼可
記的了。

電影的統計，1955年臺灣頂賣座的巨片是 *Land of the
Pharaohs*②，演了三十六天，其次是福斯的 *The Untamed*，以下都是
中國片和日本片，西洋電影還有一張 *Romeo & Juliet*，得列入Box
Office十大巨片之一。論公司收入，據說還是MGM名列前茅，20th

---

① Chapman（R. W. Chapman查普曼，1881-1960），英國學者、藏書家，塞繆爾·
　約翰遜及珍·奧斯汀著作之編輯，牛津英語辭典（OED）之參編者，其編輯之
　《約翰遜書信集》三卷本牛津大學出版社1952年初版。
② *Land of the Pharaohs*（《金字塔血淚史》，1955），霍華·霍克斯導演，傑克·霍
　金斯（Jack Hawkins）、瓊·考琳絲等主演，大陸影業出品。

FOX第二名。去年米高梅的*The Prodigal*和*Neptune's Daughter*大蝕本（在臺灣恐怕並不蝕本），也是罪有應得。看了一張派拉蒙（'53）的*Living It Up*，為Martin、Lewis和Janet Leigh等主演者，很滿意。M和L的新片*Artists & Models*③，*Time*大罵，據我看來，它的情節仍很滑稽，一定值得一看的。

　　看見了樹仁的相片，非常高興，他的相貌之好（精神飽滿，天庭飽滿，地角方圓，眼睛、嘴、耳朵、嘴無一不好），實為舉世所罕有。我的朋友看了這張相片，無不嘖嘖稱賞。論他的相貌，成就恐不止是學界或professional circles裡成名而已，應該是富貴雙全的。他的前途我們還很難猜測，因為我們不知道三四十年之後世界政治將成什麼樣的一個局面。不過照他的相貌、「乖」和生命活力看來，將來的成就恐怕一定不得了。相貌這一門學問，不可說沒有道理。我們父親也是方面大耳的，可惜嘴角下垂，所以最近這幾年並不快樂（嘴角是上翹或平整的好）。玉瑛妹的相貌顯得太輕飄，幼年多病，好在家庭還富足，不大吃苦，今後的幸福就很難說了。我從北平逃離回上海那一段時間，父親也曾把玉瑛的八字拿去批算過，批的結果不大好，父親很不相信，他說憑她父親和兩個哥哥的現今地位，玉瑛這一輩子還會吃苦嗎？想不到共黨肆虐，父兄都自顧不暇，玉瑛還有誰能照顧得到？母親的好處是精力過人，她身體不強，可是那種不眠不休的精神，是世上所少有的。可惜她的下巴尖削，不夠豐滿。又如我的Boss汪，有一度還millionaire，現在他在臺灣的境況，恐怕不如我。有人批過他的太太的八字，說她終究要討飯的，那時誰敢相信？將來也許不致慘到那種程度，但是Boss汪失掉了上海那種翻雲覆雨投機發財的社會的憑藉，今後恐怕很難

③ *Artists & Models*（《糊塗大畫家》，1955），法蘭克‧塔許林（Frank Tashlin）導演，狄恩‧馬丁、傑瑞‧里維斯、多蘿西‧馬隆主演，派拉蒙影業發行。

再往上爬。Boss汪是小胖子，臉圓背厚，聲如洪鐘（我父親很欣賞他的相貌，認為此人必發大財，所以叫我去跟他做事），只是鼻子太小，和臉部不配，這幾年正走鼻運，難以發達。唐炳麟不知你見過沒有？據說他的相貌之好，全在眼睛，因此在五年之內（35到40歲），白手起家，成了multimillionaire，全盛時代，在上海烜赫一時，把哈同花園一大半都買下來了，上海江西路Metropole Hotel（「對照房子」），有他的suites，另在郊區有巨大的花園洋房，但是眼運一過，就一蹶不振。在香港破產，虧得事前同太太離婚，太太還替他保留一座洋房，他自己現在據說在做走私生意，境況並不甚好。

　　你在美國維持一個中等生活，手頭不能十分寬裕，我也很替你擔心。我所能建議者，還是趕緊設法請入美國籍。照中國國籍法，你入了美國籍，中國還承認你的美國籍，有雙重國籍，在此亂世，可占些便宜。頂理想的職位，是由你或Carol或兩人一同加入美國的國際關係機關，如ICA、USIS等，派到臺灣來工作。臺灣美國機關裡的美國職員，都拿幾百美金一月，住頂寬大的房子，傭僕成群，買東西大至汽車冰箱，小至唱片、coca cola都不用付稅，享受之好，美國上等家庭也不過如此。我很羨慕。假如你們在臺灣的美國機關做事，可以享受一切comforts以及中國人的拍馬伺候，做了兩年還可多積蓄一點錢。美國機關的中國職員，也按臺幣發薪（照官價結美金），收入就有限了。回臺灣來教書，那是很苦的，你在臺大收入不會超過30美金一月，而且樣樣東西不趁手。像我這樣一個獨身漢，外面還有點外快，拿這點薪水還無所謂。假如有家庭負擔，那將非拚命賺錢不可，生活就苦了。臺大系主任事，最近沒有下文，我是絕不願幹，因為將多任勞多任怨，而收入不會增加。

　　我從美國回來後，工作效率很差，一方面恐怕是美國緊張生活過後的relapse，一方面也是有點自暴自棄，聽天由命。我最近仍舊

希望變動職位（並不在進行），假如換一個地方，也許可以多發揮
些精神出來。假如糊裏糊塗過日子，現在也算很快樂了。專頌

　　近安

濟安

308. 夏志清致夏濟安（1956年2月7日）

濟安哥：

　　收到你十二月二十六日的信後，一直要寫回信，結果收到你附寄Carol的Birthday Card的信後，我的信還沒有寫出。單身的時候，工作時工作，看電影時看電影，事情做得開。目前，在office瞎忙，回家後雜事太多，寫信的時間是有的，可是寫信的mood很難培養，有空的時候，就多讀些書，把寫信事耽誤下來了。正月一月間沒有給你通信，學校方面為了大考和下學期註冊事，faculty教書方面差不多要停頓三星期（Michigan學生太多，Yale差不多沒有寒假），下星期開始正式上課。我在這時期，得準備下學期的功課：中國思想沒有什麼可教，非得把佛教種種弄清楚不可，另外新開一門中西文化文學交流史（中國近代思想史已結束），十七八世紀的那段歷史我不大清楚，可說毫無研究，上星期讀了一本利瑪竇①的journal（*China in the Sixteenth Century*, Random House出版），很感興趣，據他觀察，明末時中國人沐浴比西洋人勤；利瑪竇那輩人見了中國官長，照例跪倒磕頭，protest的意思一點也沒有，不像英國McCartney初見乾隆那樣大題小做的。

　　這門課比較難教，可是選課的學生已熟，他們程度不高，還是可以順利應付下去的。此外時間，把我的書稿重打了兩個chapters，另外有三四章要修改的，改換後即可以繳Press由編輯們評斷了。入秋以來，精神很好，可是功課太忙，自己的事，無法推

---

① 利瑪竇（本名Matteo Ricci, 1552-1610），字西泰，號清江，義大利傳教士，譯著有《天主實錄》、《幾何原本》（與徐光啟合譯）。下文提到的著作為利氏之日記，全名*China in the Sixteenth Century:The Journals of Matthew Ricci, 1583-1610*，蘭登書屋1953年初版。

進。兩個星期來，差不多每天晚上兩點鐘入睡。

　　讀你信上的報導，和給 Carol 的兩封信，知道目前你情緒很好，生活上沒有什麼強烈的衝突，甚慰。你心境的愉快，在英文信上，最能看得出。那種輕鬆的筆調，淡淡的幽默，心境不佳時是不想寫或寫不出的。你對麻雀大感興趣，而進步神速，頗令人欽佩。在 Yale 時，週末經常也有牌局，我因為功課忙，經濟力薄弱，從未參加，在 Michigan 朋友少，此事更談不到了。我覺得打麻雀還是以一星期一度為佳，多打了，時間損失太多。如你所說，賭是色的 antidote，週末有了個牌局，時間過得很好，又用不到像 date 一樣用心思服侍對方，所以兩者比較起來，賭有百利而無一弊，從 date 所得的享受卻可能很 dubious 的。可是存了此心，追求的勇氣越發沒有，結婚的 goal 越發不能達到了。你描寫的那位 Alice 孫，人品學問都很好，可是你既沒有興趣，勉強追求，也沒有用。不過心目中看到有可愛的小姐時，我勸你還是用用幹勁，不計勝負，追求一下。這是 nature 給人的 drive，多久不動用它，可能漸漸會消失的。

　　今天 Carol 生日，收到你兩大包裹《諸子集成》，不勝感激。所選的都是好 editions，而且 text 都有句斷，對我很方便。王充文學較淺，可是沒有句斷，讀起來還是較吃力，有了句斷，讀來就可以流暢了。這三十種從老子到《世說新語》俱全，真是一部好書，可惜下學期教佛學理學，暫時不會多參考它。你買這部書，一定又動用了你美金的 reserve，你經濟情況目前同普通教授比起來，也好不到多少了。宋奇又替你浪費了二十元，所以以後在關於我和 Carol 有紀念性的日子，請不必再送禮物。美國散文選不知在寒假期間譯了不少？大約散文家內容較枯燥，不能像譯小說一樣，一口氣譯完。我希望你早日把該書譯完，否則你的儲蓄經［禁］不起日常提用，一下子就會沒有了。

　　謝謝你又把樹仁的相貌讚揚了一番。這次又附上兩張，是上次

一同攝的。樹仁極active，睡眠時間較少，而兩眼有神，生活力的
確很強。我每星期六伴Carol上supermarket，所見的中西小孩的確
呆頓頓的據［居］多，相貌方面也差，沒有像樹仁這樣引人注意逗
人歡喜的。他的將來，希望如你預測的那樣好。

最近看了三張電影：*Artists & Models*、*Lieutenant Wore Skirts* ②、
Helen of Troy ③；Jerry Lewis仍很滑稽，可是故事是硬湊的，沒有
The Caddy 那樣的有含蓄。*Lieutenant* 也是許多situations硬湊的，可
是Sheree North ④很美而賢淑，同在 *Living It Up* ⑤時跳jitterbug不
同。*Helen of Troy* 看的很滿意，Achilles *Time* 稱他沒有肌肉，可是
有些中國激烈武生派頭，飾Ulysses的演員帶些智化，歐陽春神
氣，看來都頗對中國人胃口。Menelaus ⑥似太醜而肥了一點，同
Paris的英俊強調得太過火了。第一次攻城一段，場面極偉大，
Achilles和Hector ⑦比武一場似較草草了事，不夠緊湊。我看完一遍
後，想坐着再看第二遍，可是發現dialogue太惡劣，男女主角表情
太呆板，坐了一半就走了。*Time* 列了去年十五大賣座巨片，我把

---

② *Lieutenant Wore Skirts*（《太太從軍》，1956），法蘭克·塔許林導演，湯姆·伊
　維爾（Tom Ewell）、西里·諾斯（Sheree North）主演，福斯發行。

③ *Helen of Troy*（《木馬屠城記》，1956），史詩電影，據荷馬《伊利亞特》和《奧
　德賽》改編，羅伯特·懷斯（Robert Wise）導演，羅桑娜·博德斯塔（Rossana
　Podestà）、雅克·希納斯（Jacques Sernas）主演，華納影業發行。

④ Sheree North（西里·諾斯，1932-2005），美國電影、電視演員，歌手，以作為
　福斯影業瑪麗蓮·夢露之後繼者而知名。

⑤ *Living It Up*（《糊塗大國手》，1954），喜劇，諾曼·陶諾格導演，狄恩·馬
　丁、傑瑞·里維斯、珍妮特·李主演，派拉蒙影業發行。

⑥ Menelaus，希臘神話人物，邁錫尼斯巴達（Mycenaean Sparta）國王，海倫之丈
　夫，阿伽門農弟弟，特洛伊戰爭將領。

⑦ Hector，希臘神話人物，特洛伊王子，特洛伊戰爭中的大力士。

*Variety*⑧上的統計表，附上給你參考。夏天時我就預測華納生意最好，果然猜中。派拉蒙根據統計，營業方面仍很占優勢。福斯，MGM都很不振，每張影片成本就要二三百萬，賺一百多萬，只好算蝕本，要撈回本錢，全靠world market。美國觀眾是極難服侍的，去年古裝片不能叫座，*Quentin Durward*⑨只收回了一百多萬元，福斯的*Virgin Queen*⑩不能列名表上，最近MGM發行的*Diane*⑪（Lana Turner⑫）營業更慘不忍睹。可是歐洲亞洲對於歷史巨片仍是歡迎的，對於老明星（如T. Power、R. Taylor）仍忠心耿耿，不輕易拋棄，所以好萊塢仍能立足。美國taste很unpredictable，去年Disney財運亨通，一張劣片 *10,000 [20,000] Leagues under the Sea*⑬就賺了八百萬，很令人想不通。

　　我大半這上半年又要找job，Crump已回來，秋季時另一位教員也要回來，Yamagiwa雖對我很欣賞，可是選中國courses的人極少，實沒有justification添人。我對此事現在不敢多想它，多想後只

---

⑧　*Variety*，美國綜藝雜誌，周刊，由Sime Silverman創刊於1903年，後有日刊發行。

⑨　*Quentin Durward*（全名*The Adventures of Quentin Durward*《鐵血勤王》，1955），據史考特（Sir Walter Scott）同名小說改編，理查·托普導演，勞勃·泰勒、凱·肯戴爾（Kay Kendall）主演，米高梅發行。

⑩　*Virgin Queen*（《情后頑將》，1955），歷史劇情片，亨利·科斯特導演，貝蒂·大衛斯、理查·托德、瓊·考琳絲主演，福斯發行。

⑪　*Diane*（《深宮綺夢》，又名《慾燄香魂》，1956），歷史劇情片，大衛·米勒導演，拉娜·透納、比德洛·阿門德里茲主演，米高梅發行。

⑫　Lana Turner（拉娜·透納，1921-1995），美國電影、電視女演員，十六歲簽約米高梅影業，代表影片有《冷暖人家》（*Peyton Place*, 1957）

⑬　*20,000 Leagues Under the Sea*（《海底兩萬里》，又譯《海底長征》，1954），冒險電影，據儒勒·凡爾納同名小說改編，理查·弗萊徹導演，寇特·道格拉斯、詹姆斯·梅森、保羅·盧卡斯（Paul Lukas）、彼得·洛爾（Peter Lorre）主演，迪士尼出品。

有使人depressed起來，加以工作忙碌，無用的application letters也不想寫。（去年有中文系的學校都寫過，只有Michigan有回音，今年再來如法炮製一次，實沒多大意義。）Rowe很有意叫我到臺灣來，他有什麼plans，等他回信再說。丁先生叫我去新亞教書，我還沒有覆信。留在美國，假如換到比Michigan更小的大學，對我是個恥辱。Michigan學生程度，比起Yale來已差得很多，其他小college學生程度更可想像得到。去臺灣香港，除非有美金收入，生活家用都很難維持。而且沒有弄到citizenship，以後如何重返美國，也是值得考慮的事。此事請你不要過份代我擔憂，我目前還不着急，着急也沒用。

今天Carol生日，吃steak、蛋糕，過得很簡單。平日生活很省，有時hamburger一吃兩三天，可是我對享受方面，幾年來訓練有素，期望已不太高，所以生活方面沒有complaints。家中情形如舊，張心滄夫婦已搬去新加坡，在當地英國大學教書（U of Malaya），匯款方面，多了些麻煩，這一月預備直接寄吳新民處。你近況想如舊，Jeanette，New Haven跳舞學校習Belle處通過信否？甚念。已深夜了，即頌

近安

弟 志清 上
二月七日

*Hudson Review*處尚無回音，不知何故，預備把另一份原稿送*Harper's Bazaar*⑭。

---

⑭ *Harper's Bazaar*（《時尚芭莎》），美國女性潮流雜誌，創刊於1867年，隸屬紐約赫斯特集團（Hearst Corporation）。該刊匯聚了知名的攝影師、藝術家、設計師和作家等群體。

309. 夏濟安致夏志清（1956年2月25日）

志清弟：

　　來信並 *PR* 兩冊均已收到，謝謝。匆匆陰曆新年已過，學校又快上課，我到今天方才寫信給你，也很抱歉。

　　我近來的生活，雖然還算快樂，細細一想，實在很寂寞。我現在聊可自慰的，是不用愁錢，不用愁job，除此以外，生活沒有什麼意義。半年前回國的時候，我有一個機會搬到另外一個宿舍去，我決定不搬，仍住溫州街58巷，這個決定現在看來是對的。另外一個宿舍據說十分安靜（安靜得常鬧賊，鄰居互不往來，賊容易隱蔽），工作的環境是不錯，但是工作的情緒將更壞。那邊住的不少是道貌岸然虛偽敷衍的教授們，我跟他們在一起將很苦悶。溫州街58巷所住以職員及助教為多，其中有不少是我的酒肉朋友，他們對我都很敬服（我的外號：「寨主」或「師傅」，拳師傅也），沒有他們，生活不知將更寂寞多少。跟這許多單身漢住在一起，單身生活才維持得下去。1948年冬我從北平逃離到上海，離開紅樓的那一群單身漢，回到家裡，大感枯寂，無聊之至，連看書的興致都喪失了。那時上海，我沒有一個單身朋友（鄭之驤正在準備結婚），除了兆豐別墅的家以外，可以走動的地方都很少。現在溫州街58巷的環境是不差，我對於麻將的興趣也是在這個環境裡養成的。但是我對於麻將的興趣始終不強，也不喜歡同外面人打（外面人可能打得很大，我們宿舍裡play for very low stakes），都是熟人，勾心鬥角才有興趣，勝利才更有「精神」上的意義，才是triumph，錢的輸贏反而成了小事。但是麻將可以研究的地方實在太少，既無Mahjong quiz之類的書，報上又無Mahjong column，打到現在，我相信我再往上進步已很難，我不善於精密的推算，個性又不狠又不

貪，所以難以大有成就也。我現在的朋友都是麻將朋友，為了這輩朋友，我是絕不會戒麻將的，雖然也許我對麻將的興趣再會淡下去。不打麻將的朋友交來更無聊。我現在並不想widen my circle of acquaintance，朋友總是這幾個人，而且怕出名，怕應酬。

我現在生活最大的痛苦，恐怕是沒有drive，沒有something to look forward to，因此做人成了得過且過，但也不能成為醉生夢死，因為心頭老是很清楚，難得會如「醉」如「夢」。

你勸我不妨再追求女人。追求女人的確會提高工作熱誠，和生活興趣。但這也不過是為追求而追求而已，若為結婚為追求，其情況是否如此，那我可不知道了。我以往的追求，既無sensual pleasure，又根本不知男女「內心之共鳴」為何物，只是莫名其妙的瞎起勁而已。這種瞎起勁似乎很能提高人生之活力。如程靖宇之於Ada，——我預料他如快接近成功的邊緣，他就要「洩氣」了，他是個incurable romantic，他所需要的不是結婚，不是家，只是一個莫名其妙的dream love，讓他去追求。程靖宇這種傻勁，我不逮遠甚，雖然骨子裡我相信我同他頗有類似之處。

現在使我不敢追求的顧慮是怕出醜。我很要面子，而且遠比程靖宇在這方面sensitive，追求屢次不成，已經怕「貽笑天下」，自己的地位名聲，一天比一天高，更覺得丟不起這個臉了。我從小就怕人家笑，現在更怕。美國的環境勝過臺灣之處很多，至少那邊沒有什麼人會笑我的。如你所說，美國人都不管別人的私事；而且我在美國又恢復了nobody的身份，自己也不大怕別人笑了。「笑」包括「同情惋惜」在內，這些都是我所怕的。（看到*Picnic*①的影評，怎

---

① *Picnic*（《狂戀》，1955），浪漫喜劇片，據威廉‧英奇（William Inge）同名戲劇改編，約書亞‧羅根導演，威廉‧荷頓、金‧露華（Kim Novak）、羅莎琳‧拉塞爾（Rosalind Russell）主演，哥倫比亞影業發行。

麼Rosalind Russell[2]追Wm. Holden[3]不成，也會成為scandal的？）

所以分析到底，我在臺灣的生活是空虛無聊。現在既不願昇官，又不想多賺錢，想起「前程」還有點害怕，因為「前程」沒有什麼可希望的了。我常常在信裡提起說要更動職業，更動職業其實是大不智之舉（生活要從安定變得不安定了），但現在可能想像得到的生活上的大stimulus，只有改變職業。在臺灣大學呆下去，可能會lethargy降到lifelessness的。

上面所講的都是meaning of life的大問題，這種問題假如不去想它，人生也可比較快樂（我們宿舍裡有的是醉生夢死的人，我很羨慕他們）。比起你的緊張忙碌，我的生活可以說是輕鬆悠閒。臺大教書根本沒有office work，教文學史需要準備，但稍微看一點書，加上我原有的「常識」就可以對付學生了。閑的時候會想起兩件事，一是essays翻譯，進展仍很少（可是心裡也有點恨：假如沒有這樁事情束縛着，豈不是可以更輕鬆嗎？），另一件是上海的家，我雖然很抱歉的不在負擔這個burden，但burden終究還是burden，不論emotionally或financially。

我現在經濟情形不差，接濟家裡暫時還湊不出這麼多的錢，但是買些零碎的東西，卻綽有餘裕。體重稱過一次，連西裝皮鞋（不穿大衣）達143磅之多，事實上已恢復139磅的最高峰，我不希望再添了，再添非但增加心臟負擔，而且西裝穿上去不合身，也是得不償失的。能夠維持135磅到140磅之間，大約physically頂fit，而且相貌上也顯得健康而不臃腫。

你的job事你叫我不要操心，我不操心就是。這種事情是有命

---

② Rosalind Russell（羅莎琳‧拉塞爾，1907-1976），美國舞臺演員，代表影片有《玫瑰舞后》（*Gypsy*, 1962）。

③ Wm. Holden，即William Holden。

運支配的，着急也沒有用，例如你去Michigan就好像安排得很湊
巧。你對於中國學問用了這麼多功，如不能再往這方面教下去，實
在很可惜。頂好是能在Yale找到一個permanent job，你在Yale人事
關係頂好，如有vacancy，他們一定會很樂於找你的。到處寫信鑽
謀，現在還不必，可是同Yale的關係，頂好不要斷。還有你那本書
出版之後，別的學校對你也會另眼相看的；加上你在Michigan一年
的資格，你今年謀事比起去年來可以叫得響得多，如能入籍更能便
利不少。*PR*收到後，日內我將去找Rowe一次。Asia Foundation聽
說很有錢，假如弄出一個什麼project來，非但你我，連很多朋友都
可借光不少。

　　樹仁的兩張相片也已收到，仍是那麼活潑可愛。Carol操作家務
想仍很忙碌為念。最近所看值得一談的電影是：Gina Lollobrigida④
的 *The Wayward Wife*⑤（心理謀殺片）；Silvana Pampanini⑥的 *La Tour
de Nesle*⑦（根據大仲馬⑧寫小說，故事非常離奇殘酷；）Rank公司
的喜劇 *As Long As They Are Happy*⑨（稍不如 *Doctor in the House*，但

---

④ Gina Lollobrigida（珍娜‧露露布麗姬妲，1927- ），義大利女演員、攝影記者，2008年獲National Italian American Foundation（簡稱NIAF）終身成就獎。
⑤ *The Wayward Wife*（《滄桑奇女子》，1953），義大利劇情片，馬里奧‧索達蒂（Mario Soldati）導演，法蘭克‧馬里諾（Franco Mannino）作樂，珍娜‧露露布麗姬妲主演。
⑥ Silvana Pampanini（塞爾維娜‧帕阿蒙帕尼尼，1925- ），義大利女演員，榮膺1946年義大利小姐稱號，並於次年開始演藝生涯。
⑦ *La Tour de Nesle*（《豔后春情》，1955），歷史劇，據大仲馬小說改編，阿貝爾‧岡斯（Abel Gance）導演，塞爾維娜‧帕阿蒙帕尼尼、皮埃爾‧巴塞爾（Pierre Brasseur）主演。
⑧ 大仲馬（Alexandre Dumas, 1802-1970），法國作家，代表作品有《基督山恩仇記》（*The Count of Monte Cristo*）、《三劍客》（*The Three Musketeers*）。
⑨ *As Long As They Are Happy*（《滿堂吉慶》，1955），英國音樂喜劇，李‧湯普森

也很有趣，女主角Jean Carson[10]很像Debbie Reynolds[11]，但比D. R.嬌嫩，配角Diana Dors[12]的照片 *Time* 上已登過，長得比Marilyn Monroe為肥，身段很像Jane Russell）。日本片 *Samurai* [13]（原名《宮本武藏》），五彩極鮮豔，據說日本攝影師在草上噴了綠色的漆，秋葉上噴了紅色黃色的漆，可說煞費苦心了。男主角三船敏郎[14]獷悍無比，目露凶光，好萊塢無其匹敵（其人即 *Rashomon* [15]中的強盜），全片故事有點像西遊記前部「如來佛收孫悟空」。

你生日那一天晚上，我同Hanson，還有另一美國人、中國人一起吃涮羊肉。家裡想都好，再談　專頌

　　近安

濟安

二月二十五

　　〔又及〕Jeanette只有聖誕卡寄來。Belle Kenny倒寄了封富於

<hr />

（J. Lee Thompson）導演，傑克‧布坎南（Jack Buchanan）、珍妮特‧史考特（Janette Scott）、珍妮‧卡爾森（Jeannie Carson）主演，普通影業（UK）、蘭克影業（US）發行。

[10] Jean Carson（亦作Jeannie Carson珍妮‧卡爾森，1928-），英國出生的喜劇女演員，在好萊塢星光大道留有印記。

[11] Debbie Reynolds（黛比‧雷諾，1932-），美國女演員、歌手和舞蹈演員，十六歲簽約華納唱片，代表影片有《萬花嬉春》（*Singin' in the Rain*, 1952）。

[12] Diana Dors（戴安娜‧多絲，1931-1984），英國女演員，曾獲倫敦音樂與戲劇藝術學院獎（London Academy of Music and Dramatic Art，簡稱LAMDA）。

[13] *Samurai*（《宮本武藏》，1954），日本古裝劇，稻垣浩導演，八千草薰、平田昭彥、三國連太郎主演，東寶出品。1955年美國發行。

[14] 三船敏郎（1920-1997），生於中國青島市，日本演員，代表影片有《羅生門》、《七武士》。

[15] *Rashomon*（《羅生門》，1950），據芥川龍之介《羅生門》及《竹藪中》兩部短篇小說改編，黑澤明導演，三船敏郎、森雅之、京町子主演，大映映畫出品。

warm feeling的信，附有結婚請帖，她是去年十二月結的婚，現住 New Haven。Final Issue of *PR* 她也去買了一本。新郎還在 Puerto Rico 當兵。

310. 夏志清致夏濟安（1956年3月20日）

濟安哥：

　　二月二十五日信收到了已多日，一直沒有作覆。一月多來，忙着準備功課，自己的事無暇attend，謀事方面也沒有多少進展，虧得終日忙碌，對future不大多想，似比去春這個時候，缺少對前途恐懼之感。佛教一段，三月底想可結束，這是我生平第一次對佛學下了些研究，雖然大乘佛教的唯心論我始終不能感到興趣，佛教所牽涉到人生大問題太多，在課堂上討論起來（加上多了三位相貌很好的女生），大家都覺得津津有味。教美國大學生，非常容易，佛學我最無研究，憑了常識豐富，能對付得很好，其他humanities的功課，稍為加些準備，我想都能應付。中西文化交流史我也是外行，十七八世紀時的中西關係，照目前觀點看來，只好算一門不着痛癢，帶些玩古董性的學問。錢鍾書、范純中［存忠］①、陳受頤②等學英國文學的，對這一門都寫了些文章。臺大教授方豪③（想是

---

① 范純中，應為范存忠（1903-1987），字雪橋、雪樵，江蘇崇明人，英國文學研究專家，1927年赴美留學，1931年獲哈佛大學博士學位。曾任中央大學文學院院長、南京大學副校長等職。代表作有《中國文化在啟蒙時期的英國》、《英國文學論集》等。

② 陳受頤（1899-1978），廣東番禺人，畢業於嶺南大學，1925年留學美國芝加哥大學，1928年以論文《18世紀中國對英國文化的影響》獲博士學位。曾任北京大學史學系教授、國立中央研究院院士等，參與創辦夏威夷大學東方研究所，長期在南加州波摩那大學任教，著有《中國文學史略》、《18世紀歐洲文學裡的〈趙氏孤兒〉》、《18世紀歐洲之中國園林》等。

③ 方豪（1910-1980），字傑人，歷史學家，浙江杭縣人，出生於基督教聖公會家庭，後改信天主教。1940年赴臺，曾任臺灣大學歷史系教授、中央研究院院士。代表作有《中西交通史》、《中外文化交通史論叢》、《中國天主教史人物傳》。

天主教徒）寫了一本《中西交通史》，這裡也有。我看了不少書，
除增加些常識外，並沒有多少得益。把這一段歷史survey完畢後，
我準備來一些中西文學的比較研究，自己可以多一些長進。課堂上
學生都很熟，討論各種topics也很有趣。

我九月來生活可說很安定，功課和家務把時間全部占據，看着
樹仁長大，精神上很愉快，不再另需要別的寄託。電影看不看無所
謂，最近看了兩張：*The Court Jester*④和*Picnic*都很滿意，但看電
影的動機是duty而非urge，好像好萊塢有了好片子，應該抽出時間
去擁護一下，缺少以前那種熱誠。你在臺大宿舍的生活，我在Yale
研究院時也經驗過的。因為自己的寂寞，對朋友方面的感情特別
好，談天說笑，人變得非常和氣和expansive，雖然不時有寂寞的
spells，生活仍是過得很好的，雖然這種生活缺少一種ultimate
satisfaction。結婚後，因為對自己的能力發生懷疑，加上有了家室
後，應酬起來比較麻煩，人就變得較withdrawn，避免無謂的人事
往來。來Ann Arbor後，雖自信心已較恢復，但因時間不夠，精神
緊張，沒有以前那種結淘合夥的精神。在Yale時，我對外國朋友
說，我是introvert，他們都不相信，以為我是一個最exuberant的
extrovert。其實我的extrovert作風只好算是一個mask，用來遮住自
己的insecurity和loneliness。和你比較起來，我一向懶得找人。有
許多人在一起時，我非常高興，但沒有人的時候，我往往獨處斗
室，或看一場電影，把時間熬過了。你目前既無為結婚而追求的決
心，和許多單身漢一起生活，是比較上最可以減少精神上的寂寞
的。但最好在時間上不要太受他們的支配，他們學問較差，野心也

---

④ *The Court Jester*（《金殿福星》，1955），音樂喜劇，梅爾文‧法蘭克（Melvin
　Frank）、諾曼‧帕拿馬（Norman Panama）聯合導演，丹尼‧凱耶、格萊尼斯‧
　約翰斯主演，派拉蒙影業發行。

小，在造就上是不可和你相比擬的。那本美國散文選，先把它譯完，有了空餘的時間，再可作別的計劃。

　　Carol的信上會告訴你，她已又有了喜了。對我性生活這樣不indulge的人，這是個irony。我是最喜歡小孩的，但在美國領大一個小孩，時間花費實在太多。而且領〔臨〕盆之期在夏末秋初，那時候我正是為謀生而搬家的時候，非常不方便。在小孩們本身上講，一對年紀相差不遠的兄妹或兄弟是再好沒有的，長大時不會寂寞，有照應，少受旁人欺負。但在我講來，明年的生活一定又繁忙異常，要成名寫文章的工夫一定大為curtail，是相當不方便的。去年暑假，除了領小孩外，可說是一事無成，連馮友蘭的哲學史都沒有讀完。我只希望今秋後Carol的身體轉強，能一個人分擔下大部份的工作。

　　平寄的月曆一本已收到，謝謝。那位姓曾的畫家是否即在上海時宋奇所大捧的那位臨摹敦煌筆法的人？母親在舊曆新年時感冒發熱，病了一星期，打了配尼西林後始退熱。父親現在血壓略為增高，但身體很好，父親信上老是愁錢，債務還清後，應該稍有儲蓄，可是他們的生活仍是很緊的樣子。母親平時不易病倒，這次臥床兩星期，也是證明她過人的精力已不能全部駕馭〔馭〕她的身體了。玉瑛妹仍舊安分守己，學校內成績很好，每星期六返家，星期一晨趕回學校。

　　Rowe已見過否？Asian Foundation如有缺，我也很想來臺，目前計劃渺茫，如美國無適當職位，可能想離美一年。Carol樹仁皆好，樹仁活潑情形，Carol信上有報導。你近況想好，甚念，有無同女孩子來往？程靖宇方面寫了一封情書，他在Ada方面，有此成績，頗出我意料。匆匆，即頌

　　春安

弟　志清　上
三月二十日

311. 夏濟安致夏志清（1956年4月4日）

志清弟：

　　昨日發出寄Carol一信想已收到。此信比以前各信更為幽默，我自信能寫出幽默文章，寫來比serious的Henry James體小說容易得多。其實Carol的信，描寫樹仁的各種antics，確是很有趣，一個嬰孩可能比Court Jester或Dickensian character或panda更為滑稽。

　　樹仁要添妹妹了，這是好消息，你的負擔當然亦將加重，Carol假如有做事的打算，現在又只好打消了。撫養孩子，大約第二個不會（比）第一個麻煩多少。你能到臺灣來替Free Asia做事，可能有很好的待遇（我至今還沒有去找過Rowe，其懶可想），一切在臺的美國機關，據說以Free Asia的薪水為最優厚，別的美國機關名義上是發美金薪水（美籍公民則拿美鈔），但照官價（官價也有好多種，我也弄不清楚）結算後，要打一個很大的折扣，Free Asia是發美鈔的。四五年前Free Asia（那時Rowe尚未來，有一個Ward Smith[1]者主持）擬請宋奇來做「買辦」，他們擬給他三百元一月，宋奇要求四百，結果沒有談成。在臺北拿三百元一月，又要套用我的一句話了，是可以「富埒王侯」的，比我現在兩處教書的總收入要大十倍，而三十元對於我也已經夠用了。如美國各處進行無結果，或沒有興趣再進行，不妨集中精神來走Rowe的路子。據說Free Asia現有的人才不過是打字算帳文牘之流，他們所缺的是聯絡中國文化界推廣反共文化的主持人才，他們所要求宋奇者也是如此（Free Asia在臺灣沒有什麼工作成績表現，在香港則支持了好幾家書店、雜誌和電影公司）。這種工作非「吃洋行飯」者所能應付，

---

① Ward Smith，不詳。

他們至今還需要這樣一個人。Free Asia如真想推廣工作，人才只嫌少，不會嫌多，你來了，我還可以幫你很多的忙。你如決心來臺（Rowe信中怎麼說？上面種種都是傳聞之談，Rowe自己的話才靠得住），頂好應加緊進行「歸化」工作。你入了美國籍，中國政府還承認你是中國人，兩方面都可討便宜。臺灣尚在艱苦奮鬥中，有了美國籍的保障，可以方便不少。我頂希望的是你在美國找到事情，讓我來join你，不要你來join我。

　　我自己的前途，大約不會有什麼變化。回國後有一個時期，對教書有點厭倦，很想轉變。最近又去算了一次命（並不是我要去算的，我現在很少worries，不想求神，也不想問卜，這次是朋友拉去算的），這位算命（的）居然能夠算出我是做文教工作的，而且一輩子要做professor，——這一點使我大為安慰，死心塌地，不再做改行的打算了。算命先生拿我個性細細分析，我認為說得很對，他斷定我絕不能做生意，錢一生也多不起來，但也不用愁沒有錢花。我想這句話也比我要發多少財的預言近情得多。有一點是很多算命先生都同意，而我自己也相信的，就是我的好運尚未到臨。據這位算命的說，我在四十四歲那年，要再度出國，到海外去教書，從此以後，這一輩子要在海外過活了。這句話雖亦正中下懷，說得使我心裡很高興，是句很好的恭維話，但可能性也比我要發財大得多。這兩三年內假如我能聲名日隆，加上你和朋友們的援引，三年之後到海外去教書，的確不無可能。關於結婚，迄今為止，沒有一個算命先生說我是會一輩子獨身的，大致今年結不成婚，明年可能性很大，這位預言家說，即使我到四十四歲，交過鴻運後再結婚，亦未為遲。反正我自己對結婚問題不甚關心，隨他們怎麼說好了。此人說我身體小時很壞，以後愈老身體愈好。

　　我最近體重還在增加中，現在大約已經140磅出頭，相貌當然更麵團團的福相了。最可怕的是appetite大好，很能吃肥肉（母親

看見了一定大為高興），好在我應酬還不算多，假如有當年父親在上海那點應酬，大魚大肉佳餚美酒不斷的吃，我不成為胖子，才是怪事。你知道我從來不indulge myself，我也常在宿舍裡吃很苦的飯，因此大約體重也不會急劇猛進，否則假如每月長一兩磅，一年之後，我現有的西裝全部不合身材，非得新做不可，這才是得不償失呢。

交女友的事，毫無進展。舊日女友中，仍舊維持聯繫者，僅Celia一人。她前兩個月來了一封信，忽然內有「吃豆腐」的話。她說，「你既然這樣喜歡美國，可是不在美國多住一個時候，莫不是在臺灣有什麼捨不得的人嗎？」她又說，「假如你在臺灣結婚，我一定要來吃喜酒的。」我的回信很dry，可是也有點挑逗的力量，我說，「我結婚的事等你學成歸國後再談吧。」這一封信silenced her，我也沒有繼續去挑逗。她的Easter Card上的話（printed）倒使我心裡溫暖了一個時候：In this busy old world /We may often appear /To neglect or forget /Even those we hold dear /But this little message /Is coming to say / "someone is thinking of you / everyday!" For a Chinese girl, this is saying much.但我也沒有進一步的去挑逗。我對於求愛，已經提不起興趣，何況我還不知道她究竟要去不去美國，去了美國又要留學多久，現在瞎起勁，他日換來了失望，是很花不來的。Celia假如不出國，她在香港假如無更合適的男友，她也許會成為「my girl」，但這一切都很難說。我的態度是：我要她，可是不再為她傷腦筋，一切看事情怎麼發展吧。

丁先生請你到香港去，這事也值得考慮。主要的是看待遇多少，少於200美金一月（即1200港幣）就花［划］不來，雖然香港的外快收入，可能很多。據我知道，那位許吉鴻小姐下學期要去香港新亞了。香港是個好地方，安定、繁榮、法治精神——這些都遠勝臺灣。臺北還不如當年的南京，香港可比當年的上海的租界，你

可知所取捨矣。我的美國朋友Hanson最近去香港玩了一次，印象甚佳，他說香港像是New York with a Big China Town。程靖宇在進行香港大學教中文，那張「聘人」廣告我也曾看到，他們所需要的是教國語的人才，非你所長，否則那張廣告我早就寄給你，給你參考了。香港大學的待遇據說很好，他們的英文系也需要人，但是限定英國大學畢業的，我輩都不合格。

　　家裡的經濟問題，除非父親有決心逃到香港來，否則沒法解決。你想共產黨怎麼會讓人儲蓄？他們的苛捐雜稅之重，加上種種無理的剝削（如強迫購買公債等），使得任何人沒法過一個小康的生活。據香港來人談（這不是國民黨的宣傳，而為父親信裡所不敢提的），上海買豆腐都要排隊，任何人家收到一封信，鄰里都有「責任」知道信裡說些什麼話；假如信出了亂子，鄰里都要連帶負責的。我一直以為你每月寄回家的錢的太多，這是你的「愚孝」，我也沒法勸阻。我以前託宋奇匯錢時，宋奇只敢200或300（港幣）一次的匯，他說多了反而有麻煩。宋奇的母親也在上海，他在香港，對於共區的情形當然知道得比我們清楚，以他的財力，也不敢多寄錢回家去，足見共區剝削之重。我主張你以後改寄50元一月即可，等到我的essays稿費拿到，由我來負擔一年，每月50元，你停寄一年。若我還有別的稿費收入，以後一直由我負擔下去也可。共區生活甚苦，多寄錢去是糟蹋的。父親的債務已清，共區的生活大家都只剩下bare subsistence，談不上享受，事實確是如此，望你考慮。共區的人在受難，可是我們又有什麼辦法呢？專此　即頌
　　近安

濟安　頓首

四月四日

　　〔又及〕*Mr. Roberts*可以一看，不比*Stalag 17*差。

312. 夏濟安致夏志清（1956年4月27日）

志清弟：

　　前上兩信，想均收到。茲有奇遇，說不定一兩個月之後又要和你們見面，此事甚奇，可以說是天上掉下來的機會。

　　明天師範大學的梁實秋來找我，說他們要派一個人到美國去研究英文Teaching Methods，可是他們學校派不出合適的人才，找到臺灣大學來了，而且找到我身上來了。條件很優厚，留美十五個月，每月$200，此項津貼及學費旅費等，都由Free Asia（that is to say, Dr. Rowe）供給。留學地點：Michigan大學。

　　現在的阻礙：（一）大使館及美新處恐怕要反對，因為我上次留學回來不到一年，尚未充分把「所學」貢獻給臺灣；（二）臺灣大學不放我走，我捨臺大而去師大（再回國後要去幫師大的忙了），也有點說不過去。

　　我自己的打算：接受這個機會。能夠同你們在密歇根見面，而且so soon，是出乎我的最樂觀的希望之外的。Teaching Methods很容易，我相信略用小聰明，就可以對付得過去，多餘的時間仍可選文學的課。我倒不很想讀一個MA（假如很容易，也不妨一讀），主要的，想利用15個月的時間，寫一部novel（在臺灣的工作效率很低）。

　　回國後去師大教「初級英文」，也無所謂。我對教書本已失掉熱誠，教得愈淺對我愈省事。

　　照他們的計劃，我應該在Michigan讀兩個學期，加上今年的與明年的暑期班，所以要是走成的話，時間大約是在六月中旬。

　　我同Rowe尚未見過面，他這兩天到阿里山旅行去了，定下星期三以後同他晤談。他假如全力支持，我想簽visa不會有多大的困

難。同時，我不希望你寫信來替我鼓吹，假如真有困難，我不希望替他添麻煩。反正此事完全出乎意料之外，失敗了也沒有什麼可惜，雖然我很想到美國來。

本來，算命的說我今年可能再去美國，我總想不出怎麼會有這回事：我沒有去申請任何獎學金，現在時間已經到四月底，再申請也來不及了。可是假如命運派定，莫名其妙的也會走成的。

所以假如這次如走成，我的思想將更走向determinism的一條路。有些事情是不可以道理說明的。同時我希望你能在Michigan蟬聯下去，我假如能來，有什麼跳舞會，我們又可以一起去參加了。

近況大致如舊，出國事發展如何，當隨時陸續奉告。有崔書琴先生五月初將來Ann Arbor，想會來找你。崔先生是前北大教授，人極忠厚誠懇，值得一交。Cowboy boots他的行李裡帶不下，我另行交郵政寄上了。

聽見這個消息，不要太興奮，發展還不知道呢。Carol有身孕，身體如何，甚念。樹仁下次看見我，想會叫uncle了。

這個好消息，等到再成熟一點告訴家裡，怎麼樣？

再談　專頌

近安

濟安　上

四月廿七日

313. 夏志清致夏濟安（1956年5月5日）

濟安哥：

　　前天接到你四月廿七日信，知道你又有機會來美，而且六月中即可動身，不覺大喜。我想此事成功可能性極大，你有Asia Foundation和師大支持，大使館提不出理由反對；你同英千里關係如此好，他也不會［不］放你走的。你在臺灣英文界的確已占了第一把交椅，不然梁實秋不會這樣熱心「舉賢」的。來美國後寫本小說，在美國成名，以後前途就無可限量。此次出國，費用由Asia Foundation供給，行動方面比較flexible，不比上次受State Dept那樣的拘束。我明年在密大大約已不能繼續，可是六七月間一定是在Ann Arbor的。這是相別不到一年，又能聚首，是意想不到的。密大有一個English Language Institute①，相當有名，學生大多是外國英文教員，到美國來學習正確發音，和準備出國的美國英文教員，學些文法、發音，和教授法之類。許多日本、高麗，及南美洲教員，發音奇劣，的確需要這種訓練，你我發音都相當準確，在那裡可學的很少，可是Institute功課簡單，而且程度參差，你倒可以趁此機會多寫小說，或選修一兩（門）英文系的課。有一位老小姐沈垚②，教兩門低級中文，另在Institute教英語，她在中文班上告訴學生說，Coca Cola③兩字是根據中文「可口可樂」而coin出來的，可稱滑天下之大稽。在Institute讀，免不了要和許多外國怪人交際一

---

① English Language Institute（ELI），由弗里斯（Charles C. Fries）創辦於1941年。
② 沈垚（1914-1980？），曾於密歇根大學任教，著有《講授第二外語英語》（*Teaching English As a Second Language; A Classified Bibliography*）。
③ Coca Cola：中譯「可口可樂」是蔣彝所譯。

番，可是由Felhiem介紹，你可交到很多文學青年。密大中國人很多，可惜我認識的只四五位，你在Ann Arbor住一年半，生活一定很愉快的。

我計劃尚未定，不過大致決定明年在美教英文。Rowe方面最近沒有消息，也不好意思去催他（你想已同他會面了）。香港丁先生方面五月中可能有聘書來，我也不會去的。八九月中Carol要分娩，出遠門絕對不可能。加上，去香港臺灣，我在美國還沒有establish自己的聲譽，心中頗有「無顏見江東父老」的感覺。要回港臺，只好等在美國有了長飯碗後，回去做了一年visiting professor，倒可好好的玩一下。最近兩三年來，懶散已慣，不善交際，中國人的應酬太多，我就受不住，教中國學生，也不易討好。在密大教書一年後，自尊心大增，覺得教英文課程毫無問題，美國學生的興趣我早已摸熟，教起書來，也比較易成功。四月初去Philadelphia開了一次遠東學會，教中國學問的openings簡直沒有，所以兩三星期來努力apply教英文。密大英文系佈告板上job不少，我將一一apply。教過了一年書，一般系主任對一般中國人上課delivery方面的懷疑，顯然已減少。有兩個大學回信來說，可惜我遲apply了一兩個星期，position已fill了，態度很好。向Yale請求教員的比較都是好學校，難apply；向密大請求教員的學校水準較低，有一個Yale Ph.D.，即可相當嚇人了。所以我目前不悲觀，希望六月前後弄到一個assistant professor的資格，守一兩年，再重新invade中國field。紐約的China Institute接洽了不少黑人小大學，那些大學都很有誠意，我為原則關係，都沒有理睬。

崔書琴五月十七日來Ann Arbor，我預備當晚請他吃頓晚飯，請馬逢華作陪（馬的女友，羅家倫的女兒，已同另一華人訂婚了，其人相貌同老許相仿）。崔來Ann Arbor後的節目，都由馬逢華安排，我在旁招待，不很吃力。可惜Carol和我的牌藝大退，否則可

請他打一晚bridge。

　　樹仁生日，又煩你費了苦心，買了一雙cowboy boots，很過意不去。生日那天，樹仁感冒未愈，沒有什麼慶祝。翌日拍了幾張五彩照片，生日前幾天樹仁晚上跌被頭，受涼，生平第一次有熱度，服用sulfa性的Gantrisin後，把大腸的細菌也殺死，bowel轉為loose。未病前幾天便是老是用glycerin催便劑，病好後大便一直正常，不必再去glycerin了，也算是個好的side effect。生日前討到了一隻小貓（Carol學中國規矩，提〔起〕名Mimi咪咪），毛色黑白相兼，才六星期大。初來時大受樹仁虐待，現在已長得很胖，自衛能力很好，樹仁也不敢輕易欺負他了。一切樹仁詳情，當由Carol報告。

　　佛學已教完，中西文化史歷史方面稍稍也已告一段落，最近兩三星期內教教唐詩、理學，再把中西文學作品瞎比較一下，功課準備方面輕鬆得多，可惜為謀職業忙，仍毫沒有空。上次提到看電影已成了duty，引起你一番感慨，最近因功課不緊張，加上好片子不斷而來，對電影的興趣，已漸漸復活。月來所看的有Fernandel④的 *The Sheep Has Five Legs* ⑤，Julie Harris的*I Am a Camera* ⑥、*The Swan* ⑦，

---

④ Fernandel（原名Fernand Joseph Désiré Contandin費爾蘭黛爾，1903-1971），法國演員、歌手，曾參演《環遊世界八十天》（1956年版）。

⑤ *The Sheep Has Five Legs*（《五腳綿羊》，1954），法國電影，亨利‧維尼爾（Henri Verneuil）導演，費爾蘭黛爾領銜主演，Cocinor公司發行。

⑥ *I Am a Camera*（《小樓春醒》，1955），英國喜劇電影，據克里斯多夫‧伊舍伍（Christopher Isherwood）的《柏林故事》（The Berlin Stories）和德魯登（John Van Druten）的同名戲劇改編，亨利‧科尼利奧斯（Henry Cornelius）導演，朱莉‧哈里斯、勞倫斯‧哈維主演，獨立影業（Independent Film, UK）、美國發行公司（Distributors Corporation of America, US）發行。

⑦ *The Swan*（《天鵝公主》，1956），據1925年同名電影翻拍，皆取自弗蘭茨‧莫爾納（Ferenc Molnár）之同名劇本，查理斯‧維多導演，葛莉絲‧凱利、亞力克‧吉尼斯爵士（Alec Guinness）、路易斯‧喬丹（Louis Jourdan）主演，米高

差不多一星期一片。這星期下星期的 *Man in the Gray Flannel Suit*⑧、*Alexandra the Great* 也都要去一看。Julie Harris 演技爐火純青，可稱當今美國第一位 actress。Grace Kelly 在 *The Swan* 內，有幾段做得極好，表情 range 方面顯然較前擴大，她脫離好萊塢是很可惜的。

　　Celia 顯然對你大有意思，她送你那張 Easter Card，很明顯對你表示愛意，希望你作進一步表示。目前你又要籌備出國，我也不想多做勸告。可能你們兩人今秋會在美國會面的。假如她出國不成，你臨走前不妨給她一封求婚信，Celia 幾年來婚事學業都沒有什麼進展，可能會立刻首肯作你的終身伴侶的。你把婚事定了，再致力創作，全身輕鬆，效力更可大為增進。雙方同意後，結婚事盡可慢慢進行。

　　家中老是為等匯款發愁，據父親的來信，母親為匯款事，精神上頗受了些刺激。我除去信慰問外，也無法再做別的安慰。二月初寄吳新民的 draft 至四月二十四日方到（draft 不易一時賣掉），父親為之疑竇叢生，認為吳新民不可靠，四月中我寄給陸文淵一百八十元旅行支票，一下子賣掉，隔日電匯家中。所以這次兩筆匯款差不多同時收到，父親最近沒有信來，不知一下子匯到怎［這］樣許多錢，會不會反而替他添麻煩，也使我很不放心。以後我寄旅行支票，匯款可以按時匯到家中，父母幾年來等匯款的 worry 至少可以消除了。

　　你近來想又是大忙，如出國事辦好，又有一大批飯局。有好消

梅發行。

⑧ *Man in the Gray Flannel Suit*（《灰衣人》，1956），斯隆‧威森（Sloan Wilson）同名小說改編，南奈利‧約翰遜（Nunnally Johnson）導演，葛雷哥萊‧畢克、珍妮佛‧瓊斯、弗雷德里克‧馬奇主演，二十世紀福克斯發行。

息請隨時報告。Carol這次身孕，健康方面似較上次好得多，望勿
念，她給你的信，一兩日內另封寄出，專候好音，即頌

　　近安

　　　　　　　　　　　　　　　　　　　　　弟 志清 上

　　　　　　　　　　　　　　　　　　　　　五月五日

314. 夏濟安致夏志清（1956年5月19日）

志清弟：

　　來信收到已有多日，你能夠進入English Dept教書，當然比回臺灣或去香港好得多。我一直希望你能留在美國，為自私的打算，你將來可以給我的助力更大；為你自己和家着想，美國可進可退，安全上有更大的保障，事業也較易發展。留學生一返臺灣，通常都把書本束諸高閣，不再有上進心了。咬緊牙關，在美國混下去，這是我對你最底限度的希望。

　　我自己的事情，大致還好。去美國的事情，尚未定局。同Rowe談過，Rowe覺得我是個研究學問的人（他對你十分佩服，稱你是genius，他以為弟兄應較是個性相近的，可是他看不出我的年齡比你大），弄「初級英文」如發音文法之類，也許是不合適，或者是「大材小用」。我唯唯否否，這種事本來由「師大」的人去做比較合適，我是犯不着以臺大的人的身份同師大的人去搶。但是梁實秋迄今似乎還沒有找到比我更合適的人，意思裡還要我去，我無可無不可。總之，即使派定的是我，暑期學校是趕不上了，要入學也得要在暑假以後，那還得有兩三個月耽擱（據算命的說，要走成非得過了我生日不可），現在一切手續尚未進行，假如這期間發生變化，別人把這個機會搶去，我也不會覺得可惜。我很想去美國，但是這次留美的時間（即便走成）還是太短，回國以後所做的工作很是無聊，我認為不算太理想。

　　這幾天頂大的worry是臺大代理系主任的事。英千里預備再隔幾個星期進醫院開割胃潰瘍（ulcer），這是大手術。以他衰弱的身體（他還有肺病），動這樣的手術，是冒了相當的危險的。所以這兩天他說起話來很淒涼，又為系裡的事情不放心，我若不答應代理，將

更傷他的心。代理系務，我又有什麼作為呢？外文系學生非常之多，每一年級都有百餘人（中學畢業生不知怎麼的很多報考外文系的，可是對文學有天才或真興趣的當然很少），「樂育」這一批「英才」，不是容易的事。請教員我就一點辦法都沒有。拿臺大這點待遇，哪里請得到人？請不到人，課程就不會扎實，這個系也就辦不精彩。

假定英先生開刀進行順利，暑假後健康大為進步，我把系務交還給他，但是暑假招生這道難關，就使我望而興畏。本年起，臺灣各大專以上學校（包括各軍事學校在內，臺灣的軍校也給 BS 學位了），舉行聯合招生，一起有二十幾校之多，臺灣大學應該領袖群倫，不說出題閱卷等等工作的 condition，將要大傷主持人的腦筋，即使能把事情推給別人去辦，光是敷衍出席開會（校內的招生委員會，同別校聯絡的會），就可忙死人了。我生平從來沒有挑過這樣重的擔子，而且也不想挑這種擔子，想到這份工作的艱苦，甚至於想脫離臺大了。鋌而走險，做 freelance writer & translator。

英千里做主任，還有我這樣一個幫手，我要做了主任，什麼幫手都沒有（助教本事都太差），連一封信都要自己寫，我將要瞎忙一陣，任勞任怨，終於一事無成。

英千里預備下學期把我升為 full professor（院長他們都同意），我已嚴詞拒絕。臺大的 Full Prof. 在國際學術界並無地位，又無實利（錢不會多拿多少的），我要它何用？我做 Assoc Prof. 已經可以享受一切 Prof. 的 privilege 了。

家中為匯款事如此着急，可見家中並無積蓄，where does the money go then？我希望再過一個多月，由我來代你負擔這個責任。Carol 和樹仁想都好，別的再談，專頌

　　近安

　　　　　　　　　　　　　　　　　　　　濟安 頓首

　　　　　　　　　　　　　　　　　　　　五.十九

315. 夏志清致夏濟安（1956年5月21日）

濟安哥：

　　已久未接到來信，甚念。出國事進行如何？如六月中出發，則目前必非常忙碌矣。Rowe已見到否？他對你的事情想必盡力支持的，崔書琴上星期四晚上到Ann Arbor，星期六上午離開。他周遊各campus，同教授們討論政治，向中國同學們informal地演講一番，在我看來這種生活非常boring & fatiguing，崔先生卻很enjoy這routine。Job尚無有定落，慌張也無用。

　　崔書琴囑我在他tape recorder上錄了些音，帶回給你聽，我在旁人監視之下，相當tongue tied，沒說什麼。一小時內即得送Carol，樹仁上飛機，不多寫了，專盼好音。

弟 志清 上
五月廿一日

316. 夏志清致夏濟安（1956年6月3日）

濟安哥：

電報想已收到了幾天，Geoffrey的去世對你、對我們都是不可相信的shock，Carol和我的悲傷自不必說，希望你不要過份傷心。

樹仁的死來得突然，可是故事可以推前十多天。五月廿二日（星期二），Carol帶了Geoffrey乘飛機去Weathers field, Conn.省母，由鄰居開車我伴她們上飛機的，動身是十二時四十五分，下午四五時安抵康州。Carol的母親，我們搬到Ann Arbor後，在九月底來過一次，結果她脾氣大，left in a huff，以後她就沒有來過，我那次去Philadelphia（春假時），Carol就有意帶Geoffrey去康州，結果她母親沒怎樣actively encourage她，她很hurt，後來她母親把飛機票的錢寄來後，她就計劃要去。Carol是很任性固執的，你在New Haven時也可觀察得到（為那次Mary Dukeshire請客吃飯，她堅持要去，結果我gave in）。她去康州，我不反對，她deserve a rest and change，可是帶Geoffrey去，我是反對的，因為我不放心，恐怕Carol一人照顧小孩，還沒有經驗，而且旅途勞頓，對小孩的日常schedule一定會upset。可是Carol要回家的目的，無非把Geoffrey去show off，給親戚朋友看看樹仁是怎樣可愛的小孩，我希望學期完畢後，她一人去，把小孩留給我一人照料，結果終於動身了。星期四收到Carol的信，Geoffrey很好，我也較放心。星期天（廿七日）我同鄰居去飛機場把母子接回來，Geoffrey除了曾在睡眠時在床上摔下一次外，沒有什麼傷痛，飛機上他也睡得很好。星期五Carol曾開車同其母、Geoffrey，去Springfield（旅途driving四十五分鐘一次），在朋友家吃飯後即返，星期六的節目比較strenuous，Carol & Geoffrey午時到New Haven，來了個picnic，順便也看了一

下Nancy、Danny和Vincent，在女朋友家吃了晚飯，八時多返Springfield。

　　星期天返家後，Geoffrey好久不見我，當然對我非常親熱，可是一切很正常，晚上七時即入睡。Ann Arbor天氣已很熱，樹仁有點「作」，因天熱和emotional upset的緣故，也可諒解。星期一二三天氣仍熱，可是星期三Geoffrey已很乖，不是constantly要我的attention了。星期二收到你寄出的一雙皮靴，給Geoffrey穿還是太大，我tried把靴穿在我的腳上，或穿在我的手上，引他大笑，這種能看出incongruity的幽默，表示他極端聰明。Geoffrey已會爬扶梯，星期二（or三）那天下午，他不肯上樓，我開始爬樓梯，他也覺得很滑稽，隨後跟着爬上來了。星期二晚飯後，Carol跟樹仁在對門的屋子門廊內同鄰居小孩玩耍，Geoffrey跌了一交［跤］，沒有哭多少，between lower lip和chin有一小條紅條，即與以抹了iodine，消毒，下唇內部似被upper門牙所cut，稍有微腫，但口腔的皮膚收功很易，翌晨腫也較消了。星期三Memorial Day我終日在家，晚上飯後七時Carol提議來一個ride，兜風了廿十幾分鐘，Geoffrey很快活，但可能着了些涼，回來後換尿布，餵奶，八時入睡。

　　當晚我入床後已一時許（Geoffrey睡在我們中間），三時Geoffrey驚醒，我發現他身上發燙，尤其頭部頸部，頸部熱的利［厲］害。我預備即把他送醫院，打電話給醫院，問emergency Service在那［哪］一building，U. of Michigan醫院極大，building極多，可是Carol不知輕重，不肯動身，說醫院那［哪］一building在夜間也摸不清楚。事實上恐怕她很累了，所以body inertia不讓她行動。我無法called了小兒科醫生Brewer，他是Geoffrey的醫生，可是是一個混蛋，clients很多，每個都草草了地［事］，我見過他兩次，一直不歡喜他，Carol也不歡喜他，可是沒有想更動醫生。

美國的私人醫生，都以賺錢為目的，很少有為人類服務的熱誠，他們在office辦公八小時，看了一大批無病的病人，出診或夜間出診是很少的。尤其是小兒科醫生，全城多少小孩每月都要來一次check-up（由多少小兒科醫生攤派），節目排得很緊，真有病孩，反而無暇兼顧，每小孩應付幾分鐘，五元大洋進帳，對於疫病的危險性的感覺，早已blunted。我called up Brewer，他當然不會半夜出診，囑我給樹仁aspirin & water，明晨九時再call up他。我當時很氣憤，有想乘taxi的意思，可是沒有carry thru。抽了兩隻煙，呷了盃牛奶，吃了個donut，給樹仁aspirin也就入床了。樹仁身體很熱，呼吸也有些特別，可是他睡着，八時起身，給了他一些orange juice、aspirin、牛奶，九時再call up Brewer，他節目很緊，叫我們九時四十五分去他office，那時Geoffrey腿上，腹上已漸有紅褐斑點，那時Carol已借到thermometer（家裡的寒熱表，不久前被樹仁打碎了），肛門溫度為104°（夜間一定更高），到醫生那裡，他脈也不把，胸部也不敲聽，溫度也不量，視察了一下眼睛、耳朵、口腔（即所謂monthly check-up也是如此，醫生是美國最大的racket），在手指上抽了一點血，研究了一下，看不到細菌，就斷定是virus（Spock書上也說受virus attack，溫度可高至104°），他說那些斑點是rash，無關緊要，只要寒熱退了，病就好了。他不給prescription，說把Geoffrey放在bathtub內，cool一下，熱度自退（中國的quack，醫道不精，可是碰到不知名的fever，配尼西靈sulfa亂打，反可見功。想到中國一般醫生道地的精神，美國那些young doctors簡直是胡來）。回家後，Geoffrey躺在他的換尿布的床上（我沒有把他放在tub內），可是熱度不退，再call up Brewer，他忙着，囑nurse說，用軟布浸酒精貼在胸背，以紙扇動，使temp.減低。扇了半天，熱度稍微降，遂即增高，已近105°。Carol也慌了，因為Geoffrey躺在那裡，毫無抵抗，非常listless的樣子，任

人把［擺］佈，可是Carol最怕醫生，認為未得醫生許可換醫生是unethical的。還要call up Brewer，那時已過十二時，他已出去舒服的吃午餐，找不到。我遂逼了Carol送Geoffrey到醫院，到那裡已一時，在Pediatric Clinic裡，第一位interne看了斑點以為是痧子，可是溫度太高，不像，他找了幾位醫生研究結果，把Geoffrey送到另一樓isolation ward，因為Geoffrey胸上有幾點小紅點，是被infected的症候。Geoffrey在病室內，來了二三個convulsions，可是他很鎮靜，還曉得人事。把他送到isolation ward八樓，醫生開始做了個blood culture，才發現血中的細菌是meningoccocus（腦膜炎為meningitis，可是我不認得這個字，後來回家翻了大字典，看了字典上的definition，也連［聯］想不起「腦膜炎」，在弔喪時中國朋友才提醒我），並且抽出spinal fluid檢查。那時醫生叫我退回休息室，Carol已下樓去註冊，不久有女醫生一位來找我們談話，告訴我們meningitis很危險，可是有特效藥，不用憂慮。我因為不知meningitis為何物，而且對特效藥一向迷信，心中有了些false security。三時半去看Geoffrey，他一人在床上，雙手被札［紮］起，不使移動，左額角上貼了不少橡皮膠，牀頂上放了一大管sulfadiazine和營養品，由橡皮管不斷的注入額部open vein中（橡皮膠內藏金針，直插在血管內），Carol和我見了此情狀，不禁大哭出聲。可是Geoffrey神志似較清醒，對我們也有些response，陪着他到四時半，他有入睡的樣子，我們即退出，那天我們一天沒有吃什麼東西，回家後喫了些cold cuts、牛奶，那時我們都很樂觀，覺得sulfa大量注入，性命一定可以救得（臨走前，醫生說一二天即可出院）。那天晚上事前約定同我幾位學生聚餐（在中國館子），七時汽車來接，樹仁既不在，Carol一人寂寞，我邀她一同去了，吃飯時大家還很高興。九時同學開車到他家小坐，Carol打電話給醫院詢問，知道Geoffrey已放入danger list，我們由同學送回家，再

開車出發，趕到醫院，樹仁顯然已大無生氣，身上斑點佈滿，到後來轉紫褐色，全身disfigured，想出天花也不過如此。醫生們不斷診視，量他的血壓、心臟，可是Geoffrey已無能力製造白血球，抵抗細菌，所以sulfa雖多注，也沒有用處。我們一直守着，醫生們打配尼細靈、cortisone，只見Geoffrey一直衰弱下去，眼睛也睜不開，呼吸急速了半天，漸趨遲緩，額上仍有熱度，小手已冰冷，二時四十五分口腔作痰聲後，即呼吸停止，全身棕黑，皮膚spots佈滿，已不像你所見到的樹仁。我當場痛哭，心中辛酸莫名。四時許Carol和我返家。

研究致死的原因，Carol的糊塗，醫生的昏庸馬虎，都是大原因，可是最主要的是我丈夫氣概不夠，不能使Carol聽話，爭辯了半天，還是聽從了Carol的意見。假如Geoffrey不去Conn.，抵抗力不會降低，細菌無從發作（腦膜炎菌的incubation period，兩天到十天，所以Geoffrey pick up germs可能在Conn.，可能在Ann Arbor）。假如當晚送醫院，一時找不出病原，遲早總會發現，時間上可爭取得很多，可以不致使Geoffrey喪命。我頭腦是清醒的，intuitions是對的，可是仍舊讓樹仁孤軍抗戰了細菌十多小時之久，毫無藥石幫助，so, in a way, I killed my son。那位醫生我早知靠不住，所以也不必怪他。Carol自己傷心萬分，所以你來信也不要怪她，否則她更為傷心，但this guilt will always live with me。

腦膜炎在美國差不多已消影絕跡，十多年來，沒有多少cases，Ann Arbor十多年來即沒有一個case。無怪一般醫生見了symptoms一時也想不起，假如肺炎、Scarlet Fever、Typhoid這種病美國還多見，細菌力量也沒有腦膜炎菌那樣強，延遲十二小時，絕不會喪命。據說腦膜炎菌，必由humans傳佈，由口腔侵入，所以那次Geoffrey跌跤，也不會是細菌侵入的原因。他從何人pick up細菌，無法得知。星期五晨醫院來了個autopsy（得我們許可），發現

Geoffrey抵抗力很強，至死spinal cord和brain仍沒有病菌侵入（that is, suppose he recover，他不會是個殘廢）。下午他的確有好轉現象，大約八九時許，細菌突侵入adrenal glands，加以破裂，adrenal glands是調節血壓的，是身體過危險時增加分泌hormone的東西。Adrenal glands既遭damage，Geoffrey血壓降低，白血球不再製造，就無法rally了。樹仁死得很慘，照他的相貌，照你算命的預測，照我們日常當心的照料，實是不可能的。可是小孩有了高fever後，即unconscious，所以沒有受到什麼痛苦。他的病的technical term是meningoccocemia，是meningococcus所造成的septicemia，不算腦膜炎。

Carol和我幾天來都吞服了sulfa丸，大約未曾被傳染（鄰居小孩都服sulfa丸），星期五上午接洽了殯儀館，晚上屍體在殯儀館陳列了一下。樹仁面目，手臂都塗了厚厚的greasepaint，遮蓋住他的marks，已不像他本人，好像舞臺上化裝［妝］後被近看到的人物，頭髮被trim了，也不像生前的樣子。我最怕盧文，當晚有二十個鄰友來弔喪，有鮮花六盆，我不要什麼service，昨天（星期六）已由殯儀館將屍體運Detroit去火葬，這星期可將骨灰的urn取回，久留此念。所費多少尚不知道，Carol母寄了二百元來，不無小補。

目前兩人在家對坐，觸景生情，生活簡單冷清，回憶十三多個月來，一番忙碌熱鬧，一番心血，而樹仁如此聰明，其無限之前途，竟為父母遭塌［糟蹋］葬送，心中自然難過。不過Carol和我大哭數場後，今天已較less upset，希望九、十月間落地的小孩可補充這個空虛。

我job方面這幾天也不會努力，交了倒楣之運，前途也不多想它，照中國說法，Carol和我福份不夠，留不住Geoffrey，也有點道理。

你的來信，我無心再讀，英千里開刀後經過如何，系主任事預

備接受否？希望你即來英文信安慰Carol，她怕承認guilt，她一承認guilt，以後生命即將被黑暗籠罩，我承認guilt，可是比較理智，對生活的進取心上不會發生惡影響。你的那雙boots將永遠保存，作紀念品。父母處已去信，希望他們能stand the blow。他們匯款兩筆同時收到，近況較好，不寫了，祝

　　安好

弟 志清 上

六月三日星期日

317. 夏濟安致夏志清（1956年6月11日）

志清弟：

　　接到電報後，我所發出的信，想已收到。今天又接到長信，樹仁去世的詳情，都已知道。你的態度很對，不要再追究責任，以免造成家庭的不愉快。這事陰差陽錯，似有前定，偏偏來襲的細菌是腦膜炎，假如是他種傳染病，糊裏糊塗也不致送命。如我在高中三那年，患猩紅熱，鄰居西醫呂養正斷定為痧子，吃些不關痛癢的藥，我自己嘴裡含鹹橄欖，以消喉頭之腫，幾天之後，也好了，可是很快的病就傳染給養吾與遂園，他們都不幸喪命，我自己的抵抗力也削弱，引起TB來襲，lie prostrate着好多年。又如臺大醫院診斷我的惡性瘧疾，也耽誤了一星期之久，虧得瘧疾不是fatal的病（發燒雖然很高），假如是腦膜炎之流，耽誤了這麼久，也就完了。其實我的TB假如在南京時就進行人工氣胸，治療期間可大為縮短，可是父親相信我家的醫藥顧問劉松齡，打針吃藥，浪費了很多錢，又不能工作，我那時真是在生死邊緣掙扎，虧得我求生慾很強，後來在上海打了人工氣胸，才漸漸好轉，那時Streptomycin、PAS、菸鹼酸、Nicotine-something都沒有發明，否則不會遷延這麼久的。

　　你對於疾病的警覺性很高，以前不論對於玉瑛，或阿二，有什麼傷風頭痛，你是家裡最着急也是第一個着急的人，可是你自己的頭生孩子——如此可愛的孩子——竟於糊裏糊塗中把他送掉，真是智者千慮，必有一失了。可是此事也有許多adverse circumstances湊合而成，如寒暑表打破，就是件不可相信的事，一打破，孩子就發一百零四度的高燒，而無法detect，這不是有鬼在捉弄嗎？那天晚上假如就量了溫度，你們當然就把他送醫院了，However great was the inertia or fatigue。

假如想到有鬼神在捉弄——ancient Chinese 和 ancient Greeks 都這麼相信的，你同 Carol 也許會少難過一點，心上的 burden 可以減輕一點。臺灣的醫生未必負責，可是臺灣買藥很容易，普通人傷風感冒，都隨隨便便買 Aureomycin 或 Terramycin 來吃的，當然這種藥是治不好傷風的，可是 complications 也不容易發生了。

樹仁的死，當然是一個教訓，可是你們第二個孩子出生後，做父母的假如大驚小怪，過份為他的健康擔憂，也不是好現象。我剛才說過，你對於「三病六痛」，已經特別 alert，假如再過份注意，就要成了 morbid 了。Carol 雖不認錯，心裡恐怕也同你一樣明白，她的 guilty conscience（她是個很內向的女子），也可能使她以後對撫養第二個孩子，特別感覺到緊張，我的勸告是：撫養第二個孩子時，且忘了樹仁這回慘痛的經驗，只當他是平常的孩子這麼撫養好了。

健康的大敵是 fatigue ——從我自己的經驗以及樹仁這回事情看來，確是如此。我上回生瘧疾，也是到日月潭去旅行一次 contract 到的，加以旅行以後身心疲乏，抵抗力就減低了。只要不 over-fatigued，人身本有的抵抗力是很靠得住的。

這兩天正在趕緊把 Essays 譯完，別的事情，毫無發展（英千里尚未去開刀），以後再談。Carol 處我上一封信大約已經夠安慰她了，今天不寫了。

父母對於樹仁之死，一定痛悼萬分，孫子——這麼可愛的孫子，渴望了這麼久的孫子——他們暫時又是沒有孫子的老人了。這當然更使父母覺得這幾年家門的不幸，加以我也沒有好消息可以安慰他們，可以 compensate for that loss 的。希望你不要因憂傷而悲觀，人生 still holds many things to hope for! 專頌

近安

濟安 頓首

六月十一日

318. 夏志清致夏濟安（1956年6月30日）

濟安哥：

　　六月十一日的信已收到。你接到電報後所發出的那封安慰我和Carol的信卻沒有收到，想必遺失了。數年來通信沒有遺失過一封，這次還是第一次，很是奇怪。樹仁去世已是一月了，Carol和我生活都很正常，Carol有時低泣幾番，經我勸告後，也就停止，我頭幾天大哭數場後，以後沒有哭過，我們都沒有因憂傷而悲觀，望你釋念。樹仁突然得病，恐怕平日一直太當心，養得太胖太健康，也有關係。假如平日多哭多鬧，生些小病，身體對疾病的抵抗力反而可增高，恐不致有大病。我做父親也算太道地，平日不讓樹仁哭一聲，賣力遠勝普通母親，第二個孩子落地當在九月底，我要在學校擔任功課，不能像去年暑假那樣出空身體伴他，讓Carol一手照顧下來，小孩的身體可鍛鍊得比較結實些。一切大事由我做主，我想不會再出大毛病了。Carol一月來多有休息機會，身體比上次受胎時為好。上次那卷Kodacolor只拍了五張，都已洗印出來，全部寄給父母，添印好後當把五張照片都寄給你。

　　上星期收到家中來信，信封上字跡不是父親或玉瑛妹的手筆，使我頓喫一驚。讀信後方知是母親託鄰居寫的，樹仁的惡訊還沒有知道，母親預備Carol生了第二個孩子後再告訴他。可是我對父親的健康情形很不放心，今天收到父親的親筆來信，告訴我七八月的匯款已收到了，態度很好，纔放了心。信內附上照片四張，三人合攝的囑我附寄給你，你看了可知父母和玉瑛妹身體都很好，父母臉上沒有增加什麼老態，是很堪告慰的。父親穿的雖是八九年前的舊西服，可是母親和玉瑛妹的服裝都很neat，在上海也算很不容易了。父親血壓還算正常，身體累了後較高，他在「老人班」學習政

治，每星期一個下午，其他里弄服務也可能使他不能得到充分休息。我改用旅行支票後，雖帶些冒險性質，可是匯款異常迅速，不再使父母發愁了。滬上親友方面：雲鵬好伯患腦充血，已漸復原，二嬸嬸的生元已結婚了。

你譯書忙得如何，想不日即可把那本散文集繳卷了。學校方面事務忙不忙？何時開始改考卷？我最近一月來既無家務擾亂，又無學校功課，所以工作效率很好，那本書一個月內將一定可以修改完畢了。job方面，有一在Austin, Texas的小大學請我去做Professor of English，我被頭銜所flatter，去信表示有允意，隔日發現該校是個predominantly negro college，心裡就不怎麼痛快。可是有了一個job，也比較定心些。這星期teachers' agency接洽的學校還有好幾家，所以我也不着慌，且看下文如何。陳文星給我信，謂丁先生預備來美，請你去當新亞的外語系主任，不知你預備去否？我以為香港如無特別attractive的offer，還是留在臺大好，在臺大出國的機會還多着，反正你名譽高人一頭，自己用不到計劃或發愁。

Ann Arbor暑季的生活很單調，我沒有多少朋友，不交際也無所謂，但Carol頓感社交生活的缺乏，回憶去年暑假晚上打hearts的情形，多麼有趣。Carol瞎讀小說，最近看的有《賓漢》①，林肯戀愛史*Love is Eternal*②，和du Maurier③的*Mary Anne*，現在在讀《罪

---

① 《賓漢》，應指美國律師廖‧華萊士（Lew Wallace, 1827-1905）所著小說（*Ben-Hur: A Tale of the Christ*），該書初版於1880年。

② *Love is Eternal*，全名*Love is Eternal: A novel about Mary Todd Lincoln and Abraham Lincoln*，為歐文‧史東（Irving Stone, 1903-1989），初版於1954年。

③ du Maurier（Daphne du Maurier達芙妮‧杜穆里埃，1907-1989），英國小說家、劇作家，代表作有《蕾貝卡》（*Rebecca*）、《牙買加客棧》（*Jamaica Inn*），她的作品常被搬上銀幕。下文提到的*Mary Anne*（瑪麗‧安妮），初版於1954年，係據她的祖母（Mary Anne Clarke）的一生創作的。

與罰》。每晚我伴她打一兩手gin rummy，消遣解暑。Ann Arbor天氣熱得厲害，六月份已有兩三星期是溫度高過90°的，加上附近多湖，濕度極高，相當不舒服。我為了晚上氣候較涼，常常是二時半或三時入睡，但每天仍保持八小時睡眠時間，對身體沒有妨礙。

　　看了一張Bob Hope的 *That Certain Feeling*④，非常滿意。最近美國暢銷書 *Search for Bridey Murphy*⑤ 已由派拉蒙改拍電影，女主角是Teresa Wright（她同那位被催眠的婦人相貌很像），記得去年你看到 *Herald Tribune* 一段關於Teresa Wright的訪問，很感不平，特把她的近訊告上。樹仁的urn已拿回家了，是黃銅製的，放在Carol的五斗櫥檯面上，和你寄來的boots和Xmas card放在一起。你近來身體想好，不要因工作太忙而受了暑熱。再寫了，即祝

　　近安

弟 志清 上
六月三十日

---

④ *That Certain Feeling*（《魚水重歡》，1956），喜劇電影，梅爾文‧法蘭克（Melvin Frank）導演，鮑勃‧霍伯、伊娃‧瑪麗‧森特（Eva Marie Saint）、喬治‧山德士，派拉蒙影業發行。

⑤ *The Search for Bridey Murphy*（《人鬼之間》，1956），據莫瑞‧伯恩斯坦（Morey Bernstein, 1920-1999）同名小說改編，諾埃爾‧蘭利導演，特雷莎‧懷特、路易斯‧海華德（Louis Hayward）主演，派拉蒙影業發行。

319. 夏濟安致夏志清（1956年7月20日）

志清弟：

來信收到多日，因事情較忙，加以心緒不佳，遲覆為歉。上次一封信，沒有送到，覺得非常遺憾，那時候你同Carol正是頂頂悲傷亟待安慰的時候，我的信遲遲其來，一定使你們非常失望。也許那封信超重了，被郵政局當surface mail寄，再過一個時候，仍舊會寄到也未可知。

Geoffrey的八字我又拿去同算命先生研究過，Geoffrey在命理上亦有致死之由，不過其中道理太深奧（也許並無道理），我也不說了。總之，你們那個family doctor，該負最大的責任。朋友們有主張你們應該寫信給Medical Association，把他告一狀，使醫界同仁給他一個懲罰。不過我想你同Carol都是忠厚人，這種辣手事情不會做的。最近看了一張電影：*Not As A Stranger*①，頗受感動，小說我是沒有工夫看，Carol既然大看小說，不妨買一本來看看。我的印象是：做醫生真不容易，我們學文學的馬馬虎虎也闖不了大禍，自己一知半解害不了人，即使教書時「誤人子弟」，其害也不易覺察，可是醫生太容易草菅人命了。那張電影裏Robert Mitchum演一個冷酷人物，相當成功。

我最近最大的worry是：該不該去香港？新亞書院找我去，我不知以前的信裡有沒有提起？假如沒有提起，那麼那時候我以為此事已經解決（我已經推辭），毋庸再提了。可是推辭無效，最妙的

① *Not As A Stranger*（《明月冰心照杏林》，1956），據莫頓‧湯普森（Morton Thompson）同名小說改編，斯坦利‧克雷默導演，哈維蘭德、羅伯特‧米徹姆、法蘭克‧辛納屈主演，聯美發行。

是：他們把我薪水提高了兩次：丁乃通[2]第一封信裡，答應我按鐘點論薪，每星期一小時課，一月送六十元，假如每星期教十小時，一月送六百元（約合一百美金）。第二次，他們改變了鐘點計薪的辦法，改送八百元一月。第三次又改成為一千元一月。我從來不會bargain，薪水都是他們自動raise的。（Celia是否已去美，因久未通信，不知。）

　　一千元港幣一月當然是相當大的誘惑，新亞據說還有單身宿舍。我在香港的生活可以比臺灣寬裕得多（臺北的額外稿費收入，到了香港仍舊可以有的），非但自己可以稍為舒展一點，還有餘力可以接濟家用。講人事關係，他們的院長錢穆，對我如此器重，非要請我去不可，我相信可以同他相處得好。丁乃通的人也易處，他秋後又要來美，我是去代他的系主任地位。新亞得Yale支持，前途應該大有發展可能。

　　我為什麼至今不能決定呢？（假如決定去了，我這兩天心情一定大為輕鬆；假如決定不去，心裡一定很覺惋惜。現在是尚未決定。）原因是英千里。英千里要去割stomach ulcer（胃潰瘍），他覺得一定要把系務交給我代理，他才能放心。這並不是因為我的才具學識有過人之處，他大致看上了我的「中庸和平老成持重」這一點。我雖不能有所作為，但是我能好好的「守成」。更重要的一點，據我看來，是他覺得我對他非常尊重，我做代主任，他就成了「太上系主任」，假如換個別人，也許會把他一腳踢開。英千里今年五六十歲，英文非常之好，可是實在是個可憐人物。這麼大的年紀，家人全部淪陷在大陸。他身體極弱（還有肺病），教書不大努力，常常請病假，嘴稍微饞一點，多吃了些東西（他只能吃麵包蔬

---

② 丁乃通（1915-1989），浙江杭州人，英國文學教授，曾獲哈佛大學博士學位，1955-1956年任教於新亞書院。

菜湯等very light food），就要病倒好幾天。這次預備一勞永逸的下大決心去開刀，所冒的險非常之大。割胃非割盲腸可比，他如此衰弱的身體能不能survive that operation，朋友中很有替他擔心的。他一方面當然還為他自己的地位worry。系主任在美國也許不算一個什麼官，在臺灣這種bureaucrat的地方，這個頭銜是被人尊重的（至少書店來約寫編書的要多一點）。英千里若是不做系主任，可能只成為一個教書不大努力的老教授，an almost forgotten man。他老來可說一事無成，只有這點虛名他似乎還有點戀棧。現在他堅持要把系主任讓我代理，我若不受，將使他很為難。我現在還沒有把要去香港的意思告訴他，免得他擔心。他本來一放暑假就要去開刀的，但是拖到了現在（我又不能去催他），還沒有去開（心裡恐怕有點害怕），下星期大約要去開了。我預備等他手術順利完成後，再把我的意思告訴他。

臺大方面，去年所給我的是二年期的聘書，我若現在走開，也有一點麻煩。其實我在臺灣，生活非常無聊，假如我在美國的半年，是我生平最active & productive的一個時期，那麼返國後的一年，是生平least active & productive的一個時期——好可怕的relapse！到香港去後，我希望能夠奮發有為。

最近的生活，祇算平安而已，事情都不大順利，如去香港的事，至今不能決定。去Michigan研究「初級英文」的事，早已煙消雲散。本來還有一個機會，我可以去日本Nagano參加Stanford大學主辦的「美國文學seminar」，住一個月，生活費用旅費等都由Asia Foundation供給，如能成行，心裡也可以痛快得多（去年是Felheim去出席）。可是我因為沒有擔任美國文學的課程，美國人還是不同意。結果臺灣方面今年無人代表出席（臺大擔任美國文學的是高樂民）。

看見父母和玉瑛妹的相片，心裡很高興。至少他們身體都不

錯，精神也還好，但是看他們忠厚的相貌，如何能適應共產主義的統治呢？反攻大陸不實現，他們也只好吃苦下去。我已經好久沒有寫家信了，希望到香港去後，可以多盡一點孝道。

你在美國即使暫時在小大學委屈一個時候，也只好將就了。同Rowe是否常通信？他不知道有沒有辦法替你在Asia Foundation的美國本部弄一個職位？我的essays還沒有譯完，但是所剩也無幾了。錢也還沒有拿到。

Geoffrey之死所引起的悲痛，想已漸漸減輕。放了暑假之後，你可以同新婚的時候一樣，陪陪Carol去看看電影了。別的再談，專頌

　　近安

　　　　　　　　　　　　　　　　　　　　濟安　頓首
　　　　　　　　　　　　　　　　　　　　七月二十日

320. 夏濟安致夏志清（1956年7月25日）

志清弟：

剛剛接到電報，吃了一驚，原來是這麼一回事，倒使我啞然失笑。

我這兩天真弄得啼笑皆非，不知如何是好。處境真像一個被許多男人追求的少女，不知如何選擇。也有人用這麼一個horrible的譬喻：五馬分屍。

香港那裡恐怕去不成了，因為另外一件事情又在傷我的腦筋。我在上信裡說：到密歇根來研究初級英語的建議，已經煙消雲散；那〔哪〕知信發出不久，就接到梁實秋的信，說Asia Foundation又決定送我去美國研究一年。這個offer初來的時候，我很高興，隔了兩個月沒有下文，我已淡然處之，想不到舊話重提，而且快將成為事實了。接到那封信前，我心裡已經準備去香港，現在問題變得更為複雜，因此興致也提不起來了。去密歇根一年，當然是好事，但是附帶的條件並不好：（一）學初級英文，回國後將以初級英文專家的姿態出現，欺世盜名；（二）一年不能延長；（三）還得回臺灣來，而我對臺灣愈來愈不喜歡。

我去見Rowe的時候，我問他是否（一）讓我到美國去研究美國文學；（二）回來後在臺大教美國文學。他說Asia Foundation援助師範大學的英語系已定計劃，不可遽爾更改。我想不接受這個offer，但是我已答應在先，現在忽然違反前言，將put both 梁 and Rowe in a tight spot，他們將無法向師大當局與美國A. F.總部交代了。我只好勉強答應，開始辦理各種手續，如一切順利，則一兩個月後，我將來Ann Arbor，不過那時恐怕你已到別的學校去教書了。

準備來美的手續正在秘密中進行，因為臺大對於我的「跳槽」

一定要大為不滿。梁實秋知道我的苦衷，預備讓我到臺大開學以後再走，開學以後，系務上了軌道，我再走開，也不至於對臺大有太大的影響。不過我的功課交給誰去接代呢？想起了這一點，心裡總是有點惶惑。

無論如何，香港方面總不能再答應人家了。到處答應，到處失信，將來怎麼做人？

我現在情感方面倒是傾向於去香港的。去香港以後還可以來美國。現在接受師大之聘前來美國，等於簽訂賣身文契。去香港就沒有這種約束了。

語云：人逢喜事精神爽，我有這許多offers，取捨為難，而且不免得罪人，不能面面顧全周到，反而弄得大為depressed。最使我內疚的：是我覺得對不起臺灣大學。去新亞，還可以through official channel，由新亞備文呈請教育部向臺大借人，我可以臺大的名義，去新亞幫忙，在臺大方面仍可有個交代。不過跳到師大去，算是什麼一回事呢？

這些事情，我不願再想，愈想愈頭痛。

Rowe聽說Geoffrey之死，很為惋惜，他託我代為致意。他定八月一日返美，仍返Yale任教。他希望你能在New England一帶做事，他借重你時可以方便一點。他說到Texas小大學去任教，亦無不可：開頭的時候，不妨委屈一點，以後還有機會。至於「正教授」的名義，他說名高恐怕反而不好。做了一個學校的正教授，別的學校不能再請你做副教授，而他們不願請你做正教授，你只能在原來學校做下去，熬到你寫作出版成名，別的學校再來請你，恐怕要好幾年。他希望你於八月初寫封信到Yale去同他聯絡一下。

我這兩天的心緒之亂，你也可以想像得到。不多寫了，專頌

近安

Carol前均此

　　　　　　　　　　　　　　　　　　濟安 頓首
　　　　　　　　　　　　　　　　　　七月廿五日

　　臺大有個（歷史系）畢業生名叫周春堤①，程度不差，他正在
進行密大東方系的Assistantship，他希望你能在系主任前說兩句好
話。他託了我好久，我以前忘了提起了。

---

① 周春堤（1933-2005），江西瑞金人，畢業於臺大歷史系，後獲密西根大學博士
　學位，專治經濟地理學領域，代表作有《地理現象與地理思想》、《中國鐵路
　史》。

321. 夏志清致夏濟安（1956年7月29日、30日）

濟安哥：

七月二十日來信收到後，即發電報一紙，想已看到。目的在增強你去港的決心，去港有百利而無一弊，唯一的考慮就是覺得對不住英千里的重託。但英千里真為你前途着想，也應當勸你去港才對，不應當留住你使他自己增加security的感覺。你自美返臺後，心境一直不大好，環境沉悶，缺乏intellectual方面的刺激，實是大原因。你去香港，有一幫對文化出版事業有興趣的朋友，自己的精神，也可以鼓舞起來，比stagnant地留在臺灣好得多，新亞待遇的優越，地位的響亮（丁先生去美後，想不會再來港，你的系主任是de facto的），還是其次的考慮。你在臺大，英文系同事大家服貼，你的聲譽已reach了pinnacle，再高也高不了多少，同助教們交際交際，也不能whet你的ambition，反而使自己創作慾、事業心減低。英千里的情形實在很可憐，可是你幫他忙能幫幾年？最後為校務所累，你仍舊想出走的。可是新亞這樣的好offer，可遇而不可求，你再想去港，恐怕反而沒有這樣好的job在等你了。我希望開刀經過順利，英先生身體轉強，系主任自己做下去，而你早早辦好去港的手續。

附上樹仁遺像五張，是他生日後一星期前後拍的。因為節省開支，一卷軟片都沒有拍完，只有那五張。穿綠工裝褲的四張，因為小病沒有完全復原，神氣不太好，也比較太胖些。紅工裝褲的那張，神氣極好，表情上頗有些大人體格，已把它放大，可是不敢陳列出來，免得Carol日常看到後傷心。那位庸醫，我也有告他一狀的意思，可是自己沒有實力，請律師也沒有錢，這種lawsuit祇有富人才可以indulge的。美國醫生辦事bureaucratic作風太重，無病的

appointments太多，每天辦公八小時，純賺美金百餘元（一刻鐘一個patient，每人五元，八小時即有160元進帳），辦公之暇，即不見病人。老年的醫生，比較還有道德觀念，小村莊的country doctor半夜出診的想還多，惟有城市內的年青［輕］醫生，專為自己發財着想，最要不得。Carol被bourgeois correctness所壓迫（一般年輕母親都是這樣），按月循例看一次醫生，明知診察不出什麼毛病來，心裡很舒服。醫生所給的information其實並不比Spock詳盡或靠得住。紐海文那位小兒科，每個嬰孩對付半小時，還算比較有良心的。

我決定去Texas了。今天星期日，星期三（八月一日）動身，目前又在整理行李的大忙時期。那小大學Huston-Tillotson College，我stalled了一個多月，希望meantime有一個較好的offer，可是很失望，一個也沒有，那小大學校長長途電話來了幾個，逼不得已，只好簽了合同去屈就一年了。名義是教授，年薪為四千八百元，同我在Michigan所拿的相仿，所以待遇不算壞（其實在Detroit教中學，收入也有四千八百元或五千）。此事已決定，心也定了，自己也並不專在humiliation那點着想，教書是communication，自己終是很高興的，雖然黑人學生程度的惡劣可以想像得到。教英文一年後，有了資格，換學校也容易。有了job，明年家用可照常寄出，也不用發愁了。Texas城市都很新式，Austin是省會，U. of Texas也在那裡，中國人一定也有幾位。據那校長說，他已另聘了兩位中國人（一位已婚男子，一位小姐），大約都是由China Institute介紹的，也還算熱鬧。省會醫院設備一定很好，Carol分娩時也可放心。

這次搬場，改用trailer，由小小的Nash拖一部小型的truck，比較經濟省麻煩。Carol月份已近，我很不放心，只好當它作vacation式的旅行，每天開車數小時，就好好休息，絕不趕路，預備在路上耽擱六七天，反正早去也沒有事。希望你對去港事早作決定。Carol

一路開車，我一定好好照顧，不使她累。一路上可能寄卡片給你，你寫信可暫寄Chih-Tsing Hsia, C/O President J. J. Seaboard, Huston-Tillotson, Austin, Texas。父母玉瑛皆好。即祝

　　暑安

弟 志清 上

七月二十九日

　　Ann Arbor六月中來，一直很涼爽。

（七月三十日）

　　今晨收到來信，知道你又將來美，在密大研究一年其實不如去港，做系主任。來了一年又要回臺，精神一定會很頹唐，不知你能夠提出已接受了新亞聘書的證據，refuse Asia Foundation的邀請。來Ann Arbor玩玩也好，只要不抱什麼野心，生活該是很pleasant的。

　　今晨同時收到一封Lewis & Clark College英文系主任的信，要我去做instructor，4300元一年，外加搬場費三百元，那college在Portland, Washington，雖也是教會學校，但學生人頭方面一定齊整得多，Washington地方氣候極好，教書一定很pleasant，可惜我已答應Huston Tillotson在先，想已無法改變計劃，所以我心頭也很亂，等了一個多月，沒有offers，自己意志漸漸不夠堅定，答應了那Texas的offer，別的offer來，就無法接受了。

　　我們兩人都心頭很亂，不能互相安慰。Rowe方面一定去信。周春堤事一定在Yamagiwa前代他說一聲。搬場事忙，不多寫了。

志清

322. 夏濟安致夏志清（1956年8月10日）

志清弟：

此信到時，你想已安抵Texas為念。Carol一路開車，體力能勝任否？甚以為念。Trailer是否新買的？新居已覓妥否？Texas是否物價較美國北部各州為廉？Texas天氣炎熱，一切望多保重。

樹仁的照片亦已收到。現在看來，只是替這個孩子的不壽痛惜而已。這幾張上的表情略嫌呆鈍，但不壽之相，仍是一點看不出來。

你接受了Texas之聘約，安定一年，亦是好事。不知預定開些什麼課程？系主任學問為人如何？能相處得來否？

我的問題，大約將趨解決。香港方面是不能去了。師大方面，經我屢次推辭，仍是推辭不掉，他們而且make a great concession，原定我是去讀「英語教學法」的，但我對這種東西沒有興趣，他們已經讓我去讀「文學」，預定讀兩學期加一暑校，可以拿個MA回來。這樣的offer，我無法再推辭。我自知學問根底不夠，好好的讀個degree，對於自己學問修養，一定大有裨益。（正式讀degree，在Ann Arbor亦不致「蕩失」身體。）

去的地方仍是Michigan（如諸事順利定九月中走），不知那邊有些什麼精彩課程？有沒有Creative Writing？Asia Foundation負推廣「美國文化」之責，我若去讀美國文學，他們一定大為高興，以後能再送我出去讀Ph.D.亦未可知。

照agreement，我回來後，要在師大任教三年，每月除師大給我的正式薪水以外，Asia Foundation還給我比正式薪水約大150%的subsidy，我若擔任行政事務（原來規定：我回來後要去主辦English Teaching Center的，但是我因不喜擔任行政事務，這一條在合同上亦取消了），津貼另加。我留美期間，師大方面薪水照拿。

　　這次如能走成，實在是太奇怪了。梁實秋似乎抱了決心，非要把我從臺大挖走不可，幾乎什麼條件都肯遷就。餘下的問題，是我如何對付臺灣大學了。

　　心仍舊相當亂，在行前一定把essays弄完，稿費可以用以貼補家用。我希望能夠由我來負擔幾個月。

　　宋奇曾來臺，我和他談了好幾次。他現在很得意（他太太在香港Voice of America任事），是香港一家「國際公司」的vice president in charge of production，他自己說地位可和Zanuck, Dore Schary相比，事實上Zanuck已去獨立製片了。國際公司是香港最大的一家電影公司，由星加坡富商投資，每月經常開支達六十萬港幣之鉅。張善琨①現在成了一個minor獨立製片商了。

　　我現在又是一家籌備中的《文學雜誌》②的主編（宋奇傾全力支持）。我所以答應這個事情，一則想逼自己多寫文章，二則Free China需要一家像樣的文學雜誌，維持國家的「文化命脈」，而我自認為最理想的編輯人。我去美後，編輯名義仍有我掛着。我將寫小說，希望你能多寫幾篇論文。經費可以得美國新聞處and/or Asia Foundation的支持，稿費不會太低。希望你第一期能寫一篇「中國新文學之路」一類的文章，給孤陋寡聞的中國文壇一點指示。別的再談，專頌

　　近安

　　　　　　　　　　　　　　　　　　　　濟安　頓首

　　　　　　　　　　　　　　　　　　　　八.十.

---

① 張善琨（1907-1957），浙江吳興人，曾創辦新華影業公司，1946年赴港。
②《文學雜誌》，夏濟安主編，劉守宜任經理，宋奇負責海外約稿，吳魯芹、余光中等人亦與事其中。1956年9月創刊，1960年8月停刊，共發行48期，每半年合成一卷，共8卷，

323. 夏志清致夏濟安（1956年8月17日）

濟安哥：

　　前日接到八月十日來信，很是高興。這次出國，條件改優，仍可同上次在Indiana一樣讀書寫作，自己好好用功寫小說，是最理想不過的。我想你對臺大也不必有什麼內疚，梁實秋既這樣看重你，你在師大也一樣可以有表現。只可惜我不能在密大，和你早夕見面。密大英文系主任是Warner G. Rice[1]，老派學者有G. B. Harrison[2]，新派有Austin Warren，其他的教授雖不算出色，編教科書寫paper是很勤的。Felheim已升任Associate Professor，他相當紅，你同他通信談話一定可知道密大英文系詳情，選課也不會上當。研究生的Creative Writing一課由Seager[3]擔任，Warren教十七世紀英國文學和major American writers兩課，另外一位Davis[4]任American Lit 1630-1870; American Lit since 1870兩課（這是根據去年的catalogue），可讀的courses一定很多。不要忘了把你在Indiana

---

[1] Warner G. Rice（華納‧萊斯，1899-1997），美國學者，哈佛大學博士，密大圖書館英語與文學主任，1968年退休，此後擔任過學術顧問。

[2] G. B. Harrison（G. B.哈里森，1894-1991），美國學者，莎翁研究專家，企鵝出版社莎翁經典編輯，曾任皇后大學和密大教授。曾編輯《雅各布學刊》（*Jacobean Journals*），代表作有《莎士比亞》（*Shakespeare: the Man and His Stage and The Profession of English*）。

[3] Seager（Allan Seager阿蘭‧賽格，1906-1968），小說家、短篇作者，1935-1968年任教於密大，英語與文學教授，曾為《紐約客》（*The New Yorker*）、《亞特蘭大》（*The Atlantic*）等刊物寫稿，獲得過牛津大學羅德獎金（Rhodes Scholarship），代表作有短篇小說集《群芳譜》（*A Frieze of Girls: Memoirs as Fiction*）。

[4] Davis（Joe Lee Davis喬‧李‧大偉，1906-1974），美國學者，英語教授，專治十七世紀英美文學。

的 credits 算作讀 MA 的一部份；你再讀三學期，一定超出 MA requirements 很多，不妨把法德文也考了，作讀 Ph.D. 的準備。你在密大選課，如重複 Indiana 的課程，你以前的 credits 不知密大會不會承認，這一點請注意。

在 Ann Arbor 生活一定很 pleasant，由馬逢華介紹，幾位中國人一定很容易認識，羅家倫的女兒，讀過你的 "Jesuit's Tale"，is dying to meet you。東方系的 Yamagiwa，教日文的老處女 Hide Shohara⑤，Crump，也可同他們交際交際。另一位 Donald Holzman（即教東方哲學的），在 Yale 時是我老朋友，是很可值得交朋友的。

Austin 天氣炎熱，工作非有冷氣設備不可。買了一架大風扇，把熱風轉動，無際〔濟〕於事。我書房還沒有整理好，書還沒有 unpack，這幾天簡直沒有什麼事。在家燒飯太熱，每晚去 downtown cafeteria 喫一頓，晚上看過兩次電影：*The Night My Number Came Up*⑥、*The Pardners*⑦。學校的系主任在生病，還沒有見到，我擔任的大約是高級功課，也可給自己機會 review 一下以前讀過的東西。學生程度想必低劣，上課 lecture 不須多少準備。

你主編《文學雜誌》，不知計劃在何時出版，出版處是香港抑美國？Format 方面是否同《天下》⑧相仿？特約撰稿員有多少人？

⑤ Hide Shohara（1894-1992），日語教授，代表作有《口語日語紹介》（*Introduction to Spoken Japanese*）。

⑥ *The Night My Number Came Up*（《惡夢驚魂》，1955），英國劇情片，據空軍元帥維克多‧高大德之真實故事改編，萊斯利‧諾曼導演，麥可‧雷葛瑞夫（Michael Redgrave）、西林‧沈（Sheila Sim）主演，普通影業（UK）、大陸影業（US）發行。

⑦ *The Pardners*（《糊塗大英雄》，1956），喜劇片，諾曼‧陶諾格導演，馬丁與里維斯喜劇拍檔主演，派拉蒙發行。

⑧《天下》，即《天下月刊》（*Tien Hsia Monthly*），是民國時期重要的英文刊物，在現代中西文化交流史上發揮了重要作用。該刊 1935 年 8 月由南京中山文化教

中國人英文寫得好的不多，要維持期期精彩，是不太容易的事（讀信好像是中文雜誌，就比較容易辦），我一定幫忙，雖然我至今對於publication非常shy，此事你來美後再談。

宋奇任電影公司vice president in charge of production，對他是個極好的challenge，可惜中國電影水準太低，一時改良不來，宋奇富於熱心而缺少恆心，弄得不順手還是要辭職的。做studio的boss我也頗有興趣，可惜人事關係太複雜，這種job不是你我可以勝任的。宋奇處我已一年多未寫信，實因自己生活不得意，不想多驚動旁人，在Texas生活定當後，可能和他resume correspondence。

地密爾看重李麗華，內幕不詳，美國中文報對此事很有些宣傳。樹仁照片上比較呆板，是因拍照時，他有些不舒服，不能表現出他平時活潑的姿態。照片上看來他太胖一點，平時因為他很活動，也不覺他胖。已者已矣，平時想到他的去世，真覺得對不住他。

昨日接到胡世楨信，謂已被聘於Detroit的Wayne University，九月後地址為7521 Dexter Detroit 6, Detroit和Ann Arbor很近，胡世楨又有汽車，你可以多一家人家走動走動。

家中情形很好，九十月份的匯款已寄出了。Carol身體很好，只是怕熱，這幾天也不做什麼事。你何時動身？最好能在開學前趕到美國。打針和檢查身體方面想不會再有問題了。專頌

暑安

弟 志清 上

八月十七日

育館資助在上海創刊，1941年8、9月由於太平洋戰事而停刊，總共56期。吳經熊任總編，溫源寧為主編，林語堂、全增嘏、姚莘農（即姚克）、葉秋原等參與過編輯工作。

324. 夏濟安致夏志清（1956年9月1日）

志清弟：

我出國之事已不成。有一個時候，心頭煩惱已極，現在總算很太平了。我已口頭答應梁實秋和Asia Foundation願意去美，只剩沒有簽合同，假如狠一狠心，把合同簽了，這幾天也許正在辦理出國手續了。但是沒有得到臺大當局同意以前我不便在任何脫離臺大的文件上簽字。英千里是個很重情面的好人，他的同意不難獲得。沈剛伯①（文學院院長）和錢思亮則堅決反對。我當然可以不顧他們的反對，一意孤行，逕自一走了事，但那樣無異表示同沈、錢決裂，我可做不出來。我的苦痛是兩方面都是情面關係，我不願得罪任何一方面。我不願意貪圖近利，同臺大貿然決絕，梁實秋方面，他為了我已經開罪師大英文系全體同仁，再則他對於Asia Foundation，也已經保證：夏某人的轉入師大是沒有問題的，我若反悔不去，使他很難做人。那幾天我很痛苦，也很費口舌，弄得身心疲乏，一疲乏之後更提不出勇氣在師大聘書上簽字了。結果我還是採用了以前解決自己戀愛問題的方法，儘量求恢復peace of mind，沒有勇氣來打破現狀，只好設法來維持現狀：決定聽從臺大當局的勸告，放棄這個機會。除了怕事之外，我還有兩點考慮。

（1）照Asia Foundation的合同（我所沒有簽字的），去美一年，回國以後，要在師大服務三年。想起這漫長的三年，我有點害怕，這樣的出國機會我放棄了也沒有什麼可惜。

---

① 沈剛伯（1896-1977），湖北宜昌人，1924年留學英國倫敦大學，1927年回國，在武漢大學、中山大學等校任教，1948年去臺，任臺灣大學文學院院長兼歷史系主任，傅斯年校長病逝後，一度主持校務，代表作有《沈剛伯先生文集》。

（2）相信命運。算命的在去年就算出我今年陰曆七月有走動的可能，但是有一種力量把我拉住了；但是，這位算命的又說，七月不走，十一月還得要走。十一月還有什麼機會嗎？現在不知道，除了香港新亞書院的門還是替我開着的。我莫名其妙的相信：十一月可能要走。今年上半年我就不知道下半年有這樣一個去Ann Arbor的機會。即使今年走不成，以後機會恐怕還有。

為了出國的事，瞎吵了幾個月，現在此事已置之腦後了。香港短期內也不會去。（胡世楨有信來，他聽說我不去，一定也很失望的。）

接到來信知道Texas天氣炎熱，不能工作，甚念。有一樣東西在熱帶很需要，不知Texas的人用不用？那就是蓆子。臺灣這樣的天氣，假如床上沒有蓆子是沒法午睡的。美國習慣睡厚床，假如身上出汗，床上很黏，一定很難受。我本來想買一床蓆子送給你和Carol，但是一想入秋以後，天氣會漸漸轉涼快，蓆子寄到，也許已經用不着了。（我假如自己來美，也許就順便帶來了。）假如Texas天氣四季如夏，那麼我再買來寄上還來得及。蓆子在臺灣很便宜，請你不要客氣，老實告訴我：以後幾月的Texas的氣溫是否仍舊同夏天一樣熱。

計劃中的文學雜誌是中文的。中國大陸雖亡，我們還希望中國的文藝和中國民族一樣，有復興的可能。現在臺灣的文壇很消沉，最可憐的是中學生，他們連好的白話文都很少機會讀到，現在大陸的作家文章是不准讀的，即使如朱光潛、沈從文等過去反共的作家也不是例外。我們的雜誌將要發表好的白話文學作品，同時想改正文壇的風氣。臺灣文壇現有的作品大抵不外：外強中乾的反共文藝和cheap romanticism的東西。希望你能寫些理論研究或有益於作家修養的文章——這裡所謂作家的學識修養都很可憐。假如能夠有系統的介紹'20s以後的歐美文壇發展情形，更為感激不置。這種東西

除了你以外，別人恐怕都寫不好。五四運動以後成名的作家，很多在這裡都上了 Prohibitory Index，這裡的文學青年除了胡適、徐志摩以外，恐怕就沒有東西讀了。臺灣的文壇既然大體上還停留在「五四初期」的時代，我們所要做得工作，主要還是啟蒙──當然我們不會再用易卜生，或拜倫、雪萊來啟人之蒙。這一工作是有意義的，你假如有空，希望多多幫忙。一月一篇假如辦不到，兩月一篇如何？稿費可能給港幣，因為香港也有人投稿的。日內就要出第一期了。

　　好久沒有給 Carol 寫信了，實在這兩個月心情太亂了，過幾天當再寫信給她問候，希望她快樂。父親母親聽見我不去美國，也很失望，請轉稟他們：濟安還是很樂觀的相信命運。別的再談，專頌
　　近安。

濟安　頓首
九月一日

325. 夏志清致夏濟安（1956年9月23日）

濟安哥：

告訴你一個喜訊：Carol在星期二，九月十八日（舊曆八月十四日）下午三時十七分生下一位女千金，提名Joyce Lynn，中文名字是父母起的：建一。「建」字算同乾安的子女同輩分，是母親的意思。「建一」雖不夠女性化，還不俗氣，我就決定採用了。Joyce生下時重六磅11ozs，長21寸，較樹仁為輕。相貌同普通的嬰孩一樣，沒有什麼特殊的地方，因為頭先着地，頭部被擠得狹長些，沒有樹仁大而圓正（因為是breech baby的緣故，頭部可有正常發育），可是過一些時候會自動矯正的。Joyce很乖，吃而睡，睡而吃，大便也很鬆軟，不必用glycerine了。醫院內拍的照片，添印後，下次寄上。

幾星期來，Carol每星期去醫生Truman Morris處檢查一次，九月十七日檢查後，覺得Carol血壓已高，嬰兒發育已完整，並估計已重八磅，醫生即囑Carol翌晨進醫院，等待生產。事實上Carol的分娩期當在十日以後，這種強迫生產法我大不贊成，可是為了醫生的便利，減輕產婦的burden起見，在Austin的孕婦倒有一半這樣生產法的。我雖不太信算命，卻相信嬰孩的生期時辰應由它自己決定，這樣pre-conditional的birth，把做父母的thrill減少很多，而嬰兒的時辰八字也完全不可靠了（建一身重不到七磅，Carol肚皮也不大，醫生的估計是為建一的body length所誤）。Carol七時許進附近新建的小醫院St. Davids' Community Hospital，算是Austin最新式的，九時半由醫生把胎水弄破，十時許開始做動，Carol被上了麻藥，不感什麼痛苦。下午二時進delivery room，十七分小孩即下地，一切進行很順利，事後Carol的健康情形也很好，在醫院內住

了五天，今天星期天上午出院。

美國的產科醫生最concerned的是產婦的體重，務使她生產後保持受孕前的figure。其次是減少產婦臨產前的苦痛，把她上了不少麻藥，其實麻藥可能影響嬰兒的intelligence，是不宜多用的。中國老娘收生後，小孩落地，大哭不已，精神很好，美國小孩下地後，都死樣怪氣，不大嚎哭，大半仍在睡眠狀態，要過一兩星期後，方才有生氣，可能是受麻藥的影響。美國東部很盛行natural birth的方法，這種方法我想對母子都是有益而無害的。

九月一日來信已收到，知道你不能出國，相當掃興，你瞎忙了幾月，心中必更有空虛的感覺。這幾星期來，想你已重adjust到舊環境，身體精神都好為念。你這次出國，需返師大教書三年，不能算太理想：再度返臺，心中必更為depressed。我覺得你肯狠心一下的話，香港新亞系主任的事大可接受。你在臺灣，美國幫忙訓練臺灣的師資人才，出國後必定要返國。在香港你可以intellectual refugee的資格，聲請美政府幫忙，來美後倒可以有長期居住的資格，如丁先生就是個好例子。目前你已在臺大按班上課，恐怕已懶得動。可是有辦法還是向臺大請假去香港的好。

Michigan氣候寒濕，Texas天氣乾熱，我來Austin後不時患腹瀉，因為找醫生麻煩，也不去注意它。九月九日（星期日）晚飯後又腹瀉，併發現有寒熱，當晚請教了Huston Tillotson的校醫，那位黑人醫生較白人醫生為attentive，他給了我一些sulfa和止腹瀉的藥後，腹瀉是止了，熱度仍不退。翌日下午送進了醫院，頭二天只飲肉湯，等於絕食了兩天。驗大便、血、尿，都找不到細菌，最後照X光後，發現是virus pneumonia，那位醫生很小心，給我打了不少antibiotics，所以星期四健康差不多已全部恢復，就離開了醫院。我在美國沒有病倒過（除那一次割盲腸外），可見換了新環境，再好的身體也不免被病菌or virus所侵，我從上海到北平，嘴角生熱

瘡，從上海到臺灣，腿部也有生濕氣的現象，可見水土不服，實是致病的大原因。樹仁的染到病菌，也一定是去一趟康州，把身體的抵抗力減弱的緣故。virus pneumonia是很輕的病症，不用醫藥，發燒了兩三星期，病自己也會退去。我病後一切很好，望勿念（腹瀉是virus作祟的副作用，病好後也就愈了）。我在密大後有了blue cross的保險，所以我這次生病，建一的生產，和上次樹仁在醫院時的醫藥費，大部都由blue cross代付，否則這幾百塊錢的額外支出，實非我所能應付。

我在黑人大學，本來擔任英文學史、美文學史、the English novel、二十世紀文學四門高級課，可是學生程度惡劣，英文系學生又不多，小說和廿世紀文學竟開不成班，改任二門freshman English和Advanced composition，鐘點多了二小時（共十四小時），多了改卷子的麻煩。上星期我教科書還沒有拿到，在英美文學史兩課上瞎lecture了六點鐘，駕輕就熟，比在密大時自己不斷看書的情形不同。那些黑人學生的英文程度，低劣得不易使人置信，freshman遠不如中國高中學生（省立or教會）程度，這輩人畢業後，能幹什麼事業，實在說不上來。我要照料小孩，功課輕鬆些，也可幫Carol不少忙。住所離學校遠，要換兩部公共汽車，相當麻煩（已好久沒有過坐公共汽車上班的生活了），想決定學開汽車，可增加便利不少。

*Partisan Review*送給你二十五元，是Ireland報紙轉載你的小說所給的fee（見附信），這筆款子，對你也不無小補。支票我已收下，預備另購旅行支票寄給你，你以為如何？Austin天氣仍炎熱，上星期溫度約在150°上下，可是晚上有風，似乎不需蓆子。你寄包裹麻煩，暫時可不必寄蓆子來，如建一怕熱，我會通知你寄一幅小床的蓆子來。我重做人父，最近幾月內一定非常忙碌，對你的雜誌，暫時不想幫忙，我不知道臺灣讀書人的興趣何在，寫出文章來

也不一定討好。你把頭二期平郵寄給我後，我再寫文章如何？編雜誌很花精神時間，希望你能把你的雜誌好好的辦起來。父親已悉樹仁去世的消息，很為悲憤，但健康未受影響，很堪告慰。祝

　　近安

弟 志清 上
九月二十三日

[又及] 過幾天Carol會給你信，報告小孩進展情形。

326. 夏濟安致夏志清（1956年10月3日）

志清弟：

　　接到來信，知道「建一」出世，恭喜恭喜。Carol和你又可以享受做父母的快樂，你們家裡又可以熱鬧起來，撫養嬰孩你們已有經驗，即使有麻煩也不會很多，何況這些都是 pleasant duties 呢！父母和玉瑛妹因樹仁去世而引起的 gloom，也可以 relieved 了。對我說來，我雖然不在［再］交女朋友，我也是日夕盼望夏門昌大的。

　　《文學雜誌》創刊雖已交航郵寄上，想已收到。雜誌太薄，內容也不夠充實，幾篇文章都不夠我的理想（weakest 是小說），但文字大致都還乾淨，風格也夠得上我所要提倡的「樸實、理智、冷靜」的標準。我在臺灣糊裏糊塗的過了一年，幾如行屍走肉一般，這本雜誌倒鼓舞起我做人的興趣。Here's at least something I can do and do it well. 我這點才學，也許不會有什麼大成就，但糾正中國文壇的風氣，宣導優良的文學，我是夠格的了，而且可能 better than anybody else in Taiwan today，做人要是有什麼 mission，這就是我 mission 的一部份。你來信中表示對於中國文壇的灰心，我何嘗沒有同感？我頂希望能夠移居美國，用我的英文來 contribute to 世界文壇。但是我不知道在臺灣還要住多久，在此期間，我還可以做些對國家對後代中國人有益的工作，因此我就傻裡傻氣的做起文學雜誌的編輯來了。這件事情，在金錢上，目前是毫無酬報（沒有編輯費，我又不拿稿費），而且因為要用時間來編來寫，反而影響別的地方的收入。講到出名，我在臺灣 as teacher，名譽已經是夠大的了；我既然瞧不起中國文壇，當然也不屑於和現有的文人爭一日之長短，to be known as a writer，而且臺灣地方小，是非多，出名對於一個人可能是害多於利；我平素為人你也知道一向採取老莊明哲

保身的態度，現在仍舊是怕出風頭。臺灣的文壇大致是由「官方」所把持，我這本風格與眾不同的刊物，難免遭受有勢力的人的忌視。不過，不知怎麼的（恐怕受人慫恿也有關係），我覺得這裡的文壇我有資格來領導，我若不出來，「如蒼生何？」因這點儒家思想作怪，我就積極起來。也許是害了我，現在還不敢說，但是我今後命運應該不差，積極一點也無妨。

　　這種態度可獲得你的同情。你如此飽學，何不分些餘瀝來滋養一下中國貧乏的文壇呢？我知道你很忙，我也不來催你。希望能在聖誕假期之內，替我寫一篇五千字到一萬字長的論文。題目任擇，希望利用你對於西洋文學精深的認識，替你所知道的中國文壇的病症，「痛下藥石」。不切時弊，純粹academic的也歡迎。

　　美金稿費現在還付不出，但是宋奇等正在張羅中，可能從Asia Foundation拿到一筆錢，我也不希望你的labors unrewarded。

　　又，宋奇託我代為向你「懇求」譯這一篇文章："Cleanth Brooks：The Language of Paradox"，希望能在十二月底交卷。他對於他的那本critical essays寄以莫大之希望，網羅一時俊彥，梁實秋譯Babbitt，我譯T. S. Eliot & Robert等。這種東西當然很難譯，忠實地譯出來，恐怕中國讀者也接受不了。他希望我們用重述或夾譯夾述的辦法來對付，且大加notes（如能用中國東西來引證西洋理論，尤佳）。稿費在東南亞恐怕是很高的了，三十港幣（五元US）一千字，這種事情務必請你幫忙。

　　這篇譯文比替《文學雜誌》寫稿更為重要，因為Brooks的譯文我們也可以拿來放在《雜誌》裡發表的。張愛玲（她已和一美國人結婚），替宋奇譯的Robert Penn Warren，《海敏威論》，已寄來，第三期《文學雜誌》上可能發表。

　　我自己的Essays已譯完，但是現在沒有勇氣拿出來重讀一遍（因為不大滿意），很多notes要加，還得寫一篇序，發一發狠，再

花兩個星期就可繳卷，現在又擱在那裡了。

最近經濟情形還好。汪胖子曾向我借150元美金，現已還我，夠我補貼一個時候的了，*PR*的額外稿費，是意外收入，錢請不必寄來，寄來無用，替我定幾份新雜誌如何？*Kenyon*、*Partisan*、*New Yorker*均可。*Sewanee*也可，上次State Dept.送我兩份雜誌，我點了*Atlantic*和*Sewanee*兩種，*Atlantic*是按期寄來，*Sewanee*變成了MIT所出版的*Technical Review*了（因雜誌名單上，S和T接得很近，故有此誤），我收到了啼笑皆非，反正這是人家的gift，懶得去更正。

雜誌定〔訂〕兩種即可。就是*New Yorker*和*Partisan Review*吧！餘下幾個錢我以後要買什麼書，再說。最想買的書是：Brooks和Warren的*Understanding Fiction*。

別的再談，專此，即頌

快樂

濟安 上

十月三日

收書人的地址：Prof. Tsi-an Hsia, Dept. of Foreign Languages and Literature, National Taiwan Univ. etc.

327. 夏志清致夏濟安（1956年11月5日）

濟安哥：

　　十月三日的信收到已久，幾星期來一直沒有空給你回信，心中實感慚愧。星期一三五教書，功課雖不大需要準備，可是一回家，有了小孩，雜事終是不斷，同去年夏天你在New Haven所見到的情形一樣；家事take precedence over自己的工作，做不開什麼事情來。你信上對辦雜誌的一團熱誠，很使我興奮，只要你自己當心身體，不要為了辦雜誌事，剝奪了休息和比較lucrative工作的時間，盡可放膽辦去。第一二期都已看到，謝謝你航空郵寄，浪費你不少郵票。你的那篇〈致讀者〉，雖免不了有一兩句公式話，是目前中國文藝工作者所應採取的credo，文字簡要，把中國近三十年來不斷爭辯的「藝術」「人生」諸問題說得有個頭緒。你的那篇〈評彭歌的「落月」兼論現代小說〉我讀後大為佩服，你能在評述一篇小說時，把近代文學的傾向清楚地指點出來，並且藉以糾正中國人寫小說的惡習氣而寄於鼓勵；這是不容易的工作。你的耐心，你的誨人不倦的態度，你的清楚的說理舉例，使我想起編教科書的Brooks &Warren；我想你對中國學生和寫作者的影響也一定可以和Brooks &Warren對美國大學生一樣的重要。這種批評文多寫幾篇，在文壇上一定可起作用。以前夏丏尊[1]在中學生的「文章病院」上僅注意到文法和修辭，也引起我們當時的注意。你着重在style和technique（五四以來，還沒有過你這種practical criticism）一定可使文學青年

---

[1] 夏丏尊（1886-1946），名鑄，字勉旃，號悶庵，別號丏尊，浙江上虞人，文學家、教育家、出版家，南社成員，1921年加入文學研究會，任職於上海開明書店編輯所。1930年創辦《中學生》雜誌，1933年與葉聖陶合寫《文心》，代表作有《夏丏尊文集》。

們大開眼界，而重擇創作的路徑。

你所譯的《古屋雜憶》，辭匯［彙］的豐富，當可與霍桑的原文媲美。我手邊有兩巨冊美國文學選，把你的譯文和霍桑的原文粗略的對照了一下，看到你把霍桑的長句子拆開後，重新組織，另造同樣幽美的長句子，確是不容易的工作。最重要的，你把霍桑的帶些「做作」性的幽默也譯出來了。投稿人員除黎烈文②、胡適、梁實秋外，梁文星該是吳興華，鄺文德③該是宋奇太太的兄弟（假如她有兄弟的話），勞幹④恐是臺大教授，其餘的都不大認識。幾篇小說中，《矮籬外》有些心理描寫，可是故事和mood，仍不脫早年郁達夫自怨自歎的風格；《瓊君》筆墨太省，寫得長一些，應當是很好的；《耳墜》人物含糊，故事交代不清；《高老太太的週末》倒是很輕清可喜［清新可喜］的作品。吳興華可稱是近代「懷古派」詩人的巨匠，他的詩很有不少立得出的句子，可是他一貫借用古人的口吻說述哲理的詩篇，多看了終覺得路道狹，不管他如何亟圖達到很孤高的境界，終不免帶些academic的感覺。如你所說，《文學雜誌》所載的文字都很乾淨，有這樣許多人肯努力寫文章，並且走比

---

② 黎烈文（1904-1972），湖南湘潭人，作家、翻譯家，1926年赴日留學，翌年轉赴法國，畢業後進入巴黎大學研究院。1932年起任《申報・自由談》主編，1946年去臺，後為臺灣大學文學院任外文系教授，著譯頗豐，譯有法國作家梅里美、法朗士、莫泊桑等人的小說，代表作有《西洋文學史》以及小說集《舟中》、散文集《崇高的女性》、等。

③ 鄺文德，即吳興華。本期署名鄺文德的文章是〈談黎爾克的詩〉，係吳興華1943年發表於北平《中德學志》第5卷第1、2期合刊中的詩論，題目是〈黎爾克的詩〉。

④ 勞幹（1907-2003），字貞一，湖南長沙人，歷史學家，畢業於北京大學，1949年去臺，兼任臺灣大學、臺灣師範大學教授，1958年當選中央研究院院士，1962年任美國加州大學教授，代表作有《秦漢史》、《魏晉南北朝史》、《漢代察舉制度考》。

較謹嚴的路，是很可喜的事情。

　　"Language of Paradox" 我想試譯一下，可是我辭［匯］不大，翻譯毫無經驗，譯文絕不可以和你的、張愛玲的並列的。Paradox 一字如何譯法，我一時就想不起來，有什麼切近字義的中國現有成語，請指示。我暑期在 Ann Arbor 着實寫了些東西，可是搬家以後，Texas 天氣炎熱，工作的 mood 就被打斷，該重寫的「張愛玲」的一章，還沒有寫完，其實這章寫好後，我這本書也可以送打字員重打，接洽出版了。（張愛玲嫁何人？知其姓名否？）前幾天接到 *Criterion Books* 的 Sidney Phillips 來信問我們計劃編的「小說選」進行到什麼程度了，讀信很感慚愧，可是我想此書是值得進行的，翻譯不比寫作費精神，我們一人翻譯四五篇像樣的作品，不到一年工夫，該書定可完成。林語堂所譯的老故事，銷路很好，我們這本書銷路也不會太壞，不比我空論中國文學吃力不討好的書。以後我當開給你一個該譯小說的目錄，你回憶中有什麼特出的小說，也可以告訴我。（你去紐約看到張歆海，他在寫小說；據 *Asian Student* 報載，他那部小說 *The Fabulous Courtesan* 是述賽金花的故事，日內即可出版了。）我在十二月間決定試譯 "Language of Paradox"，有空或者可以寫篇論文，可是我時間被家事所支配，有多少空閒時間，實在難說。

　　我在黑人大學教書已六七個星期，成績不算壞，可是學生程度低劣，常識缺乏，頗難教得好。「英國文學史」從 Beowulf 讀起，現已講到 Marlowe，對我完全是重溫舊書，講解不費什麼力氣的。「美國文學史」不日可講到 Freneau⑤、Irving，早期作家我都沒有研

---

⑤　Freneau（Philip Freneau 菲利普・弗倫諾，1752-1832），美國詩人、散文家、編輯、專欄作家，作為「內戰詩人」（poet of the American Revolution）知名，畢業於普林斯頓大學，後供職於費城《自由人月刊》（*Freeman's Journal*），代表

究，在講堂上發揮清教徒的思想，也很容易。另兩課「大一英文」
「高級作文」着重文法、生字、作文，添了改卷子的麻煩。大一學
生有幾位程度惡劣，不下於光耀中學，北大先修班的壞學生。一月
來大一英文班讀Strachey⑥的 *Florence Nightingale*，四十頁的東西，
這星期方可讀完，速度遲緩不下於中國高中學生讀「高中英文選」。
學校教員程度低劣，笑話可集入大華烈士的東南風，或搜集起來，
寫一部Evelyn Waugh式的諷刺小說。美國小說對黑人大都寄以憐
憫。假如寫部諷刺小說，倒是《黑奴籲天錄》⑦以來破格的作品。
我星期一三五，六時半起身，七時二十分乘公共汽車（得換車）赴
校，下午四時許，乘學生便車返家，星期三五，上午二課，下午三
課，教完後人相當累。回家後行動不便，不再出門。上星期看了
*War & Peace*⑧，還是九月初以後第一次看電影，該片長而不沉悶，
不像看了《飄》以後，人有疲乏之感。一級影評盛讚戰爭場面，其
實上半部故事發展，對沒有看過原著的我，也是很有興趣的。

　　附上近照一張，建一太小，看不清楚，穿汗衫短褲的我倒成了
照片的中心。這一卷照片拍得不大好，下次有好照片時，再寄上。
你生活一定異常忙碌，希望自己保重為要。父母還念念不忘你交女
朋友的事情，不知你對此事最近有沒有注意？我這一年來自己為家

　　作有詩集《英國囚禁號》（*The British Prison-Ship*）。

⑥ Strachey（Lytton Strachey里頓·斯特拉奇，1880-1932），英國傳記家、批評
　 家，畢業於劍橋大學，寫過維多利亞、南丁格爾（Florence Nightingale）、托馬
　 斯·阿諾德（Thomas Arnold）等人的傳記，代表作有《維多利亞女王時代名人
　 傳》（*Eminent Victorians*）。後文提到的弗洛倫斯·南丁格爾以英國護士Florence
　 Nightingale（1820-1910）的一生為背景寫作。

⑦ 《黑奴籲天錄》，今通譯《湯姆叔叔的小屋》，前者為林紓與魏易合作翻譯出版。

⑧ *War & Peace*（《戰爭與和平》，1956），據托爾斯泰同名小說改編，金·維克多
　 導演，奧黛麗·赫本、亨利·方達主演，派拉蒙影業發行。該片為第一部英語
　 電影版本的《戰爭與和平》。

事忙碌，好像對你的戀愛問題，不大關心。你對人生有做小說家的那種興趣，任何女子都該是一種 challenge，一個 problem，對結婚不應該怕。我勸你還是在女同事、女文人間找一個較合式〔適〕的對象，你看如何？

　　謝謝你送我們大小床兩幅蓆子。Texas 天氣已入秋，明夏也不一〔定〕留在此地，你實在不應當送這樣的厚禮。不過伏天睡在蓆子上終較在 sheets 上為舒服，Carol 怕熱，一定更會 appreciate 你的好意。*PR*、*New Yorker* 已代訂，*New Yorker* 將由雜誌社直接寄給你。*PR* 我預備翻看後再寄給你，因為我最近好雜誌沒有機會看到。

　　建一想已身重九磅，飲食很正常，初落地時很瘦小，現在同樹仁一樣地白胖了。Carol 身體很好，勞動方面較以前為進步。我們平日毫不交際，同隱居一般。同校有林君，係 Cornell 博士，生物系，研究 wasps，和 Kinsey 有同癖。他福建人，一家人三代基督教徒，為人極好而乏味。他太太仍在 Cornell 做研究工作，課餘無聊即往電影院鑽，愛看武俠片、科學片，腦筋極簡單，他對我說：「Gary Cooper、Rudolph Scott⑨的影片最好看！」我 Rudolph Scott 已十多年沒見到了。

　　明晚總統競選結果廣播，我將收聽。美國的 sports 狂我未被染著，可是每年 world series 我也稍加注意，而四年一度的總統競選的確是最緊張最有趣的 sports event。Ike 大約已操勝卷〔券〕，可是 watch 一州一州的 returns，仍是極令人興奮的。再寫了，祝你近好，Carol 代問好，她有空會再給你信，詳述建一的近態。家中都好。

弟　志清　上
十一月五日

---

⑨ Rudolph Scott（魯道夫‧史考特，1898-1987），美國電影演員，好萊塢星光大道有其印記。

328. 夏濟安致夏志清（1956年11月28日）

志清弟：

　　已經有好久沒有寫信給你了，很對不起。好在雜誌不斷地寄上，此信到時，你恐怕已經看見第三期了。我所以不寫信，一半是因為忙，一半是因為興致不高。雜誌的事情進行得還算順利，銷路不好，倒是在意料之中；我除了精神之外，不要貼錢進去。雜誌的名譽很好，銷路也在增加中，我那篇〈評《落月》〉差不多是人人叫好，我在臺灣的名望當然是更大了。可是我對於這一類的名望，已經喪失興趣。講工夫，老實說臺灣沒有幾個人能夠和我比；我若不出名，心裡只是暗中好笑（並不覺得不平或難過），若是出了名，也是「應有之義」，不值得興奮。有時候反而覺得自己應該斂跡，少出名，名氣一大，再加人家渲染，其能不名過於實者幾希。雜誌雖然憑了我這點儒家精神開創了出來，但是貫徹始終的挺下去，卻需要很大的毅力。你嘗說宋奇做事有始無終，其實我也何獨不然？反對儒家精神的有我的悲觀思想，道家精神和 indolent habits。雜誌辦了三期，我已經相當厭倦，至於那十幾年的教書生活，我當然更覺得厭倦了。那麼什麼東西使我不厭倦呢？我也想不出來。我是不是對人生已經覺得厭倦了呢？我也不敢承認我已成了徹頭徹尾的悲觀主義者。我思想裡面究竟還有積極的成份。

　　雜誌也許妨害了我的別的有意義的工作。或者可以這樣說，我也許因為不相信（下意識的）自己能做更有意義的工作，所以才把精神投放到雜誌裡去。

　　再講雜誌。我亟盼你的 Contribution。"Paradox" 是給宋奇的，我另外再要一篇。Paradox 這個字該如何譯法，我沒有意見，你不妨 suggest 幾個，大家來討論一下。到最不得已時，仿「德謨克拉

西」「三藐三菩提」來個音譯如何？我希望你能把你那篇〈張愛玲論〉打一份寄來，由我來替你譯成中文發表。你所要做的工作只是（一）重打一份（假如已經多一份 copy，那就更省事），（二）把 quote 的原文鈔［抄］上，因為我們這裡不容易找到張愛玲的著作。我翻譯很快，一天五千字沒有問題，你那篇東西假如二萬字長，頂多 take 我四天就夠了。我翻譯你的東西當然和翻譯霍桑不同，也許並不忠實，主要的變動是要把你那篇原來給洋人看的東西，改成給中國人看。除了這點變動，我的翻譯將不失原義。你對於張愛玲一定有寶貴的意見，不介紹給中國讀者是太可惜了。假如你同意，請將稿子航空寄下，不需什麼 Editing，有什麼地方該擴充，有什麼地方該刪節，你只消在 margin 上注一筆，我一定照辦不誤。（張愛玲的丈夫的名字，宋奇只在信上寫了一個看不大清楚的姓，我已忘記了。）

　　我講了不少關於厭倦的話，但從我所發表的文章上，你恐怕看不出我有什麼厭倦的痕跡。我的文氣還是很暢達，vigor 也許不夠，但多少還能表現一點 zest，所以你不必替我 worry。我是個和文字有緣的人，寫起文章來總是很有勁，惟其有勁，寫完後很疲倦，事後又怕再執筆。我之所以不能成為職業作家，和這種恐懼感大有關係。寫作的時候，人是進入一種興奮的出神狀態。有許多人在聽音樂，看打球，參加政治性集會，或者談戀愛的時候，可以達到這種出神狀態，我對於那些東西，大約都以平淡態度對付；但是用心寫作的時候，我可以有類似的 feeling。但是我不喜歡任何種類的 exaltation 或 ecstasy（這點是值得心理學家研究的），我所冀求的 mood 是 serenity，but in my case, serenity comes so often close to depression。

　　寫文章大約不一定要吃力。或者說寫各式文章吃力的程度不等。你有意要寫一部以黑人為主的幽默小說，我拍掌稱善。我相信

寫幽默的東西要比Henry James派心理小說容易得多。心理小說有
個很明白的norm，作者不斷的苦思修改，的確漸漸可以接近這個
norm，而率爾操觚的確不容易產生好東西。幽默小說無定法，寫得
好可以很幽默，寫得不好大不了是flat，或違反好的taste，或使讀
者看不出其幽默所在。我沒有寫過幽默小說，但是我們編20th
century Fox Follies（據*Newsweek*說Fox與華納有合併傳說）的經
驗，以及我亂寫遊戲文章的經驗，寫幽默東西本身就是一種樂趣，
寫的時候很快樂，寫完後也很快樂，發表快樂，不發表也快樂。我
總想有一次試寫幽默作品。你的那本negro humor我相信一定比
《中國近代文藝研究》容易寫，甚至於不需要很周密的planning，
day to day record就可能有它的可愛之處。如想sell，那麼請不要忘
了humor plus pathos的公式。你寫那種東西，盡可以消遣方式出
之，就像給你那位猶太朋友一page長寫一句或是程靖宇的Ada方式
可也。每天亂寫一點，日積月累也可能成一本書。有一點我不大放
心，我不知道你耳朵錄音的本事如何。那些黑人的錯誤蹩腳英文，
要如式［實］記下來恐怕很不容易。方言和奇怪的語言本身就是一
種滑稽，狄更斯和王无能①都了解這一點。你如有錄音的本領，我
相信你一定能把握黑人英文中的essence，而得到幽默的效果。我
很鼓勵你做這件工作，你在Texas教低級學生，安知不是上帝安排
好了讓你寫這部小說的呢？在美國不奮鬥不能出頭（此所以我不大
敢來美國，儘管我是這樣喜歡美國），但是靠學術論文來打天下，
我看是太吃力了。現成有這樣好的題材，不寫是太可惜了。

　　講起錄音，崔先生替你錄的音，我早已聽見，以前忘了提起。
你的話說得毫不impressive，這是我們的個性使然，誰要叫我錄了

---

① 王无能（約1890-1938），原名念祖，江蘇蘇州人，為文明戲丑角演員，1920年
　以後以「獨腳戲」形式演出，自編自演的節目有《寧波空城計》等。

音寄給你來聽，我相信我也沒有話好講的。我們都不是demonstration一型的人。在崔先生同一根音帶上，別人講的話都很「可觀」。我真佩服那些人慢條斯理的精神，以及（in some cases）字正腔圓的國語。那些人寫起信來，恐怕就沒有什麼話好說了。我為了好玩，也錄過幾句話，我自己聽自己的聲音，覺得語氣快而短促，忽高忽低，好像是聽見你在說話。不過最近我講話愈來愈慢了，這是在lecture room中訓練出來的。

　　承蒙你又提起女朋友的事，現在是真正的乏善足陳，一個女朋友都沒有，原有的都給我斷絕了。好在臺北關心我的人很少，敢向我（在這方面）開玩笑的人也不多，我這種沒有女人的生活，似乎過得也很正常。我所以常打馬〔麻〕將，因為做人不可沒有社交生活，普通社交不免談話，談話不離女人，一打馬〔麻〕將，大家就省得開口。不打馬〔麻〕將時，見了面也有馬〔麻〕將可談。這樣做人就很快樂了。關於女朋友的事，我不是沒有用過心思，現在我對於這方面已經提不起興致。How alarming！婚大約十九是糊裏糊塗結的，我本來就不大糊塗，現在更不糊塗了。可是語云：人強不如命強，我真有一天糊裏糊塗的結婚也說不定。這事的實現大約先要滿足一個條件：我很prosperous，有用不完的錢，有自己的房屋，甚至汽車。（這不算是奢望，照我的才能學識，可能得到這種報酬。臺灣拿US$200一月的人有的是，這種人也沒有什麼了不起。可是我要是能拿這麼多，我的生活就完全改觀了。）並不是說，我怕物質生活沒有保障才不結婚。我要指出的是：我所過的生活一向都算是清苦的，一旦稍稍有錢，可能會興高采烈，乃至得意忘形，人在那個mood之中，有人提起做媒結婚，我可能會糊裏糊塗的欣然同意。那時候immediate wants都已滿足，不結婚似乎人生也欠缺了些什麼。但是現在叫我追求，甚至和女朋友作普通的來往，我都沒有勁。婚可能還會結，但「求」是不「追」的了。

　　《近代中國短篇小說選》我當然很願意同你一起翻譯，但是我不知道明年有多少時間可以供我支配（今年文債太多），希望能夠實現。在我記憶中的短篇小說，好的不多（或者說，我根本沒有看過幾部短篇小說集），施蟄存的〈將軍的頭〉倒是很別緻的。編這本書，有兩種着手方法。一是representation法，把各派各家都放進去，每人選一兩篇。還有一種方法，專譯某一類型的小說（如Martha Foley②所選，大致是輕柔一類的）。如採取第二種方法，我覺得該着重多東方味道如*Rashoman*那一類的。照第一種方法，編的工作較容易，我們心目中似乎早已有一張大同小異的作家名單，問題是譯他們什麼作品。照第二種方法，編起來稍吃力，因為有名的作家不一定列入，無名作家的好作品我們也得去搜集發掘。臺灣的「文獻」並不比在美國多，但是我可以設法去找。張愛玲的《金鎖記》無論從哪一角度看，都該列入的。我心中有點偏向第二種方法，左派naturalism的東西似乎不值得我們再去推波助瀾的加以宣揚。在美國的生意眼，似乎也以多帶東方神秘味道的好，至少那是what the American readers expect of us。

　　你的照片表現得很健壯，看見了很高興。建一看不大清楚，她還小，相貌很難說。據研究相面的朋友看見了建一two days old的照片後說，她的兩隻耳朵如是之大，該是大貴之相。（我沒有替建一去算命，這也是中國傳統習慣，女孩子的命不算也好。以後我如自己算命，也許順便替她一算。）小孩子的相貌很難說，這兩期*Time*和*Newsweek*常有英國Prince Charles③的相片，這個小王子的

---

② Martha Foley（馬耳他・福利，1897-1977），1931年與其丈夫懷特・班納特（Whit Burnett）創辦《故事》（*Story*）雜誌，該雜誌發現了塞林格（J. D. Salinger）、田納西・威廉斯（Tennessee Williams）、理查・懷特（Richard Wright）等人。

③ Prince Charles（查爾斯王子，1948-），伊麗莎白二世之繼任人。

相貌其實同普通英國小孩子沒有什麼分別。中國人講究天庭飽滿，Prince Charles的頭髮壓得很緊，*Time*似乎還有讀者去投函complain呢。

電影我現在看得也沒有以前多。昨天去看了*Bus Stop*④，不大滿意。夢露（Chinese for Monroe）的演技的確大有進步，可是我不知道William Inge⑤在文壇上究竟有些什麼地位。他這部戲除了賣弄性感（on both sides），再加上一點sentiments外，似乎毫無深刻動人之處。*Man With the Golden Arm*⑥很好，但是Eleanor Parker的演技過火使我厭惡（她的*Interrupted Melody*亦然）。同樣一部Frank Sinatra演賭徒的戲，我倒比較喜歡*Guys &Dolls*⑦。Jennifer Jones在*Splendored Thing*中的演技使我們擊節稱賞，但她在*Man in the Gray Flannel Suit*演技拙劣（很strained），使我失望。這幾個月來所看的電影，頂滿意的恐怕是英國喜劇*To Paris with Love*⑧，Alec Guinness⑨妙不可言，演一個中年風流男子，真叫中年人看了心

---

④ *Bus Stop*（《巴士站》，1956），浪漫喜劇電影，約書亞‧羅根導演，瑪麗蓮‧夢露、唐‧穆雷（Don Murray）主演，福斯發行。

⑤ William Inge（威廉‧英奇，1913-1973），美國劇作家、小說家，曾獲普利茲獎，代表作有《狂戀》（*Picnic*）。

⑥ *Man With the Golden Arm*（《金臂人》，1955），劇情片／黑色電影，據尼爾森‧愛格林（Nelson Algren）同名小說改編，奧托‧普雷明格導演，法蘭克‧辛那屆、坎琳諾‧派克主演，聯合藝術發行。

⑦ *Guys & Dolls*（《紅男綠女》，1955），音樂劇，據1950年同名百老匯音樂劇改編，約瑟夫‧曼凱維奇導演，馬龍‧白蘭度、珍‧西蒙斯、法蘭克‧辛那屆、薇薇安‧布萊恩（Vivian Blaine）主演，米高梅發行。

⑧ *To Paris with Love*（《巴黎豔蹟》一譯《花都滿春色》，1955），英國喜劇電影，羅伯特‧漢墨（Robert Hamer）導演，阿歷‧堅尼斯（Alec Guinness）、奧迪爾‧維薩（Odile Versois）主演，雙城影業（Two Cities Films）出品。

⑨ Alec Guinness（阿歷‧堅尼斯，1914-2000），英國演員，代表作有《遠大前程》（*Great Expectations*, 1946）、《霧都孤兒》（*Oliver Twist*, 1948）、《桂河大橋》

服。相形之下，*The Swan*是部呆鈍的戲。好萊塢這幾個月推出巨片甚多，臺灣還沒有見到。我對銀幕美人漸漸一個個的喪失興趣，Jean Simmons還是始終擁護的。英國喜劇*Doctor At Sea*⑩（at home 的續集）中的小美女Brigitte Bardot⑪倒是美得使人透不過氣來。

*Partisan Review*你先看後再寄來，很好。再定［訂］一份*Kenyon Review*如何？你也可以先看。這種雜誌我不一定會仔細讀它，可是我想託USIS去接洽，請得*New Yorker*、*Atlantic*、*P. R.*、*K. R.*的中文翻譯權，裡面如有好文章，可以翻譯了在《文學雜誌》上發表。翻譯權請得後，那麼不但是新的，以前所發表過的文章也可以隨時拿來翻譯了。

父親母親前暫時沒有話告稟，他們愈關心我的婚姻，我愈沒有話說了。別的再談，專頌

近安

濟安 頓首
十一月二十八日

蓆子已買好，但是因為事情忙，沒有工夫去投寄，同時天氣漸入深秋。我猜想你們也許用不着了，因此就沒有寄。可是我不知道Texas的天氣，假如四季如夏，那麼你們也許還用得着。請於回信中告訴我一聲Texas的冬天的天氣。東西已經買好，放在我這裡沒有用，請不要客氣。如仍需要，當即立刻寄上。

（*The Bridge on the River Kwai*, 1957）等。

⑩ *Doctor At Sea*（《春色無邊滿綠波》，1955），據理查‧高登（Richard Gordon）同名小說改編，拉爾夫‧托馬斯導演，德克‧博加德、碧姬‧芭杜（Brigitte Bardot）主演，蘭克影業公司（UK）、共和影業（US）發行。

⑪ Brigitte Bardot（碧姬‧芭杜，1934-），法國女演員、歌手、模特，代表影片有《瑪麗婭萬歲》（*Viva Maria!*, 1965）。

329. 夏濟安致夏志清（1957年1月23日）

志清弟：

好久沒有收到你的信，甚是掛念。我自從耶誕節寄了一張卡片，也沒有寫過一封信，真是懶惰得豈有此理。蓆子寄上，想已收到。你們寄來的卡上，沒有你的字，這些日子又沒有接到你的信，更使我掛念。近況如何？務請函告。

我近來生活平常，但是做人興致總是不高，只是等待好運氣的降臨。「興致不高」者，就是future對我沒有什麼意義，I have nothing to strive after。現在書照教（教書的態度愈來愈輕鬆、瀟灑），雜誌照編，但是這種工作出發點是「責任感」，是被動的，對於這些工作（可說是任何工作），我已經缺乏熱誠。外表上，我的精神還是飽滿的，社會上許多精神飽滿的人，內心恐怕也像我一樣，熱誠已經喪失。結婚恐怕也不是一個補救的辦法，我假如早結了婚，我不相信現在我做人會更起勁。追求則不同。追求的時候，雖然多苦悶，但是感性特別敏銳，莫明［名］其妙的想浪費精力。現在則怕動，怕多用腦力體力，人也變得懶，沒有勁。結婚無非增加一種責任，但責任太多，也容易使人疲倦衰老，而我已經說過，做人盡責還不是人生第一意義，當然不盡責更壞。追求時的緊張不安，並不是做人的正常狀態，人也不可能常在這種浪漫的心境中。浪漫的心境本是一種嚮往，假如再嚮往這種「嚮往」，做人也太空虛了。

現在電影也不大看，主要原因是懶得出門。從臺灣大學到downtown西門町，沒有多少路，對我好像是出一次遠門。陽曆年初，梁實秋renew上次的offer，希望我考慮於半年後接受他的聘約，我聽見了也不起勁。美國是想去的，但是頂好自己在什麼地方

make 10G，在美國住上三年五載，安心讀書作文。梁實秋的offer
不過是送我去美國一年，回來後在師大教三年書；我怕這三年，寧
可不要那一年。當然對梁實秋，我沒有把話說得那麼死。

臺灣現在的氣象是一片繁榮享樂，鼓〔歌〕舞昇平。打牌的人
愈來愈多，買電器冰箱的人家也愈來愈多。各人把住宅都整修得漂
漂亮亮。什麼臥薪嘗膽，這裡簡直看不到一點痕跡。連軍人都吃得
面孔紫氣騰騰，軍校學生和少尉以上的軍官穿的都是US Aid的呢
制服，英俊瀟灑，一洗當年瘟三丘八的寒酸凶橫相。這種現象我是
看不慣的，臺灣雖好，到底不是上海，不是美國。我是極力主張反
攻大陸的，但這裡的人下意識中已經「直把杭州當汴州」，不想回
去了。我是光棍，我覺得與其在臺灣小享樂的終老，不如四海流
浪。何況我在臺灣不過做一個教員，教員總是窮的，要過小享樂的
生活，也比不上人家。

最近Holiday on Ice來臺獻藝（沒有Sonja Henie），票價相當
高，但是八千人的場地，場場客滿，看過的人大約有幾十萬。臺北
以外各縣都有人坐了火車來看的。San Francisco Ballet來臺表演三
場，票價更高，也是場場客滿。臺灣的人似乎比當年上海人更捨得
花錢，更富於藝術修養。

《文學雜誌》第五期已經出版。這一期有張愛玲的小說〈五四
遺事〉（原文在*Reporter*雜誌發表）一篇，這是宋奇去拉來的。張
愛玲把文字和題材控制得都很好，與《文學雜誌》so far發表過的小
說大不相同。可惜你那篇〈張愛玲論〉沒有寄來，不能同時發表。
我在這裡再催你一次。張心滄的*Courtesy & Allegory*的F. Q.，已由
他的姐姐張心儀（嫁一個工程師，她in her own right也是一個作
家，有好幾篇小說在英國發表）送了一本給梁實秋。梁讀後大為佩
服，希望你能寫一篇書評，梁對你久已敬仰，因為Rowe把你說得
太好了。你如有這本書，請費神評它一下如何？

　　臺北新開了一家電影院，名字叫「新生」，專演派拉蒙巨片，開幕第一砲是 The Court Jester，第二砲是 To Catch A Thief①。這些都是老片子，但是派拉蒙的片子，在臺北久已不上映，積壓得已經太多了。那家戲院據說有遠東最大的銀幕，演 Vista Vision 頂適合。我去看了 Jester，很滿意，遠勝 Bob Hope 的 Casanova②，Foyer 所掛的明星照片不多，馬丁路易之外，有 Jane Wyman、Charlton Heston③等，還有一個金髮美女，左頰上有一顆痣，不知是不是 June Haver。此外似乎還有 Cary Grant。War & Peace、Ten Com.④的影子都還沒見，但是 High Society 似乎在陰曆年就要上演了。MGM 的 Dore Schary 已下臺，但是根據 Time，去年 MGM 賣座狀況還不太慘。不知 Variety 的詳細報導如何？

　　別的再談，等着你的信。專頌

　　近安

濟安　頓首

元月二十三日

　　又及：父母親大人和玉瑛妹想都好。

Dearest Carol　　　　　　　　　　　　　　　　January 23, 1957

　　Thanks very much for the X'mas card from you all. I especially

---

① To Catch A Thief（《捉賊記》，1955），浪漫驚悚片，據大衛・道奇（David Dodge）1952 年同名小說改編，希區考克導演，卡萊・葛倫、葛莉絲・凱利主演，派拉蒙影業發行。

② Casanova（Casanova's Big Night《冒牌劍俠》，1954），諾曼・Z・麥克李歐導演，鮑勃、瓊・芳登主演，派拉蒙影業發行。

③ Charlton Heston（卻爾登・希斯頓，1923-2008），美國演員、政治活動家，代表影片有《十誡》（1956）、《歷劫佳人》（Touch of Evil, 1958）等。

④ 即 The Ten Commandments。

enjoy little Joyce's lovely note. I was reading Whitehead's dialogues. Guess what the philosopher says about Joyce's literary talents? "As with novels, so with letters. Women write better letters than men. They put in what we want to know, how people felt about things, how they lived, what they ate & wore, what they worried about." Hereby I want to make a little additional note to Mrs. Y. R. Chao's Cooking Book [5]. About Chiao-tsu（餃子）. Don't boil them. Put in the Chiao-tsu, when the water boils. Cover the lid, and wait till the water boils again. Then pour in a little cold water. Cover the lid again, and pour in cold water when the water boils. You have to pour in cold water three or four times, before the Chiao-tsu are well cooked. Take the Chiao-tsu out when the water boils for the last time. Enjoy your Chinese New Year with the real Chiao-tsu as the Peiping cook does it.

Affectionately,

Tsi-an

---

[5] 指趙元任太太楊步偉的《中國食譜》（*How to Cook and Eat in Chinese*）。

330. 夏志清致夏濟安（1957年1月28日）

濟安哥：

　　今天收到來信，很感慚愧。上次收到信後，回信早應該寫，過後收到臺灣蓆子一套，照例更應覆信道謝。當時不即寫信者，是希望把〈張愛玲論〉早日打完，交了文債，再寫信，心裡可以痛快得多。結果遲到今日（大年夜），文章還沒有繳出，信也沒有寫，實在對你不住。我一直很掛念你，正同你關懷我一樣。兩個多月來，為教書照顧家務忙着，除教書技術大有進步外，一無什麼長進（起初以為大一文法讀本不容易教，教了一學期下來，頗得黑學生愛戴）。你兩次來信都說對生活近況不滿意，因為教書和編雜誌都是不夠 challenging 的工作，不能使你燃起野心的熱火，創作的慾望；而臺灣一時也看不到有什麼值得 engage 你精力的工作，精神反而懶散起來。我兩年來為家務所累，每天做好丈夫、好父親，而自己的野心和創作能力，因為久不運用，轉而成為一種 guilty，倒過來 paralyze 我。以儒教倫常作人格評判的標準，我可算得是好 son、brother、husband、father、friend，可是自己對自己不滿意，心頭總不會很痛快（儒家對做人道義的 duties 發揮已詳，而對自己滿足創造慾應有的責任心這一點，似不多注意。或者，《易經》「君子以自強不息」是指這一方面的）。在上海時，地方狹小，家裡情形很亂，可是母親視「男女分工」的道理為天經地義，我們讀書的時間，從不受到干涉，有時受到干涉，我以「凶橫」態度，亂叫幾聲，自己也不以為奇。在美國「男主外，女主內」的 principle 已被工業化社會和 gadgetry 所打倒（許多作家都痛罵美國男子被女子所占有，很有些道理），代替它的是 *McCall's*① 雜誌在廣告上一直標榜着的 "togetherness"。所謂 togetherness 者，當然是丈夫幫妻子

忙，太太除在社交上稍有幫忙外，在事業上不可能有多大的幫助。所以Gregory Peck在 *Man in Gray Flannel Suit* 所感到的衝突，中國做生意、辦事業的人是感不到的：如何reconcile自己的事業性和每天工作八小時後把其餘時間給太太孩子支配的家庭責任性。中國女子（欣賞美國家庭雜誌的新法女子當然不同了）以往無不在「丈夫的事業」的大前提下，把自己的要求縮小下來：要好的人，如母親一樣，自己克勤克儉，盡力「幫夫」，比較帶墮落性的，既得不到丈夫的attention，也就不理家務，以打牌聽紹興戲換到些不太興奮的小享受。比較講來，中國女子是「吃苦」的，而在美國「吃苦」的是男人，因為女子野心不大，有丈夫伴着，有足夠錢花，就應該很滿足了。在美國教育界，年青［輕］人又要以微薄的薪金養一個家，又要做研究寫文章，生活實在是不容易。比較有成就的，不是cruel的，就是暫時咬緊牙關，硬着心腸的人。依我的計算，在美國養大兩個年齡相仿的小孩，做丈夫的非得騰出五足年寶貴的時間不可，但是除非是滿足於「每天工作八小時」的人，誰能afford這許多時間？我因為Carol很能安貧吃苦，還沒有做到do it yourself式，空下來做木匠，做花園匠的丈夫。可是照料小孩，有時做一兩隻中國菜，時間的消耗實在可怕。星期二四兩天，我不出去教書，可是Carol安排好了shopping、洗衣、看醫生種種節目，我不會開車，大部份時間就花在Joyce身上，到晚上可以做工作的時候，黑學生程度雖低劣，「壓生」總得準備一下，卷子總得改，把晚上時間全部耗去。隔日六時半起身，又得在學校花一整天。如此周而復始，很少有自己的時間。所以四月來的成績是Joyce愈長愈聰明，相貌也愈長愈好。你看到了附上的照片，Joyce的相貌雪白清秀，已同上

① *McCall's*，美國女性月刊，創刊於1873年，彼時名為 *The Queen*，1897年更名為 *McCall's Magazine—The Queen of Fashion*。

次附上的小照大不相同，你必定大會高興。這一卷照片成績很好，另有三張添印好後即寄上。照片是陽曆新年時所攝的。

　　聖誕假期初，寄了不少信，在老師朋友面前，把一年間樹仁去世，換job的情形，總得好好交代一聲。過後請同事林氏夫婦吃了一次飯（林太太已放棄了Cornell的job，目前也在同校教書）；林氏夫婦回請了一次，時間過得很快，一下子就開學了。〈張愛玲〉簡直沒有動，上星期大考期間打了十多頁，我想三四天內一定可以繳卷。我這篇文章不能同〈五四遺事〉同時登出，很是遺憾，但是我相信這次我一定可以繳卷。此外我計劃寫一篇評中國近代小說的文章，我寫中文比英文快得多，經你稍加潤飾一下後，一定可以很像樣。Brooks那篇 "Paradox"，專討論 "The Canonization" 一首詩，照我目前眼光看來，所論諸點，已是些老套，不夠exciting；加上我譯詩毫無經驗，一定要遺［貽］笑大方，如宋奇一定要把此文選入，我想還是由你代譯罷。我情願給《文學雜誌》再寫一篇文章。

　　臺灣蓆三幅已收到，蓆織得極精緻，Carol見了極為喜歡，在美國夏天，不論在Texas與否，蓆子是很需要的。你這次為了趕新年的deadline，特由航空寄上，花了不少郵資，其實大可不必，平郵寄也是遲早收到，你的誠意，Carol和我都非常感謝，可是以後可節省的地方還是節省的好。賀年片非常高雅，至今我還是供在寫字臺上，日本和香港的賀年片，都較美國賀年片「上等」得多。*New Yorker*和*PR*都已代訂，*PR* Winter Issue已收到，不日即可寄出（預備同一本Trilling：*A Gathering of Fugitives*一起寄上，Trilling此書所存的都是些介紹新書的小文，但仍可一看）。*KR*年關時經濟扱［拮］据，還沒有代訂，不日代訂一份*Swanee Review*（*SR*學術性文章似較*KR*為多）如何？《紐約客》已由雜誌直接寄，不知你已看到否？這學期我把「美國文學」讓給另一人，教一門「廿世紀文學」，自己溫溫舊書，可以多得益些。那位教「美國文學」的老黑

人，出了幾本關於Negro Folklore的書，是全校唯一有研究成績的
人。他最近印了一本什麼書，共三四百本，他寄了一本給Ike，一
本給英后，上星期他沾沾自喜地show我一封華盛頓英國大使館代
皇后道謝的信，這種笑料實在很有趣，是普通寫小說的人想像不到
的。其他校長、校務主任在托名「民主」下，笨拙專制的情形，也
很可令人發笑。在一片同情黑人聲中，寫一本諷刺黑人的小說是應
該的。其實在我看到留美華人讀書戀愛的種種，何嘗也不是一部好
小說？我寫小說的雄心不強，可是我覺得寫小說不難，祇要凡事凡
物，抓到一個扼要的新鮮的觀點，抱着「疾虛妄」的精神，不論諷
刺或「內心」的小說，都值得嘗試。

　　電影我也不常看，非must see的電影不看。晚近看的有*Friendly
Persuasion*②、*Baby Doll*③、*La Strada*④、*Lust for Life*⑤四片。*Friendly
Persuasion*是極動人的影片，笑料也很多，不知何故*Time* critic不喜
歡它。*Lust for Life*中Kirk Douglas⑥精［演］技很精粹，想是今年度

② *Friendly Persuasion*（《四海一家》，1956），美國內戰電影，據杰絲敏・韋斯特
　（Jessamyn West）1945年同名小說改編，威廉・惠勒導演，賈利・古柏、多蘿
　西・麥姬爾主演，聯合藝術（Allied Artists Pictures Corporation）出品並發行，
　國外由米高梅代理發行。
③ *Baby Doll*（《嬌娃春情》，1956），黑色喜劇片，據田納西・威廉斯（Tennessee
　Williams）劇本 *27 Wagons Full of Cotton* 改編，伊利亞・卡贊導演，卡爾・馬爾
　登、卡露・碧嘉（Carroll Baker）、依拉・華萊治（Eli Wallach）主演，華納影
　業發行。
④ *La Strada*（《大路》，1954），義大利劇情片，費里尼（Federico Fellini）導演，
　安東尼・昆（Anthony Quinn）、茱麗塔・馬仙娜（Giulietta Masina）主演，
　Trans Lux Inc. 發行。
⑤ *Lust for Life*（《梵谷傳》，1956），傳記電影，據歐文・斯東（Irving Stone）1934
　年同名傳記小說改編，文森・明尼利（Vincente Minnelli）導演，寇克・道格拉
　斯、安東尼・昆、詹姆斯・唐納德（James Donald）主演，米高梅發行。
⑥ Kirk Douglas（寇克・道格拉斯，1916-），美國演員、出品人、導演，1981年獲

Oscar的得獎人。*Baby Doll*故事本身tasteless，Carroll Baker⑦的確值得watch。兩月前看了*Giant*⑧，我對George Stevens一向很崇拜，可是*Giant*我認為是flop，全片前後不調和。後部強調「種族偏見」主題，在我看來頗為勉強，James Dean演技過火得disgusting；可是美國影評一直認*Giant*為十大巨片冠軍or亞軍，頗令人費解。*Guys & Dolls*在暑期中看過，很滿意，對Brando唱歌幾段時的表情工〔功〕架，尤為擊節歡賞。（esp.他擲豆子那一段）Brigitte Bardot在*Helen of Troy*中任配角，你離美前曾留給我幾本*Esquire*，其中一冊有全幅Bardot大照片，當時我看了，覺得她美麗奪人，可惜雜誌已丟了，否則可把照片剪下來寄給你。

　　MGM 1955年營業惡劣，Dore Schary下臺，恐怕也是那年被攻擊開始。去年MGM接洽好了幾個獨立製片人，*Guys & Dolls*和*High Society*（Sol Siegel⑨）營業極佳，不過本廠出品，營業都是平平。公司臺柱現除Glenn Ford⑩、Ava Gardner、Stewart Granger⑪三人，Rbt. Taylor、Lana Turner想都已被解約了。派拉蒙去年三大導

頒總統自由勳章，2002年獲得國家榮譽獎章，代表影片有《梵谷傳》等，另執導電影多部。

⑦ Carroll Baker（卡露・碧嘉，1931- ），美國電影、電視、舞臺劇演員，代表影片有《嬌娃春情》、《巨人》（*Giant*, 1956）。

⑧ *Giant*（《巨人》，1956），劇情片，喬治・史蒂文斯導演，據埃德娜・費伯（Edna Ferber）同名小說改編，伊麗莎白・泰勒、洛・赫遜、詹姆斯・狄恩、卡露・碧嘉主演，華納影業發行。

⑨ Sol Siegel（Sol C. Siegel西格爾，1903-1982），美國記者、電影出品人，曾在共和影業工作。

⑩ Glenn Ford（葛蘭・福特，1916-2006），出生於加拿大，美國演員，代表影片有《富貴滿華堂》（*Pocketful of Miracles*, 1961）。

⑪ Stewart Granger（史都華・格蘭傑，1913-1993），英國電影演員，長於出演英雄及浪漫劇，代表影片有《茅舍春色》（The Little Hut, 1957）。

演連袂脫離，George Stevens 獨立製片，Billy Wilder 和 Wm Wyler 幫 Allied Artists（即前 Monogram）服務，（Billy Wilder's next: *Love in the afternoon* ⑫，Gary Cooper，Audrey Hepburn，M. Chevalier 是劉別謙式的喜劇）藝術水準大受影響，*W & P*，《十誡》後恐怕沒有什麼特殊巨片了。Wallis 有一張 Lancaster、Kirk Douglas 合作的硬性西部巨片，倒是值得拭目而待的。WB 公司自己專拍 Natalie Wood ⑬、Tab Hunter ⑭ 合演劣片，靠代經發行的巨片賺錢。大王獨立製片後，明年初的福斯影片也很少特出的。最近 TV 每天有三大巨片放映（MGM、RXO、Fox、WB 都已把 backlog 出租 or 賣掉），有空 watch TV，實在用不到再上電影院。

你精神不振，我也無法勸告，如能有對象，追求一下也是辦法，否則除努力編雜誌外，還是在創作方面努力為是。第五期《文學雜誌》篇幅較厚實，內容也很好，有許多長期連載的，下幾期編起來不大吃力。我月前教過 *Henry IV*，梁實秋的譯本很想看一下。莎翁劇本中一語雙關的「粗話」極多，希望梁能把它們譯出。如 Act III，Scene III 末了幾段話：

Prince: I have procured thee, Jack, a charge of foot.

Falstaff: I would it had been of horse (whores). Where shall I find one that can steal (urinate; by extension 性交?) well ? O! for a fine thief (a young sheep, therefore a gore), of the age of two-and-twenty, or thereabouts ; I am heinously unprovided.

---

⑫ *Love in the Afternoon*（《巴黎春戀》，1957），浪漫喜劇，據瑞士作家克勞德・阿內（Claude Anet）小說 *Ariane, jeune fille russe* 改編，比利・懷德導演，賈利・古柏、奧黛麗・赫本、莫里斯・希佛萊主演，聯合藝術出品。

⑬ Natalie Wood（娜妲麗・華，1938-1981），美國電影、電視演員，代表影片《玫瑰舞后》（*Gypsy*, 1962）。

⑭ Tab Hunter（塔・亨德，1931-），美國演員、歌手，參演近四十部電影。

這是我從Yale教授Kökeritz所著*Shakespeare's Pronunciation*中看到的。

張心滄的*Allegory & Courtesy in Spencer*文字極為謹嚴，乾淨老練，確為我所不能及。

《鏡花緣》三章的翻譯也很花了苦心。兩chapters述中西文學（從allegory出發）的異同和中西文化（從courtesy出發）的異同，雖是經過苦思而寫成的，但有些見解仍是前人所說過的（如錢鍾書的「為什麼中國沒有悲劇」⑮，《天下》雜誌），或太為籠統，不夠精到。他對Spencer的Book VI，F. Q.的確花了不少工夫，那篇論courtesy的長文，讀後很令人佩服。我有機會再讀的時候，當把此書介紹一下。

父母親近況很好，去年我改用旅行支票後，匯款不脫期，父母的情緒大為relaxed，不再為衣食愁了。今天晚上一定可以過一個好好的大除夕。記得去年此時，你有吳某人介紹女朋友給你，不知這個新年會和她重見面否？祝

新年快樂

弟 志清 上
一月二十八日

Carol、Joyce近況皆好，Joyce身重已十五磅出頭，相貌同樹仁同一類型，聰明或有過之。

---

⑮ 指錢鍾書的論文"Tragedy in Old Chinese Drama"（〈中國古代戲曲中的悲劇〉），載*T'ien Hsia Monthly*（《天下月刊》）1935年第1期。

331. 夏濟安致夏志清（1957年3月8日）

志清弟：

又是好久沒有給你信，很是抱歉。上次那封長信裡說〈張愛玲論〉三四天後到，我想等三四天再寫回信吧。〈張論〉迄今未到，回信也一直耽擱到今天。我這封信不是來催你稿子的，只是〈張論〉鼓吹了好久，連張愛玲自己都寫信來說，希望讀到你的批評。我起初以為你英文稿子是現成的，寄來我替你翻譯一下，就可以應用。現在看樣子你是自己動手在寫中文的了，你又這樣的忙碌，我不敢催促。讓我再給你一個月的寬限，第七期（定三月廿日出版）的稿子大致已經編好，第八期（定四月廿日出版）希望發表三篇討論小說的文章，一篇是你的，一篇是宋奇的論 Evelyn Waugh 並選譯 *Brideshead Revisited*，還有臺大一個學生①翻譯 *Flowering Judas* 及 comments。這樣第八期可能很精彩。希望〈張論〉能夠於四月初寄出。

第六期的雜誌想已收到。周棄子②〈說詩贅語〉文字很老辣，可惜發揮得還不夠透徹，我讀後很多話要說，可惜我也沒法說得透徹，只是想把洋人頂淺近的智識介紹給中國人。題目是〈詩與批評〉，這幾天話老是在腦中盤旋，可能很快就要寫下來。我自己不寫詩，對詩又沒有什麼研究，寫也寫不好。不過這種常識淺近話也

---

① 《文學雜誌》第八期（第二卷第二期）出版於1957年4月20日，刊有鄭騫、居浩然、余光中、高幹、林以亮（宋奇）等人作品，又梁實秋譯《亨利四世》（上篇之二）也刊於此，文中提到的學生翻譯，係作者名為文孫的〈一篇現代小說中象徵技巧的分析——試論 K. A. Porter's "Flowering Judas"〉。
② 周棄子（1912-1984），名學藩，以字行，別署藥廬，亦署未埋庵，湖北大冶人，有散文及詩集行世，代表作有《未埋庵短書》。

該介紹到中國來。我已經出了題目叫宋奇寫一篇〈新詩的Apology〉。（我那篇東西也許要改題目：〈白話文與新詩〉。）

　　來信所講生活情形，我讀了很多感觸。Carol是個賢妻良母，在美國女子中算是頂好的了；只是她和中國的新派女子一樣，生在女權發達的社會，要想同我們母親那樣「克己」是辦不到的。中國的大家庭有一點好處：長輩的榜樣，小輩從小就在觀摩。女孩子很早就知道該怎麼做媳婦，怎麼做婆婆。大家庭裡的小孩子都是apprentices，實習如何做家庭裡的「人」；practical ethics在中國發展得算是頂徹底的了。中國的新式女子則很可怕；她和美國女子一樣的對於人生有種種claims，但是中國女子似乎更ambitious得多。美國社會穩定，士農工商大多能安居樂業，女子不一定希望丈夫怎麼出人頭地。可是中國（現在臺灣仍舊如此）似乎只有做官是出路，中國舊式女子「盼夫做官，望子成龍」的野心本來就不小，現在女權高張，她們變得更clamorous了。要娶個好太太是不容易的。根據基督教的看法，人生本來就沒法完美；做人就是不斷的adjustment，在不完美之中勉強得到一點快樂；或者大家糊裏糊塗過日子，得過且過，少研究問題，少比較，不責備別人，也不責備自己。

　　你信裡講起 The Man in the Gray Flannel Suit，我還可以補充兩個例子。一個是福斯的 Hilda Crane③，那個女人（Jean Simmons）嫁了一個好丈夫，可是她還怪丈夫只顧事業，不顧家庭。另一個是 Tea & Sympathy④：D. Kerr兩次向她丈夫申訴得不到丈夫的愛，弄得

③ Hilda Crane（全名 The Many Loves of Hilda Crane，《蘭閨怨》，1956），劇情片，據參孫·拉斐爾遜（Samson Raphaelson）劇本改編，菲利普·鄧恩（Philip Dunne）導演，珍·西蒙斯、蓋伊·麥迪遜（Guy Madison）主演，福斯發行。

④ Tea & Sympathy（《巫山春色》，1956），據羅伯特·安德森（Robert Anderson）1951年同名小說改編，文森·明尼利導演，黛博拉·蔻兒、約翰·蔻兒主演，

全片格調卑俗。丈夫怎麼樣才算愛妻子呢？這得看妻子的要求有多大了。假如妻子要monopolize丈夫的time、attention、society，這個丈夫也太難做人了。I. Babbitt⑤的教訓似乎還有點用處。

我在臺北的朋友的太太，還是舊式的多。劉守宜的太太沒有什麼社會地位，丈夫的應酬，她難得參加；丈夫通宵打牌，她還要起來弄點心。侯健新婚不久，他娶了個初中畢業生（山東同鄉）——teenager，侯健完全獨裁，聽說有時還打太太—— how shocking！吳鴻藻的太太，比較新式，也在USIS做事，但是沒有什麼ambition，侍候丈夫也算周到的。因為吳太太比較新式，應酬也是夫妻一同出馬的時候多。本來中國人的宴會大多是stag party，只有喜慶等事，才是全家出動。現在臺灣的party，也沾染洋風，夫妻一同出席的多，反而弄得大家客氣，減少很多conviviality，飯也吃得不痛快。

中國的社會正在變動中，我只好說是個observer，要適應新社會很難。你願意寫文章，不妨有興寫幾篇essay，就討論中美社會習俗，反正你肚子寬，可以傍［旁］徵博引，一定可以說得很有趣，見解之透闢，那是沒有問題的。臺灣人對於美國的嚮往，比之伊莉莎白時代的英國人嚮往義大利，有過之無不及。這種essays，我相信寫起來並不吃力，可是在臺灣是大受歡迎的。論近代小說，你一定大有話說，問題是你將如何處理那些leftists。臺灣多忌諱，那種人的名字恐怕都不大好mention。

米高梅發行。

⑤ Irving Babbitt（歐文‧白璧德，1865-1933），美國著名的文學評論家和新人文主義的領軍人物，主張文學應恢復以「適度性」為核心的人文主義傳統，相信倫理道德是人類行為的基礎。白璧德畢業於哈佛大學，長期在哈佛大學任教，曾培養過吳宓、陳寅恪等中國弟子。代表著有《文學與美國大學》、《新拉奧孔》、《盧梭與浪漫主義》等。

　　附上剪報一則，內定的「留美專家」中有你。推薦人是梁實秋、崔書琴等，希望你考慮。這是一次好機會。可能把Carol、Joyce都一起帶回來玩一兩個月，辦法當然還沒有決定，他們希望我先同你私人接洽，然後再來official invitation。回來的好處是免費旅行，住頭等旅館（臺灣的Grand Hotel，在圓山，動物園的大橋過去，那是夠得上國際水準的，只差沒有air-conditioning。好幾塊美金一天，宋奇來臺北就住在那邊），免費吃飯。壞處是那種免費觀光沒有privacy，來一個月恐怕要忙一個月，天天有人請吃飯，排定了節目參觀——軍事基地、工廠、農場等等，並且要準備好幾個lectures，不知你願意不願意這樣strennous的過一兩個月，時間大約是在暑假中。我對主辦人所表示的態度是：假如可以把太太小孩一起帶來，一起招待，我可代為邀請。還有一件重要的事情：暑假後在美國的job，頂好先弄妥了，否則到了臺灣再在美國接洽事情，恐怕並不方便。我當然很希望同你們再見，但是我希望還是讓我到美國去看你們。最如意的打算：你們先來，然後我們同機飛返美國。你在黑人大學既然有辦法，不知道可以不可以替我弄一個teaching job？你自己再跳到better schools去？宋奇的老師

Shaddick，以前在燕京的，現在Cornell，聽說曾經邀請過宋奇。宋奇不能去，我下次去信當同他談談這件事情，讓他薦賢自代。

其實我也不忙着去美國。我不大為未來打算，不過去美國還是我所剩下的少數desires之一。我在臺灣的名氣當然因編雜誌而更大了，我卻並不因此感到快樂、驕傲或感激。我對自己不滿意，因此也更看不起臺灣。在美國我可能人變得積極起來。我現在心理上也沒有準備重去美國。據算命說，我今年可能搬家，但不致大出門。明年將大動，其跋涉之遠，與環境之變更，將和1946年從昆明到北平一樣。那時候我將要對臺灣說good-bye。這種預言當然是姑妄聽之，但是今年走動的可能性的確不大。

"Language of Paradox" 我來翻譯也好。Paradox袁可嘉曾譯作「矛盾」，他以前介紹「新批評」的文章，我最近在舊雜誌上翻到幾篇。不過我最近怕動筆，不知那〔哪〕一天可以譯得好也。發起狠來是很快的，但是心上只是重重depression，做什麼事情都沒有勁。

前面這幾段是陸續寫好的，寫好了又沒有寄。今天精神比較好，可以少說些喪氣的話。你信裡還不斷提起我婚姻問題。這件事我是採取聽天由命的態度，因為這件事採取了這種態度，連帶很多別的事，都採取這種態度了。人變得消極者在此。現在我不想追求任何人；即使看中了什麼人，也不致再有勇氣去追。這跟年齡有關係；再則，怕坍臺。我在臺北，也算小有社會地位，不能像程靖宇那樣不要臉的以浪漫文人自居。做了雜誌編者，我的名氣更大。我大約還夠不上是一頭lion，但是即使是lion，也是一頭reluctant lion。我現在積欠人家的信很多，雜誌是窮雜誌，我用不起秘書，但是那許多讀者作者來的信，叫我一一答覆，我是吃不消的。因此有許多信沒有回覆（不寫回信已養成習慣了）。我若以出名為樂，現在大可發揮精神（近來身體不壞，人大約已成小胖子），多寫信，多交際，多多指導青年。但是我以出名為苦，編雜誌也叫不得

已而為之。赴宴吃飯我也認為是件苦事。現在不大喝酒，怕有害健康，事實上，我喝了酒精神必好。今天所以精神好，也是昨晚喝了酒的緣故。精神壞的時候，想打牌，但是牌愈打神思愈恍惚（打的時候是聚精會神，頭腦清楚）。人類最大的敵人恐怕是ennui，為了驅逐這個魔鬼，人發明了煙、茶、酒、鴉片，以及各種games。我的牌癮其實不深，我可以說從來沒有發起一次牌局，邀人來參加。我只是被動的讓人來拉。這也得怪環境的不良。在臺灣的環境下，人大多窮極無聊，大部份人的消沉比我有過之無不及。我至少還有點ambition，還想實現點什麼理想，至今我沒有服輸，脊骨隨時可以挺得起來。但是大多數的人是在混日子。反攻大陸遙遙無日，做人好像都覺得沒有什麼意思。這種vitiating influence普通人是不覺得的；假如誰肯用心去想一想，再同美國的生活（或者以前在大陸的生活）比一比，就會發現臺灣實在是個lotus eaters所住的島。孔子曰：唯上智與下愚不移；普通人來到這島上，就泄了氣了。

臺灣的好處是：人情還算厚，同鄉同學同事之間多照應，勝過冷酷的香港與美國；還有一點好處是：讀書人莫明〔名〕其妙的受到尊敬。因為受到尊敬，而且少真材〔才〕實學之士互相compete，一般讀書人只要掛起讀書人的招牌，不要做太壞的事情，鬧太大的笑話，混口飯吃吃招搖撞騙是很容易的。說來，當然也是臺灣文化水準低。像我這樣，即使兩三年不讀書，人家也不容易趕得上。我還算是個肯要好的人，有時還躲在房間裡自怨自艾，普通人還不沾沾自喜，指着自己的名字吃飯嗎？這樣一個環境下，不結婚我看還是好的。結了婚，志氣恐怕更消沉。我只要換一個環境，可以立刻戒賭，但是假如女人喜歡了馬〔麻〕將，情形就不同了。假如我結了婚，有幢小房子，經濟還能對付，臺灣的小菜又便宜，禮拜天來了幾個人就湊上一桌或兩桌馬〔麻〕將，假如太太亦好此道（這是很可能的），這個家庭可能很有點小快樂，但是丈夫的事業休矣。

這裡的girls不打牌的，可能喜歡跳舞，這也是我所反對的。在臺灣談得投機的人很少，馬［麻］將成了唯一交際工具，人不能離群獨處，這就是我的苦悶所在。我已經好久沒有touch到照相機，人怕動，亦怕旅行。騎腳踏車很少超過十五分鐘的，十五分鐘以上的交通，就坐三輪車了。我假如在臺灣，這種生活的mode，可能好多年不變。

Joyce的相片看見了，很聰明而美麗。Carol那裡以後再寫吧。父母親那裡，我因為沒有女朋友，又不寄錢回去，自己覺得很不孝，沒有話說。祝

好

濟安

民國四十六年三月八日

［又及］*New Yorker*已經收到了。最近紐約似乎一張MGM的片子都沒有。

332. 夏志清致夏濟安（1957年4月11日）

濟安哥：

　　三月八日的來信收到後，我想等把〈張愛玲論〉寄出後再寫回信。想不到今天已是四月十一日，文稿還沒有寄出，想你編排四月份的《文學》一定在等着我的文章，祇好先寫信再寄文章。我自己感到慚愧，你的失望自不必說。〈張愛玲〉英文稿，上次寄出信後，重打了一遍，凡三十餘頁，接着我想把《秧歌》好好評判一下，預期一二日工夫即可寫完。不料三月中Carol母親來訪，事前Carol「灑掃庭柱〔除〕」，她忙我也伴着小孩忙。Carol去New Orleans接她母親（she was vacationing），我在家守了兩天；Carol母親在Austin雖僅住了五天，我犧牲時間卻有兩個星期。兩個月來，Joyce種了牛痘，打了預防polio的針，晚上很wakeful，打字即易驚動她，好幾個晚上祇好把打字的計劃放棄。這種種，都不足以excuse我不繳文稿，只說明我不易定下心來放出二三天工夫寫文章的困難。〈張愛玲〉一定可趕上五月份《文學》，可是幾個月來使你和你的朋友們失望，我實在心中不好意思。

　　上次信上你提起有人推薦我來臺灣玩一兩個月，這事我也該給你個答覆了。我算不上什麼「留美專家」，假如目前我在有名大學有個很好的位置，也還可以冒充算數，可是我目前既在小大學守着，我想你也知道我對這個invitation是不會答應的。同船或同飛機同幾十個中國專家交際，我就感到吃不消，回臺後演講參觀必是更大的苦痛。Carol對中國food的癮比我大得多（不時想起她在紐約、華盛頓吃過的中國菜，請客式的banquet更使她神往），將來自己有錢我很想到臺北或香港住一個夏天，可是這種享受現在還談不上。我想同你重聚，但是正如你所說，還是你到美國來看我的好。

黑人大學對我看重的緣故是我Ph.D.的degree；那些小大學faculty
程度太差，大多祇有一個MA，而酬報太薄，有了Ph.D.的黑人就
想鑽到較好的大學去，留不住人。你沒有advanced degrees，所以
在黑人大學我也無法幫忙。Huston Tillotson目前有教育博士一名
（黑人），另外Ph.D.三位，都是去年新招來的，其中一位是U. of
Texas德文系主任的太太，Wisconsin Ph.D.，比較見過世面，我在學
校時常談話的也就是她一人。黑人學校，規矩很嚴，一星期有兩個
chapel，教員上課時不准抽煙，我chapel經常不去，上課時照常抽
煙，不讓我的integrity受到教會學校的侵犯。

　　你見到梁實秋、崔書琴時，請代謝他們推薦我來臺的好意。崔
書琴上星期寄了我一些他翻印的中共文獻，也請一併道謝。我這學
期教了門「廿世紀文學」，本來預備選讀Shaw、Joyce、Hemingway、
Faulkner、Yeats、Eliot六人，可是學生程度低劣，教了兩個多月，
祇cover了Shaw，*Dubliner*、*Portrait of the Artist*至今還沒有讀完。
「英國文學史」課上，自己重溫了十八世紀，前天讀Smart，*A Song
to David*，覺得Smart同Hopkins有很多相似處。你又教書又編雜
誌，一定很忙。三月份雜誌上拜讀了〈白話文與新詩〉很為滿意，
對上半節討論白話文的種種，更為佩服。有幾點都是你以前口頭或
在信上講過的（如林語堂的「依」字），現在入了文，更可看到你
對中國近幾十年來文字演變觀察的精確，和對白話文辯護的合理。
我對中國poetics毫無研究，讀詩也是偶一為之，從沒有老先生指
導。我覺得中國最好的詩還是《詩經》，因為那些詩篇，雖然
metrics極simple，句法也不脫一般歌謠的重複性，達到的境界卻極
高，自成一個世界，襯托出一個極高的文化。最重要的原因恐怕是
《詩經》中表現的喜怒哀樂，少受到個別詩人的manipulation，看不
到後來詩人自怨自艾，對「自然」「閨怨」「懷古」「貧窮」「不得
志」種種themes的stock responses。屈原impress me very much，雖

然我祇粗要地讀了他一下，他的好處大約是他運用mythology，使個人情感達到一種inpersonal的境界。陶潛寫過幾首極好的詩，但把他的詩全部讀了，就不免覺得他興趣的狹小，少數themes的多repetition，「詩人人格」的不夠引人入勝。以後的詩人不［大］概都犯這個毛病，文字技巧的卓越和想像的豐富都受縛於一個conventionalized personality。李白和杜甫相比，我喜歡李白，因為李白的為人的確充滿了Taoist的喜悅，能夠超出個人的煩惱來dramatize他所想像的人情景物。杜甫，相反的，不能夠transcend他自己的喜怒好惡。他的幾首有名的「離別」詩，內容也僅是humanitarianism，境界並不比Wordsworth早年的詩高。他的同情心、愛國熱誠，和所描寫亂離之苦，容易被近代中國人欣賞，所以他的名譽日高一日，儼然是中國第一大詩人了。我這裡不討論他文字上所表現的工［功］力，祇是說他的詩as a whole並不能引起我極大的興趣。盛唐以後，「鬼才」李賀我認為是了不起的天才，他氣魄的偉大有勝於李杜，意象的奇離有勝於李溫。李商隱的詩太ambiguous，調門也較低，實在比不上李賀的那樣句句驚人。

　　以上所寫的，不能算批評，只是算在Michigan那一年胡亂讀了詩後應付外國學生的心得。初期提倡新詩的人攻擊舊詩stylized phraseology，其實舊詩所stylize的不僅是字彙，而是emotions and讀者心目中所有的一個定型詩人的品格。寫新詩的人不僅要打破舊phraseology和feelings的mold，並且應給讀者一個新鮮的詩人的image（「浪漫派」「革命派」「象徵派」所給人的詩人的image仍是個舊的stock figure）。中國舊詩超不出stylized emotions，實在是中國文字宜於抒情，而不宜於drama，使幾千年來詩人們祇向抒情方面發展的結果。我想元明的好的劇曲本質上還是的lyrical，京劇和一切地方戲的詞句不是lyrical即是narrative（如《四郎探母》的第一段獨白和《奇冤報》的反二簧大段），真到情節緊張的關口，反

而大部靠道白、動作來表達了。新詩容易模仿活人說話口氣語調，按理想雖不能達到Donne式的緊湊的詞句按［安］排，至少也可以學到Eliot在《雞尾酒會》中道白的competence。舊詩詞句的鏗鏘，大半靠文法上elliptical的結構，每個字都着着實實，富於重要性。新詩添了「的了呢嗎」，無疑沖淡了文字的intensity。假如把「的了呢嗎」取消，靠一些美麗的images撐場面，結果即是不中不西的假象徵派詩。所以我和你意見相同：新詩的主要任務是爭取文字的美。白話描寫風景，總脫不了文言的老調，把許多現成的phrases堆積起來。所以我覺得白話詩要寫得漂亮，最好暫時放棄舊詩所占領的領土，而另闢新徑，不同它競爭。我對Pope是極佩服的，覺得用白話文可以寫出很漂亮的heroic couplets。我們可以寫說理詩、諷刺詩，和朋友間交換政治意見、讀書心得的epistle體詩。我想這種詩，着重社會風俗、人情道德，可以寫得好。而且着重理知［智］，不受到「愛情」「風景」老調的束縛，儘可讓詩人在字句上用工夫，把白話磨練成極漂亮的文字。最主要的當然還是寫詩人的intelligence，詩人不聰明，什麼也寫不好。而我說的聰明不是利用private聯想，或東抓西湊幾個striking images卞之琳式的小聰明，而是洞察世情，腦筋靈活，在事物間看得出新的關係的聰明。舊詩的缺點，恐怕也是這種聰明的evidence太不夠了。

　　瞎寫了這許多，恐怕你會怪我為什麼不把我的意見整理一下，為《文學雜誌》寫幾篇文章？文章是想寫的，但是我目前也不想給你空頭支票，使你空歡喜。你suggest我寫幾篇美國報導的文章，我想我寫這種文章起來，一定可以抓住美國生活tragic或pathetic的要處，不像林語堂、喬志高①那樣的抓住些美國文化表面上可愛的

---

① 喬志高（1912-2008），原名高克毅，喬志高是其筆名，作家、翻譯家，生於美國密西根州，三歲時到中國，燕京大學畢業，在美國密蘇里大學、哥倫比亞大

東西來胡［糊］人。我目前的計劃是把〈張愛玲論〉打完後，我的
《中國近代小說史》也算告一段落，修改一下，即可把稿子託人打
幾份，送Yale U. Press（可是打字費相當可觀），也算了一樁心事。
此外我不時收到teachers agency介紹jobs的notices，看到有較好的
學校，就寫幾封application letters去，不像去年急［飢］不擇食的到
處亂寫。可能有好的offer，即離開Austin，否則「換湯不換藥」，
搬場麻煩，還是休息一年，明年再動的好。Austin目前氣候極可
愛，夏天則非裝冷氣設備不可，否則不能工作。

　　你編了七期《文學雜誌》，成績很好，是可以自引為驕傲的。
你不想找女友，我也無法勸勉你在這方面努力。可是如有女孩子慕
名找到你身上來，不要先存戒心，還是給她一個機會的好。馬
［麻］將沒有壞處，只是它把你應該花在女孩子身上的時間，都侵
占了。可是你暫時不找女友，那也是relax最好的方法。我昨天讀
Life of Johnson，Johnson中年以後，每天下午四時離家，深晚二時
返家，他的寂寞也實在可怕。我生活非常tranquil，平時不用一個
錢，除抽煙外一無嗜好，每天三餐吃極簡單的飯，一無社交生活，
這種生活你一定過不慣。因為朋友沒有，每星期三的 *N. Y. Sunday
Times*，星期四的 *Time*，星期五的 *Life*，都變成代替conversation的
朋友（*Time*瞎捧Ike，它的政治新聞，我已不大愛看）。Carol一無
社交生活，也是虧得她的，因為我一星期教書三天，終算有個
diversion。目前TV，各公司舊片拋出，每星期巨片如林，如家有
TV set，必定要浪費我不少時間，所以TV set也不準備買。最近看

學獲得碩士學位。曾任三藩市《華美週報》主筆、美國之音中文廣播主編、香
港中文大學翻譯研究中心研究員。1973年與宋淇共同創辦英文刊物《譯叢》
（*Renditions*），向世界介紹中文文學，並任編輯。中英文著作有《紐約客談》、
《一言難盡》、《灣區華夏》等，譯作有《大亨小傳》、《天使，望故鄉》等。

了三張電影 *Ten Commandments*、*Richard III*、*Rainmaker*②，《十誡》
上半部敍述摩西少年時期，完全好萊塢式虛構，入情入理，我認為
較下半部更為 entertaining。下半部摩西同法老鬥法，如用趙如泉③
or《封神榜》、《彭公案》的 approach，可更令人滿意，而 DeMille
改用 solemn approach，硬把野蠻的耶和華改成新式上帝，同舊約的
spirit 不調和。但場面偉大，神怪鏡頭很多，是很值得一看的。該片
叫座力極強！每［最］近九星期來，according to *Variety*，每星期都
是 Box Office 首席巨片，一兩年內即可打破「*GWTW*」賣座紀錄。
Richard III 因為莎翁劇本惡劣，Olivier 反而有「做戲」的機會。我
想京劇演技的 tradition 如此有登峰造極的發展，也是劇本惡劣硬逼
出來的結果。劇本惡劣，actors 得自己 interpret，用聲調，用手勢
squeeze out the last drop of dramatic essence。近代話劇，編劇人想得
周到，actors 不需 invention，演技方面也自然沒有師生相授的 tradition
了。*Rainmaker* 同許多話劇改編的電影一樣，minor characters 都很
lifelike，看來很熱鬧，而 hero & heroine 則要硬 fit playwright 的
philosophy，反而不大自然。美國卅年時代，馬列主義還很盛行，
所以舞臺劇很多表演 class struggle 和窮人的苦生活的。最近十年
來，馬列主義已不流行，playwright 的唯一教條好像是 "Don't miss
out on life"。*Glass Menagerie*④、*Streetcar*、*Little Sheba*⑤、*Bus Stop*、

---

② *Rainmaker*（《天從人願》，1956），根據理查·納什（Richard Nash）同名小說
　改編，約瑟夫·安東尼（Joseph Anthony）導演，畢·蘭卡斯特、奧黛莉·赫本
　主演，派拉蒙影業發行。

③ 趙如泉（1881-1961），老生演員，江蘇鎮江人，工武生。

④ *Glass Menagerie*（《荊釵恨》，1950），劇情片，據1944年田納西·威廉斯同名
　劇作改編，艾榮·納柏（Irving Rapper）導演，珍·惠曼、寇克·道格拉斯主
　演，華納影業發行。

⑤ *Little Sheba*，即 *Come Back, Little Sheba*（《蘭閨春怨》）。

Picnic 中，悲劇性的人物如 V. Leigh 在 *Streetcar*，Shirley Booth ⑥ 在 *Sheba* 都是不敢面對生活，性生活不快活的人，而值得讚美的都是曠男怨女一見面就打得火熱的人物。所謂 life 就是 sexual life，所謂 evil 就是 caution、prudence、fear。這種哲學實在把生活太簡單化了，而事實上也是大部份美國人所奉守的信條。所謂 Positive Thinking，就是這種哲學再加一個上帝而已。

　　附上 Joyce 照片兩張，是同上次寄給你的那張同時攝的。Joyce 長得很像 Geoffrey，而較 Geoffrey 更為聰明。家中情形很好，過年時備了糟雞、糟魚。糟的東西我近十年沒有吃過，讀信後很口饞。玉瑛妹近視深度已達 250，這是我所想不到的，大概是近年來在黯淡燈光下讀書的結果，但是她在照片上還看不出近視的樣子（已配了眼鏡）。最近 pocket size books 研究文學的好書不少，我預備買四五本寄給你。紐約 *Times* 影評專家「老氣人」Bosley Crowther ⑦ 最近出版了一本 *The Lion's Share*，是講 M. G. M. 幾十年來的演變史，雖然定價五元，我想買來一讀，看完後再寄給你。你近況想好，甚念。唯他命丸仍服用否？眼睛仍流水否？自己身體要保重。深夜了，不再寫了。〈張愛玲論〉一星期內當可寄出，即頌
　　近安

弟 志清 頓首

四月十一日

---

⑥ Shirley Booth（雪莉‧布思，1898-1992），美國舞臺、電影及電視女演員，代表作有《蘭閨春怨》。

⑦ Bosley Crowther（1905-1981），美國記者、作家，為《紐約時報》撰寫影評長達 27 年之久。20 世紀五六〇年代，他是外語片的堅定支持者。《最大的份額》（*The Lion's Share*）是其代表作之一。

333. 夏濟安致夏志清（1957年5月1日）

志清弟：

　　長信收到多日，我這麼久沒有寫回信給你，是很抱歉的。那幾天我又寫了一篇文章：〈對於新詩的一點意見〉，是為《自由中國》五四專號徵文而作。《自由中國》是胡適所創辦，我不便對五四運動有任何「微辭」，只好站在「新」的立場說話。我文章開頭抄了你的信約二千字——這是你的名字第一次在臺灣的報刊上出現，後面加了約三千字的「發揮」。你的關於新詩的意見，我完全贊成。我們雖然有提倡「新古典主義」的嫌疑，其實我們的主張比胡適等五四時代的理論家更新，更着重「白話」。我們的意見可能是對梁文星（吳興華）的一個rebuke，但是吳興華（還有宋奇）曾寫過heroic couplets，中國作這種嘗試的除了他們二人以外，恐怕就沒有人了。Pope式的詩對於中國讀者是太陌生了，問題恐怕是在翻譯方面。譯莎士比亞或浪漫派的詩，不論譯文多麼拙劣，原來的熱情和哲理，多少可以帶過來一點。可是Pope的詩是what oft was thought, but ne'er so well expressed，道理並不高深，但是expression就大成問題。譯得不漂亮，讀者要覺得索然無味；譯得漂亮，白話文這個工具恐怕還不大夠。你所介紹的四大本Pope全集，臺大圖書館有，我也曾經借來讀過一部份（去美之前）。心得很少，但是我相信Pope的傳統，遠溯至羅馬，拉丁文裡這類的好詩想必更多，而且更original。最近一期 *Time* 裡介紹Ovid的「愛情」詩，其精彩（更接近人生，更活潑）想必勝過Pope。

　　你關於舊詩的意見，很大膽，但是這種revaluation的工作是不容易做的；我們對於舊詩的技巧可以說一無研究，對於技巧，假如沒有意見，或者說得不中肯，是很難使老先生們心服的。幾千年來

的舊詩，題材儘管貧乏，技巧上卻時有改革。中國詩最後一個大師
恐怕是黃山谷①，他是個conscious artist，存心在技巧上別創一格，
襲用唐人的形式，可是在句法上走唐人未走過的路子。他是深深覺
得唐人傳統加在他身上的壓力（正如杜甫覺得六朝傳統的壓力），
他的努力是值得新詩人注意的（當然他的興趣也不廣）。從清末到
今天，黃山谷的followers人數之多不在杜甫之下。一篇像樣的黃山
谷論（或是杜甫論）是不容易寫的。杜甫本身的成就是另一回事，
杜甫給後人的壞影響卻是沒有疑問的。你恐怕是中國第一個對杜甫
的影響提出懷疑的人，單就這一點，我想你的信有發表的價值。

　　我最近的心情可以說是愉快的。沒有什麼worries，沒有什麼
anxiety，人氣色很好，體重也許已經到了145磅。腦筋裡的幻想也
大多是快樂的。例如我兩次提到「再回去？那絕不可能。」我想用
化名寫首新詩，題目就叫〈再回去……〉，是首parody，諷刺自
己。中國新詩人有這種sense of humor的，恐怕不多。只是人太
懶，許多靈感都讓它產生而又消逝了。懶人的腦筋總比較fertile，
不容易exhausted，Coleridge就是個例子。我相信我現在的腦筋很
靈活，這從我的文章裡可以看出來的。那篇〈對新詩……〉，其實
我還有很多話可以說，但是我每篇文章都是逼到離繳卷期很近才動
筆，寫完了很少有工夫去修改補充。我的作文態度還是中學生「壁
報作家」的態度。真要用心作文，人太苦，似乎花［划］不來。好
在說理或批評，對於我很容易，創作（不論小說或詩）才是苦事。

　　信寫了又停，到了今天，《自由中國》已經出版了，雜誌另函
航空寄上。你將看出來：我除了替你的「經」做「傳」之外，沒有
什麼補充意見。我另外的工作，是避免替我們找麻煩；我們的意見

---

① 黃山谷，即黃庭堅（1045-1105），字魯直，號山谷道人，北宋詩人、書法家，
　洪州分寧（今江西修水）人。

（如懷疑「情感」的地位，勸新詩人走 prosaic 的路子等）在中國可能被認為太偏激，有引起筆戰的危險。我既然沒有徵求你的同意，把信發表了，只好儘量替你把話說婉轉了，儘量遷就現有的意見，少去刺激人。這樣一篇文章我相信可能有健康的影響。

你暫時不能來臺灣，臺灣當局的邀請只好代你去婉謝了。我去美國也沒有什麼機會，其實我最近「心君泰然」，很少夢想「憧憬」。我相信美國我定會再去，時間早晚我不大在乎。最近看了一張電影 The Desperate Hours[2]，編劇把馬治的家設在 Indianapolis 的近郊，倒引起我的一點情感。印第安那州的生活，可以說是美國安靜的家庭生活的代表──居然別人也有此感，我很高興。Par. 另一張巨片 The Man Who Knew Too Much[3]，在臺北賣座好的不得了，連映廿餘天，那支 Will be, Will be 成了家喻戶曉的名歌，連牙牙學語的小孩都會唱。中國人的 box office 反應和美國不全一樣，好萊塢的 producers 應當覺得很奇怪的。最近一年內臺北最賣座的電影，除 The Man 以外，當推 Sophia Loren[4]的 The Woman of the River[5]，

② *The Desperate Hours*（《危急時刻》，1955），據約瑟夫・海斯（Joseph Hayes）同名小說及劇本改編，威廉・惠勒導演，亨佛萊・鮑嘉、弗雷德里克・馬奇主演，派拉蒙影業發行。

③ *The Man Who Knew Too Much*（《擒兇記》，1956），推理驚悚片，希區考克導演，史都華、桃樂絲・黛主演，派拉蒙影業發行。

④ Sophia Loren（蘇菲亞・羅蘭，1934-），義大利女演員，以童星出道，代表影片有《戰地兩女性》（*Two Women*）等。

⑤ *The Woman of the River*（原名 *La Fille du fleuve*《河孃淚》，1954），馬里奧・索爾達蒂（Mario Soldati）導演，蘇菲亞・羅蘭、傑拉德・歐利（Gérard Oury）主演，Basilio Franchina for Excelsa Films（Rome）／Les Films de Centaur（Paris）出品。

——一部英語對白的義大利五彩片，Ponti⑥、Laurentis⑦監製，也演了廿幾天。再說 *The Man Who Knew Too Much* 吧，那個 J. Stewart 所演的醫生也是家住 Indianapolis 的，派拉蒙公司對於印第安似乎特別有好感。

最近所看的滿意的電影不少。*Tea House of the August Moon*⑧很好，Kyo 之美尤其令我嚮往。她比在日本片裡更美，她平常是有「二下巴」的，但是這張片子裡一點也看不出來。我又有一點幻想：我希望臺灣大學外文系能把那部戲排演一次，由我來演 Sakini 那玩世不恭的角色（就是 Marlon Brando），我想這該是平生的一椿快事。這又是我的愉快的心境下所產生的一點幻想。最近有好幾張關於 Rock'n'Roll 的電影，可惜我一張也沒去看。

過現在這樣愉快的獨身生活，反而把「找女朋友」看成自尋煩惱的事。照現在的情形，我一時恐怕很難去找女朋友，儘管算命先生有別種預測。假如我有「閑」，有「錢」，再加「苦悶」，精神必然會轉到女朋友那條路上去；但是我現在相當忙，錢剛剛夠用（假如把那部 essays 繳了卷，當然立刻大為寬裕，但是反正宋奇還沒有繳卷，人家都還沒有繳，我又鬆懈下來了），人又並不苦悶，因此只好暫時過 self-contented 的生活了。

---

⑥ Ponti（Carlo Ponti 卡洛・龐蒂，1912-2007），知名法國、義大利電影出品人，畢業於米蘭大學（université de Milan），蘇菲亞・羅蘭之夫。

⑦ Laurentis（Dino De Laurentiis 勞倫蒂斯，1919-2010），義大利電影出品人，參與了近500部電影的製作，曾與卡洛・龐蒂成立電影製作公司，2001年獲頒美國電影藝術與科學學院歐文・G・塔爾貝格紀念獎（Irving G. Thalberg Memorial Award）。

⑧ *Tea House of the August Moon*（《秋月茶室》，1956），據1951年斯萊德（Vern J. Sneider）同名小說改編之戲劇改編，丹尼爾・曼導演，馬龍・白蘭度、格倫・福特、京町子主演，米高梅發行。

你那篇〈張愛玲論〉，宣傳已久（口頭），很多人在引領以待。別的文章也歡迎，例如「抒情的」與「戲劇的」，我在〈對於新詩……〉一文中也想加以發揮的，但是一寫就得寫幾千字，而且自覺學問不夠，還是暫時不去動它吧。這種分別在西洋文學裡是很淺近的常識，在中國卻是極新的意見了。你假如肯寫這樣一篇淺文章，我們很表歡迎。再如「詩」與「散文」的區別，我那篇文章裡也沒有發揮；題目又是淺近的，寫起來卻又需要很多的學問。假如你對於我那篇〈對於新詩……〉還覺得滿意，希望就這兩點再作文加以發揮，以補我不足，如何？

做了雜誌的編輯，積欠的信債很多，我沒有拿破崙或狄更斯（這是從你寄來的Trilling那書裡看來的，謝謝！）那樣的精神，很多信都沒有覆，真是自覺慚愧。程靖宇和宋奇那裡都好久沒有去信了。馬逢華來了一封信，我定一兩天內回覆他，此外還預備送他一套雜誌，難得他如此捧場鼓勵。他在《自由中國》上寫過一篇紀念沈從文的文章，很好。

Joyce想必越長越漂亮了。Carol想吃中國菜，這點欲望，恐怕暫時不能滿足。說起中國菜，我於月前曾請過你的學生Jason B. Alter⑨吃過一次飯，不妨描寫一下，以引起你們的「口水」。我請的是Mr. & Mrs. Alter、Dean Hanson，和他的女友（未婚妻）黃秀峰⑩（臺灣人，教Ballet的）。先在Hanson那裡喝cocktail，我喝了Gin Martini和Vodka Martini各一杯，飯後又喝了一杯Scotch（這點酒對我似乎不起什麼作用）。飯是在一家叫做狀元樓（Jammery Rest.）的館子，那天點的菜不多，計：清炒蝦仁、糖醋黃魚、炒二冬（冬菇和冬筍）、烤全鴨和鴨骨湯。Mrs. Alter似乎只能吃烤鴨，

---

⑨ Jason B. Alter，不詳。

⑩ 黃秀峰，臺灣第一代芭蕾舞蹈家，曾在日本隨法國芭蕾舞者學習芭蕾。

但是Hanson吃得拖裡拖拉，糖醋黃魚裡的濃湯，他都一勺一勺的喝（他已經被訓練得到享賞紅燒蹄膀的程度）。每一盤剩菜，他都不讓搬走，非要「撈光」不可（Alter現在到處兼課，生活很忙，下學期起，受Asia Foundation之聘，在師範大學教課，可以比較安定一點了）。那晚五個人吃，花了大約只有五元美金，酒是Hanson供給的。Hanson和Alter是哈佛的同學，我所以把他們請在一起。Alter來臺灣已久，最近才來找我。他描寫Geoffrey病危那一晚的情形，我為之低徊久之。

玉瑛妹眼睛近視，也是沒有法子的事。近視當然要妨害一個少女的美，但是在今日上海那種地方，女孩子長得不美一點，也許反而是幸福。父母的近況都很好，我聞之甚慰，我的近況除了沒有女友一點以外，相信也該使兩位老人家聽見了高興的。承你問起我眼睛流水一點，此事你不提，我倒也許忘了。流偶然還流，但不嚴重。至要原因恐怕還是睡眠不夠，晚上睡得很甜，只是早晨醒得太早，醒了又想起床，生就勞碌命，也是無可奈何的。最近已經好久沒有牙患，Fluoride的牙膏真好（臺灣也會做），它大約真有堅固牙磁的作用，我謹在此推薦。

總之，最近我的生活很平穩，偶然瞎寫篇文章，也可維持精神生活的朝氣。關於你，我希望能早日找到一個secure job。那本書能在Yale U. Press出版，是很大的光榮，對於你將來的事業有很大的幫助。Carol也會更快樂一點了。別的再談，專頌

　　近安

　　　　　　　　　　　　　　　　　　濟安　頓首
　　　　　　　　　　　　　　　　　　五月一日

334. 夏濟安致夏志清（1957年5月5日）

志清弟：

　　前信發出後，又耽擱了幾天，才把雜誌寄出，甚歉。你對於舊詩的意見，發表後我老是怕有人來責問，昨天遇見臺大文學院長沈剛伯，他說他對於你的意見，完全同意。他說：杜甫這個人多笨呢！他的散文（如他的詩的長標題）都往往不通的。李賀是了不起，他quote了「天若有情天亦老」等好幾句，認為確是氣魄偉大，有創造性。他這種意見，平常恐怕亦不敢發表的，讀了你那幾段，大有知音之感，對於你的欽佩，那亦不用說了。

　　昨天有個好消息，R氏基金Director of Humanities Dr. Charles B. Fahs①來臺參觀，錢校長預備保薦我由洛克斐勒基金資助我去美研究一—二年。Fahs對我似乎還滿意，他最注意creative writing，我偏巧弄這一行的，外加又編了一個little magazine；如總部通過，我想該沒有什麼問題。不過時間恐怕要耽擱兩三個月再見分曉。一星期前，我說去美沒有什麼苗頭，想不到現在又有走動的可能了。

　　臺灣鑽求去美的人多得不得了，可是走成的很少，偏偏我的機會特別多（我沒有鑽），你說有沒有命運呢？

　　發展當隨時報導。Carol、Joyce前均問好，父母親大人玉瑛妹前均一併請安問好。專頌

　　近安

① Charles B. Fahs（Charles Burton Fahs查爾斯‧伯頓‧法斯，1929-1979），教育家、日本及遠東問題專家，1946-1948年任洛克斐勒基金會人文分會（the Division of Humanities）副主任（Assistant Director），1949年任聯合助理（associate director），1950-1962年任執行人（director）。

濟安 頓首

五月五日

[又及] 你的job事有何好消息否？

335. 夏志清致夏濟安（1957年5月21日）

濟安哥：

　　五月份兩信都已收到，知道你可以再度出國，很是高興。Fahs
是Rockefeller Foundation Division & Humanities的Director，勢力極
大，每年夏季到遠東遊歷一次，資助學者們來美考察遊歷，前兩三
年中國的考古專家李濟①即是由洛氏獎金資助出國的，他到New
Heaven時，我曾見到他一面。我以前請到Rockefeller Fellowship，
也是經Fahs interview過的，他每年還給我賀年片一張。我的書尚
未出版，相當慚愧，不過你的case同我的不同，你是臺灣有名的學
者文人，加上你有一篇小說在PR上發表，更可 impress Fahs（他本
人想是研究日本的）。你和Fahs想已見過面，錢校長既已推薦你，
這次出國手續上想很簡單。如有好消息，請隨時報告。

　　Carol的信是上星期一寫的，時隔一週，我們這裡情形亦大有
發展，如一切進行順利，月內即可離開Austin，重返東部。上星期
五收到一封信，from Wilmer Trauger②，chairman，Eng Dept，State
University Teacher College at Potsdam, N. Y.,信上說他去Yale看到我

---

① 李濟（1896-1979），字受之，後改濟之，湖北鍾祥人，考古學家和人類學家。
　1918年官費留美，1923年獲哈佛大學博士學位。返國後受聘於清華大學，任國
　學研究院講師。1928年至1937年，主持了著名的河南安陽殷墟發掘。1949年赴
　臺，曾任臺灣大學教授、中研院史語所所長、中研院院士等。代表作有《西陰
　村史前遺存》、《殷墟器物甲編‧陶器上輯》、《李濟考古學論文集》、《安陽》
　等。

② Wilmer Trauger（Wilmer Kohl Trauger, 1898-1991），1927年至1964年任英語系
　教授，兼任主任，著有教材《小學的語言藝術》（*Language Arts in Elementary
　Schools*）。

的folder，對我的record頗為滿意，問我有意去他的學校教書否？他列了Assistant和Associate Professor的starting salaries，我回信謂願意到他的學校服務，希望能有Associate Professor的work。今天Trauger長途電話來同我談了一陣，appointment想已沒有問題，rank也可照我所開的Associate Professor。幾天內得到正式聘書後，我們即可計劃離開Austin，逃過Texas炎熱的夏天。在黑人大學教了一年書，想不到有機會不求而來，Carol和我大為歡喜，你聞訊想必亦高興非凡。你來美後可留在東部，我們可常有機會見面。該師範大學為New York University Branch Colleges之一，地點Potsdam，在Canada邊境，附近大城為Syracuse。Campus四十餘acres，房子都是新建的。師範學校學生多女生，教她們欣賞英國文學也是椿樂事。Teachers College地位雖不高，可是州立學校，比低級私立或教會學校要好得多。加上salary為$6000，summer school另加，我寄出家用一千元後，可剩五千元餘款，不像近幾年來這樣的貧苦了。Carol可以享受小布爾喬亞生活的樂趣，添購各種home appliances。

上次Carol母親來Austin，看到我們的Nash破舊得實在不像樣，答應資助二千元，讓我們買一部新汽車。一千元早已寄上，所以我們在星期六去Ford dealer處看看，結果成交，買了一部Fairlane club sedan，該車list price $2800，舊車算$200(0)，實價$2100，相當便宜（Ford在Texas有廠，所以價格較Plymouth、Chevy，低廉）。該車為黃白兩色車，如圖相當美觀，有V-8 engine，馬力190匹，惟為standard shift，Fordomatic同樣的車需$2300，Carol為貪便宜起見，即settle for standard。反正我也不想學車，Carol已開慣standard，所以沒有多大關係。該車明天可以deliver，以後兩三年該車style想仍可立得出，a very sound investment。今年GM style方面太保守，營業不振，Chrysler公司五種汽車皆極美觀，營業最盛。惟Ford為No.1 best seller，式樣很neat，買了必不吃虧。

（Bosley Crowther，*Lion's Share*已看過，不日寄出。）

〈張愛玲論〉已於月初寄出，想已收到。文字上有幾處有毛病，不及修改，你譯述後想看不出來。全文中段介紹兩篇小說，帶介紹性質，quote太多，對中國讀者不適合，你可隨便譯。論《秧歌》一段尚稱滿意，你譯該文，要花不少時間，實在很不敢當，不知該文能趕得上五月份《文學》否？《自由中國》也已看到，你所抄的那一段，見解方面（關於中國詩），似嫌太大膽，並有不妥之處，不過經你發揮了一大段，倒已入情入理，可以供中國寫新詩的人「三思」了。我給周班侯給過幾篇小品，這次你把我的信刊登了，發現style還不差，雖然字彙不大，而利用不大的字彙，另有一種潔淨的style，自己讀了，非常高興。你近況想好，此信寫得匆匆，一切隔幾天再同你長談。去年喪子屈就小學校，運道不好，今年看來風頭轉了，重返東部，不再有被exiled的感覺。Carol、Joyce皆好，即頌

暑安

弟 志清 上

五月二十一日

336. 夏志清致夏濟安（1957年6月18日）

濟安哥：

　　上次寄出信及文稿，想已安收。希望在走前看到你的信，今天信箱內沒有你的信，你近況如何，頗為掛念。我們準（備）明晨（六月十九日，星期二）動身，卡洛初試新車，長距離旅行必較上兩次搬家為舒服些，預計下星期二可抵達Potsdam。到後當有平安信報告一切。昨日書籍行李已由搬場公司卡車搬走，星期六即可運到Potsdam，行李重一千六百磅（！），運費不貴，只算三百元（前次New Heaven至Ann Arbor搬家，書籍行李由郵寄及Railway Express代運，也花了近二百元），而省手腳不少。路上開銷約計二十餘元一天，到Potsdam後，只好動用Carol的儲蓄過日子，反正九月開始，我的收入即可大有增加了。下次來信可寄c/o Dr. Wilmer K. Trauger, 9 Broad Street, Potsdam, N. Y.，找到房屋後，再給你固定地址。你出國事辦得怎樣？有無確定消息？不要為辦雜誌，把自己弄得太苦了。Carol身體很好，匆匆，即祝

　　暑安

弟 志清 上
六月十八日

337. 夏濟安致夏志清（1957年6月16日）

志清弟：

　　花了兩天工夫，翻了一萬幾千字，把你的〈張論〉譯了四節（《秧歌》預備下一個月譯了）。你的文章很硬，我的比較軟（或fluent）的中文實難以表達。有許多字如sensibility、image等，中文照字面譯，讀者恐不一定能完全領會。即使這種簡單的形容詞如skillful、moral等，中文恐怕都沒有相當的字眼。你所假定的讀者程度比一般中國讀者的程度為高，這篇文章發表後，恐怕要程度相當好的人讀了才會得益。當然，我翻譯的粗疏，不能曲達原文的精緻之處，也要使你精確透闢的見解，遜色不少。你這篇文章確是好文章，連我讀了都深感得益。你的moral preoccupation（這兩個字好像是你所喜歡用的，但我不知道中文該怎麼說）非常之強，中國像你這樣的批評家，實在還沒有見過。美國當代也不過寥寥數人而已。你寫作的苦心，痕跡隨處可見，若專為《文學雜誌》下這麼大的工夫，我這個obligation是太大了，心裡很不安。這篇文章做你書裡的一章，恰恰合適，希望能在那本書裡再讀到這篇〈張愛玲論〉──以及其他一定同樣精彩的別的文章。

　　我這幾個禮拜很忙。Essays已經繳了16萬字，還剩4萬字（都是作者介紹，不是Essays本身了），過幾天也要繳去。六月底是美國fiscal year結束的日子，我已經拖了兩個六月底，今年不好意思再拖了，只好硬了頭皮弄完它。那時可以收到一大筆錢。5/24那天臺北忽然發生反美暴動（現已風平浪靜，中美融洽如初；臺北的治安秩序在遠東本來很有名的，那次事情真出人意外。*Time*的描寫似乎太輕淡了一點，總之，此事更加強我對此地的反感），美國大使館、新聞處都遭搗毀，文件損失很多，可是我翻譯Essays的合同倒

還給他們找出來了。合同丟了，我的labor可能白費；沒有丟，似乎上帝非要叫我趕完不可，我因此只好發奮了。譯完自己的essays，接着還要譯宋奇委託的Rahv①之文。另外T. S. Eliot、C. Brooks兩文，我已另外找學生去翻。我自己的essays裡，也有學生幫忙的東西，paid all of my own pocket。別人的翻譯，我全不相信，雖然自己也譯不好。現在事情太忙，只好找捉刀人了。預計到六月底止，我將很忙。Carol那封親切的信，也只好到七月初再寫回信，敬［請］向她致意。Joyce的活潑，使我很高興。你們的新車，你的新job，都是喜訊。我只有希望你們從Ford升到Edsel，升到Mercury，升到Lincoln，升到Continental；從Assis. Prof.升到Assoc. Prof.，升到Prof.從Potsdam升到Washington Square。我自己出國的事，還沒有消息，聽說Fahs還在旅行，沒有回到紐約。他對我很滿意，回紐約後想可開始辦理這件事。這幾天我太忙，沒有心思管這些事。

　　前天政府的Information Bureau來封信說，他們的*China Yearbook*裡Who's Who，要把我的名字收進去，希望我供給傳記材料。我想不到自己已經這樣出名了。我不預備合作，名字在那種地方發表似乎令我很難為情。名登Who's Who，再晚幾年也不遲。

　　父母玉瑛妹想都好。下個月我在這兒有錢，在香港有錢，想可以分一些你的負擔了。再談，祝

　　近安

濟安

六月十六日

　　N. Y.之行如有定期，請即函告。

① Philip Rahv（菲利普‧拉夫，1908-1973），美國文學批評家、散文家，任*Partisan Review*編輯，代表作有散文集《意象與理念》（*Image and Idea*）、《文學與政治論集》（*Essays in Literature and Politics*）。

338. 夏濟安致夏志清（1957年7月3日）

志清弟：

　　這許多日子沒有寫信給你們，害你等候，甚為抱歉。主要原因恐怕是這幾天我又在消極的mood中，提不起精神來寫信。說不快樂，並沒有什麼不快樂。祇是覺得這樣做人沒有什麼意思。Essays已繳卷，但是領錢還有問題——至少要隔相當時候。我要去fight，未始不可，但是懶得去fight；命中有這筆錢，不fight過些時候也會送來的。Fahs的事也沒有信息，我也沒有寫信去問他下落如何。我厭倦fight，厭倦鑽營，前信所說起的「好事」，暫時都還沒有着落，心裡似乎稍覺空虛，假如Fahs的信明天忽然來了，我也許又會興奮一下。做人靠興奮來支撐，終非健全。但是自己沒有堅強的backbone，因此亦容易消極，做事也很難提起勁來。宋奇的身體「弱不禁風」，但是他的鬥志是很旺盛的。

　　《文學雜誌》編滿一年後，也想辭掉。雜誌給我的麻煩不大，但是我討厭糊裏糊塗得來的「文壇領袖」的地位。其實我辭掉了，別人誰來接（even such veterans as 梁實秋）我都不放心，但是我只好不管。只怕臨時狠不下這條心，擺脫不了這個圈套。我理想的生活（假如不出國）是搬離溫州街，住到郊外去，埋首英文創作。我討厭現在所有的朋友們，雖然他們對我都很好。我有我的amiable extroverted的一面，但是我恐怕是個misanthropy，只有寫作，才可turn my misanthropy into account。我現在的朋友，我認為都太worldly，而且不知不覺的拖我往worldly這條路上走。因此有時候很想念范寧生。

　　我雖然恨現在這種生活pattern，但是很可能的，這種pattern還會持續很多年。

　　你的〈張愛玲的短篇小說〉發表了，大家都說好（雜誌社也許把書寄Texas去了，明天我再寄一本到N. Y.來）。尤其使我得意的是：沒有一個人看出來是翻譯的。假如沒有什麼曲解之處，我這個翻譯家倒真是代你創作了。有一位周棄子（他是個寫舊詩的舊文學家，現任總統府秘書，但是腦筋很新，在臺灣也算是一個critic），平素最服膺張愛玲，搜集張愛玲的傳記資料有年，他也準備寫一篇論張愛玲，在《自由中國》發表。據他說張確能作畫，張的先人恐怕是守馬尾鬧笑話的張珮綸（李鴻章的女婿，《孽海花》中人物）。你從西洋小說理論的觀點來分析張的作品，他是佩服而自歎弗能的（他不懂英文），但是他可以供給你很多材料，希望你能寫一本書論張愛玲。他是主張推張愛玲出去競選Nobel Prize的，好在張愛玲的年紀還輕，得Nobel Prize他年非無可能。

　　〈愛情‧社會‧小說〉的忽然寄來，使我喜出望外。若早到兩天，也許把這篇東西先「推」出去了。現在決定把它於七月號發表，〈評《秧歌》〉於八月號發表。你這篇東西所論及的是小說家的基本態度，而較為淺顯，可以使一般文學青年得益。〈張論〉同許多批評名著一樣，討論的是某一個作家，所涉及的是某一個genre（小說）全盤的問題。但是淺學之流，恐怕只看得出你在appraise或praise某一個作家，而看不出你的「小說論」。這篇文章就比較explicit了。文中*Roman de la Rose*[1]（沒有romantic adventures，祇是abstractions），恐怕不好算Romance，已代刪去，不知你意思如何？居浩然[2]是黨國元老居正[3]之子（曾留美學社會學），錢鍾書在清華

---

[1] *Roman de la Rose*，中世紀法國詩歌，宮廷文學之代表。

[2] 居浩然（1917-1983），居正長子，其名為孫中山所取，畢業於清華大學，1945年任陸軍大學編譯科長，1949年去臺，任淡江英語專科學校校長（淡江大學前身），後任澳洲墨爾本大學教授，代表作有《十論》、《東西文化及其軍事哲學》。

[3] 居正（1876-1951），字覺生，湖北廣濟人，1906年留學日本，後加入同盟會、

的同班同學。腦筋相當新而開明，對於你的善意的批評，我相信他會accept with a good grace的。這種文章你寫起來不大費事，假如興致好，不妨多寫（《自由中國》向你拉稿，由我轉告），寫了相當數目後，可以出本專集，在臺灣出版。《文學雜誌》如繼續出版，當然需要稿，我即使不擔任編務，在道義上總要支持它的。

《文學雜誌》確有停刊之虞。這種little magazine銷路不會好，本來每期由USIS購買二千本，作為基本定戶。經過May 24那次riot後，美國人態度大為冷淡，一切中國人的雜誌，概不支援。現在《文學雜誌》只靠自己賣錢維持，這是很吃力的。原來已經很艱苦（我不拿編輯費，很多人不拿稿費），「美援」再斷絕，我怕前途不樂觀。發行人劉守宜同錢學熙相仿，「幹勁」很大，預備再硬挺一年。我不贊成。劉守宜因為這本雜誌名譽很好，可以使他的ego滿足，我可沒有什麼ego to be satisfied。雜誌停辦了對於中國文壇是一個損失，對於我個人並無什麼損失。

我暑假想做的工作：整理我的《譯註近代英美文選》。這本集子，我已經花了幾年工夫。本來每月一篇，發表在*Student's English Digest*上，四五多年來，已經積有printed page達二百頁以上。我預備這本書成為我的「處女作」。我在臺灣的名氣起初是建立在每月一篇的「譯註」上的。

還預備把"Un Cœur Simple"譯出來，發在《文學雜誌》上。這篇小說我一向喜歡，經你推薦後，我更覺得有發表價值。翻譯對我很省事。

講起香港的電影術語，你實在是隔膜了。「阿飛」這個名詞倒

共進會。曾任中華民國南京臨時政府內務部次長、參議院議員、國民黨黨務部主任，總統府內務部長、南京司法院院長、最高法院院長等職務，代表作有《清黨實錄》、《梅川日記》。

是上海於1949左右流行的，就是juvenile delinquent，臺灣是「太保」（或十三太保）。*Blackboard Jungle* ④在香港不知譯成什麼，恐怕是《流氓學生》（臺灣禁映）。James Dean、Natalie Wood⑤的一張什麼東西，是《阿飛正傳》⑥，*Somebody Up There Likes Me* ⑦是《霸王阿飛》。後來不知誰把Rock 'n' Roll譯成「阿飛舞」，臺灣亦叫「阿飛舞」，大約喜歡這種舞的，都是阿飛之流。「阿飛」的Genuine Gender是「飛女」──「太妹」；Ginger Rogers在20th Fox有一張黑白cinema scope片，香港譯作《飛女懷春》⑧。Elvis Presley⑨有一個中國外號叫做「貓王」，不知是什麼出典。Jane Russell在香港的外號是「大哺乳動物」。「尊榮」是廣東人的讀音，廣東人的譯名很奇怪，如奇勒基寶（Gable），雲尊信（Van Johnson），夏蕙蘭（Olivia de Havilland），高腳七、矮冬瓜（Abbott and Costello⑩），史超（或作「釗」）域（James Stewart ── Buick

---

④ *Blackboard Jungle*（《流氓學生》，1955），社會問題劇，據伊凡‧漢特（Evan Hunter）同名小說改編，理查德‧布魯克斯導演，格倫‧福特、安妮‧法蘭西斯、路易斯‧卡爾亨主演，米高梅發行。

⑤ Natalie Wood（娜妲麗‧華，1938-1981），美國電影、電視演員，代表作有《三十四街奇蹟》（*Miracle on 34th Street*, 1947）、《天涯何處無芳草》（*Splendor in the Grass*, 1961）。

⑥ 《養子不教誰之過》（*Rebel Without a Cause*, 1955），劇情片，尼古拉斯‧雷導演，詹姆斯‧狄恩、娜妲麗‧華主演，華納影業發行。

⑦ *Somebody Up There Likes Me*（《霸王阿飛》，1956），傳記影片，羅伯特‧懷斯導演，保羅‧紐曼（Paul Newman）、琵雅‧顏芝莉主演，米高梅發行。該片講述了拳擊運動員Rocky Graziano的故事。

⑧ 《飛女懷春》（*Teenage Rebel*, 1956），劇情片，愛門‧戈定（Edmund Goulding）導演，金格爾‧羅傑絲、麥可‧雷尼主演，福斯發行。

⑨ Elvis Presley（艾維斯‧普里斯萊，1935-1977），美國歌手、演員，二十世紀流行樂壇天王級人物，人稱「貓王」，1954年涉足樂壇。

⑩ Abbott and Costello, William Abbott（威廉‧阿伯特，1897-1974）和Lou Costello

是「標域」），等。Ernest Borgnine 譯成軒尼斯·鮑寧也是很奇怪的。臺灣的電影廣告，大致還用上海人的譯法，但是「肉彈」、「噴火女郎」等也屢見不鮮了。

最近所看的最好的電影是（兩三年來最好的電影）*La Strada*（*The Road*），我鄭重推薦，意義非常深刻。還有一張 *Boy on a Golden Dolphin*⑪，雖然故事俗套，但是(1) Sophia Loren (2) 希臘風景(3) Clifton Webb⑫的派頭場值得一看。以前 *Life*、*Time* 瞎捧Loren，我心中不服，Loren 長得鼻尖嘴尖臉尖眼梢尖，豈可與雍容華貴的 Gina 相比？看了 *Woman of the River* 以及這張 *Boy* 以後，我覺得 Loren 確有其魅力：她的 character 中有一個野勁，為全球任何女星所不及，你將會覺得她的美甚至超過 Gina ——不亦怪哉？

一路去 Potsdam 想甚辛苦，現在想已住定，甚念。Carol 又長途跋涉了一次，過些日子當即去信慰問。Joyce 一路想很乖，你們能逃過 Texas 的夏天，實是福氣。

父母親那裡的錢，暫時還寄不出去，很慚愧。去信時暫時可不必提。專此即頌

　　暑安

濟安　首

七月三日

（盧·科斯特洛，1906-1959）組成的美國喜劇組合，知名於二十世紀四〇年代及五〇年代早期。

⑪ *Boy on a Golden Dolphin*（*Boy on a Dolphin*《愛情海奪寶記》，1957），讓·尼古拉斯科導演，艾倫·拉德、克里夫頓·韋伯、蘇菲亞·羅蘭主演，福斯發行。

⑫ Clifton Webb（克里夫頓·韋伯，1889-1966），美國演員、歌手，代表作影片有《絕代佳人》（*Laura*, 1944）、《刀鋒》（*The Razor's Edge*, 1946）、《妙人奇遇》（*Sitting Pretty*, 1948）。

339. 夏志清致夏濟安（1957年7月5日）

濟安哥：

　　近兩月來，一直沒有接到你的信，很是掛念，不知你最近身體如何，出國事辦得怎樣了，希望一兩日內即可看到你從Austin或Trauger處轉來的信。我們長征搬家忙了三個星期，總算一家三口都很安全健康，路上沒有出毛病，我很擔憂汽車旅行使建一疲勞過度而受到細菌的侵襲，結果她一路很高興快活，至今在Potsdam停下來已八九天，除不斷便閉〔秘〕（樹仁的老毛病）外，身體極好，想不會出什麼花樣了。我們六月十九日（星期三）出發，下午經過Dallas，沒有看到城中心，當晚在Oklahoma留宿。每天動身約十時或九時半，晚上六七時即停在motel，虧得新汽車馬力足，速度快，每天平均可走四百miles左右。第二天留宿Missouri，地段是當年Jesse James hideout的地方，也算是一個名勝。第三天經過你所喜歡的Indiana，留宿在Indianapolis的城外，星期六趕到Pittsburgh，留宿在我猶太朋友家裡，星期天休息一天，星期一北上，下午經過一段New York Thruway，該公路設計得很好，祗要不是酩酊大醉，實在不會出毛病，晚上留宿在Rochester。星期二下午經過Syracuse後北上，下午三時即抵Potsdam。

　　一路上Indiana以前，風景都很好，Carol可以加足速度開車（average 60, 65, 70MPH）。Indiana以後城市較多，traffic也較擁擠。一般講來，西南部的人較friendly，東部的人較distant，相貌衣飾也較差。住慣了Austin，一般女人都很身段苗條，服飾華麗，到了Potsdam，看到了女子，未到中年，即已發胖，衣服drab，毫無引人之處。男女皆臉色sallow，與Texas的健康情形大不相同。店鋪房屋也較舊式，ranch style的房子簡直很少見到。New England、

New York開發太早，至今不易把一般小城市modernize，Potsdam既無特殊工商業，守舊情形自當更為觸目（New Haven市長努力把New Haven downtown區革新，很得 *Time* 的稱讚）。Potsdam technically算是一個village，人口約八千左右，大街有Market St.、Main St.、Elm St.等幾條，有兩家大學（另一家是Clarkson College of Technology），兩片drugstores，AP supermarket、Sears、Montgomery Ward等店，兩家電影院（一家夏季休業）和一家drive-in theatre，小電影院換片太勤，以後好片子必當miss很多。我們一到Potsdam後即去找英文系主任Trauger，他是哈佛Ph.D.，年近六十，人很和氣，熱心幫忙，兩日內即給我們找了一個apartment（二樓），處在Main Street末梢，隔一塊荒地即是campus，極為方便，冬天時冰雪滿地，我從家到校祇要幾分鐘，可不受到嚴寒的威脅。最冷時，溫度可能降至零度下四十度，較北京、Ann Arbor更冷得厲害。Address是107 Main Street, Potsdam。

Apt是unfurnished，Carol幾年來跟了我受苦，現在可稍為安定一下，居然動用她的儲蓄，買了兩件sofa（Kroehler），席夢思Beautyrest床榻，bedroom set一套三件，second-hand（but quite new）冰箱電灶等物，大辦家具，用去了七百多元，apt有一個較像樣的擺設，精神極好。計劃中要買washer dryer、TV set。我幾次搬場，對一切沒有多大用處的雜物，已痛恨入骨，不過這次由搬場公司代運，沒有多花我心計包紮郵寄，以後搬家，自當如法炮製，大件家具由搬運公司代運，也不必費什麼力氣。

Teachers College學生約有八九百，教職員們都很和藹可親，大家不弄什麼學問，沒有大大學的緊張空氣。我不日要在summer school演講一次，講些中國文化，酬勞費一百元，算是供我旅費上的補助。我教書都是小班，這次要在auditorium演講，倒是新經驗。

Potsdam離加拿大僅二三十哩，今天天氣很好，我們開車去加

拿大邊境喫一次中國飯，加拿大生活水準同美國相仿，生活程度也很高，目前美國inflations厲害，美金一元祇值加拿大95分。我們到的是Cornwall小城，滿街都是美國汽車，風俗習慣上都看不出和美國有什麼分別。

　　暑期已過了一個月，這裡生活很安靜，我計劃把書全部弄好，校好字後繳出，此外沒有什麼計劃。Carol脫離了黑人的contamination，為安排小家庭努力，精神上很痛快。建一智慧日開，討人歡喜，每到任何restaurant，她必是受人注目的中心，因為其他小孩，相較之下，都顯得呆板也。父母處搬場期間也沒有消息，想近況很好。你最近情形，希望詳告，雜誌也可寄到我新的地址來。我初到Potsdam時，大發「風症塊」，傷滿全身，一日夜後即消退，目前對Potsdam氣候已很習慣。專候回音，即頌

　　近安

弟 志清 上
七月五日

340. 夏志清致夏濟安（1957年7月13日）

濟安哥：

　　這星期看到你兩封信，昨天又接到了有我文章的《文學雜誌》，心中很是高興。你對我的〈張論〉，極加讚美，很flatter我的ego，事實上，讀了你的譯文後，我覺得這樣着實的appraise一個作家的評文，在五四以來，還是罕見的。張愛玲自己的反應怎樣，我想過些日子，她會寫信告訴你的。我的moral preoccupation想是受了Leavis的影響，Leavis對詩小說方面都嚴肅老實說話，不為文壇fashions所左右，一直是我所佩服的，你以前信上也說過對Leavis的喜歡。你的譯筆豐盛流暢，我實在沒有權利掠美，而且你僅花兩天工夫，即能把全文大半譯出，速度實在令人吃驚。我把譯文和原文比較之後，發現你有時加添的一兩句文字，實在是應該的，很為感激。如我提及color而輕輕略過，logic上有問題，你supply了一個例子，文章就順利得多。大體講來，在敘事方面，你的中文勝於英文，普通說理文字，二者相仿，祇有三四句刁難長句，中文翻譯時，非把它們拆開重新組織不可，似不如原文緊湊，不過你翻譯的苦心，我實在是appreciate的。有兩處地方，我覺得是需要糾正的。第六頁末段，我講的是張愛玲喜歡編故事，畫人物。原文「drawing」、「sketch」是primary meaning該屬於art，secondary meaning在文學上也可通用，你大約因為沒有看到《流言》原書（書中有不少插畫），想不到我在講繪畫，而引起的錯誤。改正時把兩處「描寫人物」改為「描繪人物」，把「整篇人物素描」改為「整幅人物素描」即可。同頁第一段，我因為不知道《傳奇》何時初版，所以說《短篇小說集》是根據「一九四九《傳奇》增大本」重印的。一九四七年的那版本可能是第四版或第五版，初版想是

1944年，你可以問一問周棄子，問題即可解決，下期勘誤時，把一九四九改為一九四四or四三即可。我不大有文章發表，把你的譯文讀了幾遍，自己很childish的得意。寫文章最大的reward恐怕是看到它以書報形態出現。（寄文字時附上的許多clippings，也請你寄回，我可以用scotch tape把它們黏在原書上。）

你把散文集繳了卷，何以不能立刻拿到酬勞費，我不知此事真相，不能發表意見，不過按contract可以力爭的地方，你還是應當力爭的好，拿到一大筆錢，自己手面上可以活絡得多。Fahs對你極感興趣，不過按道理，洛氏基金是接到formal application後，才能hand out，你不寫信去問他，他恐怕不會自動問你要不要出國。何況Fahs每夏旅行遠東，向他的接洽的人很多，他沒有書面憑據，不能辦事，即使他對你有特別好感。所以我勸你寫封信給Fahs，remind他of his promise，重申出國的決心（或者請錢校長代為寫信，比較formal。這樣推薦出國是校方的意見，一定可被照准）。他拿到這封信，和他division內的人商榷，此事即可推動了。Fahs的address是：Dr. Charles B. Fahs, Director, Division of Humanities, the R. Foundations, 49 W. 49th St, New York 20, N. Y.。我想你還是怎[這]樣辦好，免得自己indulge in a black mood。

《文學雜誌》如要停刊，的確是很可惜的事，USIS不肯出錢支持，氣量實在太小。不過你要把編輯的職務辭掉，我是贊同的。拉稿个算，每月排印校對就要花你很多時間，此事最好由你的得力助手代任，讓劉守宜想辦法籌款，再硬挺一年如何？你名譽已夠高，編雜誌不上算，每一兩期寫一篇文章，把吃力不討好的編輯事務放在別人肩上，自己更可騰出時間創作。

你的《譯註近代英美文選》即可出版，甚喜。這本書對有志研究英文的中國學生一定大有益處，你幾年來在這方面花的工夫，也是值得的。上半年World Public Company送了我一本 *Webster's New*

World Dictionary of the American Language，該字典搜集美國俗語成語最多。你在美時曾被puzzle的phrase "double take"，該字典在jacket封底特別提出標榜，表示搜集成語的豐富。這本字典我可以送一本給你作參考。寄Austin的《文學》，我已叫Carol去信向Austin隔壁鄰居索取。

　　星期三晨Joyce突然發燒，看了醫生，沒有開藥，下午午睡醒來，熱度高至104度。Carol大慌，再去醫生處，發現喉部紅腫，醫生prescribe terramycin，服用後睡了一日熱度稍退，星期五晚上額部已不燙，今天（星期六）熱度已正常。我們受了兩天虛驚，總算沒有出什麼亂子，很算僥倖。Joyce身內有了antibodies，以後抵抗力必可增強。她的病大約是strep throat，該streptococcus侵犯喉部也。Potsdam唯一的孩兒科醫生是我英文系同事的太太，將來有什麼病痛，必可得到道地診治，Potsdam也有一所小醫院。所以地方雖小，我們的健康你可以不必擔憂。

　　Elvis Presley稱「貓王」，大約是歡喜jazz的人通稱cats，Presley既是「阿飛舞」的大頭目，當得住「貓王」的稱號。*La Strada*在Austin時我也看過，的確非常深刻。還有一張外國好片子，叫*Diabolique*①，故事恐怖緊張實遠勝Hitchcock，到臺後，你非看不可。*The gold of Naples*②我也已看過，其中有一段Sophia

---

① *Diabolique*（*Les Diaboliques*《浴室情殺案》，1955），法國黑白心理驚悚片，據皮埃爾‧布瓦諾（Pierre Boileau）和托馬斯‧納西雅克（Thomas Narcejac）合著小說*Celle qui n'était plus*（*She Who Was No More*）改編，亨利‧喬治‧布魯佐（Henri-Georges Clouzot）導演，西蒙‧薛娜烈（Simone Signoret）、薇拉‧克魯佐（Véra Clouzot）、保羅‧莫里斯（Paul Meurisse）、查爾斯‧文恩（Charles Vanel）主演，Cinédis（France）、UMPO（US）發行。

② *The gold of Naples*（《人生得意須盡歡》，1954），義大利多段式電影（anthology film），狄西嘉（Vittorio De Sica）導演，施雲娜‧曼簡奴（Silvana Mangano）、

Loren飾賣pizza的小家碧玉，想看她的人很多，我看了此片，對
Loren的印象也大為轉變，和你有同感。臨走前看了 *Gunfight of the
O. K. Corral* ③，Kirk Douglas飾一名怪俠，嗜酒如命，嗆咳不止，
隨時可以一命歸天，這個角色起得很好，非常滑稽，有一段簡直是
Lust for Life 的parody，值得一看。

　　Potsdam的報紙一星期出一份，*N. Y. Times* 及紐約其他大報漲價
至一角一份（*Sunday Times* 35¢，唯紐約周圍一百方哩內仍售原
價），我們這幾天不大看報，消息僅靠 *Time* 及 *Sunday Times* 維持，
生活情形和Thoreau在Walden時相彷彿。你要搬出宿舍，也是好
事，不知郊外同學校距離多遠？

　　你mood不好，我也無法安慰，只希望萬事順利，不論在美在
臺，你可以有安心英文創作的時間。洛氏獎金事辦成，能出來一兩
年當然最好。父母親最近沒有消息。我暑期經濟方面靠Carol維
持，入秋以後，我薪金增加，應付家用已不成問題，所以你不要老
是為不寄家用而感到不安。你領到稿費，還是自己買些書籍衣服享
受一下吧！再談了，即祝

　　暑安

　　　　　　　　　　　　　　　　　　弟　志清　頓首
　　　　　　　　　　　　　　　　　　七月十三日

　　"Roman de la Rose" 可能引起誤解，刪去很好。Roman de la
Rose的心理描寫，anticipate近代小說，是C. S. Lewis的主張，見他

蘇菲亞·羅蘭主演，派拉蒙影業發行。

③ *Gunfight at the O. K. Corral*（《龍虎雙俠》，1957），約翰·史德治（John Sturges）
　導演，畢·蘭卡斯特、寇克·道格拉斯、朗達·弗萊明主演，約翰·愛爾蘭、
　丹尼士·賀巴（Dennis Hopper）主演，派拉蒙影業發行了。該片以1881年10月
　26日之真實事件改編。

的 *Allegory of Love*。

　　周棄子的張愛玲一文發表後，請把那一期《自由中國》寄給我，平郵即可。

341. 夏濟安致夏志清（1957年8月13日）

志清弟：

又是好久沒有寫信給你，很是抱歉。暑假裡按理說應該空閒一點，但是招生考試閱卷等事，也忙掉好多天。最近比較重要一點的事情是張心滄夫婦的訪臺和崔書琴之逝世。心滄夫婦還是那樣子：心滄的老實和丁念莊的活潑。他們住在姐姐家裡（房子很漂亮，園地開闊），我去過一次。他們的女兒滿口英文（戴眼鏡，黑而不美），我怕英文說不過她，根本不理她。盛慶琜①（愛丁堡同學）請客我去了，《文學雜誌》社又專誠［程］請了他們一次（quite a feast），一共同他們見了三次面。張心滄困於油膩，曾病了一兩天，後來到日月潭去旅行，悄悄地走了。他們送了我一隻麂皮的tobacco pouch。

崔書琴之死該是一種shock，得的病是encephalitis（大腦炎），不到廿四小時就發高燒糊裏糊塗的死了。抽脊髓檢驗知道是腦炎，但此病根源是一種virus，無藥可救。崔先生死前幾個月據說很不快樂，這是中國智識分子從政的悲劇。崔先生雖是哈佛Ph.D.，其實是個笨人，笨人有他的愚忠，忠不為人所諒解，自己又不知知難而退，心力交瘁，鬱鬱少歡，糊裏糊塗的死掉了。崔太太對於政府很bitter，認為崔先生假如安心做教授，少worry，少辛苦，不會死得這麼早。據我看來，崔先生在黨內根本沒有「同志」（有人志雖同，但是明哲保身，耍滑頭，不敢做他同志），甚至可以和他談得

① 盛慶琜（1919-），字子東，浙江嘉興人，父盛蔣旨為晚清翰林，1941年上海交通大學畢業，1949年與查小婉結婚後去臺，曾任臺大教授、臺灣交通大學工學院院長等，後入加拿大籍。

投機的人恐怕都沒有。他又是個赤心熱血的人，反對人家消極，反對一般智識分子對於政府的不合作或批評的態度，他倒是個徹頭徹尾的儒家。可是中國人在中國假如沒有道家精神，恐怕連身都不能保。儒家是憂天憫人的，不會快樂。快樂的道家也不多，因為從古以來，很少有純粹的道家。魏晉清談的人都不是純粹的道家。

　　Fahs那裡，我沒有去信，也沒有同錢校長談過此事，足見我消極得厲害（其實我的胡說八道的high spirits和pranks，仍未減少，張心滄當會告訴你的）。以後碰見錢校長，當casually的談起此事，不想專為此事去拜訪他。凡是一切「好事」，我都不想追求，祇等它們fall into my lap。Essays的錢大約可以拿得到，但是恐怕還要等候。

　　上一期的*Newsweek*報導：脫離中國大陸現在很容易。據這裡人所知道的，情形確是如此，大陸糧食不夠，共匪鼓勵老弱出境謀生。聽說上海匯西路有一家旅行社，專門辦理出境事情。億中銀行的汪仲仁聽說預備去香港。父母親要去香港根本沒有什麼問題，玉瑛妹也許有點困難。你去信時，不妨婉轉陳辭，探詢此事的可能性，並加以鼓勵。到了香港再來臺灣，便容易了。祇怕父親也同我一樣，inertia太大，抱着聽天由命的心理。此事關於我們一家的幸福者甚大，希望你注意。

　　〈愛情‧社會‧小說〉一文反響極好。英千里說：他心裡藏了幾十年的話，都給你說出來了。過兩個月如有空，我出一個題目給你做如何？題目是F. R. Leavis，這位批評家中國恐怕還很少人知道，但是無疑是值得介紹的。別的再談，專頌

　　暑安

濟安 頓首

八月十三日

　　［又及］胡適創辦的《自由中國》向你拉稿，你不妨寫些有關美國社會生活的文章。

　　宿舍暫時不動。這兩天要譯〈評《秧歌》〉了，clippings下次寄還。

　　關於Fahs的事情，聽說R. Foundation現在美國找一教授到臺大來任教，抵我的缺，然後再請我出去，現在他們在美國找人中。

342. 夏濟安致夏志清（1957年10月14日）

志清弟：

又是好幾個星期沒有寫信給你了。近來日子仍是在糊裏糊塗中渡〔度〕過。錢校長現在美，行前他說要替我辦妥我出國在美國方面的手續。計劃大致是由洛氏基金出錢，臺大文學院和Seattle Washington Univ.合作，我將是二校交換教授的第一位。此事大致實現不難，但對我不起什麼興奮作用。我有時候想想，什麼東西能夠給我興奮？大約有兩件事：一、世界大戰爆發，二、發一票財。

最近不是沒有做事情。《文學雜誌》三卷一期那篇文章，你想已看到了。這篇文章原來想是駁勞幹的（他似乎很注意「思想」的「新」），但是下筆之時不好意思罵他，反而弄得文章格格不吐。我的寫法，還是從Practitioner（小說）的立場為出發點，理論上沒有多少建樹。Leavis提了一下，預備等你來發揮。稍為給你修正的是：我認為儒家對於human nature的認識，並不淺薄；而且它的道德不限於實用道德。儒家有成為法利賽人的可能，但是基督教佛教裏面何嘗沒有這種人？嚴肅的儒家信徒，可能成為好的小說家。即使不相信儒教，而深深的受到儒教思想浸淫的人（這種人比前一種人為多），更可能成為好的小說家。說來說去，還是因為我自己是個深受儒家思想浸淫的人，而我自認是有寫小說的potentialities。我自己也覺得：因為自己是個中國人，多少受過一點傳統的儒家的訓練，寫出來的小說可以和外國人的不一樣，雖然可以異曲同工的好。

朋友們對於此文的反響（包括居浩然）是：要證明你這個point，祇有你自己寫一部小說來給我們看看。

此外還編了一本170頁的《匈牙利作家看匈牙利革命》。這本

書原稿由USIS供給，我找了十二個人來翻譯。譯書連雜誌三卷二期都已出版。這一次為了USIS要把那本《匈牙利》在10/23（匈牙利的週年紀念）前趕運到外埠各地，提前出版。那幾天相當忙。我忘了告訴你，USIS又恢復買我們的雜誌了。

　　身上壓的事情仍有不少。宋奇那裡的幾篇文章仍未繳卷，T. S. Elliot與C. Brooks兩文，都已由學生譯出。Eliot一文而且已改好，日內擬寄香港，祇是該文第二節的那段引詩出處和第三節前的那一句希臘文的意義和出處，希望你代查賜告。Brooks一文，改了一半，後一半碰到Donne的那首詩，不知如何譯法，一擱又擱了幾個禮拜。現在已找了另外一位合譯詩的學生，託他代譯。這篇東西希望於最短期內繳卷。Rahv那篇文章預備自己來，迄今尚未動手。

　　講起《文學雜誌》的contributors，於梨華①是臺大的畢業生，現在Princeton圖書館工作，恐已結婚，其丈夫為Princeton的一個物理學家。此人在臺大時，我不認識，當然她的很多同學，我是認識的。她在freshman時，英文甄別考試不及格，被強迫轉到歷史系去（那時還是傅斯年做校長，所以有這種甄別的制度，現在外文系學生程度的好壞，是沒有人管的了）。她在UCLA得到Sam Goldwyn氏獎金，有專電拍到臺北來，報上把她的名字譯成「李華亞」，我參詳了半天，一想一定是於梨華，就寫信去向她約稿。她現在已成這裡的名作家，《自由中國》上有她好幾篇文章。她寫作頗勤，似乎有野心要在美國以寫作成名。臺大外文系不收容她，似乎給了她最大的刺激。宋奇對她很賞識，要把她的那篇〈小琳達〉搬上銀幕（如何改編，你如有意見，亦請告知），我居間介紹，她

---

① 於梨華（1931-），浙江鎮海縣人，作家。1949年去臺，臺大歷史系畢業後赴美留學。後曾任教於紐約州立大學奧爾巴尼分校等學校，代表作有長篇小說《夢回青河》、《又見棕櫚，又見棕櫚》等。

已答應。但是回音，我還沒有告訴宋奇，因為我的譯文沒有弄好，不好意思給他寫信。宋奇這個studio，電影倒拍了不少，我很痛苦的也看了好幾部。所以痛苦者，實在拍得不行之故也。中國電影的聲光等等是有進步了，但是談不上style，模仿好萊塢的hackneyed tricks，令人生厭。Tempo大致都很慢，很低估觀眾的intellect。李麗華現在美國以叁萬美金的代價再和Victor Mature拍一部以美國大兵和中國村婦戀愛為題材的影片，想必也是一張低級電影。片中李麗華臨死時，Mature要去kiss她，李麗華忽然跳起來，說道：「你嘴裡都是洋蔥味！」根據合同，李麗華是不許被人kiss的。這種事情居然也有電報拍到臺北來，而宋奇的電影公司宣傳部就把李麗華稱作「拒吻影后」，真正可笑之至。李麗華已和一曾為小生、現在編導、小生兼做的嚴俊②訂婚。他倆的婚約也很滑稽，李麗華似乎很不熱心，嚴俊則熱心而痛苦。嚴俊也在美國，他倆即將結婚，然後環球旅行去。

　　昨天寫到這裡，你寄來的兩包書收到了，很是感謝。這些書對我都很有用，我大致都已翻了一下。《米高梅傳》已經翻閱了一半以上，看看過去的那些人的事跡，不勝滄桑之感。無聲片時代的許多尤物，我連名字都不知道，想不到Hedda Hopper③以前也是美豔明星。你替這本書起的sub-title：*All Mayer's Folly*，我為之拍案叫絕。應該送給*Time*，他們會很欣賞你這種wit的。當然*Mayer's Folly*之外，你也不得不承認Mayer's Luck的。假如有全份的舊新聞報本埠附刊作為參考，我倒想把這本書譯成中文的。

---

② 嚴俊（1931-1978），香港著名演員，生於南京，曾加入上海劇藝社，後去港，1978年在美國長島去世，代表作有話劇《李自成之死》、電影《蕩婦心》（1949）、《一代妖姬》（1950）、《花街》（1950）。

③ Hedda Hopper（赫達‧霍珀，1885-1966），美國女演員、專欄作家，曾在《洛杉磯時報》（*Los Angeles Times*）開設個人專欄（*Hedda Hopper's Hollywood*）。

　　最近看的電影最滿意的是 *Men in War* ④，緊張深刻之至，好萊塢應該引以為榮。*The Solid Gold Cadillac* ⑤是部很聰明的喜劇。還有一張日本片《勝利者》⑥（*Shori Sha*），假如在美發行，可以一看。題材是 boxing 和 ballet，好萊塢的老調，但是彩色技巧等等，勝過很多歐美電影，看了不由你不佩服。

　　《文學雜誌》另外一位 contributor 余光中是臺大畢業生，他恐怕是臺灣對於英美詩少數有研究的人之一，現在儼然是臺灣第一詩人了。他寫的詩我不大佩服，但是譯詩很好，可惜你沒有見過。我那篇〈香港〉預備等 Eliot 逝世之後再發表，這首詩寫得怎麼樣，我自己也不記得了。原稿大約鎖在箱子裡，懶得去找。在香港那時候，不知怎麼的居然有這麼大的創作 urge。前幾個月，我接到你論新詩的信以後，又想寫一首詩，完全照你的理想做去。題目是〈運動員自白〉，一個短跑家，百米跑十一秒幾，臺灣稱第一，可是不能入選到澳洲去參加 Olympics。他很多怨言，對於其餘那些入選做代表的人也看不起（他們都不能得分）。這首詩可以寫得很漂亮，對於各種運動，可以有 epigram 式的評語。但是想到寫作的吃力，一直還沒有動手。這一類的詩如多寫，的確可以如你所說的一新白話詩的面目。

---

④ *Men in War*（《孤軍突圍戰》，1957），戰爭片，據 Van Van Praag 小說《永無寧日》（*Day Without End*，後更名為 *Combat*）改編，安東尼・曼導演，羅拔・賴恩（Robert Ryan）、雅路杜・雷（Aldo Ray）主演，聯美發行。

⑤ *The Solid Gold Cadillac*（《金車美人》，1956），理查德・奎因導演，茱蒂・荷梨迪（Judy Holliday）、保羅・道格拉斯、喬治・賓斯（George Burns）主演，哥倫比亞影業發行。

⑥《勝利者》（*Shori Sha*, 1957），井上梅次（Umeji Inoue）導演，石原裕次郎（Yûjirô Ishihara）、三橋達也（Tatsuya Mihashi）、南田洋子（Yôko Minamida）主演，日活株式會社（Nikkatsu）出品。

　　總之，現在腦筋還是很活潑，祇是做事沒有勁。最近又拉了一椿生意，拉的時候是一陣子興奮，貫徹起來恐怕又很費力。N. J.（Rutherford）有一家 Fairleigh Dickinson U.（1941年創辦）要出一種 *Literary Review*，預備介紹各國文學，中國文學部門，他們寫信到臺大來請求幫忙，臺大能替他們編一期中國文學專號的人，除我之外，恐怕也沒有人了。他們需要：（1）三四千字的專文一篇，論述近二十五年來的中國文學（這當然由我來寫）；（2）短篇小說，sketches 等若干篇，這要找人幫忙；（3）詩若干首。他們要出好幾國的文學專號（日本、印度、英國等），我的那一期，稍遲送去也無妨。我是答應下來了，現在又有點後悔。他們又不出稿費。無論如何，過些時候，再想想該怎麼辦吧。

　　這一期《文學雜誌》，徐尹秋⑦（徐訏⑧之子）的小說，你看夠不夠得上國際水準？

　　日內可能搬家，新居有十二個榻榻米，兩間，一間可以做 study，bedroom，一間可做 living room，比現在所住的要寬暢得多。但是我懶得很，想起搬家就害怕。新居離溫州街祇數步之遙，可是環境比較幽靜。信寄溫州街58巷，或臺大外文系，或《文學雜誌》社都可以，搬定了再告訴你。

　　玉瑛妹的信看到了。家裡情形確是不差，倒是玉瑛妹所用的 terminology 我看了很不舒服。父母希望我能早日出國，我又何嘗不想呢？Clippings（張愛玲文）另附上。餘續談，專頌

---

⑦ 徐尹秋，徐訏大兒子，曾在《文學雜誌》發表〈困惑〉、〈菊子〉、〈重逢〉、〈像〉等小說。

⑧ 徐訏（1908-1980），浙江慈溪人。現代作家，以寫作傳奇小說且高產而著稱。曾創辦《天地人》、《讀物》、《筆端》等刊物，創辦創墾出版社，任教於浸會學院。代表作有《鬼戀》、《精神病患者的悲歌》、《風蕭蕭》、《江湖行》等，有《徐訏文集》行世。

近安

Carol、Joyce前均問好

　　　　　　　　　　　　　　　　　　　　濟安　首

　　　　　　　　　　　　　　　　　　　十月十四日

.

343. 夏志清致夏濟安（1957年11月10日）

濟安哥：

　　十月十四日來信收到已久，上兩星期一直為改卷子忙，無暇作覆，你所需要Eliot文的兩個註腳，不能及早寄上，深感不安。引詩一段為，Cyril Tourneur①, *The Revenger's Tragedy*②三幕四景，主角Vendice（報復者）所說的一段話。Vendice的betrothed戲未開場已被The Duke所淫殺，Vendice主在報復，設計謀害Duke父子一家老小。在Act III，Vendice把betrothed的skull化妝為美女，在它嘴唇上放了毒藥，Duke上了圈套，接吻而亡。Eliot所quote一段中的"thee"即指skull而言。Eliot所comment的beauty和ugliness兩種情感顯然為Vendice contemplate skull時所有的感觸（我這裡沒有Tourneur的劇集，臺大memorial edition想一定有的）。那句希臘文出於早期希臘哲人Anaxagoras③（quoted in希臘文字典），Fragment 8，大意是"The mind is in like manner something more divine and impassive"。Stallman，*Critiques & Essays in Criticism*④書中一定把"Tradition & the Individual Talent"作註，可惜這裡圖書館未備此

---

① Cyri Tourneur（西里爾‧特納，?-1626），英國外交家、劇作家，代表作有《無神論者的悲劇》（*The Atheist's Tragedy*）。
② *The Revenger's Tragedy*（《復仇者的悲劇》），雅各賓時期復仇悲劇，傳統上認為該作是西里爾‧特納所著，最新研究表明該作應該為托馬斯‧米德爾頓（Thomas Middleton, 1580-1627）所作，該劇1606年首演，1607年首版。
③ Anaxagoras（阿那克薩戈拉，510B.C.-428B.C.），前蘇格拉底時期古希臘哲學家，原子論哲學的創始人。
④ Stallman（Robert Wooster Stallman, 1911-1982），美國批評家、學者，《評論與批評論集》（*Critiques and Essays in Criticism*）是其所選編的英美現代批評家的文選，由布魯克斯（Cleanth Brooks）作序。

書。這句希臘文是我託同事Patience Haggard⑤（Rider Haggard⑥的遠親）翻譯的，想沒有走樣，你不放心可向哲學系同事請教一下。學校買書經費尚充足，開學以來，由我recommend所買的書（一半已到）已超過四百元，二百元是關於英文文學的。大半是兩三年來所出版學術批評性的好書，二百元是東方中國文哲方面的書，系主任希望我明年開一個Great Books of the East的course。

你明年能去Seattle任交換教授是極光榮的事，希望錢校長能把此事及早辦妥，洛氏基金出錢慷慨，你在美國住一陣，換換環境，放下雜務，可以安心創作，總比守在臺灣好。你答應為*Literary Review*編一個中國文學專號，也是好事，雖然不免要使你忙碌一陣。你那篇論文寫起來想是很容易的，詩和小說的創作和翻譯倒需要幾個好好的幫手。我的mss.還沒有託人打字（開學以來，工作推動就不大容易），如果出版期拖延，也可抽一兩章在那期專號上發表一下。

你那篇〈舊文化與新小說〉寫得很好，可說是近代中國（or中國）第一篇define儒家esthetics的文章。當時讀後，我很有意寫一篇文章把你的意見發揮，可惜為雜務所擾，沒有寫下來。我那篇〈愛情・社會・小說〉是急就章，文中有一兩處自相矛盾的地方，是應該修正的。中國思想和文學間的關係也並沒有說清楚。我雖然比較偏愛以「性惡論」為出發點的文學（西洋以「性善論」為根據的近代文學都逃不出Rousseau的影響，而Rousseau和孔孟當然是

---

⑤ Patience Haggard（Clara Patience Haggard哈格德，1892-1987），古典學學者，代表作為其出版於1930年的博士論文 *The Secretaries of the Athenian Boule in the fifth century B.C.*。

⑥ Rider Haggard（Sir Henry Rider Haggard亨利・哈格德爵士，1856-1925），英國冒險小說家，代表作有《所羅門王寶藏》（*King Solomon's Mines*）、《她》（*She: A History of Adventure*）。

兩回事；這一期 *Time* 書評 R. West 的 *The Corner of The Castle* 也以性善性惡作討論文章的主題），但絕不否認儒家對道德問題認識之深刻中肯處。值得注意的是中國文人的不會活用儒家道德而襯托出人生全面真相。Eliot 曾把 Elizabethan Tragedy 和 Restoration 以後的 heroic drama 不同處討論得透徹：heroic drama 即是把忠孝節義抽象化機械化運用的文學作品，悲劇則甚相反，把道德問題具體化，表現出來的東西。所以中國小說戲劇上忠奸立判的人物，可能是儒家倫理機械化的反映，而並不能 invalidate 儒家思想的真價值，也不足以代表儒家的 moral intensity。所以中國文學在道德方面的 shallowness，本身還是文學上傳統和學術的問題。《儒林外史》的思想雖頗被勞幹讚揚，而歸根結蒂衹是名士式的「琴棋書畫」這個公式，並不能算是代表儒家精神。舊小說中真正表現儒家精神的悲劇式的人物，我覺得是諸葛亮、賈政、賈母。普通人捧曹雪芹，看不起高鶚，其實《紅樓夢》後半部所表現賈母的 tragic dignity，實是高鶚的功勞。諸葛亮的「知其不可而為之」的精神，是儒家的真精神。他所以成為中國的 most beloved hero，不是沒有道理的。以上所寫的，有空再寫文章發揮。胡適捧《水滸》，抑《三國志》，我一直不心服，我覺得《三國志》deserves more serious attention。

　　《文學雜誌》連續刊載了不少研究中國舊文學的好文章，這些文章都抱着虛心的批評態度，不管寫文章的人批評修養怎麼樣，他們認真的精神是值得佩服的。這種「新批評」想是得力於你的鼓勵和督促，也是你一年來辦雜誌的榮耀。徐尹秋的《重逢》題材和 style 都近似 Joyce 的 *A Little Cloud*，是一篇寫得很用心的小說，我想是夠得上國際水準的。國際水準其實並不高，尤其是 drama 方面，可說一無人才。我們都看輕曹禺，其實 Tennessee Williams 的惡劣程度不在曹禺之下，他的東西搬上舞臺銀幕還算像樣，把原文一讀（新近讀了他的 *Glass Menagerie*），實在一無所是。Arthur

Miller⑦想是左傾的庸俗作家，O'Neill也是腦筋昏亂，不能算是大家。最近英國流行的Angry Younger Writers，我都沒有看過，想來也不會太高明的。

New Yorker已代你續定［訂］了一年，因為價格便宜，自己也定［訂］了一年。這一期有Truman Capote⑧寫的Marlon Brando的profile，寫得極好，把Brando的個性親切地表達出來。前幾年讀過一篇海明威的profile，也極有趣。可惜profile文章太長，多讀了耽擱正事，浪費時間太多。L. B. Mayer逝世，Time上已有報導。在Hollywood舉行的funeral service，J. MacDonald唱悼歌曲，S. Tracy讀悼辭（根據Variety報導），其他Mayer所造成的大明星很少出席，情形很慘，MacDonald、Tracy的忠心耿耿倒是很令人感動的。

我在這裡任大一英文一班、大二英文兩班（文學選讀），和選修課Major English Poets，平時功課不需多大準備，但改卷子很忙，尤其是每星期改大一作文三十篇，花費時間不少。美國的師範學校，女生占大半，Potsdam也不出此例。男生有志在中小學教書的，大抵有自志［知］之明，自己智力太低，讀文理工科一定讀不好，祇好挑三百六十行的末行。女生程度較好，看不起男生，找dates都去找同鎮的Clarkson工科大學的學生。Clarkson學生較Potsdam多，Potsdam的女生很多都同Clarkson Boys結婚，讀了四年教育理論後，轉而為工程師的太太，生活倒很正常。相反的，同

---

⑦ Arthur Miller（亞瑟‧米勒，1915-2005），美國劇作家、散文家，也常寫作電影劇本，曾獲得普利茲獎、美國報界獎、紐約劇評獎、國家劇評獎等多項大獎，代表作有《我的兒子們》（All My Sons）、《推銷員之死》（Death of a Salesman）、《薩勒姆的女巫》（即《煉獄》The Crucible）、《橋上觀景》（A View from the Bridge）等。

⑧ Truman Capote（楚門‧卡波提，1924-1984），美國作家、劇作家、演員，代表作有《第凡內早餐》（Breakfast at Tiffany's）、《冷血》（In Cold Blood）等。

Potsdam男生談戀愛，結婚後兩人教苦書，苦樂大不相同。此地女學生以英國種、愛爾蘭種占大多數，相貌還可以。我教書時穿插笑料很多，頗自得其樂。

建一周歲時拍了一卷軟片，並附上四張，藉此可以看到Joyce、Carol和我的近態。Joyce很早已會自動行走，極端聰敏，一般兩歲的孩子恐怕也比不上她。她平日主意很多，會自己amuse自己。言語方面會說 "da"、"ma"、"bye bye"、"hot" 等常用字，其他cute情形，Carol即將作書詳細報導。

雷震⑨處promised了文章，一直沒有寫。很不好意思。見面時請代致歉意。我希望在十一月底前寫一篇關於文學的文章寄給你，由你轉給他。上次計劃寫一篇罵liberalism的文章，牽涉太廣，一直沒有落筆。事實上，《自由中國》標榜自由，對國民黨專政表示不滿，希望培養一個反對黨而促進政治的澄清的這種態度，也是深受美國liberalism的影響的。

在《遠東季刊》bibliography上看到張愛玲在香港（Union Press）新出的英文小說：*Naked Earth*。不知此書是否是《赤地之戀》的譯本？可向宋奇處打聽一下。我同宋奇好久沒有通信，目前也不想resume correspondence。你手邊有此書，可寄一本來給我看看。假如僅是《赤地之戀》的譯本，也不必了。

Potsdam今天開始下雪，天氣已轉寒。我不開車，晚上在黑暗街道走路，不大方便，電影也不常看。開學後看過 *12 Angry Men* ⑩、

---

⑨ 雷震（1897-1979），字儆寰，浙江長興人。畢業於京都帝國大學法學院。曾任國民黨中央監察委員、國民黨參政會副秘書長、國大代表、總統府國策顧問等職。1949年8月，與胡適、杭立武等人創辦《自由中國》半月刊。曾因批評蔣介石和國民黨政府，入獄十年。代表作有《雷震論文集》、《輿論與民主政治》、《我的母親》等。

⑩ *12 Angry Men*（《十二怒漢》，1957），黑色電影，據羅斯（Reginald Rose, 1920-

The Sun Also Rises ⑪、*Love in the Afternoon* ⑫三片，都很滿意。明天預備看*The Pride & the Passion* ⑬。Potsdam有兩家大學，而電影生意仍極清淡，坐在電影院，seats一大半都是空着的，頗給人淒涼之感。好萊塢電影事業的前途實在非常黯淡。

　　你想已搬入新居，有兩間房間，寬暢得多，可少受同事閒人的打擾。你的英文prose選註不知已出版否？出版後請寄一本給我。我近來生活很正常，祇是自己可支配的時間太少。Carol新買了洗衣自乾機，X'mas時contemplate買TV Set，生活似較前兩年為安逸。父母想看看你的近態，如有照片，可寄兩三張給我。玉瑛妹這學期讀俄文外，重溫英文，回家次數較多。近況想好，專頌

　　撰安

弟 志清 上

十一月十日

　　2002）同名劇本改編，薛尼・盧密（Sidney Lumet）導演，亨利・方達、馬丁・波森（Martin Balsam）主演，聯美發行。

⑪ *The Sun Also Rises*（《妾似朝陽又照君》，1957），據海明威同名小說改編，亨利・金導演，泰隆・鮑華、艾娃・嘉納、米爾・法拉主演，福斯發行。

⑫ *Love in the Afternoon*（《巴黎春戀》，1957），浪漫喜劇片，據克勞德・莫奈（Claude Anet，真名為Jean Schopfer, 1868-1931）小說*Ariane, jeune fille russe*改編，比利・懷德導演，賈利・古柏、奧黛麗・赫本主演，聯合藝術（US）發行。

⑬ *The Pride & the Passion*（《氣壯山河》，1957），戰爭片，據弗斯特（C. S. Forester, 1899-1966）小說《槍》（*The Gun*）改編，史丹利・克藍瑪（Stanley Kramer）導演，加里・格蘭特、法蘭克・辛納屈、蘇菲亞・羅蘭主演，聯美公司發行。

344. 夏濟安致夏志清（1957年11月22日）

志清弟：

　　長信收到，很是快慰。《文學雜誌》缺稿，我又花了兩天時間寫了篇〈兩首壞詩〉。該文祇是摘譯洋人的話，我自己沒有什麼意見。無論如何，它總算是以前《自由中國》那篇〈我對於中國新詩意見〉的補充。

　　這篇文章寫起來很省事，可是 Brooks 論 *Well Wrought Urn*，我到現在還沒有弄好。我很有野心把 Donne 的詩譯好，可是又是懶得動它。謝謝你關於 T. S. Eliot 那文中兩點指示。

　　這期的雜誌，我請你注意一篇小說〈週末〉。原來是一個學生投稿，故事是狄安娜·寶萍式的，講一個妙齡少女如何消除誤會，使她的父親和他的老愛人結合。我本來想替她修改，後來因為時間不夠，索性另拿稿紙來重寫一遍。這篇東西花了我兩個鐘頭，你好久沒有看見我的小說，這篇東西雖然是篇遊戲文章，你想必也會發現它的 wit 和 brilliance。這篇東西（就算照現在這個樣子）還有很明顯的缺點，就是那個女孩子顯得 unfeeling；假如那女孩子要機靈一點，要 sentimental 一點，而故事還要維持現在這樣的「殘酷」，那麼我得大費手腳，絕非兩小時內可以把它寫完的。寫論文自由發表意見，對我是很容易的，容易得和寫信一樣。真正來篇小說，要夠得上我的標準，那是拚命的玩意。

　　來信所談儒家文化與諸葛亮、賈母等，我希望你能在有空的時候寫成文章。Eliot 所論 tragedy 與 heroic drama 一點，真是一針見血之談。我得要指出 novel 與 romance 的不同。基督教的文化固然產生

了Tolstoy、Dostoevsky、Geo. Eliot①等小說家，但是它在中世紀時候也產生了無數的卷帙繁重的romances。這些romances價值高的恐怕不多。它們和novel的區別，正如heroic drama和tragedy的分別一樣：一個是活的，一個是機械化公式化的。居浩然說：「中國沒有文學。」實在是太大膽的話。中國也有無數的romances，計分下列各種類型：（1）才子佳人──起源恐是唐代，唐以前我還沒有發現過像《會真記》這樣的故事；（2）武俠；（3）神仙；（4）歷史演義──包括薛家將、楊家將等cycles；（5）公案等。中國的「舊小說」，夠得上novel標準的，衹有《紅樓夢》一部（石堂──劉守宜──發現《水滸傳》的對白是「臺詞」式的，各人一律的；《紅樓夢》的對白是各人各樣的）；壞的novel也有，如《儒林外史》（此書也有romantic ending）。寫romance的人，根本不想「反映現實」；才子佳人式的戀愛故事，可能和中國人真正的戀愛方式，不大有關聯，但是這種故事，可以叫人聽之不倦，那也就達到了「通俗文學」的目的。

你以前曾說《三國演義》對於中國文學的影響，約等於荷馬的對於希臘。我看《三國》、《水滸》、《西遊記》的地位，大約和Sir Thomas Malory②的 Morte d'Arthur 相仿：它們都是各種legends的總結集。先有許多legends（胡適在這方面做了很多考證），此種legends經過百年以上的時間，越積越多，然後再有人來編集。這本編集的成果當然還有它的影響，如Malory之影響Tennyson、Morris等，但是情形與荷馬對於希臘悲劇家的影響還不一樣。

---

① Geo. Eliot（George Eliot喬治・艾略特，原名Mary Ann Evans, 1819-1880），英國小說家，代表作有《亞當・彼得》（Adam Bede）、《弗洛斯河上的磨坊》（The Mill on the Floss）、《織工馬南傳》（Silas Marner）、《米德爾馬契》（Middlemarch）、《丹尼爾・德農達》（Daniel Deronda）。
② Sir Thomas Malory（托馬斯・馬羅麗爵士，逝世於1471年），英國作家，代表作即為《亞瑟王之死》（Le Morte d'Arthur）。

中國研究中西文學比較的，常常不注重romance，而且忽略它的存在。拿novel的標準來評romance，當然會使人覺得後者的幼稚可笑。但是romance的作用，就是能支配社會上很多人士的imagination。中國人對於「關公」、「張生與崔鶯鶯」、「孫悟空」的想法，固然是建立在那些本小說和戲曲之上，但是也建立在許多別種legends及那些人物的故事的retelling上。我們的祖母不識字，但她可頭頭是道地欣賞那些人的故事，就像今日一般淺薄之人欣賞Hollywood的所retell的「文藝名著」一樣。Novel非精讀原書，不易欣賞其好處。我們如強調《紅樓夢》中的寶玉黛玉戀愛故事（這一部份我們的祖母也能欣賞），就是使novel成為romance化。寫實最細的 *Pride & Prejudice*，當然很容易的也可以成為Darcy與Elizabeth二人才子佳人戀愛的浪漫史。

Romance的特色是它的人物與故事對於popular imagination的hold。它的形式是不重要的。因此中世紀的romance，忽詩忽散文，並無一定。中國的才子佳人故事，可能成為「小說」的形式，也可能成為戲劇、彈詞、大鼓等等。聽這故事的人，並不會注意它們的形式。他們所注意的祇是「內容」。

Romance當然有好有壞。最近看見陳寅恪的《論再生緣》，他認為這部長達百萬言的彈詞，可以和荷馬相比。他說：

「世人往往震矜於天竺希臘及西洋史詩之名，而不知吾國亦有此體。外國史詩中宗教哲學之思想，其精深博大，雖遠勝於吾國彈詞之所言，然止就文體立論，實未有差異。彈詞之書，其文詞之卑劣者，固不足論。若其佳者，如再生緣之文，則在吾國自是長篇七言排律之佳詩。在外國亦與諸長篇史詩，至少同一文體。寅恪四十年前嘗讀希臘梵文諸史詩原文，頗怪其文體與彈詞不異。然當時尚不免拘於俗見，復未能取再生緣之書，以供參證，故噤不敢發。荏苒數十年，遲至暮齒，始為之一吐，亦不顧當世及後來通人之訕笑

也。」（這篇文章是臺灣大學翻印的。你要，我可以寄上。）

《再生緣》想必是彈詞中的佼佼者，但是能夠和荷馬相比嗎？我沒有讀過《再生緣》，也沒有讀過荷馬的原文，不敢說。但我猜想，一定比不上：(1)《再生緣》的故事是俗套，一定沒有epic所必需的dignity和grandeur；(2)《再生緣》的故事進行一定緩慢，一個episode又一個的講下去，堆成了一百萬字；(3)它的「七言排律」節奏雖以多變化，氣勢一定不夠，美可能美，但是乃是mincing pretty那一種美。

陳寅恪讀過epic，但是他可能沒有讀過romance。可能他以為西洋長篇敘事詩只有epic一種，不知romance的卷帙可能更為繁重，兩種類更多不勝計也。至少他只提epic，不提romance，貿貿然就拿《再生緣》與epic相提並論，我是不服的。再則他以為epic的重要性是它的「宗教哲學思想」，而不知它的「形式」就和彈詞大不相同（印度的epic不知是怎麼樣，不敢論）。陳寅恪算是中國第一個通人，可是他對於文學的智識，似乎還是偏。

西洋從romance進步到novel，需要很多時間。中國如要產生novel，恐亦須稍等。《二十年目睹之怪狀》③等黑幕小說，英國伊麗莎白時代亦有，euphemistic romance更像中國的駢文才子佳人小說。研究中國這麼一大堆romance，倒是很有趣的，亦可能寫出一部厚厚實實的研究報告。我認為小說最重要的還是形式問題，長篇的先不必說，單拿短篇而論，我剛剛提起的那篇〈週末〉，就可能有三種寫法：

1　照原來那樣，是標準的美國「true romance」、「true confession」體小說（此類小說中國報上亦常登）；

2　照現在發表那樣：簡短、潑辣、殘酷——我心目中是在學莫

---

③《二十年目睹之怪狀》，清吳趼人（1866-1910）著，為晚清譴責小說之代表作。

泊桑；

3 照我想寫的那樣：subtle，隱藏的諷刺與悲哀——我心目中的榜樣是契訶夫或亨利詹姆士。（假如那個學生存心想學Chekhov或Henry James，就不可能寫出true confession體的小說，是不是？）

契訶夫（或莫泊桑，甚至O. Henry）創造了某種形式，使得講故事的人（故事總有人要講的）知道用什麼樣形式來講是最為合式，他們的功勞實在不亞於首創絕句或律詩或sonnet之人。Novel的形式問題，當然比短篇小說要複雜。但是除了少數傑出的天才，能獨創一格以外，其餘的人都在那裡模仿。Novel因為因素繁多，模仿的人不易見痕跡。描寫風景，大約romance有一套，大小說家有他自己的一套，對白亦然，心理描寫亦然，故事的發展亦然。中國人的小說所以不行，因為他們太容易用romance的方式來講他的故事。此外一般讀者喜歡romance，亦是使作者不容易寫好小說的一個原因。*Oedipus*的故事總算是最有代表性的希臘悲劇了，但是中世紀亦有人把它寫成romance的。故事與the way it is told之間，恐怕有很密切的關係。（Dryden的*Cleopatra*和莎翁的*Cleopatra*呢？）近代批評家注重form，非為無故，但是novel的form是太難確定了。The way it is told的範圍是很大的。Dryden所conceive的character性格不複雜、不深刻，是不是同他詩的形式有關係？Or is it because Dryden is a lesser genius than Shakespeare？我不知道。我想知道的是：假如採取某種詩的形式，某種story-telling的形式，作者是否就不容易conceive深刻複雜的性格？但是Chaucer的*Troilus*呢？

問題是：好的形式有有意與無意的parody。有意的parody是滑稽（如Max Beerbohm④之模仿Henry James），無意的parody如

---

④ Max Beerbohm（馬克思‧比爾博姆，1872-1956），英國散文家、諷刺作家，他的作品時常模仿著名作家，如亨利‧詹姆斯、約瑟夫‧康拉德等，代表作有

Beaumont Fletcher⑤之對於莎士比亞。要討論形式問題，不得不牽涉到parody的問題。

　　寫到這裡，我怕我越來越不能自圓其說了。上面這許多話，我只想指出這一點，中國過去這許多「小說」，大多是romance。The novel is yet to be created。中國過去的社會近似中世紀歐洲社會，也許有點關係。但是中國過去的文學的lyric貢獻為最大，中世紀歐洲好的lyric就很少。

　　我這些亂七八糟的意見，suggestions，surmises，對於你的forthcoming article，也許有點用處。

　　我沒有搬家。考慮了好幾天，發現自己缺乏搬家所需要的精力與財力——把新房子佈置得像樣（如把榻榻米改鋪地板），很需要一筆錢。再則，新房子那邊安靜得可怕，這裡的胡鬧朋友多，做人可以快樂一點。

　　你忙得連讀 New Yorker 的長文章的時間都沒有，聞之甚為同情。我的空閒比你多得多。但是時間不知道怎麼過去的，最近對於看電影都喪失興趣，寫文章祇是hectic的一股勁。

　　你送我的Baugh文學史與Wellek & Warren的概論，都是淵博之作，看了祇有使我絕望：這輩子弄學問是沒有希望的了。自己買了一本Gilbert Highet⑥的 The Classical Tradition，更證實了這個絕望。

《朱雷卡‧布多森》（Zuleika Dobson）等。

⑤ 指英國劇作家Francis Beaumont（法蘭西斯‧鮑蒙特，1584-1616）和John Fletcher（約翰‧弗雷徹，1579-1625），他們的作品在英國詹姆士一世統治時期聯合署名。

⑥ Gilbert Highet（吉爾伯特‧哈艾特，1906-1978），美國古典學者、作家、文學史家，曾任教於哥倫比亞大學，著作等身，代表作有《荷馬概論》（An Outline of Homer）、《古典傳統》（The Classical Tradition: Greek and Roman Influences on Western Literature）。

Wellek最近在 *Yale Review* 評 David Daiches 的 *Critical Approaches to Literature*，說 Daiches 學問不夠，一點不錯。關於 *"Lucy" Poems*，Baugh 文學史中有這麼一句話："Coleridge's idea that the poems reflect W's love for Dorothy must certainly be rejected. "（p.1142）這句話能不能答覆 Bateson？

寄來照片都已看到，照得很好，家裡很整齊漂亮，外景也很美。Joyce 的確很聰明，眼睛似乎能說話（似乎也很倔強）。Carol 和你還同以前差不多，你們的新汽車很漂亮——我常常做洋房汽車的 daydream，這種夢大約是不難實現的。我好久沒照相，Leica 裡有的是軟片，但一擱是幾個月，照了一次常照不完，又忘了沖洗，軟片常在鏡箱裡霉掉。父母要看我的照片，過些日子可以寄上。我現在的臉容同以前差不多，如有不同，大約是臉更圓，頭髮更少，氣色更好。做人沒有 ambition，也沒有計劃，祇是按照上帝所規定的做而已。例如辦《文學雜誌》，對我可說沒有好處，而且可以說和我做人不求出風頭的原則不合，但是畢竟辦成了，而且還要辦下去。你不能說這不是上帝的意思吧？

Dickinson 大學如不來催我，我那期中國文學專號也許就不編了。去 Seattle 等等，現在都無眉目。我也不大去想這種事情。再談，專頌

近安

濟安　首
十一月廿二日

Carol 前均此。等她的 charming 報導寄來後，再給她寫信吧。
張愛玲的新小說情形不詳，有便當去問宋奇。
Clippings 另封附上，與此信同時發出

345. 夏志清致夏濟安（1958年1月29日）

濟安哥：

　　已兩個多月沒有給你信，實在很不應該。聖誕假期剛開始，我即被傷風所困倒，做不開什麼事情，祇寄了你一張 perfunctory 賀年片。兩個月來，Joyce 也傷過一次風，患了一次腹瀉，把我弄得很緊張，對付學校功課改卷子外就沒有自己的時間。Joyce 身體很好，惟同事子女間，都有小毛小病，每出門應酬一次，Joyce 即被傳染，令我憤恨不已。你寄來的 *Chinese Festivals* 和 Cook Book 各一冊，在聖誕前一日收到，很感謝你的盛意。其實這種東西，不關緊要，儘可平郵寄出。你為了要趕上年節，把它們航空寄出，耗費了不少，很使我不好意思。你出國時帶來的那本食譜，內容極充實，我離 Austin 前，割愛送給了丁乃通太太（她每天煮中國飯，在國內香港時沒有上廚的經驗），你最近寄出的那本食譜，所以對我仍是很有用的。丁先生現在 Texas 邊境墨西哥學生小大學任教，陳文星拿到 Ph.D. 後，尚無 job，現在遠東餐館，暫充 waiter；相形之下，我的境況實在比他們好得多了。

　　《文學雜誌》最近三期，都已看到，內容編得很好：做了編輯先生，每期要匯集八十頁左右的文字，實在不是一件容易的事。你的那篇〈週末〉，讀後令人叫絕。祇花兩小時，就能寫出這樣乾淨利落的小說，更使我吃驚。你少女心境的描寫和輕快而殘酷的調子，很近乎 Katherine Manthfield[1]，雖然她的作品我看得不多

---

[1] Katherine Manthfield（凱瑟琳・曼斯菲爾德，原名 Kathleen Mansfield Murry, 1888-1923），生於紐西蘭，後移居英國，短篇小說作家，與勞倫斯、吳爾夫保持有長期友誼，代表作有《花園酒會》（*The Garden Party*）、《蘆薈》（*The Aloe*）。

（大多數莫泊桑的小說，好像在結構上是有頭有尾的）。你mood好，不妨都寫幾篇短篇，對中國文壇也可有些直接貢獻。我visual memory極差，今生想不會寫小說，半年來沒有好好地講過中文，對conversational Chinese的處理，更是beyond my power。但美國文壇水準極低，假如命運不濟，暫時離不開小大學的環境，用英文寫小說對我也可能是一件誘惑，一件比較對得起自己的工作。

《兩首壞詩》說理清楚，雖然大部份是根據*Understanding Poetry*的，對中國的讀者和詩人，都應該起很大作用的文章。我入秋以來，還沒有繳過什麼卷，很感慚愧。介紹Leavis那篇文章，寫起來一定很容易，此外批評家Blackmur、Yvor Winters中國讀者比較生疏，也值得介紹。所苦者即是抽不出兩三個「出空身體」的晚上，把文章寫下來（Eliot的新文集，我也預備寫一篇批判性的介紹）。至於那篇述論儒家文化和中國文學的關係的文字，經你一說，我反感學問不夠，無從着手了。你所指出novel和romance的分別，實在重新估價舊小說的一個critical concept。硬以近代小說的眼光去看舊小說，絕大多數一定不合格，而顯得幼稚，但以romance的眼光去看待它們，可說的話一定較多。最重要的工作，當然是把中國所有小說劇本，全部看一遍，而斷定哪幾部東西還能引起我們的興趣。我們的taste雖然不能算超人一等，但總經過西洋文學的薰陶的，比普通人可以嚴正一點。我舊小說看得不多，而且都在出國前看的，印象已較淡薄。要寫像樣的文章，非重讀不可。在Michigan時，讀英譯本《西遊記》和《好逑傳》，都很感興趣。Waley② 譯《西遊記》，僅譯小半部，假如把八十個災難全部譯出

---

② Waley（Arthur Waley亞瑟‧威利，1889-1966），英國漢學家、翻譯家，代表譯作有 *The Tale of Genji*（《源氏物語》）、*Analects of Confucius*（《論語》）、*The Way and its Power*（《道德經》）等。

了，讀者必會有「重複」和「機械化」的感覺。《好逑傳》講某美女如何保持她的貞操，不為奸人所惑，作者把各種奸人的strategies（講）述得頭頭是道，也頗能引人入勝。《好逑傳》作者taste和Richardson有相似處，它在十八世紀即被譯成英文，也不純出accient（a good topic for learned paper）。《好逑傳》種種天真處，可能因時遷景移，而反是我們覺到charming。但作者對中國舊社會的道德標準，的確是有堅決自信的，而這種自信，在編這故事方面，無疑是有助於想像的（左派作品的惡劣，無疑是由於作者想像受到限制）。說到這裡，不由使我覺到儒釋道三教shape舊文學無比的重要性。大凡你所提及的romances及元明戲曲都是不自覺地反映舊道德的作品。我們生在動盪的時代，創作的先決條件是道德自覺性（即你在〈舊文化與新文學〉中所說的善惡的判別），作者責任太重，創作工作便顯得艱難，好作品也不容易問世了。

　　你兩月來情形想好，甚念。新年期間，應酬想一定很忙。Potsdam今年不比去年冷，最冷的晨晚也不過零下十度而已。最近幾天大雪紛飛，氣候在三十度左右，除駛車困難外，別的沒有什麼不方便。Carol的信和Joyce的照片想都已看到，Joyce已能自己餵自己，平日在家作「捉迷藏」等遊戲。此次附照仍是和賀年卡同時攝的。國內雞豬肉已ration，家中情形甚好，每次玉瑛妹返家，雞、鴨、肉、魚都可以喫得到，母親幾月來在經濟方面沒有worry，就worry你的婚事。亟思看到你的近照，希望該照片下次來信可以附到。一個人結婚後，學術方面的浪費大得可怕，所以我目前也不勸你結婚。不過有合適的小姐，還是放膽追求較好，藉以充實情感生活，而精神上有所寄託。

　　父親最近來信，謂徐季杰已於十一月間中風逝世，父親這一輩

長輩，情形已很凋零。小白兔③研究科學一如昔日，去年嫁了一個scientist，婚後丈夫即去蘇聯留學，也可算得上一名中共下面的new elite。小白馬④尚未結婚。陳見山肺部有病，想是TB。尤家第八子現在蘭州任什麼主任，也算是比較像樣的人才。

我們生活過得很平淡，假期間毫沒有什麼舉動。我教書很起勁，同事關係也維持得很好。同事們大抵是middlebrow，視 *N. Y. Times Books Reviews* 及 *Yale Reviews* 為經典，把Brooks Atkinson⑤及Bosley Crowther的意見看得很重。這星期學期終了，freshman強逼去New York City旅行一周，看戲、opera，參觀N. Y.、museums之類，許多教授都興高采烈地隨往。我對Broadway已毫無興趣，覺得他們的舉動很可笑。電影最近不常看，較好的有Maria Schell⑥的 *The Last Bridge* ⑦和Sophia Loren的 *Woman of the River*；後者不見經傳，倒是感人極深的影片（screenplay by Moravia⑧, Columbia, release 1957）；後半部Loren的小兒子死了，不禁觸景生情，淚流不止。隔日Carol去看，也哭了一場。Sophia Loren在 *Pride & Passion* 中，呆板不堪，在義大利影片中倒很自然。*Time* 提及

---

③ 小白兔：學名曉白，徐祖藩之女，化學專家，中央科學院院士，丈夫胡克源無機化學專家。

④ 小白馬：徐小白的妹妹，是夏志清的表妹。

⑤ Brooks Atkinson（布魯克斯・阿特金森，1894-1960），美國戲劇批評家，1925-1960年任職於《紐約時報》，曾獲普利茲獎。

⑥ Maria Schell（瑪利亞・雪兒，1926-2005），奧地利／瑞士女演員，1956年獲威尼斯電影節沃爾皮獎（Volpi Cup）。

⑦ *The Last Bridge*（《最後的橋》，1954），奧地利戰爭片，海爾穆特・考特納（Helmut Käutner）導演，瑪利亞・雪兒（Maria Schell）主演。

⑧ Moravia（Alberto Moravia阿爾伯特・摩羅維亞，1907-1990），義大利小說家、專欄作家，代表作有《冷漠的人》（*Gli indifferenti*）。

Salinger⑨的 *The Catcher in the Rye*，為美國大學生間紅書之一，我看後覺得很滿意，作者筆調雅緻，用第一人身敘事，自成一格，值得一讀。答應贈你的書，還沒有買，特選幾本好的paper backs後（Irving Howe⑩的 *Politics & the Novel* 已有紙版本）暨Eliot新文集一併寄上。（秋季號的 *PR* 也還沒寄出。）

　　下學期開一門Great Books of the East，想趁機會讀幾本日本小說，日本戰後小說，極受美國重視，連Allen Tate等都加以讚美，不知究竟好不好。彭歌⑪對這些小說，有什麼意見？不多寫了，希望不久繳出文章一篇。《自由中國》那裡，一直沒有寫東西，請向雷震表歉意。吳魯芹的《雞尾酒會》，特由掛號寄出，盛情可感，見到他時請萬分道謝，並praise他的wit & common sense。專頌

　　近安

弟 志清 上

一月廿九日

---

⑨ Salinger（J. D. Salinger塞林格，1919-2010），美國作家，代表作有《麥田守望者》（*The Catcher in the Rye*，一譯《麥田捕手》）、《九故事》（*Nine Stories*）、《弗蘭妮與祖伊》（*Franny and Zooey*）等。

⑩ Irving Howe（歐文・豪，1920-1993），猶太裔美國人，文學與社會批評家，代表作有《政治與小說》（*Politics and the Novel*）、《超越新左派》（*Beyond the New Left*）。

⑪ 彭歌（1926-），本名姚朋，曾在政治大學、臺灣大學等大學任教，任《臺灣新生報》總編輯，《中央日報》社長，主編《自由談》，2013年獲星雲華人世界終身成就獎，代表作有《在天之涯》、《一夜鄉心》。

346. 夏濟安致夏志清（1958年2月1日）

志清弟：

又是好久沒有寫信給你，很是抱歉。今天是陰曆年初一，宿舍裡人都走空了，我一人生了一個炭爐，烤火去陰寒（臺北的天氣是lousy，冬天我常常穿皮袍子的），怡然自得。

年底的mood所以尚好者，因為學校把我升為正教授。這件事would mean so much to 錢學熙，對我倒無所謂。我自己是反對升級的，因為按世界標準，我做Assoc. Prof.已經是勉強的了；再則，我總想出國深造，以full Prof.的頭銜到外國去讀書，總有點說不過去。但是錢校長他們想籠絡人才，把我升了等，我可以死心塌地為臺大服務。我拿他們沒有辦法。

做到正教授，在中國學術界算是爬到頂了。假如中國太平，也可以快快樂樂地做人。但是中國情形如此之糟，前途又很不光明，我這個頭銜又有多少價值呢？

上帝給人的恩典，常常並不是人所頂需要的。假如上帝的禮物可以交換，我寧可放棄這個頭銜，交換別的。

升了級有一點好處：補發半年以來我所應得的薪津，使我在年底拿到近乎US$50的臺幣，手頭較為寬裕。

USIS的翻譯稿費還沒有發，我也不去催詢。發總是要發的，祇是錢已經退回華盛頓，再要請領，美國的red tape也繁複得可怕。

我還有一樁心事，就是《文學雜誌》。Vol.3 No.6已於年前出版。辦這個東西，我於物質方面一無好處，而且以臺灣現有的寫作人才，實在很難維持高水準的雜誌。本來想於下一期起辭職不幹（當然雜誌可能就關門），忽然徐訏在《自由中國》發表了一篇長文〈論《紅樓夢》的藝術價值和小說的對白〉，現在所看到祇是第一

部，至少還要兩三期才能刊完，此事刺激了我：（一）《文學雜誌》的意見是受人重視的；（二）他的長文可能換來別人的文章，至少有兩三期《文學雜誌》不愁沒有好的論文。徐訏的文章的副標題是〈就教於勞幹石堂二位先生〉，勞幹所說《紅樓夢》的思想不行，我們是都不滿意的（我的那篇〈舊文化與新小說〉事實上也駁斥了他）。但是社會上確有勞幹這種對於文學的批評法，使這種觀點明朗化後而加以駁斥，也是好事。徐訏的態度倒是和平合理的。他對於小說的對白有什麼意見，我們還沒有看到。徐訏以幾萬字的一篇文章來討論這個問題，一定受到文壇的重視（《自由中國》的銷路比《文學雜誌》大十倍）。《文學雜誌》假如因此熱鬧起來，那麼做編輯雖苦，心裡也有點安慰。我相信你對於《紅樓夢》可能有一篇文章。宋奇是想寫一本書來討論《紅樓夢》的。他有幾篇文章在《今日世界》發表，不知你曾看到否？那幾篇文章所touch到的都是瑣碎之處，他對於高鶚的批評，也使我們不服。但是他的主要論點是反對胡適等等認《紅樓夢》為自傳的看法（藝術創作絕不可能是生活的one-to-one reproduction），這倒是一件很大的貢獻，可以一新中國讀書人的耳目。我自己預備於最近期內寫一篇〈中西小說雜論〉，發揮以前我所說的romance與novel之論點。（你不妨見到了我的文章再動筆。）

　　這一期《文學雜誌》有兩篇關於《儒林外史》的文章，你讀了一定很感興趣的。第一篇許世瑛①的，代表胡適勞幹之流的看法。許本人也是教授，他的來稿使我很窘。他把《儒林外史》如此的讚

---

① 許世瑛（1910-1972），字詩英，紹興人，許壽裳長子，清華大學中國文學系本科、國學研究院畢業，1946年冬去臺，任教於臺灣師範學院，代表作有《中國文法講話》、《常用虛字用法淺釋》、《論語二十篇句法研究》、《中國目錄學史》。

美，而我又不同意（他）的看法。我因此叫劉守宜另寫一篇（文中作者偽裝成一中學教員），他舊小說讀得很熟，寫這樣一篇文章很容易。恰巧徐訏也是反對《儒林外史》的（大致真正喜歡小說的人，都不會喜歡《儒林外史》）。這兩篇文章一起刊出，表示《文學雜誌》態度的大公，正反意見都加採納，又表示《文學雜誌》對於小說的看法，並不這麼外行。

你所讚美的《好逑傳》我也讀過（一名《第二才子風月傳》），確是一本好書。短短的才十六回，但是結構完整，每一部門均經仔細設計。水冰心應該是中國文學中一個很可愛的女主角。十八世紀歐洲人對於中國和東方的興趣，錢鍾書曾有文論及之。

詳細的閱讀中國雜七雜八的小說、彈詞、劇本、唱本等，應該是很有趣的，但是你在美國恐怕做不到。美國恐怕沒有這麼多書。臺灣書是還找得到，但是我恐怕沒有這麼多工夫。胡適所極力推薦的《海上花列傳》，我相信是本好書，可惜我沒有看過。魯迅的《中國小說史略》裡面，很有些精彩的意見（我看見過別人的quote），最近在寫《中西小說雜論》，我想借來看一遍。

《太平廣記》[2]卷八十六中有一則短故事，我認為可以寫成很好的ballad，今引述於後。

掩耳道士（出《野人閒話》）

利州南門外，乃商賈交易之所。一旦有道士，羽衣襤褸，於稠人中賣葫蘆子種。云：「一二年間，甚有用處。每一苗，祇生一顆，盤地而成。」兼以白土畫樣於地以示人，其模甚大。逾時竟無買者，皆云狂人，不足可聽。道士又以兩手掩耳急走，言：「風水之聲，何太甚耶？」巷陌孩童，競相隨而笑侮之，時呼為「掩耳道士」。至來年秋，嘉陵江水一夕泛漲，漂數百家。水方渺沴，眾人

---

② 《太平廣記》，宋太平興國二年，李昉等人奉宋太宗之令集體編撰，全書五百卷。

遙見道士，在水上坐一大瓢，出手掩耳。大叫「風水之聲，何太甚耶？」泛泛而去，莫知所之。

這篇東西，非但結構好，而且unheeded warning也是universal theme。The prophet on葫蘆，在flooded city中漂浮而過，也是一個很好的image。這個材料我相信可以modernize，洋人一定也會欣賞。

《太平廣記》卷帙繁重，但是類此的故事不多。《子不語》③中有幾則很有趣的故事，其中有一個關於求雨and sex的關係，T. S. Eliot一定很想知道的。要在中國這些「閒書」裡披沙淘金，不是你在美國這種忙人所能勝任的。但是真在這方面下工夫，寫文章的題材必多，而且容易出名成專家。

你有興趣寫小說，我很高興。祇是寫小說太吃力，使人精疲力竭。專心於此，什麼事情都會忽略。人將要變成半瘋的了。我之所以不敢嘗試，實在是怕。決心做「作家」，人好像worship a new god（而且是a jealous god），把全副精神幸福都獻上去，實在太可怕了。我現在假如有上海那種生活環境，不愁吃住，責任簡單，也許會全神貫注的來從事novel的寫作。現在我是個社交相當忙，而且生活並不優裕的人，不敢下此決心。Trilling論E. M. Foster的Aunt一段，我認為很對。假如我現在有一兩萬美金，我就到美國來讀書。掛個名去做graduate student，同時全力寫作。這點希望雖然很modest，但是上帝也不一定會使之實現。我現在唯一覺得自慰的是：mood仍舊fertile，身心雙方沒有疲乏之感，要寫東西隨時可寫，祇是下不了決心。

---

③《子不語》，又名《新齊諧》，清袁枚著，書名取自《論語》「子不語怪、力、亂、神」。

電影看過Maria Schell的*Gervaise*④，非常滿意。殘酷的故事，Schell美而能演戲。我認為她勝過I. Bergman與V. Leigh等。*Time*說她有over-acting的傾向，我看不出來。腰身似乎也不粗。你所推薦的Norman Wisdom，我看了他的一張*Top of the World*⑤，看後笑痛肚子。*Giant*我覺得還不錯，J. Dean成了和Jerry Lewis差不多的丑角了，是本片最大的失敗。George Stevens的手法，有獨創之處。他的長處是畫面處理的乾淨，人物、光線、道具等安排得都很好。他的電影很有pictorial beauty，似乎「靜」勝於「動」。他看人看物，大致都有一個新的角度（畫家的，不是道德家的），對於電影自有其貢獻。

附上照片兩張，一張是麵團團的，父母親看了想會喜歡。一張有cynical的表情，至少你可以知道：我最近的生活並不dull。

你們寄來的照片，都看到了。Joyce真是個可愛的女孩子，她的相貌是小孩子，而且是女小孩子的樣子。Geoffrey太「大人氣」，似乎不像是個小孩子。你們看Sophia Loren的《河孃淚》（臺北1956年，Box Office第一名）還要流淚，足見喪子之痛。希望日子久後，能夠沖淡。Joyce如此可愛，Geoffrey之損失不妨忘記了罷。生死之事，操在上帝手裡，誰都沒有辦法的。

Joyce一定很好玩，可惜我不能陪她玩。大除夕晚上，我在吳魯芹家過的。那天有一家美國人：Tellford —— Idaho人，講一口broken English，凡是該用has、had、there is、there were等處，他

---

④ *Gervaise*（《不堪回首話當年》，1956），法國電影，雷納・克里曼（René Clément）導演，瑪利亞・雪兒、弗朗西斯・皮埃爾（François Périer）主演，Les Films Corona發行。

⑤ *Top of the World*（應為*Up in the World*，《傻人捉賊》，1956），約翰・卡斯泰爾導演，諾曼・溫斯頓、莫林・斯旺森（Maureen Swanson）、傑瑞・德斯蒙特（Jerry Desmonde）主演，蘭克電影公司出品。

都用have一個字；太太是福氣樣子，Texas人，英文就好得多。帶來了三個孩子：大的女兒Sandra，十一歲，次男Steve，七八歲，幼男Philip，四歲。我飯後大為「骨頭輕」，逗得他們大笑。我替他們開餅乾盒子。美國餅乾打開後有紙，我就吃紙，大叫"British cookies are lousy! Tasteless!"吃紙的神氣大約可和J. Lewis媲美。洋人問起你的小孩子，Mrs. Tellford說：大約長的是黑頭髮，藍眼睛；我說是的："Confucius's hair, Aristotle's eyes."此種wise cracking也可與Groucho Marx相比。可惜我的comic genius在中國很少有表演的機會。那三個小孩初來時很乖，每句答覆人的話都跟一個sir或madam。後來被我把空氣弄熱鬧了，他們也就活潑起來了。

　　Carol的信下次再回吧。我可惜不能來逗Joyce歡笑，Carol must also regret it. 另函寄上藍蔭鼎⑥的《美國之行》畫冊，我認為他的畫可以和French masters相比，這本書是USIS送的，我祇出了寄費。藍蔭鼎在圖書［畫］上的造就，遠勝過臺灣的一輩小說家和詩人。所以如此者，畫家必須經過一段嚴格的訓練。技巧有了底子，然後談得上天才的發揮，這裡的小說家和詩人大多祇憑天才直寫，作品所以太多crude。我對臺灣一無好感，but I am proud of 藍蔭鼎。他是學Dufy而成功的，中國小說家有誰學洋人任何一個master而像樣的？

　　最近看了幾本張恨水的小說，此人是個genius。他能把一個scene寫活，這一點臺灣的作家就無人能及。他的limitations與deficiencies是很明顯的，但是他有耳朵，有眼睛，有imagination。你那本書不把他討論一下，很是可惜。至少他是一個greater &

---

⑥ 藍蔭鼎（1903-1979），臺灣水彩畫家，生於臺灣宜蘭廳，祖籍福建漳州，1923年赴日學習水彩畫，師從石川欽一郎，曾入選英國皇家水彩協會會員。除水彩畫外，還著有《宗教與藝術》、《藝術與人生》等。

better artist than 吳敬梓。

　　Catcher in the Rye 看了幾頁，英文非常精彩。你又送我很多書，很感謝。

　　《文學雜誌》我至少還要編六期，你的文章慢慢來好了。不必忙。專此　即頌

　　新年快樂。

濟安　首

戊戌初一，初三續完

　　父母親玉瑛妹前請代為叩安問好。

　　［又及］《自由中國》航空寄上。

347. 夏志清致夏濟安（1958年3月21日）

濟安哥：

　　上次寄上文章時，附了一封短簡，不能算是覆信。上星期收到《文學雜誌》四卷一期，看到自己的文章，心中很高興。事前收到雷震來信，抄了你給他信的一部份，繼續逼稿。〈美國自由主義〉這篇文章祇好寫給他。《自由中國》空嚷自由，反對政府，作風我很看不慣，實在不情願為它寫文章。我對MacArthur、蔣總統等少數堅決反共個性堅強的人物，至今極為佩服，而這種人物是一定不會為空嚷自由、憲政、民權的報界所會了解的。我近兩年來訂了一份 National Review①，是Rowe的朋友一幫保守分子辦的，雜誌水準雖不高，它的觀點我極贊同：美國liberal分子操縱輿論，dictate外交內政，造成縱共、親共、求和平、貪享樂的各種惡劣現象。上星期在醫生reception room看了一篇Leslie Fiedler②的文章（最近 Esquire 文章似乎很精彩），內稱F. R. Leavis為英國的last puritan，這個phrase我覺得用的很切當。我那篇〈文學‧思想‧智慧〉puritan氣味極濃，你一向同情支持士大夫階級，實在也有些清教徒

---

① National Review（《國家評論》），由美國媒體人、作家、保守主義政治評論家小威廉‧法蘭克‧巴克利（William Frank Buckley Jr., 1925-2008）創辦於1955年的半月刊，是美國擁有廣泛讀者群和影響力的保守派刊物。

② Leslie Fiedler（萊斯利‧費德勒，1917-2003），美國批評家、學者，威斯康辛大學文學博士，曾參加二戰，戰後任教於哈佛大學，著有《美國小說中的情愛與死亡》（Love and Death in the American Novel）、《美國小說中的猶太人》（The Jew in the American Novel）、《論神話與文學》（No! In Thunder: Essays on Myth and Literature）、《什麼是文學》（What was Literature?: Class Culture And Mass Society）等。

的氣質（我常用「道德」「殘酷」二phrases，實是我傾向Puritanism 的鐵證）。以前為周班侯寫文章，我用「嚴束」二字作筆名，可見 我這個傾向由來已久。其實我極喜嘻嘻哈哈瞎幽默的人，惟談起文 學來，卻非一本正經不可。「哲學」和「智慧」的不同處，Eliot在 "Goethe as the sage" 一文中曾提醒過我，我本想在文中一提的，後 來覺得對《自由中國》讀者不適合，把寫的半段劃掉了，以後有機 會再acknowledge這個debt。

上次信上提及我的ulcer，必使你很掛念。我寫文章的那星期精 神身體極好，以後兩星期不斷的飢餓，體重減輕，使我很慌張。發 現有ulcer後我就不喫油膩生硬，但按照常識，cream和牛奶是仍服 用的。經檢查後，發現肝部增大，bile製造過多，有近於黃膽［疸］ 病的現象。最近兩星期來祇飲skimmed milk，油膩cream的東西一 概不碰，飢餓現象立即消除，身體也很正常，雖然仍不能恢復到原 有體重（我重135、134磅，較前輕了五六磅）。我近來的diet單調 異常，早晨oatmeal，lunch，乾牛肉sandwich，dinner，roast beef or turkey，粥，cooked vegetables，臨睡前再吃oatmeal，我不大貪 嘴，這種diet對我也無所謂。Ulcer情形已大有好轉，我想半年後， 飲食一定可以正常化。馬逢華來信說，1949共軍入北平後，他犯了 急性gastric ulcer，吃了要吐，並吐出帶有酸性咖啡色小血塊，他吃 了半年粥，至今沒有復發。我多吃粥、oatmeal，也是根據這個道 理。美國療養ulcer，平常日飲牛乳，其實牛奶此物不易消化，不如 gruel好。中國人一日三餐，有粥有飯，雖油膩甚重，也不妨事， ulcer cases較少得多。我來美以後，多吃orange juice、salad、 protein的東西，也可以說是ulcer原因之一。我每日服三種藥，一 種pink pills，是減少胃酸產量的，一種奶白色的液體，是coat胃腸 的表面的，一種tranquilizer叫Sparine，服用後人果然性平氣和，工 作效力也好，有百利而無一弊。我對藥品一向有迷信，你如工作太

緊張，不妨也買些tranquilizers試試看，的確有好處。*Time*載日本"tranki"服用的人很多，我想臺灣此種藥品也隨時可買得到。兩月來醫藥費花了一百五十元，虧得N. Y. State公務員保險制度連普通醫藥費也被cover，所以自己祇出了六七十元。今年夏季我請到了一筆Research Foundation of State University of N. Y.的summer fellowship。七百五十元（名額祇十人），每年夏季都由Carol貼錢支持一家，今年夏季至少可以自食其力了。我的project仍是選譯那本anthology，目前東方學問吃香，加上我學歷較State U.普通教授好得多，所以一請就請到了。我對此project雖興趣已減，但身處小地方，research facilities不夠，祇有翻譯工作仍可勝任。你暑期有空，仍請你一同合作。此事待我那本《中國近代小說史》出版有面目後，再同你商議。最近擱了兩月，一直沒有託人打字，春假中想把此事正式推動。

　　你做編輯的生活，想frustrations一定很多。劉守宜先生不知是什麼出身，他那篇論《紅樓夢》對白的文章寫得很好，那篇《儒林外史》指出了該小說不少滑稽可笑之處，寫得很有見地。《儒林外史》我大半已忘了，祇記得最後一章吳敬梓描摹了一個愛好琴棋書畫的人，作為熱中官場人的對照，「琴棋書畫」即勞幹所謂的「庸俗思想」，同時也指出吳敬梓缺少一個真正儒家的positive ideal。他諷刺沒有力量，和他「琴棋書畫」的態度也不無關係。我很想寫一篇談諷刺文學的文章，以指正許世瑛等認為諷刺文學真正可以「改變當前社會上的頑靡窳敗之風」的天真態度和徐訏認為諷刺一定不如悲劇的錯誤態度。最偉大的諷刺當然比不上最偉大的悲劇，但真正好諷刺文學實在也難能可貴，其價值也要比普通庸俗悲劇高得多。我promise你的文章已很多，希望最近再花三個晚上寄一篇文章給你。你那篇論「小說」和「Romance」的文章寫得如何了，你幾年來舊小說看得不少，應當可寫本專書。我記憶不佳，讀小說非

take notes 不可，以做備忘之用，所以讀起來相當慢。那篇文章所述及的《源氏物語》，的確是一部好書，而且無疑是世界小說上第一部（chronologically speaking）偉大小說。我所讀的僅是 Anchor Books 所專載的第一部，其餘五冊由圖書館代買後再讀。

上次寄來兩張小照，神態很好，甚喜。父親處一月多沒有去信，今明天寫信時當把照片寄上。上次父親來信，述及豬肉配給（每十天一次，每人四兩或半斤）及玉瑛妹鄉村勞動一二次事，很使我難過。玉瑛妹下半年希望能在上海附近工作。希望有一日玉瑛妹能逃出共匪區，她實在是我們一家受苦最深的人。

最近看了 *Gervaise*、*Paths of Glory*③甚為滿意。*Raintree County*④、*A Farewell to Arms*⑤兩大鉅片我因為一般影評不佳，都沒有去看，實在已取消了我「影迷」的資格。*Sayonara*⑥影評同樣惡劣，但因日本景物和 Brando 的關係，去看了它，結果令人惡心。影片沉長，鏡頭呆板，故事劣等，實和中國《紅淚影》⑦、《姊妹花》⑧時代的影片相仿。女主角美國日本人，貌醜異常，服裝舉止一無所取，豈可

---

③ *Paths of Glory*（《光榮之路》，1957），反戰片，據亨弗萊‧科布（Humphrey Cobb, 1899-1944）同名小說改編，史丹利‧庫柏力克（Stanley Kubrick）導演，寇克‧道格拉斯、阿道夫‧曼吉（Adolphe Menjou）主演，聯美公司發行。

④ *Raintree County*（《戰國佳人》，1957），據羅斯‧洛克里奇（Ross Lockridge, Jr, 1914-1948）同名小說改編，愛德華‧迪麥特雷克導演，蒙哥馬利‧克利夫特、伊麗莎白‧泰勒主演，米高梅發行。

⑤ *A Farewell to Arms*（《戰地春夢》，1957），據海明威同名小說改編，查理斯‧維多導演，洛‧赫遜、珍妮佛‧瓊斯主演，福斯發行。

⑥ *Sayonara*（《櫻花戀》，1957），據詹姆斯‧米切納（James Michener）小說改編，約書亞‧羅根導演，馬龍‧白蘭度、李嘉度‧孟德賓（Ricardo Montalban）、詹姆斯‧加納（James Garner）、瑪莎‧史考特（Martha Scott）主演，華納影業發行。

⑦《紅淚影》（1941），鄭小秋導演，胡楓、舒適主演，金星影片公司製作。

⑧《姊妹花》（1934），鄭正秋導演，鄭小秋、譚志遠主演，明星影片公司發行。

和Kyo相比？Joshua Logan導演 *Picnic*，頗有些聰明，不知何故，此片竟如此惡劣。美國popular作家如Michener⑨之類實在比禮拜六派作家還要不如。張恨水我沒有讀過，很是遺憾，但在「一二八」上海時我看過一部李涵秋⑩的《廣陵潮》，當時看得很津津有味，可惜以後對這類小說一直沒有看過。

　　我最近腦筋極靈活，教書時笑話層出不窮，極受學生愛戴。可惜信上不能多舉例。有一次family party，有女太太complain有感冒的現象，我問她是不是Asian flu（那時flu正盛行）。她說不是，因為症象極輕，我回答道："I know what it is；it's Asia minor flu"，當時在場全體為我的wit所震驚。有一次向一位稍有文學修養的女學生說笑話："Yours is the face that will launch a thousand satellites"，最近苦於積雪不溶，套了Shelley的名句，挖苦Potsdam的氣候："If Easter comes, can spring be far behind?" 一星期來此地氣候已轉暖，街上有小孩白相，群犬出現，很給人一種親熱之感。美國小城鎮可惜沒有雞，否則「雞犬之聲」不絕，倒也有一種「桃花源」的境界。前星期到附近St. Lawrence U.聽了一次Randall Jarrell⑪的演講，講的即是 *Time* 不久前所轉載的「instant literature」，聽後很滿意。不久前Potsdam有Ogden Nash⑫來幽默演講，事後我寫了一段

⑨ Michener（James Michener詹姆斯‧米切納，1907-1997），美國作家，創作了逾四十部作品，曾獲普利茲小說獎等，多部作品被改編為百老匯的音樂劇或電影，代表作有《南太平洋故事》（*Tales of the South Pacific*）、《夏威夷》（*Hawaii*）、《春之火》（*The Fires of Spring*）等。

⑩ 李涵秋（1874-1923），名應漳，以字行，別署沁香閣主、韻花館主等，江蘇江都人，是「鴛鴦蝴蝶派」代表人物之一，代表作有《雙花記》、《廣陵潮》等。

⑪ Randall Jarrell（蘭德爾‧傑瑞爾，1914-1965），美國詩人、文學批評家、兒童文學作家，代表作有《華盛頓動物園中的女人》（*The Woman at the Washington Zoo*）、《學院小照》（*Pictures from an Institution*）、《失落的世界》（*The Lost World*）。

⑫ Ogden Nash（奧格登‧納什，1902-1971），美國詩人，其詩作以韻律怪異、輕

doggerel: With verve & dash, Ogden Nash serve a mishmash of poetic hash. His muse is cash，以博學生一笑。我心境很輕快，和服用tranquilizer 很有關係。我取笑一位 Irish 男學生，稱他為 shamrock 'n' roll kid，那日是 St. Patrick Day。Shamrock 'n' roll kid 有資格放入 *Time*。

　　Joyce 非常聰明，對耳、目、口鼻以［已］能辨別，而稱呼之。Carol 心境也很好，她暢銷書看得不少，電影也看得較我多。最近我們加入了 RCA ⑬ 唱片 club，收到了裴多芬的九大交響曲，在 Carol 的舊唱機上開唱。不久以後 Carol 計劃買一架 TV-Record player combination。美國最近不景氣，教書先生飯碗倒很穩，看到旁人失業，自己一［亦］可出口氣。我代你買了 Blackmur: *Form & Value in Modern Poetry*; Irving Howe, *Politics & the Novel*, Rahv, *Image & Idea*; R. Chase, *The American Novel & Its Translation*，是四本 pocket books 中的頭挑好書，對你一定很有用，明天預備和 *PR*，或其他 pamphlets 寄上。藍蔭鼎《美國之行》，所載水彩畫的確可和 French masters 相比，而他速度驚人，的確令我佩服。他的 *Chinese Festivals* 對中國人面部把握好像不夠。不多寫了，希望你健康快樂，兩星期前收到程靖宇信，謂他接到 Geoffrey 不幸消息那天，正是 Ada 訂婚之日，他痛哭了一場，最近頹唐不振作。宋奇想在編一本《美國近代詩選》。

　　Happy Easter！

弟 志清 上
三月廿一日

鬆幽默而著稱，代表作有《自由旋轉》（*Free Wheeling*）（1931）、《面熟》（*The Face Is Familiar*）、《只除了你和我》（*Everyone but Thee and Me*）、《總有另一個風車》（*There's Always Another Windmill*）等。

⑬ RCA，應指 Radio Corporation of America。

348. 夏濟安致夏志清（1958年4月11日）

志清弟：

　　來信收到，Ulcer（中文是十二指腸潰瘍）一時沒有大危險，但是難以痊愈［癒］，吃東西時時要小心，總是件痛苦的事。這一期 *Time* 上有專家主張有胃潰瘍的人應該不斷的吃東西，以吸收分泌過多的胃酸，在理論上亦說得過去。但是不在專家指導之下，誰敢嘗試呢？Ulcer的來源還是神經控制失常，你吃 tranquilizer 亦好；上一期 *Time* 上還說俄國人還預備煉藥把人化為超人呢。中國的儒釋道三家的修養工夫，無非教人如何控制神經，達到 Norman Vincent Peale[①]所謂的 Power of Mind。二十世紀的人是要用藥物來安定神經改造神經了。我身體雖一向很弱，但我對身體其實很不關心，糊裏糊塗不去管它，也不大生病。我最大的長處是多休息，上了兩堂課，常常休息兩小時不止，躺在床上，瞎看閒書，因此腦筋很少有疲倦的時候。一切毛病的來源大約都是 fatigue，一疲倦，身體抵抗力就減弱，身體機能也失常。繼續疲倦，小病可能就生根成大病。我的懶惰習慣早已養成，少負責，少緊張，這樣可能有延年益壽之效。你做事太認真，疲勞的機會比我多得多；你知道躁急易怒的害處，但是你的「良心」不允許你「拆爛污」，身體總難十分康健，於 Ulcer 是有害的。我現在體重大約已到150磅（已好久未量，這是據別人估計），健康情形很正常，唯一的遺憾是早晨醒得太早，假如早晨能夠糊裏糊塗睡到九、十點鐘（假如那天沒有功課），精神還要健旺得多。現在早晨總是神思恍惚，早飯都不太想

[①] Norman Vincent Peale（諾曼・文森・皮爾，1898-1993），作家，代表作有《積極思考的力量》（*The Power of Positive Thinking*）。

吃，有幾天只喝一杯牛奶就夠了。上午如上課，中午便吃得很多；上午如無課，中午吃得也很清淡。晚上胃口大開，精神也來了，十二點鐘睡覺是常事。總之，一切任其自然，不想吃就不吃，想吃就多吃。晚飯常常吃得很晚，把肚子餓夠了，才去大吃一頓。有人吃飯有定時有定量，我是做不到的。照我現在的胃口，吃三碗飯絕無問題，母親看見了一定非常高興。但是我在家裡胃口一定不好，因為一則家裡零食準備得太多；再則，不按照我的時間吃飯，我還是吃不下的。我很相信胃口的重要。吃飯時如有zest（吃得多，吃得快），做事就有勁，做人也有精神。吃飯若是只為營養，敷衍了事，精神就壞。有時（難得）胃口不好，我就絕食。這點你是做不到的。一則你不吃東西，Carol就要着急；再則，你事情比我多，比我忙，怕不吃東西做不動事情，自己非得硬塞些東西下去不可。我沒有什麼必需做的事情，少吃一頓飯多休息也不致傷身體。我的辦法是unorthodox的，但是我相信對於健康（尤其是腸胃）是有益的。總之，我有多年invalid的經驗，現在很知道如何去應付這個「臭皮囊」。但是我也不敢自誇。身體好壞還不是命運作主？人如倒霉[楣]生起怪病來，什麼衛生方法都沒有用。我現在常吃的藥只是vitamin B complex；另一種是傷風特效藥——我為人敏感，一打噴嚏就吃它一顆，這種「反過敏性反應」的藥對我倒很有效。此外我不想吃藥提精神，因為假如精神不好，這就是Nature給你的warning，我就少工作或不工作以應付之。這只有懶人如我者才能應用，像你這樣勤快肯負責人的人是做不來的。我現在大體上是精神飽滿的，但是手邊該做而未做的事（包括未覆的信），不知有多少。現在不大做勞力的事，騎腳踏車只騎十五分鐘的路程，再遠的地方就坐bus或三輪車了。

你這篇文章在臺灣的反應很好。你講別種藝術作品，也能給人智慧，我這一點還體會不到，我對於藝術作品只有aesthetic的看

法。你的態度的確嚴肅，文藝作品要達到你的標準，太難了。我是
有時不顧內容只要有漂亮的文句就會滿意的。當然所謂「漂亮」的
標準也有變動，例如Daphne du Maurier式的文句，在上海那時也許
可以使我滿意或讚歎，現在看來，毫無新奇之處，只好算是壞句子
了。現在讀 *Time* 從來不覺其文筆之好，只是內容有趣而已。*New
Yorker* 的urbanity還是使我佩服。最近 *Atlantic* 上有Thurber[2]的
「Ross回憶」[3]，Ross此人硬是把 *New Yorker* 逼上這個標準，是不容
易的。Thurber當時投稿二十餘篇（？）後，方才錄取一篇，足見
即使在 *New Yorker* 草創之時，他們取稿的標準就非常之嚴格。我這
個編輯和Ross不好比，第一、我是個reluctant的編輯，隨時預備不
幹；第二、懶惰，投稿都不大看的，在出版前幾天，草草地湊幾篇
文章發表。《文學雜誌》做不到 *New Yorker* 的標準（白話文要像英
文這樣老練目前就是不可能的），更高的標準更不必談了，我們只
有一個消極的標準，反對effusions。劉守宜是學「教育」的，不懂
英文，生平只精讀幾部中國舊小說，與若干西洋小說之翻譯，哲學
方面也有一點訓練，他的喜歡hard、dry的文章，倒和我志同道
合。你對美國文壇不滿，不知道臺灣文壇比起美國來，還要低幾
等。彭歌是這裡的第一流小說作家，他和很多流行作家都是在肉麻

---

② Thurber（James G. Thurber詹姆士‧瑟伯，1894-1961），美國漫畫家、作家，
　1926年開始為《紐約客》雜誌撰稿，1927年進入《紐約客》編輯部，和E. B.懷
　特一起確立了《紐約客》詼諧、辛辣的文風，即所謂「《紐約客》文風」。瑟伯
　一生創作了大量的散文、隨筆、寓言故事、回憶錄以及大量插圖、封面。代表
　著作有《瑟伯小說選》（*James Thurber:92 Stories*）、《瑟伯文章及漫畫》
　（*Thurber: Writings and Drawings*）、《和羅斯在一起的年頭》（*The Years With
　Rose*）、《瑟伯嘉年華》（*The Thuber Carnival*）等。

③ 該文原名 *The Years with Ross* 發表於《亞特蘭大月刊》（*The Atlantic Monthly*, July
　1958）。Ross（Harold Ross，哈羅德‧羅斯，1892-1951），美國專欄作家，《紐
　約客》雜誌創始人，並任該雜誌主編。

地歌頌愛情。這種東西《文學雜誌》裡是很少的。*Time* 每期介紹兩三本小說，這些東西臺灣就沒有人寫得出（香港亦然），我們作家的想像力和美國相比之下，是異常的貧乏。Craftsmanship 也很差。美國的通俗小說即以偵探小說為例，大多銀行家還寫得像個銀行家，舞會還寫得像個舞會，這點起碼「寫實」的工夫，臺灣的作家就缺乏。我對於中國文壇的前途是很悲觀的，這樣一個悲觀的人來辦《文學雜誌》，也是命運的諷刺。

想寫篇文章討論《紅樓夢》，頗有幾句話可說，只是第三遍讀《紅樓夢》還沒有讀完，還不敢落筆。《紅樓夢》我只讀過兩遍，一次是在「大一」那年，一次是在香港，第三遍讀得很仔細，因此很慢。我所要講的，還是有關 technique 的問題為多。

《自由中國》那裡你暫時可不必投稿。雷震（六十幾歲，你給他的信，自稱為「弟」，使我大吃一驚），是個身材高大精力飽滿之人，很有政治野心，他要搜羅天下英才，以資號召。我上次在美國之時，他也每月一封信催我寫稿，我沒有理他。他有一張名單，他按時寫信向個人索稿，這對於他是 routine，並不一定有多少誠意。你的政治主張和他的不合，更不一定要投稿。照我看來，你假如精力有餘，不妨每兩三個月替《文學雜誌》寫一篇；反正《文學雜誌》的壽命不會長（我的消極作風，又美國人的 patronage 隨時可停），《文學雜誌》停刊後，你的文學批評文章不妨寄給《自由中國》。討論 liberalism 這種文章是吃力不討好的，雷震他們（還有殷海光——即殷福生）奉羅素為教主，以 liberalism 為教條，我看了也不大滿意。他們是代表臺灣文化的淺薄的另外一方面。可是臺灣假如沒有他們那本雜誌，臺灣的思想界將更形單調了。

我對於目前情況，其實很不滿意。主要是因為看不見 culture，沒有 future。好在我做人糊裏糊塗，還可以嘻嘻哈哈。我很能了解 Henry James、T. S. Eliot、James Joyce 等為什麼要做 expatriates。孔

子都說過：「道不行，乘桴浮於海。」我假如感覺再敏銳一點，生活將更痛苦。If there is ever a Waste Land，here it is. 不過升了正教授之後，我讀書稍微用功一點了。

你加入唱片會，是件好事。Toscanini④的九支Beethoven交響樂，的確引誘力很大。我從美國帶回了十幾張唱片，一直因為沒有多餘的錢，買不起留聲機，不能聽它。去年年底拿到的arrears，我拿來買了一架record player（日本3-speed motor，Philips pickup arm），才花了約廿幾美金；發聲是借用radio，我的radio聲音很好，但是用來聽唱片，覺得力量不夠。已經託了一個業餘研究electronics的朋友，在裝HiFi Amplifier，預計6-watt output，8″2″喇叭各一，此人很忙，大約下星期可以裝好，還得花二三十元美金。合計五十美金，可以有一架HiFi唱機；臺灣是人工便宜，cabinet便宜，同樣的東西，在美國總要賣到一百元以上吧。臺灣現在有很大的唱片pirate工業，12″LP一張只需六角美金，聲音也許稍差，但是我們還夠不上tone purist，稍差也聽不出來的。我不預備多買唱片，據書上講，研究音樂最好的方法，就是把某些名曲多聽，聽到能背得出的程度，自能了解其好處。我就想來背幾支曲子。Beethoven的5th symphony我已經多少能夠背一點，而且immensely enjoy it的（Beethoven的2nd與4th都很好聽，9th就不大懂）。我的音樂修養真可憐，現在能欣賞的作曲家只有Beethoven、Mozart、Schubert等少數人而已。Brahms⑤就聽不懂。所以不懂者，因為

---

④ Toscanini（Arturo Toscanini阿圖羅‧托斯卡尼尼，1867-1957），義大利指揮家，19世紀末和20世紀初最負盛名的音樂家之一，曾在米蘭的拉‧斯卡拉、紐約大都會歌劇院、紐約愛樂樂團、美國NBC交響樂團等擔任過音樂總監。

⑤ Brahms（Johannes Brahms約翰內斯‧布拉姆斯，1833-1897），德國作曲家、鋼琴家，其重要作品有《第一交響曲》、《d小調第一鋼琴協奏曲》、《D大調小提琴協奏曲》、《德意志安魂曲》等，

Brahms沒有明顯地musical phrase，不易找出其主題。Wagner似乎是步Brahms的後塵的。再則其harmony似乎很複雜，melody亦不明顯。Bach亦聽不懂，似乎不大好聽，其奧妙之處一點也不了解；當然我相信如把Bach的一支曲子背熟之後，找出它的頭緒，可以欣賞它的結構。去年某期*Atlantic*介紹一種唱片，共五張，售$45（好貴的價錢），是New Jersey的一個小地方出品，*National Catalogue*中不載，據說這五張唱片詳細的介紹Symphony Orchestra，選了很多名曲的片段作為說明，是欣賞音樂最好的入門，內容豐富，超過Britten⑥的那支《Orchestra入門》，你若是有興趣，不妨留意一下。或者到什麼Record Library借來聽聽（我很想學鋼琴，把耳朵從頭訓練起）。

胡適今天回國，我還沒有見到。胡適現在是Academia Sinica的院長，但是此間有些rightists對他很不滿，另外有一批demagogues要利用他（就像Cassius⑦等的利用Brutus⑧一樣），他自己又喜歡管閒事，回來了一定很不快活的。

上海的情形一定很可怕。我不大做夢，現在大約一年要做幾次惡夢，夢裡是回到大陸去了，害怕得很。父親有一個時候轉告香港的朋友（聽張和鈞說）說要逃到香港來，後來不知怎麼沒有下文了。出境恐怕還是不容易。我平常不大想家，但是下意識裡還有很大的恐懼，所以有惡夢。假如父親逃不出來，只有等第三次大戰，

---

⑥ Britten（Benjamin Britten班傑明‧布里頓，1913-1976），英國作曲家、指揮家、鋼琴家，其重要作品有《彼得‧格萊姆斯》、《戰爭安魂曲》、《春天交響曲》、《大提琴交響曲》等。

⑦ Cassius（Gaius Cassius Longinus加尤斯‧卡西烏斯，朗基努斯，約85B.C.-42B.C.），羅馬政治家，西元前49年保民官，隨龐培逃離羅馬；龐培遇害後，聯繫凱撒並陰謀刺殺凱撒，失敗後自盡。

⑧ Brutus（Marcus Junius Brutus布魯圖斯，約85B.C.-42B.C.），羅馬政治家。

我們來收復大陸了。我現在有點徵［僥］倖的希望：美國經濟蕭條
如不改善，民主黨上臺後可能以戰爭來刺激經濟的繁榮。最近
Acheson⑨著書（*Power of Diplomacy*, Harvard Univ. Press，過去我
們對 Acheson 是有反感的）評論 Dulles⑩，我覺得 Acheson 所說的外
交政策比 Dulles 的 sound。Dulles 決心反共，和歐洲那些「恐俄」份
子周旋，屹立不移，是值得我們佩服的。但是他似乎沒有什麼辦
法。你假如要給《自由中國》寫稿，不妨讀讀 Acheson 的書（還有
Kennan⑪的），這種文章不牽涉中國政治，寫來想不難。艾森豪結
束韓戰，制止英法打埃及，不干涉 Indonesia，都是使這裡的人失望
的。美國如不積極，大陸的中國老百姓所受的苦不知何日可了。想
到這些問題，心裡就難過，因此也不大想它。

　　謝謝你又送我這些好書（以前那一包還沒有到）。最近買了一
本 Wimsatt & Brooks: *Literary Criticism*（Knopf），放在手邊隨時參
考，不想讀完它。

　　聽來信的口氣，你下學期大約還在 Potsdam，能夠住安定了也
好。Joyce 一天比一天活潑，讓她在安定的環境長大，很好。Carol
已經夠辛苦了，每午暑假開汽車搬家，更苦了。我現在的人生觀大

⑨ Acheson（Dean Acheson 迪恩‧艾奇遜，1893-1971），美國州議員、律師，1949-
　1953 年杜魯門總統執政期間任美國國務卿，參與「馬歇爾計劃」（Marshall
　Plan）的制定。

⑩ Dulles（John F. Dulles 杜勒斯，1888-1959），1953-1959 年艾森豪總統執政期間
　任美國國務卿。

⑪ Kennan（George F. Kennan 喬治‧凱南，1904-2005），美國外交家、歷史學家，
　亦是「馬歇爾計劃」的設計者之一，遏制政策（policy of containment）創始
　人。普利茲獎獲得者。代表作有〈蘇聯行為的根源〉（"The Sources of Soviet
　Conduct"）、《美國外交：1900-1950》（*American Diplomacy, 1900-1950*）、《美國
　外交政策的現實》（*Realities of American Foreign Policy*）、《俄國退出戰爭》
　（*Russia Leaves the War*）等。

約是懶人的人生觀，對於臺大雖然不滿，一時也不想動。只是等「轉運」而已。再談　專頌

　　近安

濟安　頓首

四月十一日

Carol Joyce均此。

父母親大人前代請安，玉瑛妹問好。

349. 夏志清致夏濟安（1958年6月10日）

濟安哥：

四月十一日信收到後，已近兩月，還沒有給你覆信。這次的懶惰和ulcer不無關係，今天把學期分數繳出，清靜地坐在office裡，可以好好地寫一封信。我上次給你信時，精神還好，ulcer調養得也很平服，但接着體重減輕，腹中不斷飢餓，並不時有腹瀉，弄得百病叢生。我疑心是服藥後所引起的不良反應，但醫生堅決否認他給我的藥會引起這些惡劣反應的。他疑心我的ulcer一定轉劣，此外liver和gall bladder也出了毛病，所以有jaundice的症象。有一次去照X光檢查gall bladder，我在醫生conference room查看醫書，看到我在服用的某種藥品的確是可以cause diarrhea的；隔一星期，在*New Yorker*上看到那篇論tranquilizers的長文，發現某幾種tranquilizers的確可以cause jaundice的。我對那位醫生的信心早已全部喪失，即另找在附近小城較competent的內科醫生。他祇是confirm我的發現，囑停服tranquilizer和服用另一種anti-acid的藥水（我自己已在這樣做），所以一月多來身體舒服得多，雖然吃東西不當心，仍可能有腹瀉的危險。據這位新醫生說，我的ulcer業已全愈［痊癒］。下星期見他後可能再照一次X光以斷定ulcer的是否已完全平服。我一向有方士一樣的對藥石的迷信，可是一生來碰到庸醫不少，吃的苦頭也不少，這次我對那些anti-acid的藥品很懷疑，卻想不到cause trouble最多的是Sparine（tranquilizer）。以後當少服藥，自己好好調養，雖然「多休息」這個條件是做不到的，我每天照顧Joyce的時間太多，工作的時間實在很少。普通人孩子幾個，照樣工作如常，很是［使］我佩服。我心腸較軟，Joyce一有傷風病痛現象，神經就緊張不堪，毫不能relax。美國母親都很callous，讓

小孩自己玩，accident不斷，跌傷、斷骨之事到處皆是（這種情形在中國是罕見的），我以為做人子的既不應損傷肌膚（曾子的孝），做人父的更不應讓自己的子女有病痛損傷的情形。這ideal當然是達不到的，但對我這是一個obsession，比任何一切工作都重要。我這樣地對自己的小孩愛護無微不至，時間實在浪費太多，為自己事業上稍有成就起見，祇好不再生育。但Joyce長得已很大，有時已很有寂寞之感，最好她自己有弟妹伴她玩，想到這事，也使我很難過。

我有ulcer以來，不吃油膩，所以至今油膩的東西吃了就要腹瀉，這和吃長素的人見了葷腥就要起惡心一樣。這種情形，如我的ulcer真已平服，是可以慢慢調正的。我體重保持130磅左右，比你輕了二十磅，但最近精神很好，飯菜的單調對我也無所謂。一切聲色之娛我都不大介意。最近好電影很多，此地換片甚勤，有時電影看得多了，自己就hate自己（最近最滿意的影片是 *Witness for the Prosecution*①）。美國人都吃tranquilizers，或多看N. Y. Peale之類的書，無非是想把anxiety和guilt feeling忘掉。我覺的guilt和anxiety是human condition必有條件，有了這兩樣東西，做人才有勁，做事才有勁，雖然最好的情形當然是能夠真正修身而transcend guilt, anxiety, anger。我Aldous Huxley的東西看得很多，愈看愈佩服，他所說的話，我差不多全部同意。他實在是當今最intelligent & wise的作家，Eliot討論社會問題，免不了受到教會的束縛，遠不如他，雖然他們兩人對modern problems的opinion是相同的。

我對別種藝術作品也能給人智慧一事，實在一無確信，也毫無personal經驗。但據說Bach和貝多芬晚年的quartets的確可以transport

---

① *Witness for the Prosecution*（《雄才偉略》，1957），據阿嘉莎·克莉絲蒂（Agatha Christie, 1890-1976）戲劇改編，比利·懷應導演，泰隆·鮑華、瑪琳·黛德麗、查理斯·勞頓主演，聯美發行。

人到一個更高世界（貝多芬的quartets，實在難以欣賞），祇是我們了解的程度還不夠。Visual arts當以美為主要考慮，但圖畫的取材和畫家的intelligence和嚴肅性仍是批判圖畫的必要criteria。我寫了〈文學‧智慧〉那文後，看到Anthony West②在 New Yorker 上的一篇論Baudelaire的長文，把Baudelaire寫得一錢不值，很使我有汗流浹背之感。最近看了些Baudelaire英譯的詩，纔覺得我說的話，還不能算不中肯。但以後自己不知道的東西，在文章中，還是少談為妙。New Yorker 的文章的確好，即是TV section也包［保］持極高水準。Dwight MacDonald③認為Gregory Peck的 The Gunfighter④是最佳的western，此片給我的印象極深刻，實在有勝於 High Noon⑤，不知你曾看過否？

　　你的論《紅樓夢》長文，下期《文學雜誌》想可發表（最近兩期《文學雜誌》都已收到，謝謝）。我所講關於《紅樓夢》諸點，實在是籠統的，因為要好好批評，非精讀細讀該書不可。最近Columbia王際真C. C. Wang⑥的和根據Franz Kuhn⑦德文重譯的兩

---

② Anthony West（安東尼‧韋斯特，1914-1987），英國作家、文學批評家，二十世紀五十至七十年代為《紐約客》寫評論文章，代表作有《威爾斯傳》（*H. G. Wells: Aspects of a Life*）、《古物》（*The Vintage*）、《伊麗莎白的英格蘭》（*Elizabethan England*）。

③ Dwight MacDonald（德懷特‧麥克唐納德，1906-1982），美國作家、編輯、評論家，代表作有《對人民的責任》（*The Responsibility of Peoples, and Other Essays in Political Criticism*）、《反對美國大眾文化》（*Against The American Grain: Essays on the Effects of Mass Culture*）。

④ *The Gunfighter*（《霸王血債》，1950），西部片，亨利‧金導演，葛雷哥萊‧畢克、卡爾‧馬爾登、珍‧派克（Jean Parker）主演，二十世紀福克斯發行。

⑤ *High Noon*（《日正當中》，1952），西部片，弗雷德‧津尼曼導演，賈利‧古柏、湯馬士‧米契爾（Thomas Mitchell）、葛莉絲‧凱利主演，聯美發行。

⑥ 王際真（Chi-Chen Wang, 1899-2001），字稚臣，原籍山東恆臺縣，清華保送美國威斯康辛大學學習，曾受聘於紐約藝術博物館、任教哥倫比亞大學，編譯有

種英文《紅樓夢》（abridged）在美國出版，你有興可以寫一篇討論《紅樓夢》的英文文章在美國 *PR* 或 *Hudson Review* 發表。我也有興此舉，可惜沒有時間。你最近把《紅樓夢》重讀一遍一定可以寫一篇極像樣的文章（不知 USIS 有沒有這兩種譯本，如沒有，我可以寄給你，我已有了一種）。《紅樓夢》naive 和沉悶之處當然是有的，它的 allegory & symbolism 不能在全書內作有計劃的表現，也可說是缺點。中段曹雪芹大談詩詞，把 action 弄慢了，反不如後半部緊湊。我把我那本書弄定後，一定在暑假內為《文學雜誌》寫兩篇文章。臺灣有沒有較好版本的幾本著名舊小說？胡適新式標點的即可。如有可寄給我，所費多少，我可以開旅行支票給你。

你 Indiana U. 學分還缺多少，才可以拿到 MA？如只缺一篇論文，何妨同 Indiana 接洽一下，把它弄完了。我覺得在美國小大學教書也比在臺灣教書寫 [愜] 意，因為美國學生和氣，女生美貌，交際少，自己時間多，可以多有研究創作的時間。有了 degree，同小大學接洽一下，能自己出國也是好的。陳文星這半年在 New Haven Albertus Magnus 天主教大學教書，成績很好，最近已升任為該校正教授兼政治系主任，雖然年薪僅 $4580 元。有了 MA，小大學教書不十分困難。你有志出國，我覺得這是一個辦法。你在 *PR* 已有一篇文學發表，資格已極好，我在這裡也可以為你想辦法，State University 分校極多，總會有空額的。你在臺灣住得厭倦，把 MA 弄完了，也是一個出路。

《自由中國》我沒有繳稿。最近一期，大呼「科學」「民主」，重振五四精神，時隔四十年，一般智識分子，仍是毫無進步，是很

《現代中國小說選》（*Contemporary Chinese Stories*）、《戰時中國小說》（*Stories of China at War*）、《中國傳統話本故事》（*Traditional Chinese Tales*）等。

⑦ Franz Kuhn（法蘭茲‧庫恩，1884-1961），德國律師、翻譯家，把大量中國小說譯成德文，代表性譯作為《紅樓夢》。

可悲的。胡適想已會面，他看到你把《文學雜誌》辦得很好，一定
會把你很器重的。他自己弄政治，一定兩面不討好，還是多弄他的
research 可以多有些真正貢獻。

　　這個暑假，玉瑛妹要去農村勞役一個月，希望她能受得住。暑
期後分派職業，希望她能在上海附近教書。前幾期 *Time*，載中共捕
殺麻雀一事，很使我有些感觸。大陸目前犬貓絕跡，鳥類也殺了不
少，真可算是 Waste Land 了。父母身體都好。Carol、Joyce 和我一
月來都有些傷風，我不能多服 vitamin C（酸性），所以對 colds 的抵
抗力無形削弱。氣候還不太溫暖，雨水很多，很使我失望。Carol 生
活如常，我們唱片不常聽，因為舊的 record player 壞了，新的還沒
有買。你近況想好，甚念。母親為你婚姻事，仍是非常 concerned，
一年來匯款順利，你的婚姻成了她的唯一 worry 了。馬逢華那裡，
《文學雜誌》可以每期平郵寄兩份去，因為羅家倫的女兒對該刊也
很愛護，希望自己有一份（張羅久芳⑧文學修養不差，也可向她索
稿）。不多寫了，今晚預備去看 *Desire Under the Elms*⑨。祝
　　康健

弟　志清　上
六月十日

---

⑧　張羅久芳，即羅久芳（1934-），冠夫姓，稱張羅久芳，羅家倫（字志希，1897-
　　1969）之長女，1948年隨母由南京赴澳洲。雪梨大學畢業，1956年赴美，入密
　　西根大學攻讀歷史，是年與該校助理教授張桂生結婚。現定居美國華盛頓州西
　　雅圖市。編著有《羅家倫與張維楨——我的父親母親》、《五四飛鴻——羅家倫
　　珍藏師友書簡集》、《辛亥革命人物畫傳》等。
⑨　*Desire Under the Elms*（《孽種情花》，一譯《榆樹下的欲望》，1958），據尤金・
　　奧尼爾同名劇作改編，地路拔・曼（Delbert Mann）導演，蘇菲亞・羅蘭、安東
　　尼・柏金斯（Anthony Perkins）、保路・艾維士（Burl Ives）主演，派拉蒙影業
　　發行。

350. 夏濟安致夏志清（1958年6月23日）

志清弟：

來信收到，正在寫一封長信，尚未寫完。茲有要事相告，特先發出此短信。

R. Foundation已決定派我去美，留Seattle, Washington U. 半年，時期雖短，但報酬之高，嚇壞人。計旅費兩千，生活費用四千，共六千。

Carol和你一定都很喜歡聽見這個消息的。Joyce前亦不妨告知，if she understands what you mean。啟程之期，假如成行，總還得隔三個多月。專此，即頌

近安

濟安
六月二十三日

長信明天續寄

351. 夏濟安致夏志清（1958年6月24日）

志清弟：

　　接來信，知近來身體不好，甚為懸念。我們近來精神都不大好，因此信寫得都很少。*New Yorker* 論藥一文在你信到之前，剛剛看完。Miltown這個字，以前在 *Time* 裡似乎看到，想不到近年有這麼大一個fad。你的基本信念，還是「人定勝天」，所以對醫藥有如此大的信仰。我的傾向是全部相信「天」，天不一定慈悲（可能是不慈悲的），但是輪迴因果可能是有的。我相信我死後還要投胎做人，死只是對人間的小別。我是一個不願出世的佛教徒，我願多做幾世人再成佛。中國智識分子有我這種信仰的，現在也不多了。對付你的病痛，只有忍耐。據我知道Ulcer是沒有藥可醫的，文明人的病，大多有關internal organ，生理發生變態（如胃液分泌忽然增加），藥很難對付。細菌的病，如TB，現在是大多不足為患了。血壓高就麻煩得多。我但願你的ulcer不惡化，就是上上大吉。不必操之過急，想吃藥把它治好。你的ulcer想必由來已久，或者說，病根早就種下，現在被發現而已。而ulcer之起源，和心理緊張有關；如何能使心理長期的解除緊張，這是你該注意的。解除心理的緊張，我不相信藥石有效。雖然藥石可能使人「覺得」心理緊張解除了。生命的神秘如海──借用牛頓的譬喻──醫藥的成就，即使到了20世紀，還不過是海灘上撿來幾塊貝殼而已。我的態度比你的「神秘」，你的還是比較positivist。上帝永遠留下幾樣scourges給人類的；Gone are PLAGUE, CHOLERA, TYPHUS, TB, etc. etc.，可是我認為心臟病、Cancer、Leukemia等，將永遠不能被征服；即使被征服，也會有新的疑難雜症來代替它們。相信醫藥還是人的presumptuousness的一種表現。我這種對於progress的懷疑，是中國

人的，Chesterton①、Belloc②等可能也有這種想法。不知道Eliot對於醫藥有什麼看法。我在臺灣，每天可以病倒，或者生了一種什麼病忽然被發現了。現在所以還算健康的緣故，我不敢自詡是注意營養攝生的效果，我只是感謝上帝。但是上帝明天可能變成不仁慈的，那麼我只有忍受而已。在你的人生觀中，人生似乎還有positive的happiness可以追求；我是把人看作待宰割的羔羊的（Pope的 *Essay on Man* 中也用過同樣的譬喻）。我這種人生觀，即使錯誤，但是根深蒂［柢］固，也改不掉了。

我給你的advice：把身體看得輕一點。這話並不是說：不妨糟蹋身體。而是說：不要太對於自己的身體敏感，忘記它。你的責任很重，family、career等等，都需要你操心，實在也沒有餘力來worry about your own health了。這種態度很難培養，我初得TB幾年，脾氣很暴躁，攢傢生都攢過的。那何嘗不是對於命運的一種憤恨的抗議？好不容易現在養得很少疾言厲色了。這個formula我試之有效，我敬以之送給你。其他一切攝生方法，你知道的應該比我還要多，我也不必說了。

美國是個好地方，但是生活太緊張。臺灣只有一點可取，它是

---

① Chesterton（G. K. Chesterton賈斯特頓，1874-1936），英國作家、評論家、詩人、劇作家、新聞記者和插圖畫家，出生於倫敦，畢業於倫敦大學，曾在出版社工作，並長期為《倫敦畫刊》撰稿，還創辦刊物，宣導「分產主義」。代表著作有《何謂正統》（*Orthodoxy*）、《羅伯特‧白朗寧》（*Robert Browning*）、《飛翔的客棧》（*The Flying Inn*）、《布朗神父》（*Father Brown*）、《詹森博士的審判》（*The Judgment of Dr. Johnso*）等。

② Belloc（Hilaire Belloc西萊爾‧貝洛克，1870-1953），英國作家、歷史學家，出生於法國，1895年畢業於牛津大學，1902年成為英國公民。代表著作有《長短詩》（*Verse and Sonnets*）、《通往羅馬的路》（*The Path to Rome*）、《英格蘭歷史》（*History of England*）（4卷）、《最後動員》（*The Last Rally*）、《伊莉莎白：時勢造英雄》（*Elizabeth: Creature of Circumstance*）等。

lotus-eaters之島。有上進之心的人，眼看自己消沉下去，有時不免也要怨懟，也要憤恨。但是它可以使血壓降低，使胃液分泌正常，因為在這裡可以糊裏糊塗過日子。大陸淪陷，大家要想的問題太多，索性不去想它，算了。生活雖不如美國舒服（夏天就熱得可怕），但是容易混飯吃。而且混飯吃的人，不露鋒芒，人緣也好，有另外一種舒服。我的朋友中，勞幹是甘心做lotus-eater的，他做人全法老莊。我對於老莊一道，也略有心得，有時可以和他談得很投機。但是我還想奮發有為，不願意糊裏糊塗地活下去。我現在的苦悶就是這一點；勞幹似乎很快樂，但是他真的快樂不快樂，我也不知道。

我這兩三年來的運氣，一直不大好，最近也許有轉運的可能。但是我也並不eager要轉運。The genii has come to love his bottle-prison?或者是他在生氣了？

近年的收穫是虛名。但是名既是虛，收穫必也不實。我理想的生活，是有錢而無名。今年的運氣，偏是有名而無錢。並不是真窮，但是交女朋友的錢就沒有。四五年前我在臺灣也「風流」過一陣，那時主要的提高我興致的事，就是好像錢用不完似的。HK USIS的稿費很多，在臺灣亂花——照相、date、近郊旅行等，我都could well afford。近年就一直沒有如此寬裕過。臺北的USIS一直欠我一萬九千元臺幣，由於辦事人的顢頇，這筆錢據說還要半年後再［才］拿得到。半年後也許我用不着這筆錢。我樂天知命，也不去催詢。錢在我手裡，可能用完；放在他們那裡，只是承受利息（我是不會去放利的）和臺幣depreciation的損失。這筆錢若該是我的，就逃不了（我在香港還有US$150的稿費）。還有一點使我不快樂的，是《文學雜誌》。去年年底我寫信給馬逢華，就表示預備不幹。現在又快拖了半年了。我不滿意的是發行人劉守宜，但是在私人交情上，我又同情他。按理說，《文學雜誌》得USIS的支持，每

月不論賣多少，還可略有盈餘（除掉一切必要開支）。我這個編輯，既不拿稿費，又不拿辦公費，總算可以說是個example of self-sacrifice 了。但是劉守宜太窮（他場面是大的，上海時很闊，現在已經緊縮至不可再緊縮），《文學雜誌》的稿費已經欠了快半年了。這筆稿費我認為也是我的債。我本來希望在六月底拿到USIS所欠我的稿費，發還《文學雜誌》欠人的稿費。然後登報聲明和《文學雜誌》脫離一切關係。但是我的稿費拿不到，我這一項「慷慨豪舉」也表演不出來。只好悶在心裡，再熬下去。我現在對於《文學雜誌》的興趣，已經喪失殆盡。多出一期，我的負債就增加。我的臉又嫩，沒法和劉守宜攤牌（父親和人合作做買賣，也吃臉嫩的虧，我是明知故犯）。外面不知內幕的，認為拿了 US Aid（《文學雜誌》是臺北現在唯一拿US Aid的雜誌，after去年的May Riot③的雜誌不發稿費，是大不應該的。我如揭發內幕，突然損害劉守宜的名譽，他的credit受了影響，在商場上將更「兜不轉」。我又只好表現我的exemplary patience 了。

明年會計年度，USIS將繼續支持《文學雜誌》，這對於我是個很壞的消息。我希望美援停止，雜誌關門，然後可以開始清理債務。數目並不大，因為稿費項下有很多篇是不必付稿費的。可是美國人還欣賞這本雜誌，我有什麼辦法呢？我所以還做下去，也是因為美國人的資助對於劉守宜的經濟狀況小有裨益，我站在朋友立

③ 1957年（民國四十六年）3月20日深夜，服務於「革命實踐研究院」少校軍官劉自然，在駐臺美軍上士羅伯特‧雷諾（R. G. Reynolds）的住宅門前，遭雷諾連開兩槍斃命。5月23日，負責審理此案的美國軍事法庭以「證據不足」為由，宣判雷諾無罪釋放。5月24日，臺灣爆發大規模反美暴力衝突，大批民眾衝入搗毀美國大使館，破壞美國新聞處，並包圍美軍協防臺灣司令部。臺北衛戍司令部宣佈戒嚴，由衛戍部隊將群眾驅散。史稱「五二四事件」或「劉自然事件」。May Riot即指此事。

場，不好意思做「坑人」的事。我不能主動地請美國人停止美援。我如留在臺灣，《文學雜誌》的編務將如何擺脫，這是很傷腦筋的事。

　　劉守宜為人有很大的vanity。《文學雜誌》外面名譽很好，使他的社會地位隨而提高，這是使他很感到自我陶醉的（他不懂英文，也沒看見過以前*Criterion*雜誌④有多麼整齊的陣容，多高的水準）。《文學雜誌》如關門，他只是一家不賺錢（一年只出四五本書）的小書店的老闆（明華書局），不會受人尊敬。他現在同一般作家酬酢頗多，自鳴得意。把自備三輪車的後座漆了「文學雜誌」四個大字，招搖過市——那部車我是不願意坐的。他在上海糊裏糊塗地豪華過一個時候，揮金如土，幾乎頓頓在館子裡吃飯（簽名付帳，上海那時有這種派頭的人不少，連張和鈞這種人也辦得到的），夜夜在舞廳或「會樂里」。現在他幻想着這種「黃金時代」還會來臨，但是環顧目前臺灣環境，外省人都是一天不如一天，那裡有誰再闊得起來？他有一種近乎瘋狂的樂觀主義，但是這種樂觀主義也有動人的力量。他一樂觀，我的悲觀的話就說不出口了。汪榮源也有同樣的樂觀和動人的力量，我拿他們是沒有辦法的。人家的氣燄就能壓制住我的。但是劉守宜的根本weakness，還是他的士大夫習氣。據我觀察，他不會penny pinching，也不知如何unscrupulous。他有大計劃，樂於表現「派頭」，但是他就不知道如何賺錢。*Time*有一期上的cover story是*GETTY*，Getty⑤那人多狠，

④ *Criterion*（*The Criterion*《標準》），英國著名的文學雜誌，由T. S.艾略特創辦於1922年，休刊於1939年。該刊集中了維吉尼亞‧吳爾夫、艾茲拉‧龐德、E. M.福斯特、葉芝、赫伯特‧里德、W. H.奧登等一大批著名作家和批評家，產生了廣泛的影響。艾略特的著名長詩〈荒原〉，即發表於《標準》雜誌的創刊號上。
⑤ Getty（J. Paul Getty保羅‧蓋蒂，1892-1976），美國實業家，蓋蒂石油公司（Getty Oil Company）創始人，文中所提是為1958年2月24號出版的*Time*雜誌。

多括精！劉守宜就不會狠，不會括精（汪榮源 is, in this respect, a much better business man）。所以我有時也可憐他，但是我們倆的合作只是使我痛苦，我希望以後永遠不要再和他合作。我同劉守宜，或我同汪榮源的合作的故事，可以寫成一部好的小說。

前面說，我最近有轉運的可能。剛剛接到新亞書院的信，下學期請我去教書（擔任的courses：翻譯、Victorian Age、批評——都是我比較擅長的），一星期十小時，每月800元港幣。我是準備答應下來的。此事進行了有一個多月，今天始成定局。去香港的好處，一是換環境，二是可以多拿些錢。800元不算多，但是比這裡好得多，而且香港可以多賺些外快。現在深知金錢之可貴，到香港去一定要好好地賺錢。想程靖宇從1951年文壇成名開始，每月稿費連教書薪水，收入可達二千元港幣。他按理說，每月用500已夠，儲蓄1500，一年可得三千美金，這許多年來，一兩萬美金已經在手，可以過一個獨立的生活了。但是他不知金錢來處不易，瞎浪費，現在可能毫無積蓄。他私生活浪漫，聲名甚臭，普通學校是不會歡迎這種教授的。以後只好靠賣文為生，而賣文又是多麼苦的生活。

寫到前面，又停住了。昨天心緒很亂，曾發出一短信，想已寄到。R氏基金的事，談了有一年半了，昨天要最後決定，我本已不把此事放在心上考慮，故已準備答應新亞。這次R方面談妥，要我決定，我曾再三堅辭。R方面引誘雖大，但在新亞方面屢次失信，我以後再也休想到香港去見人了。但是校方非叫我去不可，待遇之厚，打破所有grant的紀錄：兩千旅費，另四千用半年。我不去，全臺大的一切窮富教授要打破頭來搶的。我是Fahs所指定的人，我去別人沒有話說，我不去，學校方面將感覺到大為困難。我又不好向校長和Dean（沈剛伯）說明我已準備去港。他們只以為這又是我的modesty和「與世無爭」哲學的表現。窮人暴富，可能不祥，

臺灣的Lottery，最高prize也不過五千。但是校方如此盛意，我如堅拒，別人也不能了解。現在只好預備寫信給新亞，回掉那邊，準備來美了。

一個餓肚皮的人，忽然一頓有兩處宴會可吃。命運有時候就是這麼作弄人。

去Seattle最明顯的缺點，是時期只有半年，如再去Indiana半年，我只需繼續我上次所定的計劃；但這次去W. U.，不知定什麼研究計劃。而且我這次的身份，是代表臺大的文學院，又是Full Prof.，不好意思再去上課讀學分，不知道去做什麼的。聯絡工作（包括give parties）是要做的，因為R氏基金要sponsor臺大和W. U.的合作，我在那邊可能和校方領導人物和名教授聯絡。我如去成，也需要give幾個lectures，反正我對於中國舊小說，已略有底子，這方面的lecture，一個月讀一篇也許還辦得到。此外我不知道要做些什麼事了。W. U.的英文系課程，似乎也沒有什麼我可以旁聽的。要正式選課則不好意思。

你信裡所說的到Indiana U.去讀MA，未始不是一個好方法。我原定計劃，是到香港去賺錢儲蓄，等到省了一兩千元錢，白費去I. U.，拿一個很容易的MA，但是現在這個計劃當然行不通了。

希望R氏基金能夠讓我在美國多住半年，反正我的錢半年是用不完的。

上月陳世驤返國，他是Berkeley的教授，教Chinese，我們談得很投機（他很欣賞我那篇〈香港〉）。他利用新的批評方法，研究中國舊詩，其有新發現，自不待言。他在臺灣的大為lionized，是可以想像得到的。他的成功和李田意目前的地位，給我一個很大的啟發：我們為什麼不改行？在英國文學方面努力，吃辛吃苦，在美國的地位仍只可排到一百名以外，弄中國東西，大約很快就可以出人頭地，成為foremost scholar。我即使到I. U.去拿一個很容易的

MA（in English），以後還應該改行。

我最近倒有個研究計劃，預備寫一本書，名叫《風花雪月》，可是此書得花一年工夫才寫得完，在 W. U. 只住半年是寫不完的。此書副標題是 *The World of Chinese Romance*，內容分十章或十二章，一月寫一章，將不吃力。

最近看《拍案驚奇》，此書與《今古奇觀》相仿，並沒有什麼了不起。但是我發現中國小說很明顯地假定兩種秩序：

（一）social order——倫理的正常（倫常）與乖謬。勤苦的書生中狀元。Innocent love 與淫婦。清官與貪官。小姐與丫鬟。忠僕。俠客。

（二）cosmic order——命運。投胎；冤冤相報。從玉皇大帝到城隍土地的 hierarchy。求觀音必有靈效。動植物成妖。枉死者有冤鬼，冤鬼必能自己報仇。

我的書可以就上面的這些 topics 發揮。此書將有很精彩的一章：On 相思病。西洋 romance 裡似乎無相思病。相思病是心理影響生理的一個極端例子，實際的 medical cases 恐怕不多（研究這一點，我該有 Ellis⑥那樣大的學問），但是中國人是「相信」它有的。《西廂記》張生之病因得鶯鶯之信，霍然而愈。《牡丹亭》的杜麗娘因生相思病而死。《紅樓夢》裡的賈瑞害的是「單思病」，情形又不同。害相思病的人，的確因憂思成疾，而其病又因 wish 之 fulfillment 而可很快的痊愈［癒］。也有人因「相思」而得「癆瘵」的，那就不容易好了。我認為這種病只存在於中國的 romance 中，這一點如得很大的學問來補充——包括中醫，希臘羅馬以及歐洲中世紀的醫學，近代 psychoanalysis，歐洲的 romance 與民間傳說等，

---

⑥ Ellis（Havelock Ellis 靄理士，1859-1939），英國心理學家、作家，代表作有《性心理學》（*Studies in the Psychology of Sex*）。

單此一題目即可寫成一部專書。

　　如能在美國安心住一年，寫完這部《風花雪月》，挑幾個chapters在W. U.宣讀，這樣子我在美國的學術界也許能立得住足。但是將來如何，還得看命運了。

　　我那篇《紅樓夢》還沒有寫。暑假裡也許把它寫出來。Pantheon那本那從德文重譯的《紅樓夢》，臺大圖書館已買來。翻譯這種書是吃力不討好的，我還沒有拿英譯本仔細校對，但是我不相信能譯得好。你如暑期有暇，不妨拿兩本英譯本讀一遍，寫篇書評。與其寄給PR或Hudson R.，不如寄給New Yorker；我相信他們也會歡迎的，而稿費可以多得多。我沒有工夫仔細讀那兩本英譯本，我如談《紅樓夢》，也只是拿整個的中國Romance的觀點來談的。（《文學雜誌》對我雖是累贅，但是我的虛名還是主要靠它，我似乎又該感謝。）

　　我於行前將大買中國舊小說，一定都買雙份，寄一份給你。我要走，還得經過medical exam這一關，此事will take no less than 3 months，所以一時還走不掉。Medical exam應該沒有什麼問題，但是心上總有點怕，而且白耽擱時間。如身體本來全部健康，現在就可開始辦出國手續了。母親關心我的婚事，但是上帝如何安排，我怎麼能知道呢？專頌

　　　近安

　　Carol Joyce前均此

　　　　　　　　　　　　　　　　　　　　濟安　頓首
　　　　　　　　　　　　　　　　　　　　六月廿四日

352. 夏志清致夏濟安（1958年6月28日）

濟安哥：

今天星期六，我還是到辦公室來做些事，在家裡日間一些事也做不開。半小時前Carol送來了你的兩封信，讀後知道你可以拿到一大筆錢到U. of W.去講學半年，大為高興。上次拿State Dept.錢出國是學生身份，這次是教授身份，所以待遇好，地位也不同了。我以前在R.基金領到一筆錢，也是向Fahs接洽，你這次出國也是他的功勞，他可說是我們的benefactor。在New Haven最後一年我看到過李濟Li Chi，他也是拿了R.錢到Seattle去講學的。他是中國古史研究一大權威，這次R.基金聘你出國，可見你的地位已和李濟相仿。李濟的lectures已經出版，我曾看到書評，他已返臺或仍在美國，我不大清楚，但當時他如想留在美國教書，一定是很容易的。我想你講了一個series lectures後，U. of W.方面一定另有機構負責把你的演講稿出版的。所以你這次出國，一方面有了名（Visiting Professor），一方面又出了本書，在美國學術界就可以很有些辦法了。我想你有了六千元，在美國至少可以熬一年，好好接洽jobs（最好能在Seattle留下）。最下的辦法是把春季學期的時間在Indiana把學位讀完了，但你既有華大教授之名，此舉似大可不必。總之，此次出國，情形和上次不同，R基金也不會和State Depart.一樣的逼你返國的。新亞書院的offer也很好，香港也比臺灣安全得多，你在美國不能久留，暫時去新亞教書也比重返臺大好得多。你來美後希望能飛來Potsdam看看我們，我們來Seattle，經濟時間都不許可。

有好消息告訴你，我的ulcer已healed了。我停止服tranquilizer後，身體就一直好轉，前星期醫生囑我再去照一次X光，confirm

他認為ulcer已全愈［痊癒］的診斷。結果不出他所料。我現在飲食仍舊很當心，但身體一切都很正常，精神也很好，望你勿念。我想半年之後，當可飲食如常。目前油膩的東西還是不敢碰。我兩三年來英文style不斷進步，所以我那本書也不斷修改。最近兩星期又重打了四個chapters。最近工作效率較高，對自己的英文也很得意。文章可以修改的地方仍舊有，但我預備重寫一個chapter後，把全書繳出，了一樁大心事。以我目前寫英文的速度，以後寫書很容易。《中國近代小說選》這本書我不大感興趣，我既請到了錢，又多了一筆債，希望明年夏季可以趕成。以後預備寫一本研究幾部舊小說的書，我們在文學研究上作同一方面的努力，倒也可算是文壇佳話。你預備代我買舊小說，很是感謝。你暑期間在未領到旅費前，如手頭不寬裕，我可以寄旅行支票給你，請不必客氣。

　　《文學雜誌》已收到，陳世驤那篇〈八陣圖〉也已拜讀。該文可以同意的地方很多，但也有些地方我覺得是不妥的。把 "tragic & sublime" 和 "beautiful & lyrical" 對立，實在是他露馬腳的地方。〈八陣圖〉明明是一首lyric，把［他］硬把它和希臘悲劇一起相提並論，也有些不倫不類。其實 "beautiful" 和 "sublime" 都是文學批評上不必需要的 terms，而好的 lyrics 也多少帶一些陳世驤所謂的 tragic 之感的。時間空間那種demolish人生功業的感覺，差不多是present in all lyrical poetry（莎翁sonnets, Landor[1], *Rose Aylmer*, Marvell, *Coy Mistress*），不一定是中國詩的特徵，雖然中國詩人對這一點特別敏感。而這種「人」與「時」和「人」與「地」相對照的感覺，用Brooks的irony來說明已非常adequate，不必借用tragedy的大帽

---

[1] Landor（Walter Savage Landor沃爾特・蘭多，1775-1864），英國作家、詩人，代表作有《假想對話錄》（*Imaginary Conversations*）、《羅斯・愛爾默》（*Rose Aylmer*）。

子。Tragedy postulates an action，而抒情詩的action大多是implied；最多是tragic & dramatic irony，而不是tragedy本身。最後一句「遺恨失吞吳」比較費解，而陳世驤解釋它也最含糊。「失」這個verb，相當ambiguous，究竟何指，我至今還不大清楚。在美國弄中國東西的而對西洋批評有些研究的另有一位Achilles Fang②，他在哈佛，不知你聽見過他的名字否？其他的人批評方面差不多都毫無研究，寫的東西都非常可憐，我們要擊倒他們，實在是很容易的。陳世驤我曾在Berkeley見過一面，不知他真實學問如何？他寫的英文文章，我都沒有見過（except他的《近代中國詩》序）。

你計劃那部《風花雪月》，確是一部極有意義而有趣的工作，能把中國小說內的themes和motives敘述討論一下，給讀小說的人也有一個頭緒。最近哈佛的John Bishop③出版了一本紙面書 *The Colloquial Short Story in China*，一半是翻譯，一半是批評，想不太高明，但你有機會也可參看一下。講到相思病（Chaucer的 *Troilus* 也可算是患相思病的），使我覺到Oriental fiction大抵給psychic power一種objective reality or validity。你提到的「冤魂不散」，也是關於這一類的。大抵不論「愛」「恨」「冤」「妒」，到了相高［當］屬害的程度，即可離人身而獨立，去影響到所恨或所愛的報方。*Tale of Genji* 把冤恨可以使對方得病、着魔、致死這一點描寫

---

② Achilles Fang（方志彤，1910-1995），學者、翻譯家，生於日治朝鮮，後在中國接受教育，畢業於清華大學，曾任《華裔學志》的編輯。1947年赴美，1958年以研究龐德《詩章》的論文獲哈佛大學比較文學博士學位，後長期任教於哈佛大學。譯作有《資治通鑒》（選譯）、《文賦》等。

③ John Bishop（John L. Bishop約翰·畢曉普，1913-1974），學者，長於中國白話小說、古典詩歌研究，代表作品有《三言研究》（*The Colloquial Short Story In China: A Study of the San-Yen Collections*）、《十八世紀歐洲之下的中國戲劇》（*A Chinese Drama in Eighteenth Century Europe*）。

得很真切。芥川龍之介④對這一點也很相信，同時他無疑受了Poe的影響。Poe的主要點即是人的will可以超生死，而imposes itself on所恨所愛的對象。你討論鬼故事時候，也不妨拿Poe來作借鏡。According to Tate，這種will的表現，實在是Romanticism的最大特徵。

劉守宜扣留稿費大不應該。其實發稿費當是publisher的責任而不是editor的責任，所以這事你不必牽掛在心上，更不應自挖腰包。何不當面向劉守宜提醒一下，看他有什麼excuses。人家可能也疑心你用U.S.I.S.給的經費，影響你的名譽，此事非同他力爭一下不可。

謝謝你囑保重身體的規勸。我離開家庭後在Yale做bachelor時，也同你一樣的和顏悅色的。但自己有了家，正和上海和母親住在一起時，總免不了有些irritations（主要原因是Joyce一有病痛，我就upset，脾氣也變壞）。但一去辦公，就照樣的和顏悅色。所以Caroline Gordon⑤說得好，最深刻的小說總是脫離不了家庭背景的。我手邊有卡片，不妨抄錄給你：The primary aim of the fiction writer is to make his readers feel what a contemporary critic has called "primitive astonishments", and I do not know where the fiction is to find these astonishments if not in the family circle—that microcosm which, coming into being through the union, as it were, of two alien worlds, the masculine & the feminine consciousness, institute an inexhaustible reversion of drama, since it reflects the agonize & blisses resultant on

④ 芥川龍之介（1892-1927），日本小說家，代表作有《羅生門》、《河童》等。

⑤ Caroline Gordon（卡洛琳‧戈登，1895-1981），美國小說家、批評家，曾獲古根漢獎（Guggenheim Fellowship）、歐亨利獎（O. Henry Award），代表作有《卡洛琳‧戈登小說集》（*The Collected Stories of Caroline Gordon*）、《如何讀小說》（*How to Read a Novel*）等。

the union of two lovers & the rebellions of sons & daughters against their fathers & mothers & the yearnings of fathers & mothers even their children, in an innumerable variety and complications. 家庭生活把人絪擾在許多情感 ties 裡面，雖是小說創作最好的材料，實在也是修道生活最大的阻礙。

不多寫了，Carol、Joyce都好，最近天氣理想，室內不再需要暖氣了。上次那包書已收到否？Eliot: *On Poetry & Poets* 一直沒有買了寄你，現在似乎多此一舉了。希望 health 檢查順利通過。你以前檢查過，人頭還熟，想不會出毛病的。最近看了 *Vertigo*⑥；Brigitte Bardot 報章上到處有文章，她的電影我還沒有看過（except for *Helen of Troy*）。祝一切順利，一路順風。

弟 志清 上
六月廿八日

---

⑥ *Vertigo*（《迷魂記》，1958），心理懸疑劇，據布瓦諾‧納斯雅克（Boileau-Narcejac）小說《生者與死者》（D'entre les morts）改編，希區考克導演，詹姆斯‧史都華、金‧露華主演，派拉蒙影業發行。

353. 夏志清致夏濟安（1958年8月12日）

濟安哥：

　　已是十二點鐘，不預備多寫。你六月底來了兩封信後，一直沒有音訊，不知出國手續辦得怎麼樣了？何時啟程？體格檢查已通過否？一切都在念中。想不日即可看到你的信，報告一切。

　　好久沒有拍照了，最近拍了一卷，成績尚滿意，寄你三張，可看到Joyce近態（七月二十四日所攝）。我在照片上的確較前瘦得多，父母看到後，必定要worry。他們不知道我有ulcer，我信上只好瞎說一陣，說最近少吃油膩，所以比以前瘦。但兩星期來體重已增加了一兩磅，我想不久即可達到135磅的標準。Ulcer的確已全愈［痊癒］了，胃腸很舒服，吃東西也較隨便，雖然兩種anti-acid的藥仍是服用的。

　　這個暑假生活過得很刻板，在［再］把mss從頭至尾重打了一遍。上次信上說，預備修改了幾章後，即可繳卷，但最近英文進步，自己看得不滿意，覺得非重打不可（因為粗看校對，不容易找錯處）。這星期重打《張愛玲》，發現生硬句子不少，idiom用錯的地方也有幾處。這些毛病，你在翻譯時想都一定看到的。我對寫英文一直沒有同你一樣的下過真工夫，最近總算把academic-style弄得稍微像樣了。日前在 New Yorker 看到C. Y. Lee①那篇故事（他是聯大出身，不知你當時聽到過他否？），文字是familiar style，但寫

---

① C. Y. Lee（黎錦揚，1917-），華裔美國作家，早年就讀於山東大學和西南聯合大學，1944年赴美國留學，畢業於耶魯大學，後定居美國。在黎家八兄弟中排行老八。代表作品為《花鼓歌》（The Flower Drum Song）、《情人角》（Lover's Point）、《處女市》（The Virgin Market）、《金山姑娘》（The Land of the Golden Mountain）等英文小說。

得很輕鬆幽默。這種style你是摸熟的，寫起來一定要比C. Y. Lee漂亮得多。但C. Y. Lee的小說 *The Flower Drum Song*，已被Rodgers-Hammerstein[2]改變為歌劇，秋季搬上Broadway。假如成功的話，再搬上銀幕，C. Y. Lee的收入一定可觀。你來美後，有空也不妨寫幾篇幽默的、回憶式的故事，寄給 *New Yorker*，一定會受到歡迎的。數月前，*New Yorker*另有一篇寫共產黨捉狗的故事，你想也看到（我 *New Yorker*所載的小說，一年來祇看了四五篇）。

上星期看了 *Around the World in 80 Days*[3]，一無情節，沉悶不堪。看過的人都搖頭不止，但大家仍硬着頭皮去看，因為該片聲譽太好了。Mike Todd[4]噱頭大，報界人緣極好，所以大家一致予以好評，紐約賣座至今不衰。你看過Jules Verne[5]的 *20000 Leagues Under the Sea*，認為惡劣不堪，*Around the World*恐怕還比不上該片，因為它僅是glorified travelogue而已。美國Cinerama生意已較前清淡，三四個月前Roxy Theater把戲院內部拆造，把原有座位減

---

② Rodgers and Hammerstein指Richard Rodgers（1902-1979）和Oscar Hammerstein II（1895-1960），他們是百老匯最著名的音樂劇創作搭檔，代表作品是家喻戶曉的《真善美》。

③ *Around the World in 80 Days*（《八十天環遊世界》，1958），彩色史詩冒險電影，據儒勒·凡爾納（Jules Verne）同名小說（*Around the World in Eighty Days*）改編，麥可·安德森（Michael Anderson）導演，康丁弗朗斯（Cantinflas）、大衛·尼文（David Niven）主演，聯美發行。陶德（Michael Todd）為該片製片人。

④ Mike Todd（Michael Todd邁克·陶德，1909-1958），美國戲劇、電影製片人，以製作《八十天環遊世界》知名。

⑤ Jules Verne（儒勒·凡爾納，1828-1905），法國小說家、詩人，以冒險小說知名於世，代表作有《地心遊記》（*Journey to the Center of the Earth*）、《海底兩萬里》（*Twenty Thousand Leagues Under the Sea*）、《八十天環遊世界》（*Around the World in Eighty Days*）。

少了一半，裝了cinemiracle的銀幕，獻映 *Windjammer*⑥，結果營業慘淡，恐怕不能維持多久了。以後換片都成問題。相反的Paramount Theatre，變成了福斯巨片的大本營，生意興旺。

《文學雜誌》Henry James專號編得很好。Henry James晚年的三大小說，我祇看了一部（*The Wings of the Dove*），不甚滿意，覺得遠不如 *The Portrait of a Lady*。你是看過 *The Ambassadors* 的，不知用的是什麼版本。最近 Yvor Winters 在他的新書 *The Function of Criticism* 上指出一個笑話：

In volume 22, No. 3, of *American Literatures*, there appears a paper by Robert E. Young, entitled "An Error in *The Ambassadors*". The paper demonstrates to a certainty that chapters 28 and 29 of *The Ambassadors* are printed in reverse order, and that James himself in revising the work of the New York edition did not correct the error… Young's point that the error should not have occurred, that, once it had occurred, it should not have been so hard to detect, and, if it was so hard to detect, that there was a flaw in the author's method.

你有書，不妨把這兩章重讀一下。四五十年來多少大批評家卻看不出因兩章位置交換而引起plot上的不聯［連］貫的地方，實在是個笑話，但James文字本身也得負一大部份責任的。不多寫了。兩月來一直沒有空，沒有為《文學雜誌》寫文章，很感慚愧。Carol、Joyce都好，Joyce照片上看來非常可愛活潑。匆匆　即祝
　　暑安

　　　　　　　　　　　　　　　　　　　弟　志清　上
　　　　　　　　　　　　　　　　　　　八月十二日

---

⑥ *Windjammer*（《乘風破浪》，1958），紀錄片，Louis de Rochemont III導演，Louis de Rochemont為製片人。

354. 夏濟安致夏志清（1958年8月14日）

近況甚佳，行期未定，長信明日寄出。

今日寄出中國小說兩包，內：

《水滸》、《宣和遺事》、《醒世姻緣》、《鏡花緣》、《二十年目睹之怪現狀》、《官場現形記》、《平妖傳》、《斬鬼傳》、《拍案驚奇》、《今古奇觀》、《聊齋誌異》、《老殘遊記》。

USIS的稿費已收到，最近手頭很寬裕。中國書很便宜（這些書總值不到六元美金），我還可以買很多書寄上，支票絕對不需要，請別寄來。

志清弟　Carol Joyce均問好

濟安

八‧十四日

355. 夏濟安致夏志清（1958年8月19日）

志清弟：

　　前天寄出我的論韋應物文章一篇（慶祝于右任八十歲的論文，題目是人家出的。我臨時請「專家」介紹參考書而寫成的），想已收到。中國舊小說兩包是平信寄的，稍遲想亦可寄到。目錄裡漏了一本《九命奇冤》。這一類的書我還可以寄出幾大包，你不妨 suggest some titles。

　　八月八日星期五是立秋，也是我陽曆的生日，那天美國新聞處把一萬九千元（臺幣）一張支票寄出，八月九日收到。我所以把這些日子記下，因為中國的陰陽五行干支算命的說法，恐怕真有道理。錢是早該給我了，但是不到那個時候不來的。

　　錢我自己留下四千，手頭可大寬裕。一萬五給劉守宜借去了，他真窮，我拿他沒有辦法。他答應兩星期為期，一定歸還。他還總要還我的，未必準時而已。我臉嫩耳軟，但是心比父親的心狠壽些（父親是臉嫩耳軟加心慈，請問如何能經商而不吃虧？），這點請你放心。錢是丟不了的，因為 $15000 對於我是筆大數目，我有了這筆錢，可以一年不做事；對於劉守宜則是筆小數目，這點錢絕彌補不了他的虧空。他也是個聰明人，他 value my friendship much more than $15000，不還我這筆錢，要丟了我這個朋友，在他是很花〔划〕不來的事。

　　還有一點，使我相信可能要轉運。英千里那天跟我談，忽然要替我做媒。對方叫做侯小蘭（？），是侯美蘭的妹妹。侯美蘭是臺大國文系畢業生，長得很美（其美較之 Jeanette 有過之無不及，又 Jeanette 已於 Chicago 嫁人），她是嫁了人了，我同這位美蘭不過見了兩三次面，想不到在伊人心中留下這麼好的印象。她要把她妹妹

說給我，也是她的主意，是她來託英先生做介紹人的。這使我很感激，因為it shows她自己at that time might have taken me——這是我所從來沒有想過的。侯美蘭的美不是我的type，據說她妹妹更美，age 22，學歷——臺大法學院三年級（借讀生），明年畢業。姐姐的intellect絕對不高，妹妹的聽說亦不高，然而是domestic type云。英先生預備請她們姊妹花和我吃一次飯，日期未定，我也不去催他。照命運看來，也許要過了陰曆生日之後。此事未必成功，然而有個美人在一起玩玩，心裡可以舒快些。此事千萬暫時不要告訴父親母親，因為引起了老人的false hopes，以後再是一場空，未免太殘酷了。交女朋友要有錢去配合，返美〔臺〕以後三年，一直窮到現在，現在手頭有錢，即使要結婚，也可對付一下，date是一定能夠afford的。以前有個時候瞎風流一陣（雖然毫無實惠），還不是靠USIS的稿費撐腰？膽子一壯，也許會同以前一樣，多交幾個女友亦未可知。侯家有父母在堂（父親是廣東客家人，母親是北平人，the girls speak perfect Mandarin, being brought up in Peiping），假如她們全家O. K.，the girl也喜歡我，那麼我也許不顧我自己怎麼想法（stop thinking, that's the way to marriage, & happy marriage too），糊裏糊塗結婚也可能。反正有上帝的安排，不成也無所謂。

出國事恐怕要拖延至寒假了，倒不是為了女人的事。原因之一，醫生潘樹人[1]是管體格檢查的，他和我很好，現在在Duke Univ.，近期內返國（八月底或九月初）。我的體格檢查之事，交給他辦，可以放心。他是熟手，and he knows my case perfectly，別的醫生可能找麻煩。原因之二，R.基金給我的工作是research & teaching，若真要teaching，我要好好地準備一下，寫幾篇lectures，

---

[1] 潘樹人（1924-1992），江西上饒縣人，國防醫學院醫科畢業，後於該校任教，1957年赴美杜克大學醫學院進修，曾任亞東醫院院長、國防醫學院院長等。

現在尚未動手。前兩禮拜忙招生考試的事。原因之三，暑假走，要寒假回來；寒假走，暑假回來。暑假那時多機會，我可以去Indiana讀批評，也可以去Oxford，或者可能延長一年，若是寒假結束，活動的機會就少了。

R.基金的規定是八月一日開始，一年之內在美國住半年。所以寒假走是與規定無妨的。你同Carol、Joyce也許等着要見我，但是緩幾個月也無妨。你們最希望的，of course，是我在這裡婚姻告了定局再走。這也並不是不可能的。我所希望的，是在海外打出一個局面，say goodbye to Taiwan。

你指出的Poe與中國romance間的相似之處，對我大有用處。這方面我還得好好看書。歐洲中世紀文學我也所知太少，Chaucer的 *Troilus*，和Lewis的 *Allegory of Love* 等都沒有看過。真要海外揚名，也不是容易的事。

講起相思病，中國人是主張「心病還需心藥醫」。我以前看到你所介紹的新出的Pope全集第四卷P.117（John Butt編）有這麼一條小注：

Ass's Milk: Ass's milk was commonly prescribed as a tonic. Gay alludes to its uses by "grave physicians" for repairing "The love-risk maid and dwindling bean."

Grierson[2]所編的Donne全集註解中，其中奇奇怪怪的智識更多，這裡面關於相思病的事情一定有不少（即便 "Canonization" 那一篇吧），此書我以前約略讀過，現在應該拿它好好地讀一讀。

這幾天報上也許報導臺灣海峽緊張的消息，事實上，臺灣的人

---

[2] Grierson（Herbert J. C. Grierson赫伯特‧格里爾森，1866-1960），蘇格蘭學者、批評家，編輯出版《約翰‧鄧恩詩集》（*The Poems of John Donne 2 vols.*）、《英語聖經》（*The English Bible*）。

心鎮定得令人難信。關於軍事方面，大家都倚賴美國，只要美國「協防」，臺灣絕沒有事；真要打起世界大戰來了，那麼回大陸的日子也就不遠了。臺灣的 living standard，比你我所知道的上海 living standard 還要高。大家吃得都很好，肉類魚蝦恐怕是家家天天不斷的；穿也穿得很像樣，窮公務員都有幾身西裝（和重慶那時候的襤褸樣子大不相同）；大家玩也玩得很起勁，西門町一帶閒蕩的人真多，較之上海大世界八仙橋一帶有過之無不及。主要的原因，恐怕是這裡的人都成了 hedonies，很少人 live for the future，也不儲蓄，錢到手就花。汽車雖有 license 的限制，不能和過去上海那樣普及，但看來也有不少。電氣冰箱有的人家的確很多。不要管報上怎麼說，臺灣是一片歌舞昇平，嗅不到半點火藥味。大家都忘了 there is a war，這裡報上屢次提到「進入緊急狀態」云云，似乎沒有人加以理會。真正代表臺灣的繁華的，該是酒家，可是我沒有去見識過。

　　你的 ulcer 漸漸痊癒［癒］，聞之甚慰。英文更進一步，尤其是了不得的成就。暑假日長，可以把那本書寫完，可以了一件心事，開始新的 project。以你的智力與 taste 與對西方文學的深切的了解，改弄中國文學，一定大有成就。陳世驤的學問比我好得多（不論東方的，亦是西方的），但是思想（我的雖然也不行）未必比我好多少。假如我有他那種安定的環境，至少也可以有他那點成就。這種吹牛的話，當然只可以對你說，對別人是絕對不說的。他為人極好，很熱心，他在美國，根蒂［柢］較深，想必可以幫你的忙，我希望你和他交個朋友。他記得你，你去 Berkeley 那時，湯先生也在，他說他和你約略談過。他說，中國青年人去美國的他見過很多，從來沒有看見過有你那樣的 erudition 的。他在臺灣的幾天真苦：天熱而應酬多，而他還得衣冠楚楚，始終笑容滿面。你若回臺，也將遭遇同樣的 lionization 之苦。當然，胡適在臺灣比他更

苦：應酬更多，要見與見他的人也更多。他在臺大的四篇演講，第一篇我得益最深，詩的rhythm我從來沒有得人傳授，聽他的演講有些地方可以開我茅塞。第二篇是討論「詩」這個字在中文裡的意思，我沒有去聽（臨時忘了），大約用Empson討論Complex Words的方法。第三篇你已經看到。第四篇使我很失望，他講的是宋代文藝思想——主要是禪宗的，他所講的都是老生常談。照我看來，禪宗思想反對文字，其實是對詩的一種challenge與威脅，當時詩人如何去rescue詩——一種文字藝術，那才是最重要的問題。宋代文藝思想當時受到何種批評，以後受到何種批評，我們廿世紀的人該如何去批評它——這些他都沒有提到。He was not critical enough.

　　〈香港——一九五〇〉那首詩已去排印，日內出版。就新詩而論，這首詩是空前的（如此的洗盡「抒情濫調」，如此的anti-romantic，如此有意的深奧），也可能是絕後的。因為據我看來，新詩大約是完了。我假如有Horace、Pope那種「出口成詩」之才，還可以救它一救，可是我大約不會再寫第二首了。

　　美國暫時不能來，請你們不要失望。只要運氣好，where I am or shall be（在美居住延長的可能性很小，因又是exchange visitor也），大約沒有什麼重要。再談　祝

　　近安

濟安

八月十九日

　　父親母親和玉瑛妹前，只要告訴他們我平安，心境愉快就是了。

356. 夏志清致夏濟安（1958年9月23日）

濟安哥：

八月十九日信早已收到，知道你近況很好，手頭寬裕，並有美女出主意，託英千里把她的妹妹介紹給你（信到時想已和侯氏姊妹見過了幾次了），的確運道好轉，甚喜。希望出國前和侯小蘭訂了婚，或者結了婚帶她一起來美，蜜月半年，享享人生的樂趣。你信上所提及不多考慮，糊裏糊塗讓命運擺佈而結婚的想法，很對。我們年齡已長，十年前癡想心愛女子的passion已難為培養（除非我們有歌德那樣的豐富的精力），只好退而求其次，學Henry James的Strether那樣去live，免得虛度光陰，把自己情感生活上的種種需要徒然壓制，種種potentialities徒然削弱。侯小姐既是貌美年輕而又賢淑的女子，我想你同她結合一定會很幸福的。你熱情可能不夠（因為對方不是你自己看中的），但溫柔有餘。為了發揚自己這些溫柔體貼工夫，結婚想是值得的，何妨對方早已被你才學為人傾倒了呢？下次信上希望有好消息可以報告。

幾星期來，臺灣海峽情形緊張，不知臺北一般人生活有沒有感到恐慌的威脅。你出國遲了，但我想年底的時候還不會有世界大戰的危險。美國對遠東較近東一向比較關心，但Ike較Truman更沒有魄力，否則同Korea War一樣的小戰爭早已可以發動了。Dulles雖一向愛護中國，但他是好好先生，自己沒有權，做不開什麼事。美國和中共談判的結果恐怕是金門諸小島的中立化，這對臺灣的prestige一定是很大的打擊。你祇能看到 *NY, Sunday Times, Time, New Yorker* 的時局報導，實在看不到美國內在的危機。美國對共產

政權處處安撫屈服的作風，實在令人可恨。最近Jenner①告老退出
政壇，Knowland競選卡州州長之職，一定落選無疑。從此保守派
共和黨的勢力削弱殆盡，將一蹶不振，而Eisenhower republicanism
和民主黨兩股勢力實在是一脈相通，夢想世界和平而僅以經濟援助
政策去抵制共產黨勢力的擴展的。這種以卵擊石的方法，實際表現
實在是淒慘得很，而一般人毫不覺悟，咬定民間疾苦是造成共產勢
力猖狂的原因，不知道共產勢力的擴展和一般人民的生活是毫無關
係的。《自由中國》上的文章，動不動教訓國民黨，美國如何自由
進步。其實美國（私人行為不講）一無自由可言，一般受教育的人
大抵parrot *N. Y. Times* 或更左報章的意見，假如你要徹底反共，旁
人必覺得你是個McCarthy②式的怪物，比共產黨員更卑鄙的東西。
所以我在學校裡和同事們絕不對［談］政治，因為他們的思想完全
被liberal press所支配，無從談起（你在Indiana也吃過liberal分子
的苦），相反的，學生們比較純潔，他們對我的看法還可以同情。
幾年前Freda Utley③寫過一本 *China Story,* expose *New York Times,*
Herald Tribune 等報章雜誌操縱輿論的事。林語堂戰前和抗戰初期
在美國很紅，後來美國親蘇，林語堂寫的書就得不到reviewers捧
場，銷路不振。今年林語堂出版了一本《武則天傳》（*Lady Wu: A*

---

① Jenner（William E. Jenner威廉‧詹納，1908-1985），美國共和黨員，印第安納
　州參議員，畢業於印地安那大學法學院。

② McCarthy（Joseph McCarthy約瑟夫‧麥卡錫），美國政治家、共和黨員，威斯
　康辛州參議員。

③ Freda Utley（弗里達‧厄特利，1898-1978），英國作家、政治活動家，1928年
　加入大不列顛共產黨（Communist Party of Great Britain），婚後長居莫斯科，丈
　夫被捕後，逃離俄國回到英國，後移居美國，成為反共人士。除了《中國故事》
　（*China Story*），還著有《戰時中國》（*China at War*）、《失落的夢》（*The Dream*
　We Lost: The Soviet Union Then and Now）、《一個自由主義者的奧德賽：回憶錄》
　（*Odyssey of a Liberal: Memoirs*）等。

True Story），此書在美國竟找不到出版人，而在英國出版，書評我祇在 Journal of Asian Studies（即 Far Eastern Quarterly）看到一段，亦可謂相當淒慘。林語堂算不上大作家，但總比賽珍珠好得多，而賽珍珠的 Letter From Peking 出版後照樣不脛而走，林語堂已十多年未上 best-seller list，老境必定很不得意。

家裡有信來，玉瑛派往福建龍溪，想已啟程矣。龍溪和臺灣僅隔一個海峽，她擔任的職務可能和這次中共侵臺計劃有關，因為她同班派至福建的有七十人之多。福建地方當然要比西北邊疆宜人得多，但願戰爭擴大後，玉瑛妹受不到什麼轟炸的危險。父母沒有玉瑛妹在旁，生活將更寂寞，玉瑛妹一人出門，我們也很不放心。父母老年雖然衣食俱全，未受到任何經濟上的困迫，但是精神上的寂寞，實在也是很可悲的。

〈香港——一九五〇〉重新拜讀，的確如你所說是首空前絕後的中國詩，這首詩思路的緊湊，涵義的複雜深刻，讀了你的〈後記〉，使人得到更清晰的感覺。此外另一特點，是如你所說的「念起來舒服」，許多句子讀來非常有勁，和一般拖泥帶水的白話詩是不同的。這和你套用舊詩和句子簡短不無關係。你仿 Eliot，不特神似，其實貌似的地方也很多，你的那局象棋，正好應對 Waste Land 的 "A game of chess"，而上海人和廣東人鬥智的情形，可直接推至 Middleton ④ "Woman Beware Woman" 中精彩下棋的一景（Middleton 另有 A Game at Chess 一劇，我沒有讀過）。Middleton 的兩大悲劇 The Changeling 和 Woman Beware Woman，不知你讀過否，實在是和莎翁可以抗鼎的作品。Elizabeth drama 好多年沒有讀，自己很覺慚

---

④ Middleton（Thomas Middleton 托馬斯・米德爾頓，1580-1627），英國雅各賓時期劇作家、詩人，與約翰・弗雷徹（John Fletcher）、本・瓊森（Ben Jonson）齊名。

愧，但莎翁和他同時人我仍覺得是英國文學史上最偉大的作家。

「韋應物」一文早已看到，在研究中國詩的文章中，應該是很嚴正很精彩的一篇。所舉韋詩和六朝詩及陶淵明的異同處，都是你自己的見解，是相當精彩的。唐詩和我們平日說話雖離太遠，文字的好壞，相當難批評（英詩大抵和普通idiom相離不遠，批評style好壞，總有一個憑藉），你比較陶詩韋詩mood的高低，其最後criterion還是哲學的。要憑文學本身說明為什麼韋詩不如陶詩，即就是比較更困難的工作了。*Journal of Asian Studies*最近一期（八月份）有Mote⑤氏一篇文章報告臺灣出版界情形，把《文學雜誌》頗讚美了一陣，不知該刊臺大可看到否？

書兩大包已於上星期收到，感激不止。書一無損壞。最近「世界」重印了這樣許多書，對文化人服務的功勞實在不小。我錢是要還你的，但最近我手頭並不十分寬裕，以後再寄支票給你吧。劉守宜欠的錢已還了否？我預備先看已有英譯本的小說，所以坊間如有《三國演義》，請寄我一冊。《紅樓夢》我自己已有一冊，但無新式標點，版本不算好，你如看到有現成的新式標點版本，寄上一部也可，但請不必覓舊書。此外寄上《西遊記》、《儒林外史》兩種，那末［麼］我的小說collection也算相當完整了。你以前寄給我那本《文選》，非常有用，但我唐宋的詩手邊沒有參考，如有唐宋詩的選集（沒有較好的，《唐詩三百首》即可），也請你寄上一冊。此外我要的書是《詩經》和《英漢綜合字典》；我中文生疏，字彙不

---

⑤ 指Mote的文章 "Recent Publication in Taiwan"。Mote（Frederick W. Mote牟復禮，1922-2005），美國漢學家，普林斯頓大學教授。二戰中到中國，戰後入金陵大學歷史系學習，1948年畢業。返國後，在西雅圖華盛頓大學繼續學習中國史，獲博士學位，後長期任教於普林斯頓大學。代表著作有《中國思想基礎》（*Intellectual Foundations of China*）、《劍橋中國史》（*The Cambridge History of China*）第七卷、《帝制中國》（*Imperial China: 900-1800*）等。

夠，如有一本綜合字典，則寫起文章來，方便得多，此書你如買不到，也無所謂。買書要很費你不少時間，真是很不好意思。

又，我書稿上譯了一段茅盾的《子夜》，其中有一句「那部名貴的太上感應篇浸透了雨水，夾貢紙上的朱絲欄也都開始溚化。」（P.529）「夾貢紙」、「朱絲欄」兩辭我譯得很含糊，是自己瞎猜的。究竟作何解，請指示。

學校開學已十天，自己太popular，學生比上學期多了一倍，徒增加改卷的麻煩，相當不上算。書稿日內即可送出打字，這暑假過得很單調，但多練寫英文總是有益的。建一上星期二週歲生日，我們給了她不少玩具（including 三輪腳踏車），她會說的句子已很多，名稱顏色已都能辨別，照中國算法，她已是三歲了，平日不討手腳，伴她玩很是有趣。我ulcer已痊癒，體重也增加，Carol近況亦好。不多寫了，即祝

近好

弟 志清 上

九月二十三日

［又及］月前上一信，附照片三張，想已看到。

357. 夏濟安致夏志清（1958年10月13日）

志清弟：

好久沒有寫信給你，實在因為沒有什麼好消息可以奉告。某小姐還沒有見過，英千里說過一次，沒有說第二次。為什麼沒開頭就沒有下文了？我不知道，也不想知道。此事我本來付諸命運，也許命中本不該有此事，我何必關心？不見此人也好，見了也許要心亂了。我現在在臺灣的地位，很不容易交女朋友。雖然很多人關心我的婚姻問題，但是我假如忽然date了一個女人，必受人之注意，當不亞於孀居的 Elizabeth Taylor 忽然偕男友出現於好萊塢的公眾場所。

聽系裡的一個助教說，英先生最近要請我吃飯。這裡面恐怕有文章。事情恐怕還要發生，但是請不要太樂觀。

這幾個星期亂看了一些舊小說，沒有什麼心得。中國舊小說好的實在太少，《野叟曝言》、《花月痕》等都看不下去，遑論研究？《三俠五義》作者的智力並不比當年共舞臺等連臺戲的編劇者為高。有一部《隋唐演義》，也是羅貫中著的，倒有點《三國演義》的魄力與 imagination。大部份根據正史，也同《三國演義》相仿。我們小時所看的《隋唐》講李元霸等十八條好漢，不知道是誰寫的。研究中國舊小說，考證每書的版本、年代、作者等的確是很麻煩的事。羅書中根本無李元霸其人，亦無裴元慶、伍雲召、雄闊海、老將楊林等。前面三分之一的 hero 是秦瓊，寫得很好。隋末與漢末不同，漢太弱，群雄割據之形勢早已形成。隋末的中國還相當統一，要亂不大容易。秦瓊在隋先做警官，後做軍官，不一定要造反。我以前希望中國小說家根據《孟子》「天將降大任於斯人也……」寫一個英雄的落魄與掙扎。《隋唐演義》裡的秦瓊就是這

樣一個人，「當鐧賣馬」等落魄情節寫了好幾回，寫得很好。秦瓊
受人奚落，直想殺人，可是不忍下手。《水滸》裡的英雄只有林沖
似乎有這種涵養，但是林沖所受的折磨，並不多。林沖只是強盜，
秦瓊後成唐朝開國大將，畢竟氣度不同也。

　　這本書一直寫到唐明皇之死為止，中間還有武則天等大事（薛
仁貴出現兩三次，很不重要），占時太長，結構鬆懈。主要的
plot：武則天是李密投胎，楊貴妃是隋煬帝投胎。我們小時候所看
到那本，也講因果報應，單雄信轉世為蓋蘇文，蓋蘇文轉世楊藩
（樊梨花的未婚夫），楊藩轉世薛剛，隋唐之後接薛家將。單雄信是
個悲劇人物，羅貫中寫他卻還不夠。單雄信可能寫得跟關公一樣的
有聲有色。

　　有一件事情普通是不大受人注意的：《水滸傳》裡的人物在民
間不大受人崇拜。幫會裡所推崇的是桃園三結義，next to them是瓦
崗寨的英雄（徐茂公、秦叔寶、程咬金等）。隋唐人物曾經深深地
hold民間的imagination，可是這本書卻不大有人講起。秦叔寶和單
雄信的悲劇性的關係，是很感動人的。《水滸》一百單八將的下場
眾說紛紜，成不了一個有力的legend（《水滸傳》作者的智力，其
實也不算成熟）。

　　臺灣海峽的局勢這幾天又趨平靜，美國人不堅決反共，也是劫
數使然。假如第二次大戰時，羅斯福多聽丘吉爾的話，俄國不會如
此猖獗。這幾天假如我在美國，向美國人及一些所謂「中立國」人
宣傳金門馬祖之重要，也是很吃力的事。中國新任駐美大使葉公
超[1]（George Yeh），曾任北大、聯大教授，聽說學問很好。我不認

---

[1] 葉公超（1904-1981），原名崇智，字公超，後以字行，廣東番禺人，曾任北京
　　大學、清華大學、西南聯大教授，國民政府外交部長、駐美大使、總統府資政
　　等職，並參與創辦新月書店，主編《學文》雜誌等。代表作有《介紹中國》、

識他，你有機會不妨同他聯絡。這個人是中國官員中頭腦清楚的一個，在臺灣的聲望很高。但中國處境如此，葉大使未必能改變美國一般人的謬見也。

臺灣海峽的局勢暫趨平靜（我看共產黨狡作百出，不敢同美國人硬拚的），玉瑛妹暫時可以安全，她在福建，我在臺灣，這使我想起「四郎探母」。大陸的生活越來越苦，農村現建立一種「公社」（commune）制，廢除家族為單位的農戶制，農民住在公共宿舍，在飯廳吃飯。中共膽敢推行史大林所不敢行的徹底共產制，我相信它的壽命是不會長久的。這種問題我不願意多想，想了傷心。上海是都市，一時之間恐怕還不容易徹底共產。父親母親他們不過也是過一天算一天而已。

C. Y. Lee 名叫黎錦光(?)[2]我不認識他。他在 *New Yorker* 的文章已讀過，我很佩服。我恐怕寫不出來。*New Yorker* 的文章另有一功，我雖然一期也不過讀它的一小半，但發覺它存心在提倡一種 style。只有你所推薦的那篇介紹幾本編電影的書的一文是例外，那篇文章很硬，態度也 arrogant，和平常的瀟灑作風不同。類似 C. Y. Lee 的文章，以[好]像也有人寫過印度、波斯、日本、法國等地的怪事（那篇《麻將與狗》寫得工夫比 Lee 又高一籌）。你有興趣，不妨把 Shibrurkar 追求湖南美女的故事寫下，這樣一個故事似乎天生就是為了要給 *New Yorker* 發表的。我的性情中其實 bitter 的成分很多，不大會幽默。我的野心最近似乎是想做歷史家，想寫部《中國反共鬥爭史》。到美國後，假如有充分的歷史資料，得到有力人士的支持，我很希望能在美國住兩三年，完成一部大書。我想達到

《中國古代文化生活》、《葉公超批評集》、《葉公超散文集》等。
② C. Y. Lee 即黎錦揚，《花鼓歌》的作者。

的style標準，還是Gibbon③、Macaulay④之流，不想同林語堂較一日之短長。總之，我的興趣還是太駁雜，不能集中精神，可能弄得一事無成。我腦筋裡想寫的書有不少，可能一本也寫不出來。就我的能力說來，寫歷史比寫小說容易。寫小說不一定逼得出來，寫歷史只要花死工夫一定可以寫出一部「巨著」。寫這樣一部大歷史，人也就不虛此生了。（還想寫一本 *Chinese Gods*，考證中國的神。）

「夾貢紙」我猜想是厚的宣紙（宣是安徽宣城），中國有名的土產是需要供給皇帝的，「貢紙」是可以good enough給皇帝用的，「夾」是說其厚度，意同「夾衫」「夾衣」之「夾」。「朱絲欄」即紅線的格子。我沒有去請教專家，相信猜得沒有什麼大錯。今天寄出書一包：《三國》、《紅樓》、《儒林》、《西遊》四種。《隋唐演義》等書，以後再寄（另《二刻拍案驚奇》三冊，那比《初刻》精彩，白話亦另有一功）。中國舊小說當年在蘇州、上海、北平不算一回事的，在臺灣就很難覓到。金聖歎批的《三國演義》，我很想一看，但不知哪裡有。你所要的別的書，以後當陸續寄上。我去美國以前，一定會寄出很多書。我還想寄些元曲，明清人傳奇、筆記小說等給你；《詩經》、唐詩、宋詞、字典等當然也要寄。希望你不要跟我算錢。照我的意思，頂好再買一部《二十四史》送上。例如研究《三國演義》，頂好拿《三國志》正史對比着看，否則的話，顯不出羅貫中的想像力和組織能力。《隋唐演義》也該和正史對照着看的。研究中國東西所需要的參考書太多，不知何從下手。

③ Gibbon（Edward Gibbon愛德華・吉本，1737-1794），英國歷史學家、下議院議員，代表作有《羅馬帝國衰亡史》（*The History of the Decline and Fall of the Roman Empire*）。

④ Macaulay（Thomas B. Macaulay托馬斯・麥考萊，1800-1859），英國歷史學家、輝格黨（Whig）成員，代表作為《英國史》（*The History of England from the Accession of James the Second*）。

例如唐、宋、元、明、清五個朝代的白話文學的發展就是個好題目。清朝人的白話，材料最多，唐朝人的白話只有敦煌幾個手卷，研究都不難。宋、元、明三朝的白話就很難研究。胡適之沒有注意：《三國演義》中的張飛的說話是用白話（或者較粗俗的話）的，其餘各人，說話大多冠冕堂皇，只好用「淺近文言」。京戲和蘇州說書，碰到正派（正生、正旦、正淨）人（或大花面）（老旦、小生）也是用「淺近文言」說話的；只有丑、彩旦、花旦、二花面（副淨）才是用「白話」說的。《水滸傳》裡，宋江、吳用、盧俊義等的說話，都比較「文」，和魯達、李逵等顯然不同。中國的正生、正旦那套artificial說話方法，無疑限制了中國戲曲和小說的人物的傳真性。《三國演義》裡「老生」太多，作者不得不創造各種老生的不同性格。有些劣等小說或彈詞戲曲裡，很容易使人物成為types：小生（才子），青衣（佳人），老生（在朝之忠臣或在野之員外），老旦（安人），外（老家人——忠僕）等（西洋opera亦然）。這種人的說話，作者根本不想使它「寫實」，讀者或聽眾也不求其寫實。其他丑角等「不正」人物，也可能定型的。如蘇州說書裡的「嗡鼻頭」「吊嘴」「山東人」「無錫人」等。兩個丫鬟的typical對白：「啊唷，阿姐啊！」「哪哼，妹子？」《三俠五義》裡對於山西人的說話，大有興趣，那是因為北平人喜歡取笑山西人說話，就如同蘇州人喜歡取笑無錫人說話一樣，與作者的auditory imagination關係不大。胡適之讚美《醒世姻緣》裡的山東土話，其實那書裡的話很不夠「土」；近代作家也有存心學山東話的，那才是真心的「土」。我想證明一點：中國的白話文一直不是一件優良的工具，負擔不起重大的任務。中國舊小說作者，都不得不借用文言、詩、詞、駢文、賦等，以充實內容。《水滸傳》的最早本子也附有很多的詩：一百五十回本。純白話的小說如《儒林外史》、《兒女英雄傳》、《三俠五義》等（甚至今本《水滸》）都嫌內容貧

乏，language限制了作者的想像力，《紅樓夢》是不注意人物的type的，但是它全書的成功，得力於文言之處很多。另有一部奇書：《海上花列傳》（可惜我沒有讀過，世界書局沒有翻印），此書的作者用蘇州話來「寫實」，恐怕是真正有auditory imagination的人。五四以來的白話，超脫了舞臺的白話，說書人的白話，算是有了新生命，但仍很幼稚。胡適之當時提倡白話，但是他不知道「他所認識的白話」之幼稚。曹操、劉備、諸葛亮等之需要用文言來說話，就同Hamlet、Othello之需要用blank verse來說話一樣。白話頂多能使若干小人物活龍活現而已，至於symbolic use of language，過去的白話文是未曾夢想到的。

這個theme可能寫篇文章來發揮。胡適的《白話文學史》下冊（那是要真正接觸到「白話文學」的時期了）至今未寫，我若有他那點材料，根據剛才的觀點，一定寫得比他精彩得多。但是我如此嚴厲地批評胡適與他所喜歡的那種白話將使他很傷心，因此又不忍寫。

如無意外事件發生，我還預備寒假中出國。照片都已經看到，建一很乖，你是瘦了一點，現在想已完全恢復健康，為念。你不得不用心工作，工作總是有害身體的。Carol前問好。專頌

近安

濟安 啟

十月十三日

358. 夏志清致夏濟安（1958年12月15日）

濟安哥：

　　你十月十三日的信放在我的桌上已近兩月，至今方寫覆信，實在是暑假以來一直忙碌異常，很少有自己的時間。今天已十二月十五日，許多朋友處一年一度的賀年信還沒有寫，加上積卷甚多，不知如何應付。你近況想好，出國已定了日子否？《文學雜誌》在你留美時間，將託何人代編？英千里處那頓飯已喫了否？一切都在念中。我開學後仍為文稿忙碌了一陣，至十一月初始請兩位typists打了三份，正文約四百七十頁（notes，bibliography，附注中文名字等節目尚未整理好，寒假內準備做這部份工作）。感謝［恩］節那星期，趁Carol返家訪母，我們一同駛車返New Haven附近小村莊，留Conn.四天。我在New Haven時間比較多，把文稿繳給了Rowe，和Brooks、Pottle等教授見了面，和Brooks在研究院附近的Mory's喫了一頓午飯，談得很歡。New Haven沒有變什麼樣，祇是Prospect St.新添了那一所Saarinen① designed的Hockey Stadium。Howard Johnson已易手三次，研究院附近的那一幢High School Building已拆掉了。Liggetts，理髮院那一批熟人想一定還記得我，所以我沒有去和他們瞎招呼。圖書館裡仍舊是幾位老婦人守門。許多中國人仍是老樣子，李田意編《清華學報》，很是得意。他去日本弄到了一批材料，可是他對文藝批評研究工夫不夠，不會有什麼新發現。陳文星在女學校教書，心境也很好，他在紐約碰到你的女學生，都盛讚你的學問。遠東樓已搬在Chapel Street，在Howe St.附近，是

---

① Saarinen（Eero Saarinen埃羅・莎里林，1910-1961），芬蘭裔美國建築師、設計師。

阿鄔蓋的房子，很有東方味。我這次返New Haven，一方面心頭充滿了nostalgia，一方面因為自己尚未成名，有些做賊心虛，不想多和人見面。但見了熟人和教授，心頭總是很愉快的。返Potsdam後一直改卷子忙，一月多來只看了一張電影 *Home Before Dark* [2]，還算滿意。Thanksgiving那一week，missed了 *The Big Country* [3]。

我這本書，批評態度不夠嚴肅，appreciation成分較多，但這樣像樣的批評書，在英美研究東方文學的學者還沒有寫過，所以該是本很重要的書。加上我對中國舊小說的illusion漸漸減少，中國新文學還是值得重視的。很想挑幾個chapters在雜誌上發表，但又要打字麻煩太多，決定先有了出版合同後再在雜誌上發表一部份。

最近幾封信上你寫下來的關於中國舊小說 observations，insights極多，假如寫給中國人看，一下子可以寫很多篇精彩的文章。寫給unprepared的洋人看，你得耐心開導，東證西引，寫成一本literate and intelligible的書，還得費不少工夫。我希望你在華大真正開講一個lecture series，這樣一逼之下，可以把書及早寫成。而且lecture文體和research paper稍有不同，note可以儘量減少，generalization不必一定要有根據，寫作可以順利得多。你上次信上說的「白話」、「道白」和「conversation」間之種種關係，說得很對，胡適對文學的認識一向幼稚，有了一肚子的學問，祇有在考據方面有些貢獻，實在是很可惜的。他武斷蒲松齡是《醒世姻緣》的作者，我也覺得沒有確切的證據。

《文學雜誌》最近兩期都已收到了，你把Pasternak [4]宣傳一

---

② *Home Before Dark*（《苦戀》，1958），據艾琳‧巴森（Eileen Bassing）小說改編，梅爾文‧勒羅伊導演，珍‧西蒙斯、朗達‧弗萊明主演，華納影業發行。

③ *The Big Country*（《山河血淚美人恩》，1958），史詩西部片，威廉‧惠勒導演，葛雷哥萊‧畢克、珍‧西蒙斯主演，聯美發行。

④ Pasternak（Boris Leonidovich Pasternak帕斯捷爾納克，1890-1960），蘇聯作家、

下，也是好事。於梨華的短篇還沒有讀，不過她在《自由中國》連載的《也是秋天》，倒看完了。該小說起初兩章描寫中國人在美生活，題材還算新鮮，可以［是］小說技巧方面毫無訓練，後來越寫越壞，變成一部很拙劣的庸俗小說。於梨華急於創作，文藝方面的修養實在還不夠。

書第二包已收到，十分感謝。我在小地方，無法做research，所以《二十五史》等巨著，實在用不到，請你不要reckless把它買下來。我所計劃的那部書，是把現成已有英文本的幾本中國舊小說，帶介紹性地評述一下，看它們究竟文藝價值如何。明年可能先把《紅樓夢》重讀一遍，把那兩本譯文也讀了，寫一篇文章。Anthony West⑤雖然不懂中文，他的那篇review比一般中國人寫的研究還要高明些。我在以前兩篇文章上，可能把《紅樓夢》估價太高，只有重讀一遍後再可作決定。

我們這裡情形很好。Joyce已能說較複雜的句子，同她講話已很方便。你見了她一定會非常高興的。Carol也安分守己地做一位賢妻良母。領到了一隻半歲的狸貓，Joyce有一個淘伴，也可減少一些Potsdam冬季的寂寞。

父母處情形如舊。玉瑛妹一個人吃苦，在福建教書、種田、撿礦石，住的地方還是用洋油燈，抽水馬桶更談不到。希望她身體能支持得下，她平日服用維他命丸和奶粉（是上海寄去的），以補營

<hr />

詩人、翻譯家。曾因長篇小說《齊瓦哥醫生》獲1958年度諾貝爾文學獎，而招到蘇聯文壇的猛烈批判。代表作除《齊瓦哥醫生》外，還有詩集《雲霧中的雙子座星》、《生活啊，我的姊姊》等，還翻譯過莎士比亞、歌德、席勒等人的大量作品。

⑤ Anthony West（安東尼‧韋斯特，1914-1987），英國作家、批評家，著作等身，以《威爾斯生平面面觀》（*H. G. Wells: Aspects of a Life*）最著名。他是Rebecca West與H. G. Wells之子，父母均為著名作家。同居十年，沒有結婚。

養的不足。

我體重已恢復，飲食正常，雖然anti-acid的藥片仍是經常服用的。教書時仍是笑句如珠，只是學生太多，改卷太忙，自己看書的時間極少。C. S. Lewis *Allegory of Love*已有紙裝本，買了兩冊，一冊你來美後寄給你。你同侯小姐的事有什麼發展，請告知。如能出國前，訂一個婚，最好。宋奇處想常通信？劉守宜處那筆款子已還給了你否？不多寫了，祝自己保重，暑假期如期出國。

A Marry X'mas & A Happy New Year！

弟 志清 上

十二月十五日

359. 夏濟安致夏志清（1958年12月24日）

志清弟：

　　好久沒有接到你的信，甚為懸念，不知健康情形如何？我也好久沒信，但是你可以想像，我的近況無甚變動。出國的事情懸着，如諸事順利，希望能在一月底成行。

　　家裡的情形我也掛念。大陸現在那套「公社」暴行，你在 *Time* 等雜誌報章裡一定讀到，其殘暴之處，不禁為人類前途興悲。Huxley的 *Brave New World* revisited你想已讀到，公社之情形，當以超過這輩預言家的the most horrible fantasy。

　　以前講起過的某小姐，已經見過。我發覺她一點不美，身材是高的，皮膚是白皙的，如此而已。眼睛裡所表現的全是dullness（眼大無神，表示沒有「內心生活」to speak of），嘴與下巴一帶，一點沒有「福相」。我見後毫無興趣，已經把我的反應告訴英先生了。我和某小姐是在英先生生日party上見面的，人不少，所以一點不露痕跡。

　　最近胡適亦做過一次生日，一輩趨炎附勢之人的肉麻樣子，令人很好笑（如搶着要跟他合拍一個照等事）。在胡適的生日會上，碰見羅家倫。我從來沒有同他講過話，他倒跟我很熱絡。他現在是臺灣PEN club的主席，他應該覺得手下缺乏年輕的幫手。

　　胡適提起Simon & Schuster①擬編一本 *Great Short Stories of Asia*，問他要三四篇中國小說。原則上是不要身陷大陸的作家，臺

---

① Simon & Schuster（西蒙與舒斯特公司）是美國規模最大的圖書出版公司，1924年由理查‧西蒙（Richard L. Simon）和林肯‧舒斯特（M. Lincoln Schuster）兩人在紐約創辦，出版各種文學作品、社科類圖書、教材、音像製品、軟體等。

灣拿得出的作品實在不多。據你看來，《文學雜誌》的小說so far有沒有一兩篇夠格的？我的意思是請張愛玲寫一兩篇，我的那篇"Jesuit"還是值得入選的，anybody else？你如有興趣幹這件事，我可以請胡先生來authorize，你來代編。

這幾個月不知怎麼過去的，我什麼東西也沒有寫。舊小說是看了些，ideas也有不少，但是都還沒有寫，看來要到美國之後才寫了。我要寫的東西太多了。最近忽然又想起敵偽時期的上海，那種凶殺嫖賭的情形，較之roaring 20's的芝加哥有過之無不及。此外當然該寫抗戰初期上海人的士氣高昂以及以後愈演愈烈的通貨膨脹。想到這個題目，忽然又想好好地寫一本《上海史》。足見我對於上海的nostalgia不小。

Nov. *Atlantic*月刊上weeks的「談話」說起美國人近來最大的讀書興趣是想catch up with the past。寫歷史書該是大有出路的。我在這方面可寫的題目很多，只是學問不夠，而且研究與寫作都是極花時間的，如能安定下來，應該寫幾部重頭的書。

想寫的小說也有幾篇。這幾天又想到一篇好文章的題目：我在桃塢中學的生活。古老的蘇州配上聖公會的教會學校，應該是有趣而且colorful的。我的vocabulary大約亦對付得了。這篇文章如投*New Yorker*，十之八九有錄取的希望。這種文章似乎很對*New Yorker*的胃口。

C. Y. Lee名黎錦揚，他是黎錦暉②（《麻雀與小孩》）的弟弟，其兄弟有若干位，黎錦熙③亦是他的哥哥。*Flower Drum Song*與*Suzie*

---

② 黎錦暉（1891-1967），字均荃，湖南湘潭人，音樂教育學家、兒童文學家，在黎家八兄弟中排行老二。先後創作《麻雀與小孩》等12部兒童歌舞劇與〈老虎叫門〉等24首兒童歌舞表演曲，代表作有《黎錦暉兒童歌舞音樂全集》等。

③ 黎錦熙（1890-1978），字劭西等，湖南湘潭人，語言文字學家、詞典編纂家，在黎家八兄弟中排行老大。曾任北京女子師大、湖南大學、北京師大教授、中

*Wong*分別上了 *Time & Life* 的封面，怎麼不叫人歆羨。還有Bergman
的 *Sixth Happiness* ④（《六福客棧》）想必已經轟動歐美。美國最近似
乎繼Buck、Lin⑤後，又來一陣東方的熱浪，你如把握時機，或許
可以多弄幾個錢。

電影看了 *12 Angry Men*，我認為是平生所見的finest film。我稱
之為第八藝術的declaration of independence。請想想看這樣一個故
事如何能寫成小說？如何能搬上舞臺？這個故事只有電影才拍得
好，而且這張電影是把它拍好了。

日本電影好的很多，將來到了美國之後，我所miss的東西日本
電影將是很重要的一椿。我喜歡日本女明星，喜歡日本的生活方
式，很想做日本人。

最近精神和氣色都很不差，附上近影一張可資參考。文藝青年
向我來討教的很多，我倒真有點誨人不倦的精神，肚子裡似乎真有
點東西可傳授給他們似的。上堂講書似乎愈講愈精彩。我暫時假定
在臺灣不會耽很久，先把肚子裡一套東西傳授給這裡的青年們亦
好。自覺精神好，因此自信運氣也在轉好。

宋奇最近又進醫院去動了一次大手術，他幹電影production的
事情，實在太傷精神。電影界都是些流氓，宋奇似乎又很enjoy和
流氓們「鬥」。他肝火旺而精神傷，我倒很替他的前途擔憂的。

《文學雜誌》仍舊使我不愉快。常常想同劉守宜鬧翻，但是看

國科學院首任學部委員，代表作有《新著國語文法》、《中華新韻》、《國語新文
字論》等。

④ *Sixth Happiness*（*The Inn of the Sixth Happiness*《六福客棧》，1958），據格蕾蒂
斯‧艾偉德（Gladys Aylward, 1902-1970）真實故事改編，馬克‧羅布森導演，
英格麗‧褒曼、郤‧佐真斯（Curd Jurgens）、羅伯特‧多納特主演，二十世紀
福斯發行。

⑤ 指賽珍珠和林語堂。

見他那樣可憐，又於心不忍。文藝青年們那種起勁的樣子，亦是使我不忍心的。我的policy是拖着，等到有一天拍拍屁股可以走了，就算了。

最近一期（Dec.）《文學雜誌》登一篇Arthur Miller的（譯）文章（原載 *Harper's* 八月號），我覺得Miller此人的思想還是了不起的。他對於戲劇的看法，實在和你沒有什麼差別，我不知道你為什麼對於美國現代戲劇有如此的偏見？T. Williams我也看過一些，覺得他英文非常之好。*Streetcar* 一劇我在多年前看過，我記得看的時候曾為其英文着迷。故事與人物雖然醜惡，英文倒是能使人口頰生芳的。Broadway老是寫父子二代的衝突，Miller亦表不滿。但是Broadway對於人生的看法，無疑比Hollywood殘酷得多。你一向對於文學的要求是殘酷，不知對Broadway有何不滿？Broadway有些戲我相信很有趣。有一齣戲已演了一年多：*West Side Story* ⑥，我一直想看，其中「武打」場面想可和我們的平劇媲美。此戲不一定深刻，但一定很有趣。*Flower Drum Song* 之類，大約像大舞臺等的「時裝京戲」（《俠盜就是我》、《萬世流芳》）（林則徐＆《糖歌》）等。*Suzie Wong* 想必很俗氣，雖然我對於阮蘭絲⑦（France Nuyen）很有點好感，但是美國serious drama中應該有點東西。

我比你崇拜美國。美國的建築我很喜歡，紐約造什麼新房子我都很關心的。好像以前在上海蘭心、Roxy（大華）、Majestic（美琪）戲院的落成一樣。美國的汽車我也關心。'59的Ford的確elegant，該得法國人的獎。'59 Ford其實很像'57的，你們那次選的

---

⑥ *West Side Story*（《西城故事》），據莎士比亞《羅密歐與朱麗葉》改編，伯恩斯坦（Leonard Bernstein）作曲，桑德海姆（Stephen Sondheim）作詞。

⑦ 阮蘭絲（France Nuyen, 1939- ）越南裔法國女演員，初次登上百老匯即為 *West Side Story*，後亦參演 *The World of Suzie Wong*（《蘇絲黃的世界》）。

真有眼光。Chevy 今年樣子太怪，後形為鬼怪之臉。兩翼如兩把刀似的，給我以冷酷流血的聯想。'58'59 的 Cadillac 有幾種屁股上翹了兩把尖刀，也使我害怕。汽車亦該是 something of fondle，放了這種「尖血血」的東西在上面，誰敢摸呢？Chrysler 的 imagination 不夠，樣子怪而三年不變，是很危險的，Edsel 臺灣還沒來過，'58 的生意很慘，'59 的生意不知怎麼樣，它的新面目廣告上還沒出現。

　　Carol 和 Joyce 想都安好，我希望很快的能和你們見面。今天是 X'mas Eve，可能有人來約我打麻將，此外別無消遣之法。對於單身人，過節是沒有什麼意義的。你們想必過節很快樂。專祝

　　Happy New Year！

濟安 啟

十二月廿四日

　　[又及] 前航空寄上我譯的《美國散文選》一冊，想已收到。

360. 夏志清致夏濟安（1959年1月2日）

濟安哥：

　　昨天大除夕，收到你的來信和照片，很是快慰。我們這裡過節，沒有什麼舉動，我平日和同事也不大來往，倒是school in session的時候，學生們不時請我們去參加他們的social functions，可以調劑平日生活的刻板。你照片上神氣很好，眼鏡似乎又換了一副了，臉部很豐滿，是應當走好運的樣子。星期天拍了一卷黑白照，茲寄上四張，可以看到我們小家庭快樂的樣子。Joyce非常活潑，照片上也看得出。Joyce騎着的木馬，是我們給她聖誕禮物之一。

　　某小姐皮膚白皙，眼大無神，不對你口胃，也無法勉強，我看在Seattle，美國美女一定很多（那種地方多北歐種），有興不妨瞎追一陣如何？在Seattle你手邊錢較寬裕，又沒有人監視你的行動，盡可浪漫一陣，碰運氣，能夠結個婚，也可在美國住下，過你的創作生活，不必再返臺了。

　　Simon & Schuster的 *Great Short Stories of Asia*，我覺得把你的那篇 "Jesuit's Tale" 和張愛玲（自己譯or寫）一兩篇即夠了。該書題看似不限廿世紀，中國舊小說短篇都很幽雅，但如看到故事方面有特別引人入勝的，也不妨選譯一兩篇。《文學雜誌》的短篇，我沒有全看，所以不能下意見，你認為最精彩的，可以託人翻譯一兩篇。最近日本小說在美國很流行，我看了四五種，實在不大好（有一本 *Sound of Waves*[1]，幼稚得和五四初期小說相仿，居然有人把它

---

[1] *The Sound of Waves*（《潮騷》），日本作家三島由紀夫（Yukio Mishima, 1925-1970）的作品。

翻譯），Tanizaki②可以一看，他的 *Some Prefer Nettles* 寫得還有些工夫。他的 *The Makioka Sisters*（*Thin Snow*）是日本近年唯一巨著，我還沒有讀，想是不錯的。芥川龍之介的短篇的確自有一功，可和Poe、Gogol相比擬。美國 taste 都是人云亦云，由幾位 arbiters of public taste 決定，談不上什麼標準。*By Love Possessed*③很彆扭，我看了一兩頁，沒有興讀下去。*Lolita* 我是看了，下半部相當沉悶，覺得不 deserve 許多雜誌的 ecstatic praise。所以你的選譯工作，儘管放膽去做，絕不會貽笑大方的。何況你的那篇和張愛玲的小說的確是很精彩的。

　　最近收到你兩大包書，一包小說上信已提到了（是聖誕節一星期發出的，想已看到），另一包詩詞，《楚辭》和《文心雕龍》也非常有用，十分感謝。可惜我中文根底太差，不知什麼時候可以把這些書好好地讀一番。林語堂的〈平心論高鶚〉也讀過了，他的見解很公允，很說到些我們要說的話（關於《紅樓夢》下半部的精彩），他所取笑的俞平伯的見解，實在是荒謬不堪。我再［最］近讀王際真的節譯本（in Anchor series），同時讀些原文，覺得自己可說的話很多。《紅樓夢》的 narrative technique 不外乎「表」exposition和「景」scene 兩種：書中表太多，但是處理「景」的地方，很有些驚人的表現。假如全書不用表，全用 scenic method，那真正是了不起了。你的《美國散文選》上冊也已收到，這本書花了你不少時間，我還沒有仔細看，看了些「作者介紹」，寫得都很扼要公允，

---

② Tanizaki（Jun'ichirō Tanizaki 谷崎潤一郎，1886-1965），日本唯美派作家，代表作品有《刺青》（*Shisei*）、《春琴抄》（*Shunkinshō*）、《細雪》（*Sasameyuki*）。文中提到的 *Some Prefer Nettles* 係《蓼喰う蟲》（*Tade kuu mushi*）、*The Makioka Sisters* 係《細雪》的英譯本。

③ *By Love Possessed*（《情鑄》），美國小說家 James Gould Cozzens（1903-1978）的作品。

沒有可異議的地方。

我在美國戲看得不少［多］，實在沒有資格批評Broadway（以上元旦所寫，當晚看了 *The Geisha Boy* ④，有好幾處可以捧腹大笑。女主角 Nobu McCarthy ⑤是日本美女，長得非常清秀，曾上過 *LIFE*。）Arthur Miller 因為他過去是左傾作家，所以一直沒有讀過他。他的 *Death of a Salesman*，曾看過 screen version，是一部好戲。*The Crucible* 是攻擊所謂麥克瑟式的 witch hunt，恐怕不太高明。他的那篇演講，在未收到你信前已在《文學雜誌》上讀了，的確是篇好文章。*The Diary of Anne Frank* ⑥我看過（改 freshman 卷子，有時學生寫 Book Reports，自己也得看書），所以我更能欣賞 Miller 的評語。但該劇讀起來雖無味，在舞臺上由 Susan Strasberg ⑦演出，一定是很動人的（George Stevens 把劇本搬上銀幕，當更見深刻）。這是我對 Broadway 不滿意之一點：普通劇本在舞臺上演出，可能很effective，讀起來就覺得一無是處，clichés 太多。T. Williams 的 *Streetcar*，我在數年前看電影後讀了一遍，顯得 flat，可能換個時候讀，會覺得文字很美。但劇本終了，把 Blanche 拖進瘋人療養院，這種結局，不能算是悲劇的結局，這種殘酷，也不是我需要的殘酷。Williams 以 Brando 式的粗人為好漢（*Rose Tattoo* ⑧、*Baby Doll*

---

④ *The Geisha Boy*（《糊塗福星》，1958），喜劇，法蘭克・塔許林導演，傑瑞・里維斯、蘇珊・貝茜（Suzanne Pleshette）主演，派拉蒙發行。

⑤ Nobu McCarthy（麥卡錫，1934-2005），日裔加拿大女演員、導演，代表作有《清洗》（*The Wash*, 1985）。

⑥ *The Diary of Anne Frank*（《魂斷奈何天》，1955），舞臺劇，據安妮・法蘭克（Anne Frank, 1929-1945）的日記 *The Diary of a Young Girl* 改編。安妮生於德國，猶太人，死於大屠殺。

⑦ Susan Strasberg（蘇珊・斯塔斯伯格，1938-1999），美國舞臺、電影女演員，代表作有《魂斷奈何天》、《零點地帶》（*Kapò*, 1960）。

⑧ *Rose Tattoo*（《寡婦春情》，1955），據田納西・威廉斯同名劇本改編，丹尼爾・

中的男主角都是Sicilian人），觀點和曹禺的原始的《北京人》相仿
（《北京人》可以和Williams的劇本一比）。此外Williams的self-pity
（如 *Cat on Hot Tin Roof* ⑨中的男主角）也太過火，不免給人
adolescent的感覺。我覺得Freud defeats tragic purpose，因為Freud
所需要的，即是美國普通人所需要的，well-adjusted personality，而
這種personality的形成精神，是把人最高貴、最好勝的野心慾望全
部relinquish，即是把tragic elements放棄掉。我讀過美國劇本中，
覺得 *Desire under the Elms* 最是了不起。O'Neill另外一本早期劇本
Beyond the Horizon，文字緊湊，情節緊張，但結局不免sentimental，
就遠不如 *Desire under the Elms*。廿世紀drama我最歡喜的一種是
Synge ⑩的 *Playboy of the Western world*，其irony之rich，實在很少劇
本可以和它媲美。而其文字之美，更是獨樹一幟（在Texas時，我
聽過一次全劇唱片，由Irish actors讀的，聽完後，有好幾天，我說
話裝學Irish brogue）。Eric Bentley算是美國當今最有地位的drama
critic，他也不歡喜近年的劇本，我看過他一兩本書，你有空也可以
參看一下。Bentley除掉幾位公認的大師外，Chekov、Shaw、O'Neill
（Both with reservations），很稱道Pirandello ⑪和德國的Brecht ⑫，這

曼導演，畢特·蘭卡斯特（Burt Lancaster）、安娜·夢茵兒（Anna Magnani）主
演，派拉蒙影業發行。

⑨ *Cat on Hot Tin Roof*（《豪門巧婦》，又譯《熱鐵皮屋頂上的貓》，1958），劇情
片，據田納西·威廉斯同名小說改編，理查·布魯克斯導演，伊莉莎白·泰
勒、保羅·紐曼、保路·艾維士主演，米高梅發行。

⑩ Synge（John M. Synge約翰·辛格，1871-1909），愛爾蘭劇作家、詩人，愛爾蘭
文學復興之關鍵人物，代表作有《花花公子奇行錄》（*The Playboy of the Western
World*）等。

⑪ Pirandello（Luigi Pirandello路伊奇·皮蘭德婁，1867-1936），義大利劇作家、詩
人、小說家，曾獲1934年諾貝爾文學獎。代表作有戲劇《六個尋找作者的角
色》（*Six Characters In Search of an Author*）、《亨利四世》（*Henry IV*）、《各行

兩人我都沒有讀過。

　　在紐約和New Haven看過幾齣戲中，我很少有滿意的。我正經戲看得很少，musical倒看得較多。著名演員中，祇有Shirley Booth值得我佩服，我看過她的musical *A Tree Grows in Brooklyn*，她一出場，臺下觀眾立刻感受到她的gaiety和mirth。Booth新片 *The Matchmaker*⑬，非常輕鬆，另一女主角Shirley MacLaine⑭，winsome & charming，使我刮目相看，她以前在Jerry Lewis片子和*Around the World*出現，並沒有受我注意。此外，我看過的大明星有Martin & Lewis、the Oliviers、Audrey Hepburn、Leslie Caron，百老匯經常出演的大角兒都沒有看過。

　　今年 *Time* List的十大巨片，我一張也沒有看過。有些是事忙錯過了（如*Hot Spell*⑮），有些是不願意看（如*Defiant One*⑯），一半還沒有來Potsdam。今年看過最滿意的電影是《紅與黑》⑰，在愛情

其是》（*Each In His Own Way*）等，以及小說《已故的帕斯加爾》（*The Late Mattia Pascal*）等。

⑫ Brecht（Bertolt Brecht貝爾托·布萊希特，1898-1956），德國詩人、劇作家、導演，代表作有《伽利略傳》（*Life of Galileo*）、《大膽媽媽和她的孩子們》（*Mother Courage and Her Children*）、《四川好人》（*The Good Person of Szechwan*）。

⑬ *The Matchmaker*（《紅娘》，1958），喜劇，約瑟夫·安東尼導演，雪莉·布思、安東尼·柏金斯、莎莉·麥克琳（Shirley MacLaine）主演，派拉蒙發行。

⑭ Shirley MacLaine（莎莉·麥克琳，1934-），美國演員，曾多次獲奧斯卡獎、金球獎等，代表影片有《怪屍案》（*The Trouble with Harry*, 1955）、《魂斷情天》（*Some Came Running*, 1958）、《常在我心間》（*Terms of Endearment*, 1983）。

⑮ *Hot Spell*（《慾海長恨》，1958），劇情片，丹尼爾·曼導演，雪莉·布思、安東尼·昆、莎莉·麥克琳主演，派拉蒙影業發行。

⑯ *Defiant One*（《逃獄驚魂》，1958），黑色電影，史丹利·克藍瑪導演，湯尼·寇蒂斯（Tony Curtis）、薛尼·波達（Sidney Poitier）主演，聯美發行。

⑰ 《紅與黑》（*Red and Black*, 1954），法國劇情片，克勞特·烏當—拉哈導演，傑拉·菲利普、達尼埃爾·達里尤主演，美國發行公司（Distributors Corporation

片中它可與 *A Place in the Sun* 異曲同工，而兩片作風是完全不同的。Gérard Philipe [18]，以前看過他的 *Devil in the Flesh*，那時他年齡還輕，並不如何特出，*Red & Black* 中演技老到，很少別的男演員可與他比。飾貴族女郎的女演員（義大利名字）也精彩之至。該片 analyses passion，完全法國作風，好萊塢絕對拍不出。另外一張好片子是 *Witness for the Prosecution* 是 courtroom drama 中最 entertaining 的一張。*12 Angry Men* 是去年看的，的確看得聚精會神，不能鬆一口氣。該片導演 Sidney Lumet [19] TV 出身，他和 Stanley Kubrick [20]（*Paths of Glory*）是好萊塢最重要的新人。

　　我對美國的新建築也很有興趣，在 Ann Arbor 時曾看過 GM Institute of Research，是 Saarinen 的傑作，上次返 New Haven 也看到 Saarinen 新建的 Hockey Stadium（*Time* 上有照片）。此外紐約新建的大 Office Buildings 也注意過，雖沒有親眼見到。美國汽車界把 public spoil 了，結果生意並不能改善，以前 Ford T Model 十年不改樣子，demand 極大，和現在 Volkswagen 一樣。目前美國汽車公司非每年換 design 不可，而 design 不受歡迎，營業反而惡劣。去年

of America, 1958）發行。

[18] Gérard Philipe（傑拉．菲力浦，1922-1959），法國演員，1944-1959年間出演了30多部電影，是世界影壇最優秀的演員之一，代表影片有《白癡》（*The Idiot*, 1946）、《情魔》（*Devil in the Flesh*, 1947）、《魔鬼與美》（*Beauty and the Devil*, 1949）、《紅與黑》（*Le Rouge et le Noir*, 1954）等。

[19] Sidney Lumet（薛尼．盧密，1924-2011），美國導演、製作人，代表影片有《十二怒漢》、《黃金萬兩》（*Dog Day Afternoon*, 1975）、《電視臺風雲》（*Network*, 1976）、《裁決》（*The Verdict*, 1982）。

[20] Stanley Kubrick（史坦萊．庫柏力克，1928-1999），美國導演、出品人，代表影片有《2001太空漫遊》（*2001: A Space Odyssey*, 1968）、《發條橘子》（*A Clockwork Orange*, 1971）、《鬼店》（*The Shining*, 1980）、《大開眼戒》（*Eyes Wide Shut*, 1999）等。

Chevy Gull Wing Style很受歡迎，59年的model街上很少見到，大約也是後部design太怪，不能獲得public的approval。Chrysler的Forward Look初上市時，何等受人歡迎，最近兩年沒有什麼變動，public就對它的出品冷淡了。今年的Edsel和去年的差不多，似乎較去年的好看些。今年Rumbler生意大好，我對該車，因為Carol駛過幾年，頗有惡感。

今天父親有信來，說玉瑛妹健康情形很好（見附照），她那裡鄉下地方已公社化了，照片上看不出特別haggard的樣子，使我稍放心。玉瑛妹掛名教書，勞動了三個月，至十二月初方開始上課。宋奇身體惡劣，我也為他擔憂，這次動手術是不是胃腸部份抑肺部？你要給 *New Yorker* 寫的文章，有興來就把文章寫下來，這一期有一篇日本女郎的文章，文字平淡，一點也不幽默，居然被登出。不多寫了，即祝

新年快樂，早日出國！

弟 志清 上

一，二，一九五九

［又及］你寄上精美的日本賀年片，還沒有向你道謝，Potsdam買不到精美的賀年片，所以沒有寄給你，很是抱憾。

361. 夏濟安致夏志清（1959年2月1日）

志清弟：

出國手續仍在辦理中，中國政府的 red tape 很多，辦事多耽擱。如諸事順利，陰曆年前（Feb. 8是中國新年）恐怕還走不成。

Seattle給我的頭銜是 Visiting Professor，現在行期迫近，愈想愈害怕。去做研究生，我相信可有很好的成績表現。做 V. P.，很可能替臺大丟臉。

Carol的腳樣尺寸，我又忘記了（記性太壞，請原諒），有便請告知。如能成行，別的不買，鞋子帶兩雙是不十分麻煩的。

我的房間亂得很，整理無此精神，預備託一個朋友住進來，替我看管。現在人愈變愈懶，一星期不洗澡也無所謂。人從瘦子變胖，可以從兩極端來體會人生。以前是不能吃東西，現在頂欣賞的是一頓好晚飯。以前是看見公共汽車就擠，現在是寧可多站一會，等較空的車來了再上去。

元月二日的信收到，你們全家的照片顯得都很快樂。Joyce很會逗人的樣子。玉瑛妹的神氣很正常，使我很放心。現附上我的近印［照］一張（給胡適祝壽），神采飛揚，我很少有這種unguarded的表現，看看很得意。想另外那一張（把胡先生剪掉），寄到上海去，父母看見了一定也很高興的。

最近生活還是同以前差不多。女友的事，不斷的有人介紹，有些人（如教「家政」Home Economy的等），我聽見了就沒有興趣；我同程靖宇相仿，還是比較romantic的。最近有人說起一個人，我倒比較有興趣。此人姓孟，是孟夫子家的後人（她父親是「孟子奉祀官」，like孔德成），長相是對我口味的——intelligent looking，from a photograph。年齡據說頂多26（因為是在臺灣的什麼師範學

校畢業的），現任某幼稚園的園長。她的缺點是：是個divorcee，
這點我其實也不大在乎。看樣子能說得投機，至少此人是
sophisticated的。演過話劇，《紅樓夢》裡的李紈！因此有人說她長
得薄命相。教育受得不多，恐怕反而不像臺大girls那樣的「心比天
高」。此人男人見得多，我如有這樣一個女友，生活有時候也可以
得到一點調劑。Wise man的頭腦，有時候也需要wise girl來刺激一
下。介紹人方面很怕我去了美國不回來——這一切當然目前都談不
到（他們想得太遠了）。最近期內也許要見一面，叫我追求，我承
認是沒有這股子勁了。臺灣男女社交機會太少；我怕date（懶！），
mixed party又不容易有，所以要在最短期間內產生奇蹟，是不可能
的事。不過我是喜歡有這麼一個女友的。

說起程靖宇（他很想念你，希望有空去一封信，地址：九龍，
Kowloon，彌敦道Nathan Road安樂大廈七樓B），他追日本的
chorus girl「靜波」還是很起勁。X'mas，靜波送他很多東西，他得
意非凡。我年來看了很多日本電影，對日本好感極深。我所喜歡的
日本女明星也有好幾位，雖然她們所說的話，除了Ha-i=yes與Ari-
a-to之外，我一字不懂。但是昨天看了 *Escapade in Japan*①（RKO
Radio出品，在臺灣歸MGM發行），發現其中日女無一漂亮，地方
也土裡土氣，對日本的好感一落千丈（還是美國好）。*Sayonara*沒
有看，看了恐怕反感更深。

Anthony West評《紅樓夢》的文章已看過，的確寫得很好。有
些話我說不出來。大致Kuhu & Wang都沒有把神話部份翻譯出來，
我要討論《紅樓夢》，祇好避重就輕，就神話部份多多發揮，不過
這部工作也很難。因為我自己對這一點還不十分了解。舊小說中有

---

① *Escapade in Japan*（《日本逃亡記》，1957），美國冒險電影，亞瑟·盧賓導演，
　　特麗莎·懷特、金馬倫·米曹（Cameron Mitchell）主演，RKO出品。

一部《西遊補》②，是本很奇怪的書。全書是孫悟空受鯖魚精之迷所做的夢；全書情節緊接孫悟空三借芭蕉扇之後，孫悟空在羅剎女的肚子裡停留一個時候。這個還加上孫悟空所看見的男男女女（他把他們打死了）在他的下意識發生作用，他做了一連串奇怪的夢，要講到中國的 literature of sub-conscious，此書可算代表作（書過幾天寄上）。曹雪芹可能受此書的影響（此書成於明朝），因為此書也是一部 study of love & lust，其中有「小月王」（情）與「殺青大元帥」等。如能好好地寫篇文章討論《西遊補》，西洋的高級刊物可能要登。但是此事不易，至少我還沒有把全書想通。

　　有一期《文學雜誌》有一篇小說〈華月廬的秋天〉③，其中有一半是我所寫的。原稿是篇荒唐的 fantasy（一般青年人的 imagination 如此奄無生氣，是很值得悲哀的），我給添了寫實的部份。結果有很妙諷刺效果。Structurally，中國五四以後的小說能比得上它的不多。不深刻，但是俏皮。我一開頭所描寫的三個人：一個是求出洋的男生，一個是很多男人追求的女生，一個是家在廣東的臺灣人；出洋，戀愛，家——這些都是那個青年所沒有的，也決定了他的 daydreams 的路子。大致可說是模仿 Walt Mitty④。《文學雜誌》所登的好小說不多，這一篇是我跟那個 contributor 開玩笑的作品，特請你注意。於梨華寫作雖很勤，但是觀察不深。大約是沒有什麼希望的。

　　我最近小說看得很少。有一篇 Charles G. Finney⑤的 *The Circus*

---

② 《西遊補》，明末董說著，凡十六回。

③ 〈華月廬的秋天〉，署名璇儇，載第五卷第二期，第76-94頁，1958年10月出版。

④ Walt Mitty（沃爾特‧米蒂），是詹姆士‧瑟伯小說《沃爾特‧米蒂的秘密生活》（*The Secret Life of Walter Mitty*）中的人物。

⑤ Charles G. Finney（查爾斯‧芬尼，1905-1984），美國新聞編輯、奇幻小說家，代表作有《勞醫師的馬戲團》（*The Circus of Dr. Lao*）。

of Dr. Lao 是怪誕異常的作品（Bantan Books 中有）。Finney 在近幾個月的 *Harper's* 中也有一篇短篇小說，就沒有什麼了不起。Dr. Lao 可以說盡想入非非之能事。*New Yorker* 裡的東西也沒有篇篇看。其中有些文章似乎太長，調子太慢，句法也不夠精彩。

最近一期《文學雜誌》中有我的一篇文章，評論《隋唐演義》裡的一回。無甚深意發揮，但是對於一般中國人，也許有點用處。這篇文章原來是一篇計劃中的長文章〈中國舊小說的文字〉中的一節。我想說的話是：一，好的文章和文言白話的問題無甚關係；二，中國舊小說中的白話是不夠用的。這樣一個 theme 拿出來，可能要 hurt 胡適；而且寫起來太吃力，暫時不寫也罷。你對於《紅樓夢》預備什麼時候寫？一定有很寶貴的意見，你在 Yale U. P. 出的書叫什麼名字？大約什麼時候可以出版？

臺大英文系毫無精彩，我也沒有辦法使它精彩。國文系恐略勝一籌，至少他們請了不少 visiting professors。前年有李方桂，去年有陳世驤，現在有施友忠⑥與趙元任。施友忠也是在 Seattle 的，據說他已把《文心雕龍》譯成英文，這個工作倒是很可怕的。施友忠和陳世驤的相貌都很好，「堂堂一表」——都比我好，所以運氣也比我好。我在美國長住，自信成就不會比他們錯［差］。施友忠似乎城府較深，沒有陳世驤爽朗可愛，我也沒有同他深談。

曾經託一個人（不認識的）在美國寄出 calendar 一本，不知收到否？出國期近，如有進展，當隨時函告。專此　敬祝

閤家新年快樂

---

⑥ 施友忠（Shih, Vincent Yu-chung, 1902-2001），福建福州人，1945-1973年任教於華盛頓大學，代表譯作有 *The Literary Mind and the Carving of Dragons*（《文心雕龍》）。

濟安　啟

二月一日

　　［又及］宋奇仍住醫院，據說要把全身病根，一一清除，出院希望以後可以成為好人了。

362. 夏志清致夏濟安（1959年2月17日）

濟安哥：

　　二月一日來信收到已好幾天，看到你和胡適合照上神采飛揚的情形，實在非常高興。這張照片不特應寄給家中，且因［應］把它放大，掛在你的office內，可日常看到它。這封信到時，你可能已抵美了，所以不預備多寫。美國大學春季學期業已開學，希望你二月底前可趕到Seattle。（*New Yorker*這年期滿後，我沒有給你代訂，因為臺灣和美國postal rate不同，代訂時頗有些周折，你抵美後，我再給你代訂如何？）Visiting professor這個頭銜我覺得你當之綽然有餘，你我在美國大大學當英文教授是毫無資格，在中文系，你的成績已是遠超一般名教授了。在美國，專攻一門學問，或專心譯書的人有的是，而眼界較廣有真正批判能力的實在少得很。你的*Lecture on Chinese Fictions*應當是本germinal的好書。我希望你不要太顧面子，把胡適的意見，看得太重，因為他的critical super-structure不拆除，新的見解難以成立。

　　我的書題名《中國現代小說史》*A History of Modern Chinese Fiction*，祇是把憑所看到的小說家重新整理討論一下而已。二三年來，一直注重style，內容見解方面都無從重新考慮，批評態度一般講來，也比較寬和，所以不能算是一本理想的書。我把正文繳出後，許多note、bibliography、中文人名書名等，apparatus都沒有弄好，現在忙着弄這些東西，加上手邊材料不夠，一定弄得不討好，頗乏興趣。Rowe已把正文的一部份傳看了，反應想不看［差］，現在他催我的notes，出版事，想把notes交出後，即可有定奪。目前又在瞎忙，所以，《紅樓夢》中文原文無法看完，祇好隔一陣再弄它。寒假期間看了*Flower Drum Song*和*Lover's Point*兩部小說，前

者很拙劣（雖然故事要比Rodger Hammerstein的musical高明得多），後者相當動人，文字寫得也很好，講Monterey教中文的人和日本館子女招待談戀愛的故事，情節方面顯然是帶自傳性的。C. Y. Lee描寫舊金山酒吧間情形，頗有些特別之處。他可能和舊金山一輩作家是好朋友。

〈華月廬的秋天〉已拜讀，該文經你一改，改得真好，在技巧方面的確五四以來很少作品是可與它相比的。寫中文小說對你是輕而易舉的一椿工作，你自己應該寫幾篇（如有空的話），雖然改人家的文章，憑人家的主題，改頭換面，推clichés而出新，也是極有趣的工作。自己寫小說，可能過份鄭重其事，顧慮太多，寫起來反不能怎樣得心應手，落筆成章。你的那篇評中國舊小說寫作技巧的文章，不特介紹給一般讀者一部冷門小說，而在文章作法方面的確提出不少寶貴意見。

施友忠未聞其名，他的英文名字Vincent Shih倒是聽到過的。——在雜誌廣告上看到他評譯《文心雕龍》的廣告——以前英人Hughes①譯過《文賦》，*The Art of Letters*，想是類似的作品。Scattle的英文系主任是Robert. B. Heilman②，以前和Brooks合編過*Understanding Drama*，並出過一兩部評莎翁名劇的專書，你應該和

---

① Hughes（E. R. Hughes 修中誠，1883-1956），美國漢學家，主要研究中國哲學和宗教，代表作有《中國宗教》（*Religion in China*）、《古典時代的中國哲學》（*Chinese Philosophy in Classical Times*）等，譯有馮友蘭的《中國哲學精神》（*The Spirit of Chinese Philosophy*）、陸機的〈文賦〉（The Art of Letters）等。

② Robert. B. Heilman（羅伯特‧赫爾曼，1906-2004），美國教育家、作家，1935年獲哈佛大學博士學位，曾任教於路易斯安那州立大學（Louisiana State University），後任西雅圖華盛頓大學英文系主任長達二十年之久。他編過大量頗有影響的文選和教材，與布魯克斯（Cleanth Brooks）合編過《理解戲劇》（*Understanding Drama*），主要論文收入《南方聯結》（*The Southern Connection*）和《操控小說》（*The Workings of Fiction*）兩本文集。

他談得來。Seattle東方系有一位教西藏文，Sanskrit的張琨，他是李方桂的protégé，以前在Yale讀過五六年，那時同我友誼還不錯。

Carol的腳樣尺寸是70（或七號），她把以前的兩雙的確已穿破了，所以你帶給她一兩雙，她的確會覺得很grateful。你臨行事忙，此事不辦也可。Calendar早已收到，當時很奇怪，以為你已飛到美國了，但事後一想，料定是託人帶來的。該calendar印刷很精美，謝謝。

孟小姐已見過否？她的生相既不錯，人又活潑，可以和她做朋友。她是divorcee，date時候空氣一定可以很和諧，不會有一般中國小姐那樣的拘謹。我希望你和她多來往，出國後多寫些幽默信給她，藉以維持情感，這樁工作你一定會有興趣做的。程靖宇處去秋我曾給他一信（to the old address），有空當再寫，他和靜波能維持友誼，我很高興。日本女子比較能appreciate男人用情之專，是比中國女子多情的。不多寫了，Carol、Joyce皆好，祝一路順風，早抵美國！

弟 志清 上
二月十七日

363. 夏濟安致夏志清（1959年3月18日）

志清弟：

昨日已簽visa，本想拍一電報通知，但身邊臺幣不夠，還是以信代替。想你們已是望穿秋水了。

行期尚未定，但不出一星期之內，請不必寫回信。

這次耽擱時間之長，出乎意料之外。主要原因是我做了一個「保人」，我作保的時候，圖章隨便一蓋，後來已忘了此事。我保的那人現在也在美國讀書，他是兵役年齡，過了一年沒有回臺灣來。我若不走，他們亦不查問，我要走，他們不許換保人，後來我到教育部去奔走（那個人自己那時都不知道我在替他出這麼大的力），那個人批准延長在美國居留。其間奔走，很費時間。僥倖很快的批准，我才可以出境。

體檢沒有大問題，但有小問題。原因倒不是我的身體變壞了，而是美國入境限制已加緊，我不知道。因此我認為是一無問題的事，亦多耽擱了幾天。

昨天批准後，去看了一張日本電影：《再會吧，Raboul！》①，Raboul是南平洋一個島，日本於第二次大戰大敗前，困守孤島，面臨DOOM，片中描寫DESPAIR，十分精確。這是我所看過的最好的日本片子，以後幾個月內，不大容易看到日本片子了。見面不遠，不多寫了。Carol的鞋子，一定帶上。Carol和Joyce前都問好，如去稟父母時，請不要提R獎金事，怕有人敲詐，祇說我又要來留學了。

---

① 《再會吧，Raboul！》（1954），本多豬四郎（Ishiro Honda）導演，池部良（Ryo Ikebe）、三國連太郎（Rentaro Mikuni）主演，東寶公司發行。

專頌　近安

　　　　　　　　　　　　　　　　　　　　濟安

　　　　　　　　　　　　　　　　　　　　3/18

364. 夏濟安致夏志清（1959年3月25日）

志清弟：

　　檀香山所發電報並臺北簽Visa後所發之信，想均已收到。我於24日下午抵S. F.，住了一家小旅館，$1.50一天。今日（25）下午坐UAL DC6B安抵Seattle，現住此旅館，每天房金六元（三天住下來就夠臺大一個月薪水了），可謂豪華極矣（Downtown當然有更豪華的旅館）。此旅館乃錢校長所suggest，我也姑且一試。現尚未與學校當局接洽，三二日後擬遷入公寓或學校之宿舍。Seattle似乎比San Francisco更整齊，市區已去繞了一周，旅館自謂off the campus，我還沒有去學校看過。這次來美國，當然沒有上次興奮刺激。Honolulu很多旅客買、寫風景明信片，我竟不屑一顧。S. F.之不能刺激人依舊。我在Seattle的計劃尚未定，希望能延長，此次所簽之visa較上次為寬，上面說填了Form I-S-39即可申請延長云。我這次是問人借了$100作為零用來美的（劉守宜的錢已還我，作為機票款，為省錢坐了一家小航空公司的飛機，Trans Ocean），R基金的錢一個尚未拿。明後天當可拿到一部份，我希望能省吃儉用（據說有$80一月，管吃管住的公寓），把此款擴張到一年或甚至兩年之用。因為計劃未定，心裡並不十分高興。再則做訪問教授兼臺大的「親善大使」總沒有做學生那樣快樂。我在U of W的計劃大致是不開課，要開課也要到summer session，據說visiting profs大多在暑假開課的，先在這裡摸清了門路再說。華大下週（Easter後）起Spring Quarter開始，六月中旬該Quarter結束，有兩個星期的短假，屆時我將東來紐約看你們。我住處找定後，當再有信給你。你暫時不必寄回信，回信中希望多替我的計劃出主意。房間中生有水汀，洗了個熱水澡，遍體舒適。不能即刻和你和Carol、Joyce見

面，甚為遺憾。再談　祝

　　近安

濟安

3/25

365. 夏濟安致夏志清（1959年3月26日）

志清弟：

　　前天寄上一信，想到已收。華盛頓大學的人已經見了幾位，談得很投機的是歷史系主任Pressly①（他也是臺大──華大合作的委員會主席），Pr是Ten.州人，他跟我大談，當年T.州Vanderbilt大學的人才，所謂southern critics，如Ransom、Tate等都是在Vanderbilt的。英文系主任Heilman和Cleanth Brooks是舊友，莎氏專家，也是New Critic，我們談了五分鐘話──此人尚待征服。李方桂是個非常和善的人，他的學生張琨也是你的老朋友（他非常佩服你，讚不絕口），現在在「東方系」身居要職。李方桂自己買了地皮造房子，兒子入了US Army，像這樣在美國才算混得出頭了。張琨跟他的關係，好像父子一般，有人拖他，他也容易往上竄了。Seattle State一名University District，很像Bloomington，祇是Bl.和In-polis之間距離較遠，Seattle State和Seattle Downtown距離較近而已。學校附近三家小電影院，一家Kress，一家Penney's銀行，Men's Shop、Book Store，美國各地想必差不多。華大就我所見者和I. U. 差不多，campus很多樹，地形高高低低的起伏。不同者，I. U. 新建築物似乎多，新建築物都很宏偉，因為I.州出產大石頭（limestone?），華大的建築物據我所見到的都是19世紀的，總之，幽靜，整齊，清潔，I. U. 和U. W. 是都具備的。

　　房子還沒有找到，這裡的房租似乎不便宜。

　　回信請暫寄c/o Pr. Kun Chang（張琨轉），Thomson Hall, U. Of

---

① Pressly（Thomas Pressly托馬斯・普雷斯利，1919-2012），美國內戰史專家，創建了歷史研究基金（Thomas and Cameron Pressly Endowed Prize Fund）。

W., Seattle State, W. 這兩天應酬較忙，很多事情也沒有想。快樂的
做人法，是吃飽睡足，高興看看書寫寫文章，到時看運氣如何，是
否回臺灣，要回就回。硬是要在美國鑽門路打天下，是很吃力的。
再談，專祝

　　Happy Easter

　　Carol、Joyce前均問好

濟安　上

三月廿六日

366. 夏志清致夏濟安（1959年4月2日）

濟安哥：

　　收到你臨行前發出一信後，上星期三又接到了電報，Carol和我都大為高興。星期四我們動身到New Haven去（趁Easter假期把我的notes和bibliography全部整理好），所以一直到昨天（星期三）晚上回來後，才看到你的兩封信，知道你在Seattle情形很好，和同事們大都很講得來，想交際應酬忙過一陣後，即可好好地安心工作了。這次visa簽得較寬，最是好消息，希望你在華盛頓住上一年半載後。在美國找個job，長期住下去。六月初東來當可暢談一番，但希望不要因旅途用費而把你的budget打破了。（《文學雜誌》編輯事，將由何人代理？）

　　我這次返新港，Carol、Joyce住在娘家，我於星期四五在Yale Library足足工作了兩天，星期日去紐約，星期一在哥倫比亞工作了一天，把所缺的reference差不多全部找到了。星期二把此項東西交給Yale Press一位editor，他也是Yale英文系出身，我和他談得很投機。我的mss，so far，readers都極為稱讚，這星期這位editor可收到另外一位讀者的報告，下星期書的出版與否，Yale U. Press即可作決定。據我看來，該書在Yale出版的希望有十分之八九，所以心裡很高興，下星期Yale Press有好消息通知給我後，我再給你信。此次返（新）港（New Haven），祇見了李田意、陳文星兩人，陳文星在追紐約Fordham讀書的一位小姐，你的學生張婉莘，不知你還記得起她否？李田意忙於趕一篇paper，預備在 *Oriental Society* 一讀。Rowe又去遠東，四月初才能返港，Pottle沒有看到，Brooks家住得遠，又適假期，所以沒有去看他。

　　此次去紐約，還是上次和你去一次後的第一次，百老匯，42號

街一帶，還是老樣子，一點沒有新鮮的刺激。Rockefeller center有一幢Time & Life Bldg，業［即］將完成（52號街一帶的低級cabarets都給拆掉了），此外沒有什麼變化。我去紐約是找references，所以星期日那天無事可做，相當寂寞，住在Sloane House，看到那些異國學生，實在看不上眼，在Paramount看了 *The Sound & The Fury* ①，很滿意（Radio City的 *Green Mansions* ②排隊太長，沒有興趣去看。在New Haven看了 *Some Like It Hot* ③，very wacky）。在百老匯有許多戲是可以一看的，中國菜館也可去吃一兩頓，但我沒有這種tourist的mood，什麼地方也沒有去。

上次感謝［恩］節回來，Potsdam已開始大雪，這次回來，雪已融化絕跡，總算春季已到Potsdam了，這裡的冬天就這麼長。

你住處已找到否？工作和教書的計劃已同人談過否？最理想的plan還是give一個lecture series，這樣可以逼自己按時把文章寫出來。此事你可以同Graduate Dean和Pressly談一談。因為這種lecture容易出版，而research方面又不要花多少細工夫，對你最是方便有利。你一年來中國舊小說已看得不少，把你的inspirations, observations寫下來，一定是本好書。Crump弄中國小說十多年，因為中文理解力程度太差，一無貢獻，李田意在弄明代《三言》小說版本的考據，他的critical equipment也是極差的，寫不出什麼驚人

---

① *The Sound & The Fury*（《喧譁與騷動》，1959），據威廉・福克納同名小說改編，馬田・列特（Martin Ritt）導演，尤・伯連納（Yul Brynner）、瓊安・伍華德（Joanne Woodward）、瑪嘉烈・禮頓（Margaret Leighton）主演，福斯發行。

② *Green Mansions*（《翠谷香魂》，1959），浪漫冒險片，據威廉・亨利・哈德森（William Henry Hudson）同名小說改編，米爾・法拉導演，安東尼・柏金斯、奧黛麗・赫本主演，米高梅發行。

③ *Some Like It Hot*（《熱情如火》，1959），喜劇片，比利・懷德導演，瑪麗蓮・夢露、湯尼・寇蒂斯（Tony Curtis）、傑克・李蒙（Jack Lemmon）主演，聯美發行。

的文章，你寫這本書實在是在美國 establish 自己最好的方法。

　　胡世楨有信來，問你出國情形。他現住 7414 Rosemary Rd., Dearborn 6, Michigan，可去信問好。他在 Wayne U. 教書，今夏要去 California Lockheed 廠服務一暑假。昨天看到父親的信，也問及你出國的事，你想已去信報導平安了（712 弄 197 號）。信內附上玉瑛妹近照兩幀，體格似較前結實，現在寄你一張，你也可以放心。不久前 Joyce 拍過一張小照，茲一並寄上。此照裝在鏡框後，可放在你寫字臺上。

　　張琨跟李方桂的關係，的確如父子一般。張琨讀書很努力，可是不太 bright，所以對前輩學人，非常看重，關係弄得很好。張琨外表非常誠懇，心地也算是良善的。他有北方人一般的客套和應對工夫，但有空找找他談談，仍是很愉快的。李方桂我同他不熟，祇知道他太太唱青衣是相當好的。

　　Joyce 住在好婆家，我相當不放心，這次她祇有些 stomach upset，沒有其他病痛，還是很僥倖的。我這學期 assign 大二學生寫一篇小說報告（choices: *Bovary, Portrait of Young Man, Secret Agent, Light in August*），卷子繳進來了，自己也得把 *Light in August*，*Secret Agent* 重讀一遍，所以不打算多寫了。Carol 開車很累，下次再給你［寫］罷。你帶給她鞋子，她是非常高興的。隔幾天再給你信。此信是用 Parker 61″ 所寫的，筆尖為 51″ 相彷彿，該筆是 Carol 給我的生日禮物。即頌

　　平安快樂

弟　志清　上
四月二日

367. 夏濟安致夏志清（1959年4月2日）

志清弟：

　　張琨那裡不知道有沒有你的信。我現在搬入 Terry Hall No.123，這是華大男生宿舍，lounge，飯廳等很像 I. U.的 Rogers Center，祇是 Terry Hall 甚高大，再則本科生與研究生住在一起，人很雜，不像 Rogers Center 專住研究生也。飯廳裡吃飯的，大多是些美國男青年，強壯稚氣，看看有點討厭。研究生裡還可能有些有趣的怪物，慢慢的也許會找到幾個朋友。昨天認識了一個研究日本史的 John Barnett，他也喜歡看日本電影，還要帶我去看日本電影，Seattle 祇有星期六日有一家戲院專演日本電影，據說很遠。祇是他老叫我 sir，使我很難受。做教授真沒有做學生舒服。

　　今天去見 Merrill Davis，他是教 Faulkner 的，我預備去旁聽。他從 Soldiers' Pay, Mosquitoes 等教起，本星期要討論 20's 時的 New Orleans，我一無準備，明天去瞎聽聽。下個星期討論 Soldier's Pay 與 Mosquitoes。兩個半月要讀不少東西。（4/2記：已上過一課，講的是 F.的詩（早期）。有個女生是 Indiana South Bend 的人，已同她寒暄過。）

　　這幾天讀了 Daedalus① 的神話專號，contributors 中還以 Harry Levin 稍見精彩。撰文的許多專家，似乎沒有一個懂得中國神話的。又在讀 White Goddess② ——很 pedantic，似乎沒有什麼道理。

① *Dædalus*，是美國藝術與科學學院創辦於1955年的著名學術期刊，1958年起，開始作為美國藝術與科學學院學刊出版季刊，由MIT出版社出版，每期均有一個關於藝術、科學和人文主題的論輯。

② *The White Goddess*（《白色女神》）是英國詩人、小說家、評論家羅伯特·格雷夫斯（Robert Graves, 1895-1985）的作品，主要研究詩歌的神話來源。格雷夫斯

Frazer③的 *The Golden Bough* 英文非常漂亮，思路也清楚。Joseph Campbell④的 *The Hero With A Thousand Faces*，也不見精彩。文章故意賣弄修辭技巧，思想似乎太倚賴Freud。Campbell要出一部（in 4 vols）的研究神話的大書，我相信不會有什麼精彩。

　　在美國要做的事情太多，現在一樣也沒有開始。想先把研究中國小說的東西寫出來。不過一下子顯不出成績來。小說暫時不會寫。

　　我剛來的幾天，沒有同學校當局討論錢的問題（他們以為錢在臺大）。今天Pressly才打長途電話給Fahs聯絡，明天等他的回電（報）。我問侯健借的\$100，快要用完了，身邊祇剩幾塊錢。如紐約的錢一下匯不過來，還要問U. W.借一兩百塊錢渡［度］此週末。已問Taylor⑤（遠東系）借了兩百元。

―――――――――

　　一生共出版140多部著作，代表作有《向一切告別》（*Good-Bye to All That*）、《克勞狄烏斯自傳》（*I, Claudius*）、《克勞狄烏斯封神記》（*Claudius the God*）等。

③ Frazer（James George Frazer弗雷澤，1854-1941），英國人類學家、民族學家、宗教史學家，英國科學院院士，兼任法國科學院、普魯士科學院、荷蘭科學院院士和牛津大學、巴黎大學等著名學府的名譽教授，在人類學、神話學及比較宗教學領域卓有建樹。1914年受封為爵士。代表作為人類學研究巨著《金枝》（*The Golden Bough: A Study in Comparative Religion*，後改名為 *The Golden Bough: A Study in Magic and Religion*）。

④ Joseph Campbell（約瑟夫・坎貝爾，1904-1987），美國神話學家、作家，代表作有《英雄之千面》（*The Hero with a Thousand Faces*）、《上帝的面具》（*The Masks of God*）。下文提到的四卷本，即為《上帝的面具》。

⑤ Taylor（George E. Taylor喬治・泰勒，1905-2000），生於英國，後移民美國。英國伯明罕大學博士。1928年到美國，1930年代曾在南京、北平等地任教，並研究中國歷史。1939年被聘為華盛頓大學教授，後長期擔任遠東系主任。二戰中，曾出任美國戰時情報局副局長，負責太平洋事務。代表作有《為北方中國而奮鬥》（*The Struggle for North China*）、《現代世界中的遠東》（*The Far East in the Modern World*）等。

Terry Hall的房租是60元一月，吃飯買飯票，$0.50, $0.60, $1.10 for 早、午、晚 respectively。學生連吃住在一起不過七十幾元，我住的是guest room（不和學生們在一起較安靜），不可以包飯，祇好零吃，開支稍大。Seattle有room with board，較省錢。但是學校當局希望我住在這裡，我先住一個月再說。這幾天沒有錢，房租還沒有付。這裡可以欠，住到別的地方去也辦不到。Washington州酒（啤酒除外）是政府公賣的，喝酒不易。學校附近一哩內不許賣任何酒，China Town（有很多黑人及各種下等人）內也不許賣酒，所以喝酒很不易。But that is good to both my purse and blood pressure. 酒還是少喝的好，年齡已經不對了。

很希望看見你的信。六月裡到紐約可以好好的同你和Carol話話家常，並陪Joyce玩了。父親那裡希望代為先去信請安。玉瑛妹是否仍在福建？念念。胡世楨、馬逢華等處都尚未去信。再談　即頌

近安

濟安　啟

4/2

［又及］Fahs回電報說，要等錢校長的電報才付錢。

368. 夏濟安致夏志清（1959年4月4日）

志清弟：

昨天（星期六）參加了一個有趣的會，早晨九點多（會是八點開始的，我遲到）忙到半夜十二點。虧得我精神很好，應付裕如。會場白天在Thomson Hall，張琨把你的信交給我，聽見你的書將出版，很高興，看見玉瑛妹和Joyce的照片，亦使我很快樂。這些等一下再談，先談那個有趣的會。

此會叫做American Oriental Society, Western Branch的年會，主要負責的人是U. W.與Berkeley，這次UCLA派了一個阿拉伯文專家Kawar①來，Stanford根本沒有派人來。U. W.與Berkeley合作表演，看看那些洋人講演中國學問，我又是amused，又是bemused。

上午讀論文，沒有一篇精彩的，有三篇我該有興趣的（別的我根本不懂講的是些什麼，如張琨所講的西藏史）：

Hellmut Wilhelm②(U. W.): *A Note On Li Fang*（李昉）*and The T.P.K.C.*（《太平廣記》）；

---

① Irfan Kawar（伊爾凡‧卡瓦爾，1926-），近東研究專家，普林斯頓大學阿拉伯伊斯蘭研究博士，代表作有《十四世紀拜占庭與阿拉伯之關係》（*Byzantium and the Arabs in the Fourth Century*）、《十五世紀拜占庭與阿拉伯之關係》（*Byzantium and the Arabs in the Fifth Century*），並寫作了部份多卷本《十六世紀拜占庭與阿拉伯之關係》（*Byzantium and the Arabs in the Sixth Century*）。

② Hellmut Wilhelm（衛德明，1905-1990），德國漢學家，漢學家衛禮賢（Richard Wilhelm, 1873-1930）之子，以治中國文學及歷史著稱，曾在北京大學和華盛頓大學任教，代表作有《〈易經〉八講》（*Change: Eight Lectures on the I-Ching*）、《〈易經〉中之三才》（*Heaven, Earth, and Man in the Book of Changes: Seven Eranos Lectures*）等。

Richard F. S. Yang③（U. W.楊富森）:《從〈長恨歌〉到〈梧桐雨〉到〈長生殿〉》;

Richard C. Irwin④（Berkeley）: *Internal Evidence for a Reappraisal of*《水滸傳》*Texts*。

W主要講的是《太平廣記》編著者的考證（這種東西我們查查歷史，一兩個鐘頭都查出來了），對於書的內容沒有提什麼。我對W說，我對於《太》略有研究，以後找個機會再談。W人很和氣，講話德國音很重，是短小的短髮蓬鬆的那種德國人，不是goose step的那種德國人。

楊富森是燕京畢業的，身材高大，一口好北平話，人是笑容滿面，crew-cut，他應該是教「國語」的，叫他寫論文，恐怕一輩子沒有受過這種訓練。他這篇東西，我不準備都可以講得比他精彩些。既無考證，又無文學批評，祇是介紹一些皮毛給洋人，而且，great、romantic這種字瞎用。

Irwin沒有來，派了一個代表代讀。講了半天，不知所云。他所講的版本都是1600年以前的，什麼容與堂本，袁無涯本，鍾伯敬本，對我陌生之至。我想不到對於《水滸傳》會這樣陌生的。這位Irwin聽說靠《水滸傳》得的Ph.D.，一輩子吃《水滸傳》吃定了。我後來對W說，聽得不知所云，W偷偷說：to be frank，他也毫無興致。

中午在cafeteria聚餐。聚完餐他們開會討論會務，我沒有出席，我去看五篇文章，是五個專家寫的五篇論文，講的是Nature in

---

③ Richard F. S. Yang（楊富森，1918-），華裔漢學家，編譯了大量劇作及小說選，代表作有《元雜劇四種》（*Four Plays of the Yuan Drama*）等。
④ Richard Gregg Irwin（理查 歐文，1909-?），曾任柏克萊加州大學東亞圖書館副館長，著有《中國小說的演進：〈水滸傳〉》（*The Evolution of Chinese Novel: Shui-hu-chuan*, 1953）。

Poetry，等一下要討論的。

> *Nature in Chinese Poetry* ——陳世驤
>
> *Nature in Japanese Poetry* —— Mills ⑤（Berkeley）
>
> *Nature in Indian Poetry* —— BHARATI ⑥（U. W.）
>
> *Nature in Tibetan Poetry* —— Wylie ⑦（U. W.）
>
> *Nature in Arabic Poetry* —— Kawar（UCLA）

　　陳世驤講的沒有什麼新意（其實這個題目很難說得出什麼新意來的），別人所寫的我看得也糊裏糊塗。誰出個題目叫我寫：*Nature in English Poetry*，我能不能得60分，亦是很成問題的。

　　我看完後，再進去聽Presidential Address。講的是 *Marvels of The West*（主席也是Berkeley的，沒有來，由人代讀），好像講的是古代東方人所認識的西方的神奇。讀完後，大家討論。有個魁梧的美國人Schafer ⑧（也是Berkeley的）提出意見，印度人叫中國「震

----

⑤ Douglas Mills（道格拉斯·米爾斯），美國日本學家，譯作有《宇治拾遺物語》（*A Collection of Tales from Uji: A Study and Translation of Uji Shūi Monogatari*）。

⑥ Agehananda Bharati（1923-1991），奧地利猶太人，原名Leopold Fischer，東南亞人類學家，維也納大學畢業，曾任教德里大學、東京大學，1956年來美，在西雅圖華盛頓大學研究，1968年入籍美國，後受聘雪城大學（Syracuse University）講座教授，*The Tantric Tradition* (1966), *The light at the Center: Context and Pretext of Modern Mysticism* (1976) and *The Ochre Robe: An Autobiography* (1980).

⑦ Wylie（Turrell V. Wylie特瑞爾·韋力，1927-1984），美國藏學家、漢學家，創建華盛頓大學藏學研究計劃，並以創造一種音譯藏語拼法（Wylie-Transliteration）而著稱，代表作有《內亞中的西藏角色》（*Tibet's role in Inner Asia*）。

⑧ Schafer（Edward Hetzel Schafer薛愛華，1913-1991），美國漢學家，哈佛大學東方語言博士，長期任教於加州大學伯克萊分校，對唐代詩歌和道教的研究影響較大。代表作有《女神：唐代文學中的龍女與雨女》（*The Divine Woman: Oregon Ladies and Rain Mmdens in T'ang Literature*）、《朱雀：唐代的南方景象》（*The vermilion bird: T'ang images of the South*）等。

旦」，Thunder Dawn，恐怕與中國之在東方有關；我忍不住了（上午我已忍得很厲害），說道，如此說來，中國人以前稱印度為「身毒」意思是 Body Poison 了？這個 Schafer 後來一直沒有理過我。

接着是瞎討論，Symposium。問題主要是落在陳世驤身上，其次是日本詩。陳世驤應付得還好，問題問得大多沒有意思，我很想發表一段高見（肚子裡已經在擬稿），可是看見大家七張八嘴，我就忍住了。不開口有不開口的好處；開口也許丟人，也許震驚全場。陳世驤主要講的是 Anthropomorphic 與 Interpenetration of Man & Nature，關於這些，我沒有更多的意見。我想講的是 Nature 如何成為一種八股，這個也許可以引起各國寫詩的人的興趣。否則的話，像他們那樣討論，很容易成為 religion & metaphysics 的討論會的，而且所討論的又大多是浮泛幼稚得很。不是「天地」、「自然」、「道」那種大問題，就是「中國詩人描寫馬嗎？」──這是那個阿拉伯專家問的。

那個印度專家 Bharati 是奧國人，後來皈依印度教，姓印度姓，所以面孔一點不像印度人（同 Elizabeth Taylor 皈依猶太教相仿）。他的英文是五個人裡講得最漂亮的，音調鏗鏘，句子段落分明。可惜生意清淡，大家對於印度詩不發生興趣。

開完會去張琨家聚餐，Buffet（這是會裡請客的）。先是Bourbon，又是 wine，我喝了不少。可是酒喝多了，英文似乎愈講愈漂亮了。一緊張，就 tongue-tied，一個字想不出，別的字都螫住了。可是骨頭一輕鬆，漂亮的字句源源而來。會裡有幾個東方系的學生，我把他們視作「無物」，用英文欺侮他們。我說我在臺灣是："Elvis Presley, Groucho Marx, Confucius rolled into one."（可惜該系沒有女生。）

會裡有幾個人可以一記：

　　高去尋⑨——中央研究院來的考古的專家。Ford Foundation代表Berkeley、U of Chicago、Columbia、Harvard四大學聯合請來的。他訪問九個月，每月一千元，外加旅費$6000，其數目之大，嚇得倒人。這個人很老實，山東人，一臉鄉下人樣子，跟我談得很投機，他把美國漢學家內幕，拆穿很多（等一下再談）。他的最大的痛苦是不會講英文，他現在住Berkeley，而B.的那些外國漢學家都不屑講中文的；那邊沒有人跟他談話，除了陳世驤與Frankel，他寂寞之至。天天看TV，他還要去U. of Chicago、哈佛等地，他很希望把我拖去做翻譯，他知道我也沒有什麼特別任務的。他開了一天會，其痛苦可想。我問他，既然如此，臺北的大使館怎麼給你簽證的？他說，那個副領事祇問他一句話：「你預備哪天走？」這句他聽得懂，也答得出來的。

　　McKinnon⑩——U. of W.的日本專家，人長得很英俊，像James Mason。他母親是日本人，可是看不出混血的樣子來。外表雖英俊，講話慢吞吞的，一講就像做文章，eh eh的很多，我聽得不耐煩（James Mason英文講得多有勁！）。人恐怕有點笨。

　　Douglas Mills　　倫敦大學來的日本專家，在Berkeley。我最近對於英國發音大有興趣，這是英國人，自然而然地把我吸引過去了。我是個Alec Guinness Fan，最近在臺北看了 *The Sheriff of Fractured Jaw* ⑪與 *Around the World in 80 Days*，對於Kenneth

⑨ 高去尋（1909-1991），字曉梅，河北安新人，考古學家，畢業於北京大學歷史系，曾參加殷墟第十二次發掘。歷任中研院歷史語言研究所研究員、中央研究院院士、歷史語言研究所所長等，代表作有輯補其師梁思永之《侯家莊》等。

⑩ McKinnon（Richard N. McKinnon, 1922-1994），日本出生的美國教授，哈佛大學日本文學博士，環太平洋研究所（Pacific Rim Institute）負責人。

⑪ *The Sheriff of Fractured Jaw*（《糊塗人多糊塗福》，1958），英國／美國西部喜劇片，拉烏爾‧沃爾什導演，肯尼斯‧摩爾（Kenneth More）、珍‧曼絲菲（Jayne

Moore ⑫ 與 David Niven ⑬ 的英文都很欣賞。我生平有若干種夢想，英文講得像 Dr. Johnson（或者較近的例子，大偵探 Nero Wolfe）一樣，是我所嚮往的。此事很難，李賦寧已試之於先矣。這位 Mills 人很和善，臉紅紅的，連頭頸都是紅的，長得有些 Alec Guinness。（以前在 Indiana，外國學生自治會的主席是個英國人，長得像 T. S. Eliot，可惜忘了他姓什麼了。）我對於日本所知很少，但是也可以跟兩位「專家」瞎扯一陣。

我告訴陳世驤你的書快出版了，他也很高興。我問他（他已是 B. 的正教授了），可以不可以給你找一個好一點的差使。他說很不巧，B. 要找一個教 modern 中國文學的人，後來找了一個英國人。他說以後有機會再留意。他對於你現在這樣的工作的 load，也很表同情。如教高級中國文學的課，可以輕鬆得多。陳世驤和我很好；他也知道，他在那裡講中國詩，我是他唯一值得敬畏的聽眾。我們已約好五月的一個週末，我去 Berkeley 玩幾天。他太太十分漂亮，廣東人，講得一口好北平話，可惜沒有孩子。他們買了一部 '59 的 Rambler，這次是開車來的。

關於 B. 請了英國人教 Modern Chinese Literature 的事，據高去尋講，情形沒有這麼簡單。高去尋看見了我，話多得不得了，實在苦悶已久，不能怪他。他說 B. 的中文系（遠東系？）主任是個白俄，現已入美籍，他反對再請中國人教中國東西。此人已 20 年沒有發表 paper，自己不行，很怕被中國人看不起。趙元任曾說：在

Mansfield）主演，福斯發行。

⑫ Kenneth More（肯尼斯‧摩爾，1914-1982），英國電影、舞臺演員，代表作有《春色無邊滿杏林》（*Doctor in the House*）。

⑬ David Niven（大衛‧尼文，1910-1983），英國演員、小說家，代表影片有《平步青雲》（一譯《人鬼戀》，*A Matter of Life and Death*, 1946）、《鴛鴦譜》（*Separate Tables*, 1958）。

哈佛受白俄的氣（哈佛的系主任也是個白俄），在Berkeley又受白俄的氣。Frankel的中文現在講得很好，對於中國東西的研究也不在那些洋人之下，可是B.永遠不請他教書，祇替他在Foundation請求些錢，做些研究。Foundation的錢請不到，他就失業。他秋後要去Stanford做Assistant Prof.，他說，寧可做Assis. Prof.慢慢地升，總比在B.隨時有失業之險好一些（Frankel這次沒有來）。

陳世驤說，B.的近東系祇有一個系主任，下面沒有教授副教授，那些講師升不上去，系主任也不向外面去請人。

美國大學的Campus Politics，我本來也略有所聞。這些事情我比你應付得好，我較shrewd。而且對於中國所謂黃老陰柔處世一道，較有研究。一個人如太brilliant，而名氣不足以服眾，有時也吃虧。最好是像張琨那樣安分守己，謹慎從事，不露鋒芒。他在U. W.已是Assoc. Prof.。在美國，朋友能幫忙的很少，自己要打天下，是很吃力的，但是，世事一切成功，還靠運氣，人力是占很少的成份。

例如我在U. W.的Lecture Series，我是存心可以一鳴驚人的。雖然我祇有notes，還沒有寫下來。但是Pressly第二天就吞吞吐吐地說（我沒有提，這是我的乖覺處，他先提的。我在這裡表示什麼都不在乎），此事暫時緩緩如何？我連聲說可以。學校當局寧可請個人來養着（反正用的是R.基金的錢），開課他們是很慎重的。我在臺北就聽見勞幹他們講，外人開課，Summer Session較有希望。當然我可能在Summer School開課，不過這點U. W.當局還沒有同我講定，大約要看看我這兩個月為人如何。

這裡的Far Eastern系主任Taylor是個搞政治的，外表顯得很精明而有自信，內心可能糊塗。以前跟Lattimore、Fairbanks在一起，McCarthy巨棒一揮，他就成了反共的人。據說他有野心，要把他的系辦好了，同哈佛一爭短長。當然他需要人才扶助。他心目中的人才除學問能力（而且要專門人才，我的吃虧處是「不專」）之

外，還要對他和對 U. W.的忠心，這些都要慢慢表現出來的。兩三個月也許不夠。

副主任 Michael [⑭]、中文教授 Wilhelm 都是德國人，講英文都有 accent，都像 Franz Lehár [⑮] 歌劇中的 Character actor，都很和善。這兩個人我可以相處，慢慢地可以使他們相信我。如有他們二人幫忙，在 U. W.也許可以開課。

總之，對於我自覺「無緣」的人，暫時先避不見面，如英文系主任 Heilman，及 Taylor 等。我給他們的 first impression 可能不好，英文先說得吞吞吐吐。如不能製造好印象，則寧可避免製造壞印象。對於自覺「有緣」的人，如 Pressly，如英文系的 Davis，如 Michael 與 Wilhelm，則不妨多接近。他們先對我已有好印象，我可以隨時顯些本事給他們看看。我不善於急攻，我善於設伏與包圍。當然，現在叫我來追求女人，辦法可以比以前高明多了。我已有自知之明，知道自己的長處和短處，而且可以設計一套配合我的長處的策略，可惜年紀已經不是追求的年紀，而且對於追求已沒有什麼興趣，這個，以後再看緣分吧。

U. W.給了我一間 office，在英文系。原來的人 Redford 到土耳其去了，房子空着。Redford 留了一些書，很多是研究短篇小說的（很僥倖的找到一本 *Soldier's Pay*，這本書不易買到。Heilman 也編過一本短篇小說，這種教授寫不出專書，編教科書總還有辦法），還有些研究 Prose、Drama 等的書。此人大約祇開些基本課程的。Office

---

⑭ Franz Michael（1907-1992），生於德國，二次大戰時，曾任教於浙江大學。1939 年來美在 John Hopkins 大學教書，後轉赴西雅圖華盛頓大學教授西藏與中國歷史。

⑮ 法蘭茲‧萊哈爾（Franz Lehár, 1870-1948），奧地利輕歌劇作曲家，一生共創作近 40 部作品。1905 年他的輕歌劇《風流寡婦》（*The Merry Widow*）在維也納連續上演 500 場，使其一舉成名，成為繼約翰‧史特勞斯之後最受歡迎的輕歌劇作曲家。

很清靜，有打字機，有字典。壞處是在一座 Annex 的木屋裡，沒有廁所，沒有地方喝水。真要在那裡埋頭寫作，我還得去買一個水瓶和一套紙杯（廁所可以走出去用）。我在臺大並無office，英文系先生太多，分配不過來，我是不歡喜麻煩人的。其實我在 Men's Hall 的房間也很清靜，也可以工作。不過在洋人看來，要工作總得去office。臥室是睡覺之用的，要休息去 Lounge。我沒有這種生活習慣。

　　在宿舍裡有一天晚上寫了幾百字的小說："The Visiting Professor"。這幾百字未必可用，會不會往下寫，尚不一定。如和 Wilhelm 談過後，也許就把小說擱下，改寫批評論文了。人的精力有限。同時寫 fiction & Non Fiction，而且都要精彩，真不容易。*New Yorker* 真有些好文章，我現在頂佩服的是 Kenneth Tynan[16] 的戲劇評論：乾淨，清楚，老練。McCarter[17] 的電影評論不如遠甚。

　　《文學雜誌》暫託侯健代理。陳世驤的那篇論文，我已得他同意，寄臺灣去託人翻譯發表。《文學雜誌》我雖厭恨之，但是在美國，我也可以利用之以抬高我的身份。

　　Joyce 的小毛病想已痊愈［癒］。Carol 那裡過兩天再寫吧。父母親那裡也預備過一兩天再寫了。也許今天晚上寫一下，下午要去看電影。欠的信太多，還有胡世楨，馬逢華他們呢。再談　專頌

　　近安

濟安　啟
四月四日

---

⑯ Kenneth Tynan（肯尼斯・泰南，1927-1980），英國戲劇評論家、作家，常在《觀察者》（*The Observer*）、《紐約客》等刊上發表文章。

⑰ Jeremy McCarter，美國著名作家、導演、製片，曾任《新聞週刊》（*Newsweek*）評論員。

369. 夏志清致夏濟安（1959年4月12日）

濟安哥：

　　今天（星期一）收到Rowe的信，知道Yale Press已答應出版我的書了。這是一個好消息，想你也代我高興。Yale Press的信日內即可到，他們可能要叫我把文字改動一下（Yale Press讀了reader的報告後的recommendation：那些讀者們可能反共不力，希望我把反共部份tone down一下，這是我的猜想），但這事費不了不多時間，關於我的ideas和判斷方面，當然我不會改。Yale信到後，再告訴你詳情。（收到《文學雜誌》精裝四冊，謝謝了。）

　　今晚Carol出主意到館子上吃了一頓飯，飯後我去聽了Joseph Szigeti ① 演奏的violin（Corelli，Bach，Schubert，Ravel，Stravinsky）②，回家後給馬逢華寫了封信（X'mas後還沒有給過他信），現在夜已深了，不多寫了。明晚預備去看 *Green Mansions*，該片Carol看後認為極惡劣，但我Hepburn的片子是看全的，所以仍要去擁護一下。你這幾天生活情形如何？匆匆　即頌

　　近安

弟 志清 上

四月十二日

---

① Joseph Szigeti（約瑟夫・西蓋蒂，1892-1973），美籍匈牙利小提琴家，被稱為「小提琴中的思想家」。

② 分別為Corelli（Arcangelo Corelli阿爾坎格羅・科萊里，1653-1713），義大利巴羅克時期小提琴家、作曲家；Ravel（Maurice Ravel莫里斯・拉威爾，1875-1937），法國作曲家、鋼琴家、指揮家，印象派作曲家最傑出的代表之一；Stravinsky（Igor Stravinsky史特拉汶斯基，1882-1971），俄國作曲家、鋼琴家、指揮家。

[又及] 星期六，學校Fraternity上演musical *Li'l Abner* ③，看後大為滿意，出我意料。

---

370. 夏濟安致夏志清（1959年4月15日）

志清弟：

　　來信剛剛到，晚飯後反正無聊，回你一封，你假如沒有空，慢慢再回亦好。

　　先得告訴你，R氏已經匯了兩千元，Taylor的200元已還掉，現存銀行1,600（savings account）——I've never been so rich。這2000可以算是三四月份的津貼，以後大約每月都可以收到一千。錢是c/o華大的，我要等六個月錢領足後，才可以離開華大瞎跑，另定計劃。六個月以後的計劃，以後再跟你討論吧。這個Quarter（六月十三日）結束以後，我仍想東來一遊。下月初擬去Berkeley住幾天。我現在很省吃儉用，很少買東西。六個月以後假如有四千多存款，可以做些事情。看樣子，我現在比你有錢；你假如需要，我隨時可以匯給你，絕不吝嗇。希望你也不要客氣。

　　上星期天（前天），去很遠的地方，看了兩張日本電影，快樂得不得了——這是我來美後最快樂的一天。日本電影大約可以滿足我夢想、浪漫的一方面，這方面我通常是忽略的。不一定要好的日本電影，祇要馬馬虎虎的就可以；看見日本明星（大多是熟面孔）好像是舊友重逢一般。我做人總算還有這點irrational地方，所以人還正常。那戲院很小，祇限sat、sun晚七時後演日片，Double Feature。在那裡遇見一個美國青年，他有個（日女）女友在東京，他說他逢日片必看，沒有一星期漏過。我已同他約好，每星期天晚上駕車接我同去。他說好萊塢片子他不要看了，沒有kick。現在是天天辛苦，等星期天——以前在北平看京戲都沒有這樣起勁。

　　研究Faulkner非我所願。華大500號的美國文學課程祇此一隻，還有隻Emerson，是400號的。我既來參加American Studies

Program，不好意思不去聽。結果很苦。Novel一隻一隻的壓下來，讀又非讀得仔細不可，否則上課沒有意見發揮。我是恃強好勝的人，現在雖然是旁聽身份，仍想在記憶力和理解力方面壓倒美國學生。看樣子這兩個月裡祇好專門對付F.，沒有餘力從事寫作和中國小說研究了。為了要使華大滿意，且可騙R氏的錢，先吃苦兩個月再說。為我自己寫作的利益起見，我祇要練英文就可以。可是F.氏的英文對我毫無幫助，美的地方太美，怪的地方太怪，他的小說的技巧，我大致也知道，我不想學他。現在唯一能稍覺安慰的是，一、我的謙虛。二、我的腦力和美國graduate student仍可一較短長。忙於弄Faulkner，總比在臺灣的閑與瞎忙好些。我倒很想翻譯F.成中文，他的黑人的話我想譯成蘇州話；可是我又想根本give up中國；不回臺灣，我這個「專家」是一文不值的。

"The Visiting Professor"沒有往下寫。這個題目到底該什麼寫法，我還不知道。牽涉的emotional問題太多，如大陸與臺灣，中國在美學生等，材料安排都很費周折的。非有幾個月的空時間去對付不可。真要寫英文是很費力的，我在New Haven寫"Jesuit"的時候，五千字寫了一個月，而且那個月什麼正經書都看不進。每天用心寫了三五百字，腦筋就非鬆散不可了。這篇東西是那天無聊靈機一動想寫的，將來真正空下來，要寫什麼東西，還沒有定。

我所以主張你教中文，為的是看見美國人教中國學問的，實在太不像話。希望有人出來整頓一下。其實臺大的中文系亦是死氣沉沉，大一國文讀的是《孟子》與《史記》。假如有一天大一國文改讀《紅樓夢》，那些先生還不知道該怎麼教呢。相形之下，美國的英文系有生氣得多。U. W.有個好教授Theodore Roethke①（讀如

---

① Roethke（Theodore Roethke迪奧多・洛塞克，1908-1963），美國詩人，1954年獲普利茲獎，兩次獲得國會圖書獎，代表作有《醒》（*The Waking*）、《隨風消

Rětki），是有名詩人，我本也想去聽他的課，但是他這學期沒有開課。聽說他最近得了四個prizes，惟人患神經病，情形之嚴重猶如Swift云。英文系總還有些教授能夠指導學生去思想，培養taste和了解人生；中文系（這裡和臺灣一樣）的人硬是認為中文是死東西了。（英文系研究生大讀Faulkner，臺灣的一些教授們恐怕不能想像。）

很抱歉的，家裡的信還沒有寫。要寫，有兩椿大事，都無從下筆：我最關心的是家裡的安全；父母所關心的是我的婚姻。再則，共產黨知道不知道我曾在臺灣呢？我是不是該說我是某月某日到美國的呢？會不會引起麻煩？單是說我平安很好，也嫌太空虛了。總之，寫信到上海去，對我是極大的emotional strain，我的性格不夠堅強，忍受不了。你看，該怎麼寫？希望六月裡，我們合照幾張相，我那時可能氣色很好，白白胖胖的，父母親看見了也許就高興了。玉瑛妹教俄文，想必也很苦。我看見中國人全家在美國的，總很妒忌。

胡世楨那裡今天才去信，他是極力主張我長住在美國的；這點能否辦得到，我也不知道。我怕同他討論，所以也不去信。結果是他的信先來。我去Dearborn還是Palo Alto見他，由他決定。

張婉莘是我的高足，扁扁黑黑胖胖的臉（戴眼鏡），成績很好，講英文口齒也清楚。她能嫁給陳文星，應該很幸福的了。恐怕她還要多方刁難，這種事情她的老師也是無能為力的。再談，專祝
　　近安

濟安
4/15

息》（*Words for the Wind*）、《遙遠的田野》（*The Far Field*）等。

371. 夏志清致夏濟安（1959年4月27日）

濟安哥：

　　上次聽到Yale Press accept我的稿子的消息後，曾上一短信，想已看到。上星期Carol曾覆你一封信，報告一些家常，想亦已過目。我在Potsdam的確是可算是最popular的teacher，與學生間應酬之多，超於常人。所教過的學生，我不特都能叫出她們的first names，並且她們的戀愛生活和男朋友等也略知一二。普通教員教過一個學生後，連他的姓名也記不住。我這點politician的工夫，大概和我記電影明星的名字一樣，比普通人稍高一籌。你給Carol的信英文寫得極好，我兩年來和那位猶太朋友通信較稀，所以幽默信已好久未寫，有時也技癢。你給我的信也看到了，你平日讀讀Faulkner，週末看看日本電影，生活還算有趣，但有空到同事offices去走動走動，我想他們也一定很歡迎的。有談得投機的美國女郎，和她們談談文學電影，也可增加一些生趣。

　　Yale Press請的那一位outside reader寫的報告，我已看到大部份，此人左傾異常（想是Fairbank，Yale Press還沒有disclose他的名字），雖然他不得不承認我這本書是 "to the best of my knowledge, the best work on mod. Chin. Lit. in any language, including Chin. & Jap." 他所提出許多意見，我是無法贊同的，所以也不預備採納（我把該report寄給Rowe看，Rowe看後大怒，稱該讀者為 "Fellow Traveler"）。但該讀者提出兩點意見，我的［是］預備接受的：一是我把1954-57年中共文壇的大事述得太略，我預備向Yale圖書館借書看，把這一段敘述expand一下。二是我把臺灣文壇情形一字未提，這個缺陷，實是應該補足的。我《文學雜誌》雖是常看（《文學雜誌》和你在note中提到過多次），臺灣文壇情形仍不大清楚，

所以我想請你寫一段臺灣文壇報告（to 1957），我預備把你的這篇文章當作appendix，由你序〔署〕名發表，你以為如何。這篇文章你寫來輕而易舉，即把你在《文學雜誌》上所發的幾篇editorial內的意見發揮一下即可。你可把詩、戲劇、散文情形稍為講一下，多講一些小說，你不好意思得罪人，把小說不滿意處可籠統討論一下，然後把幾位多寫小說或有希望的小說家的姓名、作品、特點簡括一述即可（你的朋友們，有人在美國書上提到他們的名字，一定會很高興的）。這篇文章，我想打字double space十頁至十五頁即可。我文稿還有增減的地方，所以此事不必急，隨時興來花一個週末即可。我附上我書的最後一章，總述近代中國小說，其中所討論幾點，可供你作參改，我的文體非常academic，你可能不習慣，所以請不必求同一，即按你寫英文寫法即可。你僅〔盡〕可憑你《文學雜誌》編者的資格，把文壇的情形直爽地說一下。臺灣初期想沒有什麼作家，此段情形你不熟悉，僅〔盡〕可略過。最後你可enumerate一下有什麼中國文壇是真正進步了的promising signs。我寄上的一章，不知在《文學雜誌》上發表妥當不妥當？如可以發表，你可寄給侯健，囑他請人翻譯一下也無不可。Yale要把文稿退還一份給我，所以原稿我不需要。

你不寫家信，父母親一定要失望的，何不用「澍元」的名字寫信回家，以避麻煩？婚姻事可隻字不題〔提〕，抵美日期也祇說在三月裡即可。信上可多說在華大平日起居的生活情形，這些話父母是最愛聽的。而一寫至少三四頁。你信上說要買TV Set給我們，多watch TV，養成惡習慣，對我，對Carol、Joyce，都無益處，請你不要買。你有餘錢，可寄一兩月份家用，你以為如何。父母看到你寄錢回家，一定會異常高興的。我這暑期，沒有請到summer fellowship，又不教暑期學校（七八兩月，學校不發薪水），所以經濟方面非常勉強，你寄一部份家用，我們手邊可寬裕得多。

　　我看了 Green Mansions（劣片）後還沒什麼看過電影，上星期五六兩大 parties，Carol 和我都有些傷風，仍舊參加了。星期六我吞了五片 antibiotic capsules，在 party 上吃了五六杯 Rye & Ginger Ale，沒有什麼醉意，我 ulcer 想是完全平復了，飲 high ball 完全不感到 bad effect，惟 martini 等 cocktails，酒力太強，還是不敢碰。

　　你最近寫些什麼東西？我想你最好把你研究舊小說的心得，整理出來，一章一章地寫成一部書。寫完一章，即可發表，李方桂等和東方雜誌的編輯們一定很熟，可能發表不困難（這種 journals，被美國年輕「專家」包辦，可能積稿甚多，但水準是相當低的）。寫完書後，你可在華大 Press 接洽出版，或寄到我這裡來，由 Yale 出版。Rowe 為人忠心耿耿，自己學問雖然不夠，幫人家的忙，是大熱心的。但他也看得出文章的好壞，他曾看過柳無忌的 mss，*On Confucian Philosophy*，看後認為該書滑天下之大稽。柳無忌前年出版過一本《孔子傳》（內容和那本 Pelican Book 相彷彿）由 Philosophical Library 出版。老人 Waley 特地寫篇 review 在 *Far Eastern Quarterly* 發表，加以痛擊。所以柳無忌式的寫投機書，不特對事業毫無幫忙，而且也名譽掃地（他仍在 Areas Files 工作，很不得志）。不多寫了，即頌

　　近安

弟 志清 上

四月廿七日

　　［又及］附上信一封。最近一期《文學雜誌》收到，陳世驤的文章，下次再談。

　　張歆海最近寫過一本題為 *One World* 之類的書，瞎講東西哲學，未見 review 過。

372. 夏濟安致夏志清（1959年5月5日）

志清弟：

　　三封信都沒有回，很是抱歉。這一封信又祇預備寫兩頁。Carol的信很有趣，下次一起回吧。你的書出版已定，我聽了非常高興。最後一章已拜讀，文章確是有勁。我已寫信給侯健，告訴他有這樣一篇稿子，非常精彩，可是內容是討論魯、茅、巴等人的作品，這種詳細討論臺灣尚未之前見（丁玲是受「整」之人，討論她還有excuse），《文學雜誌》敢不敢登？這些人的作品臺灣是banned的，一篇討論文章會不會引起一般青年讀者的好奇心，甚至clamor想看他們的作品了？讓他決定了（他會跟人討論），我再寄去。我暫時還捨不得放它走，而且我還想自己來譯；別人譯，恐怕把你的意思走樣——你的英文是很un-Chinese的。關於Appendix事，我是技癢之至。在臺灣時，*China Year Book*至少在最近兩年，年年約我寫《文壇情況》，我總是婉謝的，我怕得罪人。到了美國，說話是大自由了，但是回臺灣總又怕人罵。我決計寫，但是一個人名也不mention（否則，提了甲乙丙，不提丁，丁就要把我恨死了，又如甲占三行，乙占一行，乙也要不服的），祇是討論一般的trends。文章很可以賣弄一下，意見力求「殺辣」；不含糊地捧人，事實上也無一可捧之人；我的圖畫將是很gloomy的。這篇東西假如寫成，將不止是Appendix，而像是Epilogue，因為我們還得往前面看：臺灣的文壇究竟可以給我們多少希望？假如言之成理，臺灣的人們想不會把我痛恨。關於大陸最近的文壇情形，香港有本《祖國周刊》（臺灣也不容易見到）時有精彩報導。如去年老舍寫了篇諷刺性很強的劇本（《龍鬚溝》？），最近幾期（在U. W.圖書裡祇看得到六

月份的，「最近」指三月）有兩篇討論魯迅與周揚①交惡的舊事，與中共的翻老帳。我預備明天寫信給程靖宇（他又搬家了，新址未定，暫由報館轉），託他買幾套合訂本送給你。他買了一本錢鍾書的《宋詩概論》②，已寄給你。據說錢的書批評共產黨很厲害。

家用我先匯上 $200。來美後，祇領到 R. 氏 $2000，那是旅費（當然用不完的，假如不到歐洲去玩）。薪水與生活費用的發放尚在「公文旅行」（red tape）中（等錢校長去信）。照合同，$4050 分六個月發，手裡該是十分寬裕的。但既然尚未開始領取，我還不能假定一定領得到。領不到也許是不可能的，但是錢未到手，我還不敢打「如意算盤」，作種種花費的打算也。家用你負擔了這麼多年，實是難得；好容易我有意外收入，理該貼補。我暫時預備寄四個月的；以後看我計劃如何，再說。如留在美國，或去英國讀書，用錢自當節省，因為以後收入沒有把握了。如回臺灣，則我可以再多寄幾個月也無妨，因為去臺灣反正是苦日子，錢多也沒有什麼用也。你於家信中，也不必提我的錢；因為數目太少，提了反而增加我的慚愧。家信我今、明日一定寫。

TV 我難得去看，但是看了也很好玩。最近有一天看了十分鐘 Gable 與 Garbo 的舊片。昨晚演 *Ruggles of Red Gap*③，我要讀書，來不及看。即使去看，不知道美國學生是不是開到那個 channel。有

---

① 周揚（1908-1989），原名周運宜，字起應，湖南益陽人，理論家、翻譯家、文藝活動家，中國科學院哲學社會科學學部委員。長期從事中共文化宣傳方面的領導工作。曾任中共中央宣傳部副部長、文化部副部長、中國社會科學院副院長、中國文聯主席、黨組書記等職，有《周揚文集》行世。
② 應該是錢鍾書的《宋詩選注》，人民文學出版社1958年初版。
③ *Ruggles of Red Gap*（《寵僕趣史》，一譯《平等真義》，1935），喜劇片，萊奧·麥卡雷導演，查理斯·勞頓、李麗·海豔絲（Leila Hyams）主演，派拉蒙影業發行。

一次看了卅分鐘Gary Moore④的節目，約了醜女Joan Davis⑤表演，倒也很有趣。「蛋皮絲」分演Brunette、Blonde、Redhead三種女人角色。我想大陸如不淪陷，上海TV一定盛行，wise girl如童芷苓等一定可以更吃香了。

前幾天遇見Taylor，他問我最近想不想lecture？他說來態度很隨便，而且旁邊還有別人，我說「不」。我預備同他長談一下，不lecture則已，要來就是一個series。但是此事總得在Faulkner之後（六月以後）；既然讀了F.，我就不想lecture，否則人天天不得空，太緊張了。在Faulkner班上，我將讀一篇paper：〈東方人看F.〉。據Davis說，在那本 *F. at Nagano*（日本出版）裡，那些日本人所提的問題，不像是東方人所提的，他希望我以東方guest的身份，以東方人所見，貢獻於全班同學，這樣一篇paper，不可能有什麼精彩意見（但是可以玩弄文字）。我且勉強一試吧。

附上剪報兩張。本來可以寫封信給Carol，瞎討論一下。但是我相信Aunt Mayme就夠挖苦的了。可憐的「華大」美女呀！（美女是有，恐怕選不出來。）

別的下信再談。Carol和Joyce想都好。專頌

近安

濟安 啟

五月五日

---

④ 蓋瑞・摩爾（Garry Moore, 1915-1993），美國娛樂、遊戲節目的電臺和電視主持人，曾主持著名的娛樂節目《蓋瑞・摩爾秀》（*The Garry Moore Show*）、遊戲節目《我有一個秘密》（*I've Got a Secret*）以及《真心話大冒險》（*To Tell the Truth*）。

⑤ Joan Davis（瓊・戴維斯，1907-1961），美國喜劇女演員，以電視劇《我娶了瓊》（*I Married Joan*）知名。

　　[又及] 最近看了 Anchor 的新書 *The Ancient City*（其實是舊書，新翻版），大感興趣，又想研究中國上古的宗教了。中國上古的宗教似乎還沒有好好的一本書介紹呢。

373. 夏志清致夏濟安（1959年5月7日）

濟安哥：

已近三星期沒有接到你的信，深為掛念。在臺灣時，你我一兩月不通信，我倒也不介意，知道你在臺北的生活是很平穩的。抵美後，你來信很勤，最近沒有信來，倒頗使我worry：不知你身體如何，有沒有病痛，或者受了什麼閒氣，心境不好。我和Carol寄上的信想都已看到了，我最近在讀自己的文稿，覺得文字謹嚴，實在不想改動它，至多加一些新材料而已。我託你寫的東西，你事忙，寫得簡短一些即可。

接到父親信，對你大加稱讚：「醞釀甚久之訪問教授，居然實現，足見這幾年濟安之努力，其奮鬥精神，令人可欽，望其好自為之。」他說你不和家中通訊，也無所謂，你的消息由我轉達即可。

陳世驤處已去玩過否？陳文星來信，問及張小姐的成績及家庭背景。你如有所知，可告訴我。我最近生活很刻板，前晚看了Compulsion①，前半部拍得很好，Diane Varsi②頭髮換了式樣，並不太美。匆匆，專候回音，即祝

康健

弟 志清 上
五月七日

---

① Compulsion（《兇手學生》，1959），犯罪劇情片，據邁耶‧萊文同名小說改編，理查‧弗萊徹導演，奧森‧威爾斯、戴安‧瓦西（Diane Varsi）主演，福斯發行。
② Diane Varsi（戴安‧瓦西，1938-1992），美國女演員，代表影片有《冷暖人間》（Peyton Place, 1957）、《狂野街頭》（Wild in the Streets, 1968）。

374. 夏濟安致夏志清（1959年5月11月）

志清弟：

　　上午接到來信，知道你為我的近況擔憂，很是抱歉。我最近其實信寫了不少，有許多有趣的事情，如聽 Senator Humphrey① 演講，參加中國人的婚禮等，本來都可以告訴你的，都在給臺灣的朋友的信中寫掉了，不願再 repeat。婚禮那天碰見于善元（五月二日），他已結婚，太太也來觀禮的，我沒有注意。新郎名徐寶理（Paul Hsü，naturally），在 U. W. 得了數學系 Ph.D.，現在 Boeing（中國人在那裡做事情的很多）做事，其人年歲應該與我相仿，本在臺北教中學，來西雅圖後，讀到 Ph.D.，再請人在臺北介紹女朋友，通信訂婚。新娘來美不易，雖然也是大學生，是師範大學畢業的；耽擱了一年，再設法先去巴黎，在巴黎簽了三個月的 visa，來美結婚。

　　我們的 Faulkner 課相當花我時間，要說收穫則很少。那種 seminar，教授的意見，寶貴的不多。學生瞎討論也無多大道理（以前在 Indiana 也復如此）。唯一好處是定了一個 schedule，你可以按步［部］就班地看書。這種 schedule 其實我自己也會定，只是不肯這樣做而已。要論實惠，上課不如看書遠甚。這個星期還要瞎討論四堂課，下星期開始，沒有 assignment，由那些學生一個個宣讀論文（一共有十餘人），讀完了當然還有瞎討論，然而我可以比較輕鬆一點。平常上課，我總想發人之未發，或者 quote 一些人家沒有讀到的東西。Davis 教授的記性平平，如討論 *Sound & Fury* 中 Quentin section "my little sister death"，他竟忘了 *Kenyon Review* 那篇文章中所指出的 "Songs of Solomon" allusion，我提醒他了，他很感

① Senator Humphrey，指 Hubert Humphrey Jr.（小休伯特・韓弗理，1911-1978），曾兩度出任明尼蘇達州的參議員，1965 至 1969 年出任美國副總統。

激。我其實也沒有什麼新奇的意見，要超過美國一般讀書人還容易，要超過美國一些好的critics，是大不容易的。我根本不作此想。

這幾天腦筋裡在醞釀一篇novel，已經畫了一張表。主要是講幾個京戲的演員（生、旦、淨、丑），拿他們來象徵中國文化與社會的衰落（如「蒼涼」的代表「忠義」的老生，事實上都是拖清水鼻涕的鴉片煙鬼）。前幾天的想法，還比較鬆——以輕鬆的筆調，隨時挖苦。今天忽然想到一種緊張的dramatic的寫法，模仿Browning的 *The Ring & The Book*（或 "Jesuit's Tale" 的擴大）：共產黨要清算唱戲的人，各人大坦白，然後說出各種可笑可悲可恥的事。現在正在想一個crime，這個crime使得共產黨要清算他們。這樣一部小說不難寫，因為我肚子裡收藏的材料已有不少；內容是很新奇的，寫出來也許有人要看。這也許是名利雙收的捷徑，可是得拚命寫。等到Faulkner討論告一個段落，maybe next week，就開始。暑假就在Seattle（聽說很cool）埋頭寫作了。Lectures如寫成，頂多只好算個三等scholar；如小說創作成名，像Maugham那樣，再來討論中國舊小說，讀者也許就多了。

我在U. W.，不急求有功，但求無過，大不了沒沒無聞。我在臺北的風頭太健，我是很想再恢復沒沒無聞的快慰的。這裡有幾個人大約是佩服我的：一個是歷史系的Pressly，我們談得很投機。他是Tennessee人，他對於「南方」的懷念，不亞於我對於中國大陸的懷念（他教的功課是civil war）。他喜歡看英國電影，我告訴他：日本電影的對於我，如同Anglican Church之對於T. S. Eliot，出發點還是Nostalgia，他認為是知音。還有一位俄文教授，名Erlich②（波蘭人），講英文，舌頭很「彎」，他於四年前就拜讀了我

---

② Victor Erlich（1914-2007），斯拉夫語言文學專家，俄國出生，波蘭成長，1942年來美，入哥倫比亞大學，獲語言學博士。在西雅圖華盛頓大學創辦俄國研究系，1961年受聘耶魯大學，二度出任斯拉夫語言文學系系主任。著有《俄國形

的 "Jesuit's Tale"，特別要認識我，我們吃過一次午飯，談得很是莫逆。英文系有位 David Weiss，是想引 Jung③、神話、東方宗教等以入英文文學批評的，他承認非常 admire 我那篇小說，認為有 Dostoevskian complexity。這三個人談得頂投機。此外的人也許對我有 admiration，惟程度不等，也很難說。Heilman 和 Taylor 等則可能不知道我是幹什麼的。李方桂也許很佩服我的 wit；但是他的學問，我雖然十分佩服，但是不能欣賞，難有深交。我看見生人總是自我介紹：「A Big Frog in A SMALL POND」，大家一笑置之而已。我做人幽默感愈來愈強，即看事情愈來愈透徹，所以和人相處（這一套本來是我的專長，可惜父親不知道）很容易。我的做人方針，寧退不進；寧可和人疏遠，不願「討人厭」。

近來身體總算很好，在臺灣也許缺乏運動，而且常打麻將。到了美國，兩條腿天天走個不停，那是最好的運動。傷身體的事情一件不做（多讀書了眼睛要酸），酒也難得喝。到美國來一共喝過四次，一次在地理教授 Murphey④（他上學期在臺北）家裡，喝的是 California Wine，一次就是 Oriental Society 的酒會，喝的是 Bourbon（Jim Beam 牌子）；自己則於最近兩個星期看日本電影之前，喝了一

式主義》（*Russian Formalism: History-Doctrine*, 1955）、《動盪世紀的孩子》（*Child of Turbulent Century*, 2006）等。

③ Jung（Carl Gustav Jung，卡爾・榮格，1875-1961），瑞士心理學家、心理治療師，分析心理學的創始人，提出了「集體無意識」、「原型」等精神分析理論的重要概念，對現代心理學研究產生了深遠影響。代表作有《心理分析理論》（*The Theory of Psychoanalysis*）、《無意識心理學》（*Psychology of the Unconscious*）、《心理類型》（*Psychological Types*）等。

④ W. Rhoads Murphy III（1919-2012），美國賓州人，二次世界大戰期間參加英國友人救護車隊，到過中國西南各省。1948 年獲哈佛大學國際關係博士，任教西雅圖華盛頓大學，1964 年任密西根大學東亞地理教授。代表作有《上海：理解現代中國的鑰匙》（*Shanghai: Key to Modern China*, 1953），《旁觀者：印度和中國的西方人》（*The Outsider: Westerners in India and China*, 1977）。

杯sake（燙過的）。以後也許每星期喝一杯sake，這是很淡的酒，但很醇，比紹興酒和sherry都要淡。其實我對於美國酒略有研究，我會prepare Martini（very dry），with only a dash of vermouth，大約可喝三杯，到了美國來，還沒有嘗過。

有一個時期想學開汽車，宿舍附近就有一家駕駛學校，七元一小時，大約七—十小時可以畢業。曾經考慮了很久，決定不學。我常有機會坐別人的車子，發現我對於traffic signs的警覺力很差。大約眼鏡光度不合，需要重配了。再則，路上distract的東西太多，別人的漂亮汽車一定會把我的視線吸引過去的。我又常常absent-minded，在臺北騎腳踏車有過幾次把人撞倒。我騎腳踏車總算有幾十年經驗了，但是一不小心，還會闖禍——僥倖還是小禍，道聲歉就算了事。你大約猜想得到，我最喜歡的還是坐兩個人的sports car，可是一輩子還沒有坐過。即使學會了開車，要買sports car，恐怕還是買不起，頂多花兩三百塊錢買一部'50左右的老爺車而已。

剛到西雅圖，很miss *N. Y. Times*。最近幾個星期才找到一個地方有賣的，星期天的，星期五到，50¢一份。要看的東西實在太多，這麼一大堆報紙怎麼看法呢？你可能不知道，我對於報上的棒球新聞，是必讀的。在臺北看過一次——只有一次，特別請了一位臺灣學生帶我去的，臺灣一個隊和日本一個隊比賽。棒球很和中國武俠小說中的武功相近，很講究技巧。在西雅圖只看過一次，U. W. 對Washington State College，那天陰風淒淒，我坐得很冷，而且兩隊「武功」都很差，pitcher老是犯錯，三個bases的人，一個一個走進home base，並無可看。看了兩個innings，我就回來了。但是報上倒很熱鬧，我也是很替Yankees擔心的一個人。Seattle沒有Major League Team，我還沒有去看過。這裡的學生似乎對於棒球都無興趣。他們說，西雅圖有山有海有湖，好玩的地方多的是，何必看棒球？這裡的favorite sports是skiing和boating；這種玩意都是拿人性

命開玩笑的，我不敢嘗試。每個星期天，似乎都有翻船淹死人的消息，豈不可怕？

我很能了解你為何沒有時間讀 *New Yorker*。我在臺灣可以大看雜誌，這裡似乎反而抽不出時間來了。最近一期 *New Yorker*（May 2），有一篇巴黎通訊，描寫花卉展覽會，文章裡生字很多，我也不及細讀。可是作者把 Republic of China 認為是 Communist China，我想寫信去更正，但是沒有寫，不知道你有無此種閒情？臺灣的 orchids 常常送到海外去展覽，有一種「美齡蘭」還在美國得過獎。我假如搜集些材料，*New Yorker* 是可能登的。不是替臺灣的 orchids 辯護（Nero Wolfe 探案裡講到蘭花的地方，我是不知所云的），但是把 Republic of China 認為是共產國家，我想 Mr. Mao 也不願掠美的。

電影看了不少，最滿意的還是 *Some Like It Hot*⑤。有一張瑞典片，*The Seventh Veil*（有人寫作 *Seventh Seal*⑥，電影院廣告似乎兩個名字都用），各報影評大捧，我特地摸路前去。攝影是極美，但是 Allegory 的意義似尚嫌淺薄。女主角不知叫什麼名字，可以說是各國影星中容貌最像 Grace Kelly 的一個了。女主角演的人叫 Mary，她的丈夫叫 Joseph（戲班裡的 juggler），她抱了個小孩子名叫 Michael，他們三個人，算是代表 innocence & faith，也暗射 holy family；別人一一為「死」抓去，他們一家 safe，我不知道 why？前星期有一天在報上看到 Max Shulman⑦為 Marlboro 香煙做的廣告

---

⑤ *Some Like It Hot*（《熱情如火》，1959），喜劇片，比利‧懷德導演，瑪麗蓮‧夢露、湯尼‧寇蒂斯（Tony Curtis）、傑克‧李蒙（Jack Lemmon）主演，聯美發行。

⑥ *The Seventh Seal*（《第七封印》）是瑞典大導演英格瑪‧伯格曼的1957年執導的劇情科幻名片。講中世紀一騎士參加十字軍東征歸來，發現祖國黑死病猖獗，與死神對弈的故事。當時西雅圖的電影廣告亦譯作 *The Seventh Veil*（《第七層面紗》）。夏濟安看的是 *The Seventh Seal*，女主角是比比‧安德森（Bibi Andersson 1935-）。

⑦ Max Shulman（馬克思‧舒爾曼，1919-1988），美國作家，他的小說、電影、電視劇大都以 Dobie Gillis 為主人公，並以此知名。其創作常常以大學為背景，專

（那是幽默文字的column，連續發表的），大諷刺外國電影，法片、意片、日片都各舉一例。我想寄給你看，你看了一定佩服，覺得滑稽。可是我先拿給別人看，別人看了沒有還我，因此無法寄上。

我還聽過一次concert。西雅圖交響樂團指揮名叫Milton Katims⑧，不知道在美國排到第幾把交椅。音樂好壞我不知道（在我聽來，they are equally good），可是Katims是個幽默家，他喜歡隨便說笑話的。那天有個節目是「詩配音樂」，Eliot的 *Practical Cats*，由Katims太太朗誦，英國某作曲家作曲，交響團演出。那天演奏很有趣，像是Marx Bros.的 *Night At The Opera*。有家Prudential保險公司來做廣告，替樂隊TV廣播，有西裝筆挺之人還來讀commercial。據說還是stereophonic的廣播，樂隊左右各有音波分別進去。Commercial弄了一個鐘頭，Katims剛剛relieved，說道：這真是hysteria-phonic了。紐約有些小樂隊，指揮人恐怕也喜歡和臺下人拉交情說說笑話的。

Diane Varsi我看過三次，一次是 *P. P.*⑨，還有兩次是 *10 North Frederick*⑩，和唐茂萊的西部片⑪。我並不認為她很美，只是覺得她

注於年輕人的生活。他的幽默專欄《關於校園》（On Campus）同時發表於三百多家大學報紙。代表作有《男孩們，團結到旗幟周圍！》（*Rally Round the Flag, Boys!*）、《多比·吉利斯的愛情故事》（*The Many Loves of Dobie Gillis*）、《學府趣事》（*The Affairs of Dobie Gillis*）等。

⑧ Milton Katims（彌爾頓·凱蒂斯，1909-2006），美國小提琴家、指揮家，執掌Seattle Symphony劇團長達22年（1954-1976）之久。

⑨ *P. P.*（*Peyton Place*《冷暖人間》，1957），劇情片，據格蕾絲·麥太流斯（Grace Metalious, 1929-）同名小說改編，馬克·羅布森、拉娜·透納（Lana Turner）、戴安·瓦西主演，福斯發行。

⑩ *10 North Frederick*（*Ten North Frederick*《費雷德利克北區十號》，1958），據約翰·奧漢拉（John O'Hara, 1905-1970）據同名小說改編，菲利普·鄧恩、賈利·古柏、戴安·瓦西主演，福斯發行。

⑪ 指《萬里追蹤》（*From Hell to Texas*, 1958）。

清秀、聰明，性格剛強有趣。講起 B. B. 在 May 2 的 *New Yorker* 裡
（前面 Talk of the Town），說起有人出五千元錢，買了一部 B. B. 舊
片的 copy，在美國各地放映，賺了兩百萬！這個生意可惜不是我做
的，否則我們的生活問題都解決了。我認為 Gia Scala⑫很美，最先
看見她是在環球的一張《影城四美》⑬（其中 Julie Adams⑭很難
看），後來在 MGM 的 *Don't Go Near The Water*⑮（很滑稽），最近
在一張間諜片 *The Two-Headed Spy*⑯［看到她］。東方美人，可惜你
沒有看見過一個叫做「司葉子」⑰的日本明星。宋奇手下，也有幾
個美人。

　　上星期週末陪臺北來的吳魯芹太太，很是辛苦。本星期五，
Taylor 要開一個雞尾酒會，他要去英國，算是話別。要去 Berkeley，
只有等下星期的週末了。吳太太是個漂亮的「智識」太太（在臺北
USIS Library 做事），我在臺北常到她家去吃飯、玩，在這裡非好好
招待不可。但是我在這裡沒有家，又沒有車，招待很是不易。星期

---

⑫ Gia Scala（吉雅·斯卡拉，1934-1972），美國女演員、義大利模特兒，參演過
　多部電影及電視劇。

⑬《影城四美》（*Four Girls in Town*, 1957），傑克·謝爾（Jack Sher）導演，喬
　治·納達爾（George Nader）、茱莉·亞當斯（Julie Adams）、吉雅·斯卡拉主
　演，環球國際（Universal-International）發行。

⑭ Julie Adams（茱莉·亞當斯，1926-），美國女演員，代表影片有《輝煌的勝利》
　（*Bright Victory*, 1951）、《密西西比賭徒》（*The Mississippi Gambler*, 1953）、《本
　森少校的私人戰爭》（*The Private War of Major Benson*, 1955）等。

⑮ *Don't Go Near The Water*（《紅顏禍水》，1957），喜劇片，據威廉·布林克雷
　（William Brinkley）同名小說改編，葛倫·福特、吉雅·斯卡拉主演，米高發行。

⑯ *The Two-Headed Spy*（《敵後英雄》，1958），諜戰驚悚片，安德烈·托特
　（Andre De Toth）導演，傑克·霍金斯（Jack Hawkins）、吉雅·斯卡拉主演，哥
　倫比亞影業發行。

⑰ 司葉子（1934-），日本女演員，代表作有《紀川》（*Kinokawa*, 1966）、《社長行
　狀記》（*Shachô gyôjôki*, 1966）等。

六和Murphey一家駕車出去；星期天又叨光Moore一家，中午在Moore家吃午飯，下午駕車出去，晚上我請客吃sukiyaki，看日本電影。Moore是中文系學生，明後年可得Ph.D.，他這種Ph.D.得來，我真是不服，因為他的中文恐怕遠不如我的法文；我如得法文Ph.D.，將是天下一大笑話。他太太是日本人，在U. W.圖書館做事，為人似乎還保留日本女人的三從四德。Moore自己倒還有幽默感，並不把自己看得了不起。他是研究中文linguistics的，他中文雖不行，但是他的一套至少我不懂。他在家裡穿kimono（太太穿西服），家裡鋪了Tatami，糊紙窗，「日本風」的feel在美國總算傳得很可怕了。

那篇文章（〈臺灣文壇〉）我一定寫，請你限定一個時間，不要客氣，文章不逼是難產的。上星期寫了一封2頁的信，附支票$200一張，想已收到。父母親那裡我已去信，是Air Letter，很短。極力寫正楷，算是對共產黨的「簡字」一種抗議。信內開頭幾句，還是文言，後來仍舊寫了白話。我沒有提錢的事，希望你也不要提。

這樣一封長信，應該夠我贖罪的了。可是Carol那裡還欠一封信，預備過三四天再寫了。請向她和Joyce問好。

張小姐家裡應該不錯，臺北的女孩子家庭環境至少都是小布爾喬亞以上的。其情形只要拿北平別墅的鄰居情形猜測可也。她成績是很好，但那是靠不住的。她可能有85-90那樣高的分數，進了美國大學，可不一定拿得到A。她英文程度好，人肯用功，長得不美，似乎有點ambition。她姿色只有兩分半，能嫁給陳文星（于善元還問起他）應該很覺得滿足了。再談，專頌

　　近安

　　　　　　　　　　　　　　　　　　　　濟安 啟

　　　　　　　　　　　　　　　　　　　　五月十一日

375. 夏志清致夏濟安（1959年5月18日）

濟安哥：

　　上次那封短信寄出後，當天即收到你的掛號信。當時很後悔，覺得我那封信是不應當發出的。三四天前又看到你的六頁長信，看得很有興趣，但你正經事很多，特地花這許多時間寫信給我，我也感到不安的。二百元支票一紙已收到了，謝謝。父母以前常有意叫你寄錢回家，孝敬他們，我想下次匯款，還是明說是你寄給他們的錢，雖然偶一為之，父母一定會非常高興的，你以為如何。你答應再寄二百元，我想這可以不必了，你自己錢祇拿到了一少部份，自己在美國也要作一兩年的計劃，有錢還是自己留着的好。有了你兩百元的接濟，我想我們小家庭的暑期生活也可安然渡［度］過了。如真正不夠用，再向你開口如何？這兩封信你沒有提到東部之行，從Seattle到Potsdam，路費一定相當貴，搭學生便車，也是太exhausting，不上算。飛機round trip要花多少錢，你問過否？你暫時不能afford這extravagance，我覺得還是留在Seattle的好。暑期中有機會，隨時可以來此地，不必亟亟立即趕來。我們極希望看到你，尤其Joyce你可同她大玩一下，但經濟打算也是很重要的，此事請你自己作定奪。六月五六七日，Carol要去Holyoke參加reunion，所以那個週末，我要單獨照顧Joyce，一定忙得異常。你如要來此地，六月的第二星期 & after-week比較理想。

　　這一兩個星期，我比較空閒，因為向哥倫比亞借材料，尚未寄到，文稿修改事也無法動手，只有等着。有空雖可多看些書，但心不在焉，也相當不痛快。你那篇〈臺灣文壇評介〉，我請你寫完Faulkner報告後即寫如何？你大計劃很多，這篇小東西，你寫來一定很容易，花時間並不多，不如先把它寫了。你一定有很多精彩意

見，把它們一氣吐出，也是樂事。最近信上，你提到要寫一部長篇，題材取得很好，你如有衝勁，不妨開始寫，看你mood和速度如何，再預計該書何時可以寫完。但寫長篇可能是吃力不討好的事，為你在美前途打算，還是先寫學術文章的好。一篇文章，不論頭等和三等，總是一篇文章，可以引起學術界注意（而且在美國，中國學問的研究是如此幼稚，你的文章是無法列入三等的），因之找事也方便些。小說可能是hit，可能不受人注意，花費時間精力，所能得到的immediate compensation，是難於預見估計的，所以我勸你先寫文章（or短篇小說，寄給高級review or *New Yorker*），後寫小說，你以為如何？寫文章，現成材料很多，你可以先寫一兩篇關於中國短篇小說的themes，或techniques的文章。中共出版過一本短篇集 *The Courtesan's Jewel Box*（《怒沉》）①，五月份 *Journal of Asian Studies* 有Howard Levy②的review，John Bishop兩年前出版過一本 *The Colloquial Short Story*（Harvard Press），同時他在 *Journal of A. S.* 寫過一篇 "The Limitations of Chinese Fiction（？）"，你把那些東西看了，即可借題發揮，寫一篇很好的文章。Bishop那篇文章毛病很多，我都可以駁他，可惜自己中國小說看得太少，無法動筆。U. of W. 如讓你give lectures，這種文章即可照樣讀出，用不到再寫lectures，一舉雙得。

沈從文《長河》（小說）中有一個鄉下人欺騙另一鄉下人說一個軍隊機關槍，機關炮，六子連，七子針，十三太保，什麼都有。

---

① 即 *The Courtesan's Jewel Box: Chinese Stories of the Xth-XVIIth Centuries*（《杜十娘怒沉百寶箱：10-17世紀中國小說選》），楊憲益、戴乃迭譯，外文出版社，1957年版。

② Howard Levy（Howard S. Levy霍華德·列維，1923-?），編譯了四卷本《白居易詩選》（*Selected Poems of Bai Ju-yi*），文中提到的書評為 "Yang, The Courtesan's Jewel Box"。

這一段文章我翻譯的時候，把「六子連，七子針」音譯了，現在想改意譯，不知如何譯法。「六子連，七子針」，可能是武俠小說的術話，你武俠小說看得比我多，你如知道這兩個terms的意義，請告訴我。

　　前昨兩晚上讀了 *Princess de Clèves* [3]，頗為 impressed。這種小說，文字乾淨俐落，而 define 情感的 shifting states 極為清楚，最是難能可貴。（Martin Turnell [4] *The Novel in France*（Vintage）不知你看過否？該書列 la Fayette，Laclos [5]，Constant [6]，Stendhal，Balzac，Flaubert，Proust 為法國七大小說家。Turnell 以前是 Leavis 的同道人，他的書和 *The Great Tradition* 似有同樣價值。）相反的，Faulkner 式的拖泥帶水的小說，實在是次等的 art（*Sound & The Fury* 除外）。我不久前重讀 *Light in August*，就不感到第一次讀該書的那樣引人入勝。Hightower 這個角色，生活於過去之中，實在寫得太壞，不能給人 real 的感覺。*de Clèves* 和 *Tale of Genji* 有許多相似處，題材都是 court life，雖然《源氏物語》較 *de Clèves* 更精彩。（Waley 以下，critics 都把 *Genji* 和 *Proust* 作比較，現在我想是不通的，*Proust* 在技巧，文字上和《源氏物語》當然是不同的。）我忽

---

[3] *Princess de Clèves*（*La Princesse de Clèves*《克萊夫王妃》），法國小說，據稱為 Madame de La Fayette（拉法葉夫人，1634-1693）所寫。拉法葉夫人，法國小說家，出身於巴黎望族，受過良好教育，《克萊夫王妃》開心理小說之先河，被奉為法國小說的經典之作。

[4] Martin Turnell（馬丁‧特勒爾，1908-1979），美國學者，代表作有《法國小說》（*The Novel in France*）、《法國小說的藝術》（*The Art of French Fiction*）、《法國小說的興起》（*The Rise of the French Novel*）。

[5] Laclos（Pierre Choderlos de Laclos 皮埃爾‧肖德洛‧德‧拉克洛，1741-1803），法國小說家，代表作有《危險關係》（*Les Liaisons dangereuses*）。

[6] Constant（Benjamin Constant 本雅明‧康斯坦特，1767-1830），瑞士─法國（Swiss-French）政治活動家、作家，代表作有《阿道夫》（*Adolphe*）。

然想到英國的舊小說如 *Arcadia*，在某些方面一定和《紅樓夢》很相似：青年男女吟詩談愛的節目，所以很想把 *Arcadia* 一讀。比較文學實在是最難弄的東西，要好好研究一個國家的小說，非把世上公認的 classic 小說都看過不可，否則在 perspective 方面總有欠缺處。其他冷門小說如 *Don Quixote*、*Wilhelm Meister*⑦我們都應當讀過。

我近年來電影看得少，所以那些年輕美女，都不大注意（在學校內現成美女雖不多，但天天和女學生在一起，好萊塢的 starlets 對我的 attraction 漸漸減少）。你講起的 Lee Remick⑧，我在 *Long Hot Summer*⑨看到過一次，Gia Scala 僅在廣告上看到她的樣子，現在已記不清楚了。近年來女明星最值得讚賞的是 Shirley Maclaine，她在 *Matchmaker*、*Some Came Running*⑩兩片中，起得角色不同，而有異曲同工之妙（尤其是 *Matchmaker*，她的 charm 是 so ingratiating）。從 Rochelle Hudson 到現在，福斯公司不斷提拔美女，博得你的好感，你實在可寫封信去謝謝 Buddy Adler⑪。我 *Variety* 仍每星期粗略看一次，僅注意影片的生意經而已。最近 MGM 似有復興的希望，Paramount 自大導演聯袂脫離後，好片子絕少，而且 Crosby、Hope 等都已自己製片，盛況已不如從前了。Wm Holden 和 Par 訂有長期

---

⑦《堂吉訶德》（塞萬提斯）、《威廉‧麥斯特》（歌德）。

⑧ Lee Remick（李‧雷米克，1935-1991），美國女演員，代表影片有《桃色血案》（*Anatomy of a Murder*, 1959）、《醉鄉情斷》（*Days of Wine and Roses*, 1962）、《凶兆》（*The Omen*, 1976）。

⑨ *Long Hot Summer*（《夏日春情》，1958），馬田‧列特（Martin Ritt）導演，保羅‧紐曼、鍾活華（Joanne Woodward）主演，福斯發行。

⑩ *Some Came Running*（《魂斷情天》，1958），文森‧明尼利導演，法蘭克‧辛納屈、狄恩‧馬丁、莎莉‧麥克琳主演，米高梅發行。

⑪ Buddy Adler（巴迪‧艾得勒，1909-1960），美國電影製片人，二十世紀福克斯前製片經理。

合同，但他拒絕拍片，去年上法庭，結果Holden勝利。Audrey Hepburn和Hitchcock在Par有新片。Hepburn也是長期合同的，但三年來，一直在外拍片。Par真正可派用場的明星僅Jerry Lewis、Sophia Loren二人而已（Hal Wallis明星倒不少）。

你興趣還是極廣，我現在興趣較狹。*Sunday Times*我祇看Book Review、Magazine、First section、Review of the week、娛樂版五種，其他一概不過目。運動消息已好久未看，所以今春Yankee打敗了，這消息還是我第一次聽到。Baseball的coverage，我仍看不懂。*New Yorker*上最近倒看了些東西。Liebling⑫的講法國food我看了首尾兩個installments。我覺得他分析food退步的原因很對：窮人生活好轉了，學徒制無形打消，一切手工藝術大大退化；大家注重health，大腹賈漸漸減少，普通人對吃也不講究了。有一篇Peter Taylor⑬的小說，想讀未讀，現在已找不到了。最近兩期Cerf的Profile也讀了。

Potsdam的音樂系相當有名，星期天聽了300 chorus唱Bach B Minor Mass，Robert Shaw⑭指導，大為滿意。Robert Shaw conduct完畢，滿頭大汗，Shaw是bachelor，女學生對他都有好感。

Taylor去英後，東方系何人負責？張琨常見到否？上星期給程靖宇、宋奇寫了信。張心滄有信來，下學年重返Cambridge，當lectures in Chinese studies，以後想可以一帆風順了，是值得欣賀的

---

⑫ Liebling（A. J. Liebling利布林，1904-1963），美國專欄作家，自1935年起長期為《紐約客》撰稿，直至去世，代表作有《落葉歸根》（*Back Where I Came From*）、《印第安電話亭》（*The Telephone Booth Indian*）。

⑬ Peter Taylor（彼得‧泰勒，1917-1994），美國作家，曾獲普利茲獎和福克納獎，代表作有《古老的森林及其他》（*The Old Forest and Other Stories*）、《召喚孟菲斯》（*A Summons to Memphis*）等。

⑭ Robert Shaw（羅伯特‧肖，1916-1999），美國指揮家，曾獲14次葛萊美獎。

好消息。張心滄和英國派的sinologist關係打得很好。我性情似比他
更孤高，和美國的sinologist一無來往。不多寫了，Carol、Joyce近
況皆好。即祝

　　近安

弟　志清　上

五月十八日

376. 夏濟安致夏志清（1959年5月22日）

志清弟：

昨日收到來信，甚為快慰。要說的話太多，先說起來，如說不完，下次再談。

臺灣文壇我定明後天開始寫，希望於一個星期或十天內完工。如要文章寫得好，in my case，at least，先要把 emotions dam up；然後以蓄積之勢，一鼓作氣而完。關於臺灣的前途與現狀，我是十分關心，而且想之再三的。我的一篇最好的文章（尚未動手的），是《蔣介石論》。我也許該寫《毛澤東論》，但是對於毛，我認識不夠，而且毛的未來發展，我還看不準。蔣年歲比毛大，想來已無甚前途，可以替他下個「定論」了。

關於臺灣與淪陷前的中國大陸，我自認為是「權威」。並不是我曾經在圖書館裡研究過有關中國的經濟、社會、軍事、文化等問題，I have lived it。關於此種問題，我有說不完的話，只要到圖書館去 verify 一下 dates，把 details 補充一下，我是最合適的 *Tragedy of China* 的作者。可是現在我和臺灣的關係還沒有完全切斷，人雖在美國，仍舊不能暢所欲言。

曾經有幾天，我借來了一大疊共方英文宣傳刊物 *People's China*，very fascinating reading。他們的英文並不高明，論 elegance 與 sophistication，不如 *N. Y. Times* 遠甚。他們的英文只是 correct，但是 persuasive in a native way。文章風格每期文章篇篇一樣，期期一樣，you could hear the echoes of "Tokyo Rose"。總之，只是宣傳；同樣是 journalism，*N. Y. Times* 的作者還假定讀者是 Thinking animals。讀那些東西，使我很痛苦。我知道裡面很多是 lies，別的我不一定知道，至少關於臺灣的報導，是大多不合事實的。共方很

奇怪的，對於蔣相當generous，沒有特別罵他。只是口口聲聲地說：美帝侵略臺灣。這真是「天大的冤枉」，美國人誰要你這個寶貝臺灣？共方說：美國人想把臺灣收為一州，劃歸美國。這個建議，假如成為建議的話，我相信臺灣全民投票一定會通過，可是在美國將成為最荒唐的笑話了。（Girls相貌頗有長得清秀的。如今年三月份 *China Reconstructs* 的封面女郎，相貌極好。那是一個女飛行員，可是長相又是聰明，又是有福氣的。）

　　最使我痛苦的是共產黨以中國固有文化繼承人自居。他們對於京戲以及各種地方戲（崑曲大約真是復活了），國畫、陶瓷、木刻等藝術，大約的確很注重的。中醫在大陸，真的揚眉吐氣了，可是傅斯年——五四健將，後成反共健將——說：他是寧可病痛而死，也不找中醫的。其忠於「科學」之熱誠可佩，其狹仄可笑。俄國人生了病，都有遠道趕到中國來就醫的。共方還拍了部電影《李時珍》（？——《本草綱目》的作者）①，趙丹②（或者是梅熹③）主演。李時珍大約是於神農氏之後，的確「嘗過百草」的實驗科學家。中國古代的天文家、數學家、工程家（你知道不知道誰是北平天壇的設計者？）都受到大捧而特捧。民間藝術的確進入了廟堂，受人唾罵的「公社」（commune）裡有「穆桂英隊」——那些做工特別賣力的女人的組合，a select club。共方一張電影《梁山伯與祝英台》④（五

①《李時珍》（1956），沈浮導演，趙丹、舒適、仲星火主演，上海電影製片廠出品。
② 趙丹（1915-1980），原名趙鳳翱，祖籍山東肥城，生於江蘇揚州，長於江蘇南通，代表影片有《十字街頭》（1937）、《馬路天使》（1937）、《李時珍》（1956）、《林則徐》（1958）。
③ 梅熹（1914-1983），導演、演員，代表作有《木蘭從軍》（1939）。
④《梁山伯與祝英台》（1953），越劇電影，桑弧、黃沙導演，袁雪芬、范瑞娟主演，上海電影製片廠出品。

彩，紹興戲改編，袁雪芬主演，唱紹興調，據說沒有「政治尾巴」），在香港打破一切賣座記［紀］錄，演了一兩年（過去上海有沒有電影連演一兩年的？），而香港的中國人是全世界反共情緒最高昂的人（遠超過臺灣，至少可與西柏林相比），紹興調對於廣東人應該沒有什麼吸引力。（*Time* 曾經報導過，共方電影在東南亞受到歡迎的情形。）齊白石可能真的很受到優待，for the communists could afford to do it.

在臺灣，則政府方面空虛地提倡復古，「草山」改名「陽明山」，但是中國人對於王陽明的興趣，還不如美國人的對於Zen；老百姓醉心「美國化」，結果不中不西，在文化方面毫無表現。臺灣一年大約拍三四部電影，有一次推舉了一部叫《養女湖》⑤的送到日本去參加film festival；據說，有一位評判員主張：這種電影都敢來與人競爭，勇氣可嘉，應該賜以「最佳勇氣之獎」。

共產黨在文化方面最大的弱點是思想不自由。在哲學及文藝批評方面，是不會有什麼貢獻的。在臺灣我曾經在一本「北大」的journal裡（像我這種文化人是可以借閱或訂購共方刊物的，但是我懶得去麻煩，從來不去借，但是別人有去借的），看到一篇錢學熙的文章，恐怕有兩三萬字長。我看了幾段，發現看不下去。內容是從馬克思—毛澤東思想討論Balzac。題目很大，沒有講是討論Balzac的，但是裡面盡是Balzac。文章生硬得很，思想很可能是不通，對於Balzac的研究，想必一無貢獻。錢學熙一直需要一個權威來支援他，現在當然是「得其所哉」了。錢學熙過去不大看小說，Balzac大約也是新近看的。總之，他現在做人「往上爬」有了出路，做學問則引經據典有了更大的方便，他可能很快樂。別的較為

---

⑤《養女湖》（1957），據繁露（1918-2008）同名作品改，房勉導演，曹健主演，中國電影製片出品。代表臺灣參加第四屆亞洲影展。

sensitive的學者（even卞之琳）可能在麻痺之餘，仍會感到痛苦的。

　　共產黨那種拼〔拚〕命的精神，我是非常admire的。大約有一種悲劇性的力量在驅使中國人拼〔拚〕命往前衝，結果可能導致毀滅（如Hitler的德國），也可能瘋狂的力量用完，漸趨sober（如post-Stalin的俄國）。我們只好做個冷眼旁觀的人，痛苦的是，我們不能完全detached。我們不但是directly concerned，而且是somehow involved的。

　　相形之下，臺灣是個溫暖的、腐爛的沼澤。你是相當崇拜蔣介石的，我也相信蔣介石的character有令人可敬之處，但他的intellect太差，太缺乏imagination。臺灣的情形如此腐敗，但他想起自己的character的堅強，可能還很沾沾自喜，他常自比Jesus crucified。美國的《白皮書》發表後，政府裡有人主張中國應該答辯，蔣說：耶穌受人控告的時候，他沒有說什麼話。—— what magnanimity！what stupidity！Morality而缺乏imagination，大約必成sterility —— that is Chiang's case。再則，蔣的才具有限，他大約可以統治江浙兩省，臺灣地方較小，但他精力應該略為退化，由他來統治，恰巧合適，the shoe fits the foot，他管理得應該自己覺得很滿意。

　　我想到回臺灣，就覺得可怕。並不是有人要persecute me，而是臺灣對我太好了。這種溫暖的人情，我覺得可怕，因為它是一種corrupting influence；我將成為虛偽到底，neglect or cheat the Holy Ghost（如你在文章中所說的），結果一事無成。這是我這幾年來最耿耿於懷的問題，但是一直沒有暢所欲言。只有天真的美國人會勸我回去，「整理家園。」我也許有各種夢想，但是我從來不想做一個Hebrew prophet，或Cassandra。在臺灣我很有資格去管閒事，一不小心，就會成一個「民主人士」。做「民主人士」在臺灣也沒有什麼危險，蔣是很tolerant的，以前北平昆明那許多人瞎鬧，蔣都

不十分關心。只是這麼一來，我自己將抵抗不住「時代的潮流」
了。說起「文壇」，很多人寄期望於我，我可能成為「文壇領
袖」，但是我是極怕出風頭惹麻煩的人。即使能夠沒沒無聞的過日
子，那許多麻將朋友、聊天朋友，也無法擺脫。大家無聊，想消磨
時間，我何能「獨立特行」？臺灣的地方太小，人則增加，人和人
又都很親熱，privacy差不多是談不到的。

　　我一直想去英國。你說起張心滄要去Cambridge，那是最好的
機會。他在東方系，我就轉入東方系也可，希望他能幫我一點小
忙，我只求弄一個名義，不一定劍橋，任何學校都可以。學生也
好，旁聽生也好，有了名義，我可以在Seattle英國領事館申請
Affidavit（英國和臺灣沒有國交），去英國住一兩年。我在這裡的
savings到英國去用，也許可以多用一個時候，因為英國的生活比較
便宜。不知張心滄什麼時候到那邊去？現在還不急，慢慢地託他想
辦法好了。在美國久居，恐怕不易，因為我對R.基金和臺大都有
obligation，賴在這裡不走（他們可以時時來催趕的），我心中也不
安。臺大對我如此優厚，當然希望我回去，有更大的貢獻給臺大。
英國和臺灣既無國交，我在那邊可以把臺灣忘了。將來從英國回美
國，也比臺灣來美國，容易得多。

　　說起寫作計劃，我暫時還是想寫novel。那部《生旦淨丑》我
已想好了幾章，非常可怕。開頭不用共產黨大清算，還是老實地按
chronological order來寫。下月我想就開始寫，到那時計劃改變，也
說不定。這當然是gamble，但是自信運氣不錯，值得一試。寫小說
成名，大多有關運氣。假如能到英國去做學生（我希望做學生，不
希望做visiting professor，我對任何人都這麼說，我是sincere的。
因為如做學生，我可能成為頭等學生；作為教授，實在自信太缺乏
也），我也許放棄寫小說，按步〔部〕就班照學校的schedule讀書寫
論文了。假如到英國（或歐洲任何一國）去做「寓公」，那末〔麼〕

小說可以繼續寫；寫了沒人要，還可以回臺灣去「教苦書」。即使今年就回臺灣，我希望在那裡小說還可以繼續寫。美國的中文系打進去不容易（我的一套lecture series假如寫成，我的學術地位恐怕仍難建立），如U. W.，李方桂、張琨是linguistic一派，對於我們的東西，不會欣賞。另外好幾位德、奧學者，我不知道他們程度如何；只是正統德奧學派，其注重「專家」自不待言。他們人都很和氣，但是我很難向他們啟口：「我雖然是讀英文系的，但是我對於中文的研究，也很不錯呀！」我可以在這裡開講一次（作為試驗性質亦可）say《紅樓夢》，但是誰來聽呢？當然幾十個人是湊得出來的，因為我人緣很好，認識的人也日多，不致於小貓三隻四隻的。但是我很懷疑那些中文系學生聽了會欣賞。他們寧可希望胡適之來講「曹雪芹的生平考」的。美國的英文系被那些critics硬生生的打出了天下，使老牌教授們不得不服，如印第安那的Work認為我不能去旁聽School of Letters，是很大的損失。Romance系、Classical系，都出了些頭腦清楚、肯思想的學者。但是中文系呢？中文系教授對於中文，還是看作埃及文、巴比倫文的（英國的Waley的critical sense當然不錯。他的scholarship我還是懷疑的）。那些graduate students本來程度就不行，被那些教授訓練得更是木頭木腦，中國文學和它對於人生的relevance，他們是聯想不起來的。美國人研究中文的（教授，學生都算在內，including你時常提起的「仁〔潤〕樸先生」）不知有幾個人能讀《紅樓夢》原文，有我們讀Jane Austen英文小說那樣的舒服的？他們對於原文都糊裏糊塗，和他們討論裡面的深奧的道理，實在不亞於「對牛彈琴」（這一句話不一定是說牛的笨，牛maybe not accustomed to music）那樣的waste。風氣當然挽救得過來的，可是至少我目前還不是這樣一個人。來信說起研究comparative literature之難，真是至理明言。必須對於world literature的「巨著」，有充份認識，而且要像Waley那

樣，兼做翻譯工作（外國人讀中文，總是難讀得好的），然後可以
使中國文學的研究在美國生根。我很想「遊戲人間」式地到英國去
讀中文系，並不是我對於中國文學真有什麼研究，至少我從初小一
年級到高中三年級，背國文沒有斷過，背了十二年的書（古文），
看了不知多少 millions of words 的書，這種國文程度，自信絕非洋
人所能及，中國的年輕一代，也沒法趕得上的。僥倖我的英文根底
不壞，和英國人比，也不致於十分 handicapped。這樣去讀書，你
覺得是不是很有趣的？（我夢想中的英雄是隱居於菜園種菜的怪
俠。可是現在在 Seattle 成了臺北鏢行派到美國來的鏢客了。）你希
望我在 Seattle 就發揮我對於中國小說的研究（事實上，我的研究也
不多），現在看來，時機還沒有成熟，再等兩年也不妨。

　　我在英文系的朋友倒多起來了。那些年輕 teachers（也有 Ph.D.'s
在內）有個 lunch club，今天 Weiss 邀我去參加。我談笑風生，他們
希望我常常參加。我居然大膽的批評 Davis 的 Faulkner 課──我當
然聲明這與 Davis 的學問人格無關，我是很尊重 Davis 的，這只是
制度問題。我說那些學生寫的 papers，有的研究 20's 的歷史背景，
有的研究 F 氏小說中的女人，有的 F 氏小說中的 Puritanism 或
Paganism，其中的 Negro，或是歷年來批評家對於 F 氏態度的變遷
（想不到我的認識 Empson，是一種 asset，在 Indiana，在這裡，都有
人問起 Empson）──可是 F 氏小說是不是都好的？究竟 aesthetically
他的小說成敗如何？是不是值得從社會心理、歷史、宗教、哲學這
樣多方面來研究呢？而且牽涉的範圍愈廣，所講的東西愈淺薄，如
psycho analysis，英文系學生或教授頂多只會引用一些皮毛而已。
總之，這種論文我並不認為是 intellect 最好的訓練。聽的人年歲比
較輕，我才敢如此大放厥辭。他們似有同感。他們教大一、大二英
文的，倒是用 critical approach 的。你拿 *Princess de Clève* 和 F 相比，
實在是提出一個嚴重的問題：novel 的 crisis。Barzun 的 *House of*

*Intellect*我還沒有看，想必和你有同樣的見解。

我又說，我最近去圖書館借了*Scrutiny*的合訂本，1933-1934間，F. R. Leavis曾評過*Light in August*，書評題目是 "Dostoevsky or Dickens?"，L氏認為F氏想學Dost.不成；學Dickens倒還像。這種文章的意見比較寶貴。可是我可以大大的翻閱英國舊雜誌報紙（*Criterion*裡可能也有評），寫一篇〈英國人於30's對於F氏的意見〉，花兩三個月也可以寫成，可能別人還沒有做過同樣的題目，我的東西可能略有價值。但是我得要讀很多無聊的東西了。這究竟對我有什麼好處呢？

我最近買了本*The Importance of Scrutiny*（Grove），還沒好好的看。書後面有1932-1948的總目錄，發現了Leavis那篇書評，我才去借的。借來的是Micro-Film，這種東西我還是第一次用。我同意*Sound & Fury*是F.最好的小說。要講的話太多，下次再談。我定六月中去Berkeley，希望那時胡世楨已搬去Palo Alto。東部之行，到八月裡再說吧，如何？西部趕到東部，一來一回太辛苦了，花費也太多。八月裡來了，索性從紐約去英國了。即使英國不能久住，過境旅行總是可以的。如必須回臺灣，我也可以暢遊歐洲一番。沈從文小說裡的名稱，恐怕是firearms，武俠小說中從未見過。「六子連」想是西部電影裡的six-shooters。那封英文信想已收到。Carol Joyce前均此。專頌

　　近安

　　濟安

　　　　　　　　　　　　　　　　　　　　　五月二十二日

377. 夏志清致夏濟安（1959年6月8日）

濟安哥：

英文信及五月廿二日信收到已多日，上星期學校大考，加上週末，Carol去Holyoke參加校友會，我伴着Joyce玩了三天，一點空也沒有。昨天把分數交出，開始把書revise一下，所添的材料大都是關於胡風的（我從哥倫比亞借來了1955年的《文藝報》和《人民文學》，1956，1957 is to follow），覺得他的case非常重要。他的大膽進攻和計劃的失策，實在是相當驚人的。共黨對胡風最後的判斷是他是國民黨派來的內奸。這種說法，在我看來，是非常荒謬的，但不知臺灣當時有沒有承認胡風是國民黨的人？你在這方面有沒有聽到些什麼？《人民日報》把胡風及其朋友的私信發表了百餘條items，充分揭露胡風及其友人十多年來對中共文壇及文壇要人痛恨切齒和厭惡的態度，是非常珍貴的文件。你臺灣文壇寫得想差不多了，我看到1956、57的中共雜誌後，revision工作即可告一段落。錢鍾書的《宋詩選注》選了不少民間疾苦的詩，強調官吏壓迫人民，可能因之引起大風波。錢鍾書在序上還引了毛澤東的文字，可是仍逃不過中共的persecution。錢的序和each poet前的介紹都是極好的詩評文章。書中還引了幾條Latin和德文的東西。十多年來，錢鍾書看不到西洋新書，心頭的難過自不必說。

你決計寫《生旦淨丑》，好極，希望你能一鼓作氣，把它趁早寫完。我覺得你的文字和Conrad很接近，平日都讀Conrad，文氣一定大盛，寫作也可順手得多，你以為如何？（Faulkner也是學Conrad的。）我覺得Faulkner、Joyce等所介紹的新技巧，你可以一概不理，而用elaborate and漂亮的英文句子作大段心理描寫，最是上策。最近英美小說並沒有什麼established style，各人寫各人的，

前兩天把 *New Yorker* 上的 Salinger 長文 "Seymour: An Introduction" 看了，給人 garrulous 的感覺，實在看不出什麼好處。Salinger 的 *Glass Family* 的故事，我都沒有看過，他這次用的 familiar style，好像要抓住 reader 的 confidence，但結果因材料貧乏，padding 太多，給人僅是失敗的硬滑稽的感覺。最近美國人 crazy about Zen（Seymour 也是參禪的），實在表示對西方文化自信心的喪失。Zen breeds happy-go-lucky 式的野人，對西洋文學上最精彩的 moral struggle 方面的表現，就祇好全部否定。真正要修道，還得走佛家小乘苦修的路。禪宗的路是非常危險的。

張心滄處信已替你寫了，希望早日有回音。心滄自己要十月中才去劍橋，但他在劍橋教過書，所以人頭熟，可以寫信的人很多。你憂慮中國的前途，我近年來一直憂慮美國的前途。Lewis Strauss ① 這樣真正愛國的人才，被 senators 磨折得如此（Clare Luce ② 的事更是荒唐），將來真有才學的人，還誰肯替政府做事？美國一般人希望同蘇聯有諒解，建立一個妥協的和平，他們並非不反共，但痛恨 anti-communist，因為後者抓住他們的癢處，使他們良心不安。所以在美國最時髦的人是所謂 ant-i ant-i communist（即討厭一切視蘇聯為敵人的人）。在紐約，蘇聯 imported 來的歌舞節目特別受歡迎，就是這個道理（其實蘇聯的 ballet 哪裡比得紐約的

① Lewis Strauss（里維斯・斯特勞斯，1896-1974），猶太美國商人、海軍軍官，曾在研發原子能核武器中起過重要作用。1959年，艾森豪提名斯特勞斯擔任美國商務部長被參議院否決。

② Clare Luce（Clare Boothe Luce 克萊爾・魯斯，1903-1987），美國政治家、記者、劇作家，曾為美國國會女議員（1943-1947）和美國駐義大利大使（1953-1957），其丈夫是著名出版人、《時代》雜誌創始人亨利・魯斯（Henry Luce, 1898-1967），代表作有《女人》（*The Women*）、《清晨的孩子》（*Child of the Morning*）、《輕輕帶上門》（*Slam the Door Softly*）等。

city ballet？）；Van Cliburn③成為轟動一時的hero，也是這個道理。這種和蘇聯 cultural exchange 的節目，愈來愈多，我想到即要噁心。美國如此，英國當然更差。這種被捧的文化巨人如羅素、Toynbee④之輩，都是主張 stop atomic tests，向蘇聯親善或投降之人。《自由中國》還是把羅素捧成上帝一般，實在令人好笑。你去英國，當然管不到這些，在古老的書院內，盡可埋頭創作，但想想二次大戰以來，美白種人的到處退步退卻，實在是文化史上最可悲的一頁。目前報章上常有 Asian-African 連在一起的 phrase，好像東方人把白種人趕走後，倒反而和黑人平等起來了，這個 phrase 引起我很大的反感。

　　寄上一張照片，Carol 身上爬的是兩隻小貓（一隻已死掉了），三位女生今年畢業，那位中國女郎名叫 Liz Sing，去冬是 Ice carnival queen，即要去香港去玩兩個月（她的男朋友 is H. K. 偉倫紗廠的小開，偉倫新近得到百萬元的 orders from US，from Robert Hall、M. Ward⑤），所以請她吃頓飯。Liz 走後，在 Potsdam 我中國女郎就一個也看不到了。

　　中共英文雜誌我以前也看過一陣，最近已好久沒見到了。上海生活的貧苦，*N. Y. Times* 上也時有記載。這種事實，父親信上當然是不提的。父親給你一封覆信，茲附上。父親血壓高，體力已大不如昔了。

---

③ Van Cliburn（范‧克萊本，1934-2013），美國鋼琴家，4歲開始登臺演出，1958年參加莫斯科柴可夫斯基國際鋼琴比賽，獲一等獎，蜚聲國際樂壇。1978年宣佈退出樂壇，1987年才應雷根總統之邀，在白宮為戈巴契夫的到來重登樂壇。2003年，獲總統自由勳章。
④ Toynbee（Arnold J. Toynbee 湯恩比，1889-1975），英國歷史學家，代表作有十二卷本《歷史研究》（*A Study of History*）。
⑤ 應指美國兩家廠商。

　　已深晚了，你的英文信Carol當於日內作覆。Leslie Caron我最喜歡還是她在*An American in Paris*中的樣子，她拍了*Lili*後，MGM typecast她，所以已沒有以前活潑了。她的最劣片是*Gaby*⑥，《夢斷藍橋》的重攝，我是給Carol拉了去看的。希佛萊的確可愛，*Love in the Afternoon*想你也看過。我在New Haven看過一張希佛萊J. M. D.的《紅樓豔史》（*One Hour With You*），據電影書上講是劉別謙的傑作，的確名不虛傳，全片輕鬆and gay，回味無窮。不多寫了。California已去過否？即頌

　　近安

弟 志清 上
六月八日

---

⑥ *Gaby*（《天涯孤鳳》，1956），劇情片，是舍伍德（Robert E. Sherwood, 1896-1955）著名劇作《魂斷藍橋》（*Waterloo Bridge*）的第三個電影版本，柯帝士‧伯恩哈特導演，李絲麗‧卡儂、薛迪‧夏域（Cedric Hardwicke）主演，米高梅發行。

378. 夏濟安致夏志清（1959年6月8日）

志清弟：

多日未接來信，希望於下星期一、二見到來信，因為我星期二（June 9）中午要飛加州。已在International Houses, Berkeley 4, Cal. 定好房間，可能有兩星期之逗留。在六月20日之前，你發的信可寄該處。胡世楨已去Palo Alto，他太太小孩要14日到。

令我欣慰而又令我心亂的是R基金，已把錢全部匯來（公文旅行了好幾次）。錢來得太遲，而且我那時還不知道，錢什麼時候來，或者來多少。如早知會此時全部寄來，我可能修改旅行計劃，六月裡就趕到東部，也許不回到Seattle去了。現在我身邊有五千多塊錢（五千存銀行），生平從來沒有這樣豪富過。這點錢可以派派用場，希望能夠去得成英國，或在歐洲任何一國住一年以上。如回臺灣，我的存款的bulk要移交給你。在臺灣瞎用用完是很可惜的，而且東借西借，也會借完。這次Olympics把臺灣排斥於國際體育界，實是a straw in the wind。美國承認中共，恐怕是早晚間的事。因為美國如在大陸設大使、領事館，對於美國並無什麼損害，對於毛的prestige，當然增加，可是美國人多去幾個到大陸，大陸老百姓也許可以少受些苦。只有在鐵幕緊閉之時，暴政才容易實行。據我觀察，美國老百姓厭戰之心，十分強烈，承認中共在他們認為是避免戰爭之一法。明年競選總統，假如有誰以這一點號召，可能會得老百姓之擁護。我和美國人私下談話，當然反對承認中共，但是替他們（美國人）着想，他們主張承認也不無道理。無論如何，臺灣之成為一個小國（在US、UN保護之下），將是不可避免之勢。我將成為臺灣小國之國民，抑無國籍之國民？我選擇後者。我臨走之前，凡是好朋友都勸我不要回去的。我回去，對於他們將是

surprise。這筆錢是天賜的，我將如何運用？有時候未免要在這方面用些腦筋。

文章還沒有寫完，很抱歉。起了好幾個頭，都不滿意，現在算是寫好了幾頁，到Berkeley去續完之，如何？文章一開始，我就有多講臺灣（政治、社會等），而少講文學的趨勢。講臺灣，我的話很多；講臺灣的文壇，話似乎很少。現在要注意的是：控制自己，少講自己想多講的，發揮自己知道得並不多的。說話輕重，更難顧及，我盡是替老蔣說好話，但是說話的口氣，我是不像要回臺灣的。

在Seattle兩個多月，稍覺安慰的是英文系交到幾個朋友。先是Benjamin Hoover①，加大Ph.D.，教十八世紀，他是個和善好人。由他牽引到David Weiss，再牽到Donald Taylor②，再加入他們的午餐俱樂部。

Weiss是猶太人，對於psycho-analysis恐怕真有點研究。他的一個uncle是個Practicing Psychoanalyst，他在這方面書看得很多，英文系教授很少能及得上他的。他在最近一期*Northwest Review*（Oregon）③上寫了一篇論《文學批評與p-a.》，態度還是根據common sense，並不故意賣弄，倒是可取的。我們認識不久之後，

---

① Benjamin Hoover（班傑明・胡佛，1921-?），與Thomas Kaminski合編牛津版《約翰遜集》之*Debates in Parliament*冊，該集於2012年出版，代表作有《約翰遜議會報告研究》（*Samuel Johnson's Parliamentary Reporting: Debates in the Senate of Lilliput*）等。

② Donald Taylor（唐納德・泰勒，1924-2010），生於波蘭，1950年獲加州大學博士學位，後任教於西北大學、華盛頓大學、俄勒岡大學等校，代表作有《托馬斯・查特爾頓的藝術》（*Thomas Chatterton's Art: Experiments in Imagined History*）等。

③ *Northwest Review*（《西北評論》）是隸屬於俄勒岡大學創意寫作計劃的一份文學刊物，持續出版五十多年，2011年因經濟原因而停刊。終刊號是向美國詩人查理斯・賴特（Charles Wright）致敬的專號。

他帶我到campus上他認為最美的一角：herb-garden。他說這是根據
16世紀英國花園設計的，一面走，一面摘各種草藥，讓我嗅聞。它
們的名字，他歷歷如數家珍，還說：這見之於什麼人的詩，這見之
於什麼書。我握了一手各種草藥，味道都帶一點辛辣的，實在辨別
不出來。這方面的智識，我實在太欠缺了，很是慚愧（尤其想起共
產黨所拍的《李時珍傳》電影）。Ephedra（麻黃）、Mandrake等，
名字聽說過，但是沒有見過。Poppy也沒有見過。他對於東方神秘
東西（eg.如何製造木乃伊等）很有興趣。讀過 *Monkey*，但是不知
道《紅樓夢》。我把王譯介紹給他，他讀後很讚美。但對於中國人
的把人性命看得不值錢，很覺驚奇（《紅樓夢》裡要死多少人）。
當然，曹雪芹能夠把這種冷酷寫下來，仍是高手筆法。他說他最怕
死（中國人的殘酷，當然不如Nazis）。我坐過他的車幾次（老爺車
station wagon），他一開車就怨命，甚至說Damn。我說我的brother
絕不學開車，他很讚美你的wise。他太太在U. W. Press做事，似乎
也很賢慧，小家庭一子一女，似乎很快樂。他會做中國菜，用黃糖
（Brown Sugar）不用白糖，可說已經得到中國紅燒的三昧了。這裡
的coop買書可「分紅」（bonus）（退 1/10 的發票錢），我問他可分
多少。他說欠了一屁股的債（credit），死了才算完，還談什麼分
紅？我從來沒有問他哪裡得的degree，他的rank是Assistant Prof.。

　　Donald Taylor是個瘦小蒼白diffident的人，看名字，大約不是
猶太人，他也是Berkeley加大的Ph.D.，論文是Chatterton，他說沒
有什麼道理。他現在在教writing，寫過幾篇short stories，發表於
*Antioch Review*④；他給我看過兩篇，一篇發表於*Charm*，寫師生關
係，很好，另一篇講癡書生追美女，發表於 *Northwest Review*，我

④ *The Antioch Review*（《安迪亞克評論》）是美國著名的文學雜誌，1941年創辦於
　俄亥俄的安迪亞克學院（Antioch College），主要發表名作家或新作家的小說、
　散文和詩歌。

看不行，老實對他說了。他說：這篇東西已經退了二十次，改了二十次，實在心力交瘁，無法再改了。他現在和一家書店簽了合同，要編一部兒童讀物，《東方故事》。我是一肚子的中國故事，講了好幾隻給他聽了。他要教暑期學校，暑假裡還來不及寫。他請過我去聽一次Opera：Handel⑤的*Julius Caesar*，和Menotti⑥的*The Unicorn*、*The Gorgon & The Manticore*（此字英文系無人識得）。H氏的戲，有點像京戲（Pompey為Ptolemy所殺，Pompey之子Sextus要報仇，Caesar兵困Alexandria，Cleopatra巧救Caesar），但沒有京戲熱鬧，也沒有京戲那樣的「扣人心弦」。Menotti是個新人，他的戲是Mime加合唱，我不大欣賞。他太太一起去的，她是個瘦小的人，配他正合適。

　　Weiss我看倒真是個赤心忠良的人。我講了一隻故事《火燒紅蓮寺裡的天堂》給Taylor聽，希望他編進去，我說這是關於共產黨的最可怕的vision，Orwell（可惜已死）、Koestler⑦、Auden、Spender⑧等如知道，一定要大欣賞的。Weiss也認為是perfect political fable，但是他私下責備我為什麼我自己不寫。他說你把故

---

⑤ Handel（George Frideric Handel喬治・弗雷德里克・亨德爾，1685-1759），英國巴洛克作曲家，生於德國，以創作歌劇（operas）、神劇（oratorios）、頌歌（anthems）、管風琴協奏曲（organ concertos）知名。

⑥ Menotti（Gian Carlo Menotti，吉雅・卡羅爾・梅羅蒂，1911-2007），義大利—美國作曲家、劇作家，曾獲普利茲獎，代表作有《領事》（*The Consul*）、《布里克街聖人》（*The Saint of Bleecker Street*）。

⑦ Koestler（Arthur Koestler亞瑟・克勒斯特，1905-1983），匈牙利—猶太小說家、哲學家、政治活動家，代表作有《正午的黑暗》（*Darkness at Noon*）、《無形銘》（*The Invisible Writing*）、《機器中的精靈》（*The Ghost in the Machine*）。

⑧ Spender（Stephen Spender史蒂芬・斯彭德，1909-1995），英國詩人、小說家、散文家，1965年被美國國會圖書館（United States Library of Congress）授予「桂冠詩人」（Poet Laureate Consultant in Poetry）稱號。

事讓給人，我不能稱讚你的selflessness，只能批評你的laziness。他說他自己有時候也把plot讓給人的。我後來一想，的確不錯，我為什麼不在暑假中把這個故事寫下來呢？這個故事寫起來很省事，*Partisan Review*和Spender的*Encounter*都可能要登的。Taylor不能怪我失信，因為我還可以至少送給他好幾隻故事，作為補償。這個故事我認為有改編為詩劇（like J. B.⑨）或Opera的可能，這樣不是可以拿到更多的Royalties嗎？

Davis和我也不錯。最使他佩服的是我拿Kierkegaard⑩的哲學解釋Joe Christmas的性格，我說（其實I am not convinced myself，只是賣弄小聰明而已）*Light in August*裡寫的是三種基督徒：Lena——the innocent，Hightower——the Church，& Joe C.——the existentialist。有一次，他引某篇文章研究*Sound & Fury*的，說Benjy，Quentin，Jason是代表Id，Ego，Super-ego，有學生不服，D說這種看法很有用。我就說了：據我看來，Jason代表Jung的Persona，Quentin代表Jung的shadow，我稍加發揮；可是我說我不知道Benjy、Jung將何以稱之。D對於我的看法很欣賞，他說Benjy是collective unconscious。

Faulkner班上的論文，我都聽了。寫得頂好的我認為是Justus的〈*Absalom, Absalom*中的Epic Qualities〉（大意如此）。這位Justus本學期學分已讀完，只是預備考德文，寫Ph.D.論文了。他的導師是D，D認為他這篇Term Paper可以作為博士論文的核心。我去同Justus討論，我說Thomas Sutpen的去Haiti，回美國就是Mona myth（Joseph Campbell: *The Hero With a Thousand Faces*）裡的

⑨ 不詳。

⑩ Kierkegaard（Søren Kierkegaard索倫‧克爾愷郭爾，1813-1855），丹麥哲學家、神學家、詩人、社會批評家，被認為是存在主義第一位哲學家，代表作有《非此即彼》（*Either — Or. A Life Fragment*）。

Departure Initiation Return 三部曲。Justus 很為感激，預備把這個 idea 寫進博士論文中去。

我這點哲學心理分析，和神話研究的皮毛，在英文系居然可以騙人（我還發揮過 *Light in August* 中的 fertility rites 的可能性）。這種 ideas 寫下來，也許可以成為文章，但是我自己都不服。我對於 Faulkner 的 approach，其實最有把握的還是文章 textual analysis，可惜班上不大注意，無從發揮。班上十幾個人，只有 Justus 一篇是分析（*Absalom, Absalom* 的）style 的（我認為 *Absalom, Absalom* 是次於 S. & F. 的 Masterpiece，其他的都不過爾爾），顯得出真工夫。但是 *Absalom, Absalom* 哪裡寫壞了，他似乎也不注意，只是讚美而已，其態度大約和 Stein⑪ 的讚美 Milton 相仿。我比較注意小說技巧和文章風格，班上則 take it for granted：F 是 Master，他東西的好壞可以不必管，只要研究 hidden meaning 就是了。對於 hidden meaning 我很能發揮，但是真正的批評我認為還是 Dr. Johnson's method 是正當的。

我那些奇怪的理論，沒有同 Weiss 他們討論。但是關於我那篇 "Jesuit's Tale"，我曾發揮一些妙論。我撒了一個謊，我說那篇東西

是有嚴格的設計的，大約根據太極圖 ☯ 光明與黑暗的 dual principle。第一節的 theme 是白天，light──reason；superficial witty talk，但是內伏「黑子」，神父的隱痛；第二節的 theme 是黑夜──黑暗的過去，但是中有「光明」；神父認為是光明的，反而導致他更大的痛苦。其中兩個主角，一個是 ineffectual Chinese intellectual，逍遙自在，一個是為中國而受苦的外國神父。看太極

---

⑪ 應指 Arnold S. Stein（阿諾德‧斯坦因，1915-2002），批評家、作家，彌爾頓研究專家，代表作有《呈現的藝術：詩人與〈失樂園〉》（*The Art of Presence: The Poet and Paradise Lost*）、《回應的文體：論〈失樂園〉》（*Answerable Style: Essays on Paradise Lost*）。

圖，光明侵入黑暗，黑暗也侵入光明——這是我的精心結構。他們想不到，我對於 New Criticism 還有如此修養。其實這個 structural principle 是我和他們談話的時候，靈感忽降，偶而觸機想出來的，這幾年來（甚至在寫的時候）從來沒有想到過。我只想講一個故事而已。假如真有這樣一個 conscious design，小說恐怕反而不好寫了。但是，無疑的，I am my own best critic，可惜我作品太少，否則我可以化名來評我自己的小說，發揮我的 ingenuity。

　　以上是星期六寫的。今天星期一，正忙於 packing。我真恨搬家，搬一次要花多少力氣做無聊的事。一部份行李存宿舍的 Locker，一部份帶走。過些日子又要帶回來。回來了還要尋房間：Terry Hall 暑假要關門的，我得尋個 Apt.，60 元一月大約尋得到一個 Apt.，假如附有廚房，自己做菜，也許可以便宜得多。在 Seattle 住了一兩個月又要大旅行，又要 packing，想起來真可怕。你這幾年跑了不少地方，難得 Carol 會開車，幫你不少忙。但是長途跋涉，辛苦也可想而知。Seattle 的 Permanent Address 是 c/o Professor Thomas J. Pressly, Dept. of History, U. of W., Seattle 5，錄下作為參考。

　　昨天星期天，我遭失竊。下午三點半，我去洗澡（shower），頂多花了十分鐘，洗澡間就在我房間斜對門，回來看見房門開了，我很驚奇。我記得是鎖上的，鑰匙帶去洗澡間的。褲子放在床上，趕緊去摸，皮夾子已經不翼而飛。皮夾子是程靖宇送的，內有現鈔 $220，旅行支票 $80。我為了要旅行，所以身邊有這麼多錢。旅行支票已經去掛失，現鈔 220 大約是追不回來的了。這筆損失對於我並不大，所以不十分難過，請你不要替我難過。宿舍管理員找了員警來，已經備案。我不存希望破案，只當是買了汽車（或者是去學跳舞），有一個時候，我是想買車的，買了車可能闖更大的禍。宿舍方面的人也很難過，怕美國留個壞印象；我說臺灣小偷更多，只是看誰倒楣而已。我明天要走，這個星期六，宿舍裡的人要全部搬

空，案子當然更難破了。我住在一樓，沒有學生；住客很少，我常常一個人占一個 wing。我吃飯是買飯票子的，常常要掏皮夾子出來。皮夾子放在什麼地方，當然看見的人很多，很不幸的是偏偏身邊有這麼多 cash。當然，我可以多買些旅行支票，但是這種東西用起來很麻煩（Dick Powell⑫、Robert Taylor 都勸人買 T. C.；報上有一條小新聞，你恐怕沒有注意：John Wayne 拒絕為旅行支票做廣告，他說他身邊常帶幾千塊錢 cash）。我的 80 元 T. C. 是預備買飛機票的，旅行社 accept T. C. 當然是天經地義的事。此外 cash 預備帶到 California 去用。今天再去 draw 了 300，飛機票已買，錢大部份都是 T. C.，請你釋念。現在存款還有 4700，生活絕不致受影響。我自己不大難過，美國人同情的很多，倒使我很窘。當然不破財更好。那小偷可能知道我很快就要回房間，同時看見皮夾子裡有這麼多錢，喜出望外，所以別的東西什麼都沒有偷。皮夾裡除了借書證外，我不記得有什麼重要的文件。

很抱歉，信裡帶來了這樣一條不愉快的消息，希望你不要替我難過。感謝上帝，我還是經 [禁] 得起一偷的。否則的話，信裡也許有更多有趣的事。希望明天早晨能看到你的信。這封信預備今天晚上寄走了。

Carol、Joyce 想都好。我的家信寄走後，沒有見到回信，我也有點擔憂。不知道我那封信是不是該寫的，雖然你相信我信裡的話一定十分 prudent。專頌

近安

濟安 啟
六月八日

---

⑫ Dick Powell（迪克・鮑威爾，1904-1963），美國歌手、演員、製片人、導演，代表影片有《蓋世霸王》（*The Conqueror*, 1956）

379. 夏濟安致夏志清（1959年6月13日）

志清弟：

　　在Berkeley已經住了四晚，今天剛才寫信，很抱歉。星期一（六月八日）發出一信，想已收到。好久沒有接到你的信，很掛念。新遷地址，Seattle如有信轉來，還得等一些時候。

　　Int. House三元錢一天，房間沒有Yale Graduate Hall的那麼大，可以說很貴的了。I House房子很舊，和Terry Hall（都是Aluminum，玻琍［璃］，Vinyl等）的光亮新鮮相比，好像不屬於同一個國家的。現在已經住慣，暗一點似乎也靜一點。裡面有一個四方的enclosed yard，好像蘇州的天井，或北平的院子，yard裡有大樹，地上鬆鬆地厚厚地鋪了碎石子，在那裡小坐，倒是一種清福——好久沒有享受到了。

　　加州天氣真好，太陽亮極，沒有什麼風，溫度上下不大。長住在這裡身體一定有益。Berkeley Campus不大，現在有好幾幢大樓在造。講Campus的美和大，Indiana似乎是傑出的一個。但是Berk.有錢，前途是未可限量的。地方小，人多，特別顯出熙熙攘攘的朝氣。

　　這兩天I House很清靜，學期已經結束，學生大多搬走，暑期的學生大部份還沒有搬來。這裡有男生部和女生部，在一起吃飯，可是這幾天飯廳關門。我在這裡只住幾天，即使在飯廳裡也不會和女生們有什麼來往的。

　　這裡有三個老朋友：陳世驤、Frankel和胡世楨，都已見到。有了熟人，我反而沒有精神多交新朋友了。

　　陳世驤人極熱心，星期四晚上他為Spender踐行，特別打了電報，寫了special delivery的信，催我來Berkeley。Spender人是很和

善的，紅臉、白髮、藏青嗶嘰西裝、黃皮鞋，講英文時，末尾的
t，似有ts音，如Eliot他讀為Eliots。我初次和人見面，不容易給人
好印象，因此寧可不給人什麼印象。他日內要到美國各地去演講，
月底回英國。我說我希望到Encounter的London Office去見他。

那天先在陳的家裡吃酒，然後大家開車去S. F.的China Town去
吃晚飯。我和Spender太太坐一車，Ruth Diamant①開的車。S太太
（年齡大約三十歲，還有點school-girlish）是英國美女的樣子（輪
廓），眼睛是凹的，這種凹的眼睛要細而清才好看：線條清楚，有
一種秀氣，她的眼睛似乎太大，破壞了輪廓；同時顯出情緒的不穩
定，照中國人「相書」說來，不夠福相。Diamant是個老太婆，在
小college教英文，可是是S. F.的Poetry Center的負責人，一路上她
們瞎談文壇掌故。我只好提起Roethke，她們就大講Teddy，隔了好
幾分鐘，我才想起來：Teddy就是Roethke。Diamant在她的會裡，
請了很多名人來演講，文壇大明星認識的很多。S太太講Auden、
Sitwell、Tate等掌故很多，我可是沒有聽見什麼。你猜什麼緣故？
汽車正進入一座大橋，在橋上又開了好久好久的時間。我以為那就
是Golden Gate，很是excited，大明星的名字的吸引力竟不如一座
橋。我可是又不敢講，我是第一次過這座橋（這次我飛Oakland，
轉Berkeley）。後來才知道那是Bay Bridge，不是Golden Gate。

晚飯在「上海樓」，陳世驤叫了整桌的菜，才30元，很便宜。
有烤鴨、冬瓜殼蒸的燕窩蓮心湯（洋人從未見過）等，豐盛得很。
希望Carol能夠吃到一次這樣的Banquet。China Town還有枇杷賣。

---

① Ruth Witt-Diamant（羅斯‧戴夢特，1896-1987），1931年起任舊金山州立大學
教授，1954年創立舊金山詩歌中心（SFSU Poetry Center），並任主任。退休後
長期在東京大學講授英國詩歌，與德川家族成員相善。

　　客人還有青年詩人Leonard Nathan[2]夫婦。Nathan在加大讀
Ph.D.（似已讀滿學分），在junior college教英文，詩在*Hudson
Review*、*Commentary*等發表過，且有詩集一本。他留mustaches，
沒有留beard。人倒是extraverted一路，講話很有勁。他的詩據說是
competent，講究形式的一派。我兩邊坐的是Nathan太太和
Diamant，所談的大多和文學無關。還有一對Popper（？）夫婦，
彎舌頭，大約是德國猶太人（不是教授）。在美國發了財，現已退
休，可以patronize文人了。

　　飯吃得還是很愉快。我到的那一天，就在陳家吃的晚飯，今天
晚上（星期六）還要去吃飯，打Bridge。陳世驤算是欣賞我的一個
人，我很感激。他稱我「濟安」，so does his wife。他信裡還叫我住
在他家裡，已經是很親密的朋友了。他是很不贊成胡適的——學
問、思想、做人都叫人不滿意。

　　傅漢斯改行學中文，但是他說在紅樓的時候，我教過他中文。
這個我可想不起來了。他講得一口好北平話，但是剛剛在看《三國
演義》，看了沒有多少，他說這本書wonderful。他太太很蒼老，眼
睛無神（好像眼睛剛害過病似的），除了人似乎還「細氣」之外，
看不出是過去的美女。他們見到我，就建議我在美國長住。Hans
尤其希望我能去Stanford，他說我可以幫他很大的忙。Stanford下學
期起剛成立中文系的研究部，正要大擴充。系主任姓陳，原來在
Stanford得的英文degree。得學位後，在Stanford教了中文二十年，
不斷地升官，現在且主持中文研究工作了。傅要去教第三年、第四

---

② Leonard Nathan（萊昂納德·納森，1924-2007），美國詩人、評論家，加州大學
　　柏克萊分校教授，1961年獲得加大博士學位，曾獲美國藝術和文學學會詩歌
　　獎、國家圖書獎等獎項，代表作有《化身》（*The Likeness: Poems out of India*）、
　　《回覆》（*Returning Your Call*）、《繼續》（*Carrying On: New and Selected Poems*）
　　等。

年中文。我說：你不妨去問問有沒有research project，讓我來參加一份，不一定要薪水，有了名義，我也許可以想法去申請延長護照與visa。

胡世楨一見面就說我胖了，他說可能我要比他更胖了。他現在不到150lb，我和他頂多相差十磅。胡世楨是喜歡用「智」的。我說，「你未來之前，我就猜你的車是什麼樣子的，第一，不會是sports car，第二，不會是'59的，把這兩個除掉，大約是dependable的popular priced three，顏色不鮮豔，不很新」。果然是一部dark olive的Plymouth，他花了四百元錢在S. F.買的。他在Detroit的那部Plymouth還要舊。

我又和他大談金融股票等。*Time*的Business欄，*N. Y. Time*的Finance Pages我是都看的，這方面，還有一點智識。他很驚訝，他說他定〔訂〕了幾年*Wall Street Journal*，問我有沒有定〔訂〕。他買了好幾種股票。——他的興趣我可以猜想得到。

他太太小孩明天（星期天）飛來。等他的家弄定當後，我可以常去。只是Palo Alto離Berkeley相當遠，要開一個多鐘頭的車（SF.在二者之間），要他接送，我很過意不去。

這裡有這許多熟人，我也不必再去找Schorer、Bronson③（？）等英文系大明星了。I House四五個blocks之內沒有電影院，這是缺點。

交際之外，空下的時間就寫《臺灣文壇》，還是在琢磨開頭幾個paragraphs。寫文章非得把人鑽進去不可。這幾天算是「深入」了，在Seattle時，人還是太浮。希望在Berkeley把它寫完。回

---

③ Bronson（B. H. Bronson 布朗森，1903-1986），耶魯大學博士，18世紀文學與文化研究專家，代表作有《追尋喬叟》（*In Search of Chaucer*）、《約翰遜與莎士比亞》（*Johnson on Shakespeare*）等。

Seattle後，找一個Apt.，埋頭寫作。

在這裡找了一個Notary Public，填了一張Affidavit，寄America Express。$80想可補回，其餘的錢丟了就算了。

S. F.一帶，香煙機器還是25¢一包。這個價錢在全美國已經很少，如Seattle Terry Hall宿舍的機器就要30¢。我幾乎已把香煙戒掉，一個月抽不滿一包。但是Pipe抽得很凶，香煙實在沒有什麼味道。在臺灣偶然還抽過cigar，在美國只抽過一支，Seattle的Lunch Club裡的一個朋友送的。自己沒有買過：好的太貴；壞的，抽了像「妄自尊大」的黑人。加州的Senate已在討論香煙每包加3¢的稅。

再談。希望最近能看到你的信。Carol和Joyce想都好。專頌

近安

濟安 啟
六月十三日

380. 夏志清致夏濟安（1959年6月15日）

濟安哥：

　　你發信的那一天，我寫了封信給你，可惜信到時，你早已到了加州了。你等了我兩三星期的回信，結果臨走前沒有看到，很使我感到不安。前兩星期我忙着看卷子，把寫信事就擱起來了。你去Berkeley，看到陳世驤後，想一定談得很歡。San Francisco Chinatown這一次你應當多研究一下，中國美女的striptease也應當一看（*Time*載Belgium國王看跳舞，大為神往）。C. Y. Lee的小說，舊金山描寫很多，那些酒吧間，很使我神往，你也應當去那裡坐坐。舊金山現在是Beatnik文人的中心，你能乘便和那些下等文人談談，也是很有趣的。

　　你被竊了220元，是相當令人可懊傷［喪］的事，雖然數目不大，也可供一兩月之食宿費。這次被人偷了，以後還待多當心為要。我在Yale宿舍，洗澡，房門也不鎖上，從無偷竊之事。從New Haven搬到Ann Arbor時，遺失了一張支票，寫信給Yale補寄了一張，所以毫無損失。（兩三次搬場時，曾丟了一兩本中國紙本書。）

　　你報導的許多U. W.學生教授，都很有趣。Faulkner那班上bright學生想極少，目前美國graduate students大多自己沒有意見，祇是摸熟教授心理後，寫報告、論文而已。我在Yale那時的同學，bright也不多，最bright的一位是Hugh Kenner①（和我Old English同班），他寫了Pound、Joyce、Lewis等不少書，他是Pound的忠實信

---

① Hugh Kenner（肯納，1923-2003），加拿大文學學者、評論家、教授，代表作有《切斯特頓之悖論》（*Paradox in Chesterton*）、《埃茲拉龐德的詩學》（*The Poetry of Ezra Pound*）、《詹姆斯‧喬伊斯》（*James Joyce: Critique in Progress*）等。

徒，文章落手很快，可惜文字較亂。我同他沒有什麼交情。Yale研究生較我早幾年成名是R. Ellmann和Feidelson，後者雖在Yale教書，我不認識。上seminars時，學生讀paper，也是沉悶非凡。你對於myth、心理分析方面大有研究，使我也很佩服，我在這一方面，書看得太少了，祇是略知皮毛而已。*Golden Bough*、Jung、Freud的原著，都沒有看過。大多人用心理分析或myth terms來解釋文學的，僅是作「文章遊戲」而已（你分析自己的小說那一段說法，即是明證）。但用myth也有極嚴肅approach的，如Fiedler。Fiedler和《文學雜誌》翻譯的那篇文章性質同類的文章，去年寫了好幾篇，刊在*New Republic*（？）上，我很想一看。上星期翻看了*Contemporary Literary Scholarship: A Critical Review*, ed. L. Leary[2]一書，其中Fiedler寫的那篇 "American Literature" 最為精彩，可以一讀。（Leavis的門徒Marius Bewley[3]，*The Complex Fate*，是斷定美國great tradition的書，這書我已在校order了，尚未看到。）

　　上半年我定做了一套博士裝（每年租一次，花七元，相當不上算），僅花了六十元，用的是最便宜的料子。美國大學惟哈佛、耶魯可有紅色gown和blue gown，本來我想order一身全blue的，但一想太招人注目，不大好意思，仍做了黑色的。昨天學校畢業典禮，看到那些學生離校後，或在小學教書，或去結婚，前途是注定默默無聞的，很為她們難過。大四我教過的人數很少，下一年的畢業生

---

② L. Leary（Lewis Gaston Leary里維斯‧李瑞，1906-1990），美國學者，曾任教於邁阿密大學（University of Miami）、杜克大學、哥倫比亞大學等學校，代表作有《馬克吐溫》（*Mark Twain*）、《尼薩尼爾‧圖克的文學生涯》（*The literary Career of Nathaniel Tucker, 1750-1807*）等。

③ Marius Bewley（1916-1973），美國批評家，《哈德森評論》（*The Hudson Review*）編輯，代表作有《複雜的運命》（*The Complex Fate*）、《古怪的設計》（*The Eccentric Design*）、《面具與鏡子》（*Masks and Mirrors*）等。

我教過三分之二以上，她們走時，我更當為她們難過。她們大學四年，雖然沒有學到什麼，生活在嘻嘻哈哈中，的確是她們的黃金時代，以後生活上有什麼promise，實在很難說。這裡的學生，事實上祇讀三年半，半年是所謂cadet teaching，分派各處教書，大一、大二，大半是必修課，讀些英文、地理、歷史、生物，及我們在初高中讀的數學（三角、幾何、代數）之類（音樂系比較專門，雜課較少），到了大四還要必修一門《美國教育史》，這種功課，讀了有什麼益處，實在很難說。比較bright的學生，我都鼓勵她們轉學，但她們在social occasions上衣服可以穿得很入時，家中大多是較窮困的，所以很少有轉學的。畢業時和她們的家長握手，看看他們相貌不揚，大抵是中下階級的人，他們能把子女讀完四年不繳tuition的大學，已是很了不起的大事了。這裡的英文系教授，平日看些報章雜誌和紅極一時的書外，不再看什麼書。他們特別注重的是*N. Y. Times* Book Review Section和*Saturday Review*，後者似乎是*Bible*，期期都看。*Saturday Review*我在滬江時已看不入眼，現在當然更不去看它。Norman Cousins④的腦筋昏亂，想你也聽說過（他的地位相當於英國的羅素，是external的liberal）。所以我同同事們實在很少可以正經討論學問的，正〔真〕心話反而對學生們前多說說。

你有了四五千存款，最好是投資，買股票。你以前對這一項稍有研究，但目前美國大公司的股票在市場上的價值已抬得太高，所

---

④ Norman Cousins（諾曼‧卡森斯，1915-1990），美國政治專欄作家、教授，1934年加入《紐約晚郵報》（*New York Evening Post*），後加入《星期六文學評論》（*Saturday Review of Literature*，該雜誌後更名為*Saturday Review*），並長期擔任主編。著有《衰頹的現代人》（*Modern Man Is Obsolete*）、《誰為人類言說？》（*Who Speaks for Man?*）、《人類的選擇》（*Human Options: An Autobiographical Notebook*）等。

以不大好買，賺錢也無把握。Ike初上臺時，買了blue chips，現在都漲了數倍了。你有興趣，可研究每日市場行情，*Wall Street Journal*，再同broker研究一下，還可以買到好的股票。*TIME*前幾期講到一個研究股票的怪人，已成millionaire。他的policy是初漲時買進，稍跌時拋出。我想胡世楨做了多少年教授，憑他的數學腦筋，一定買了不少股票，你見面時可和他談談此事。（胡世楨家藏武俠小說甚多，在這方面也可和他多談談。）

《火燒紅蓮寺》吸引了你已二十多年了，你把蛇之舌天堂寫出來，一定可得到Kafka出奇特效果。〈臺灣文壇〉你返Seattle後再寫不遲。你不必太費功力，祇要把你辦雜誌時所有的感想，寫出來就可以了。

學校結束了，電影院選片惡劣，電影已好久未看。上信附上父親給你的信，你那封信還沒有看到，告訴你一聲，可以使你放心。玉瑛妹在爭取暑假返家一次，希望上司能准許她。玉瑛妹去福建後，我也不便和她通信，她一個人瞎吃苦，瞎奮鬥，我們無法挽救，實在很對不住她。不多寫了，希望你好好地玩兩個星期。即頌

　旅安

　　　　　　　　　　　　　　　　　　弟　志清　上
　　　　　　　　　　　　　　　　　　六月十五日

381. 夏濟安致夏志清（1959年6月16日）

志清弟：

十日的信，已從Seattle轉來，怕你掛念，即刻寫這封回信。

父親的信使我很難過。他一向寫字很端整，近年腕力顯得差了，筆力大不如前。眼睛一定也老花了。母親雖多小病痛，倒是我家強健的一員。她一向睡眠時間之少，真是amazing，不肯休息，還要不斷地找事情做。她是得天獨厚的tireless，實不平凡。六月十五 *Time* 的 Medicine 有論〈女性荷爾蒙與心臟病〉一文，如未見到，不妨翻出一看。我是fatalist，我相信將來必得高血壓病；從TB到High Blood Pressure，人生就是這麼一個cycle。昨天我在陳世驤家裡一量體重，已達到150（連皮鞋、西裝褲），無論如何，已是140以外的了，使我吃了一驚。我護照上的體重自己查過，沒有記載，我記得不到140，大約137，在美國可能增加了十磅。我並不worry，我有高血壓的體型，但是我比父親當年清閒得多，甚至比你都閒。常有充分休息，心上很少牽掛，這樣也許對於心臟和血壓都大有裨益的。以後就得看命運的安排了。如責任增加，而我又無法規避，心臟的負擔必定也加重。如能享一輩子清福，成為道家隱遁之人，一定可以善自養生。我很羨慕一般美國人講話的輕與慢，尤其是那種魁梧之人，說話gentle得很。這種人內在的力量實很充足，他們能控制自己。我在美國，常和生人接觸，覺得自己的講話，常太excited；聽人講話，自己又fidgety，總之，修養還是不行。

哥倫比亞的Bormann①這幾天在Berkeley，我沒有見到。他在

---

① Howard L. Boorman（包華德，1920-2008），美國伊利諾州人，威斯康辛大學畢

編中國近代名人傳，陳世驤已經把你的名字介紹給他。魯迅、徐志摩等都已有人寫了；陳也許要寫周作人，大約還有好幾個人可以留給你寫的。陳世驤在美國學術界很有一點辦法，可以幫我們很大的忙。他說 Modern Chinese Studies 近年在美國最受注意，你那本書出版後，加大可以請你來參加 conference，給幾個講演。Berkeley 天氣真好，晴朗乾燥，天青，太陽有勁，多參天古木，不冷不熱，不會出汗，又沒有風，能在這裡長住，於身心健康必定有益。我不願意再去麻煩陳世驤，因為他太熱心了。我說：我的護照延長很成問題，不預備在美國長住。他說：有一種辦法，可以延長 visa，不一定要延長護照的。——什麼辦法，我沒有問；看我命運如何，再看他如何出力了。

《生旦淨丑》這幾天在腦筋裡不大出現。我和陳世驤談過《風花雪月》的計劃，他很贊成。我說這得要在美國或英國住一年（至少），方才能寫成。

他非但佩服你學問，而且也欣賞你的為人。他見過你兩次，印象是你很天真，sweet，很能自得其樂。和錢鍾書那種恃才傲物，不可一世之概大不相同云。

在 Berkeley 看過一場電影：*Room at the Top* [2]。很像（故事結構）*A Place in the Sun*，並不比 *Place* 好。青年往上爬，大約是 naturalist 小說一個很重要的 Theme，另外一個是少女墮落史

業，二次世界大戰時，服役海軍，任日文翻譯員。戰後奉派至天津接受日本投降。1955 年遷居紐約，在哥倫比亞大學主持編著《中華民國人物傳記辭典》（*Biographical Dictionary of Republic China*, 1967-1971），任范德堡大學（Vanderbilt University）教授。

[2] *Room at the Top*（《金屋淚》，1959），傑克・克萊頓（Jack Clayton）導演，勞倫斯・哈維（Laurence Harvey）、西蒙・薛娜烈（Simone Signoret）主演，Continental Distributing 發行。

（Laurence Harvey ③ → Montgomery Clift ④ → Simone Signoret ⑤ → Shelley Winters ⑥；Heather Sears ⑦ → Elizabeth Taylor）。編故事的人的imagination大約是conditioned的，總可以找出故事的pattern；別出心裁的故事，大非容易。

在Seattle看過一次double feature法國電影，很滿意。*Diabolique*恐怕很出名，其實祇是個「巧」——小聰明。論全片，不如*Witness for the Prosecution* ⑧。另外一部*Rififi* ⑨，倒是生平見過的最好的警匪片之一。寫流氓的俠義，很動人。

我剛到Seattle那天，就看到Downtown在演*Alias Jesse James* ⑩，但是影評從未見過，對於Hope又有點失望，不敢去看。後來看見*Time*的評，再去看二輪，大為滿意。最後結尾新奇得很；其實祇是模仿《封神榜》的「三教大會萬仙陣」，把仙人菩薩都請出來了。中國的低級歷史演義（楊家將、薛家將等）常用這個

---

③ Laurence Harvey（勞倫斯・哈維，1928-1973），生於立陶宛，演員，代表影片有《金屋淚》。

④ Montgomery Clift（蒙哥馬利・克利夫特，1920-1966），美國演員，代表影片有《紅河》。

⑤ Simone Signoret（西蒙・薛娜烈，1921-1985），法國女演員，第一個獲得奧斯卡金像獎的演員，代表影片有《金屋淚》。

⑥ Shelley Winters（謝利・溫特斯，1920-2006），美國女演員，代表作有《安妮・法蘭克的日記》（*The Diary of Anne Frank*, 1959）、《藍色布丁》（*A Patch of Blue*, 1965）。

⑦ Heather Sears（海瑟・西爾斯，1935-1994），英國舞臺女演員。

⑧ *Witness for the Prosecution*（《雄才偉略》，1957），比利・懷德導演，泰隆・鮑華、瑪琳・黛德麗主演，聯美發行。

⑨ *Rififi*（《悍匪大決戰》，1955），朱里斯・達辛（Jules Dassin）導演，讓・塞維斯（Jean Servais）、羅伯特・侯森（Robert Hossein）主演，Pathé發行。

⑩ *Alias Jesse James*（《荒唐大盜》，1959），諾曼・Z・麥克李歐導演，鮑勃・霍伯、朗達・弗萊明主演，聯合藝術發行，

辦法來解決困難——Deus ex Machina。但是Hope本片的設想還是很新奇的。Seattle的報不注重影評（San Francisco亦然），常有*Time*沒評過的片子出現，不敢去看。如*Warlock*⑪、*Rio Bravo*⑫、*Pork Chop Hill*⑬等，Seattle都演過了，*Time*才有評。

　　你還在補寫胡風的東西，我這篇東西，再緩幾天繳，想也不妨。總想在本星期內趕出來。胡風此人之有Moral Courage，我在臺灣也略有知道（主要是看香港的報和雜誌）。他這個人和臺灣是絕不相干的。他絕不會寄希望於臺灣，臺灣的政治領袖（文化界）也絕沒有能了解胡風的重要的遠見。他祇是可憐地孤軍奮鬥而已。國民政府和三種中國人的關係都弄不好，其前途實不樂觀。一、在臺灣的中國人——「渡死日」，對政府什麼program都不感興趣；二、大陸的——當年的劣政，很多人還記得，臺灣如真能大捧胡風，利用它的一切宣傳機構，倒可以使人耳目一新；對於大陸上的人，臺灣沒有什麼能號召的；三、華僑——最近星加坡的選舉，對於臺灣的打擊很大，華僑可能很多人嚮往共產黨的「圖強」。最反共的中國人，恐怕在香港，但是共產黨百般地在對付這輩人，他們恐怕早晚也得屈服。

　　照片收到，你們精神都很好。那位中國小姐是像廣東美人。加大的girls似乎比華大的漂亮，International House裡似乎就有幾位美

---

⑪ *Warlock*（《風塵三俠》，1959），愛德華・戴米杜克（Edward Dmytryk）導演，亨利・方達（Henry Fonda）、李察・威麥（Richard Widmark）、安東尼・昆（Anthony Quinn）主演，福斯發行。

⑫ *Rio Bravo*（《赤膽屠龍》，1959），霍華・霍克斯（Howard Hawks）導演，約翰・韋恩、迪恩・馬丁（Dean Martin）主演，華納影業發行。

⑬ *Pork Chop Hill*（《豬排山爭奪戰》，1959），路易・麥爾史東（Lewis Milestone）導演，葛雷哥萊・畢克（Gregory Peck）、雷普・湯恩（Rip Torn）主演，聯合藝術發行。

人。加州的特點是年輕活潑，但是我在這裡祇好作壁上觀而已。

　　現在要去吃午飯。我在Berkeley還有幾天耽擱，本星期六要和胡世楨全家去找地方遊山玩水。下星期一要和陳家去Yosemite住幾天，據說Yosemite風景真好。我對nature一直沒有什麼興趣，但是大家起勁，我也會隨和的。

　　信可暫寄C/O Professor S. H. Chen, 929 Ramona Ave. Albany 6, California

　　Carol、Joyce前均問好。給父母親的信下次再回吧。專覆　敬頌
近安

濟安　啟

六月十六日

382. 夏濟安致夏志清（1959年6月18日）

志清弟：

　　文章已寫完，總算鬆了一口氣。想找個打字的，找不到；叫我全篇來重打，我是沒有這個精神了。挑幾頁塗改較多的重打吧。

　　全文約15頁，星期一（20日）可寄出。害你久等，非常抱歉。

　　收到你那封託查ref.信以後，知道你一下子還不會完工，我又把文章重新寫一遍。句子大部份現成的已經有了，祇是連貫得不大好。事實總是這麼一些，但是它們該prove什麼point呢？這就是我橫改豎改的原因之一。

　　我現在主要的tone是ironical。我的文章和你的判然不同：你能直說真理，正面地有條有理的來；我似乎祇會旁敲側敲，多hint，而少說理。

　　現在這樣寫法，各段間的連貫似乎還不夠好（有些話如討論老蔣之不懂文學，胡適之功過，白話文學之前途等，寫不好，都刪去了）。我太注意「一氣呵成」了。但是不想再改。句子小毛病一定很多，這祇有拜託你多多修改了。

　　下星期再寫封長信詳談。Carol和Joyce前都問好。專此　敬頌
近安

　　　　　　　　　　　　　　　　　　　　　　　　濟安　啟
　　　　　　　　　　　　　　　　　　　　　　　　六月十八日

383. 夏濟安致夏志清（1959年6月30日）

志清弟：

　　文章差不多已寫完，心上覺得很輕鬆。在Seattle先開了兩個頭，都寫不下去。一是講1949大陸上的人逃到臺灣來，彼此的心情（他們的和臺灣人）；二是講蔣介石如何在大陸寬容作家文人，毛澤東又是如何毒辣。這兩個頭把我「別僵」了好久，如真想寫一部中國近代史，這些東西都該寫，而且很可以運用一些rhetoric（如上海人逛臺灣舊貨店，收買日本人留下的東西等）。在Berkeley把這些東西都丟掉，專寫臺灣的文壇（沒有什麼rhetoric），一天打兩三個pages，很不吃力。總共可以有你所assign的十四頁那麼長。下星期一要去Yosemite，在那裡把它稍加修改，可以謄清打完。今天星期六胡世楨要帶我去Golden Gate Park，晚上去陳家，明天要去傅漢斯家。

　　China Town去過好幾次，但是自己沒有車，又懶得去坐bus，總是別人帶去，因此毫無adventure可言。據我的印象，China Town像是小型的香港，廣東人在這裡一定很快樂，有家屬，有親戚，什麼東西都買得到，可以保持他們的生活方式。鮮魚在水裡游的，美國任何supermarket恐怕都沒有；有「五花」豬肉；有新鮮大白蘿蔔；有枇杷；有全份的香港《星島日報》、《華僑日報》；有廣東戲，有廣東電影。這裡的黑人似乎也很快樂，沒有什麼自卑感。S. F.一帶人種一定很雜，中國人比較多，和美國人相處得很好。China Town滿街是步行的人，逛街的風氣好比香港或臺北。

　　寫了文章，看書就成消遣。最近沒有看什麼書，帶來了一本 *Essays Today*（Books, Harcourt, Brace），所選的大部份是 *Harper's*

Atlantic Reporter Commentary 裡的文章，Herbert Gold① （此人小說不知如何？）一篇 "The Age of Happy Problems"，大罵 "togetherness" 等，態度和你的對於美國家庭生活看法相仿。還有 Malcolm Cowley② 一篇，大罵美國社會學家的「英文」（jargon）。這些作者比較都是開明的人。你來信對於美國前途很抱悲觀，我覺得你很可以在美國成為 essayist，批評美國文明，和美國文化界的怪現狀。我相信很多雜誌歡迎這種文章。Jacques Barzun 的 *House of Intellect* 能成為 bestseller（我一直想看，但是還沒有看），是出乎我意料之外的。我在美國住久了，也許也會開始批評美國；現在我衹是二進大觀園的劉老老 [姥姥]，你快成為焦大了。林語堂的一度的紅，大約和他的批評美國的機器文明和忙有關。他因此成為 philosopher。你可以有更深刻的批評。這幾年來，歐洲常有人著書批評美國；中國可是好久沒有人寫這種東西了。你的《中國近代小說》完稿後，不妨寫幾篇這一類的 essay。這種東西在你寫來一定不難，但是名利雙收的機會比較多。

我回 Seattle 後，沒有什麼正式工作，可以好好的閉門寫作了。寫東西其實是很快樂的；心有所專，不大想出去玩，用錢也可以省一點（在 Berkeley 錢用得很省，吃飯常有人請，自己不買東西）。

---

① Herbert Gold（赫伯特‧戈爾德，1924-），美國小說家，代表作有《父親們》（*Fathers: A Novel in the Form of a Memoir*）、《我最後的兩千年》（*My Last Two Thousand Years*）、《他／她》（*He/She*）、《苟活於世》（*Still Alive!: A Temporary Condition*）。

② Malcolm Cowley（馬爾康‧考利，1898-1989），美國作家、文學評論家，1920年代曾旅居法國，成為「迷惘的一代」的一員，後長期擔任《新共和》雜誌的編輯，編輯出版了海明威、福克納、霍桑等重要作家的作品選集，著有《藍色的朱利亞塔》（*Blue Juniata*）、《流放者歸來》（*Exile's Return*）、《文學傳統》（*The Literary Tradition*）等。

我的毛病是沒有養成寫作的習慣，心情浮動，時間浪費。每天如能寫500字，應該並不吃力，日積月累，也可以有很多現成稿子在手邊了。我相信研究中國東西（不論歷史或小說或神話）是成名捷徑，novel還得擱一擱。

　　Yosemite遊畢，可能在那邊坐飛機飛S. F.轉Seattle，可能坐車回Berkeley。來信暫由陳世驤轉可也。Carol、Joyce前都問好　專頌
　　近安

濟安　啟
六月三十日

384. 夏志清致夏濟安（1959年6月25日）

濟安哥：

去Berkeley後三封信都已看到，你在那處玩興很好，我很高興。Yosemite Carol是去過的，的確是好風景地，California多的是參天大樹，在Yosemite那地方想也可看到的。我一直過的單調的生活，倒也慣了，不過有時也想換過［個］地方走走。明天我們預備去Montreal一天，吃兩頓飯回來（中菜、法國菜），Montreal離Potsdam僅三小時，但我們從已［未］去過。去過兩次加拿大，停在邊境小城Cornwall兩三點鐘，就回來了。去加拿大後Carol當可寫信給你報告些情形。

謝謝你為了寫「臺灣文壇」，花了你不少時間，文章當然是一定精彩的。我最近英文寫得快了，但是毛病的是，打字很順手，打完後，結構造句總有不夠緊湊的地方，要修改，祇好全部重打，這樣寫文章，也是相當費時間的。我因為有了胡風的新材料，把一章重寫，把胡風當作毛澤東的主要對敵，這樣parallel式敘述，比較有緊［勁］些。打了兩次，差不多可以完工了。我教了二年大一英文（黑人程度太差，不好算數），覺得對自己英文也很有幫助，修改美國人colloquial式英文錯誤，更可使我看出colloquial和high informal or formal式文體用字之不同。其實，大一英文教科書上所講的修辭學，也是很有道理的，但做學生的（我以前也如此）當然不能領會，自己寫文章吃過苦頭後才能領會。大一英文不容易教，恐怕這是一大緣故。你教英文近二十年，文法修辭各方面的道理當然是摸得清清楚楚了。

我寄Int. House的信，想已看到。張心滄處常無回音。你能夠去英國，當然是好事，但是最好還是留在美國，英國學術界自成一

個系統，我們看的都是美國書報，對英國觀點可能看不順眼。Hans
Frankel、陳世驤都答應幫你忙，但在美國人人事忙，你祇給人家一
個hint，可能不發生什麼效力的，所以要托事，最好是再三陳述自
己的需要，人家幫忙起來，也可熱心一些。我看Frankel所談之
事，大有希望，在他未去Stanford前，最好叮囑一聲，返Seattle
後，再寫封信remind他，比較妥當些。你做事，當然要有報酬，所
以你報酬不計的話，也可不必說。延長visa的辦法，最好也請陳世
驤說明一下。此外加州、Seattle有可幫忙的人（如Pressly），也應
該和他們談談。

　　陳世驤對我印象很好，我應該感謝他。他說同我見過兩次面，
我祇記得和湯先生同時見過他一次，第二次就不記得了。我現在自
己還沒有說話地位，所以不想找什麼人，書出版後，當和他通通
信。Frankel夫婦我在某次遠東年會上見到過，他的太太的確是
「老呆」了。Frankel曾教過你Latin，你教他中文，可能是交換性質
的。Frankel現任*Journal of Asia Studies*的副編輯，你有些文章的計
劃，可和他談談。

　　美國把銷路不好的書，列在remainder list上，廉價發售，你如
看*N. Y. Times*的Marboro大幅廣告，大抵也已注意到。我今日去郵
購了Hugh Kenner, *Dublin's Joyce*，僅二元不到，Freeman的
Memoir，原價甚貴，早已列入在remainder list，買［賣］不完，這
次Marboro的廣告，看到Simone Beauvoir①的混賬［帳］書*The Long
March*，原價7.50，now 2.50（？），我心頭很高興。柳無忌的《孔

---

① Simone Beauvoir（Simone de Beauvoir西蒙・德・波娃，1908-1986），法國作
　家、存在主義哲學家、女性主義者，代表作為《第二性》（*The Second Sex*）。
　1955年9月，她和沙特接受中國政府的邀請，連袂訪問中國兩個月，回國後寫
　作了《長征》（*The Long March*）一書，出版於1957年。

子傳》早已列入remainder，張心滄的書銷路不佳，在一家書店
（import英國書的）的sales也見到其名，Leavis的*Lawrence*也入過
remainder。把書廉價銷售對author的pride大有損傷，這是把書繳
給commercial firms出版的一大缺點。Yale、哈佛的presses則從不
把stock廉價賣出，這對我也是一個安慰。

　　我在essays方面，可以寫，但是我的觀點保守反動，寫出去
National Review（最近銷路增善，已稍可和*New Republic*、*Nation*
對抗了）一定歡迎，但對我的名譽並不增加，祇會受到大部份人的
攻擊。這種文章祇有等書出版後，有了好的reviews再寫。那時稍
有名譽，人家也不敢攻擊，我很想寫一篇"In Defence of the West"，
把西方人自暴自棄，把自己文化根底拆掉，瞎研究東方和蘇聯文化
的態度，指正一下。在美國人一般的態度，文化沒有高下之分，什
麼文化都要研究，結果是relativism昌盛，自己文化的優點也不再
顧得到。美國人最熱心cultivate的virtue是tolerance，什麼東西都可
以容忍，可以接受，所以把黑人抬高當然是好的，和蘇聯談判更是
保衛和平的大事。美國人唯一不肯tolerate的人，大概僅是Hitler而
已。老蔣、Franco②之類名譽也極壞。此外美國人看不起自己，愛
聽國外辱罵美國的話（這當然是intellectuals only），喜買舶來品。
目前歐洲小汽車盛行，Potsdam兩個大學的教授買這種小汽車的也
不少，這種汽車在大城市駛用很經濟實惠，parking容易，修理也
方便。在窮鄉僻村的Potsdam，半年有雪，即普通美國的經濟汽車
（six cylinders）也不大實用，非有大馬力的V8不可，這種小汽車在
嚴冬駛用起來，一定毛病很多（即Jaguar也僅是six cylinders，附近

---

② Franco（Francisco Franco法蘭西斯科‧佛朗哥，1892-1975），西班牙將軍、獨裁
　者，1936年發動西班牙內戰，自1939年開始到1975年獨裁統治西班牙長達30多
　年。其死後胡安‧卡洛斯登上王位，實行民主改革，西班牙才結束獨裁統治。

沒有service station），何況在Potsdam parking根本不成問題，大汽車穩重，大風大雪都擋得住。小汽車在公路上駛行，速度稍快，車身即搖擺不定（我們以前Nash即有此病），absorb路上的顛簸也差得很。但那些買小汽車的人當然是學時髦，以高級snob自居，實在是不智之甚。美國人民當然是世上最friendly的，但其tolerate evil的作風，實在令人費解。Hoffa③審判了數年，結果仍是逍遙自在。Strauss的nomination不能通過，更令人切齒。在一般人看來（尤其是大學教授），Oppenheimer④是hero，是martyr，Strauss當然是一位頭號villain了。

前天看了 *Ask Any Girl*⑤，全片極trite，Potsdam僅有一家電影院，一家drive-in，所以很多片子積着，我還沒有看到，如*Alias J. James*。暑期大學放假後，影院為生意經起見，大映恐怖巨片（for high school students），令人卻步。你同Spender一同吃飯，此人我未見過。Emlyn Williams⑥來此地讀D. Thomas，他的結尾的t，也

---

③ Hoffa（Jimmy Hoffa, 1913-1975），美國卡車司機工會主席和美國工人運動的領袖，他領導下的卡車司機國際兄弟會（IBT）工會曾是全美最大的工會組織。1957年以後，美國國會參議院特別委員會不斷對霍法的違法活動等提起訴訟，但久拖不決。一直到1964年，霍法才因賄賂陪審團和欺騙罪而被判刑。1971年底，尼克森總統赦免了霍法，條件是他以後10年不能以任何方式參與工會組織。1975年，霍法神秘失蹤。

④ Oppenheimer（J. Robert Oppenheimer羅伯特·奧本海默，1904-1967），美國理論物理學家，加州大學柏克萊分校教授、曼哈頓計劃的領導者。1945年主導製造出世界上第一顆原子彈，被譽為「原子彈之父」。

⑤ *Ask Any Girl*（《釣金龜》，1959），喜劇片，查理士·和達斯（Charles Walters）導演，大衛·尼文（David Niven）、莎莉·麥克琳（Shirley Maclaine）、洛·泰勒（Rod Taylor）主演，米高梅出品。

⑥ Emlyn Williams（埃姆林·威廉斯，1905-1987），威爾士戲劇家、演員，代表影片有《鐵膽狼心》（*Night Must Fall*, 1935）。

是ts音。Auden掛名牛津Prof. of Poetry，一直住在紐約，不知何故。不多談了，祝

　　旅安

弟 志清 上

　　［又及］世楨兄嫂前代問好。下半年羅家倫女兒（羅久芳）的丈夫張桂生[7]（Michigan地理博士）去Wayne U.任教，世楨可招待他們一下。

---

[7] 張桂生（1922-），地理學家，河南人，中央大學畢業，1955年密西根大學博士畢業，1959年到偉恩大學任教，1966年轉任西雅圖華盛頓大學地理系教授。夏志清在密西根大學的好友。

385. 夏濟安致夏志清（1959年6月26日）

志清弟：

連日奔波，昨天回到Seattle，暫住宿舍，Lander Hall Room 271，也許長住到離Seattle為止，也說不定。住在這裡，一月房租漲到75，飯票也漲價了，但是住在這裡省事，外面不一定有合適的房子。我又懶得動。

Yosemite真是天下奇觀，平信寄上風景畫片一疊，想已收到。陳世驤先說那裡比之黃山、華山等有過之無不及，我不大相信，雖然我黃山、華山等都沒上過。我以為山水都沒有什麼意思，美國更不會有什麼好山水。我在那裡住了兩晚，祇看了一角，認為是其雄奇之處，超過想像。這許多挺拔的（高幾千尺）巨岩，配上無數的松樹，粗一看就覺得偉大。裡面角落裡，幽深的地方也很多。

我們住在松林的tent裡，居然並不很冷（我沒有帶大衣，初到時怕凍壞了）。Valley大約拔海四千尺，在萬松群山包圍之中，其清涼自不待言，但是南加州已經熱到九十幾，一百另幾度了，冷熱相抵，恰好溫和。

第二天爬了三個鐘頭的山，去探一個小瀑布（Vernal Fall）的源，這種勞苦的事，已經多少年沒有做了，居然還應付得了。但是那地方上去，另外有個瀑布（Nevada Fall）的源；那地方再上去還有若干山峰（Domes）；小路上去，走一百多哩，可到美國最高的山峰，Mount Whitney。我可沒有這個精神了。

Yosemite遊人相當多，但是地方這麼大（看見過野鹿一頭，野熊一頭），人也不會顯得多的。陳世驤是託AAA去定的營帳。看了Yosemite，我倒很想去看看Yellowstone，和它一較長短。但是去Yellowstone，沒有人開車，沒有人領路，祇有包給Greyhound，由

他們設計、供應一切了。

　　回到Seattle，雖然也是晴天，總覺得陽光比較黯淡。Yosemite那麼高的山，竟然也沒有什麼雲的。加州就是青天大太陽，舊金山附近終年維持七十幾度，真是難能可貴。

　　上星期六同胡世楨一家去遊Muir Woods，印象也很深。胡世楨下學期可能去UCLA做Visiting Professor。

　　今天還得休息一天，明天可以上正軌工作了。旅行總是勞苦，使精神浮動。真要集中精神工作，不可旅行。但是Yosemite之遊，使我對於山水發生好感，也是想不到的。我一直自以為喜歡都市生活，懶得動，如Dr. Johnson一般。但是在Yosemite長住，應該和在紐約市長住一樣的不斷地有discoveries。

　　希望能在Lander Hall住下去，短期內不要再搬家了。住定了再寫封長信給你（照了很多相片，洗出後當挑幾張好的寄上）。

　　Carol和Joyce想都好，她們對於名勝山水想必一定很嚮往的。
專此　敬頌
　　近安

　　　　　　　　　　　　　　　　　　　濟安　啟
　　　　　　　　　　　　　　　　　　　六月廿六日

386. 夏濟安致夏志清（1959年7月4日）

志清弟：

連日未曾接到來信，為念。房子決定不搬，仍住宿舍，省得麻煩。我從加州回來後，連日仍忙於應酬，要到下星期方才有空。臺北來了個吳相湘①，我正在陪他參觀、遊覽。吳相湘是研究中國近代史的，年紀不過四十幾歲，北大畢業，這次是第一次到美國來，英文幾乎不會講，但是他的受歡迎的程度，使我羨妒。哥倫比亞、哈佛、UW搶着要他的人，因為他有access to中國政府（包括滿清）的檔案，他的研究工作極為美國研究中國近代史的人所重視。他寫過兩本書：《晚清宮廷實錄》和《紫禁城秘譚》，我曾讀過，的確很有趣。他現在在研究「二次革命」（蔡鍔反對袁世凱）；《宋教仁傳》，他已寫完，可能在UW Press出版（in Chinese？由人翻譯，作者算是他和Michael②兩個）。他是湖南人，有霸才，自視很高，不像我見了美國人（初次）有種apologetic的神氣，美國人也把他捧得很高。他在臺北組織了一個「研究group」，伸手向foundations要錢，已經要了些，可能討得更多。我和他相處得很好，至少我可以做他的interpreter。

UW暑期學校來了兩位有趣的訪問教授，一位是Dick Walker③，

---

① 吳相湘（1912-2007），湖南常德人，北京大學歷史系畢業，後赴臺在臺灣大學任教，代表作有《宋教仁傳》、《現代史事論叢》、《現代史事論述》、《晚清宮廷與人物》等。

② 即Franz Michael（見第368封信的注）。

③ Richard Louis "Dixie" Walker（吳克，1922-2003），美國學者，政治家。耶魯大學博士，曾在麥克阿瑟元帥下任中文翻譯官。曾任耶魯大學歷史系教授、西雅圖華盛頓大學訪問教授，1961年至南卡羅萊納大學（University of South

一位是胡昌度④。胡昌度（和他的太太）講上海話，我和他談得很投機。（張琨為人比較陰沉，讀書很用功，興趣較狹，似乎沒有什麼話好談似的。）我在 Yale 見過他，我已想不起來，他倒記得我。昨天剛想起來，你帶我到他的在 New Haven 的 office 去參觀他的什麼 studies 工作。他曾在 Newport 的一家 N. Y. State College 教了兩年苦書，下學年開始總算給他打進 Columbia 了。Walker 去過臺灣好幾次，今年正月也在那裡，但是我從沒有和他談過，現在可以和他瞎談談了。他最近替 *New Leader*⑤編了一本 supplement，介紹 commune 的情形，根據大陸出來的信。聽你所講美國 anti-anti-communist 的情形，Walker 此人勇氣倒不小。

　　陪吳相湘瞎交際，對我也有一點好處，即我可以跟 Far East 系的人來往較密。Taylor 在英國，Michael（他是副主任，權很大，因為 Taylor 的學問據說不如他）和我談得很融洽。他不知我究竟所做何事（他以為我是個 poet），但是 Erlich 在他面前很稱讚我，Erlich 是他所佩服之人（"He is a good judge"）。現在先建立些好的關係，以後也許有用。Erlich 到 Indiana School of Letters 去講學去了，我祇知道他要出門，不知道他要去 Indiana。Walker 現在就用 Erlich 的 office。

　　在 Chinatown 一家無線電器材、五金、鐘錶店的裡面發現些新的舊書，都是三四十年前出版的書，每種用紙包好，用毛筆寫上書名，半放在書架上。紙包上都是灰塵，不知多少年沒有人碰它們了。看到那些書，覺得好像中國的歷史就停擺在那個時候。吳相湘

　　Carolina）創辦國際研究所，1981至1986年任美駐韓大使。

④ 胡昌度（1920-2012），祖籍安徽，西雅圖華盛頓州立大學歷史學博士，哥倫大學教育學院教授。

⑤ *The New Leader*（《新領袖》）1924年創刊於紐約的政治與文化雜誌，由美國勞工會議出版，主張自由與反共，2006年終刊。

在SF的Chinatown曾買到《陳獨秀文集》及其他書集。在這家鋪
子，他很高興地買到《建設》雜誌合訂本（國民黨在北伐以前的
organ，可能還是Pre-Chiang）、《朱執信文集》、《吳稚輝〔暉〕文
集》、《直奉大戰記》、《江浙大戰記》……等。我買了《歇浦潮》、
《海上繁華夢》、《上海春秋》等民國初年的「黑幕小說」。正在看
《歇浦潮》，很有趣，中文也很平穩。這種書的缺點是：作者對道德
沒有什麼新的認識，祇是暗中在搖頭歎息「人心不古」；他們對於
經濟、社會變遷，也沒有什麼認識，祇是覺得在「變」，他們不知
道，也不care to know為什麼有這個「變」。他們自命揭穿「黑
幕」，其實注意的祇是表面。他們的長處是對於Mores大感興趣，
當時人的服裝、生活情形、物價等記錄得很詳細，可能也很正確。
我小時候遊大世界、新世界坐電梯，似乎都要出錢的，如不在《歇
浦潮》見到我也想不起來了。書中不斷地挖苦人的勢利、吝嗇、懦
怯、好色等弱點，那些作者大約都有諷刺的天才。

　　我有時想過要寫一部《上海史》，看了這些書使我的心又活起
來。這將是部煌煌巨著，不知要花多少年月才寫得完。參考書之
多，也可以將我嚇倒的。《歇浦潮》從民國元年講起，那時還沒有
大世界、新世界，也沒有永安、先施。上海的城牆也還沒有拆，正
分保城、拆城兩派，城裡的地主是希望拆城的，希望地皮漲價。以
後的變遷還多得很。清末的上海在別的小說裡也有描寫。如查當時
的報紙——大報、小報，好玩的東西更多得很。這個題目自是繁重
的，但我研究起來有love，但不知何時能着手耳。

　　你在你這部書完工後，不知有何新計劃，我想不妨溯源而上，
寫清末民初的小說。桃花塢新橋弄曾藏有清末的雜誌《繡像小
說》，我小時曾看過（還有梁啟超編的《大中華雜誌》等），想不
到現在這些書的珍貴，幾乎可以和宋版書相比了。這樣寫，再往上
推，還有好幾部書可以寫，出齊了將成一整套的《中國小說史》，

你的authority的地位也確立了。你在Potsdam吃虧看不到很多中國書，也沒有很多錢去order大陸出的新翻版書和studies（大陸近年出的書，內容不必說，數量是可怕的，據說每年的出版物總目錄就是很厚的一本書）。現在不妨就現有的材料，開始做準備工作。我看見你這部書的兩章（張愛玲和結論），發現你很注意小說的時代背景。現在你看不到很多的舊小說，不妨先從歷史研究起，多注意各時代的情形，將來寫小說研究時，總是有用的。Waley在 *Atlantic* 寫過一篇〈林紓的翻譯小說〉（去年），其實我們都可能寫得比他好。English literature是你的love，你不知有沒有精神去「兼愛」。這一個月來，同陳世驤、吳相湘等來往，愈發覺得研究中國東西之重要。

　　昨天又認識一個青年，名叫Larry Thompson，是Yale讀Slavonic languages，現在UW教俄文。他說跟你很熟（在Ann Arbor和你在一起），和我談得也很投機。

　　遠東系有個女秘書，名叫Shirley Simmons，人沒有名字那麼美。可是她是第一個我可以表現談笑風生的女孩子，自從我來到美國以後。明天我們要去爬山（Michael、The Walkers等），山是Rainier，終年積雪，是ski勝地。爬起來辛苦可想。Simmons還說可以帶我去參觀Seattle有名的Sea Fair（有hydroplane ——即裝飛機引擎的快船——速度比賽），我絕不定要去不去。

　　總之，這幾天瞎忙一陣，靜不下心來寫文章。下星期吳相湘走了，希望能好好工作。其實人什麼時候靜，什麼時候多動亂，也是八字注定的；我並不因這幾天的不工作而怨命。但是想到時間過得這麼快，九月以後出處如何，尚不可知，心中不免有點害怕。我是resigned to fate的，祇等天上掉機會下來，如天上沒有機會掉下來，我如回臺灣，也不會自歎命薄。這次在Seattle，雖然學問長進不多，但是人頭給我軋熟了，對於將來終是有用處。如回臺灣，還

得好好工作；像吳相湘那樣，寫過幾部書，而且還是用中文寫的，在美國就這樣吃香。我的智力和一般 cultural background，無疑是勝過他的，祇是用功不專，以致沒有什麼表現。祇是靠我的 wit 和 pleasant personality，和人相處得還好，單是這樣，當然是不夠的。

　　下星期再寫吧。Carol 前代問好，Joyce 想必更乖了。下月我一定東來。專頌

　　近安

　　　　　　　　　　　　　　　　　　　　　　濟安　啟
　　　　　　　　　　　　　　　　　　　　　　七月四日

387. 夏濟安致夏志清（1959年7月6日）

志清弟：

剛剛收到陳世驤處轉來6/24、6/29（父親信及張心滄信）兩函，趕快覆一封。

最重大的消息是中國政府已經允許我護照延長一年，這樣我可以留在美國，不必去英國了。U. C.或Stanford（或甚至UW）那裡如有研究工作（尚未正式去函接洽），visa延長據說很容易。最不濟我亦可去Indiana繼續讀creative writing的MA。U. W.方面我朋友最多，但是U. W.與臺大水乳交融，為了臺大的面子，他們也許不敢留我。U. W.預備請二三十個臺灣的學者，十二月到UW來開會討論中美文化合作。

此事我還瞞着吳相湘，他是想在臺大創霸業的，我回去對他幫助最大（我有我的人事關係——至少我可以找出一批人來幫他翻譯），他也許不贊成我留在美國。預備明天等他飛紐約後，我再去辦理護照延長之事。

張心滄還以為我要繼續研究英文，我想我如不改行，在海外難有出路。在美國如不弄creative writing，即弄中國學問，這件事我是決定的了。

他提起新亞的事，我最近接到錢穆之信（我尚未回信，宋奇那裡也好久沒有信了），他下學期又要約我去。他的學校最近又得到補助，我的月薪可達2000港幣（三百餘美金），實在誘惑很大。但是臺大如此培植我，我去rival college，臺大絕不答應。除非臺灣政治起變化，錢校長下臺。此事並非不可能，錢思亮（胡適、梅貽琦……）這一批人的靠山是陳誠，陳誠想取老蔣而代之，老蔣可是還想蟬聯，如明年老蔣再做總統，陳誠可能要垮，那時錢校長的地

位難保，也許來個國民黨嫡系做校長。那時我脫離臺大，至少在錢校長和錢派人面前容易說話。陳誠現在成為臺灣liberals的眾望所歸之人，好像戊戌政變時的光緒皇帝。

UC最近成立了一個Center of Modern Chinese Studies，研究共產黨，陳世驤是主持之人，我也許可以去做一個研究員，如有job，我想不會沒有pay，200元錢一月也好。美國政府最近在National Defense Education項目下（各基金會也在瞎起勁），撥了很多錢研究近代中國，UC、UW的美國研究生，很多拿到2000一年的fellowship。研究近代中國，和核子物理、Electronics Rockets等，都成了國防科學了。

胡世楨下學期可能在UCLA做Visiting Prof.，他說他今年Income Tax付了2400元，收入想必不少。

昨天Rainier那邊下雨，沒有去爬那個大山，另外爬了個小山，並不很吃力，請釋念。七月四日晚上看了放焰火。

這兩天心很亂，父親那裡的信過兩天再寫吧。張心滄那邊希望代謝謝他，如有研究中文的機會，我還是預備去的。

Carol、Joyce前均問好，Joyce的玩具我早已答應要買，父母親可以釋念。我現在的計劃是先設法在美國住下來，看大局的變化，你聽見了想必也很高興的。專此　敬頌

　　近安

　　　　　　　　　　　　　　　　　　　　　　濟安　啟

　　　　　　　　　　　　　　　　　　　　　　七月六日

〔又及〕我在Berkeley一家書店看見Columbia U. Press的書在大批廉價出售。

388. 夏志清致夏濟安（1959年7月7日）

濟安哥：

　　返Seattle後的兩封信都已看到了，你去Yosemite玩了一陣，眼界大開，也是好事。我到美國後什麼名勝區，都沒有去過，最近也沒有vacation的心境，明夏Joyce長大了，或可開車到各處走走。你在Berkeley時，我曾寄你兩封信，一封是寄I-House的，一封由陳世驤轉，不知已過目否？此外轉寄陳世驤處父親給你的信和張心滄給我的覆信，想陳世驤會轉寄給你的。父母親因你寄家用，大為高興，你回信可寄給我，由我轉上。張心滄的信頗discouraging，認為去愛丁堡做英文系研究生，還有希望，其他大學位置極難安插，即apply做學生也太遲了。我覺得還是留在美國的好，西部研究中國東西的projects很多，安插一下想是可能的。你在陳世驤、Frankel處應寫信去催問，問他們有什麼可幫忙之處。Seattle遠東系的朋友，也應當好好探問一下，Michael可和他正式談談，他或可有辦法。你交際工夫很好，吃虧在臉皮嫩，關於自己的事，不肯多提到，像胡昌度之類，都是很有衝勁的，所以相當有辦法。我在小地方，無法幫忙，英文系主任要找一個教哲學的教授，你是很可以勝任的，但Potsdam一小半學生是讀音樂的，教哲學的授aesthetics時，對音樂（also art）要有了解，而你我音樂都是外行，所以你的qualifications，不夠理想，我也沒有同系主任多談。去英國or歐洲大陸遊歷一下當然很好，但住久了，錢用完了，找事較在美國更是困難，英國教育界自成一系，即在香港大學、Malaya大學教書，也非有英國degree不可，其他人很難插得進，所以最近一個月內應加緊找工作（UC附設小大學很多，向陳世驤處問問，或可找到一個英文系或遠東系的職位）。如果真沒有辦法，祇好暫返臺灣，將來

捲土重來，或者你覺得香港好，去新亞教書也好（張心滄信上也提及新亞）。

　　Dick Walker（他同宋奇認識）我同他不熟，他因為反共過火，所以被逼離Yale（內幕我不清楚），去South California自立天下了（他可能是International Relations系主任），Yale比較是守舊的，尚且如此，哈佛一向左傾，更不必談。下半年Yale向Stanford挖人，請了Arthur & Mary Wright ①（replace Walker）來。Arthur Wright研究中國歷史哲學之類，Mary Wright則是大大左傾的人物，我在Yale聽到消息，大為驚訝。Yale有位教授，南方人，和Brooks、Rowe都是好朋友，但思想左傾，常常發表文章，至今在政治系還是當Assoc Prof.，升不上去。他是Willmoore Kendall ②，學問比Rowe好了不知多少。近一年來，Ike頗能壓得住那一批祇想亂花錢的Liberal Democrats，所以保守勢力漸有抬頭希望。但Rockefeller如被選總統，他的作風，當和Roosevelt、Truman一般無二。

　　你幾月來認識人頭之多，比我在Yale幾年還多，Larry Thompson的確是和我相當熟的（他在Ann Arbor，我根本不知

① Arthur & Mary Wright指Arthur F. Wright和Mary Wright。Arthur F. Wright（芮沃壽，1913-1976），美國學者、漢學家，耶魯大學教授，以研究佛教著稱。1940年代曾兩度以哈佛燕京學社研究生的身份到北京進修，1947年獲哈佛大學博士。代表作有《1941-1945年北平的漢學研究》、《中國歷史上的佛教》（*Studies in Chinese Buddhism*）、《儒教和中國文化》（*Confucianism and Chinese civilization*）等。Mary C. Wright（芮瑪麗，1917-1970），美國漢學家、歷史學家，耶魯大學教授，以研究清史著稱，代表作有《同治中興》（*The Last Stand of Chinese Conservatism: The T'ung-Chih Restoration, 1862-1874*）、《革命中的中國：第一階段，1900-1913年》（*China in Revolution: The First Phase, 1900-1913*）等。

② Willmoore Kendall（肯達爾，1909-1967），美國保守派作家、政治哲學家，代表作有《保守的肯定》（*The Conservative Affirmation*）等。

道），他是否是pale blond，features很細小的？他是專弄Indo-China
的，他何時改行俄文，我卻不知道。問他是不是translator of 康有為
的《大同書》？

　　在美國能在大大學有長飯碗後，和同事們互相結幫，什麼事都
弄得開。文章不論好壞，都可以登出。在小大學，什麼事都不好
弄。大大學的英文系教授，多半有些真才學，遠東系的則人以地貴
的占大多數。吳相湘此人從未聽見過，足見美國大學對modern
Chinese history的確是重視的。

　　我把《近代小說史》修改完畢後（暑期以來，重寫了兩章，已
弄得差不多了），還是想把中國幾部有名的舊小說，簡括地介紹評
斷一下，這樣材料比較manageable，不必多看雜書閒書，研究方面
的書籍，除重要的外，一概不理，反而在研究西洋小說方面多借用
新的perspectives。民初清末的小說我簡直沒有看過，真要把中國舊
小說好好作個survey和批評，祇有你可以勝任，我學問不夠，耐心
也不夠，雖然這種工作還是喫力不討好的。我覺得你「風花雪月」
入手的方法最好，總述中國小說的themes，寫得簡短，也容易顯精
彩。

　　我們這裡生活如常，很少變化。看了一張 *It Happened to Jane* ③
（Doris Day ④），曾得 *TIME* 好評，結果全片一無是處，可發笑的地
方簡直沒有。最近U. A.慶祝四十週紀念，在 *Variety* 上有特刊，U.
A.陣容堅強，的確已是影業領袖了。派拉蒙最近改組，換了製片主

---

③ *It Happened to Jane*（《刁蠻娘子》，1959），浪漫喜劇片，李察・昆（Richard
　　Quine）導演，傑克・李蒙（Jack Lemmon）、桃樂絲・黛（Doris Day）主演，
　　哥倫比亞影業發行。
④ Doris Day（桃樂絲・黛，1922/1924-），美國女演員、歌手、動物權利保護者，
　　代表影片有《枕邊細語》（*Pillow Talk*, 1959）。

任（Jacob Karp，Y. F. Freeman⑤已太老了），拚命在想拉人馬，能拉到幾個人，實在難說，因為幾位有數的大導演（Wyler、Wilder、Stevens）都是最近脫離Par的，未必肯重返。20th Fox *The Diary of Anne Frank* 營業不好，最近把片子改短，popular prices映出，也是出人意料之外。

你下月來東部，很好，希望你動身前，可以安定下來，好好地工作幾個星期。Carol昨天來信，想已看到。Joyce活潑愛講話，你見到她後，一定可和她玩得很好。Shirley Simmons曾和她單獨date過否？美國人爬山，非常驚險，少參加為妙。即頌

　　近安

弟 志清 上
七月七日

---

⑤ Y. Frank Freeman（1890-1969），1910年喬治亞理工學院（Georgia Institute of Technology）畢業，1938年任派拉蒙電影公司副總裁兼任製片主任，製作許多名片，如《郎心如鐵》、《羅馬假期》、《十戒》等。1959年Jacob Karp接任製片部，為時甚短，生平不詳。

389. 夏濟安致夏志清（1959年7月14日）

志清弟：

來信剛剛收到。那些references一定代為一查，查得出與否，可沒有把握。

星期天去Mount Rainier，山高14000呎以上，車子祇好開到5500呎，但是已經有幾呎深的雪，沒有融化。太陽很大，所以單穿shirt，也不覺冷。沒有爬山。

香港友聯書報公司來了一個史誠之①（他是研究部主任，他和吳相湘都是來Los Angeles開一個「蘇俄中共問題研究會」的），我昨天又去陪了他一個下午。友聯公司規模很大，研究中國共產黨設有專門機構，藏書五萬種，僱有研究人員卅餘，他們的英文資料（10元美金一月訂閱費），美國學者頗有訂購者。你那個東西託友聯代查，想可查出，但是往返要花時間，最好能在UW查到。

史誠之希望我在美國辦一個中文的文藝性雜誌，在美國編，在香港印。我對於編文藝性雜誌，已缺乏興趣。我建議友聯和UC Berkeley的Center of Modern Chinese Studies（陳世驤是主任）合辦一個學術性刊物：*Modern Chinese Studies*，收中英文的論文稿子和書評，不登文藝創作。這樣可替陳世驤立功，向Foundation也容易請求補助。美國似乎還缺乏一個專門研究中共的刊物。此事我還要和史誠之詳談一下，然後再寫信給陳世驤。我若能弄到這一個編輯職位，job問題也解決了。

---

① 史誠之，香港友聯出版社和友聯研究所創始人之一，也是首任社長與所長，在友聯社下屬的《祖國週刊》等刊物發表了大量關於大陸的評論，著有《歷史轉折與中國前途》、《論中國軍事發展》等。史誠之與陳世驤關係甚篤，是其遺囑證人之一，撰有〈桃李成蹊南山皓——悼陳世驤教授〉。

我的護照已經延長到 Feb. '61，你想已知道。如無 job，回到 Indiana 去讀 Creative Writing 的 MA，倒可以埋頭寫小說了。

〈臺灣文壇〉返 Seattle 後，一直沒有去理會，今天又在弄了，再不寫好，真有點難為情。好在所剩無幾，祇是英文寫不好，不勝慚愧。你的快全部脫稿，我的想總趕得上的。

這幾天把〈文壇〉趕完，再寫信給 Carol 吧，她的信很有趣，Montreal 我也想去玩的。Joyce 想好。父親的信也過幾天再覆。專覆　敬頌

近安

濟安　啟

七月十四日

390. 夏濟安致夏志清（1959年7月15日）

志清弟：

昨天去圖書館查了，很抱歉的祇查到老舍的：

C，《火葬》，新豐出版公司，上海，January 1946。

quote　　① p. vi

　　　　　② p. viii

日文的也已代問專家：

E，渡邊 Watanabe

晶子 — Akiko（a poetess？）

千代子 — Chiyoko

另外三本，在 Union Catalogue 中有，不知你們學校的圖書館可否轉借。如不能，請即覆示（或打電報來），由我去轉借，不過這樣更要花時間了。

A．《張天翼文集》	UC Berkeley
（UW 圖書的張氏短篇集中，	東 120484 CUE 56805
找不到《出走以後》）	
B．《現代中國文學作家》	Columbia
	5219.9/8545 C51-2082
D．《生活在英雄們的中間》	Harvard
	4292.27/4444 C54-5290

《今日世界》UW 圖書中有的很少，祇可託史誠之向香港友聯的圖書館去翻尋鈔錄寄來。史某尚未找到，見到後當即託他不誤。

想不到寫本 scholarly work，有這麼多的麻煩。恐你懸念，先草草覆信。別的再談　專頌

近安

Carol、Joyce前均此候安

濟安 啟

七月十五日

夏志清夏濟安書信集：卷三（1955-1959）

2018年10月初版   定價：新臺幣650元
有著作權・翻印必究
Printed in Taiwan.

主　　　編	王　　　洞
編　　　注	季　　　進
叢 書 主 編	陳　逸　華
校　　　對	吳　美　滿
封 面 設 計	沈　佳　德
編 輯 主 任	陳　逸　華

出　版　者	聯經出版事業股份有限公司	總 編 輯	胡　金　倫
地　　　址	新北市汐止區大同路一段369號1樓	總 經 理	陳　芝　宇
編輯部地址	新北市汐止區大同路一段369號1樓	社　　長	羅　國　俊
叢書編輯電話	(02)86925588轉5305	發 行 人	林　載　爵
台北聯經書房	台 北 市 新 生 南 路 三 段 9 4 號		
電　　　話	(02)23620308		
台 中 分 公 司	台 中 市 北 區 崇 德 路 一 段 1 9 8 號		
暨門市電話	(04)22312023		
台中電子信箱	e-mail：linking2@ms42.hinet.net		
郵 政 劃 撥 帳 戶 第 0 1 0 0 5 5 9 - 3 號			
郵 撥 電 話	(02)23620308		
印　刷　者	世 和 印 製 企 業 有 限 公 司		
總　經　銷	聯 合 發 行 股 份 有 限 公 司		
發　行　所	新北市新店區寶橋路235巷6弄6號2樓		
電　　　話	(02)29178022		

行政院新聞局出版事業登記證局版臺業字第0130號

本書如有缺頁，破損，倒裝請寄回台北聯經書房更換。　　ISBN　978-957-08-5186-1 (精裝)
電子信箱：linking@udngroup.com

國家圖書館出版品預行編目資料

夏志清夏濟安書信集：卷三（1955-1959）
/王洞主編．季進編注．初版．臺北市．聯經．2018年
10月（民107年）．480面．14.8×21公分

ISBN　978-957-08-5186-1（精裝）

856.286　　　　　　　　　　　　　　　　107016379